Zur Erinnerung an
Katherine G. Wright aus Owego, New York,
und
Rhoda Snedecor aus Dallas, Texas

Durch mich geht man hinein
zur Stadt der Trauer

Dante, Die Göttliche Komödie

Erstes Buch

Seit zwölf Jahren vermißt: Tamara

Tamaras Mutter hämmerte gegen die verschlossene Zimmertür und schrie schon wieder. Ständig schrie sie herum, meistens wegen Tamara, aber wenn sie einen geladen hatte, schrie sie auch Tams Vater an, in dem etwas unberechenbar Gewalttätiges steckte; Tamara hatte gelernt, ihm aus dem Weg zu gehen. Vermutlich brauchte die Mutter den Alkohol, um diesem Brutalo gewachsen zu sein, und auch aus demselben Grund wie Tam: um sich das Leben erträglicher zu machen. Das zumindest war für sie ein willkommener Anlaß, sich zu besaufen. Obwohl es dadurch auch nicht schöner wurde, die Mutter bewußtlos auf dem Küchenfußboden liegen zu sehen, wenn sie wieder einen ihrer periodischen Saufanfälle hatte.

In letzter Zeit war alles noch schlimmer geworden. Zwei Wochenenden hintereinander hatte ihre Mutter sich zugeschüttet, und die Reaktion ihres Vaters war, daß er an dem einen Abend durchs Haus tobte und so ziemlich das ganze Eßzimmer zertrümmerte.

»Ist ja gut, ich mach sie schon aus!« Sie nahm einen tiefen Zug und blies den Rauch in Richtung Tür. Vorerst besänftigt zog ihre Mutter ab, wahrscheinlich um sich einen weiteren Schluck zu genehmigen. Tam setzte sich aufs Bett und sammelte Kräfte für den nächsten Krach, ihren üblichen Freitagabendkrieg, wie sie es nannte. Nie wollten die Eltern sie abends weggehen lassen, aber sie war achtzehn, hatte das Recht dazu, und sie wußten es.

Trotzdem mußte sie jedesmal argumentieren und sich durch einen Schwall von Fragen, Einwänden und manchmal auch Tränen kämpfen. Es war weiß Gott nicht leicht, bei den Eltern zu wohnen. Sie brauchte dringend etwas Eigenes. Womit sie bei dem anderen Scheißthema war, beim Geld. In der Schule schwänzte sie Mathe und Geologie, was ihre Eltern nicht wußten, aber bald erfahren würden. Vielleicht durfte sie sich dann einen Job suchen. Die Eltern hingen noch dem alten Traum nach, sie aufs College zu schicken, doch sie hatte das längst abgehakt, zusammen mit dem Traum, ihre erste große Liebe für sich zu erobern. Ihr Leben hatte eine unerwartete Wendung genommen, und beim Nachdenken darüber fiel ihr auf, daß sie nicht unbedingt wissen wollte, was noch alles auf sie zukommen würde. Lieber wollte sie in den Wind pissen wie ein Mann, um zu sehen, woher der Wind wehte, ohne sich darum zu kümmern, wen oder was sie naß machte.

Sie atmete tief durch, stopfte die letzten Dollarscheine in die Hosentasche und schloß die Tür auf. Sie griff nach ihrer Kaninchenfelljacke. Das mußte sein. Ein Unwetter kam auf. Der kalte Wind würde heute abend in Tahoe für frostige Temperaturen sorgen, hieß es im Radio. Eigentlich hätte sie die Daunenjacke anziehen müssen. Aber heute abend nicht, das wäre nicht gegangen, oder? Heute brauchte sie ihre Lieblingsjacke … Sie zog sie über und lächelte. Mal sehen, was der Abend zu bieten hatte. Sie ging hinunter, um es ihren Eltern beizubringen.

Sie steuerte den alten Pickup langsam den rutschigen Pioneer Trail entlang, bis sie zu Manny's kam, wo sie direkt neben dem Eingang parkte. In ihrem Kopf lief der Streit immer weiter. Egal wie freundlich sie sich zeigte, egal wie sehr sie sich bemühte, sie haßten einfach alles an ihr. Sie wollten, daß sie so blieb, wie sie früher war, ihr kleines Mädchen, und das für immer. Sie konnten ihr Aussehen nicht ertragen, nicht die Sachen, die sie anzog, diese »rattenartige« Jacke. Sie haßten ihre ganze Art. Sie haßten alles, was sie sagte, und redeten einfach über sie hinweg, weil sie nicht zuhören wollten, weil sie Angst vor dem hatten, was sie vielleicht zu hören kriegten. Es war nicht zum Aushalten!

Vergiß es doch, sagte sie sich. Laß dich doch von denen nicht fertigmachen. Sie versuchte es mit einem alten Trick, indem sie den Abend umdichtete in ein ruhiges Gespräch mit den Eltern, bei dem alle zivilisiert und normal blieben und sie für ein paar

Stunden aus dem Haus gehen konnte, um ein bißchen Spaß zu haben wie jedes andere Mädchen auch. Aber heute funktionierte das nicht. Die bösen Worte und die Wut ihrer Eltern saßen in ihr fest wie bohrende Stachel. Sie blieb im Auto sitzen und ließ ihre Wut hochkommen und ein paar Minuten lang kochen, bis die Winterkälte von draußen zu ihr hereingekrochen kam. Ohne sich umzublicken, ging sie zu Manny's hinein, setzte sich an die Bar und bestellte einen Gin, um sich einen kleinen, sauberen Kick zu verschaffen. Nicht einmal ihre gefälschte Ausweiskarte wollte jemand sehen. Sie war ein bißchen zu früh von zu Hause losgefahren. Der Spaß kam erst später. Sie konnte sich noch ein Stündchen die Zeit vertreiben, sich in eine dunkle Ecke setzen, allein mit sich und Mister Alkohol.

»Hey, Tam!« rief jemand von hinten.

O nein. Sie drehte sich um und entdeckte Michael und Doreen in der anderen Ecke. Sie winkte kurz und kehrte zu ihrem Drink zurück. Michael schon wieder. Der war wie eine schwarze Katze, die einem ständig über den Weg lief, ein wahrer Fluch. Wenn sie sich nicht um die beiden kümmerte, wurde sie vielleicht in Ruhe gelassen.

Da kamen sie, Michael eifrig wie ein Rennpferd nach dem Startschuß, Doreen trottete verdrießlich hinterher.

»Was dagegen?« fragte er und schob seinen Jeanshintern schon auf den Hocker neben ihr. Er bestellte ein Bier, zwinkerte anzüglich und rückte so dicht heran, daß er sie fast berührte. Doreen stand daneben, glotzte verloren und wußte nicht, wohin mit sich. Tam bestellte den nächsten Drink und kippte ihn hinter, so schnell es eben ging.

Michael startete einen Monolog und zählte auf, was er in letzter Zeit so alles getrieben hatte. Als er merkte, daß sie nicht zuhörte, legte er eine andere Platte auf und löcherte sie mit Fragen. Er hätte von ihrem Ärger in der Schule gehört. Sie wäre doch immer Klassen besser als die anderen gewesen, und was ihr Aussehen betraf, sowieso. Was denn mit ihr los wäre, und was an der Geschichte dran sei, daß sie einen Neuen hätte. Ob es stimmte, daß es genau der Typ war, den man brauchte, wenn man voll abdrehen wollte.

Sie hatte nicht die geringste Lust, sich auf sein Geschwafel einzulassen, und sie ließ es ihn spüren. Genau wußte sie nicht, woran sie bei ihm war, aber stieg sie erst auf ihn ein, wurde es nur schlimmer. Er schien zu glauben, daß er sie langweilte, also redete er schneller und zudringlicher. Wahrscheinlich wollte er nur ihr Interesse damit wecken, aber er machte sie nervös und zuckig, und das war das letzte, was sie wollte. Er blieb dran und bohrte immer weiter, voller Eifersucht auf den geheimnisvollen Typ, den sie vielleicht heute nacht treffen würde, er hackte immer auf derselben Frage herum wie ein Papagei, der nur ein einziges Wort kann und es Tag und Nacht herausquakt, bis man durchdreht.

Als sie es satt hatte, schüttete sie ihm das Bier ins Gesicht. Er klappte den Mund zu und sah gekränkt aus. Seine Lippen zuckten wie bei einem kleinen Kind.

Während Doreen ihn trockenwischte, ging Tam telefonieren. Jetzt war es spät genug.

Sie kam zurück, um ihre Drinks zu bezahlen, und geriet noch einmal kurz mit Michael aneinander. Doreen stand daneben und zog ein angewidertes Gesicht. Er entschuldigte sich. Er wollte, daß sie Freunde blieben. Er bestand darauf, zu bezahlen.

Wunderbar, soll er doch. Sie war abgebrannt bis auf ein paar kleine Scheine. Sie ging, ohne sich zu verabschieden.

Der Truck bockte ein wenig, dann sprang er an. Sie fuhr den Highway bis zur Abzweigung, dort bog sie in eine Sandstraße ein und schaltete auf Allrad um. Das helle Mondlicht warf seine Schatten auf den Weg. Sie hielt am Rand und schaute auf die Uhr. Die Zeit stimmte.

Froh darüber, daß sie ihre wärmsten Stiefel angezogen hatte, stieg sie rutschend und schlitternd den Pfad zu ihrem Felsen hinauf. Ihr Freund würde dort auf sie warten.

Aber er hatte sich verspätet, es war niemand da, nur der Mond und die Schatten, die im Wind schwankten. Keiner da, sagte sie sich. Die Minuten verrannen, und die Dunkelheit hüllte sie ein wie ein Mantel aus Kälte. Allmählich war ihr, als wäre doch jemand da. Sie spürte Augen auf sich gerichtet, obwohl sie nichts Verdächtiges bemerkte. Sie bekam Angst. Sie dachte ans Umkehren, aber dann wäre alles verpatzt. Sie brauchte etwas von ihm, um sich am Laufen zu halten, nur dieses eine Mal. Das würde auch das letzte Mal sein.

Eine Minute wollte sie ihm noch geben.

1

Blaue Gebirgsluft, im Schnee knarrende Stiefel, ein tiefer Atemzug und ein letzter Blick auf den verschneiten Nadelwald – Nina Reilly betrat das Gerichtsgebäude. Ihre Lippen waren kalt und blau wie der Winter von Tahoe. Zum erstenmal, seit sie aus dem Krankenhaus heraus war, würde sie den Saal des Bezirksgerichts wiedersehen.

Eine nette, friedliche einstweilige Verfügung stand zur Verhandlung, eine Zivilsache nicht ohne interessante Aspekte, die man auf dem Papier erledigt. Sie brauchte nur ein paar der logischen Überlegungen anzustellen, von denen sie als Jurastudentin geglaubt hatte, daß sie die ganze Rechtspraxis ausmachten.

Kein Strafrecht mehr, hatte sie sich geschworen. Keinen Ärger mehr mit physischer Gewalt und mörderischen Affekten. Davon hatte sie für immer genug. Im Krankenhaus hatte sie einfache Vorsätze gefaßt – sie wollte ein freundlicheres, sanfteres Recht und das Büro um fünf verlassen.

Heute könnte sie ihre Vorsätze einhalten, wenn es ihr gelingen würde, eine Plänkelei mit dem streitlustigen Gegenanwalt Jeffrey Riesner zu vermeiden und Terry London, ihre halsstarrige Mandantin, von den Leuten fernzuhalten, die sie verklagt hatten.

Als sie die Treppe zum großen Saal des Bezirksgerichts hinaufstieg, hörte sie Terrys Stimme hinter sich. »Marineblau kommt immer gut.«

»Danke.« Nina nahm die Bemerkung als Kompliment. »Sie sehen auch gut aus. Bereit zum Kampf?« Sie drehte sich um und ließ ihre Mandantin folgen.

Terry London war eine große, schlanke Frau. Heute hatte der

eisige Wind ihre langen kastanienbraunen Locken zerzaust. Das blasse Gesicht mit dem breiten Mund und den vollen Lippen hatte in vierzig Jahren eine herbe Schönheit entfaltet.

Doch ihre Augen waren von Dunkel umgeben, das Rot ihres Lippenstifts war einen Hauch zu dramatisch und großstädtisch für Tahoe. Der Hosenanzug aus weißer Wolle und der ockerfarbene Schal betonten die Intensität ihrer gelblichbraunen Augen. Über dem Arm trug sie einen bodenlangen, silbrigen Pelzmantel, der so dick war, daß sie mühelos in ihm verschwinden konnte.

»Aber sicher. Ich hab ja die Staranwältin der Saison zur Seite«, sagte Terry. Die beiden Frauen stiegen die Treppe hinauf. Auf dem Absatz hielt Terry Nina am Arm fest und sagte: »Ich erwarte von Ihnen, daß Sie rücksichtslos zuschlagen.«

»Wir haben gute Karten, wie ich schon sagte.«

»Es ist nicht Ihre Aufgabe, sich auf irgendwelche Karten zu verlassen«, sagte Terry, als sie im Obergeschoß ankamen. »Jedenfalls nicht in meinem Fall.«

»Ich werde mein Bestes tun.«

»Schon klar«, sagte Terry. »Ich will den Sieg.«

Oben wartete Jeffrey Riesner schon auf Nina. Ein Blick genügte, und es begann in ihr zu kochen. Vergiß nicht, ermahnte sie sich, immer nett und freundlich …

»Dürfte ich Sie einen Moment sprechen?« fragte er mit einer Höflichkeit, die unverkennbar spöttisch gemeint war.

»Ich komme gleich nach«, sagte Nina zu Terry, und wider Willen registrierte sie, daß Riesner Terrys wohlgeformten Hintern taxierte. Er blickte ihr so lange nach, bis er sicher war, daß Nina es bemerkt hatte. Jetzt waren alle im Saal, und sie standen allein auf dem halbdunklen Korridor.

Nina zwang sich, ihn anzusehen, und beschwor sich erneut, Ruhe zu bewahren. Trotz ihrer hohen Absätze mußte sie den Kopf in den Nacken legen, um ihm in die Augen zu blicken. Sie roch den scharfen Moschusduft seines After-shaves, der sich mit dem säuerlichen Kaffeegeruch seines Atems mischte. Hoch über ihr funkelten die undurchdringlichen Augen in dem gemeinen, länglichen Gesicht und zeugten von schlecht verhohlener Wut.

Daß sie vor einem Jahr als Verteidigerin mit einem Mordprozeß in die Justizwelt von Tahoe eingestiegen war, hatte ihn erbittert. Er hatte nicht den geringsten Zweifel gelassen, daß er Konkurrenten verabscheute, erst recht, wenn es sich um Frauen handelte. Und Manieren, die ihn daran gehindert hätten, seinen Emotionen freien Lauf zu lassen, besaß er nicht.

Das Schlimmste war, wie er sie fixierte – wie eine Schlange ihre Beute. Jeffrey Riesner war ein ekelhafter Typ, und gleich würde er noch ekelhafter werden, das wußte sie.

»Sie konnten es wohl gar nicht erwarten, mich wiederzusehen, was?« Er schob seine perfekte Hermès-Krawatte zurecht, die dem Zweck diente, seinen Tausenddollaranzug und sein anzügliches Grinsen zu unterstreichen.

»Irgendwie hab ich die Zeit auch ohne Sie überstanden.« Ihre Stimme klang gut. Kräftig und selbstbewußt.

»Hab mich schon drauf gefreut, Sie mal allein zu sprechen, Nina.«

Nun hatte er sie in der Falle. Genau diese Art von Begegnung mit genau diesem Anwalt hatte sie vermieden, seit sie ihn zum erstenmal erlebt hatte. Mußte es ausgerechnet heute sein? Sie seufzte innerlich, hängte die guten Vorsätze an den Nagel, stieg in ihre Rüstung, zog das Schwert und hob den Schild vor die Brust.

»Für Sie immer noch Ms. Reilly, wenn ich bitten darf …«

»Ich wollte Ihnen sagen«, fiel er ihr ins Wort, »daß ich meine Mandanten noch einmal konsultiert habe und sie mich erneut gebeten haben, einen Vergleich anzustreben. Bringen Sie Ihre Mandantin dazu, diese Psychokiller-Geschichte und den Alkoholismus-Vorwurf gegen die Eltern wegzulassen, dann können wir die ganze Angelegenheit vergessen.«

»Meine Mandantin ist nicht bereit, sich ihren Film zensieren zu lassen. Sie hat ihn nicht gedreht, um den Geschmack der Kläger zu bedienen. Ich habe Ihr Angebot übermittelt, und sie sagt nein, ohne Wenn und Aber.«

»Sie könnten ja mal versuchen, die Dame ein bißchen in den Griff zu kriegen.«

»Erzählen Sie mir nicht, wie ich mit meinen Mandanten umzugehen habe«, sagte Nina. »Diese Frau weiß, was sie will, und sie ist im Recht. Haben Sie nichts Besseres zu bieten?«

Riesner zuckte die Schultern. »Ich habe meinen Mandanten ja gesagt, daß es aussichtslos ist bei Ihnen. Sie müssen schließlich Ihre Miete bezahlen, oder? Ich hörte, daß Sie kein Strafrecht mehr machen. All die üblen Ganoven, das ist wirklich nichts für Sie. Und wenn Sie diesen Fall im Vergleich enden lassen, springt für Sie nicht genug raus. Das habe ich meinen Mandanten erklärt, und die können es verstehen.«

»Sie werden verlieren, und Sie wissen es, aber Sie reißen Ihre Mandanten rein, nur weil Sie es nicht lassen können, sich ausgerechnet mit mir anzulegen!« Ihre Stimme bebte ein wenig. Sie war so aufgeregt, daß sich ihre Kehle zuschnürte.

»Aber, aber!« sagte Riesner lächelnd und machte Anstalten, ihr den Kopf zu tätscheln, er zog jedoch die Hand zurück, ohne Nina wirklich zu berühren. »Warum wollt ihr Mädels die einstweilige Verfügung nicht schlucken? Dann könntet ihr in Ruhe Tee trinken und euch über Frisuren und Maniküre unterhalten.«

»Wir werden uns köstlich amüsieren, wenn wir die Gerichtskosten zusammenzählen, die Ihre Mandanten meiner Mandantin schulden. Doch jetzt hab ich zu tun. Wenn Sie verzeihen wollen …« Sie wandte sich zum Gehen, aber er verstellte ihr den Weg.

»Warten Sie. Ich will Ihnen nur was zeigen«, sagte er. »Sehen Sie das hier?« Ihr Blick senkte sich automatisch auf seine weiße, grobknochige Hand. An seinem Ringfinger, eingefaßt in dickes Gold, glomm ein Rubin. »Juristische Fakultät Stanford, Jahrgang 72.«

Was wollte er damit? Zuschlagen? Sie zuckte zurück und blickte hilfesuchend in den leeren Flur, doch sie sah nur Terry London, die von der Tür aus zuschaute, als würde sie sich an der Szene weiden.

»Ich bin schon etwas länger im Geschäft, Nina, eine ganze Weile länger. Und Sie sollen wissen, daß Ihre starre Haltung in diesem Fall ganz genau das ist, was ich erwartet habe. All diese Damen, die sich als Juristinnen bezeichnen – und ich gebrauche beide Begriffe unter Vorbehalt –, haben ja überhaupt keine andere Wahl, als ständig aufzutrumpfen, nachdem sie den letzten Rest …«

»Lassen Sie mich!« sagte Nina, warf sich mit ihrem ganzen Gewicht gegen ihn und schob sich vorbei.

»… weiblichen Charmes verloren haben«, ergänzte er und gewann die Balance zurück. »Meine Güte! Da stehen wir und schwatzen, während unsere Mandanten drinnen auf uns warten. Wollen wir nicht endlich?« Mit großen Schritten überholte er sie und hielt ihr die Tür auf.

Deputy Kimura stand direkt am Haupteingang zum Gerichtssaal; sein schwerer Schlüsselbund klimperte, als er ihn neben dem Halfter am Gürtel festhakte. Er lächelte Nina zu, die hastig an ihm vorbeiging. Er hatte auch vor drei Monaten Dienst gehabt, als im Saal auf Nina geschossen worden war. »Keine Sorge«, sagte er und tätschelte sein Halfter. Die Worte, die sie beruhigen sollten, brachten alles wieder hoch. Er ging durch den Mittelgang nach vorn, und Nina folgte ihm, ihre schwere Aktentasche schleppend.

Sweet gegen London war der einzige Fall am heutigen, auf elf Uhr angesetzten Verhandlungstag, trotzdem herrschte im Zuschauerraum Gedränge. Zwischen den Fremden in der letzten Reihe machte Nina eine Reporterin des *Tahoe Mirror* aus. Sie hätte wetten können, daß einige Zuschauer nur gekommen waren, um sich im überheizten Gerichtssaal aufzuwärmen, und fragte sich, ob sie wohl wußten, daß diese Annehmlichkeit in Form von Steuern mehr kostete als die Heizung zu Hause.

Jessica und Jonathan Sweet, zwei Mandanten von Riesner, saßen am Mittelgang. Sie drehten sich um, als Nina vorbeiging. »Hallo«, sagte sie mit betonter Freundlichkeit. Sie sollten nicht für Jeffrey Riesner büßen.

Jonathan Sweet trug einen schwarzen Pullover und ausgebeulte Khakihosen, mit seinem Kindergesicht wirkte er eher dreißig als zweiundfünfzig Jahre alt. Er spekulierte in Immobilien und besaß eine Reihe wertvoller, noch unerschlossener Grundstücke am Nevada-Ufer des Lake Tahoe. Mit seinem Rollstuhl, der neben dem Platz seiner Frau stand, blockierte er ein wenig den Mittelgang. Mrs. Sweet, deren graues Haar kurzgeschnitten war, sah viel älter aus als ihr Mann, doch dank ihrer Arbeit bei einem der örtlichen Skizentren war sie braungebrannt und sah gesund aus. Sie rutschte nervös hin und her, und beide nickten auf Ninas Gruß. Neben ihnen saßen die anderen Mandanten Riesners in diesem Fall, Doreen und Michael Ordway, und die ignorierten ihre Geste. Beide sahen aus wie Mitte Dreißig; er trug einen Parka und Cowboystiefel, als käme er direkt aus den Bergen geritten, seine Frau trug ihr langes, goldgesträhntes Haar offen, und ihr purpurroter Minirock aus Leder schrie förmlich nach Beachtung.

Nina blieb an der Schranke stehen, die den Zuschauerraum vom Gericht trennte, und ließ das Ganze auf sich wirken. Ein großer Raum, erfüllt von brutaler Helligkeit, in der Mitte die Anwaltstische und das erhöhte Richterpult, ein kleiner *circus maximus*, in dem jeden Tag die Gladiatoren fochten. Rechts die leere Geschworenenbank, auf der sich zwei Anwälte räkelten. Die Schreiber geschäftig an ihren winzigen Tischchen unter dem Richterpult. Der Gerichtsdiener telefonierend hinter seinem Pult an der Seite, das neuerdings mit einer schußsicheren Scheibe versehen war. Und hinter ihr in den Sitzreihen schaulustige und blutdürstige Römer in Erwartung des Kampfes.

In der Tat: Diese Prozeßordnung war eine verdammt urtümliche Methode, einen Konflikt beizulegen.

Die Uhr an der Wand zeigte elf Uhr fünfzehn. Richter Milne war überfällig. Nina hatte geglaubt, sie wäre gegen alles gefeit, doch als sie sich neben Terry an den Verteidigertisch setzte und die Akten auspackte, spürte sie deutlich die Blicke in ihrem Nacken und wurde nervös.

Die Sache mit Riesner im Korridor gehörte zum Gerichtsalltag, und sie hatte die Ruhe bewahrt – so gut sie eben konnte. Was Terry betraf: Jeder Mandant hatte seine Kehrseiten. Sie hatte am liebsten intelligente Mandanten, und intelligent war Terry mit Sicherheit, obwohl sie sich so feindselig zeigte.

Ich bin in Hochform, sagte sie sich, und absolut sicher. Und …

Auf diesem Stuhl hatte sie damals auch gesessen … Vor diesem

Zeugenstand hatte sie gestanden ... Sie hatte sich umgedreht und die Pistole gesehen, die sich plötzlich auf sie richtete, den Finger, der sich um den Abzug krümmte, keine sechs Meter entfernt ... Eigentlich müßte sie tot sein.

Sie zog die Schultern hoch, wehrte sich gegen den Ansturm der Gefühle und wandte den Blick von der Stelle ab, an der sie zusammengebrochen war, nur ein paar Schritte entfernt. Die Sache war ausgestanden.

Terry saß links neben ihr am Verteidigertisch, ruhig und aufmerksam. Rechts von ihr setzte Riesner seine Aktentasche auf dem Klägertisch ab und kramte die Akten heraus.

Deputy Kimura sagte: »Bitte erheben Sie sich von den Plätzen. Die Verhandlung vor dem Bezirksgericht des County of El Dorado ist eröffnet. Den Vorsitz führt Ehrwürden Curtis E. Milne.« Fast hörte man Posaunen blasen. Richter Milne erschien hinter dem Richterpult und klappte seine Mappe auf. Nina konnte sich nicht enthalten, dem Cäsar hastig zuzunicken, der in seiner feierlichen Robe den Daumen heben oder senken würde.

Die Schreiber spannten die Finger und beugten sich über ihre Maschine; Edith Dillon, die hennagefärbte Sekretärin, jagte den Stift über das rosafarbene Formularpapier.

»Nehmen Sie Platz«, sagte Kimura. Alle setzten sich, außer den beiden Anwälten. Nina reckte sich so weit in die Höhe, wie es ihre hundertsiebenundfünfzig Zentimeter plus italienische Absatzschuhe erlaubten.

»Sweet gegen London«, sagte Milne und schlug eine dicke Akte auf. »Ein Antrag auf einstweilige Verfügung, ist das richtig, Mr. Riesner? Sind die Parteien und ihre Anwälte erschienen?«

»Ja, Euer Ehren«, sagte Riesner.

»Herzlich willkommen, Ms. Reilly. Wir haben Sie vermißt«, sagte der Richter und schenkte ihr ein verhaltenes Lächeln.

»Besten Dank, Euer Ehren. Ich freue mich, hiersein zu können«, sagte Nina.

Sie behielt Milne im Auge, aber sein Gesicht war ein Muster richterlicher Unvoreingenommenheit. Es verriet nichts über seine Stimmung, über die Nachwirkungen seines Frühstücks oder die Eindrücke, die er aus den Akten gewonnen hatte. Er schob die

Unterlippe vor und berührte sie nachdenklich mit dem Finger. »Fahren Sie fort«, sagte er.

Riesner warf die Papiere auf den Tisch und stützte sich mit beiden Armen auf die Tischplatte. »Dem Hohen Gericht liegt unsere Klage gegen Verletzung der Persönlichkeitsrechte, auf gerichtliche Abhilfe und gegen Vertragsbruch vor. Die Abhilfe, die mit der Klage erwirkt werden soll, ist eine Verfügung, die sicherstellt, daß der Beklagten Theresa London die Vorführung eines Films von annähernd einer Stunde Länge mit dem Titel *Was wurde aus Tamara Sweet?* untersagt wird. Desgleichen jedwede Art der Veröffentlichung, der kommerziellen Verwertung, der Lizenzvergabe und der Werbung. Außerdem jeder Hinweis auf das Vorhandensein des Films, seine Vervielfältigung und jede andere Art der Verbreitung.

Ich fasse den Tatbestand kurz zusammen: 1984 wurde die damals achtzehnjährige Tamara Sweet aus South Lake Tahoe als vermißt gemeldet. Weil sie die Absicht, das Elternhaus für längere Zeit zu verlassen, vorher angedeutet hatte, weil es zu Problemen mit ihren Eltern gekommen war und weil kein Hinweis auf eine Straftat vorlag, wurde seinerzeit gegen die Eröffnung eines Ermittlungsverfahrens entschieden.

Im Lauf der Jahre haben Mr. und Mrs. Sweet mit verschiedenen Suchorganisationen zusammengearbeitet, auch private Ermittler mit der Suche nach ihrer Tochter beauftragt, doch das Ergebnis ...«

»Das haben Sie bereits in der Klagebegründung ausgeführt«, unterbrach ihn der Richter. »Kommen Sie bitte auf den Film zu sprechen.«

»Jawohl, Euer Ehren.« Riesner griff nach seinen Unterlagen, schob ein paar Blätter beiseite und fuhr fort: »Zwölf Jahre sind seitdem vergangen, bedrückende, kummervolle Jahre für die Eltern. Am 10. Januar letzten Jahres nahm die Beklagte Kontakt zu ihnen auf und fragte, ob sie an einem Film über das Verschwinden ihrer Tochter interessiert wären, an einem Film, der vielleicht zur Aufklärung des Falls beitragen könnte. Natürlich stimmten sie zu.

Die Beklagte hat dann verschiedene Videoaufnahmen gemacht

und den Anschein erweckt, für ihr Vorhaben ausreichend qualifiziert zu sein. Die Sweets haben Ms. London ihre Unterlagen und ihre Herzen geöffnet. Sie ermächtigten Ms. London, Tamaras Schulakte einzusehen, mit ihren Freunden zu sprechen, und taten alles, was in ihren Kräften stand, um die Herstellung des Films zu unterstützen.

Tatsächlich hat die Beklagte den Film fertiggestellt. Aber statt in wohlmeinender Absicht die Umstände des Verschwindens einer jungen Frau zu dokumentieren, benutzte die Beklagte die persönlichen Daten der Kläger, um den Vater Jonathan Sweet in ihrem Film als selbstbezogen und egoistisch hinzustellen, die Mutter Jessica Sweet als Alkoholikerin und Tamara Sweet als eine Frau mit häufig wechselnden Partnern, mit Drogenproblemen und einer fragwürdigen Moral.« Riesner machte eine Kunstpause.

»Die beiden anderen Kläger in diesem Verfahren, Michael und Doreen Ordway, die eng mit Tamara Sweet befreundet waren und sie in der Nacht ihres Verschwindens noch gesehen haben, sind in ähnlicher Weise als unmoralisch, alkoholabhängig, egoistisch und gleichgültig dargestellt worden.

Um ein solches Bild von den Klägern zu zeichnen, hat sich die Beklagte einseitig auf Tatsachen gestützt, die geeignet sind, dieses Bild zu untermauern. Mit anderen Worten, der Tatbestand der Beleidigung liegt nicht vor, weil die ausgewählten Fakten nicht zu widerlegen sind. Aber die Beklagte hat private Lebensumstände in einer Weise dargestellt, die die Gefühle der Kläger verletzt.

Und es gibt eine Passage, in der sich die Beklagte auf das Gebiet der unhaltbaren Spekulation begibt: Sie hat versucht, das Verschwinden von Tamara Sweet mit dem Verschwinden anderer junger Frauen dieser Gegend in den letzten zwölf Jahren in Verbindung zu bringen. Ihre ›Theorie‹, Tamara Sweet und die anderen Vermißten seien ermordet worden, entbehrt jeder Grundlage, und man kann den Eltern nachfühlen, was sie dabei empfinden müssen, Hohes Gericht.

Nachdem die Beklagte die Eltern zu einer Voraufführung des Films eingeladen hatte, kam es zu einem Gespräch, in dem die Kläger ihre Gefühle über die verzerrte Darstellung der Tatsachen zum Ausdruck brachten. Doch die Beklagte hat wiederholt jede Form des Entgegenkommens abgelehnt. Zudem hat sie bereits Verhandlungen mit einer großen Fernsehgesellschaft über die Ausstrahlung des Films aufgenommen. Die Klageerwiderung der Gegenseite, Euer Ehren, kann nur unzulänglich vermitteln, welche seelischen Qualen für die Kläger damit verbunden sind, diesen Film sehen und eine landesweite Bloßstellung im Fernsehen befürchten zu müssen …«

»Klagevertreter, Sie haben fünf Minuten Redezeit.«

Riesner steigerte sein Tempo und ein wenig die Lautstärke, um seinen Schlußbemerkungen zusätzlichen Nachdruck zu verleihen. »In ihrer Verzweiflung haben sich die Kläger an mich gewandt, Euer Ehren. Heute bitten wir das Hohe Gericht um eine einstweilige Verfügung, die in Kraft bleiben soll, bis das Hohe Gericht in der Hauptverhandlung zu einem endgültigen Urteil gelangt. Da dies bei der Terminlage ein bis zwei Jahre dauern dürfte, Euer Ehren, und die vorläufige Unterlassungsanordnung heute abläuft, brauchen wir eine einstweilige Verfügung, um von diesen Menschen bleibenden Schaden abzuwenden, der ihnen aus der Verbreitung des Filmes entstehen würde.«

Milne notierte etwas mit kratzendem Füller. Nina blickte sich um, weil sie die Reaktion der Riesner-Mandanten auf seinen Vortrag erkunden wollte. Auch Riesner sah zur Seite, und für einen Moment trafen sich ihre Blicke.

Terry stieß Nina mit dem Ellbogen an. »Wie macht er sich?« flüsterte sie und wies diskret auf Riesner.

»Mäßig bis mittelprächtig. Das kriegen wir schon hin«, flüsterte Nina ihr zu, während Riesner weitersprach, diesmal mit weicher, eindringlicher Stimme.

»Kommen wir zur Frage der anzuwendenden Gesetze, Euer Ehren. Der Klägerseite obliegt der Nachweis einer hinreichenden Wahrscheinlichkeit, daß diese Gesetze bis zur Hauptverhandlung ihre Maßgeblichkeit behalten. Die anderen Anträge sind in unserer Klagebegründung ausgeführt. Für heute möchte ich mich auf die zivilrechtlich relevante Verletzung der Persönlichkeitsrechte beschränken.

Das Gesetz sieht vor, daß die Kläger die öffentliche Verbreitung privater Tatsachen unterbinden können, wenn diese für eine rechtsmündige Person ehrverletzend und anstößig sind. Dem Hohen Gericht liegen entsprechende Erklärungen der Kläger vor, daß diese sich in hohem Maße in ihrer Ehre verletzt fühlen. Ihre Einwände gegen den Film sind jedenfalls so stark, daß sie dieses Verfahren eingeleitet und den kompetentesten Anwalt verpflichtet haben.« Er räusperte sich, damit seine Worte eindrücklich genug beim Richter ankamen. »Es muß nicht bewiesen werden, daß die Behauptungen des Films unwahr sind, Euer Ehren, sondern nur, daß sie die Privatsphäre der Kläger verletzen.

Zweitens werden die Persönlichkeitsrechte der Kläger durch eine Publikation verletzt, die geeignet ist, Personen öffentlich in ein falsches Licht zu setzen. Es ist sehr leicht, kilometerweise Filmmaterial zu produzieren und dabei wahre Tatsachen zu einem falschen Bild zu verzerren, Euer Ehren, und genau das hat die Beklagte getan.

Wie wir in der Klagebegründung nach Prosser zitieren, führt Richter Stanley Mosk in seinem Kommentar zum Fall Lugosi folgendes aus: ›Juristischer Handlungsbedarf im Sinne des Persönlichkeitsrechts entsteht prinzipiell dann ... wenn die konkrete Handlung einer Person eine Verletzung von Gefühlen verursacht. ... Diese Verletzung seelischer Art wird subjektiv empfunden. Sie beeinträchtigt das seelische Wohlbefinden der betroffenen Person und kann Leiden verursachen, die gravierender sind als solche infolge körperlicher Verletzung.‹«

Richter Milne stieß einen genervten Seufzer aus, um Riesner klarzumachen, daß er mit seiner Geduld am Ende sei.

»Der fragliche Film *Was wurde aus Tamara Sweet?* ist geeignet, genau diese Wirkung auf die Kläger auszuüben, Euer Ehren. Persönliche Lebensumstände werden in fahrlässiger und rücksichtsloser Weise der Öffentlichkeit preisgegeben. Das Privatleben meiner Mandanten wird in ein falsches, ja grob entstellendes Licht gesetzt. Tatsachen werden verzerrt wiedergegeben, damit die Beklagte vom Leid meiner Mandanten profitieren kann ...«

Riesners Gesten wurden fahrig und ausgreifend, seine Stimme lauter und lauter, während er auf den Höhepunkt zusteuerte. Die Zuschauer waren gespannt auf das große Finale und reckten die

Hälse, um nichts zu versäumen. Nina wartete darauf, daß er wie immer übers Ziel hinausschoß, meist zum Vergnügen der Geschworenen.

»Das perverse Ausschlachten der Geschichte der Tamara Sweet durch die Beklagte verfolgt ausschließlich den Zweck, ein Publikum zu bedienen, das ähnlich voyeuristisch und lüstern veranlagt ist wie die Beklagte selbst. Die Beklagte folgt einem krankhaften Trieb, um ein sehr durchsichtiges Ziel zu erreichen: möglichst viel Profit aus dem Leid anderer Menschen zu schlagen.

Fällen Sie ein gerechtes Urteil, Euer Ehren. Bringen Sie dieser Schnüffel-Terry bei, daß sie durch die falsche Ritze geschielt hat.

Bewahren Sie die Welt vor diesem krankhaften Machwerk!«

Totenstille im Saal. Nur am Mittelgang wurde gelächelt. Da saßen Mr. und Mrs. Sweet und hielten Händchen. Milne putzte seine Brille an der Robe und rieb sich die Augen, bevor er das Gestell wieder auf die Nase schob. Nina wußte, daß er um halb zwölf den Vorsitz in einem Strafverfahren führen mußte. Er hatte keine Zeit für Wortgefechte. Zu viele Termine für zu wenige Richter führten dazu, daß die Anwälte ihre besten Pointen verpatzten und die Richter überhörten, was ihnen in der Eile vorgetragen wurde.

»Ms. Reilly, wollen Sie bitte dazu Stellung nehmen.« Sie griff nach ihren Notizen und schluckte hörbar, während der Saal auf den Einstieg wartete, den sie aus ihrem leeren Kopf zaubern mußte. Auf die Plätze, fertig, los!

»Ein paar kurze Bemerkungen, Euer Ehren. Zuerst möchte ich Ihnen meine Mandantin vorstellen: Theresa London.« Der Richter neigte huldvoll den Kopf. Terry nickte höflich, wie Nina es ihr eingeschärft hatte, und nahm anmutig wieder Platz.

»Anders als die bombastischen Anwürfe des Klagevertreters vermuten lassen, Euer Ehren, hat Terry London über ein Jahr an diesem Film gearbeitet. Sie hat zahllose Arbeitsstunden und eine Menge eigenes Geld in ihr Projekt gesteckt. Es handelt sich um ein Kunstwerk, das auf Wahrheit beruht. Die Öffentlichkeit wird über den Wert dieser Arbeit befinden. Die Kläger selbst, Tamara Sweets Eltern und Freunde, haben Ms. London ermutigt, diesen Film zu drehen, weil sie damit die Hoffnung verbanden, Tamara wiederzufinden. Doch nun wollen sie den Film vernichten. Warum?«

Nina fing Milnes Blick ein, hielt ihn fest und erzwang seine Aufmerksamkeit.

»Unser Sachverständiger Monty Glasser, Produzent der Fernsehserie *Rätsel des Alltags*, bestätigt, daß dieser Film beachtlichen künstlerischen Wert besitzt. Ein Dokumentarfilm, der eine Haltung zum Ausdruck bringt. Die Kläger fühlen sich von dieser Haltung der Regisseurin verletzt, denn der Film zeigt sie ohne Maske, so wie sie sind, nicht mehr und nicht weniger.

Darum geht es in diesem Verfahren.

Aber der Film ist kein Eigentum der Kläger. Sie haben ihn nicht finanziert, sie haben nicht an ihm gearbeitet, er ist kein Produkt ihrer künstlerischen Anstrengung.

Das Oberste Gericht der Vereinigten Staaten betrachtet die Versuche, dem künstlerischen Ausdruck in diesem Land einen Maulkorb zu verpassen, nicht sonderlich wohlwollend. Die Kläger wissen nicht, wie die Öffentlichkeit auf diesen Film reagieren wird, Euer Ehren, also ist ihnen bisher kein Schaden entstanden. Und möglicherweise wird ihnen auch kein Schaden daraus entstehen. Das Verbot eines Buches oder eines Films berührt ein höheres Rechtsgut. Zensurakte, die gegen den Ersten Verfassungsartikel verstoßen, werden unsere Gerichte wohl kaum verfügen.«

Milne schaute auf die Saaluhr. Die Verfassung der Vereinigten Staaten konnte ihn heute nicht beeindrucken. Nina beschloß, schnell zu Ende zu kommen und ihr schwerstes Geschütz aufzufahren.

»Außerdem können die Kläger in der Sache nicht gewinnen«, sagte Nina. »Eine unserer positiven Vorkehrungen steht dem zwingend im Weg: nämlich die Zustimmung der Kläger.«

Milne hörte zu schreiben auf und widmete ihr seine ganze Aufmerksamkeit.

»Es handelt sich um eine simple Vertragsregelung. Nehmen wir der Einfachheit halber an, der Film verletze tatsächlich nach geltender Rechtsprechung die Persönlichkeitsrechte der Kläger«, sagte Nina. Alles wurde hellwach.

»Die Verträge, die meine Mandantin mit den Klägern geschlossen hat, halten fest, daß meine Mandantin einen Dokumentarfilm über die Begleitumstände des Verschwindens von Tamara Sweet zu drehen beabsichtigt und sich das alleinige Recht zur Veröffentlichung der gedrehten Sequenzen vorbehält. Der Vertrag liegt den Beweismitteln bei, unterschrieben, datiert und notariell beglaubigt. Die Kläger haben ihre Zustimmung ohne jede Einschränkung erteilt.

Da eine solche Zustimmung vorliegt, ist eine Verletzung der Privatsphäre ausgeschlossen. So einfach ist das. Die Kläger hatten das Recht, ihre Mitwirkung zu versagen. Aber das ist zu keiner Zeit geschehen, Euer Ehren. Diese Leute haben zugestimmt, gefilmt zu werden, es gibt also keinen Streitgegenstand, und wir können alle nach Hause gehen.«

Nina drehte sich um und richtete ihren Blick auf Jonathan und Jessica Sweet, als wollte sie erreichen, daß die beiden stillschweigend den Saal verließen, aber sie blieben einfach sitzen und blickten verdattert drein. Nina unterdrückte eine unangebrachte Regung des Mitleids. Die beiden hatten ihre Mandantin verklagt, sie waren der Feind.

»Um es kurz zu machen, Euer Ehren, dieser Fall erfüllt keine der Voraussetzungen für eine einstweilige Verfügung. Es existiert kein Nachweis darüber, daß die Kläger durch den Film geschädigt werden. Eine unerlaubte Handlung im Sinne des Zivilrechts liegt nicht vor, weil die Kläger vertraglich zugestimmt haben, gefilmt zu werden, und ein Mitspracherecht bei der Herstellung des Films vertraglich nicht vereinbart war. Auch der Grundsatz der Billigkeit spricht zugunsten meiner Mandantin. Und schließlich gibt es ein starkes verfassungsrechtliches Argument gegen die einstweilige Verfügung. Sie würde das Recht auf freie Meinungsäußerung außer Kraft setzen.«

Milne nickte. Riesner knurrte. Nina erlaubte sich ein verhaltenes Lächeln.

»Und noch etwas: Mr. Riesner hat meine Mandantin als voyeuristisch und krankhaft bezeichnet und dieses Hohe Gericht aufgefordert, ihr beizubringen – ich zitiere –, daß sie durch die falsche Ritze geschielt hat ...«

Der Saal hielt den Atem an. Nina lächelte.

»Sie hat nur dokumentiert, was sie vorgefunden hat, mitsamt dem Schmutz, den Spinnweben, den Schaben. Ich schlage dem Hohen Gericht vor, unserer Auffassung zu folgen, daß ihr das bereitwillig gestattet wurde und daß es schlechte Rechtsprechung wäre, die Beklagte nun zu der Behauptung zu zwingen, das Haus wäre sauber gewesen.«

Nina setzte sich. Terry hielt ihr unter dem Anwaltstisch den erhobenen Daumen entgegen.

»Vielen Dank«, sagte Milne. »Das Gericht überweist den Fall zur Begutachtung.« Glucksend verschwand er durch die Richtertür.

Ein paar Minuten später stand Nina mit ihrer Mandantin vor dem Gerichtssaal, sonst war niemand in der Nähe. Draußen wirbelten die ersten Schneeflocken im Winkel von fünfundvierzig Grad vom stahlgrauen Himmel herab. Terrys Pelzmantel kribbelte betörend an Ninas Hand, bevor sie sich die Handschuhe überzog.

»Luchs«, sagte Terry. »Genau das richtige an einem kalten Tag wie diesem. Frauen wollen immer ihr Gesicht drin vergraben, Männer ihren Schwanz. Also was ist? Haben wir gewonnen?«

»Es ist gut gelaufen. Genau wissen wir es in ein paar Tagen, wenn die Urteilsbegründung kommt. Ich rufe Sie sofort an«, erwiderte Nina. Ungeschriebenes Gesetz, Paragraph 678: Versprich niemals den Sieg, besonders einer Mandantin wie Terry nicht, die jetzt ihre spitze Nase im Pelz vergraben hatte.

»Ganz sicher kann man nie sein«, erklärte Nina und schob das lange braune Haar unter den hochgeschlagenen Mantelkragen. »Manchmal fällen die Richter ein falsches Urteil, dann muß man in die Berufung gehen. Aber ich verstehe trotzdem nicht, warum Sie die paar Änderungen nicht machen wollen, Terry. Schneiden Sie doch einfach die Stelle raus, wo Jessica Sweet als Schnapsdrossel dasteht, und auch die Aussage, daß Jonathan damals schon zwei Jahre arbeitslos war. Und Ihre Hypothese, daß Tamara von irgendeinem Geisteskranken ermordet wurde, der in Tahoe sein Unwesen treibt. Selbst wenn wir heute gewinnen, kann die eigentliche Verhandlung lang und teuer werden.«

Terrys Gesicht, das im Kontrast zum sanften Grau des Luchses milchweiß wirkte, bekam einen listigen Ausdruck. Sie trat näher, und Nina spürte wieder die Berührung des üppigen Pelzes. »Haben Sie die Frau vom *Tahoe Mirror* in der letzten Reihe gesehen?«

»Ja.«

»Streitigkeiten, Prozesse, Publicity, all das ist Gold wert. Da liegt meine Chance. Ich mache keine Werbefilme für die Handelskammer. Auch keine Scheiß-Lehrfilme mehr, an denen ich so gut wie nichts verdiene. Wenn dieses Ding gelaufen ist, kassiere ich für einen abendfüllenden Dokufilm. Er ist schon in der Planung. Er wird einschlagen wie eine Bombe, und ich werde reich und berühmt. Riesner hat schon recht. Er ist zwar ein Arschloch, aber er weiß, wie der Hase läuft.«

»Bei mir im Büro haben Sie das aber ganz anders dargestellt. Da haben Sie gesagt, Sie hätten Ihr ganzes Herz in dieses Kunstwerk gesteckt ...«

»Und hundertfünfzig Riesen, die zum großen Teil geborgt sind.«

Nina spürte eine Abneigung gegen Terry in sich hochsteigen. Der Erste Artikel der Verfassung war Amerikas glanzvollstes Bekenntnis zur Freiheit. Sie hatte den Fall übernommen, gerade weil er das Verfassungsrecht berührte, doch Terry trieb ihren Spott mit dem Recht, auf das sie sich berief.

»Kommen Sie, verschonen Sie mich mit dem pathetischen Quatsch, den Sie dem Richter aufgetischt haben«, sagte Terry. »So naiv sind Sie doch nicht, oder? Sie sehen zwar aus, als könnten Sie keiner Fliege etwas zuleide tun, sanft wie ein Häschen, zarte weibliche Rundungen, aber in Wirklichkeit sind Sie eine Bulldogge. Ich hab gesehen, wie Sie Riesner fertiggemacht haben. Das war verdammt mutig. Der Kerl wiegt doch mindestens doppelt soviel wie Sie!«

»Gut. Ich rufe nächste Woche an, sobald wir das Urteil haben«, sagte Nina. Und dann steige ich aus dem Fall aus, beschloß sie still für sich.

»Wollen Sie gar nicht wissen, wie sehr Riesner recht hatte?« fragte Terry. »Ich meine natürlich nur unter uns, streng vertraulich.«

»Okay, inwiefern hatte er recht?«

Terry kam näher und strich Nina das Haar hinters Ohr. Jetzt schneite es richtig. Der Luchsmantel preßte sich an sie, dick, weich und sinnlich, schließlich war er aus einem Raubtier gemacht. »Ich bin pervers«, flüsterte Terry. »Vielleicht kriegen Sie eines Tages was über mich raus. Konventionelle Maßstäbe habe ich längst hinter mir gelassen, und ich rede hier nicht von Kunst.«

Nina räusperte sich und ging auf Abstand. Ahnte überhaupt jemand, was Anwälten Tag für Tag zugemutet wurde? »Verstehe«, sagte sie.

»Warten Sie!« Terry hielt sie am Arm fest. »Ich will Sie etwas fragen. Sie haben immer in Monterey gewohnt, bevor Sie nach Tahoe kamen, stimmt's? Ich meine, Sie leben hier noch kein Jahr.«

»Stimmt, abgesehen von ein paar Jahren in San Francisco. Meine Sommerferien habe ich natürlich fast immer hier verbracht.«

Terry starrte sie an. »Das hätte ich mir denken können«, sagte sie nickend, und ihre anfängliche Verblüffung wandelte sich allmählich in eine beherrschtere Miene. »Warum bin ich nur nicht früher darauf gekommen? Ich hab Sie mit Riesner gesehen, das hat mich stutzig gemacht ... Da gratuliere ich mir nun täglich, wie verdammt clever ich bin. Mein Gott, wie ich mich schäme! Ich denke, ich chartere mir die neue Staranwältin der Stadt und tue ein gutes Werk für die Frauen der Welt. Und an wen gerate ich? – Ausgerechnet an Sie!«

»Wovon reden Sie überhaupt?«

Terry ließ Ninas Arm los und musterte sie eindringlich aus einem Meter Abstand, als müßte sie in alten Erinnerungen forschen. Plötzlich begann sie zu lachen, es brach aus ihr heraus und steigerte sich, bis ihr die Tränen über die Wangen liefen. »Ertappt!« sagte sie dann unvermittelt, machte einen Schritt auf Nina zu und wieder zurück. »Ertappt!«

Nina wich zurück, bis der Sicherheitsabstand zu ihrer Mandantin groß genug war. Die Leute im Korridor gingen vorbei, manche registrierten Terrys haltloses Gelächter, andere taten so, als würden sie nichts bemerken. Einige Zeit verging, bis sich Terrys Lachanfall legte und ihre verzerrte Grimasse wieder zu dem Gesicht wurde, das Nina zu kennen glaubte.

»Geht es Ihnen gut?« wagte sich Nina schließlich zu fragen.

»Mir?« fragte Terry zurück. Ihre Stimme hatte sich auf wundersame Weise normalisiert. »An Ihrer Stelle«, sagte sie langsam, »würde ich mir mehr Sorgen um mich selbst machen.« Sie drehte sich um, ihre Absätze klackten über den Steinfußboden, sie ging hinaus in den Schnee. Eingehüllt in ihr totes Fell, sah sie befremdlich aus – ein aufrecht gehendes Raubtier mit menschlichem Kopf.

2

Im Vorzimmer zu Ninas Büro, neben der Tür, die in den Korridor des Starlake Building führte, saß ein älterer Mann im gelbbraunen Parka und ebensolchen Hosen und wartete auf seine dreißigminütige Gratisberatung. Ratlos stöberte er in einem der Juristenblätter. Die einzigen anderen Zeitschriften im Ständer neben den Wartezimmerstühlen waren ein indianisches Monatsmagazin und das Informationsblatt von Greenpeace. In der Ecke stand neuerdings ein Korb mit getrockneten Pflanzen undefinierbarer Art. Sandy Whitefeather, Ninas Sekretärin, war wieder einen Schritt weiter im Bemühen, dem Büro einen Stil zu verleihen, den Nina insgeheim als *nouveau tribal* bezeichnete.

Sandy gehörte zu den Washoe-Indianern, die schon zehntausend Jahre am Lake Tahoe gelebt hatten, bevor die Goldsucher, die Millionäre und die Spieler kamen, und sie sorgte auf ihre Weise dafür, daß diese Tatsache nicht in Vergessenheit geriet. Der orientalische Läufer, mit dem Nina angefangen hatte, die Schwarzweißfotos, die Farnkräuter – alles war nach und nach verschwunden und binnen weniger Monate durch bunte Wandbehänge, gestreifte Wolläufer und folkloristische Körbe ersetzt worden.

Zuvor hatte Sandy als Buchhalterin bei Jeffrey Riesner gearbeitet und war immer noch empört darüber, daß er sie behandelt hatte, als verdanke sie ihren Job nur der Erfüllung von Minderheitenquoten. Obwohl sie erst ein paar Monate in Ninas Kanzlei als Sekretärin wirkte, war sie die Seele des Geschäfts. Von Anfang an, seit Nina ein paar Monate zuvor Hals über Kopf aus San Francisco und ihrer fünfjährigen Ehe mit Jack McIntyre geflohen war und ihre Praxis in Tahoe eröffnet hatte, schaffte Sandy Mandanten heran und erledigte den Papierkram. Nach der Schußverletzung hatte sie sogar die Geschäfte weitergeführt, während Nina im Krankenhaus lag.

Heute trug sie einen neuen Rock aus einem kräftig gemusterten, schwarz-weißen Druckstoff, dazu eine lange schwarze Bluse, schweren Silberschmuck und schwarze Stiefel.

Sie klammerte die Seiten der Berufungsschrift zusammen, die Nina ihr am Vortag diktiert hatte, und warf dabei ein wachsames Auge auf den neuen Mandanten.

»Hi, ich bin Nina Reilly«, sagte Nina, ging auf ihn zu und schüttelte ihm die Hand. »Es dauert noch fünf Minuten. Sandy, kommst du bitte in mein Büro?«

Sie wartete an der Tür, bis Sandy gemächlich und würdevoll eintrat, als protestiere sie dagegen, aus ihrer Arbeit gerissen zu werden. Nina trat an das Fenster mit dem Seeblick und gönnte sich ihre Lieblingsaussicht auf den riesenhaften Mount Tallac – um die dreitausend Meter Schnee und Eis ragten am westlichen Horizont über dem abgrundtiefen Blau des Lake Tahoe in die Höhe und stutzten ihre Problemchen mit Riesner und Terry aufs rechte Maß zurück.

Sandy hatte sich den bequemeren der beiden orangefarbenen Mandantenstühle ausgesucht. »Hast du gewonnen?« fragte sie ohne Umschweife.

»Milne läßt die Sache begutachten. Wir kriegen das Urteil in ein paar Tagen.«

»Wie ist es gelaufen?«

»Gut, denke ich. Riesner hat mir im Korridor aufgelauert und wollte mich einschüchtern, und Terry hat nicht mehr so getan, als wäre sie die leidende Künstlerin, die es nicht erträgt, von diesen Kleingeistern belästigt zu werden. Sie ist einfach nur scharf aufs Geld. Ich hab die große Fahne flattern lassen und auf die Verfassung gepocht, doch als ich sie hinterher reden hörte, hab ich mich gefragt, warum ich den Fall überhaupt übernommen habe.«

»Um mir das Gehalt zu sichern«, sagte Sandy. »Wie hast du dich denn gefühlt, das erste Mal wieder in diesem Gerichtssaal?«

»Erst ging's mir ziemlich übel. Ich hab immer auf dem Fußboden nach Blutflecken gesucht. Ständig spürte ich Blicke in meinem Rücken. Ich hab den Kopf eingezogen und auf den Knall gewartet. Dann kam Milne herein, und alles war vergessen.«

»Das ist gut.« Sandy nickte.

»Ich mache nur noch Zivilrecht, Sandy, ganz im Ernst. Diese gräßliche Angst will ich nicht noch einmal durchmachen. Aber inzwischen frage ich mich, ob Zivilrecht wirklich anders ist. Ich mußte genauso hart kämpfen, und allen war genauso mies zumute.«

»Gib's doch zu: Du kämpfst gern!«

»Ja. Das ist mir nicht verlorengegangen.«

»Mein Neffe hat sich vor zwei Jahren beim Waffenputzen in den Fuß geschossen. Er hat eine runde Narbe bekommen wie du auf der Brust. Weißt du, was er damit gemacht hat?«

»Da bin ich aber gespannt!«

»Er hat sich die Narbe tätowieren lassen. Eine Rose.«

»Warum denn eine Rose?«

»Nun ja, er ist nicht sonderlich phantasievoll. Was ich damit sagen will: Sein Fuß sieht jetzt aus wie ein Kunstobjekt und nicht mehr wie ein …«

»Ich werde mich nicht tätowieren lassen, Sandy. Und auch du wirst mich nicht verzieren.«

»Ich hab an einen rauchenden Colt gedacht.«

»Da fällt mir ein, warum ich dich gerufen habe. Ich möchte, daß du das *Time-Magazine* wieder auslegst, auch *Ladies' Home Journal* und *Sports Illustrated*. Niemand will das Zeug lesen, das du dort hintust.«

»Das ist reaktionärer Schund«, sagte Sandy. »Wir haben die Pflicht, die Leute politisch auf Trab zu bringen.«

»Das ist hier nicht mein Job. Die Zeitschriften sind dazu da, die entnervten Mandanten bei Laune zu halten, bis sie dran sind. Und wenn sie Gruselgeschichten über französische Kernwaffenversuche lesen, wirkt das nicht gerade aufheiternd.«

Sandy bedachte es und sah ein, daß Nina nicht nachgeben würde. »Können wir wenigstens *Native American Life* behalten?«

»Wenn es sein muß.«

»Okay. Hier ist der Fragebogen für das Gespräch mit Mr. Powell. Eine Scheidung.«

»Schick ihn rein.« Der Arbeitstag nahm seinen Lauf.

Matt öffnete die Tür und nahm ihr die Einkaufstüte ab. Ninas Bruder trug seine Baseballkappe und ein Sweatshirt der Forty-Niners, obwohl das Wohnzimmer vom Kamin gut geheizt war. »Alles abwerfen! Plan B!« sagte er auf dem Weg zur Küche. Er war zwei Jahre jünger als Nina und, wie sie gewöhnlich glaubte, viel klüger als sie. Er war früh aus dem Elternhaus gegangen, hatte geheiratet, zwei Kinder bekommen, das Haus selbst gebaut, in dem er wohnte. Ein geradliniger Werdegang.

Als sie mit ihrem Sohn im letzten Frühjahr nach Tahoe gekommen war, hatten Matt und seine Frau Andrea ihr angeboten, bei ihnen zu wohnen. Bis jetzt war alles gutgegangen. Nina hatte für sich und ihren Sohn ein Zuhause gefunden, als Gegenleistung kümmerte sie sich gelegentlich um die Kinder und zahlte einen finanziellen Ausgleich.

»Wo ist Bobby?« rief sie Matt nach. »Was geht hier vor?«

Sie schaute in das Zimmer der beiden Jungen. Ihr Sohn lag im Dämmerlicht des Winternachmittags auf dem Fußboden und drückte mit äußerster Konzentration die Knöpfe der Steuerung des Videospiels, das auf dem Fernseher lief. Cousin Troy und Cousine Brianna schauten gebannt zu. »Hallo, ihr«, rief sie. »Bobby, komm, sag guten Tag!«

»Gleich«, sagte Bobby, ohne den Bildschirm aus den Augen zu lassen. Sie zog sich zurück und ging in das große Zimmer mit der Kiefernholztruhe und dem gelben Bodenbelag, das Matt für sie angebaut hatte. Sie hängte den Blazer auf den Bügel, zog Jeans und ein altes Flanellhemd an.

In der Küche überraschte sie Andrea und Matt, die sich mit geschlossenen Augen umarmten. Andrea war genauso groß wie Matt, und sein Gesicht war in ihre Locken vergraben. Nina überkam bei diesem Anblick eine Welle des Verlangens.

Als sie eintrat, lösten sich beide voneinander. Matt schien verdrossen, doch Andrea lächelte und sagte: »Wie ist es heute gelaufen?« Auf dem Tisch standen zwei große Rattankörbe, die mit rotkarierten Tüchern zugedeckt waren.

»Wird schon besser«, sagte Nina. »Wollen wir nicht Essen machen?« Matt drückte ihr ein Bier in die Hand, das sie am Küchentresen öffnete.

»Planänderung«, meinte er geheimnisvoll. »Ich ziehe schnell die Kinder an.«

Andrea setzte sich an den Tisch und strich sich das rote Haar aus dem Gesicht. »Bin völlig erledigt. Wochenende«, sagte sie. »Heute sind zwei neue Frauen gekommen.« Neben ihrem außergewöhnlichen Einsatz für den Haushalt leitete sie auch noch das örtliche Frauenhaus. »Um ehrlich zu sein, bin ich froh, daß Matt sich heute ums Essen gekümmert hat. Ich wußte nicht, was er vorhatte, bevor ich nach Hause kam, und du warst schon einkaufen gegangen. Er hat Eintopf gekocht. Und Kaffee und Kakao.«

»Sonst hat er doch Freitagabend Bereitschaft, oder?«

»Sein Kumpel Hal hat heute den Piepser übernommen und vertritt Matt beim Nachtdienst. Ich glaube, Matt hat es satt, ständig Autos aus den Straßengräben zu ziehen. Heute abend will er mal was anderes machen.«

»Aber wo wollen wir hin? Draußen ist es dunkel, und wir haben sieben Grad minus!«

»Er hat nur gesagt: Warm anziehen. Dicke Jacken, Stiefel, alles Drum und Dran.«

Im Uferpark kratzte Matt den Schnee von einem Picknicktisch und den dazugehörigen Bänken, legte Plastikfolie aus, dann Tücher darüber. Er stellte eine Petroleumlampe auf das Tischtuch, zündete sie an und drehte die Flamme klein. »Seht ihr? Das ist viel besser als diese grellen Gaslampen«, sagte er. »Der Mond scheint, die Kinder können einen Schneemann bauen.« Die hatten schon damit angefangen, dicht am Ufer, wo die Schneedecke dünner war. »Ich habe Holz und Holzkohle für die Feuerstelle. Das Feuer bringe ich schon in Gang.«

»Jetzt brauchen wir nur noch Schwarzgebrannten, Andrea«, sagte Nina. »Mir ist ganz danach.« Der Lake Tahoe schwappte nur ein paar Schritte entfernt ans Ufer. Die Berggipfel, die den See umgaben, glommen düster in der Ferne. Das silbrige Mondlicht warf Baumschatten über den breiten Uferstreifen.

»Heißer Whisky-Grog«, sagte Matt, und sein Atem bildete weiße Wölkchen in der windstillen Winterluft. »Die rote Thermosflasche im zweiten Korb.«

Er stellte vier große Becher auf den Tisch und ging hinüber zur Herdgrube.

»Welches von den Kindern ist denn einundzwanzig geworden, ohne daß ich das gemerkt habe?« Nina blickte fragend auf die vier Becher.

»Oh, wir kriegen heute noch einen Gast. Der kann einen warmen Schluck gebrauchen nach seiner langen Fahrt.« Andrea goß Nina das dampfende Getränk in den Becher. »Dein Lieblingsdetektiv.«

»Paul? Wie denn das?« Er wohnte in Monterey, über dreihundert Kilometer entfernt.

»Er hat angerufen und nach dir gefragt, ich sagte, du wärst gerade einkaufen, er sagte, er hätte in Sacramento zu tun, ob er nicht bei uns vorbeikommen könnte, bitte, bitte. Was sollst du mit einem Kerl machen, der von Sacramento kommt und hundertfünfzig Kilometer weit und zweitausend Meter bergauf fährt, um einen Abstecher zu uns zu machen? Er kommt zum Essen.«

»Hierher?«

»Er muß jeden Moment hiersein.«

Ein paar Schritt weiter bemühte sich Matt, das größte Feuer zu entfachen, das die betonierte Herdstelle je gesehen hatte.

Andrea und Nina blieben am Tisch sitzen und hielten sich an die rote Thermosflasche. »Er ruft mich ständig im Büro an, aber ich rufe nicht zurück«, sagte Nina.

»Und warum nicht?«

»Eine gute Frage, die eine gute Antwort verdient.«

»Nämlich?«

»Ich weiß nicht, warum.« Nina trank ihren Becher aus und hielt ihn hoch, um sich nachschenken zu lassen. Das heiße Getränk strömte wie glühende Lava durch ihren Körper. Trotz der Kälte fühlte sie sich von Minute zu Minute behaglicher. »Weil er alles umwirft«, sagte sie. »Er ist mir zu wuchtig, und er ist unberechenbar.«

»Er hat ein Haus in Carmel.«

»Er ist so zudringlich, und das nur, um mich ins Bett zu kriegen.«

»Nur weiter so. Alles Ausreden, um ihn von dir fernzuhalten«, sagte Andrea. Nina hatte noch mehr über ihn zu sagen, aber Andreas Bemerkung ließ sie verstummen.

»Er hat jedenfalls gewaltige Schultern«, redete Andrea weiter und grinste. »Ein echtes Prachtexemplar von Mann.«

»Er ist ein Exbulle. Und genauso benimmt er sich. ›Beine breit!‹, verstehst du? Außerdem haßt er Kinder.«

»Es macht ihm nichts aus, in Gegenwart von drei Kindern mit uns zu essen, nur um in den Genuß deiner Anwesenheit zu kommen. Er ist verwegen genug, sich an dich ranzumachen, was man nicht von allzu vielen Männern behaupten kann.«

»Warum sagst du so etwas, Andrea?«

»Für wen willst du dich aufsparen?« fragte Andrea. »Ist es nicht langsam Zeit, daß du über den Anschlag hinwegkommst und wieder zu leben anfängst?«

»Du hast es wohl heute auf mich abgesehen?« sagte Nina. »Da bist du nicht die erste. Wenn es dir nichts ausmacht, möchte ich einfach ein paar Minuten in Ruhe hier sitzen und wieder zu Kräften kommen.«

»Tut mir leid.« Andrea langte über den Tisch und strich ihr über den Arm. »Ich halte es nur nicht aus, dich so allein zu sehen. Das steckt mir im Blut. Meine kleine alte Großmutter war Heiratsvermittlerin in einem kleinen alten Getto in Litauen.«

Bob tauchte im Schein der Petroleumlampe auf. »Möchtest du etwas?« fragte ihn seine Tante.

»Mir ist kalt.« Er hielt seine schwarze Baseballkappe mit der Aufschrift *No fear* in der Hand, sie war voller Schnee. Andrea nahm sie ihm ab und schüttelte sie aus.

»Komm, ich wärme dich.« Nina breitete die Arme aus.

Er ging zu ihr, ließ sich umarmen und auf die Wange küssen. Mit seinen elf Jahren war er mitten in einem Wachstumsschub, seine Statur war noch kindlich und zart, sein glänzendes dunkles Haar wurde von Tag zu Tag länger, seine Haut war sanft und makellos, doch unmerklich formierten sich in ihm schon die männlichen Hormone. Seine Füße waren bereits größer als die seiner

Mutter. Bald würde seine Stimme tief werden. Mehr und mehr ähnelte er … doch diesen Gedanken wollte sie in dieser Kälte nicht weiterverfolgen, in der sie Paul erwartete, der ihr seine Wärme bringen wollte. Fort mit den alten Gespenstern in den Schrank, wo sie hingehörten.

Andrea reichte ihm einen Becher mit heißem Kakao. Er leerte ihn in einem Zug und wischte sich mit der Hand über den Mund.

»Wie war's in der Schule heute?« fragte Nina.

»Wie immer«, sagte er und war schon verschwunden.

Sie blickte ihm nach und fragte sich, warum er nicht mit ihr redete. »Bin gleich wieder da, Andrea«, sagte sie. »Bobby, warte! Wir machen einen kleinen Spaziergang.«

Sie waren keine dreißig Meter von Matts warmem Feuer entfernt, als Bob stehenblieb. »Mom …«, druckste er und stemmte die Hände in die Taschen. So war es auch gewesen, als er beim Spielen mit dem Bürocomputer versehentlich Sandys Textprogramm gelöscht hatte. »Ich muß dir etwas sagen. Du wirst wütend sein.«

»Ich fürchte auch«, erwiderte Nina. »Was ist es denn?«

Er schwieg lange. Dann sagte er: »Ich hab einen Jungen in der Schule umgehauen. Taylor Nordholm. Ich mußte zur Direktorin. Mrs. Polk will dich anrufen.«

»Hast du dir was getan?«

»Mir nicht, aber ihm. Ihn hab ich gegen die Mauer der Turnhalle geschubst. Er hat geblutet und mußte zum Arzt.«

»Bobby«, sagte Nina. »Warum prügelst du dich? Schau mich an, und guck nicht weg!«

»Weiß nicht. Manchmal muß man einfach draufhauen. Und das ist so ein Arsch! Der hat mich ausgelacht und wollte mir die Kappe vom Kopf hauen …«

»Er hat also angefangen?«

»Klar hat er angefangen. Kannst du glauben. Die können uns doch nicht verklagen, oder?«

»Das ist jetzt nicht das Problem. Wir müssen seine Eltern anrufen und fragen, wie es ihm geht.«

»Mrs. Polk hat gesagt, sie kann mich rausschmeißen.«

»Oh, Sch…«

»Laß sie doch. Macht mir nichts aus«, sagte Bob. »Scheißschule!«

Sie nahm sein kaltes Gesicht zwischen die Hände. »Seit wann hast du denn Probleme mit der Schule?«

»Ich hab meine Gründe. Du weißt doch, du wärst fast gestorben, als sie dich angeschossen haben.«

Sie schaute ihn im Mondlicht an, so ein hübscher, gesunder Junge. Nur erkannte sie jetzt auch, daß etwas nicht in Ordnung war, jetzt sah sie, was sie nach dem Krankenhaus monatelang zu ignorieren versucht hatte. Der Anschlag hatte ihn verstört. Er war noch nicht darüber hinweg.

»Wenn du nun gestorben wärst?« schrie er. »Wer hätte sich um mich gekümmert? Jack? Der will nichts mehr von mir wissen. Der ist sowieso nicht mein richtiger Vater.«

»Onkel Matt und Grandpa in Monterey hätten sich um dich gekümmert ... Aber ich bin nicht gestorben. Ich stehe hier vor dir, und ich werde wieder ganz gesund.«

»Was ist mit meinem richtigen Vater? Hätten sie ihn gerufen, und wäre er gekommen, um mich zu holen?«

Sie zog ihn an sich. »Ich bin doch da.«

Er riß sich los, rannte zu einer Kiefer und schlug mit den Fäusten auf sie ein. »Nächstes Mal mach ich ihn kalt!« schrie er. »Der wollte meine Kappe anfassen!« Von den Ästen rutschte der Schnee und verwandelte ihn in einen wütenden Schneemann. Aber sie lachte nicht. Sollte er sich austoben. Schließlich kam er zurück und setzte sich mit ihr auf den vereisten Strand am Seeufer.

Sie sprachen lange miteinander, schauten auf den Lake Tahoe hinaus und in die klare Nacht. Nina erkannte die Lichter von Incline Village und King's Beach am Nordwestufer, gut vierzig Kilometer weit entfernt. Der riesige Binnensee, ungeheuer tief und voller Geheimnisse, offenbarte sein Wesen in Farben und Stimmungen und beeinflußte seine Anwohner auf unsichtbare Weise. Jetzt war er schwarz und undurchdringlich, seine ruhige Oberfläche glänzte wie flüssiger Teer, und er übte auf alle Menschen, die in dieser kalten Winternacht draußen waren, eine gefährliche Anziehungskraft aus. Ein paar waghalsige Abenteurer waren weit hinausgefahren. Ein paar weniger Leichtsinnige hatten im nahen Bootshafen festgemacht; ihre gelben Lichter leuchteten herüber.

Paul traf ein, als Matt seine Leckerbissen auspackte. Nina stand auf, um ihn zu begrüßen, und ließ sich von ihm umarmen. Im Mantel sah er noch gewaltiger aus, sein Atem wärmte ihre kalte Wange. Er schüttelte Schneeflocken aus seinem sandfarbenen Haar, küßte sie und überreichte ihr eine große Einkaufstüte, die mit einer roten Schleife zugebunden war.

»Für mich?«

»Das hab ich heute in einem Schaufenster gesehen, da hab ich an dich gedacht«, sagte Paul.

»Soll ich es gleich aufmachen?«

»Warten wir lieber, bis wir bei Matt zu Hause sind.«

Alle setzten sich und leerten ihre großen Näpfe mit heißem Eintopf in weniger als fünf Minuten. Sogar die Kinder, ausgehungert und rotbackig nach dem Spiel, aßen alles auf, ohne wie sonst die Zwiebeln oder die Möhren herauszufischen. Später, als die rote Thermosflasche leer war, machte Matt Campingkaffee, indem er einen Topf Wasser über dem Feuer kochte, den Kaffee hineinschüttete und sich setzen ließ. Er goß den Erwachsenen Kaffee und den Kindern Kakao ein.

»Wie lief es heute im Gericht?« fragte Paul.

»Er ging auf mich los. Ich bin ausgewichen, hab ihn an der Flanke erwischt und in die Flucht getrieben. Den hab ich erledigt, dachte ich, da gossen mir seine Knappen siedendes Öl über den Kopf. Ich ließ die Löwen los, und die haben kurzen Prozeß mit ihm gemacht. Ich bin verwundet, doch unbesiegt.«

»So fühle ich mich auch manchmal nach einem Tag mit den Kindern«, sagte Andrea.

»Und was ist das für ein Fall?«

»Meine Mandantin hat einen Film über ein Mädchen gedreht, das vor langer Zeit hier aus der Gegend verschwunden ist. Ihre Eltern und Freunde kommen in dem Film nicht gut weg, und sie haben sich entschlossen, die Verbreitung zu verhindern. Sie konnten nicht auf Verleumdung klagen, weil der Film keine Unwahrheiten enthält, also versuchten sie es mit Verletzung der Privatsphäre.«

»Das ist ja eine ulkige Masche«, sagte Paul. »Als ob es heute noch so etwas wie eine Privatsphäre gäbe!«

»Das Problem ist, daß ich vermutlich auf der falschen Seite stehe, Paul. Die Gefühle der Leute, die sie gefilmt hat, sind ihr völlig egal. Dazu kommt, wie sie mich heute angeschaut hat.«

»Wie hat sie dich denn angeschaut?«

»Wie ... ich glaube, sie haßt mich. Ich bin es gewohnt, nach versteckten Motiven zu suchen, die Leute so schnell wie möglich zu durchschauen, weißt du? Meistens ist es ziemlich leicht. Aber sie ist ganz zu. Sie steckt voller Wut, und ich hab den bestimmten Eindruck, daß sie aus irgendwelchen Gründen, die ich nicht kenne, einen Teil dieser Wut auf mich richtet. Seit heute ist unsere Beziehung nicht mehr geschäftlich, jetzt ist sie persönlich.«

»Gruslig«, sagte Andrea. »Woher das plötzliche Interesse an dir?«

Nina zuckte die Schultern und nippte an ihrem Becher.

»Hat man von dem vermißten Mädchen was gehört?« fragte Paul. »Bringt der Film neue Erkenntnisse?«

»Nein. Tamara Sweet hatte Probleme mit ihren Eltern. Die Polizei von Tahoe registrierte sie als vermißt, weil es keine Hinweise auf eine Entführung oder eine andere Straftat gab.«

»Wie lange ist das jetzt her?«

»Zwölf Jahre.«

»Das ist sehr lange«, meinte Paul. Er war früher beim Morddezernat gewesen. Nina wußte, was er jetzt dachte.

»Ich vermute, das Verfahren ist vor allem deshalb zustande gekommen, weil meine Mandantin überzeugt ist, das Mädchen sei ermordet worden. Nicht nur das: Sie bringt diesen Fall mit drei anderen jungen Frauen in Verbindung, die in den letzten zehn Jahren aus dieser Gegend verschwunden sind.«

»Hat sie denn irgendwelche Beweise?«

»Nein, sie unterstellt es nur. Und das macht es den Eltern so schwer, weißt du?«

»Auf die Weise erregt sie mehr Aufsehen«, sagte Andrea. »Sie will die Sache zur Sensation aufbauschen und dann abkassieren.«

»Ich fürchte, du hast recht.«

Matt hatte Holz nachgelegt und zugehört. Jetzt drehte er sich um. »Paul, kannst du meine Schwester nicht zur Vernunft bringen? Kaum ist sie aus dem Krankenhaus, verstrickt sie sich schon in ein ganzes Bündel ungeklärter Mordfälle ...«

»Das tue ich nicht, Matt! Das ist ein Zivilprozeß!«

»Die alte Leier«, sagte Matt.

»Matt, ich hab schon entschieden, daß ich den Fall abgebe.«

»Wir sollten langsam einpacken«, sagte Andrea.

Aber Matt war noch nicht fertig. »Nina, ich bin hierher in die Berge gezogen, damit ich mich in Ruhe um meine Familie kümmern kann. Mehr will ich nicht vom Leben. Nur Frieden für meine Familie. Du und Andrea, ihr habt beide Jobs, mit denen ihr alle Verrückten dieser Welt über eure Schwelle lockt. Wunderbar. Vielleicht könnt ihr euch diesem Treiben da draußen nicht entziehen, und vielleicht sollt ihr das auch nicht«, sagte er. »Trotzdem fühle ich mich verdammt unwohl dabei. Aber ich kann damit leben, wenn ich eines weiß: Wer sich auf ein riskantes Geschäft einläßt, muß seinen Verstand gebrauchen. Wenn es Ärger gibt, muß man auf Nummer Sicher gehen.«

»Ich tue für meine Sicherheit, was ich kann, Matt, doch die Welt kann ich nicht anhalten.«

»Wenn diese Frau so aussieht, als würde sie dich hassen, wird wohl was dran sein«, sagte Matt.

»Ich werde mich vorsehen.«

»Wann willst du dich denn von ihr trennen?«

»Sobald ich kann. Das verspreche ich dir.«

Matt drehte die geschwärzten Scheite mit der Kohlenzange um. Das Feuer loderte frisch auf und fraß sich laut knackend ins Holz.

»Ich glaube, wir sind alle noch nicht über den Anschlag hinweg, Nina«, sagte Andrea begütigend, um das Schweigen zu brechen, das Matt ausgelöst hatte. Sie streckte ein Stöckchen aus. »Hier, Paul, möchtest du den letzten Marshmallow?«

Zu Hause wurden die Kinder in die Wanne gesteckt, rosig, in ihren Schlafanzügen verpackt kamen sie aus dem Bad. Im Wohnzimmer am gemütlich prasselnden Kamin packte Nina Pauls Geschenk aus, einen Teddybär mit braunen Glasaugen, einem weichen, runden Kopf, einer schwarzen Nase und einem winzigen aufgenähten Schnäuzchen. Sie hielt ihn in die Höhe, Brianna wollte sich auf ihn stürzen, doch Paul sagte: »Du mußt ihn drücken.«

O nein, ein sprechender Bär. Sie drückte ihm beide Daumen in den Bauch. Mit klagender, seltsam vertrauter Stimme sagte er: »Ich warte und warte. Ich sitze hier in der Ecke und warte auf dich ...«

Alle brachen in Gelächter aus. Die Stimme klang so einsam und kläglich und doch erwartungsvoll. Nina ließ Brianna ein paarmal drücken, dann setzte sie sich mit dem Teddy auf das Sofa.

»Gefällt er dir?« fragte Paul. Er stand vor ihr und blickte auf sie hinab. Sie nickte.

»Die Stimme ist so ... sonderbar. Das haben sie toll hingekriegt.«

»Das ist ein Recording-Bär«, sagte Paul. »Du kannst ihm deine eigene Stimme geben.«

»Du meinst, das ist deine?« fragte Andrea. Sie floh in die Küche und hielt sich den Mund zu, ihre Schultern bebten vor Lachen.

»Ich will nur ein Gespräch eröffnen«, sagte Paul. »Wenn du wissen willst, was ich auf dem Herzen hab, mußt du den Bär drücken.«

»Danke, Paul.« Nina brachte ihn auf die Veranda hinaus.

»Wollen wir morgen Ski laufen?« fragte er. »Ich wohne in Caesar's Palace und bleibe bis morgen abend.«

»Ski laufen?«

»Du bist doch wieder ganz gesund. Und ich sorge dafür, daß du nicht in den Abgrund stürzst.«

»Ein andermal. Dieses Wochenende habe ich zuviel zu tun.«

»Und heute nacht?«

»Tut mir leid«, sagte sie. »Ich kann nicht.«

Von außen beugte er sich über das Geländer, zog sie fest an sich und schloß die Augen für einen langen Kuß. »Ruf mich an«, sagte er.

»Versprochen.«

3

Die ungeschriebenen Gesetze der Anwaltspraxis:

1. Es kommt immer schlimmer, als du denkst.
2. Alle Mandanten lügen und wollen dich aufs Kreuz legen.
3. Nr. 1 und 2 gelten ohne Ausnahme.

Taylor Nordholms Mutter am anderen Ende der Leitung war eine Erinnerung daran, daß auch außerhalb der Justizwelt Menschen lebten.

»Keine Gehirnerschütterung, nicht mal Kopfschmerzen«, sagte sie am Montag morgen. »Wir haben ihn ins Bett gepackt, aber es war eigentlich nicht nötig. Er hat gesagt, er wollte Bob die Baseballkappe wegnehmen. Ich hoffe, Bob hat keinen Ärger bekommen.«

»Ich werde heute mit der Direktorin sprechen.« Nina war erleichtert.

»Die Jungens sind eben in dem Alter ein bißchen wild, sie probieren sich aus und stellen alles mögliche an. Es ist das Ende der Latenzphase, kurz vor der Pubertät. Ich bin Eheberaterin und kann Ihnen versichern, daß Ihr Sohn, wenn er sich so etwas nicht zur Gewohnheit macht, kein Verbrecher wird. Wissen Sie was? Ich rede mit Taylor, ob er nicht Bob zu sich einladen will. Damit sie die Friedenspfeife zusammen rauchen können – natürlich nur symbolisch.«

»Sie sind aber wirklich sehr entgegenkommend.«

»Taylor sagt, daß Sie neu in Tahoe sind. Wir sollten vielleicht mal einen Kaffee zusammen trinken. Die Vormittage sind manchmal schrecklich öde. Haben Sie einen Beruf?«

»Ich bin Anwältin. Ihr Vorschlag gefällt mir.«

Das kurze Schweigen am anderen Ende der Leitung mochte besagen, daß Mrs. Nordholm öfter mit Anwälten zu tun hatte. Nina konnte ihr nicht verübeln, daß sie ein wenig nervös reagierte. Schließlich hatte sie sich die Argumente für das Gespräch mit der Direktorin schon zurechtgelegt, und die gingen von einem heimtückischen Angriff Taylor Nordholms auf ihren Sohn aus.

»Na dann viel Glück bei Mrs. Polk«, sagte Mrs. Nordholm, die sich offenbar entschlossen hatte, Ninas Beruf nicht tragisch zu nehmen. Um soviel Freundlichkeit zu erwidern, beschloß Nina, das Gespräch mit der Direktorin versöhnlicher anzugehen.

Sie nahm schnell eine heiße Dusche, fönte sich das Haar, zog eine Hose und den grünen Blazer an. In der Küche machte sie für Bobby weichgekochte Eier und vertiefte sich mit den Kindern in ihren Lieblings-Comic.

Draußen setzte sie die Sonnenbrille auf, damit der grellweiße, frisch gefallene Schnee sie nicht blendete. Die Pistenbusse, vollgestopft mit Skiern und strahlenden Wintersportlern, die sich noch nicht das Bein gebrochen hatten, blockierten die Straßen.

Punkt neun saß Nina auf einem viel zu kleinen Stuhl in der John-Muir-Grundschule und wartete. Dreißig Minuten später wurde sie ins Direktorzimmer gebeten. Ohne ihre Aktentasche fühlte sie sich nackt.

Mrs. Polk, groß, dunkelhaarig, mit teuer-eleganter Schildpattbrille, wies auf einen Stuhl. Sie ging nicht hinter den Schreibtisch, sondern setzte sich zu Nina an den kleinen Tisch, der mit mittelamerikanischen Kunstgewerbeartikeln überhäuft war.

»Ich habe am Freitag mit Bobs Klassenlehrerin gesprochen«, sagte Mrs. Polk. »Er ist ein aufgewecktes Kind.«

»Mrs. Nordholm meinte, Taylor ist nicht ernstlich verletzt.«

»Taylor ist wieder in der Schule. Das war nur ein Kratzer. Ich hab heute schon mit ihm gesprochen. Er kam mit Bob in mein Büro, und sie haben sich beieinander entschuldigt.«

»Es ist das erste Mal, daß Bobby in so etwas hineingeraten ist. Ich sehe kein gravierendes Problem.«

Mrs. Polk nahm die Brille ab und legte sie auf den Tisch. Sie trug kein Make-up, und ihre Augen hatten einen stechenden

Dompteurblick, der ihr schon gute Dienste geleistet haben mußte. »Oh, er hat aber ein Problem«, sagte sie. »Er ist abwechselnd depressiv und aggressiv. Er hat sich in letzter Zeit ziemlich danebenbenommen. Drei Mitteilungen an die Eltern allein in den letzten zwei Monaten.«

»Drei Mitteilungen?«

Die Direktorin ging an den Schreibtisch, griff nach ein paar Papieren und reichte sie Nina. »Haben Sie die nicht gesehen?«

Pfeifen im Unterricht ... muß sein störendes Verhalten einstellen ... schreit auf dem Spielplatz ... wurde bei einer Prügelei ertappt ... hat seine versäumten Hausaufgaben nicht nachgeholt. Die Mitteilungen waren ihr neu, obwohl jede ganz deutlich ihre Unterschrift zeigte.

»Ach, diese Sachen!« meinte Nina vorsichtig.

»Und seit Weihnachten sechs Tage gefehlt. Hat er vielleicht Gesundheitsprobleme, von denen wir wissen sollten, Mrs. Reilly?«

»Ms.«, korrigierte Nina automatisch. »Nein, nur das Übliche. Harmlose Erkältungen und ähnliches.« Sechs Tage gefehlt! Soweit sie wußte, war Bobby jeden Tag zur Schule gegangen.

»Haben Sie die Fehlzettel unterschrieben?« Es war dasselbe wie vor fünfundzwanzig Jahren, als Nina zur Direktorin mußte, zur Scharfrichterin mit der freundlichen Maske. Sie mußte sich schleunigst was einfallen lassen.

»Aber natürlich! Glauben Sie etwa, Bobby hat meine Unterschrift gefälscht?« Sie sah Mrs. Polk direkt ins Gesicht.

»Sie werden die Frage verzeihen, Ms. Reilly, aber gibt es häusliche Schwierigkeiten, die Ihren Sohn belasten könnten? Zum Beispiel Eheprobleme? Ein elfjähriges Kind weiß mehr, als man vielleicht glaubt, und bekommt Dinge mit, die es manchmal falsch interpretiert ...«

»Bobby hat eine Menge Veränderungen erlebt«, sagte Nina. »Ich habe gerade die Scheidung hinter mir. Wir sind erst letztes Frühjahr nach Tahoe gezogen. Mein Beruf kostet mich die Zeit, die ich mir für ihn nehmen müßte. Und ich hatte vor kurzem eine Verletzung und mußte ins Krankenhaus. Aber er ist ein richtiger kleiner Querkopf in allem ...«

»Hat Bob regelmäßigen Kontakt zu seinem Vater?«

»Bob hat keinen Vater«, erwiderte Nina.

Mrs. Polk schien durch Ninas Ton nicht gekränkt zu sein. Sie war viel duldsamer, als Nina anfangs gedacht hatte.

»Selbst wenn die Eltern nicht miteinander auskommen, hat das Kind einen Vater«, sagte sie.

»Mein geschiedener Mann war nicht Bobbys Vater«, erklärte Nina.

»Also eine frühere Beziehung? Weiß Bob davon?«

»Er weiß, daß Jack, mein geschiedener Mann, nicht sein Vater ist. Die frühere Beziehung hatte keinen Bestand, und alle Kontakte mit dem Vater waren schon vor Bobbys Geburt abgebrochen.«

»Sie haben nie mit ihm über seinen Vater gesprochen?«

»Das ist ein Teil meines Lebens, über den ich nicht mit jedem diskutiere.«

Mrs. Polk schüttelte den Kopf und machte Anstalten, etwas zu sagen, was Nina nicht hören wollte, irgendeine einfühlsam klingende Bemerkung, die ihr schlaflose Nächte bereiten würde. Nina beugte sich vor, um sie zu bremsen. »Hören Sie, Mrs. Polk, ich nehme zur Kenntnis, daß Sie um Bobbys Wohlergehen besorgt sind. Ich werde mit ihm reden, ich werde mich mehr um ihn kümmern. Ich bin sicher, daß er sich bessert.«

»Er weiß, daß sein Vater ein Tabuthema ist. Und damit hat ein Junge seines Alters wahrscheinlich Schwierigkeiten.«

Verdammt, jetzt hatte sie es geschafft. Ihre Worte trafen tief.

»Sie sollten offen mit Ihrem Sohn reden.«

»Das tue ich, wenn ich es für richtig halte.« Nina stand auf und gab Mrs. Polk zu verstehen, daß die Unterhaltung beendet sei. »Haben Sie weitere Maßnahmen gegen Bobby vor?«

»Nicht, wenn Sie mithelfen und sich sein Verhalten bessert.«

»Dann danke ich Ihnen vielmals. Leider habe ich einen Termin, ich muß jetzt gehen.«

Mrs. Polk stand auf und schüttelte ihr die Hand. »Hat mich gefreut, Sie kennenzulernen, Ms. Reilly. Schade, daß Sie es so eilig haben.«

»Mrs. Polk ...«

»Ja, Ms. Reilly?«

»Ich tue wirklich, was ich kann. Mein Sohn ist mir mit Abstand das Wichtigste, was ich habe.« Mit diesen Worten schoß sie davon, vorbei an der Sekretärin, hinaus auf den leeren Schulhof. Irgendwo da drinnen hatte Bobby gerade Unterricht. Sie mußte sich wirklich mehr um seine Schulangelegenheiten kümmern. Und heute abend würde sie mit ihm zu reden haben.

Doch im Moment kam sie zu spät zu einer Zeugenvernehmung.

Am Abend mußte sie zu einer Stadtratssitzung, um für einen Mandanten Beschwerde gegen die Ablehnung seines Bauvorhabens einzureichen. Als sie endlich nach Hause kam, brannte kein Licht mehr, alle waren schon im Bett.

Am nächsten Morgen fuhr sie Bobby zur Schule und kündigte ihm an, daß sie am Abend mit ihm reden würde. Sie blieb in ihrem Bronco sitzen und schaute ihm nach, bis er im Gebäude verschwunden war.

Dann fuhr sie zu ihrem Gerichtstermin – ein Antrag auf Offenlegung der Bücher einer großen Steuerberatungsfirma, gegen die sie Klage führte. Der Vorsitzende drosch leeres Stroh, der Gegenanwalt trug einen gedrechselten Schriftsatz in jenem gewundenen, servilen und leicht raspelnden Tonfall vor, der die Richter stets zur Verzweiflung trieb, Nina wurde immer ungeduldiger. Sie setzte sich in manchen Punkten durch, in anderen nicht, in zwei Monaten würde die nächste Verhandlung stattfinden und wieder im Geschwafel enden. Die Versicherung der Firma hatte eine bewährte Strategie gewählt: Sie trieb Nina in einen zermürbenden Papierkrieg, ihren Mandanten in den Bankrott.

Um halb sieben schließlich fand Nina Gelegenheit, mit ihrem Sohn zu reden. In der winterlichen Abenddämmerung holte sie Bobby zu Hause ab und fuhr mit ihm zum Café des Greyhound-Busbahnhofs gegenüber dem Stateline-Kino. Sie bestellten Burger und Pommes.

Er saß ihr gegenüber und spielte mit den Strohhalmen, die auf dem Tisch standen. Er trug ein dunkelblaues Sweatshirt mit einem Skateboard-Logo auf dem Rücken. Zu Weihnachten hatte er sich ein Skateboard, einen Hockeyschläger und Sachen zum Anziehen gewünscht. Es mußten aber ganz bestimmte Marken sein.

»Drinnen nimmt man die Mütze ab«, sagte sie. »Und hör auf, die Hüllen durch die Gegend zu pusten, ich muß mit dir reden.«

Er nahm die Baseballkappe ab und legte sie sorgsam auf den Tisch. Jetzt konnte sie ihn besser sehen. Die dicke Kleidung und die schwarze Kappe schützten ihn vor unwillkommener Neugier. Er hatte kein eigenes Zimmer und keinen Platz für sich allein. Vielleicht war die Kappe seine einzige Privatsphäre.

»Es geht um die Schule. Ich hab mit Mrs. Polk gesprochen. Sie hat mir ein paar Mitteilungen hingelegt, die du mir nie gezeigt hast.«

Er senkte den Kopf und spielte weiter mit den Trinkhalmen.

»Ich konnte es nicht glauben, Bobby. Du hast meine Unterschrift druntergesetzt und die Zettel zurückgegeben. Oder nicht?«

Keine Antwort.

Die Untersuchungsrichterin in ihr war erwacht. Sie würde der Sache auf den Grund gehen.

Sein Gesicht verhärtete sich, wie sie es noch nie gesehen hatte. Es war, als säße der Erwachsene vor ihr, der er erst noch werden würde und der sich verzweifelt bemühte, die Fassung zu wahren. Plötzlich spürte sie Mitleid und wollte ihn trösten. Warum hatte sie ihn in dieses öffentliche Lokal verschleppt?

Weil sie keinen Ort für sich allein hatten. Die Kellnerin brachte die Teller mit dem Essen, Nina reichte Bobby das Ketchup. »Na los«, sagte sie. »Sprich dich aus. Sag mir, wo du warst.«

»Ich war …«

Sie wartete reglos und gespannt.

»… oben an der Skihütte bei der Heavenly-Piste.«

»Die große Skihütte am Parkplatz?«

Er schaute sie nicht an. »Ja.«

»Bist du ganz allein dort hin?«

»Hm, ja. Außer einmal … da war Troy mit.«

Nina knurrte. »Und warum?«

»Warum interessiert dich das, Mom? Du hast doch nie Zeit.«

»Na komm. Ich mach mir wirklich Sorgen um dich.« Sie streckte die Hand aus und berührte seinen Handrücken sanft mit den Fingerspitzen, um eine Verbindung herzustellen.

»Ich kann für mich selbst sorgen.«

»Ich will aber auch für dich sorgen. Wenn dir irgendwas zustößt, Bobby …«

»Es war nicht gefährlich. Ich saß auf der Bank neben den Erwachsenen, so daß die Kellner dachten, ich wäre mit meinem Vater da.« Das Wort *Vater* betonte er merkwürdig.

Nina wollte Zeit gewinnen. Sie biß in den kalten Burger und schlürfte an ihrem Milchshake.

»Ich habe ja keinen Vater, stimmt's?«

»Hör auf damit. Du hast einen Vater wie jeder andere. Du bist geboren im Städtischen Krankenhaus von Monterey …«

»Ich bin ein Bastard, stimmt's? Wie Taylor Nordholm und die anderen sagen.«

»Was? Davon hat er nicht die geringste Ahnung und du auch nicht. Viele Kinder in deiner Schule kommen aus den verschiedensten Familienformen, wie wir auch. Dabei sollte es bleiben. Nun iß deinen Burger, damit wir nach Hause kommen.«

»Wir haben kein Zuhause.«

»Matt ist unser Zuhause.«

»Das ist nicht dasselbe, Mom, das weißt du ganz genau.«

Ihr Lebensgerüst geriet ins Wanken. »Im Moment läßt sich das nicht ändern, Bobby. Es ist ein schönes Haus, und meistens fühlen wir uns dort wohl, oder?«

»Ist mein Daddy tot?« Bobby bewegte sich schon wieder im verminten Gelände. »Wenn nicht, wo steckt er dann? Warum willst du nie von ihm reden? Immer, wenn ich dich frage, wirst du wütend.«

»Es ist …« Ihr stockte die Sprache.

»Wann willst du es mir sagen?«

»Eines Tages.«

»Ich will es jetzt wissen.«

»Ich weiß.«

»Wann sagst du's mir?«

»Ich weiß es nicht!« Sie versuchte, ihre Stimme liebevoll, aber streng klingen zu lassen, doch sie spürte, wie Ärger mitschwang.

»Sag mir, wann!«

»Ich denke darüber nach. Aber du versprichst mir jetzt, daß du nie wieder die Schule schwänzen wirst. Die Schule ist wichtig. Vor allem bist du wichtig. Ich muß wissen, wo du steckst und daß du in Sicherheit bist.«

»Okay.« Das klang zu vorschnell, und ihr kamen Zweifel, ob er es ernst meinte.

»Handschlag?« Sie streckte die Hand aus, und er griff automatisch zu, wie früher, als er noch klein war. Da hatte sie manchmal den Arm wie absichtslos baumeln lassen, und seine kleine Hand hatte sich in ihre geschoben, wie von einem Magneten angezogen. Jetzt nahm seine Hand mehr Raum ein, und er konnte sie ihr mühelos entziehen. Sie war kräftig und sehnig geworden und hielt es nicht lange in ihrer Hand aus.

Er wurde erwachsen und entfernte sich von ihr. Sie mußte damit fertig werden.

Ihr erster Klient am nächsten Morgen tauchte nicht auf.

Sie konnte sich nicht konzentrieren. Milnes Urteilsbegründung im Fall London würde heute oder morgen kommen. Dann hatte sie die Probleme mit Terry vom Hals.

»Wie sieht der Nachmittag aus?« fragte sie und kam ins Vorzimmer geschlendert. Sandy sah die Unterlagen durch, die am Ende des Tages in die Ablage gingen.

»Ein Termin bei der Zulassungsstelle, wo du den Führerschein von Mrs. Audrey retten sollst.«

»Dann sollte ich mir mal die Akte vornehmen.«

»Diesmal kannst du nicht gewinnen«, sagte Sandy. »Zu viele Strafzettel für zu schnelles Fahren im letzten Jahr. Was soll's auch?«

»Oh, Sandy, Sandy. Es ist immer eine Frage der Taktik. Man muß sich der Zulassungsstelle auf die richtige Weise nähern.«

»Und die wäre?«

»Auf den Knien. Heulen, jammern, deklamieren, protestieren, Besserung geloben, das alles hilft nichts. Du mußt kriechen.«

»Das kann sie doch auch ohne dich.«

»Darin ist sie Amateurin und braucht einen Fachmann. Ein Rechtsanwalt muß kriechen können. Das ist zumindest die Auffassung der Zulassungsstelle.«

Sandy, die nie lachte, brachte beinahe ein Lächeln zustande.

Die Anhörung verlief günstig. Nina bettelte um Gnade für ihre Mandantin, und sie wurde ihr gewährt. Zufrieden mit ihrem kleinen Sieg fuhr sie ins Büro zurück und vergrub sich in den endlosen Stapel von Problemen auf ihrem Schreibtisch.

Das Telefon summte. »Bella von der Gerichtskanzlei hat angerufen«, sagte Sandy. »Sie haben gerade die Urteilsbegründung für den London-Fall bekommen.«

»Das ging aber schnell. Wie sieht sie aus?«

»Sie sagt, du kannst sie abholen, oder sie stecken sie in die Post.«

»Könntest du hingehen, Sandy?«

Sandy maulte, zog sich aber den Mantel an.

Um drei Uhr fünfzehn brachte Matt Bobby, der sich ein wenig mit Troy gestritten, aber noch keine Hausaufgaben gemacht hatte. Nina setzte ihn ins Konferenzzimmer, gab ihm eine kurze Belehrung, gespitzte Bleistifte und den strikten Befehl, dem Vorzimmer fernzubleiben.

Eine halbe Stunde später saß Nina mit einem neuen Mandanten im Büro, als Sandy mit dem London-Urteil hereinkam. Sie hatten gewonnen. Milne hatte die einstweilige Verfügung mit der Begründung abgelehnt, daß die Kläger wenig Aussichten hätten, die Hauptverhandlung für sich zu entscheiden. Das Argument der Einwilligung hatte das Rennen gemacht, nicht die Berufung auf den Ersten Verfassungsartikel, aber Nina hatte sich durchgesetzt.

»Terry London ist gekommen«, sagte Sandy. Ein paar Minuten später war Nina mit ihrem Mandanten fertig und steckte den Kopf ins Konferenzzimmer.

Bobby hatte seine Bücher achtlos auf dem Eichentisch verstreut und schaute mit undurchdringlicher Miene aus dem Fenster. Sein schwarzes Haar hatte schon lange keinen Friseur mehr gesehen. Die Kinnpartie hatte sich zu einem kantigen Dreieck verfestigt, mit dem sich der Übergang zum Erwachsenwerden ankündigte. Als sie ihren Blick von Bobby losgerissen hatte, bemerkte sie Terry London am anderen Ende des Tisches, die abwechselnd Nina und Bobby musterte.

»Terry, kennen Sie meinen Sohn?« fragte Nina.

»Ich sehe die Ähnlichkeit.« Sie zeigte ein breites Lächeln. »Obwohl er gar nicht aussieht wie Sie. Wir haben uns gut unterhalten. Er hat mir gesagt, daß er gerade elf geworden ist.«

Alles, was sie sagte, klang falsch, als stimmten die Worte nicht mit dem überein, was sie wirklich sagen wollte. Sofort spürte Nina wieder dieses ungute Gefühl.

Als Terry London gegangen war und Matt Bobby abgeholt hatte, merkte Nina, daß sie vergessen hatte, ihrer Mandantin ein Exemplar der Urteilsbegründung mitzugeben, obwohl Terry ausdrücklich darum gebeten hatte. Nina beschloß, es auf dem Heimweg bei ihr abzugeben. Terry sollte keinen Grund zur Unzufriedenheit haben, bis es Nina gelang, sich elegant von dem Fall zu verabschieden.

»Sandy, tu mir noch einen Gefallen.«

»Welchen?«

»Laß bitte keine Klienten mehr zu Bobby ins Konferenzzimmer. Das macht mich nervös.«

»Da du das gerade sagst: Er sah ein bißchen verstört aus, als er da rauskam«, meinte Sandy. »Vermutlich hat ihn das auch nervös gemacht. Aber warum bloß?«

Das fragte sich Nina auch.

4

Terry London wohnte in einem mittelgroßen Giebelhaus, in einer von Fels durchsetzten Siedlung bei Pioneer, am Ende einer Straße, die Coyote Road hieß. Das Haus stand auf dem Gipfel einer Anhöhe und war von einem Försterzaun umgeben. Ein verschlossenes Tor schirmte es zur Straße ab.

Durch das Tor sah Nina einen kleinen verputzten Bungalow, halb versteckt hinter den Kiefern, halb vergraben unter altem Schnee – vermutlich Terrys Atelier. Ein steiler Pfad führte von dort zum Wohnhaus. Hinter den geschlossenen Vorhängen waren die Fenster des Ateliers schwach erleuchtet. Sie stellte den Wagen am Tor ab, und während sie nach einer Sprechanlage oder Klingel suchte, stand plötzlich ein schwarzer Hund vor ihr, beinahe so groß wie ein Bernhardiner. Er jagte ihr einen kleinen Schrecken ein, als er ihr mit der warmen, feuchten Zunge die Hand leckte, in der sie die schwere Aktentasche hielt.

Ein Schild am Torpfosten verkündete: KEINE ANGST VOR DEM HUND – ABER HÜTEN SIE SICH VOR DEM BESITZER! Neben dieser netten Begrüßung war der Umriß eines Revolvers zu sehen. Eine Klingel oder Sprechanlage fand Nina nicht.

Sie hatte es sich sowieso anders überlegt. Das Anwesen gefiel ihr nicht, und sie wollte Terry nicht sehen. Der Wind zerrte an dem Umschlag, den sie aus der Tasche genommen hatte. Sie konnte ihn nicht auf einen Ast spießen oder an den Zaun klemmen; die nächste Bö würde ihn fortblasen. Also zurück ins Auto. Sandy konnte den Schrieb morgen mit der Post schicken.

»Suchen Sie Terry?« fragte eine Baßstimme hinter ihr. Nina schoß herum.

Ein Mann mit einem Gewehr in der Hand stand keinen Meter von ihr entfernt. Er hatte weißes Haar und einen weißen Bart, ein rotes Gesicht mit weißen Wimpern. Er trug ein Ziegenlederhemd und eine schmutzige alte Weste. Sein dicker Bauch wölbte sich über die Hose. Als Nina antworten wollte, zerzauste ein Windstoß sein Haar.

»Ich hoffe, Sie wollen nichts verkaufen«, sagte er. Er hielt die Flinte nachlässig am Schaft, den Lauf auf die Erde gerichtet.

»Bin schon wieder weg.«

»Ist der Umschlag für Terry?«

Sie zögerte, und er redete weiter. »Sie ist zu Hause. Sie schließt nur ab, wenn sie niemanden erwartet. Werden Sie erwartet?«

»Nein.«

»Ich kann Ihnen den Umschlag abnehmen, wenn Sie wollen. Ich bin ihr Nachbar, Jerry.« Als er merkte, daß ihre Augen auf das Gewehr gerichtet blieben, fügte er hinzu: »Mit den Hasen steht's schlecht dieses Jahr. Die Jäger halten sich nicht mehr an Grundstücksgrenzen. Die knallen alles ab, was sich bewegt. Gehen Sie bloß nicht in den Wald. Da wimmelt's nur so von lausigen Schützen. Der Hügel hier ist Privateigentum. Gehört ihr und mir. Hier haben die nichts zu suchen.«

»Danke, aber ...« Sie steckte den Umschlag in die Tasche zurück.

»Jerry, verschwinde!« rief eine laute Frauenstimme zwischen zwei Windböen vom Atelier herüber. Hinter einem zurückgezogenen Vorhang zeigte sich der Umriß eines Kopfes.

»Sie kann mich nicht leiden«, sagte Jerry.

»Mich vermutlich auch nicht«, erwiderte Nina.

»Sie kann keinen leiden«, sagte der Mann. Ohne ein weiteres Wort drehte er sich um und ging die Straße hinab. Im Vorbeigehen schenkte er dem Bronco einen bewundernden Blick.

»Ich bin's, Nina Reilly!« rief Nina nach dem hastigen Abgang des Alten. Einige Minuten später ging die Ateliertür auf. Das zerzauste kastanienbraune Haar verdeckte fast völlig das Gesicht, das sich im Türspalt zeigte.

»Was wollen Sie hier?«

Das fragte sich Nina auch, und sie öffnete erneut die Aktentasche. »Ich wollte nur die Urteilsbegründung vorbeibringen«, rief sie. »Die haben Sie im Büro vergessen.«

»Warum haben Sie nicht angerufen?«

»Wissen Sie, ich kriege langsam Frostbeulen hier draußen. Wenn Sie mich nicht reinlassen wollen, ist es auch gut. Ich lasse den Umschlag hier und lege einen Stein drauf.«

Terry hängte sich einen alten Parka um und kam heraus. »Warten Sie, warten Sie«, sagte sie und schloß das Tor auf.

»Kommen Sie«, befahl sie, strich sich das Haar aus dem Gesicht und ging voraus. Sie stieg mit ihren langen, kräftigen Beinen den Hang zum Atelier hinauf. Drinnen warf sie den Parka beiseite. Sie trug schwarze Strumpfhosen und einen weiten, rostfarbenen Pullover, der ihre Oberschenkel halb bedeckte. Ohne Make-up wirkte ihr Gesicht älter, bleicher und maskuliner.

Sie wies auf ein Sofa mit zerwühlten Kissen, auf dem sie offenbar gelegen hatte, und warf die Diwandecke auf den Boden. »Setzen Sie sich.«

»Ich hab wirklich nicht viel Zeit«, sagte Nina und setzte sich steif auf die äußerste Sofakante. Terry saß auf einem Drehstuhl in der Zimmermitte und betrachtete sie leicht amüsiert. Nina schloß daraus, daß Terry erriet, wie peinlich es ihr war, dort zu sitzen, wo sie gelegen hatte. »Bin spät dran.« Nina kramte in ihrer Aktentasche und fand den Umschlag. Sie legte ihn ordentlich auf das Glastischchen, das vor dem Sofa stand.

»Kaffee?« fragte Terry.

»Nein, wirklich …«

»Ist kein Problem.« Terrys Befehlston ließ es nicht ratsam erscheinen, jetzt zu gehen. Sie war schon auf dem Weg zur Küchenecke neben der Tür, in der ein Kühlschrank und die Kaffeemaschine standen, und gab Nina damit Gelegenheit, sich im Atelier umzuschauen. Der langgestreckte Raum hatte weißgekalkte Wände und eine Reihe Panoramafenster auf der einen Längsseite, die durch den Eingang und die Küchenecke unterbrochen war. Auf der anderen Seite zogen sich Arbeitstische über die gesamte Länge des Raumes, bedeckt von einem Gebirge technischer Ausrüstungen mit Tapedeck, Laserdisc-Player, Kassettendeck, CD-Player, Computer, Video, großem Monitor und Filmgeräten, wie Nina sie noch nie gesehen hatte. Sorgfältig etikettierte Kabel endeten reihenweise in den Schaltkästen an der Rückwand.

»Was sind das für Geräte? Braucht man wirklich so viele Lautsprecher?« Nina suchte ein neutrales Thema, bevor sie die Flucht antreten konnte.

»Wollen wir mal sehen«, sagte Terry, schob die Glaskanne in die Maschine und drückte auf einen Knopf. »Zwei Breitbandlautsprecher, zwei Baßlautsprecher, zwei Hochtöner. Die sind alle notwendig, damit meine Verleumdungen auch gut zu hören sind. Das ist eine Dreiviertelzoll-Videoausrüstung, mit der ich die Rohschnitte von den Videokopien meiner Filme mache.

Die Tapedecks brauche ich für den Ton und die Tonspur. Auf dem kleinen Videogerät kann ich geliehene Videos abspielen und meine Einstellungen planen. Und natürlich auch Sachen wie den Film über Tamara Sweet auf VHS übertragen, damit ihre Eltern einen Nervenzusammenbruch kriegen, wenn sie ihn zu Hause laufen lassen.

Aber es ist eine schlechte Art, Filme zu sehen. Video ist der arme Vetter des Films, auch wenn man einen Projektor mit Leinwand und bestes Material benutzt. Jeder Baßlautsprecher hat übrigens zweihundert Watt, und natürlich kommt nur Steenbeck in Frage …«

Nina hob die Hand. »Genug, genug. Ich nehme an, Sie haben eine ordentliche Alarmanlage.«

»Ich mach mir nicht so viele Sorgen. Die Kameras kommen in den Stahlschrank, wenn ich unterwegs bin. Die großen Sachen bleiben draußen. Alles, was wertvoll und nicht niet- und nagelfest ist, kommt da rein. Damit Jerry und sein Sohn Ralph, dieser Flachkopf, nicht auf dumme Gedanken kommen.«

»Eindrucksvolle Ausrüstung!«

»Ich bin eben schon lange im Geschäft. Da sammelt sich einiges an, und man braucht ständig was Neues. Kostet natürlich eine Stange Geld.« Sie griff nach einem Lederlappen und putzte das Objektiv einer Videokamera. »Ich mußte einen Kredit aufnehmen, um diesen Film zu machen, wissen Sie? Ich konnte nicht widerstehen. Was für ein Stoff! Das hat mich sofort gepackt. Außerdem will ich meine Unkosten zurückholen – und noch ein bißchen mehr.«

»Hören Sie, Terry …«

»Bob kann sich das ja mal bei Gelegenheit anschauen. Er mag Filme. Er wünscht sich, Sie hätten eine Videokamera. Das hat er mir gesagt, als ich in Ihrem Büro war.«

»Ich wollte Sie fragen wegen …« Nina brach ab. Erst mußte sie mit Bob reden.

Es war genug Kaffee durchgelaufen. Terry goß zwei Tassen ein, und Nina schlürfte ihn hastig, um so bald wie möglich zu gehen. Sie fühlte sich nicht wohl auf Terrys Hoheitsgebiet, umgarnt, gefangen und wehrlos gemacht. Sie gab eine Reihe ausweichender Antworten auf Fragen, die sich allmählich zu einem regelrechten Verhör über Bobby und sie auswuchsen. Was für eine seltsame Mischung war doch diese Frau mit ihrer teuren Ausrüstung, ihren Auffassungen und ihrer Neugier!

Terry hob den Camcorder und richtete ihn auf Nina.

»Lassen Sie das!«

»Sie sind sehr fotogen«, sagte Terry hinter dem schwarzen Gerät. »Kleine Leute wirken auf dem Bildschirm größer. Die Kamera gibt ihnen eine Präsenz, die ihnen in Wirklichkeit fehlt.«

»Ich will das nicht«, sagte Nina. »Schalten Sie das bitte ab.«

»Wo steckt sein Vater?« fragte Terry, die Kamera vor ihrer Nase summte unerbittlich weiter. »Er scheint es nicht zu wissen.«

»Was?« Schockiert vergaß Nina die Kamera.

»Er sagt, er weiß nicht mal, wer sein Vater ist. Was ist da los? Immer raus mit der Sprache! War sein Daddy ein Schuft? Hat er Sie verlassen oder Sie ihn?« Terrys Stimme klang einschmeichelnd und bohrend zugleich.

»Sie haben mit meinem Sohn über seinen Vater gesprochen?«

»Er hat damit angefangen, glaube ich.«

»Was hat er gesagt?«

»Ich weiß nicht genau.«

»Was haben Sie ihm erzählt?«

»Vergessen. Vielleicht, daß es höchste Zeit wäre, rauszukriegen, wer er ist.«

Nina stand auf und hielt die Hand vor das Objektiv. »Meine Angelegenheiten gehen Sie nichts an!«

Terry sprang zur Seite und drehte weiter. »Reden Sie«, sagte sie. »Ich sag's nicht weiter.«

»Sie haben keine Erlaubnis, mich zu filmen.« Nina ging zur Tür, die Kamera folgte ihr.

»Die brauche ich auch nicht. Nur für eine Veröffentlichung. Ich seh mir den Film nachher an, ganz für mich allein, Nina, um alles über Sie zu erfahren. Ich werde schon was rauskriegen. Und dann bringe ich bei Ihnen einiges zum Wackeln.«

»Wagen Sie es nicht noch einmal, meinen Sohn anzusprechen. Außerdem kann ich Sie nicht länger vertreten. Wenn Sie weiter Rechtsbeistand brauchen, rufen Sie in meinem Büro an, wir vermitteln Ihnen einen Kollegen«, sagte Nina. Diese Frau war unmöglich. Warum sollte sie warten? Eilig lief sie den Weg hinab, und als sie sich kurz umwandte, sah sie die Kamera und die dunkle Gestalt dahinter, gezaust vom Wind, überragt vom dunklen Wald hinter dem eingeschneiten Atelier.

»Sie haben mich vor Gericht vertreten. Sie haben mein Recht verteidigt, mich in das Leben anderer Leute einzumischen«, rief Terry ihr nach, und sie senkte die Kamera, so daß Nina ihr weißes Gesicht sehen konnte. »Wozu die Aufregung, Nina? Was ist denn Besonderes an Ihrem werten Privatleben?«

Nina rannte zum Auto und fuhr los, ohne auf den freudig sabbernden Hund zu achten, der ihr nachjagte.

Bob lag wach an diesem Mittwoch abend, lange nachdem seine Mutter das Zimmer verlassen hatte. Er wartete, bis alles schlief, und lauschte auf die Geräusche des Waldes. Seine Gedanken kreisten, wie in letzter Zeit so oft, um seinen Vater. Wenn er sich eine bildliche Vorstellung von ihm machte, sah er Fernsehstars vor sich. Er wußte, daß es falsch war, und er würde alles dafür hergeben, um zu erfahren, wer sein Vater war und wie er wirklich aussah. Und vielleicht auch, wo er jetzt lebte.

Er hielt eine Minute den Atem an und fällte eine Entscheidung. Okay, er würde das Verbotene tun. Wenn es sein mußte, würde er zur Hölle fahren. Genau wie Huck Finn. Das war es wert.

Am Donnerstag morgen stand Nina früh auf, um bei einer dampfenden Tasse Kaffee und der Zeitung die Stille auszukosten. Doch nach wenigen Minuten schon war das ganze Haus zum Leben erwacht. Andrea kam mit den Kindern herein, half ihnen beim Anrühren der Cornflakes, lief zurück, um sich anzuziehen, einen Anruf entgegenzunehmen, sich einen Kaffee zu holen. Matt überwachte das Frühstück, seine sonst fürsorgliche Erscheinung wirkte fremd und übernächtigt, bis er ein paar Tassen Kaffee getrunken hatte.

Nina hatte zwei Beilagen der Zeitung durchgesehen, als ihr auffiel, daß Bob fehlte. Sicher hatte er verschlafen. Das passierte eben, wenn man bis in die tiefe Nacht Comics las.

»Ist Bobby schon wach?« fragte sie Troy.

»Ich hab ihn nicht gesehen. Er ist vor mir aufgestanden. Sicher ist er im Badezimmer.«

Sie ging los, um ihn aufzuspüren. Erst schaute sie in beide Badezimmer, ohne Ergebnis, dann in sein Schlafzimmer.

»Wo ist Bob?« fragte sie als nächstes in der Küche, wo Matts versammelte Familie für einen Moment vom Frühstück abgelenkt wurde. »Ich kann ihn nicht finden.«

»Hast du im Vorratskeller gesucht? Vielleicht will er sich andere Cornflakes oder irgendwas holen«, meinte Andrea, nahm Nina beim Arm und ging mit ihr zur Kellertür. »Oder in der Garage?«

Als Nina die Suche aufgab und sich an den Küchentisch setzte, unfähig, zu denken oder zu reagieren, rief Andrea die Polizei.

5

Bis zum Vormittag hatte die Polizei im ganzen Staat eine Suchmeldung mit Bobbys Beschreibung verbreitet. Bei vermißten Kindern zögerten sie nicht mehr, sondern setzten sofort alles in Bewegung. Andrea alarmierte die Suchorganisationen, Matt bat Nachbarn und Freunde um Mithilfe. Sandy gab den Klienten die Auskunft, Nina sei zu einem wichtigen Termin gerufen.

Nina rief ihren Vater in Monterey an. Harlan Reilly sagte, er würde die Augen offenhalten und die Handzettel verteilen, die sie anfertigen wollte. Dann rief sie Paul in seinem Büro in Carmel an.

»Detektivbüro van Wagoner«, sagte seine Stimme mürrischer und brummiger als sonst. Nina holte Luft und setzte zum Sprechen an. »Zur Zeit sind wir nicht zu erreichen. Bitte hinterlassen Sie Ihre Nachricht nach dem Piepton.«

Was konnte Paul aus dieser Entfernung schon unternehmen? Bobby würde jeden Moment wieder auftauchen. Sie fühlte sich unfähig, eine Nachricht auf Band zu sprechen, und legte auf.

»Städtisches Krankenhaus«, sagte der Busfahrer. Bob stand endlich vor dem langen weißen Gebäude, das von Palmen überschattet wurde. Am Portal herrschte geschäftiges Treiben, manche gingen ganz in Weiß, andere trugen rote Kittel. Er hatte fast die gesamte Fahrt von Tahoe bis Monterey geschlafen und sich in aller Frühe bei McDonald's am Fisherman's Wharf etwas zu essen gekauft. Dann ging er zum Busbahnhof zurück und schaute nach, wie man zum Krankenhaus gelangte.

Nachdem er das Krankenhaus durch die automatischen Türen betreten hatte, wandte er sich nach rechts zum Auskunftsschalter. Eine weißhaarige Frau mit steifer Frisur und einem pfirsichfarbenen Kleid saß fast versteckt hinter dicken Blumensträußen. Diese Frauen wurden nicht bezahlt, also waren sie immer freundlich, echt freundlich und nicht falsch freundlich wie die Leute, die für Freundlichkeit bezahlt wurden.

»Ich brauche meine Geburtsurkunde. Ich bin hier geboren worden«, sagte Bob.

»Oh, gut. Wollen wir mal sehen, was wir tun können«, antwortete sie mit zitternder Stimme. »Alma? Alma!« Ein Mädchen, das vielleicht schon ein Teenager war, kam heran. Sie trug eine Uniform wie die Mädchen im Boulder Hospital von Tahoe, wo seine Mutter gelegen hatte. »Dieser junge Mann möchte eine Geburtsurkunde«, sagte die Frau zu dem Mädchen, das ihn mit unverhohlenem Zweifel musterte.

Nach einer Reihe von Fluren mit glänzenden, graugetüpfelten Böden traten sie in einen Raum mit einer hohen Brüstung ein, über die er nur mit Mühe hinwegschauen konnte. Dort ließ ihn Alma stehen. Der Mann hinter der Brüstung nahm ihn nicht zur Kenntnis. »Entschuldigen Sie«, sagte Bob. Eine Ewigkeit später, andere Leute waren gekommen und gegangen, sagte Bob noch einmal »Entschuldigen Sie«. Keine Reaktion. War der Mann taub?

»Hey«, rief Bob laut. Der Mann drehte sich um. Bob hatte noch nie einen solchen Glatzkopf gesehen. Die Glatze war dunkelbraun gebrannt, und der Hals, der aus dem Hemd ragte, war massig wie bei einem Boxer. »Sir«, fügte Bob hinzu.

»Was willst du, Junge?« fragte der Mann.

»Meine Geburtsurkunde. Ich bin hier geboren worden.«

»Das ist eine amtliche Eintragung. Die haben wir hier nicht.« Er suchte eine Weile in einer Liste und sagte: »Du mußt zum Gericht von Salinas, Westflügel, dritte Etage. Bezirksgesundheitsamt. Aber wenn du ein Original brauchst, mußt du nach Sacramento schreiben.«

»Wo liegt Salinas?«

»Machst du Witze?«

»Nein, Sir«, sagte Bob. Er spürte, daß dem Mann diese Anrede gefiel. »Ich wollte nur wissen, wie wir fahren müssen.« Das »Wir«

benutzte er, damit der Mann sich nicht zu sehr wunderte, daß Bob allein gekommen war.

Der Mann zog die Schultern hoch und sagte: »Fahr mit dem 68er Highway-Bus draußen. Mit dem kommst du bis zum Busbahnhof Salinas, von dort fährt ein anderer Bus, aber du kannst auch laufen. Das sind dann nur ein paar Straßen.«

»Wissen Sie, ob auf Geburtsurkunden auch der Name des Vaters steht?«

»Normalerweise ja.«

»*Muß* der Name des Vaters draufstehen?«

»Nein. Aber es ist so üblich.«

Zur Mittagszeit bat die erschöpfte Nina die anderen, irgendwo essen zu gehen. Zuerst weigerten sie sich. Sie wollten bei ihr bleiben, mit ihr warten. »Bitte geht«, beharrte sie. »Ich bleibe hier.« Matt versuchte vergeblich, sie zum Mitkommen zu bewegen. Sie wollte das Haus nicht verlassen. Er schlug vor, ihr etwas zum Essen mitzubringen. aber sie wollte sich eine Suppe machen.

»Geht ins Kino«, sagte sie mit dumpfer Stimme, als sie die Familie zur Tür brachte. »Das ist so schrecklich für die Kinder.«

»Bist du sicher, daß du zurechtkommst?«

»Keine Sorge. Ich warte einfach auf Nachrichten, die jeden Moment kommen können.«

»Wir bleiben nicht lange.« Matt und Andrea umarmten sie, sogar die Kinder gaben ihr einen Kuß beim Hinausgehen. »Sie werden ihn finden, Nina«, flüsterte Andrea. »Ich bin sicher, daß ihm nichts passiert ist.«

»Fährst du dein Auto beiseite? Unseres steht in der Garage«, bat Matt.

Sie griff in die Tasche und warf ihm die Schlüssel zu. »Nehmt den Bronco, Matt. Da paßt ihr alle besser rein.«

Als sie weg waren, kochte sich Nina eine Suppe. Sie hatte den ganzen Tag nichts gegessen, und der Körper verlangte sein Recht. Jetzt wird Mittag gegessen, sagte er. Sie legte die Zeitung vor sich auf den Tisch und löffelte ihre Tomatensuppe.

Vom Wohnzimmer aus sah sie, wie der Abend seine Schatten über den Schnee vor dem Panoramafenster ausbreitete, dann legte sie Holz nach, immer auf dem Sprung zum Telefon oder zur Tür. Wo würde es zuerst klingeln? Sie setzte sich auf den Kaminläufer, starrte in die roten und blauen Flammen und dachte darüber nach, was Mrs. Polk gesagt hatte.

Am späten Nachmittag hatte Bob das Bezirksgericht gefunden. Da seine Mutter ihn einmal ins Gericht von San Francisco mitgenommen hatte, wußte er, wie er das richtige Amt finden würde, als er in Salinas ankam. Man mußte sich nach dem Wegweiser beim Eingang richten und mit dem Fahrstuhl fahren. Zusammen mit einer rothaarigen Frau, die wie seine Mutter eine schwere Aktentasche trug, fuhr er bis zur dritten Etage. Im Büro des Bezirksgesundheitsamts legte er seine Sachen auf einen Plastikstuhl und stellte sich in die Schlange der Wartenden. Die Beamtin sagte, die Urkunde würde dreizehn Dollar kosten, und Bob gab ihr zwanzig von seinem Geburtstagsgeld. Er nannte sein Geburtsdatum. Ein paar Minuten später kam sie mit einem Zettel zurück. Er faltete ihn zusammen, ohne draufzuschauen. Hinter dem Gericht war ein großer Hof mit Rasen, wo niemand zu sehen war, der ihn stören konnte. Er setzte sich ins Gras und nahm den Rucksack ab. Er hielt den gefalteten Zettel in der Hand und strich ihn glatt. Noch war er nicht soweit, ihn zu öffnen.

Eine Krähe landete ein paar Schritte entfernt und beäugte ihn. Er wühlte im Rucksack nach ein paar Brocken Käse. Bald darauf saß eine ganze Krähenschar neben ihm und pickte im Gras. Er beobachtete eine Ameisenkolonne, die sich den Weg in einen Erdklumpen zu seinen Füßen bahnte. Ein Schwall von Angst brachte seine Hände zum Zittern. Er kam sich vor wie ein ungeschlüpftes Küken, das an der Eierschale kratzte, kurz vor dem Eintritt in eine unbekannte Welt.

Er entfaltete den Zettel und entzifferte ihn.

BEURKUNDUNG EINER LEBENDGEBURT, STAAT KALIFORNIEN, stand da als Überschrift. ROBERT BRENDAN REILLY, las er, und er schauderte ein wenig, obwohl die Sonne schien. Die Krähen flatterten krächzend hoch. Er wedelte mit dem Arm, um sie abzuwehren, und schaute ihnen blinzelnd nach, dann las er weiter.

Unter der Rubrik *Vater des Kindes* stand KURT GEOFFREY

Scott. Er schloß kurz die Augen und las den Namen noch einmal.

Er wollte losschreien, toben und brüllen: Das ist mein Vater! Seht her! Kurt Geoffrey Scott! Er sprang auf, hüpfte auf dem Rasen umher und trat nach den Ameisen.

Seinen Vater gab es wirklich, also gab es auch ihn wirklich. Seine vagen Vorstellungen und Zweifel flogen mit einemmal davon und verschwanden im wolkenlosen Himmel.

Mutter des Kindes: Nina Fox Reilly, Vater des Kindes: Kurt Geoffrey Scott.

Nina lag auf dem Läufer, ein Kissen unter dem Kopf. Das heruntergebrannte Feuer war das einzige Licht im Haus. Sie war eingeschlafen, etwas hatte sie geweckt. Bobby?

Nein, nicht Bobby. Sie lauschte auf das leise Scharren, bis sie wußte, daß es nicht die Zweige waren, die im Wind am Dach kratzten. Nein, irgendwo im Haus knarrten Dielen. Was sie hörte, waren Schritte, verstohlene, tastende Schritte.

Sie richtete sich langsam auf, noch immer ein wenig im Zweifel. War es nicht zu dunkel, um überhaupt etwas zu erkennen? Vielleicht träumte sie nur? Doch sie hatte kalte Füße, und an den Fingern, die sich in die Diwandecke krallten, spürte sie die Beschaffenheit des Gewebes. Sie fühlte die Wärme der Glut im Kamin.

Ein lautes Plumpsen, als wäre etwas zu Boden gefallen, nahm ihr die letzten Zweifel. Sie sprang auf und schaute sich nach einer Waffe um. Am Kamin lagen Schaufel und Besen, aber kein Schürhaken. Den hatte Matt vor den Kindern versteckt.

Sie blickte im dunklen Raum umher und entdeckte das Beil. Typisch Matt, dachte sie, das Beil liegenzulassen und den Schürhaken zu verstecken. Zähneklappernd ergriff sie das Beil, behutsam, um nirgends anzustoßen, tastete sie sich durch das Zimmer.

Sie wollte zum Telefon in die Küche, aber bevor sie aus dem Zimmer war, hatte sich die Lage schon geändert. Die Geräusche waren verstummt.

Unschlüssig blieb sie in der Tür zum Korridor stehen und spähte ins Dunkel. Konnte ihr dort jemand auflauern?

Das Haus war still wie ein leerer Wartesaal. Es atmete mit ihr und antwortete auf die Seufzer des Windes. Mehr konnte sie nicht hören.

Nina stand wie festgenagelt in der Tür und überlegte. Durch den Korridor wollte sie nicht. Der kam ihr plötzlich wie ein öffentlicher Raum vor, wie ein Raum mit Augen. Aber wohin sonst? Das Wohnzimmer hatte nur diese eine Tür, die zum Korridor und zur Haustür führte.

Sollte sie aus einem Fenster klettern? Aber das waren Sturmfenster. Sie würde da nicht durchkommen. Nicht schnell genug.

Die Sekunden verstrichen. In der Küche tickte die Schwarzwälder Kuckucksuhr. Nina wußte nicht, wie lange sie schon so stand, nur, daß es so nicht weiterging. Ihre Nase juckte, sie mußte dringend niesen. Zu allem Überfluß hörte sie jetzt das schmatzende Geräusch von Autoreifen, das sich von der Straße her näherte.

Sie zog sich geduckt ins Wohnzimmer zurück und überlegte fieberhaft. Im selben Moment polterte es im Korridor. Sie hatte sich nichts eingebildet, dort war wirklich jemand.

Mit erhobener Axt rannte sie los, ihre Angst und ihre Wut explodierten in einem einzigen, markerschütternden Schrei.

»Was in Teufels Namen ist bloß passiert?« fragte Matt, nachdem er sie begutachtet hatte. Er stellte den Kaffee zum Aufwärmen in die Mikrowelle. Nina hatte ihm mehrfach versichert, daß es ihr gutging, abgesehen von der großen Beule am Hinterkopf. »Wir kommen aus dem Kino, und du liegst hier blutend auf dem Fußboden.«

Sie erzählte von Anfang an, was geschehen war. »Ich glaube, jemand ist eingebrochen, als ich schlief. Ich hörte euer Auto und kriegte Angst – um uns alle. Ich wollte ihn mit dem Beil verjagen, glaube ich. Unter den Umständen fand ich das angebracht.«

»Vielleicht wollte er abhauen, und du bist ihm in die Quere gekommen.« Matts Stimme klang ungewöhnlich hart. »Vielleicht wollte er dir was antun, und ich hab ihn gestört. Warum um Gottes willen hast du das Beil genommen? Er hätte dich damit erschlagen können!«

»Irgendwas mußte ich machen.«

»Fehlt denn was?« fragte Matt und prüfte Fensterriegel und Türen.

»Soweit ich sehe, nichts«, sagte Andrea. »Die Polizei ist schon unterwegs. Nina, wenn dir gut genug ist, solltest du in deinem Zimmer nachsehen, ob dein Schmuck noch da ist.«

»Mir tut wirklich nichts weh. Ich wünschte nur, ich hätte diesen Schweinehund erschlagen.«

Sie ging durch den Flur zu ihrem Zimmer. Sie schob die Tür auf und stand mit offenem Mund vor einer Szene der Verwüstung. Ihr Bettzeug lag überall verstreut. Jemand hatte das Bett aufgeschlitzt und ihre Shampoos, Cremes und Schminksachen auf der Matratze verschmiert. Alle Gegenstände in ihrem Zimmer, die Schuhe, die Kleider, ihre Schätze, alles war zerfetzt, zertrümmert, verstümmelt.

Sie tastete sich langsam vorwärts, berührte mit dem Fuß die Reste ihrer Habseligkeiten und bahnte sich einen Weg zum Schrank. Die Kleider waren von den Bügeln gerissen und zu Boden geworfen. Der Schmuck, den sie in einer Seidentasche im Regal aufbewahrte, lag nun auf dem Boden. Ein paar Ohrringe waren zertrampelt, aber es war alles vorhanden, soweit sie sehen konnte.

Die Untersuchung der Kommode fiel nicht schwer, weil alle Schubfächer geleert waren – die Unterwäsche in Blau, Rot und Schwarz war in Stücke gerissen und wie Konfetti im ganzen Raum verstreut, als hätte es etwas zu feiern gegeben.

Sie ging wieder hinaus und knallte die Tür hinter sich zu, als es klingelte. Die zwei Beamten, die schon am Morgen dagewesen waren, standen in der Haustür. Nina bat sie zur Besichtigung des Tatorts herein.

»Fehlt was?« fragten sie, als sie sich durch das Zimmer gearbeitet und Notizen gemacht hatten.

»Meines Erachtens nichts außer einem alten Holzkasten mit persönlichen Andenken. Der Deckel war ziemlich fest zu. Er wird enttäuscht sein, wenn er sich seine Beute ansieht.«

»Sie sagen immer *er*. Warum?« fragte die Polizistin. »Sind Sie sicher, daß es ein Mann war?«

»Nein, ich glaube nicht. Ich meine, ich weiß es nicht.«

Bob lief die hellerleuchtete Straße zur Werft hinab, er hatte den Parka an und die Kapuze seines Sweatshirts übergezogen. Vom Ozean trieb Nebel herüber und ließ die Leuchtreklamen der Restaurants verschwimmen.

Er war mit dem Bus nach Monterey zurückgefahren und hatte ein Münztelefon in einer belebten Straße am Hafen gefunden. Weil im Telefonbuch kein Kurt Scott verzeichnet war, verbrauchte er eine Stunde und etliche Dollar Kleingeld, um alle Scotts anzurufen, die ihm vielversprechend vorkamen.

Ohnehin wußte er nicht, was er sagen sollte, wenn er seinen Vater auf diese Weise aufspürte. Doch er war nicht bereit, jetzt aufzugeben, und statt seinen Großvater in Monterey anzurufen, nahm er sich vor, irgendwo einen Platz zum Übernachten zu suchen. Er schaute ins Postamt, doch da hatte schon ein Penner sein Terrain abgesteckt. Der ging auf ihn los und lachte, als Bob erschrocken zurückwich.

Am Ende des Hafens, als ihm vor Müdigkeit schon fast die Beine versagten, stieg er ein paar morsche Stufen zu einer Plattform hinab, die nach faulem Fisch roch und nur knapp über dem Wasser lag. Rostige Bassins standen dort herum, doch er fand ein beinahe trockenes Fleckchen auf dem Bretterboden. Er schlüpfte in den Schlafsack, nahm seine anderen Sachen mit hinein und rollte sich zusammen.

Durch die Geländerstäbe sah er das schwappende Wasser des Ozeans, das sich allmählich im Nebel verlor. Die Plattform knarrte und schwankte. Warm und geborgen lag er da und ließ sich von den Wellen wiegen. »Kurt Geoffrey Scott«, sagte er, und gleich darauf schlief er ein.

Irgendwann in der Nacht schreckte er hoch. Aus dem Nebel tauchte ein Gesicht auf. Es beäugte ihn neugierig und schien übergangslos mit dem Nebel zu verschmelzen, Hals und Schultern fehlten. Das Gesicht lächelte mit gesträubten Barthaaren, die Nase war schwarz, es hatte ein fliehendes Kinn, und die Augen waren keine Menschenaugen.

Bobby fuhr hoch und stieß sich den Kopf am Geländer. Die

Robbe zuckte zurück, blieb aber auf der Plattform. Jetzt sah Bobby die Pfützen, die die Flossen auf dem Bretterboden hinterließen.

Beide starrten sich reglos an. Die Robbe schien unschlüssig, ob sie sich ins Wasser zurückziehen sollte. Bob überlegte, ob er aufspringen und brüllen sollte, um sie zu vertreiben. In seinem langen schwarzen Schlafsack mußte er selbst wie eine Robbe aussehen. Das Tier zog die Nase kraus und rührte sich nicht von der Stelle.

Bob hatte keine Angst. Beißen würde ihn die Robbe sicher nicht, aber vielleicht tat es weh, wenn sie sich auf ihn wälzte. Hatte er etwa der Robbe den Schlafplatz weggenommen?

Nebelschwaden trieben über ihn hinweg, die Plattform schwankte, das Wasser leckte an den Pfosten. Die Robbe trat allmählich den Rückzug an. Eine feuchte Spur hinterlassend, schob sie sich mit Hilfe der Flossen an den Rand der Plattform, dort hielt sie inne und gähnte mit weit aufgerissenem Maul. Sie seufzte wie ein Mensch, senkte den Kopf und ließ sich abkippen, so daß Bob nur noch eine lange, graue, speckige Walze im Wasser verschwinden sah.

Bob erwiderte das Gähnen, zog den Schlafsack über den Kopf, drückte sich tiefer in seinen Schlupfwinkel und versank wieder im Schlaf.

6

Am Tag nach Bobbys Verschwinden hielt Nina vor Terrys Tor. Sie preßte den Handballen auf die Hupe und ließ nicht los.

Terry riß die Tür ihres Wohnhauses auf. Sie trat auf die Veranda, den Luchsmantel hatte sie übergeworfen, ihr Haar flatterte im stürmischen Märzwind wie ein lebendes Wesen. »Was wollen Sie?«

»Kommen Sie runter, und ich sage es Ihnen!«

Terry machte sich auf den Weg. Sie war größer als Nina und wirkte in ihrem weiten Mantel bedrohlich wie ein Tier, das sein Fell sträubt, um die Feinde einzuschüchtern. Als sie ans Tor kam, blieb sie stehen, verschränkte die Arme und sagte: »Nun was?«

»Ich erwidere nur den Besuch.«

Auf Terrys Lippen zeigte sich ein dünnes Lächeln. »Ich weiß nicht, was Sie meinen.«

»Ich will mit Ihnen reden.«

»Ich hab zu tun.«

»Wenn Sie mich nicht reinlassen, gehe ich zur Polizei. Die kriegt sofort einen Durchsuchungsbefehl. Sie sind in mein Haus eingebrochen. Und mein Sohn ist verschwunden. Ich bin nicht gekommen, um Witze zu machen.«

Terry blickte verdutzt, aber Nina war nicht ganz sicher, wie sie die hochgezogenen Brauen und den leicht geöffneten Mund zu deuten hatte. »Tun Sie, was Sie für richtig halten«, sagte Terry.

Wieder schloß sie das Tor auf, und Nina folgte ihr bergauf, doch diesmal auf dem Hauptweg zum Haus. Das Schmelzwasser floß ihr in dünnen Bächen entgegen und machte das Gehen schwer.

Aus der Nähe sah Nina, daß das Giebelhaus einen frischen Anstrich brauchte, und die Verandapfosten waren morsch.

Ein Mann saß an einem Eichentisch am Fenster und rauchte. Er war jung, blond und kräftig, er trug eine blaue Baseballkappe, eine schmuddlige Flanelljacke und schlammig beschmierte Stiefel. Irgendwie sah er dem Mann ähnlich, den Nina bei ihrem ersten Besuch getroffen hatte, Jerry mit einem Stoppelbart anstelle eines Vollbarts. Das mußte der Sohn sein.

»Geh nach Hause, Ralphie, ich hab zu tun«, sagte Terry.

»Ich war eher hier«, erwiderte der junge Mann. »Du hast es versprochen.«

»Verzieh dich!«

»Ist das die Frau Rechtsanwältin?« Er sprach überlegt, mit deutlich abgesetzten Wörtern, als wäre jedes für sich in seinem Kopf entstanden und ihm im Hals steckengeblieben.

»Das geht dich nichts an«, sagte Terry. Er stand auf, stellte sich, umgeben von einer Geruchswolke aus Benzin und Motorenöl, neben sie und tätschelte ihr beiläufig den Arm. Sie raffte ihren Mantel und verzog das Gesicht. »Du bist dreckig.«

»Freut mich, Sie kennenzulernen«, sagte er zu Nina. »Ihr Pelzkragen gefällt mir. Ist das ein Nerz?«

»Das ist Synthetik«, sagte Nina. »Ich trage keine echten Pelze.«

»Aber dafür Schuhe aus Leder, möchte ich wetten.« Er lachte.

Jetzt wurde Terry energisch. »Ralphie, ich sagte, du sollst gehen!« Sie scheuchte ihn zur Tür, öffnete sie und wedelte mit der Hand.

»Bin ja schon weg.« Er drückte die Zigarette auf den Dielen aus und stapfte in seinen schweren Stiefeln davon.

»Verpiß dich!« rief Terry ihm verächtlich nach. Falls Ralph ihr Liebhaber war, mußte das eine ziemlich kaputte Beziehung sein. Terry vergewisserte sich, daß er das Tor richtig schloß, dann wandte sie sich Nina zu, die über die massigen Möbel und die alten Ölgemälde staunte.

»Das ist der Krempel von meinen Eltern. Ich hab mich nicht weiter drum gekümmert und alles gelassen, wie es war. Eigentlich wohne ich im Atelier«, sagte Terry. »Also machen wir's kurz. Ich wußte nicht, daß Ihr Sohn verschwunden ist.«

»Sie sind bei mir eingebrochen und haben mein Zimmer verwüstet«, sagte Nina. »Ich hab Sie gesehen.«

»Ach wirklich! Beweise?«

»Wo ist mein Sohn?«

»Woher soll ich das wissen?«

»Verstehe. Ich denke, ich kriege eine Anzeige hin, die Sie für drei Tage in die geschlossene Psychiatrie bringt. Dann kommen Sie wieder raus – oder auch nicht. Sind Sie vertraut mit dem Innenleben einer psychiatrischen Klinik, Terry? Oh, ich sehe, Sie wissen Bescheid!«

Terry war bleich geworden. »Das können Sie nicht mit mir machen! Ich bin verdammt noch mal Ihre Mandantin!« schrie sie.

»Das war einmal.«

»Ich hab Ihren Sohn nicht. Schauen Sie doch nach. Hier ist er nicht.«

Wäre Bobby tatsächlich im Haus, hätte Terry ihr nicht erlaubt, nach ihm zu suchen. Ninas Hoffnung schwand. »Sie haben gestern abend mein Zimmer verwüstet, oder?«

»Und was wäre, wenn?« Terrys Frage zeugte von aufrichtiger Neugier. »Wollen Sie mich etwa verhaften lassen, weil ich Ihre Liebesbriefe gelesen habe?«

»Sie haben mir auf den Kopf geschlagen«, sagte Nina. »Das ist Körperverletzung.«

»Sieht aus, als hätten Sie überlebt«, sagte Terry. »Bis jetzt jedenfalls.«

»Hören Sie auf mit diesem Unsinn! Und versuchen Sie nicht noch einmal, mich einzuschüchtern oder meine Familie zu bedrohen. Ich habe eine Waffe und werde sie benutzen, wenn es sein muß.« Das war gelogen. »Fürs nächste Mal bin ich gewarnt.«

Kaum hatte sie das gesagt, bereute sie es auch schon. Das Drohen mit einer Waffe konnte Terry zu weiteren und schlimmeren Übergriffen reizen. Es rannten schon zu viele Verrückte mit geladenen Kanonen herum.

Weil sie immer noch hoffte, Bobby irgendwo zu finden, schaute Nina in alle Winkel des vernachlässigten Hauses. Terry versuchte nicht, sie daran zu hindern. Doch von Bobby keine Spur. Im Schlafzimmer warf Terry ihren Mantel aufs Bett, wo er sich zu einem pelzigen Berg türmte wie ein exotisches Tier. Unter dem Spülbecken in der Küche fand Nina den Kasten mit ihren Briefen, sie waren durcheinandergeworfen, manche zerrissen.

Terry war ihr durch das Haus gefolgt, ohne ein Wort zu sagen. Sie starrte mit leerem Blick auf den Kasten. »Nehmen Sie ihn wieder mit. Ich hab ihn nur mal ausgeborgt. Vergessen wir die ganze Sache.«

»Was gehen Sie meine Privatangelegenheiten an?«

»Ich mußte was rauskriegen.«

»Und was?«

»Ob Sie diejenige sind, für die ich Sie gehalten habe.«

»Und für wen haben Sie mich gehalten?«

Terrys Blick wurde so kalt wie die Landschaft draußen vor dem Fenster. Sie antwortete nicht.

»Was soll das Ganze?«

Terry hielt die Haustür auf und sagte: »Wenn Sie wissen wollen, was gut für Sie ist: Gehen Sie. Auf der Stelle!«

»Was hab ich Ihnen getan?«

»Nur mein Leben zerstört.«

»Wenn das der Fall sein sollte – kann ich irgendwas reparieren?«

»Zu spät«, sagte Terry gleichmütig und ließ sie passieren. »Da kommen Sie nicht mehr raus.« Ein unbändiger Haß flackerte in ihren gelben Augen. Sie schlug Nina die Tür vor der Nase zu.

Seit zwei Jahren nutzte Paul in Carmel ein kleines Büro im Obergeschoß eines dreistöckigen Gebäudes, das in einer Nebenstraße der Ocean Avenue lag. Seine Klienten kamen auch aus dem südlichen Big Sur und aus Monterey, das direkt jenseits des Carmel Hill begann.

Dieses Büro hatte einen entscheidenden Vorteil: Das große Fenster ging auf den Garten des Hog's Breath Inn, eines Restaurants mit Bar, wo er einen großen Teil seiner freien Zeit verbrachte.

Paul ließ das Rollo oben, obwohl das Gegenlicht die Augen anstrengte. Er tippte Buchstaben und Zahlen ein und verfolgte die Ergebnisse auf dem Monitor. Eigentlich saß er nicht gern am Schreibtisch, aber für sein Vorhaben brauchte er den Computer.

Sein Klient, eine Firma für Biotechnologie in San José, war auf der Suche nach einem Computerfreak, der kürzlich eine eigene Homepage im World Wide Web aufgemacht hatte. Der Freak nannte sich *Der Fliegel* und hatte angeblich eine Menge Informationen über eine Geheimformel anzubieten. Paul spürte ihm nun im Cyberspace nach.

Während der Arbeit überblickte er den Garten des Hog's Breath, wo sich kurzbehoste Touristen mit den Geschäftstypen der Umgebung mischten. Er schaute auf die Uhr und dachte ans Mittagessen, an ein dickes Steak mit Bratkartoffeln und Krautsalat – oder Cäsarensalat, frisch und knackig? Unten saß eine Dunkelhaarige mit bleichem Teint und einer Korsage, die ihren üppigen Busen wie auf dem Präsentierteller darbot, allein da – im Schneidersitz und ungeheuer trostbedürftig. Sollte er Schluß machen und schon mal runtergehen?

Ein Typ im weißen T-Shirt mit Tätowierungen bis unter die Achseln setzte sich neben sie und legte seine Pfote auf ihr zartes, weißes Knie. Eine Schande. Aber jetzt stach ihm eine große kalifornische Blondine ins Auge, die gerade hereinkam und ihr Täschchen im Takt mit dem schlanken Hintern schwenkte ... Das Hog's Breath war einfach ideal, um nach der Arbeit zu entspannen und schöne Frauen zu treffen. Außerdem gehörte es seinem Lieblingsschauspieler mit den stahlblauen Augen.

Ab und zu zeigte sich Clint im Lokal. Er gab sich sanft und gelassen, begrüßte die Stammgäste mit Handschlag und fragte, ob die Steaks in Ordnung seien oder ob irgend etwas fehle. Vor ungefähr einem Jahr, Paul hatte zufällig etwas länger gearbeitet, war Clint eines Abends mit ein paar Freunden gekommen, hatte das Restaurant eröffnet, den Kamin angezündet und das Ereignis begossen.

Paul war ihm einmal auf einem Empfang der Handelskammer begegnet, als Clint noch Bürgermeister von Carmel gewesen war. Clint überragte Paul um einige Zentimeter, aber er hielt sich nicht sonderlich gerade und wurde langsam ein alter Herr. Er besaß die Würde eines Staatsmannes und die Hände eines Ringkämpfers. »Wie geht's, Paul?« hatte er mit dieser sanften, fast verschwörerischen Stimme gefragt. Und Paul hatte gesagt: »Mir hat die Szene in *The Dead Pool* gefallen, wo Sie ...« Aber da war Clint schon weitergeschoben worden, um den nächsten Bewunderer zu begrüßen.

Paul war nicht wirklich neidisch auf Clint. Er schätzte seine Freiheit, während Clint kaum über sich verfügen konnte, doch ganz gern hätte er mit ihm einen Abend bei ein paar Bourbons verbracht und über die *Dirty-Harry*-Filme geplaudert, die er so sehr mochte, obwohl sie voller Unsinn waren und die Polizeipraktiken der reinste Witz.

Paul hatte schließlich im Morddezernat von San Francisco gearbeitet, und er brannte darauf, Clint zu erzählen, daß Inspektor Callahan bei seinen Methoden auf der Stelle geflogen wäre – genauso wie Paul.

Ein Piepton rief Paul zurück in die Gegenwart. »Die Online-Verbindung wurde unterbrochen, weil keine Eingaben erfolgten«, stand auf dem Bildschirm. Paul warf einen letzten sehnsüchtigen Blick aus dem Fenster, um dann erneut das Netzwerk anzuwählen.

Ein Junge, der aussah wie Ninas Sohn, trottete durch den Restaurantgarten. Paul stand auf und blickte genauer hin. Etwa elf Jahre, schwarzes Strubbelhaar, zu groß für sein Alter, die Aufschrift *No Fear* auf der Baseballkappe, einen Rucksack auf dem Rücken. Und die Augenbrauen, unter denen er in die Runde schaute, waren die von Nina. Klar, das war er. Ninas Sohn.

Der Junge wandte sich an einen Kellner. Der Kellner zuckte die Schultern und lief weiter.

Wo aber war Nina? Paul rannte durch den Flur, die Treppe hinab und zur Hoftür hinaus, wo er fast mit ihrem Sohn zusammenprallte, der erschrocken zurückwich. Paul streckte ihm die Hand entgegen, um ihn zu beruhigen. »Immer langsam. Keine Aufregung!«

Oben im Büro legte der Junge seinen Rucksack ab und ließ sich in die schwarze italienische Ledercouch plumpsen. Paul gab ihm eine Selters, die er hastig trank, ohne ihn aus den Augen zu lassen.

»Ich wollte sowieso hochkommen.«

»Sag mir doch erst mal, wo deine Mutter ist«, meinte Paul. Beim besten Willen konnte er sich nicht an den Namen des Jungen erinnern, obwohl er ihn so oft gesehen hatte.

»Hat sie nicht angerufen?«

»Nein, niemand hat mir verraten, daß du hier reinschneien würdest, zweihundertachtzig Kilometer von Tahoe entfernt. Was ist passiert?«

»Nichts Besonderes«, sagte der Junge mit keckem Grinsen. Sein Gesicht war ungewaschen, seine Hose verdreckt. »Ich besuche meinen Grandpa. Er wohnt in Monterey.«

»Ist er mitgekommen, oder bist du allein hier?«

»Ich bin mit dem Bus gefahren. Ich wollte einen Termin bei dir.«

»Tut mir leid, aber dein Vorname ist mir entfallen«, sagte Paul.

»Bob.«

»Richtig. Dein Grandpa hat heute morgen vergessen, dir das Gesicht zu waschen.«

Bob hob die Hand, um sich übers Gesicht zu fahren, doch er besann sich und ließ sie wieder sinken. »Hast du also einen Moment Zeit für einen Termin?«

»Ich glaube schon«, sagte Paul. Er setzte sich in den Sessel gegenüber, legte die Hände auf die Knie. »Was kann ich für dich tun?«

»Ich möchte, daß du jemanden für mich suchst.«

»Verstehe.«

»Aber der Auftrag kommt von mir, nicht von meiner Mutter. Sie sagt, daß du ein guter Detektiv bist.«

»In manchen Dingen bin ich sehr gut. Wen suchst du?«

»Meinen Vater.«

»Weiß deine Mutter Bescheid, Bob?«

»Nicht so richtig.« Er krempelte sein schmuddliges Sweatshirt hoch und holte ein paar Scheine heraus. »Ich kann dir jetzt dreißig Dollar geben und zahle dir drei Dollar die Woche, so lange, wie es dauert.« Er legte das Geld auf den Tisch und blickte Paul auffordernd an.

Paul ließ es liegen. »Ich glaube, ich möchte erst etwas mehr über den Fall hören. Ich bin da ein bißchen wählerisch.«

»Meine Mutter will mir nichts über meinen Vater sagen, deshalb muß ich es ohne sie rauskriegen.«

»Sie sagt dir nichts?«

»Gar nichts«, bestätigte der Junge. »Sie will nicht davon reden.« Er wühlte in der Seitentasche des Rucksacks. »Aber ich habe meine Geburtsurkunde mit seinem Namen drauf.« Triumphierend reichte er Paul das zusammengefaltete Papier, der es einer sorgfältigen Prüfung unterzog.

»Was ist mit deinem Grandpa?« Paul hatte Harlan Reilly vor etlichen Jahren gesehen und erinnerte sich gut an ihn – ein Golfspieler von gesunder Gesichtsfarbe und mit einer neuen Frau, die er Angie-Baby nannte. »Kann er dir nichts sagen?«

»Zwecklos. Meine Mom hat es ihm verboten.«

»Ich muß erst drüber nachdenken, Bob. Wir können solange rübergehen ins Hog's Breath und was Ordentliches essen, oder mußt du sofort zurück? Dann bringe ich dich lieber gleich zu deinem Grandpa.«

»Ein Sandwich wär nicht schlecht«, sagte Bob. »Aber du mußt mich nicht bringen, ich besuche noch einen Freund hier.«

»Gut«, sagte Paul. »Dann verzieh dich mal ins Bad am Ende des Flurs, und wasch dir Gesicht und Hände. Ich hole meine Brieftasche, dann gehen wir.« Bob nickte und lief hinaus. Sein Gepäck ließ er liegen.

Paul schloß die Tür hinter ihm und rief Ninas Büro an.

Sandy stellte ihn sofort zu Nina durch. Er hörte ihre Stimme so nah, als wäre sie im Nebenzimmer.

»Ich dachte, es würde dich interessieren, daß dein Sohn gerade bei mir im Bad ist und sich feinmacht zum Essen.«

»Sprichst du von Bobby?«

»Von deinem einzigen Sohn, soweit mir bekannt ist.« Er ließ ihr einen Moment, sich zu sammeln. Ihre Stimme zitterte, und sie hatte offenbar den Hörer hingelegt. Als er ihren Atem wieder hörte, fragte er: »Wie lange ist er schon weg?«

»Seit Mittwoch nacht. Die Polizei krempelt hier die ganze Stadt um. Ich hätte nie gedacht, daß er so weit kommen würde.« Er hörte ein unterdrücktes Schniefen. »Geht's ihm gut?«

»Bestens. Er ist weder verstört noch sonstwie beschädigt. Ist er einfach abgehauen?«

»Mitten in der Nacht. Er hat keine Nachricht hinterlassen, nur etwas zu essen und seinen Schlafsack mitgenommen. O Gott, Paul, ich hab mir solche Sorgen gemacht. Ich muß mit ihm reden.«

»Moment mal«, sagte Paul. »Dein Sohn verschwindet, und du sagst mir nicht Bescheid?«

»Ich hab's einmal versucht. Aber … wir haben ihn hier in der Umgebung vermutet, Paul. Keiner hat ihn am Bahnhof oder am Busbahnhof gesehen. Wer kommt denn auf die Idee, daß ein elfjähriger Junge so weit wegfährt? Bleib dran!« Er hörte sie rufen: »Sandy, Paul hat ihn! Ruf Matt und Andrea an!« Sie war wieder dran und sagte: »Ist er zurück?«

»Nein, er war ganz schön verdreckt. Keine Sorge, er wird schon kommen. Wir haben Geschäftliches zu bereden. Und er weiß noch nicht, daß ich dich angerufen hab.«

»Versprich mir, daß du ihn nicht wegläßt!«

»Keine Sorge.«

Beide schwiegen eine Weile. Dann fragte Nina: »Paul, was wollte er bei dir?«

»Er hat einen Auftrag für mich.«

»Wie bitte?«

»Er scheint jemanden zu suchen. Ein schlauer Junge. Nimmt sich den besten Detektiv.«

»Er sucht seinen Vater«, sagte Nina mit tonloser Stimme.

»Stimmt genau. Kurt Geoffrey Scott.«

Wenn Nina überrascht war, daß er den Namen wußte, ließ sie es sich nicht anmerken. »Erzähl ihm, was du willst, aber behalte ihn bei dir. Bring ihn zu meinem Vater. Ich fahre sofort los, aber das wird fünf Stunden …«

»Kannst du nicht fliegen?«

»Es schneit wieder. Schlechte Sicht. Der Flugplatz ist geschlossen …«

»Ich paß auf ihn auf.«

»Danke. Vielen, vielen Dank. Ich hatte solche Angst!«

»Und da wunderst du dich, daß ich keine Kinder will«, sagte Paul, und er hätte sich dafür selbst in den Hintern treten mögen, als sie aufgelegt hatte.

Paul erklärte dem Jungen, daß er noch überlege, ob er den Fall übernehmen könne, aber daß Bob es weit genug getrieben hätte und seine Mutter ihn brauche. Dann bestellte er ein großes Mittagsmenü, das ihm der Junge mit einer Kurzfassung seiner Erlebnisse beglich.

Während der Fahrt musterte Paul den Jungen heimlich. Er war elf und quer durch Kalifornien gefahren, hatte Nachforschungen angestellt, eine ganze Nacht und eine halbe irgendwo draußen geschlafen, Restaurants besucht und Mahlzeiten bestellt und war mit dem Bus auf der Monterey-Halbinsel herumgefahren.

Paul wagte nicht daran zu denken, was der Junge mit fünfzehn anstellen würde. Nie war ihm so ein besessenes Kind begegnet. Was sollte Nina mit ihm machen? Kräftig versohlen? Nein, das war in den fünfziger Jahren aus der Mode gekommen. Man schlug seine Kinder nicht mehr. Eine Aussprache würde sie mit ihm führen, die politisch korrekte Linie befolgen. Er überlegte, was er tun würde, wenn Bob sein Sohn wäre: ordentlich verdreschen, ihm alles über seinen Vater sagen und die Dunstwolke vertreiben, die Nina um seinen Namen gebreitet hatte.

Zumindest in diesem einen Punkt konnte er Bob zustimmen: Nina behielt zuviel für sich, obwohl es überhaupt keinen Sinn hatte, derartige Dinge vor ihm zu verbergen.

Als er den Jungen bei seinem Großvater Harlan Reilly ablieferte, wollte er die Gelegenheit nutzen, den Alten zwischen Tür und Angel nach Ninas früherem Liebhaber auszufragen. Doch Harlan bat ihn zu einer Tasse Kaffee herein und ließ nicht locker. Rund wie seine geliebten Golfbälle, muskulös und braungebrannt, ging er voraus und führte Paul auf die Terrasse, von der sich der Blick auf die mit Krüppelkiefern bewachsenen Hügel um Monterey öffnete.

Der ganze Garten prangte von gelben und roten Frühlingsblumen. In der Luft lag die prickelnde Frische des Spätnachmittags, die Temperatur hatte sich auf zwanzig Grad eingepegelt. Paul mußte daran denken, daß Nina sich jetzt irgendwo in den Bergen durch den Schneesturm kämpfte. Hatte sie es nicht satt, dort oben zu leben, wo es so viele Monate lang kalt war? Tahoe war für die Kalifornier, die es nach Schnee verlangte, ein idealer Ort. Man fuhr gern hin, aber noch lieber zurück, in die Sonne und Wärme. Nina würde sicher gern zurück nach Monterey ziehen, wenn er sie nur überreden könnte …

Nach der zweiten Tasse mit viel Whisky und wenig Kaffee hatte Harlan genug Vertrauen zu Paul gefaßt, um ihm zu erzählen, was er wußte. »Mir hat sie natürlich nie ein Wort über Bobs Vater gesagt. Und als sich der Schuft aus dem Staub gemacht hatte, war sie zu stolz, um ihm nachzulaufen.«

»Dann wissen Sie gar nichts über ihn?« fragte Paul enttäuscht.

»Ich weiß eine ganze Menge«, sagte er. »Ich bin schließlich ihr Vater, oder?«

7

Nina kam um sieben bei ihrem Vater an. Mit halsbrecherischem Tempo war sie den Paß hinauf- und wieder hinabgefahren und hatte das Central Valley durchquert, ohne Rücksicht auf Schnee und Regen. Als sie in die Gegend von Monterey kam, hatte sie beschlossen, Bobby für den Rest des Schuljahres Stubenarrest aufzubrummen. Kein Fernsehen, keine Videospiele.

Aber als sie ihn in der Tür stehen sah, abgerissen und beschämt, drückte sie ihn an sich und ließ ihn nicht mehr los. »Tut mir leid, Mom«, sagte er.

»Wir werden das alles bereden, mein Lieber, bis ich wirklich verstanden habe, was passiert ist.«

»Ich mußte es tun.«

»Pst. Wir haben genug Zeit auf dem Rückweg. Fehlt dir ganz bestimmt nichts? Ist dir nichts passiert?«

»Natürlich nicht. Ich hatte mein Messer mit. Ich hatte keine Angst.«

»Aber ... wo hast du geschlafen?«

»Unten im Hafen. War ganz schön kalt.«

»Essen!« rief Harlan.

Alle machten sich hastig über die Mahlzeit her. Paul saß neben Nina und unterhielt sich gutgelaunt mit Harlan und seiner Frau Angie. Bobby ließ sich dreimal Hühnerfleisch nachgeben, nur Nina bekam kaum etwas hinunter. Sie saß neben ihrem Sohn und betastete ihn immer wieder. Sie hatte eben den Tisch abgeräumt, als sie sagte: »Wir müssen jetzt fahren.«

»Bleibt doch bis morgen«, sagte Paul. »Es ist viel zu weit für heute abend.«

»Nein, ich habe zwei Tassen Kaffee getrunken und bin erst beruhigt, wenn der Junge in seinem eigenen Bett liegt«, erwiderte Nina.

Paul brachte sie hinaus. Während Bobby es sich im Auto bequem machte, nahm Nina Paul beiseite. »Ich bin dir so dankbar«, sagte sie.

»Ich hab nichts dazu getan.«

»Hast du ihm gesagt, daß du ihm nicht helfen kannst?«

»Noch nicht. Ich rufe ihn morgen nach der Schule an. Ich dachte, du solltest zuerst mit ihm reden. Und vielleicht erzählst du mir auch, was da läuft.«

»Da gibt's nichts zu erzählen. Ich habe Bobs Vater vor zwölf Jahren das letzte Mal gesehen.« Sie schaute in Pauls forschende Augen.

»Bob wird diesen Spruch nicht mehr lange durchgehen lassen.«

»Wir werden sehen. Danke für alles, Paul.«

»Mein Timing ist wirklich miserabel, aber jedesmal, wenn ich dich sehe, komm ich auf denselben Gedanken.«

Sie lächelte.

»Wann können wir mal was miteinander machen? Ski laufen oder in die Sauna von Caesar's Palace gehen oder ... Ich mag dich, Nina. Ich fühl mich immer mehr zu dir hingezogen.«

»Lieber nicht. Ich habe ...«

»Einen anderen?«

»Nein.«

»Liebe kann warten«, sagte Paul. Er umarmte sie, und sie spürte sein Verlangen, als er ihren Rücken streichelte und sie an sich drückte. »Du weißt ja: In unseren Berufen ist die Beherrschung ein Luxus, das Chaos die Norm.«

»Ich muß los«, sagte sie, löste sich behutsam von ihm und kletterte in den Bronco. »Ich verspreche dir, bald anzurufen.«

Sie fuhr denselben Weg zurück durch das Tal, hinauf in die Berge und über den Paß, diesmal ohne Tempoüberschreitung. Bob lag auf dem Rücksitz, der Sicherheitsgurt war fest um den Schlafenden gespannt. Um zwei Uhr nachts kamen sie schließlich an. Sie schleifte ihn ins Bett, ließ das Auto mitsamt seinen schmutzigen Sachen draußen stehen, legte sich auch sofort hin und versuchte angestrengt, Schlaf zu finden. Doch ständig geisterten Bob, Paul und Terry durch den Gerichtssaal, der sich vor ihr öffnete, wenn sie die Augen schloß.

Paul rief Bob am nächsten Nachmittag an und erklärte ihm so freundlich, wie er konnte, er wolle mal sehen, was sich machen ließ. Zum einen konnte er damit verhindern, daß der Junge erneut weglief. Zum anderen wollte er sich nicht strikt verweigern und es sich mit ihm verderben. Schließlich war er Ninas Sohn. Natürlich konnte Paul nicht viel unternehmen. Wenn er die Nase in Ninas Angelegenheiten steckte, zog er sich womöglich ein blaues Auge zu.

Den ganzen Vormittag surfte er durch den Cyberspace. Gegen Mittag schließlich hatte er den Fliegel aufgespürt und zur Strecke gebracht. Er rief seinen Klienten an, aß Mittag im Hog's Breath, spielte ein paar Runden Racketball und sah zum vierundsiebzigstenmal *The Good, the Bad and the Ugly* auf seinem Bürofernseher.

Dann packte ihn die Melancholie. Es war vier Uhr nachmittags, ein milder Märztag, und ein gewisses Wesen mit braunem Haar war weit, weit weg. Zudem war heute der St.-Patricks-Tag, und er hatte keine Verabredung für den Abend. Ein Rechtsanwalt, für den er gelegentlich arbeitete, hatte ihn zu einer Party nach Salinas eingeladen, aber unter all diesen steifen Figuren und potentiellen Klienten konnte er nicht so richtig auf die Pauke hauen. Und wenn er es recht bedachte, hatte er das seit Ewigkeiten nicht mehr getan. Was war aus all den Partys in den stickigen und verlotterten Appartments geworden, wo man bei Kerzenschein und Kaminfeuer, bei dröhnender Musik und billigem Rotwein die Hemmungen und die Klamotten fallen ließ, wo überall die Pärchen herumlagen und jedes Mädchen zu haben war, zumindest für eine Nacht, wo in der Küche erregte, anarchische Diskussionen stattfanden und die Marihuana-Schwaden von der Veranda hereinwehten? Wohin war es mit der Welt gekommen, wenn an St. Patrick keine anständigen Partys mehr stiegen?

Unten im Garten des Hog's Breath sah er extrem junge Leute, die sich küßten, stritten, schminkten, rauchten, zuviel tranken und all die selbstzerstörerischen Dinge trieben, denen er nach seinem letzten Cholesterintest ein für allemal abgeschworen hatte. Ein großer, kräftiger, blonder Typ dort unten erinnerte ihn an seine eigene Jugend als Neunzehnjähriger: Sportfan, zum Nihilisten gewandelt. Dessen langes Haar empfand Paul nun als ungepflegt; welche toleranten Eltern bezahlten seine Espressos und den himmelblauen Miata, den er sicher irgendwo in der Nähe geparkt hatte?

Er ging zum Spiegel hinter der Bürotür und nahm die vier grauen Haare in Augenschein, die er am Haaransatz entdeckt hatte. Jetzt fand sich ein weiteres: Nummer fünf. Er riß alle aus.

Einen Haaransatz wenigstens hatte er noch, also keinen Grund, sich zu beklagen. Schultern und Bizeps aus seinen Football-Zeiten waren auch erhalten geblieben. Wo steckte gleich der Football? Er kramte herum, fand ihn in einem vergessenen Winkel und spielte mit verrenkten Armen ein paar Pässe durch. Ein schrecklicher Gedanke stieg in ihm hoch. Vielleicht waren diese Partys gerade in vollem Gange, und er war nicht eingeladen?

Mit einem Schlag wurde ihm bewußt, wie einsam er war. Gestern abend hatte er Ninas Gesicht gesehen, als sie über Bobs Vater sprach; ihre braunen Augen hatten sich abgewandt und waren in eine Vergangenheit weggetaucht, die noch immer ihr Leben bestimmte. Sie hatte ihm unmißverständlich klargemacht, daß Kurt Scott ihn nichts anging.

Das mußte er wohl respektieren. Er hatte nicht das Recht, in ihre Privatsphäre einzudringen. Nina und Bob mußten die Sache unter sich ausmachen.

Er war nichts als ein ... Freund. Dieser Gedanke mißfiel ihm. Er wollte ihr näher sein, und das machte diesen Kurt Scott auch zu seinem Problem. In ihm bohrte und rumorte es, eine innere Stimme sagte: Tu etwas!

Im stillen bat er Nina um Verzeihung, dann setzte er sich an den Computer und wählte CompuServe an. Heutzutage konnte niemand mehr verschwinden. Keiner schlüpfte durch die Maschen des Cybernet.

Er tippte den Namen KURT GEOFFREY SCOTT ein.

Er war entschlossen, diesen Hundesohn aufzuspüren.

»Sandy, kannst du einen Moment reinkommen?«

»Gleich«, sagte Sandy, die gerade an Ninas Tür vorbeigegangen war. »Ich muß nur den Kaffee aus dem Tiefkühlfach holen, die richtige Menge durch die Mühle jagen, den Goldfilter aufstellen und so weiter.«

Ein paar Minuten später trat sie mit zwei frisch gebrühten Tassen Kaffee in Ninas Zimmer ein.

»Danke«, sagte Nina und sog den Duft ein. »Langsam werde ich wach.«

Sandy schaute auf die Uhr. »Vier Uhr. Du liegst gut im Rennen.«

»Du hast was dagegen, daß ich den Kaffee ins Tiefkühlfach lege«, sagte Nina. »Du hältst das für Zeitverschwendung.«

»Das ist ein weißes Mittelklasse-Ritual«, entgegnete Sandy. »Du läßt mir meine Rituale, und ich laß dir deine.«

Nina schlürfte ihren Kaffee und fragte: »Ist die Restzahlung vom Fall London eingegangen?«

»Da ist nichts mehr offen.« Sandy kehrte an ihren Schreibtisch zurück und schaute auf dem Monitor nach. »Der Honorarvorschuß hat alles abgedeckt.«

»Wunderbar.« Nina griff nach dem Mikrophon und begann zu diktieren. »Auf Geschäftsbogen, an Theresa London.«

»Der Brief an Terry klingt ja auffällig freundlich«, bemerkte Sandy, als sie abends die Post zum Unterschreiben brachte. »Erst machst du ihr den Garaus, dann wünschst du ihr viel Glück.«

»Das ist einc Routine-Absicherung. Ich will keine Einwände provozieren. Drück die Daumen, daß sie die Abtretungserklärung unterschreibt und mich aus der Sache entläßt.«

»Was hat sie dir denn getan?«

»Eine ganze Menge. Und notiere schon mal im Kalender, daß wir ihr nächste Woche eine weitere Erklärung mit entsprechendem Begleitschreiben schicken. Wenn sie dann nichts zurückschickt, bereite ich einen gerichtlichen Antrag vor.«

»Was ist, wenn sie hier anruft?«

»In den nächsten Tagen mußt du alle Anrufe annehmen. Für Terry London bin ich nicht zu sprechen.«

»Wird gemacht.«

Nach einer mehrstündigen Online-Jagd rauchten Paul die Finger; er hatte herausbekommen, daß Kurt Scott weder in Monterey noch in Pacific Grove, Carmel, Big Sur, Seaside, Marina, Salinas oder Carmel Valley wohnte. Er tauchte in keinem kalifornischen Strafregister auf, zumindest nicht in den großen Bezirken, die solche Daten im Computer haben. Die Bankenauskunft führte kein Schuldenkonto über ihn. Und er besaß keinen kalifornischen Führerschein.

Da waren die beiläufigen Hinweise, die Harlan im Lauf der Jahre aufgeschnappt hatte, wesentlich hilfreicher. Zum Beispiel, daß Scott bei der US-Forstbehörde gearbeitet hatte, als er Nina kennenlernte, daß er eine Art Musiker war. Harlan wußte nicht, welches Instrument er spielte, nur, daß er keine Rockmusik machte. Harlan erinnerte sich sogar, daß Scotts Lieblingsmusiker Van Cliburn hieß und Pianist war, vielleicht spielte Scott also auch Klavier. Seine Eltern waren aus Tahoe, und als Kind hatte er ein paar Jahre mit ihnen in Deutschland gelebt.

Und Nina hatte er kennengelernt, als sie vor zwölf Jahren in Tahoe auf Skiurlaub war.

Paul hatte sich immer gewundert, warum sie nach ihrer Scheidung ausgerechnet nach South Lake Tahoe gezogen war. Jetzt kannte er den Grund, und der gefiel ihm überhaupt nicht.

Er beschloß, Harlan anzurufen, der gleich beim zweiten Klingeln abnahm. Das Pensionärsdasein machte Telefonanrufe offenbar zu einem freudigen Ereignis. Harlan erzählte ein paar Witze zu Ehren von St. Patrick, und Paul lachte pflichtschuldig. Dann sagte er: »Ich wollte nur noch einmal nach einer Sache fragen, von der Sie gestern gesprochen haben. Sie meinten, Scott hätte studiert. Haben Sie eine Ahnung, an welcher Universität?«

In der Leitung wurde es still. Als Harlan wieder sprach, hatte er den Plauderton fallenlassen. »Wollen Sie etwa Bobbys Vater aufspüren?«

»Ja.«

»Und warum?«

»Ich muß es tun. Er steht mir im Weg.«

»Haben Sie bedacht, wie Nina das empfinden wird, wenn sie davon hört?«

»Nein.«

»›Die Liebe hat ihr Haus erbaut‹, nicht wahr?«

»Und ein Durcheinander angerichtet, wie immer.«

»Ich mag Leute, die ihren Yeats kennen. Aber Sie wissen doch, daß Nina es nicht leiden kann, wenn man die alten Geschichten ausgräbt.«

»Ich tue es ja nicht für sie.«

»Werden Sie ihr sagen, was Sie herausfinden?«

»Das weiß ich noch nicht.«

Harlan dachte nach, dann stimmte er offenbar vorsichtig zu, indem er sagte: »Versuchen Sie's bei der UNR, der Universität von Nevada in Reno. Die liegt in der Nähe von Tahoe. Mir war so, als hätte es da was gegeben.«

Vor ewigen Zeiten war Paul verheiratet gewesen, und zwar mit einer robusten Langläuferin aus Reno, Nevada. Er befragte die goldene Rolex, seinen einzigen Schatz. Sechs Uhr. Jetzt konnte sie zu Hause sein.

Ohne lange zu zögern, wählte er ihre Nummer.

Ihr neuer Mann, irgendein Ronald, meldete sich, und Paul verkündete mit leicht näselnder Stimme, daß seine Frau sich zum Abonnement von *Vogue* und *InStyle* entschlossen hätte, oder waren es *Vogue* und *Vanity Fair*? Er wolle sich noch einmal vergewissern, ehe seine Firma einen unverzeihlichen Fehler beging.

»Moment mal«, sagte Ronald und hielt die Sprechmuschel zu. »Irgend so ein Arschloch behauptet, du hättest die *Vogue* bestellt.« Er klang gedämpft, aber trotzdem gut verständlich.

»Nie im Leben!« rief eine Frauenstimme.

»Und der Staubsauger, den dir letzte Woche so ein Typ an der Haustür angedreht hat?«

»Das ist was anderes, Ronnie, ich sagte dir doch ... ach laß sein, gib mir das Telefon.« Der Fernseher im Hintergrund ging wieder auf volle Lautstärke, und seine Exfrau brüllte in die Leitung: »Machen Sie schnell, ich hab Durchfall und muß auf den Topf.« Ronalds wieherndes Lachen begleitete ihren neckischen Einfall.

»Das ist ja ekelhaft, Trish! Wie konnte ich dich jemals heiraten!« sagte Paul.

»Ach, jetzt fällt's mir ein, die Zeitungen! Bleiben Sie dran, ich gehe an den anderen Apparat.« Kurz darauf meldete sie sich aus einem ruhigeren Zimmer: »Nein, ich komme nicht zurück. Und wenn du dich auf den Kopf stellst.«

»Ich bin seitdem viel erwachsener geworden.«

»Ich auch, und deshalb schlag es dir aus dem Kopf.«

»Wie geht's dir?«

»Ich hab drei Kinder, den Rest kannst du dir denken. Und von dir hab ich seit mindestens zehn Jahren nichts gehört.«

»Dafür gibt es keine Entschuldigung.«

»Früher warst du mal groß im Erfinden von Ausreden. Also, wo brennt's? Ronnie ist jedesmal sauer, wenn dein Name fällt. Das ist wohl so eine Männermacke. Nur gut, daß du dich verstellt hast.« Sie klang aufgeschlossen und neugierig.

Plötzlich sah Paul lebhaft vor sich, wie es mit ihr im Bett gewesen war, wenn sie ihm, auf allen vieren, einladend das rosige Hinterteil entgegengestreckt hatte. Schon komisch, welche Erinnerungen einem so von der Ehe bleiben.

»Bist du noch Bulle?« fragte sie.

»Nein. Da bin ich schon lange weg. Ich hab jetzt ein Detektivbüro.«

»Na, hoffentlich verdienst du da ein bißchen mehr.«

»Mehr als Ronnie auf jeden Fall«, sagte Paul.

»Das wage ich zu bezweifeln. Ronnie ist Gynäkologe.«

Das ließ er lieber unkommentiert.

»Hör mal, Trish. Kannst du mir einen Gefallen tun? Einen klitzekleinen, winzigen Gefallen?«

»Nämlich welchen?«

»Ich suche einen Mann.«

»Du hast dich wirklich geändert. Darauf wäre ich nie gekommen.«

Auch das ließ er ihr durchgehen. »Dieser Mann könnte die Universität in Reno besucht haben, vielleicht sogar zur gleichen Zeit wie du, irgendwann Anfang bis Mitte der achtziger Jahre. Ich dachte, du hast vielleicht ein paar alte Uni-Jahrbücher ...«

»Was willst du von dem Mann?«

»Sein Urgroßvater will ihm sein Vermögen überschreiben«,

sagte Paul. »Wer weiß, vielleicht zeigt sich der Urenkel ja großzügig, wenn er erfährt, daß du ihm zu Reichtum verholfen hast.«

»Du bist so ein Lügner, Paul«, sagte Tricia, aber sie war aufgeheitert genug, um die alten Jahrbücher herauszukramen und nach Kurt Scott zu suchen.

Vor Pauls Fenster verdichtete sich der Nebel. Er wartete am Telefon und wurde langsam kribblig. Warum wühlte er in der Vergangenheit herum? Nur um einen Kerl aufzutreiben, der ihn gar nichts anging? Solche Fernschüsse zahlten sich sowieso nie aus. Dann schon lieber Lotto. Da hatte er wenigstens die statistische Chance von eins zu einer Billion.

»Hast du ein Glück«, sagte Tricia plötzlich. »In einem von Ronnies Jahrbüchern steht er drin. Kurt G. Scott, Studienjahr 1981. Das war ein paar Jahre vor meiner Zeit.«

Haupttreffer! »Was muß ich alles anstellen, damit du mir sein Foto faxt?«

»Versprich mir, nie wieder anzurufen. Oder öfter anzurufen.«

»Dafür mußt du mir alles faxen, was du über ihn findest: in welchen Mannschaften und Clubs er war und was er sonst noch getrieben hat.«

»Da muß ich die Seiten rausreißen. Wird schon gehen. Ronnie hat mir zu Weihnachten ein Faxgerät gekauft.«

»Du kannst es gleich machen? Jetzt sofort? Das wäre wunderbar, Trish. Du warst immer ein gutes Mädchen.«

»Nein, ich war immer ein böses Mädchen, Paul«, erwiderte sie. »Deshalb bist du ja auf mich reingefallen. Aber ich helfe dir mal – zum Andenken an die alten Zeiten und daran, wie du geflucht hast, wenn du deinen Höhepunkt hattest.«

»Daran kannst du dich erinnern?«

»Das war so süß!«

Bob mußte nachsitzen und die Aufgaben erledigen, die er in den letzten Tagen versäumt hatte. Sein Onkel Matt sollte ihn abholen, aber der hatte einen Abschleppauftrag. Drüben an der Emerald Bay war jemand gegen einen Baum gefahren. Matt würde kommen, sobald es ging. Er hatte Bob gebeten, vor der Schule zu warten, wenn die Lehrerin ihn hinauswarf.

Wie zu erwarten, klappte Mrs. Yeager um halb fünf das Lehrbuch zu und schickte die Kinder hinaus.

Nach und nach wurden alle anderen von Vätern oder Müttern davongekarrt, während er auf der Bank saß und sich fragte, ob sich im Haus noch jemand aufhielt. Auf dem Parkplatz standen zwar ein paar Autos, aber die Schule ohne Kinder machte einen verlassenen, leblosen Eindruck, der ihm fast unheimlich war.

Er beschloß, lieber drin zu warten, drückte auf die Klinke, doch die Tür war abgeschlossen. Er holte einen Vierteldollar aus dem Rucksack und rief im Büro seiner Mutter an, wo sich der Anrufbeantworter meldete. Es mußte nach fünf sein. Um zu Hause bei der Tante anzurufen, suchte er den anderen Vierteldollar, doch den hatte er Jasper für die Milch geborgt. Also konnte er nur warten.

Nur noch ein Auto stand jetzt auf dem Parkplatz. Die Tür ging auf, ein großer schwarzer Hund sprang heraus und rannte geradewegs auf ihn zu.

»Hey«, schrie Bob. »Verzieh dich!« Er stieg auf die Bank und wollte nach ihm treten. Der Hund blieb vor ihm stehen, wedelte mit dem Schwanz und leckte ihm den Schuh.

»Hitchcock!« rief eine Frau. »Sei brav, komm zurück!« Sie lief mit der losen Leine auf den Hund zu. »Oh, hallo«, sagte sie. »Du bist doch Bob, stimmt's?«

8

Onkel Matt kam mit seinem Abschleppfahrzeug ein paar Minuten nachdem die Frau mit dem Hund verschwunden war.

»Tut mir leid, daß es so spät geworden ist, Bob. Alles in Ordnung?«

»Klar, Onkel Matt.«

»Es ist so schnell dunkel geworden heute! Hat mich richtig überfallen, die Dunkelheit.«

»War nicht so schlimm. Ich hab hier auf der Bank gesessen. Fast die ganze Zeit.«

»Bist du mit den Aufgaben fertig?«

»Klar doch.«

Matt schaltete das Radio an.

»Beinahe hätte mich die Bekannte von Mom mitgenommen. Sie wollte nicht, daß ich hier im Dunkeln allein bleibe.«

»Welche Bekannte?«

»Die hat so einen großen schwarzen Köter, der ständig sabbert. Ein richtiges Monster. Sie läßt ihn auf dem Schulhof rumlaufen, wenn alle weg sind. Aber keine Sorge, den Dreck, den er macht, räumt sie beiseite.«

»Was ist das für eine Frau, Bob?«

»Eine Terry Soundso. Ich hab doch gesagt, eine Bekannte von Mom.«

»Gut, daß du nicht mitgefahren bist, selbst wenn es die Freundin deiner Mutter war. Das war genau richtig.«

»Ich bin aber eine Weile mit ihr und dem Hund rumgerannt.«

»Aber du solltest vor der Schule warten. Was, wenn ich dich verfehlt hätte?«

»Wir sind doch auf dem Schulhof geblieben!« sagte er, obwohl Terry ihn zu einem Spaziergang auf der Straße hatte überreden wollen. Er hatte das abgelehnt, und sie hatte gesagt, sie könne verstehen, daß er seine Mom nicht ärgern wolle.

Sie war nett zu ihm gewesen und wollte etwas über seinen Ausflug nach Monterey hören, selbst der Name Kurt Scott war ihr bekannt vorgekommen, und vielleicht, hatte sie gemeint, könne sie ihm bei der Suche behilflich sein.

Er hatte eingewandt, daß er seiner Mutter versprechen mußte, nichts zu unternehmen, bis sie sich alles überlegt hätte, aber Terry hatte darauf erwidert, daß das ja nicht für sie zuträfe.

Vielleicht war es sein Gesichtsausdruck, der Onkel Matt besänftigte. »Ist ja schon gut. Du bist da, und es ist nichts passiert. Den Rest übernehme ich, ich sage deiner Mom, daß die Verspätung meine Schuld ist. Sie soll sich bloß nicht wieder Sorgen machen.«

»Wir müssen doch nicht sagen, daß es so spät geworden ist. Mir macht das nichts aus.«

»Ich denke auch, daß sie sich die Aufregung sparen kann und nicht unbedingt erfahren muß, daß ich dich ein paar Minuten allein gelassen hab.«

Bob war erleichtert. Onkel Matt hatte keine große Geschichte daraus gemacht, daß er mit Terry gesprochen hatte, also mußte er kein schlechtes Gewissen haben.

Wahrscheinlich würde er sie sowieso nie wiedersehen.

Weil es der Zufall wollte, kam Paul doch noch zu seiner St.-Patricks-Party, er zollte Dionysos seinen Tribut, der ihm dafür dröhnende Kopfschmerzen am Samstagvormittag schenkte. Als Paul am Sonntag im Büro vorbeischaute – er trug eine Sonnenbrille, um die Augen vorm Nebel zu schützen –, fand er mehrere eingerollte Faxe auf dem Fußboden, wo seine Maschine sie immer abwarf.

Eins zeigte einen kräftigen jungen Mann mit halblangem, zurückgekämmtem Haar, er trug ein Polohemd und blickte feierlich in die Kamera. An seinem Gesicht war nichts Auffälliges, keine eindrucksvolle Stirn, keine Hakennase, kein dürrer Hals mit großem Adamsapfel, kein Bart.

Der Art, wie jemand für die Porträtaufnahme posiert, ist einiges zu entnehmen, selbst bei schlechter Bildqualität. Aus dem Polohemd schloß Paul, daß der junge Mann kein flammender Radikaler war, möglicherweise ein Student der Naturwissenschaften. Der Gesichtsausdruck besagte, daß er nicht zu den Witzbolden zählte, sondern sich ernst nahm. Halblanges Haar? Das war seiner Jugend zuzuschreiben, er hätte damit ohne weiteres eine Banklaufbahn einschlagen können. Figur normal, weder Athlet noch Kümmerling.

Ein Bücherwurm also, aber für einen Stubenhocker auch wieder zu kräftig. Paul brütete noch ein Weilchen über dem Foto. Klar konturierte Lippen, tiefliegende Augen, die sehr hell waren, vielleicht blau oder grün. Doch, Charakter hatte er.

Paul hatte sich das Gesicht nun eingeprägt. Unter dem Foto stand *Kurt G. Scott, Hauptfach Musik, Nebenfach Deutsch*. Das paßte zu allem, was Harlan erzählt hatte.

Wie erwartet, zeigte die nächste Seite das Orchester der Universität von Nevada. Der dunkelhaarige Pianist am Flügel, der im Profil zu sehen war, konnte nur Scott sein. Ein Chopin-Typ also, dachte Paul. Sensibel, intellektuell, zog die Frauen an wie ein Goldfisch die Katzen. Und hatte wahrscheinlich nicht die geringste Ahnung, wie man sich eine angelt.

Nächste Seite: Leichtathletik. Kurt G. Scott als Speerwerfer. Daher also die Schultern. Scott stand auf der Laufstrecke, hielt den Speer zum Wurf erhoben, seine Augen waren vom Gegenlicht überblendet. Er trug kurze Turnkleidung, die seinen geschmeidigen, mittelgroßen Körper mit gutausgebildeten Muskeln erkennen ließ. Im Hintergrund waren andere an der Weitsprunggrube oder auf den Zuschauerbänken zu sehen. Im ersten Studienjahr hatte Scott einen Universitätsrekord im Speerwurf erzielt.

Kinderkram. Richtige Männer trieben richtigen Sport: Football, Baseball, Basketball – in dieser Reihenfolge. Auch Eishockey hatte einen gewissen Reiz, nur leider den peinlichen Nachteil, daß Männer auf Schlittschuhen umherrutschen müssen. Kein Amerikaner, der auch nur einen Hauch Selbstachtung besitzt, spielt einen Ball mit dem Kopf, wie es die Fußballer tun.

Das Speerwerfen ist genau die richtige Sportart für Typen, die sich in kein Team einfügen können.

Letzte Seite: der Deutsche Klub. Natürlich fast alles Mädchen. Kurt G. Scott saß in der letzten Reihe. Da gehörte er auch hin. Die Klubleiterin, Frau Ingrid Sheets, eine grauhaarige Dame mit langem Rock, stand rechts daneben.

Paul bemühte sich, diesen Knaben mit Wohlwollen zu betrachten. Bei weitem nicht alle Männer konnten sich an diesen Qualitäten messen. Geisteswissenschaftler und Musiker, ausgenommen Jazzmusiker, fielen von vornherein durch. Warum aber verknallen sich die Frauen ausgerechnet immer in diese Typen? Das gehörte zu den Geheimnissen, die er nie ergründen würde – wie die Frage, wo er seinen besten Kamm gelassen hat.

Obwohl es ihm nicht gefiel, erkannte er Bob in Scott wieder. Das gleiche schwarze Haar, das gleiche gemeißelte Kinn. Die Figur ähnlich, wenn man sie von elf hochrechnet. Ein komplizierter Gesichtsausdruck, vielleicht verschlagen, vielleicht nur von unterdrückten Gefühlen bestimmt, prägte das Gesicht des Vaters genauso, wie er es beim Sohn gesehen hatte.

Er versuchte Frau Sheets in der Universität von Nevada anzurufen. Sie war seit Jahren pensioniert, aber jemand vom Empfang kramte eine Weile und fand ihre Privatnummer, nachdem Paul erzählt hatte, sie habe einen größeren Tombolagewinn nicht abgeholt.

Als er sie am Apparat hatte, erklärte er ihr die Sache mit der Erbschaft, die Kurt von seinem entfernten Onkel Dieter zu erwarten habe. Er mußte in den Hörer brüllen, denn die Dame war recht betagt, wenn auch gut beisammen. An Kurt könne sie sich nicht entsinnen, sagte sie, aber Paul hielt sie trotzdem am Reden, weil er die vielleicht einzige direkte Spur zu Kurt Scott nicht vorschnell aufgeben wollte. Ein Mann mit weniger Geduld hätte sich Frau Sheets Geschwätz nicht angehört, aber Paul wußte, daß eine kleine Investition von Zeit oft überraschend hohe Zinsen trägt, und diesmal war es nicht anders.

Nachdem sie sich ausführlich über ihre Jahre an der Universität verbreitet und einigen ihrer Lieblingsstudenten längere Passagen gewidmet hatte, fiel ihr ein, daß Scotts Mutter jahrelang als Lehrkraft im Deutschkurs gearbeitet hatte, bis ihr das Pendeln zwischen Tahoe und Reno zuviel geworden war. »Sie wollte immer zurück nach Deutschland, wo sie kurze Zeit gelebt hatten, als Kurt noch ein Kind war, wissen Sie?«

»Können Sie sich erinnern, wo sie dort gelebt haben?«

»Kurts Vater war zu der Zeit beim Militär, also müssen sie in einer Garnison gewohnt haben.«

»In Frankfurt?«

»Wiesbaden«, sagte sie. »Das war es. Ja, ich bin sicher, es war Wiesbaden.«

»Sie waren mir eine große Hilfe«, sagte Paul.

»*Auf den Flügeln des Gesanges*«, fuhr sie fort. »Das war sein Wahlspruch. Von Heine. Alle meine Studenten mußten die Klassiker lesen und sich Wahlsprüche aussuchen. Mein Gedächtnis ist nicht schlecht für eine alte Wachtel, die auf die Sechsundsiebzig zugeht«, sagte sie forsch. »Meinen Sie nicht auch?«

»Doch, ich bin beeindruckt. Obwohl ich Sie nicht als alte Wachtel bezeichnen würde.«

»So hat mich diese Frau genannt, die auch etwas über Kurt wissen wollte. Ihre Geschichte war sogar noch fadenscheiniger als die, die Sie mir aufgetischt haben. Bei ihr war es ein Lottogewinn. Aber ich hab ihr nichts erzählt.«

Als Sandy am Montag gerade zum Essen war, kam eine Fahrradbotin mittleren Alters in Sweatshirt und Jeans mit Stahlklammern um die Hosenbeine und brachte Nina einen dicken gelben Umschlag. FAST WOMEN stand auf dem roten Sweatshirt, das die Silhouette einer rasenden Radlerin zeigte.

Der Umschlag trug Riesners Absender. Jeffrey Riesner erhob Einspruch gegen den Wortlaut des von ihr vorgeschlagenen Urteils. Eine weitere Verhandlung in Sachen Sweet gegen London war für den 30. März angesetzt, bis dahin blieben noch zehn Tage.

Verdammt noch mal! Sie hatte doch gewonnen. Sie hatte auch das Urteil für den Richter formuliert. Normalerweise wurde das Urteil vom Gericht unverändert übernommen und bestätigt, wenn der Gegenanwalt nicht innerhalb von zehn Tagen Einspruch erhob. Wenn der Wortlaut des Urteils Probleme bereitete, setzten sich beide Anwälte zusammen und stellten eine Kompromißfassung her. Offenbar wollte sich Riesner nicht mit ihr an einen Tisch setzen.

Der neue Verhandlungstermin nahm Nina alle Hoffnung, den Fall Terry London ohne weiteres loszuwerden. Sie konnte die Sache verschleppen, den Film noch länger blockieren und damit die Wut ihrer Mandantin weiter schüren. Oder sie konnte den Termin in den Kalender eintragen, wie sie alle anderen notwendigen Übel ihres Berufs eintrug und der Reihe nach abarbeitete.

Sandy kam zurück und schwenkte ihren weiten purpurfarbenen Mantel durch die Tür.

»Ist der Brief an Terry London rausgegangen, in dem wir ihr kündigen?« fragte Nina.

»Gestern abend«, sagte Sandy.

»Mist. Da mußt du heute einen neuen Brief losschicken mit einer Kopie dieses Schreibens und der Mitteilung, daß ich mit ihr am 30. März vor Gericht erscheine, aber das ist meine letzte Tat in diesem Fall.«

Sandy zog ihren Mantel mit demonstrativer Langsamkeit aus, so daß Nina fragte: »Ist was, Sandy?«

»Haben wir ihr nun gekündigt oder nicht?« fragte Sandy zurück und zupfte sich einen Fussel ab.

»Ich kann einem Mandanten nicht kündigen, wenn ihm daraus Nachteile erwachsen. Das verstößt gegen die Ethik. Nun kriegt sie eine Nachverhandlung in zehn Tagen. Da muß ich durch.«

»Wenn du meinst. Ich an deiner Stelle würde einfach nicht hingehen.«

»So einfach geht das leider nicht. Wenn ich nicht erscheine und keine triftigen Gründe dafür habe, wird mich Richter Milne mit einer Ordnungsstrafe von 750 Dollar belegen. Wenn ich jetzt den Antrag stelle, mein Mandat niederzulegen, wird er das nicht genehmigen, weil es nur noch diese eine Verhandlung geben wird, und Terry müßte dafür einen anderen Rechtsanwalt nehmen und entsprechend bezahlen. Wenn ich die Verhandlung mit irgendeiner Ausrede hinauszögere, blockiere ich wieder ihren Film und verstoße gegen die Ethik, weil das einer Vorverurteilung gleichkommt.«

Sandy hob den Finger an die Schläfe und ließ ihn ein wenig kreisen. »So ein Quark! Das Problem ist, ihr Juristen denkt zuviel. Ihr macht die Dinge so kompliziert. Ihr denkt euch all diese Regeln aus und laßt eure Klienten dafür bezahlen, daß ihr ihnen erklärt, wie sie die Regeln zu befolgen haben, die ihr euch ausgedacht habt. Und nun ...«

»Machen wir uns lieber an die Arbeit, Sandy. Okay?«

»... seid ihr die Sklaven dieser Regeln«, sagte Sandy unerschrocken und pflanzte ihre gewichtige Persönlichkeit in den knarrenden Stuhl.

»Du hast ja recht«, sagte Nina.

Sandy neigte den Kopf und nahm die Bestätigung huldvoll entgegen.

»Aber da muß ich nun durch.«

»Ist sie gefährlich?«

»Könnte sein.«

»Wenn ich daran denke, wie ich mich bei meinem letzten Job gelangweilt habe!«

»Ich sage das ungern an einem so schönen Tag wie heute, Sandy, aber du solltest die Augen offenhalten. Mehr als sonst jedenfalls.«

»Ich rechne jeden Moment damit, daß hier einer mit der MP reinmarschiert.«

9

In der Nacht träumte Paul, daß er der berühmte Pianist Van Cliburn war und mit Frack und schwarzer Fliege am Flügel einer riesigen Konzerthalle voller griesgrämiger Privatdetektive saß, die ausschließlich ungarisch sprachen. Er hob die Hände, um das Konzert zu beginnen, da tippte ihm ein Junge von hinten auf die Schulter. Amüsiert wachte er auf.

Am Morgen rief er beim Städtischen Orchester Wiesbaden an und fragte nach Kurt Scott. Der war dort unbekannt. Nun denn. Kannten sie vielleicht Van Cliburn? Die hilfsbereite Dame, die perfekt Englisch sprach, fragte zurück: »Oh, könnte es vielleicht sein, daß Sie Mr. Scott Cliburn meinen?«

Unglaublich, dachte Paul, was bin ich doch für ein raffinierter Hund! Diese Geschichte mußte er unbedingt Nina erzählen … eines Tages. »Ja, genau. Scott Cliburn meine ich.«

»Ich glaube, Herr Cliburn tritt bei den Frühlingskonzerten des Hessischen Staatstheaters auf.« Am kommenden Samstag würde er ein Bachprogramm spielen. Und als hervorragender Interpret der Bachschen Fugen würde er auch an den zwei folgenden Samstagen zu hören sein. Sie könne Paul keine Adresse geben, aber wenigstens die Telefonnummer. Paul schoß aus dem zerwühlten Bett hoch. Er war eben ein alter Jagdhund. Diese Witterung in der Nase hatte ihn kaum schlafen lassen. Er tippte die Nummer ein.

»Ja?« sagte eine tiefe Stimme.

»Ist dort Scott Cliburn?«

»Am Apparat«, sagte die Stimme auf gut amerikanisch. »Wer spricht dort, bitte?«

Paul legte auf. Er wollte seine Beute nicht verscheuchen.

Jetzt mußte er sich für den einen oder den anderen Weg entscheiden. O ja, er konnte alles beim alten lassen, konnte die Skrupel, Bedenken und Gewissensbisse siegen lassen, konnte Ninas Privatsphäre respektieren wie ein Gentleman und tatenlos zusehen, wie sie sich immer weiter von ihm entfernte.

Aber er wollte Bewegung in die Sache bringen. Er wollte Nina unter den Trümmern einer alten Beziehung hervorholen, die sie lähmte und ihn auch. Wieviel Schaden hatte Bobs Vater schon angerichtet, indem er Tag und Nacht als Gespenst durch ihr Leben spukte?

Wenn er alles verpatzte, wenn er es noch schlimmer machte, als es schon war, mußte er sich später wenigstens nicht von einem Gesicht im Spiegel sagen lassen: Du Idiot, du hast sie verloren, weil du gekniffen hast. Warum zum Teufel hast du nicht um sie gekämpft?

Er verordnete sich einen oder zwei Tage Bedenkzeit und versank in einen Zustand der Unentschlossenheit, der immer unerträglicher wurde. Er mußte weiterkommen mit seinem Leben. Diese Quälerei trieb ihn noch in den Wahnsinn.

Er rief einen ehemaligen Kollegen vom Peace Corps an, der als Polizist in München arbeitete und ihn seit Jahren mit Einladungen nervte. Er würde ein paar Tage bei Hermann verbringen, einen Wochenendtrip nach Wiesbaden machen, die Justizeinrichtungen besichtigen und einen guten Teil der Reise von den Steuern absetzen. Wozu war das Leben gut, wenn es nicht dazu diente, die Neugier zu befriedigen? Zumindest würde er erfahren, was eine Fuge ist.

Am Dienstag rief er Nina an. Er würde eine Woche weg sein. Ihr schien es nichts auszumachen. Er fand die Gleichgültigkeit, mit der sie reagierte, schon verdammt bitter.

Freitag gegen Mittag flog er in einem Zwölfsitzer von Monterey nach San Francisco und von dort nonstop mit American Airlines nach Frankfurt. Er würde Samstag morgen ankommen, zeitig genug, um am Abend in ein Konzert zu gehen.

Flughafen Frankfurt am Main, endlose grüne Tunnel, kränkliche gelbe Beleuchtung, Regen. In der Kaiserstraße nahm er ein Taxi nach Wiesbaden. Für das Geld, das diese dreißig Kilometer kosteten, hätte er bequem von New York bis nach Florida fahren können.

Nach einem Vormittagsschläfchen im Hotel und einer deftigen Mahlzeit aus Würstchen und Bier erkundete Paul die kleine Stadt Wiesbaden. Der Himmel verdunkelte sich, und gegen vier setzte ein Nieselregen ein, vor dem er in eine verräucherte Kneipe floh. Dort entdeckte er einige Biersorten, von denen er nie gehört hatte. Die Zeit verging viel zu schnell.

Um sieben kehrte er ins Hotel zurück und duschte sich den Tabakgeruch herunter. Ein Taxi brachte ihn zum Staatstheater, gerade noch rechtzeitig. Mit eingezogenem Kopf hastete er den langen Fußweg zum Theater hinauf. Wolkiges Licht und Gelächter drangen aus dem Portal mit den schlanken griechischen Säulen und den leeren Urnen.

Drinnen wurde ihm sofort bewußt, daß er völlig falsch gekleidet war. Die Frauen führten ihren Schmuck, ihre Parfums und Dekolletés spazieren, die Männer trugen durchweg strenge schwarze Anzüge. Sie mußten sich damit abfinden, daß der Amerikaner nicht einmal eine Krawatte zu bieten hatte. Er setzte sich in die letzte Reihe.

Kurt Scott, im Frack, kam auf die Bühne, verbeugte sich und nahm unter tosendem Applaus Platz an einer großen, mit Schnitzereien verzierten Orgel. Er trug langes, dunkles Haar. Er sammelte sich und senkte die langgliedrigen Finger auf die Tasten.

Es wurde still. Ein langer, satter Orgelton, sanft und golden, füllte den Saal, schwoll an und schwebte im Raum, gefolgt von dunklen, irgendwie brutalen Klängen. Erst langsam, dann in schnellem, stetigem Tempo strömten die Töne wie körperliche Wesen durch den Saal, drückten ihn in den Sessel und raubten ihm den Atem. Dann wurde er vom Strudel der Unterströmungen gepackt, bis er zu ertrinken glaubte. Die Fuge war schwindelerregend, schroff, schonungslos und dennoch unterkühlt.

Paul hätte nie gedacht, daß Musik eine solche Macht entfalten und die Dachbalken des Theaters zum Beben bringen könnte. Er blickte sich um. Die Zuhörer lauschten hingerissen mit vorgestreckten Köpfen. Der Mann an der Orgel verlangsamte das

Tempo und ging zu einer getragenen Melodie über. Seufzend sanken seine Verehrer in die Polster zurück. Bald entstanden neue Turbulenzen, bedrohliche Töne überrollten die friedlichen Klänge, bis die beiden Melodiestränge miteinander in einen Kampf gerieten, der nur im Chaos enden konnte. Auf dem Höhepunkt des monumentalen Ringens klammerte sich auch Paul an die rotsamtenen Armlehnen. Allmählich aber bewegten sich die zwei Melodien aufeinander zu, widerwillig erst, dann immer schneller, bis sie in einem Crescendo der Liebe und des Triumphes zusammenflossen ...

Der Mann an der Orgel verbeugte sich und nahm den Applaus entgegen.

Nach der Pause stellte sich das Orchester ein, und Scott setzte sich an den Flügel. Als das Konzert schließlich zu Ende war, hätte Paul noch lange zuhören können. Er ging hinter die Bühne, um Scott zu suchen. Mit einer großen weißen Lilie beschenkt, stand er mitten in einer Schar begeisterter Anhängerinnen und schaute drein wie ein Mann, dem die Welt zu Füßen liegt.

Paul wartete im Hintergrund auf seine Chance, ohne zu wissen, was er sagen sollte. Er hatte sich nichts zurechtgelegt. Sein Jagdeifer war zu seinem eigenen Erstaunen von Erfolg gekrönt, und nun wurde es Zeit, den nächsten Schritt zu tun.

Die Menge löste sich auf, und Scott wandte sich zum Gehen. »Entschuldigen Sie bitte!« rief Paul auf englisch. Er eilte Scott nach, der auf der Treppe zum Ausgang stehengeblieben war. Scott war fast so groß wie Paul, aber sicher zwanzig bis dreißig Pfund leichter. Noch immer trug er das Haar zurückgekämmt, unter den hochgezogenen Augenbrauen zeigten sich grüne Augen. Er lächelte verbindlich und sah umwerfend gut aus – um Jahre jünger als Paul, sportlich im Wuchs, und Klavier spielen konnte er auch.

Paul empfand ein störendes Unbehagen. Klar, er war eifersüchtig auf diesen Mann, den Nina einmal so geliebt hatte, daß sie ihm einen Sohn verdankte. Damit schwand ein wenig von der Höflichkeit, die er einem Fremden gewöhnlich entgegenbrachte. »Kurt Scott, hab ich recht? Wir haben etwas zu bereden.«

Seine Worte hatten eine unerwartete Wirkung. Scott machte auf dem Absatz kehrt, eilte die Treppe hinab, riß die Tür auf und verschwand in die Nacht. Paul rannte ihm nach, wütend über sein plumpes Vorgehen und unschlüssig, ob er den Musiker zur Rede stellen sollte.

Der Regen hatte aufgehört. Scott rannte in einen kleinen Park mit Eisenstühlen und pseudoantiken Statuen, die im Mondlicht zum Leben erwachten. Das nasse Gras war nichts im Vergleich zu dem tiefen Sand, in dem sich Paul normalerweise verausgabte. Er holte schnell auf, umklammerte Scotts Beine und warf ihn keuchend zu Boden. Paul nahm ihn in den Schwitzkasten, bis er seinen Widerstand aufgab, dann ließ er ihm allmählich wieder Luft zum Atmen.

»Ich will doch nur mit Ihnen reden.«

Scott richtete sich auf und rieb sich das Kinn, das er sich im Fallen gestoßen hatte. »Wer sind Sie?«

»Ich bin Privatdetektiv, aus Kalifornien.«

»O Gott. Haben Sie es ihr schon gesagt?«

»Keiner weiß, daß ich hier bin«, sagte Paul. »Ich ermittle privat.«

»Arbeiten Sie in ihrem Auftrag?«

»Nicht direkt.«

»Wenigstens ist sie nicht selbst gekommen«, grummelte Scott in die vorgehaltene Hand. Er atmete tief durch und blickte hoch. »Zeigen Sie mir Ihre Lizenz.« Paul zog sie heraus, und Scott sagte: »Okay. Wie haben Sie mich gefunden?«

»Das war kinderleicht.«

»Scheiße.«

»Hören Sie, ich möchte nur ein paar Informationen von Ihnen.«

»Sie hat Ihnen doch nichts erzählt, oder?«

»Nicht allzuviel.«

»Sie sollen ihr bloß Bericht geben?«

»Genau.«

»Sie wird nie lockerlassen«, sagte Scott mehr zu sich selbst. »Das geht nun schon seit Jahren.« Er setzte eine Kummermiene auf, die ihm offenbar zur Gewohnheit geworden war.

»Ja, eine lange Zeit schon«, sagte Paul. »Was meinen Sie: Sie sehen in mir nicht Ihren schlimmsten Feind, wir stehen auf wie zwei erwachsene Menschen und trinken einen miteinander? Ich lade Sie ein.« Er nahm Scott, der nicht länger widerstrebte, beim Arm und führte ihn ein paar Straßen weiter in sein Hotel, die Treppe hinab in den Weinkeller, wo sie sich an einen kleinen Ecktisch setzten.

Der Raum verbreitete die Atmosphäre eines Verlieses, die feuchte Luft roch säuerlich nach Wein. Es gab nur etwa ein halbes Dutzend Tische mit weißen Tischtüchern und Kerzen. Hinter Scotts Stuhl öffnete sich ein weiteres Gewölbe mit unverputzten Steinwänden und langen Regalen, in denen reihenweise Flaschen lagerten. Ein Kellner, wie Scott im Frack, kam aus dem Dunkel und überreichte ihnen eine umfängliche Weinkarte.

»Vielleicht suchen Sie was für mich aus«, sagte Paul. »Einen Weißen.«

Scott bestellte eine Flasche 1987er Schloß Biebrich Gewürztraminer. Der Kellner brachte die Flasche, wies feierlich schweigend das Etikett vor und setzte das Zeremoniell fort, indem er Scott einen Probierschluck einschenkte.

Der gute Wein übte eine heilsame Wirkung aus. Scott hatte sich beruhigt und schien Paul zu beobachten. Seine Panik war verflogen, und er suchte nach einem praktikablen Ausweg.

»Auf Bach«, sagte Paul. Sie nahmen einen Schluck. Der Wein war würzig, leicht und blumig. »Orgel spielen können Sie ja nun wirklich.«

»Ich versuche jedes Jahr ein paar Konzerte zu geben. Tagsüber habe ich einen anderen Job.«

»Und wo?«

Scott gab keine Antwort auf die Frage. »Ich zahle Ihnen doppelt soviel, wenn Sie ihr sagen, Sie hätten mich nicht gefunden.«

»Bezahlen Sie mich mit Auskünften«, sagte Paul. »Die interessieren mich, nicht Ihr Geld. Sehen Sie, ich habe die Sache übernommen, weil ich neugierig auf Sie war.«

»Was wollen Sie wissen?«

»Warum Sie weggegangen sind. Hier, trinken Sie noch was.«

»Das sollten Sie lieber nicht wissen. Sie könnten damit erreichen, daß sie sich Ihnen zuwendet, und das wäre sehr gefährlich für Sie, so gefährlich wie es für mich ist, daß Sie mich gefunden haben. Sie ist total verrückt, müssen Sie wissen.«

»Moment mal«, sagte Paul und schüttelte den Kopf. »Das wird mir ein bißchen zu kompliziert. Sie ist …«

»Natürlich glauben Sie mir nicht. Ihr ganzes Leben hat sie damit verbracht, diese Rolle zur Perfektion zu treiben. Sie kann sehr gut verbergen, wozu sie fähig ist.«

»Nina hat ihre Schwächen, gar kein Zweifel, aber daß sie verrückt sein soll, ist mir neu. Oder wissen Sie etwas, was ich nicht weiß?«

»Was sagten Sie?« Scotts Gesicht wurde grau. »Wer?«

»Beruhigen Sie sich, Mr. Scott«, sagte Paul. Diese empfindlichen Musiker mußte man wirklich mit Samthandschuhen anfassen.

Scott stand auf und beugte sich Paul entgegen. »Nina Reilly hat Sie geschickt?« flüsterte er.

»Daß ich hier bin, hat mit ihr zu tun.«

In Scotts Augen, die keine zwanzig Zentimeter von ihm entfernt waren, sah er Erleichterung. Scott schloß die Augen und setzte sich wieder. »Ich will verdammt sein«, sagte er wie zu sich selbst. Er griff zum Glas und leerte es in einem Zug. Sein Gesicht fand schnell zu seiner gesunden Farbe zurück.

»Sie ist also nicht die Dame, von der Sie reden?« fragte Paul.

»Nina? Nein. Vergessen Sie alles, was ich gesagt habe. Ich habe mich geirrt.« Seine Anspannung ließ etwas nach, er wirkte wieder munter und lehnte sich lässig zurück. Dennoch verbarg sich hinter dieser Haltung ständige Alarmbereitschaft. Um ihn breitete sich eine Aura des Kampfes. Er ist doch männlicher, als seine feige Flucht vermuten ließ, dachte Paul, sein Gegenüber betrachtend. Scotts Augen waren schmaler und wachsamer als auf den Fotos, seine Miene ließ spüren, daß er kämpfen würde, wenn es sein mußte. »Sagen Sie, wie geht es Nina?«

»Ich bin überrascht, daß Sie das fragen. Schließlich sind Sie ihr davongerannt.«

»Warum wollte sie mich finden? Geht es ihr gut?«

»Gar keine Frage. Dieser Justizkram läßt eine Frau natürlich altern und verhärten. Sie raucht Zigarren und hat sich die Haare kurz geschnitten. Sie wären entsetzt, glauben Sie mir.«

»Wohnt sie noch in der Gegend von Monterey?«

»Nein, sie ist umgezogen«, sagte Paul knapp.

»Da ist sie also tatsächlich Anwältin geworden.«

»Sie scheinen ja keine sehr enge Verbindung zu ihr zu halten.« Paul fand diese Einsicht beruhigend. »Ja, sie ist schon eine ganze Weile im Geschäft.« Paul hatte bereits vermutet, daß Nina ihm den gemeinsamen Sohn verschwiegen hatte. Nun war er sich dessen sicher. Immer schön behutsam, ermahnte er sich.

»Da bin ich ja froh. Aber ich kann nicht glauben, was Sie sagen, daß sie so verhärtet ...«

»Machen Sie sich nichts draus«, sagte Paul und schenkte den Rest der Flasche ein. »Ich komm damit zurecht. *He, Herr Kellner! Noch eine Flasche bitte!*«

»Sehr gut«, sagte Scott, während der Kellner die nächste Flasche brachte.

»Mein High-School-Deutsch. Wie sollte ich das je vergessen?«

»Sagen Sie, warum läßt Nina mich nach so langer Zeit suchen?«

»Ich schlage Ihnen ein Geschäft vor, Mr. Scott. Ich erzähle Ihnen, warum ich hier bin, und Sie erzählen mir, warum Sie und Nina sich getrennt haben.«

»Sie fangen an«, sagte Scott.

Paul nickte und sortierte schnell die Dinge aus, die er verschweigen mußte. »Nina und ich, wir sind zusammen, aber sie hängt einer alten Geschichte nach. Ganz offensichtlich bedeutet ihr diese alte ... Freundschaft zu Ihnen noch immer was. Ich habe mir das schon gedacht, aber sie will nicht darüber reden. Also bin ich hergekommen, um Sie zu fragen.«

»Puh!« machte Scott und trank einen weiteren Schluck.

»Ich hab Sie aufgespürt, ohne ihr etwas davon zu sagen.«

»Lieben Sie sie?«

»Wir sind verlobt«, log Paul, damit sein Gegenüber nicht auf dumme Gedanken kam. Es mußte klar sein, von wessen Revier die Rede war.

»Ich hab sie so sehr geliebt. Ich wollte sie nie verlassen.«

Was war denn das für ein Typ? Etwa ein Italiener? Wahrscheinlich lebte er schon zu lange in Europa. So was konnte man doch nicht einfach zu einem anderen Mann sagen! Nicht zu ihm, Ninas Verlobtem! »Aber Sie haben es trotzdem getan«, entgegnete Paul mit seiner freundlichsten Stimme. Wen man nicht umbringen kann, soll man mit Freundlichkeit besiegen.

»Ich mußte es tun. Das ist eine komplizierte Geschichte, die ich hier nicht ausbreiten kann.«

»Warum nicht, Mr. Scott? Wir haben jede Menge Zeit.«

Scott dachte so lange nach, bis Pauls Geduld zu Ende war. »Dann lassen Sie mich mal anfangen. Sie sind seit Jahren auf der Flucht. Sie haben immer noch Angst vor jemandem, vor irgendeiner Frau, die Sie für verrückt halten. Aber es gibt doch schließlich Gesetze, oder? Haben Sie Probleme?«

»Nicht in der Art, wie Sie meinen.«

»Vielleicht brauchen Sie Hilfe, um die Sache in Ordnung zu bringen«, sagte Paul. »Sie können doch nicht immer so weitermachen.«

Scott rieb sich unschlüssig die Stirn.

»Haben Sie sich in Deutschland gebunden? Mit Frau, Haus und Kindern?« fragte Paul.

»Nein. Nina war meine letzte Chance«, sagte Scott. »Ich glaube, es ist lächerlich, daß ich so lange an der Hoffnung festgehalten habe, zu ihr zurück zu können.«

»Da läuft nichts mehr«, stimmte Paul ihm zu. »Jetzt gehört sie zu mir.«

»Ja, natürlich.«

»Sie haben also nicht vor, nach Tahoe zu kommen und nach ihr zu sehen?« Er fühlte sich ein wenig schuldig. Der arme Kerl hatte offenbar keine Ahnung von Bob. Es drängte ihn zu sagen: Sie haben einen Sohn, Mann, der braucht Sie. Aber er brachte die Worte nicht heraus. Das würde ihm Nina nie verzeihen. Und sein innerer Schweinehund wollte nicht, daß Scott nach Tahoe fuhr, wenigstens nicht, bevor er Nina im Kasten hatte.

»Sie ist nach Tahoe gezogen?«

»Hm, ja«, brummte Paul und hätte sich treten können. Soweit war es also her mit seiner Verschwiegenheit. »Letztes Frühjahr.«

»Das ist ja eine schreckliche Nachricht.«

»Wieso? Wo ist das Problem?«

»Halt!« Scott hob die Hand, um Pauls Fragen zu stoppen. »Ich muß nachdenken.«

»In Teufels Namen …«

Scott stand auf. »Geben Sie mir eine Minute. Ich bin gleich wieder da.«

Paul trank seinen Wein, wartete, daß Ninas alter Liebhaber vom Pinkeln zurückkam und behielt den Ausgang im Auge. Als der Kellner ihm im Vorbeigehen den Blick versperrte, sah er gerade noch Scotts Frackzipfel zur Tür hinauswehen. Paul kam eine Sekunde zu spät hinaus auf die Straße. Die alten Fachwerkhäuser und das Katzenkopfpflaster erzählten ihm so manche Geschichte. Wohin der durchgedrehte Musiker entschwunden war, verrieten sie nicht.

10

In der folgenden Woche, genau zehn Tage nachdem Nina die Vorladung zu Riesners Nachverhandlung erhalten hatte, grub sich Tahoe aus einer dicken Schicht pappigen Märzschnees heraus, der drei Tage lang ununterbrochen niedergegangen war. Nina verließ rechtzeitig das Haus, die Schaufel in der Hand, um ihr Auto freizuschippen und die gefährlichen Straßen in aller Ruhe anzugehen. Sie grüßte Terry knapp, nahm fröstelnd ihren Platz im Saal ein, fühlte sich ein wenig unbehaglich, aber ansonsten ganz entspannt. Die Gewohnheit hatte ihr Werk getan und die inneren Wogen geglättet. Sie hörte keine eingebildeten Pistolenschüsse mehr, und die Angst, ihre Blutflecken auf dem Boden zu entdecken, war ein für allemal geschwunden. Nach all den Monaten hatte der Saal für sie seine frühere Nüchternheit zurückgewonnen.

Niemand außer Riesner wollte diese zusätzliche Verhandlung, Nina zuallerletzt, und sie hoffte, die Sache möglichst schnell hinter sich zu bringen. Sie wollte gewinnen, aber sie war nicht optimistisch. Riesner hatte sie zu dieser Verhandlung gezwungen, ihre Anrufe abgeblockt und einen Streit mit ihr angefangen, als er sie anrief, so daß die Einigung nicht leicht werden würde.

»*Sweet gegen London*«, verkündete Milne, rückte die Brille zurecht und schlug die Akte auf, die ihm der Beamte reichte. »Schon wieder.«

Nach der Verhandlung, draußen im Korridor, lenkte Nina Terry in eine ruhige Ecke, schob ihr einen Stuhl hin und blieb stehen. Eine Strähne war Terry übers Auge gerutscht, aber sie strich sie nicht weg. In ihrem Blick lag etwas Tückisches.

»Wir haben den Bogen überspannt«, sagte Nina. »Der Richter hätte sich vielleicht auf einen Kompromiß eingelassen.«

»Die können mich mal alle. Und Sie auch! Sie haben die Sache verpfuscht!«

»Ich weiß, daß Sie enttäuscht sind. Riesner versucht hartnäckig, die Freigabe des Films auf Antrag der Eltern von Tam hinauszuzögern.«

»Sie haben Scheiße gebaut!«

»Tut mir leid, daß Sie dieser Auffassung sind. Realistisch betrachtet geht es nur um eine weitere Verschiebung von einem Monat. Wir formulieren eine Urteilsbegründung, die von allen Parteien akzeptiert wird, dann können Sie in aller Ruhe Ihren Film vorführen.«

»Sie sind eine verdammte Versagerin!«

»Terry, ich kann Sie nur erneut auffordern, die Abtretungserklärung zu unterschreiben, die ich Ihnen geschickt habe. Ich kann Sie wirklich nicht weiter vertreten.«

»Sie wollen mich abschieben. Aber ich verklage Sie wegen Pflichtverletzung!« Sie stand auf, schaute Nina an und sprach lauter. Die Leute im Flur spitzten die Ohren.

»Ich stelle heute den Antrag auf Niederlegung Ihres Mandats«, sagte Nina mit fester Stimme, und sie vermied es, in Terrys gelbe Augen zu blicken. Sie spürte die plötzliche Stille im Flur, ihre Ohren brannten. »Ich habe nichts falsch gemacht.«

»Das ist ja stark! Nichts falsch gemacht?« Terry ballte die Faust und holte zum Schlag aus. Aber Nina duckte sich weg und rannte, so schnell sie konnte, zum Ausgang. Dicht hinter sich hörte sie Terrys Stiefel poltern.

Ein Mann im braunen Tweedanzug kam direkt auf sie zu. Er blieb stehen, fing ihren Blick mit seinen grünen Augen auf und hielt ihn fest. Nina dachte nur an ihre Flucht, starrte ihn an und rannte weiter.

Sie schaute noch einmal hin und wurde langsamer.

Der Mann kam wieder auf sie zu. Er machte einen oder zwei Schritte, und so plötzlich, wie er aufgetaucht war, war es auch schon vorbei. Abscheu oder Angst, das konnte Nina nicht unterscheiden, schossen in ihm hoch und verfinsterten seinen klaren

Blick. Einen Moment lang stand er so da, etwa fünf Meter von ihr entfernt, dann war er verschwunden.

Terry verfolgte sie nicht bis auf den Parkplatz. Sie hatte plötzlich abgedreht und war nicht mehr zu sehen. Nina kletterte in ihren Bronco, dann stieg sie wieder aus. Sie ging langsam zurück, blickte in die Runde und versuchte sich einzureden, daß sie sich geirrt hatte.

»Haben Sie zufällig einen Mann gesehen, der hier vor ein paar Minuten rauskam?« fragte sie Deputy Kimura. »Er ist schnell gelaufen, beinahe gerannt.«

»Allerdings. War nicht das erste Mal, daß es einer eilig hatte, hier wegzukommen«, witzelte er.

»Haben Sie gesehen, wohin er ist?«

»Nur aus dem Portal raus. Mehr weiß ich nicht.«

Sie mußte sich Zeit lassen und in Ruhe dieser Erscheinung nachgehen, dem Blick dieses Mannes, der vor ihr gestanden hatte, gealtert zwar, aber noch immer derselbe.

Sie hätte schwören können, daß dieser Mann Kurt Scott war.

Im Büro fiel ihr unter der Post, die Sandy hereinbrachte, ein Brief mit handgeschriebener Adresse und dem Zusatz PERSÖNLICH! in die Augen. Sie riß den Umschlag auf.

»Liebe Nina«, begann der Brief, »ich habe viele Male an Dich gedacht.« Seine feste, steile Handschrift hatte sich nicht geändert. Er wollte sie am nächsten Morgen um sieben am Pope Beach treffen, um unter vier Augen mit ihr zu sprechen.

»Sei aber vorsichtig. Ich erkläre Dir alles, wenn ich Dich sehe, aber ich fürchte, meine Ankunft wird Dir gewaltigen Ärger bringen.«

Am Ende des Briefes der vertraute Schriftzug: »Kurt.«

»Den Brief hat jemand abgegeben«, sagte Sandy.

Nina ging früher nach Hause und dachte über die Botschaft nach. Bevor sie dazu kam, die Wäsche zusammenzulegen, die sich auf ihrem Bett häufte, rief Paul aus Carmel an. Sie war froh, seine Stimme zu hören. »Wie war deine Reise? Du warst so plötzlich weg. Und wo warst du überhaupt?«

»Ach, ich hab einen alten Kumpel besucht und ein bißchen Geschäftliches erledigt. Die Einzelheiten werden dich nicht interessieren. Aber wie steht's mit uns? Ich bin zufällig in der Stadt.«

»Du bist hier? Warum denn das?«

»Wir könnten essen gehen und hinterher ins Schwimmbad.«

Sie wußte nicht, was sie sagen sollte. Sie war freudig überrascht und fühlte sich zugleich unter Druck gesetzt. Er war so weit gefahren ...

»Alles in Ordnung?« fragte Paul. »Was macht Bob?«

»Er reißt sich mächtig am Riemen, obwohl er im Moment nicht so richtig klarkommt mit sich. Also gut, welche Zeit?«

Als Nina sich zum Gehen fertigmachte, klingelte das Telefon erneut. Sie schickte Bobby an den Apparat. Die drei Kinder hatten an dem Nachmittag schulfrei und verbrachten ihre Zeit vergnügt vor der Röhre. Er blieb ein paar Minuten in der Küche und kehrte dann zu seinem Trickfilm zurück.

»Wer war denn dran? War es Paul?«

»Niemand.«

»Jemand muß es doch gewesen sein!«

»Hat aufgelegt. Es war niemand.«

Paul holte sie um sieben ab, und sie genossen ein ruhiges Abendessen im Caesar. Sie wußte, daß sie abwesend wirkte, ihre Gedanken kehrten ständig in die Vergangenheit zurück. Paul schaute sie an, machte harmlose Witze und strich ihr übers Haar. Er war nett, das konnte man nicht anders sagen. Sie verbannte den Brief aus ihren Gedanken, lachte, versuchte locker zu sein und an dem Mann aus Fleisch und Blut, der ihr gegenübersaß, Freude zu finden. Nach dem Essen zogen sie sich in Pauls Zimmer die Badesachen an und fuhren mit dem Fahrstuhl ins Bad hinunter.

»Gerade noch rechtzeitig, um der totalen Verkrampfung zu entgehen«, sagte Nina, eingehüllt in die Dampfwolken des Warmwasserbassins. An den Rand gelehnt, band sie das Haar mit einem Gummi hoch.

»Das ist fast so gut wie eine Rückenmassage. Obwohl eine

wirklich gute Rückenmassage durch nichts zu ersetzen ist«, meinte Paul.

Wie auf Kommando stiegen die drei Männer, die vor ihnen dagewesen waren, aus dem Bassin. Nina und Paul genossen die Stille und das Alleinsein.

»Willst du damit sagen, daß du weißt, was eine wirklich gute Rückenmassage ist?« fragte Nina. Das heiße Wasser ging ihnen bis zum Hals, der Dampf umwölkte ihre Augen. Ninas Haut wurde rosig, um ihre Brüste sprudelten die Wasserblasen. Paul ließ sich den Anblick nicht entgehen.

Er faßte ihr Handgelenk. Sie saßen so dicht nebeneinander, daß ihre Schenkel sich beinahe berührten. Er rückte ein Stück näher. Er schob ihre Hand sanft in die schmale Lücke dazwischen, so daß sie ihre und seine Haut gleichzeitig fühlte. Sie blieb in seiner Hand gefangen.

Nach langem Schweigen sagte er schließlich: »Ich möchte dir zeigen, wie schön du bist, wieviel du mir bedeutest. Komm mit mir nach oben!« Er drehte sie zu sich um, setzte sie auf seinen Schoß und fuhr ihr mit der schmiegsamen Hand über das Rückgrat. Sie schlang die Beine um seine Hüfte, legte ihm die Arme um den Hals und überließ sich dem seidigen Wasser und den muskulösen Gliedern, in denen Magnete zu stecken schienen.

Er schloß die Augen und schmiegte sich an ihre Wange, sie hörte nur noch das Blubbern der Wasserblasen und seinen sanften Atem dicht am Ohr. Er küßte ihr zärtlich den Hals, seitlich unter dem Haaransatz, und arbeitete sich geduldig vor bis zu ihren Lippen. Schließlich löste er sich von ihr, nahm sie bei der Hand und führte sie aus dem Becken.

»Bleib so stehen«, sagte er, nahm ein weißes Frotteetuch vom Stuhl, rubbelte und streichelte sie, bis auch sie nach ihm griff und sich ihr Blick umwölkte …

Sie fuhren mit dem Fahrstuhl in sein Zimmer.

Am Fenster stehend, blickte sie ins Dunkel hinaus, auf die Umrisse der Kiefern im Widerschein der roten Neonreklame. Er umfaßte sie von hinten, schob die Hände unter die Träger, küßte ihren Hals, streifte ihr den Badeanzug ab, hielt sie bei der Hüfte und preßte ihren Hintern an sich.

»Paul, ich muß dir …«

»Nina, du mußt mich nicht lieben, sei einfach nur lieb.«

»Es gibt Dinge, die ich dir noch nicht gesagt habe …«

»Wirst du wohl still sein?« Er legte den Zeigefinger auf ihre Lippen, sie nahm ihn in den Mund und beknabberte ihn zärtlich. Ihre Zweifel verflogen, ihre Sorgen verblaßten. Sein nasses Haar roch nach Chlor, und seine Küsse überströmten sie wie ein sanfter Wasserfall, bis sie von ihnen fortgespült wurde und sich in sein frisches Bett tragen ließ. Sie legte ihm die Arme um den Hals und hielt sich an ihm fest, als ginge es ums Leben.

Nina kam aus Pauls Badezimmer, bekleidet nur mit ihren Hosen, draußen war es noch dunkel.

»Du willst schon gehen?« Paul warf die Bettdecke beiseite, setzte sich auf, schob sich das Kissen in den Rücken und strich sich über das blonde Haar, das in alle Richtungen stand.

»Nanu, Paul, wo hast du denn deinen Schlafanzug?«

Er stand auf und wankte ins Badezimmer. »Soll ich Kaffee bestellen? Möchtest du nicht frühstücken? Es ist doch noch viel zu früh!« rief er beim Plätschern des Wasserhahns.

»Ich besorg mir später was.« Sie zog Hemd und Pullover an. »Ich möchte zu Hause sein, bevor Bobby wach ist.« Das war eine Ausrede, aber jetzt war nicht der Moment, mit Paul eine Diskussion über Kurt zu beginnen. Vielleicht würde es nie mehr nötig sein. Sie würde Kurt nur dieses eine Mal sehen, um ihre Neugier zu befriedigen, und dann überlegen, wie es weiterging. Konnte das Treffen mit Kurt nicht auch ihre Entscheidung für oder gegen Paul erleichtern?

»Ich hatte eigentlich gehofft …«, begann Paul. Auf der Suche nach ihren Socken hob sie Pauls Badehose vom Fußboden auf, wirbelte sie um den Zeigefinger und ließ sie auf den Stuhl fallen. »Was?«

Er kam aus dem Bad und zog sich die Badehose an. »Setz dich einen Moment zu mir«, sagte er und tätschelte die Matratze neben sich.

»O nein, darauf bin ich schon mal reingefallen.«

»Ich verspreche dir, daß ich nicht über dich herfalle.«

»Darauf bin ich auch schon mal reingefallen.«

»Diesmal meine ich's aber wirklich.«

»Darauf bin ich auch schon mal reingefallen.« Sie lachte und ließ sich neben ihm aufs Bett nieder, um sich die Socken anzuziehen.

»Nun bist du wieder reingefallen«, sagte Paul, packte sie und warf sich auf sie. »Mein Gott, wie leichtgläubig doch die Frauen sind!«

»Ich muß aber wirklich los.« Sie war unter ihm gefangen und beharrte schwach: »Wirklich ...«

»Erst mußt du mir was versprechen.«

»Und was?«

»Daß du bei mir bleibst.«

»Paul, laß mich gehen.«

»Gleich. Aber wenn du nicht aufhörst, dich so schön zu winden, dauert's länger.«

Sie hielt ihre Verabredung mit Kurt am Pope Beach ein. Lange wartete sie und schaute zu, wie der Himmel verblaßte, während die Sonne über dem Lake Tahoe immer höher stieg.

Sie stand am Strand und dachte an das andere Mal, als sie endlos lange auf ihn gewartet hatte.

Er war wieder verschwunden. Ungreifbar wie ein Nebel.

Sie steckte ihn dorthin, wo er hingehörte: in die Vergangenheit. Weg mit ihm.

11

Als Nina gegen neun zu Hause vorfuhr, hörte sie im Garten einen Aufschrei und ein Plumpsen. Sie rannte durchs Tor nach hinten. »Alles in Ordnung?«

Andrea saß mit verschmiertem Gesicht auf der kahlen Erde. »Es liegt noch zuviel Schnee. Obwohl der Garten genug Sonne kriegt.« Sie stand auf, wollte sich die Hose abwischen, hinterließ aber nur neue Schmutzspuren. »Bin nur ein bißchen ausgerutscht.« Sie griff nach der Hacke und machte sich wieder an die Arbeit.

»Das ist ja wirklich ein dankbarer Job. Soll ich dir helfen?«

»Danke, aber wir haben nur eine Hacke. Ich lüfte den Boden, und im Juni haben wir einen dicken grünen Teppich.«

»Warum müßt ihr hier oben unbedingt Rasen anpflanzen? Ihr habt Felsen, Kiefern, Eichenbüsche ... die Natur ist hier so einzigartig, und dein Rasen hält sich nur den Sommer über ...«

»Du wohnst noch nicht lange genug hier, um das zu verstehen«, sagte Andrea schnaufend vor Anstrengung. Der halbe Garten war schon gehackt und bildete eine Mondlandschaft aus feuchter, würzig duftender Erde. »Der Rasen ist das Symbol der Zivilisation. Deshalb wollen die Einheimischen unbedingt ihren eigenen Rasen. Wir leben in dieser grandiosen Naturkulisse, doch mit der Zeit macht sie einen trübsinnig. Also ziehen wir einen Zaun um unsere Hütte, säen Gras und pflanzen Blumen, damit wir uns sicher fühlen.«

»Es wird heute warm«, sagte Nina.

»Und wie war die Nacht?« Andrea stützte sich auf die Hacke und blickte Nina an.

»Danke, daß ihr euch um Bob gekümmert habt. Mit Paul war es sehr schön.«

»Da bin ich aber froh, Nina. Du warst schon zu lange allein. Warum hast du ihn nicht zum Frühstück mitgebracht?«

»Ich … Sagen wir, ich hatte am Morgen noch eine andere Verabredung.«

Andrea machte große Augen. »Wirklich? Ich schweige wie ein Grab. Wer ist der Glückliche?«

»Du bist ja sehr direkt!«

»Nun?« fragte Andrea unbeirrt.

»Ein Gespenst.«

»Wie gruslig. Was für ein Gespenst?«

Nina setzte sich auf die frisch aufgeworfene Erde, nahm einen Klumpen und roch an ihm. Andrea setzte sich neben sie.

»Ich hab gestern, als ich aus dem Gericht kam, jemanden wiedergesehen, nach zwölf Jahren zum erstenmal.« Nina zerquetschte den Klumpen und ließ die Erde durch die Finger rieseln. »Sein Name ist Kurt Scott.«

»Ein Mann, den du vor zwölf Jahren kanntest. Du kannst dir sicher denken, was ich mir denke.«

»Stimmt. Bobbys Vater.«

Andrea verstummte. Dann sagte sie: »Junge, Junge. Hat Bobby ihn also doch gefunden.«

»Bobby sagt, nein. Aber am Donnerstag im Gericht stand er plötzlich auf dem Flur. Ich ging auf ihn zu, und er muß mich erkannt haben. Er sah ganz aufgeregt aus und hat die Arme ausgebreitet. Ich wußte sofort, daß es Kurt ist, konnte aber nicht so schnell reagieren. Jetzt weiß ich, was die Leute meinen, wenn sie sagen, sie können ihren Augen nicht trauen.«

»Was hast du gemacht? Ich hätte bestimmt geschrien, wenn mein Exmann mich so überfallen hätte. Mir sind gerichtliche Lösungen bei weitem lieber.«

»Ich fühlte mich einfach überrannt, überrumpelt. Ich weiß nicht, wie ich es erklären soll. Von Gefühlen überwältigt. Ich konnte mich nicht rühren. Unsere Blicke sind sich kurz begegnet, und dann kam das Seltsame: Ich hatte ihn gerade erkannt, hatte gerade begriffen, daß er es ist und kein anderer, da änderte sich sein Gesichtsausdruck. Ich hab noch nie einen Blick gesehen, der so voller ... Abscheu war. Und schon war er verschwunden, rausgerannt zum Parkplatz.«

Andrea legte ihr die Hand auf den Arm. »Warte mal, Nina. Da ist was faul im Staate Kalifornien. Kaum macht sich Bob auf die Suche nach seinem Vater, taucht er plötzlich auf, wie aus dem Hut gezaubert. Nach zwölf Jahren! Was geht da vor?«

»Ich weiß es nicht. Am Vormittag war viel zu tun, dann hatte ich Zeit zum Nachdenken. Vielleicht hat er mich dort nicht vermutet, und es war ein furchtbarer Schock für ihn.«

»Ich bitte dich! Das kann doch kein Zufall sein. Was hat er denn in Tahoe zu suchen?«

»Wir haben uns hier kennengelernt. Er hat sicher noch Bindungen hierher. Als ich letzten April von San Francisco herzog, dachte ich, ich könnte ihm hier begegnen, er würde hier vielleicht noch wohnen.«

»Hast du denn nach ihm gesucht?«

»Im Telefonbuch nachgesehen und solche Dinge. Aber das hat nichts ergeben, und so hab ich versucht, die Sache zu vergessen. Dann kriegte Bob seinen Fimmel und wollte unbedingt rauskriegen, wer sein Vater ist, deshalb dachte ich gestern, es wäre nur Einbildung, als ich ihn sah. Aber Kurt hat einen Brief im Büro abgegeben, in dem er mich vor irgend etwas warnt, und er hat sich mit mir für heute morgen um sieben verabredet.«

»Verrückt!«

»Ich war verdammt nervös, aber ich bin hingefahren. Und er hat mich versetzt. Ich bin so wütend, ich ... fühle mich wieder ausgetrickst. All das Schlimme von damals kommt wieder hoch.«

Andrea legte den Arm um sie. »Willst du mich nicht einweihen? Du hast nie ein Wort über ihn erzählt.«

»Ich hab mich zu sehr geschämt«, sagte Nina.

»Er war verheiratet.«

»Ja, aber er lebte getrennt.«

»Er hat dich verlassen, als du schwanger wurdest.«

»Nein, viel schlimmer. Ich hab es ihm nie gesagt. Er hat keine Ahnung, daß es Bobby gibt.«

»Mein Gott, Nina! Aber wie hast du ihn ...«

»Das war in den Sommerferien, bevor ich mit dem Studium anfing. Ich wohnte in der Hütte einer Freundin, drüben am Fallen Leaf Lake. Du weißt doch, daß es dort mehrmals Fälle von Beulenpest gab, die Erreger wurden von den Flöhen der Eichhörnchen übertragen. Jedenfalls wollte uns die Forstverwaltung evakuieren, aber ich bin geblieben, weil ich jung war und glaubte, diese schreckliche Krankheit könne mich nicht treffen. Nie war ich einen ganzen Monat in Tahoe gewesen, und ich sah gar nicht ein, warum ich wieder abreisen sollte.«

»Da hast du die Pest gekriegt, und er war ein Arzt mit Afrika-Erfahrung, der dir das Leben gerettet hat …«

Nina lachte. »Nein, die Pest hab ich nicht gekriegt. Aber ich hatte den ganzen See für mich allein. Und er hatte einen Sommerjob bei der Forstverwaltung und war vollauf damit beschäftigt, mir ständig auf den Fersen zu bleiben. Wenn ich morgens aufstand, saß er schon auf der Verandatreppe und paßte auf, daß kein Eichhörnchen auf die Veranda kam. Wenn einer die Pest hätte kriegen können, war er es.«

»Das muß ja ganz schön einsam gewesen sein da oben.« Andrea stand auf. Sie hatte ein Unkrautbüschel entdeckt, das sie mit der Jätkralle bearbeitete.

»Nicht sehr lange. In dem Sommerhäuschen stand ein altes Klavier, und er wollte es stimmen. Also hab ich ihn reingelassen.«

»… und so nahm die Geschichte ihren Lauf. Was weißt du über seine Frau?«

»Nichts. Über die hat er nie gesprochen. Er hatte gerade die Scheidung eingereicht, das sagte er zumindest. Sie war in L. A., als wir zusammen waren. Die ganzen sechs Wochen.«

»Und dann kam das Ende, vermute ich«, sagte Andrea trocken.

»Manchmal passieren eben unvorhergesehene Dinge. Menschen ändern plötzlich ihr Verhalten, ohne daß man weiß, warum, Lottogewinne, Börsenkräche, Todesfälle in der Verwandtschaft …«, erklärte Nina. »So war es auch bei uns. Wir hatten uns bis über die Ohren verliebt, Andrea.«

»Das klingt gar nicht nach der stolzen Einzelgängerin, die du in letzter Zeit herausgekehrt hast«, sagte Andrea mit einem begütigenden Lächeln.

»Wir waren geradezu verrückt vor Liebe. Ich hab ihm total vertraut. Für ihn hätte ich alles getan, jedes Opfer gebracht ... Mein Leben war wie umgekrempelt. Wir wollten sofort heiraten, wenn er die Scheidung hinter sich hatte.«

»Das muß ja ein toller Typ gewesen sein.«

Nina sprach unbeirrt weiter. »Wir wollten am Ende des Sommers wieder zusammenkommen. Ich mußte zurück nach Monterey, um meine Dinge zu erledigen, und er mußte alles mit seiner Frau regeln. Ich hab ihm nichts verraten, als ich von der Schwangerschaft erfuhr. Ich wollte mir die Nachricht für eine gute Gelegenheit aufheben. Er wollte meinen Vater und Matt kennenlernen. Aber er ist nicht wiedergekommen.«

»O Nina. Eine traurige Geschichte!«

»Ich war drauf und dran, mein Studium hinzuschmeißen. Kurt war ein toller Musiker, er wollte nach Europa und dort in einem Sinfonieorchester spielen ... Wir hatten eine ganz andere Zukunft geplant als die, in der ich gelandet bin. Aber ich wußte schon, daß er mir etwas verheimlicht hat, etwas Wichtiges. Das war mir immer klar. Ich hab mich drauf verlassen, daß er mir's sagen würde, wenn es soweit wäre. Und dann ... nichts mehr. Er hat nie mehr angerufen, nie mehr geschrieben. Er ist einfach verschwunden. Genau wie gestern.«

»Aber warum ist er gestern aufgetaucht?«

Nina schüttelte den Kopf. »Keine Ahnung. Sicher ist nur, daß er wieder weg ist.« Ihre Stimme wurde hart. »Besten Dank, daß du dir meine Rührstory von Liebe und Verrat angehört hast.«

Andrea machte jetzt Schluß mit der Gartenarbeit, sie öffnete den Schuppen und räumte die Geräte weg. »Und du hättest«, fragte sie und war unter dem Geklapper der Harken, Hacken und Spaten kaum zu verstehen, »deine Berufsplanung einfach über Bord geworfen und geheiratet?«

»Ich war mir nicht sicher, ob ich Anwältin und Ehefrau zugleich sein konnte. Weißt du, Andrea, für diesen Job muß man sich ein verdammt dickes Fell zulegen. Und mir war klar, daß es für eine Frau mit Familie doppelt schwer sein würde.«

»Als er weg war, hast du weitergemacht.«

Nina dachte nach. »An dem Punkt hab ich begriffen, wie verletzlich ich war. Die Arbeit als Strafverteidigerin sollte mich hart machen, damit ich zurechtkommen konnte … mit allem.«

»Wer sich mit dir anlegt, hat kein leichtes Spiel.«

»Nein, jetzt nicht mehr.«

»Trotzdem wird auf dich geschossen«, sagte Andrea fast beiläufig. Sie schob die Schuppentür zu und ließ das Zahlenschloß einklicken.

»Nun reicht's aber, Andrea! Was soll das?«

Andrea wandte ihr das schmale Gesicht mit den Sommersprossen und dem spitzen Kinn zu, das von der Arbeit gerötet und schmutzig war. »Du bist jetzt auch innerlich stärker. Du öffnest dich und zeigst mehr von dem weitherzigen und großzügigen Charakter, den ich an dir kenne.«

»Leute wie Terry London und Riesner fressen mich auf, wenn ich meinen Panzer fallen lasse. Die Arbeit, die ich mache …«

Andrea setzte sich wieder neben sie. »Du kannst dich nicht nur von der Angst leiten lassen. Du gehst doch auch zum Supermarkt, stimmt's? Dort triffst du alle Verrückten der Stadt. Denen kannst du nicht entgehen. Die pfeifen auf deinen Panzer. Außerdem sind die meisten sogenannten Verrückten, vor denen du Angst hast, völlig harmlos.«

»Okay, die meisten. Die hast du geschenkt. Ich passe lieber auf.«

Die Sonne schien warm durch die Bäume auf die aufgewühlte Erde. Aus dem Haus drang das Geschrei und der Lärm der Kinder.

»Ich geh mal nachsehen, was da los ist«, sagte Nina.

»Moment mal, mir kommt gerade ein Gedanke. Wer war noch mit dir im Gericht, als Kurt weggerannt ist? Ist es nicht möglich, daß er jemand anders gesehen hat, den er nicht sehen wollte?«

»Da waren viele Leute. Und meine Mandantin natürlich. Sie hat immer in Tahoe gelebt. Sie könnte ihn kennen.« Nina registrierte diesen interessanten Gedanken in ihrem Gedächtnis.

»Was hast du jetzt vor?« fragte Andrea. »Willst du ihn suchen?«

»Keine Sorge. Er hat sich verabschiedet, und ich laufe ihm nicht nach.«

»Angenommen, du triffst ihn wieder – würdest du ihm von Bobby erzählen?«

»Niemals!«

Im Haus klingelte das Telefon.

»Geht Matt ran?«

»Er ist noch im Bett. Es geht ihm nicht gut, Nina.«

»Darüber reden wir später«, rief Nina und rannte los zum Telefon.

Collier Hallowell forderte sie mit barscher, dienstlicher Stimme auf, so schnell wie möglich zu Terry Londons Haus zu kommen. Er legte auf, bevor sie irgendwelche Fragen stellen konnte.

Diesmal war die Coyote Road schneefrei und bis auf die Schlammlöcher trocken. Unter den schmutzigen Schneewällen längs der Straße sprudelte das Schmelzwasser hervor und strömte durch die Abflußrinnen. Zwei halbwüchsige Mädchen liefen bergauf und redeten erregt aufeinander ein. Nina fragte sich, wo sie hinwollten.

Sie hatte das Frühstück verpaßt und brauchte dringend eine Tasse Kaffee. Was wollte Collier von ihr?

Sie passierte die Baumreihe, die zum Tor des Anwesens führte, und hätte fast einen Krankenwagen gerammt. Das Tor war weit geöffnet.

Der Krankenwagen stand mit offenen Hecktüren da und wartete auf seine Ladung, Polizeiautos mit rotierenden Blaulichtern und ein Löschfahrzeug mit ein paar Männern in gelber Kluft verstopften die kurze Auffahrt zum Atelier. Terrys blauer Minivan sah zwischen all diesen Einsatzwagen verloren aus.

Am unteren Ende des Weges zum Haus, halb versteckt hinter den Kiefern, sah Nina eine Ansammlung von Leuten vor dem weißen Bungalow, der Terrys Atelier war. Sie parkte das Auto ein wenig abseits, ließ die Aktentasche auf dem Sitz und eilte auf das Atelier zu.

Die Schaulustigen machten ihr Platz, aber am Vorbau zur Tür wurde sie von einem jungen Officer angehalten, der die Hand hob. »Kein Zutritt.«

»Ist Terry London da?« fragte sie. »Sie ist meine Mandantin. Ich bin Anwältin.«

Er neigte den Kopf zur Seite. »Sind Sie Nina Reilly?«

»Ja. Was ist hier los? Wo ist Ms. London?« Der Polizist wies mit dem Kopf ins Innere, und Nina durchfuhr ein Schreck. »Tut mir leid«, sagte der Polizist. »Sie können jetzt nicht rein. Da ist eine Straftat begangen worden.«

»Eine Straftat?«

»Das Opfer ist noch drin«, sagte der Polizist. »Die Leiche wird gleich abtransportiert.« Nina wollte ihn beiseite schieben. »He!« rief er.

»Lassen Sie mich rein!«

Collier Hallowell, Unterstaatsanwalt des Bezirks El Dorado, kam heraus. Seit Monaten hatte sie ihn nicht gesehen. Unter seinen grauen Augen zeigten sich dunkle Ringe, als hätte er genauso wenig geschlafen wie sie.

»Was geht hier vor? Was ist passiert? Ist es Terry?« fragte Nina.

Collier nahm sie beim Ellbogen und führte sie zur Seite. »Ich fürchte, ja«, sagte er.

»Was ist passiert?«

»Eine tödliche Schußverletzung«, sagte Collier. Er trug dicke graue Gummihandschuhe, ein altes, zerknautschtes Hemd und Jeans. Über seine Segeltuchschuhe waren Plastikhüllen gezogen. Keine Socken, registrierte sie automatisch. Als wäre er aus dem Bett geholt worden. Die Handschuhe und die Plastiküberzüge jagten ihr Schauder über den Rücken. Collier hatte seine freundliche Art abgelegt und wirkte jetzt unnahbar und grimmig. »Wir arbeiten hier schon den ganzen Morgen, gleich sind wir fertig. Wo haben Sie gesteckt?«

»Sie hat es selbst getan, oder?« Nina wandte den Blick von ihm ab und schloß die Augen, um alle Sinne zusammenzunehmen. »Sie war fürchterlich aufgebracht wegen der Sache, irgendwie aus der Bahn geraten ... aber es hat sich nur um eine kurze Verzögerung gehandelt. Wir haben den Fall gewonnen ...«

»Es war kein Selbstmord, Nina«, sagte Collier. Die Handschuhe, die an den Fingerspitzen irgendwie dunkel gefleckt waren, verwandelten seine Hände in etwas Furchterregendes. »Jemand ist letzte Nacht hier eingedrungen und hat sie erschossen. Haben Sie etwas dazu zu sagen?«

»Wieso ich?«

»Aber sicher haben Sie das«, sagte er und musterte sie scharf. »Kommen Sie gleich morgen früh in mein Büro. Haben Sie den Film da?«

»Sie meinen *Was wurde aus Tamara Sweet?* Nein. Im Büro habe ich eine Kopie.«

»Den Film möchte ich mir umgehend ansehen.«

»Ich tue, was ich kann ...«

»Wo waren Sie letzte Nacht?«

»Ich? Zu Hause im Bett.«

»Allein in Ihrem Schlafzimmer?«

»Natürlich! Was soll das? Denken Sie, ich hab meine Mandantin umgebracht?«

»Alles schon vorgekommen«, sagte Collier. »Sie hatten gestern eine Auseinandersetzung mit ihr im Gericht. Sie haben Antrag auf Niederlegung des Mandats gestellt. Darüber müssen Sie mich aufklären.«

»Klar, sicher.«

Ein weißer Transporter kam durch die Einfahrt, in großen Buchstaben stand KTHO-TV an der Bordwand. »Scheiße«, sagte Collier mit Blick auf das Auto. »Ich muß wieder rein.«

»Ich will sie sehen«, sagte Nina.

»Nein. Dazu ist kein Anlaß.«

»Sie ist meine Mandantin, und sie wurde ermordet. Ich will sie sehen.« Sie sagte das ganz ruhig, geschäftsmäßig, und diese Sprache würde Collier verstehen. Sie würde ihm keine Szene machen, nur dann, wenn er ablehnte. Er versuchte noch einmal, sie beiseite zu führen, aber sie verschränkte die Arme und sagte: »Ich gehe nicht weg.« Sie hatte keine Zeit, ihn zu überzeugen. Sie mußte Terry sehen, jetzt gleich.

Collier warf einen verdrießlichen Blick auf das Fernsehteam, das den Transporter ausräumte und sich auf die Belagerung vorbereitete. »Na, kommen Sie.« Zum Officer vor der Tür sagte er: »He, Mike, halt die Presse fern, egal wie. Und sag mir Bescheid, wenn die Gerichtsmedizin kommt.« Er nahm Nina beim Arm, schob sie durch die Tür und machte hinter sich zu.

Sie stand wieder in dem langen weißgekalkten Raum, in dem

Terry ihr so stolz die Ausrüstung vorgeführt hatte. Aber diesmal lehnten zwei Leute vom Morddezernat und ein Feuerwehrmann an der Wand und warteten, daß die Fotografin fertig wurde.

Terry lag rücklings auf dem Teppich, dicht neben einem Regal, das in den Raum ragte, der rechte Arm war unter ihren Körper gekrümmt, der linke lag frei. Nina musterte die schwarze Hose und das lose weiße, blutbefleckte Baumwollhemd.

Das Blut war aus einer Halswunde in einem rötlichbraunen Strom seitlich hinabgelaufen und hatte auf dem etwas welligen Fußboden meterlange Bäche gebildet, die jetzt dick verklumpt waren.

Der Feuerwehrmann ging hinaus, und die zwei Kommissare schauten zu Nina herüber, die sich hütete, ihre Fußspuren in der Nähe des Opfers zu hinterlassen.

Terrys dunkelgelbe Augen starrten leer an die Decke. Eine weitere getrocknete Blutspur zog sich von ihrem Mundwinkel, der Neigung des Kopfes folgend, bis auf das blutige Kissen, auf das der Kopf gebettet war. Zwischen ihren Beinen war eine Videokamera aufgestellt.

Die Fotografin in khakifarbener Weste mit unzähligen Taschen bewegte sich langsam um Terry herum, ging in die Knie, beugte sich vor und dokumentierte dieses würdelose Ende aus nächster Nähe mit der Weitwinkelkamera, von allen Seiten, mit und ohne Blitzlicht. Der Kamerakoffer, eine Jacke und eine schwarze Baseballkappe waren in Türnähe abgelegt, in sicherer Entfernung von der Leiche.

Die Wand hinter der Küchentheke war mit Blut und Gewebepartikeln bespritzt, es schien auch ein Einschußloch zu geben …

Das Licht war sehr hell im Raum, und irgend etwas roch unangenehm, besonders wenn die Tür geschlossen war, feucht, warm und …

Collier nahm Nina bei der Hand und führte sie zur Tür. Draußen blieb sie wie benommen stehen. Nachbarn und Reporter überfielen sie mit gierigen Fragen.

»Wann kann ich Sie sprechen?« fragte Collier, und diese Frage schien ihr so unvereinbar mit dem eben Gesehenen wie das Rauschen des Windes in den Kiefern vor Terrys Atelier.

»Wie bitte?« fragte sie zurück, aufgeschreckt aus ihrer Versunkenheit.

»Sie müssen mir alles sagen, was Sie wissen«, sagte Collier. »Geht es gleich Montag früh?«

12

Zwei uniformierte Beamte kamen aus Collier Hallowells Büro, viel zu beschäftigt mit den eben erhaltenen Anweisungen, um Nina überhaupt zu sehen. »Sie können jetzt rein«, sagte die Frau am Empfang. Nina wartete auf den Türsummer und trat wieder ein in die freudlose Welt der Strafjustiz, der sie für immer den Rücken hatte kehren wollen.

Im Großraumbüro hingen die Sekretärinnen an den Telefonen, um die Termine der Vernehmungen und Verhandlungen unter Kontrolle zu halten und Nachrichten für die Unterstaatsanwälte zu notieren, die oft im Gericht zu tun hatten, Opfer trösten mußten oder ihren Bürokram erledigten. An der rechten Wand zog sich eine Reihe von Kabinen entlang, in denen die Unterstaatsanwälte nach einer Rangordnung arbeiteten, die Nina nicht durchschauen konnte. Colliers Büro war die zweitletzte Kabine. Er trat aus der Tür, sprach erregt ins Telefon, das er ans Ohr preßte, und winkte sie herein.

Das Büro hatte sich nicht verändert, seit sie das letzte Mal hiergewesen war. Doppelt soviel Papierkram in einem Raum, der halb so groß war wie ihr Büro, hier und da blätterte die undefinierbare Farbe ab, der Schreibtisch war unter schwankenden Aktenstapeln begraben, ringsum verstopfte Regale. Ein nackter und ausgetretener Fußboden, keine Bilder, Pflanzen oder Dekorationen, nur ein Telefon, ein Computer, ein Faxgerät und mittendrin ein Ankläger, der seinen staatlichen Auftrag im Drehstuhl ausführte – zerstreut, genialisch oder feierlich, wie es die Umstände erforderten, mit Kaffee vollgepumpt, aufmerksam und energisch.

»Sag ihnen, wir haben für diesen Scheiß kein Geld mehr«, rief Collier ins Telefon. »Die sollen endlich damit aufhören. Und wenn sie drauf bestehen, sag ich's ihnen auch persönlich.« Nach dieser sanften Drohung legte er auf.

Bevor sich Nina setzte, entdeckte sie den einzigen persönlichen Gegenstand im Büro – ein Bild, das er den ganzen Tag vor sich sah, das Foto seiner verstorbenen Frau. Ein dunkelhaariges, kräftiges Mädchen, das mit geradem Rücken auf dem Pferd saß, im Hintergrund die Gipfel der High Sierra. Wenn er das Foto selbst aufgenommen hatte, war das Lächeln ihm zugedacht.

»Sind das immer noch dieselben Akten wie letztes Jahr, oder tauschen Sie die ab und zu mal aus?« fragte Nina und schob an einem Stapel, ohne ihn bewegen zu können. »Die liegen hier fest wie Beton.«

»O nein, die wechseln jede Woche. Ich werde wohl nie genug Platz haben, bis ich das Eckbüro kriege, auf das ich scharf bin.«

»Das führt mich zur Frage, warum Sie nicht Staatsanwalt werden.«

»Gerade letzte Woche habe ich die Kandidatur angekündigt. Da ist Ihnen etwas entgangen, fürchte ich.«

»Na dann viel Glück. Ich mein's ehrlich.«

»Ich kann's brauchen. Bevor wir anfangen, wollte ich Ihnen sagen, wie leid mir das mit Ihrer Mandantin tut.«

Was sollte sie darauf erwidern? *Mir nicht* oder *Danke für das Beileid* wie ein trauernder Angehöriger?

Sie nickte schweigend.

»Und vielen Dank, daß Sie gekommen sind.« Seine grauen Augen suchten auf dem Schreibtisch umher. In seinem Mund wippte ein Stift wie eine exotische schwarze Zigarette, und er kaute auf dem Plastikende herum.

»Sie haben mich doch herbestellt.«

Er schlug eine Akte auf, auf der ihr Name stand. »Was dagegen, wenn ich mitschneide?«

Obwohl sie die Frage hätte erwarten können, war sie irritiert, und sie zog sich auf die Rolle der kratzbürstigen Anwältin zurück. »Hab ich eine Wahl?«

Jetzt kam er hinter dem Schreibtisch vor, setzte sich auf ein freies Eckchen ihr gegenüber und fing ihren Blick auf. »Ich hab mich nie an den Anblick von Mordschauplätzen gewöhnt. Ich fühle mich immer elend dabei. Und all die Leute, die sich da in der Coyote Road zu schaffen machten und die Ihnen so gleichgültig vorkamen, haben sich genauso gefühlt – elend. Wie war Ihnen zumute?«

»Ich war entsetzt. Und wütend.«

»Können Sie mir mehr darüber sagen?«

Nina dachte lange nach, bevor sie antwortete. »Ich wurde letztes Jahr im Gerichtssaal angeschossen. Ich hab schon einige Mordopfer gesehen, und ich hab mir gesagt: nie wieder. Ich organisiere mein Leben so, daß ich das nicht noch einmal erleben muß. Dann kam Terry zu mir mit einem Problem, das mich langsam, aber sicher dorthin zurückführte, wovor ich geflohen war. Und ehe ich mich da rausziehen konnte, war sie tot. Es mag ja sehr gefühllos klingen, aber ich kann nicht um sie trauern. Ich hab sie kaum gekannt, und was ich von ihr wußte, hat mir nicht gefallen.«

»Verstehe«, sagte Collier. »Haben Sie die körperlichen Folgen der Straftat überwunden? Ich meine …«

»Meine eigene Schußverletzung? Ja.«

»Es gibt noch andere Nachwirkungen. Ich möchte Sie nicht kränken, ganz bestimmt nicht, aber Sie sehen nicht gerade blendend aus.«

»Sie können ruhig sagen, ich sehe *elend* aus. Wie wäre es mit *kaputt*? Oder *schrottreif*?«

»Und jetzt sind Sie zu diesem Moment des Schreckens zurückkatapultiert worden, als würden Sie an einem Gummiseil hängen.«

Sie nickte erneut und war froh, darüber reden zu können. Collier ermutigte sie zu Geständnissen. Das war schließlich sein Job. Sie mußte auf der Hut sein. »Meine ganze Familie wird zurückkatapultiert. Es ist, als würden wir auf einer dünnen Planke über den Abgrund gehen. Aber es ist nicht einfach ein leerer Abgrund, sondern er strotzt nur so von Gewalt und Irrsinn. Waren Sie schon einmal in Lassen und sind auf diesem Pfad zur Bumpass-Hölle gegangen?«

»Ja, da war ich einmal. Bumpass hieß der Mann, der runtergefallen ist und da unten gekocht wurde, stimmt's?«

»Ich glaube. Am Anfang des Wegs hat man jedenfalls diese wundervolle Aussicht auf Lassen, Diller und Diamond Peaks. An klaren Tagen kann man bis zur Sierra sehen, fast bis nach Tahoe – eine verführerisch schöne Welt, die sich dort vor einem ausbreitet. Dann kommt man auf den Gipfel, und dahinter geht's hinab zu den heißen Quellen, wo die Dampfwolken aus der Erde aufsteigen. Es wird heiß und heißer. Die Schlammlöcher glucksen und spritzen. Man darf nicht vom Weg abweichen, weil die Erdkruste dort so dünn ist, daß man sofort einbrechen und verschmoren würde. Man läuft praktisch die ganze Zeit über einen Vulkan. Ob man's merkt oder nicht, er ist immer da und lauert. Terrys Tod hat mich an diesen Ort erinnert, wo es heiß und lebensgefährlich ist, wo der Vulkan nur darauf wartet, daß ich vom Weg abkomme oder daß die Planken brechen, auf denen ich balanciere. Überall da draußen lauert die Katastrophe.«

»So geht's mir bei meiner Arbeit jeden Tag«, sagte Collier.

»Trotzdem … Sie machen weiter.«

»Allerdings.«

»Und warum?«

»Aus demselben Grund wie Sie.«

»Ich werde da reingezogen.«

»Vielleicht wollen Sie sich das nicht eingestehen, aber Sie entscheiden sich dafür, genau wie ich.«

»Ich würde viel lieber auf einer Südseeinsel sein und von Piña Coladas leben, in einer strohgedeckten Bar.«

»Und warum tun Sie's nicht? Weil man nicht vor sich selbst weglaufen kann. Alles schon probiert. Marlon Brando hat sich eine ganze Insel gekauft, aber es hat ihm nichts genützt.«

»Na schön, schaukeln wir noch mal kurz am Gummiseil. Ich bringe Ihnen hier meine Filmkopie und beantworte alle Ihre Fragen. Dann fahre ich zurück ins Büro, entwerfe den fadesten Abtretungsvertrag, den Sie je gesehen haben, und streiche Terry London aus meinem Gedächtnis.« Sie beugte sich vor und schob die Kassette auf den Schreibtisch.

»Erzählen Sie mir, wann Sie Terry zum letztenmal gesehen haben.« Collier saß noch immer auf der Schreibtischkante, und sie mußte den Kopf in den Nacken legen, um ihm ins Gesicht zu blicken. Sie stand auf und trat ans Bücherregal. Tötungsdelikte, Kriminologie, Strafrecht, Beweisrecht ... wirklich faszinierende Bücher, allgemein betrachtet. Collier stieg in die Bumpass-Hölle hinab, und das Tag für Tag.

»Zum letztenmal? Das war am 13. März, zur Nachverhandlung des Bezirksgerichts. Jeff Riesner hatte Antrag auf Änderung meiner Urteilsbegründung gestellt. Richter Milne hat darauf angeordnet, daß wir uns zusammensetzen und eine gemeinsame Neufassung vorlegen.«

»War Terry die ganze Zeit anwesend?«

»Ja, aber wir haben kaum ein Wort gewechselt, bis die Verhandlung vorbei war. Auf dem Korridor wurde sie dann ausgesprochen wütend, ohne vernünftigen Grund, möchte ich sagen. Ich konnte sie nicht beruhigen und habe mich von ihr entfernt, aber sie ist hinter mir her. Dann ...«

»Was dann?«

»... rannte sie an mir vorbei und hinaus auf den Parkplatz. Ich hab sie nicht wegfahren sehen. Ich hatte ein paar Papiere vergessen und mußte noch mal zurück.«

Das Telefon summte. Collier nahm nicht ab. »Warum war sie so wütend?«

»Der Prozeß ... die Verzögerung ihres Films ...«

»Brachte ihr das finanzielle Einbußen? Wie gravierend war die Verzögerung?«

»Nicht sehr. Sie hatte den Film an einen Sender verkauft, aber der Sendetermin stand noch nicht fest.«

»Warum dann das Ganze? Warum war sie so wütend?«

»Sie war wütend auf mich.« Nina erklärte, so gut sie konnte, warum es in diesem einen Fall zur Zerrüttung des Verhältnisses zwischen Anwältin und Mandantin gekommen war. Als sie von dem Einbruch erzählte, schloß Collier die Augen und legte den Kopf in den Nacken, als hätte er Mühe, ihr zu folgen.

Mit geschlossenen Augen fragte er: »Woher wußten Sie, daß Terry die Einbrecherin war?«

»Als ich das Chaos in meinem Zimmer sah, wußte ich sofort,

daß es gegen mich persönlich ging. Und sie war die einzige, die zu der Zeit wütend auf mich war.«

»Warum haben Sie das der Polizei verschwiegen?«

»Ich hatte keine Beweise. Aber mein Sohn war verschwunden, deshalb fuhr ich zu ihrem Haus. Das war etwa zwei Wochen vor der letzten Verhandlung. Ich glaube, ich hab sie erschreckt. Wenn sie Bob was getan hätte ... doch es stellte sich heraus, daß er heimlich nach Monterey gefahren war. Sie gab mir meine Briefe zurück. Ich hatte, was ich wollte, und fuhr wieder weg.«

»War jemand bei ihr?«

»Nein ... doch, als ich kam. Ein Nachbar. Ralph Kettrick hieß er, glaube ich. Er wohnt mit seinem Vater ein Haus weiter.«

»Jerry Kettrick«, ergänzte Collier für das Band, und Nina dachte, vielleicht hat einer von den beiden etwas mitbekommen. Die Polizei mußte sie schon vernommen haben, wenn Collier über sie Bescheid wußte.

»Ich würde gern die Briefe sehen, die Sie von ihr zurückgeholt haben. Kann sein, daß das notwendig ist.«

»Sie sind nicht mehr da, Collier. Ich hab sie verbrannt.«

Er glaubte ihr nicht. Ihr war das egal. Sie hatte die Briefe in ihr Bankfach gelegt, und dort sollten sie bleiben, bis sie eines Tages eine eigene Wohnung hatte. Er würde einen Durchsuchungsbefehl brauchen, um an sie heranzukommen, selbst wenn er wußte, daß sie existierten, aber das ging nur sie und ihre Bank etwas an.

»Vielleicht wird Sie das überraschen, Nina, aber es könnte sein, daß Sie Terry Londons wichtigster menschlicher Kontakt in ihren letzten Wochen waren. Ihre Geschäfte hat sie per Telefon und Fax abgewickelt. Offenbar hatte sie keine engeren Freunde. Ihre Eltern und ihre Schwester kamen Anfang der siebziger Jahre bei einem Flugzeugabsturz ums Leben.«

»Wollen Sie damit sagen, daß sie keine Männer hatte? Sie war doch attraktiv. Über ihre Vergangenheit haben wir nie geredet.«

»Jedenfalls keine Männer, auf die wir gestoßen wären. Terrys Vergangenheit nehmen wir uns jetzt vor. Ich muß wissen, wen Sie als Mörder in Betracht ziehen. Ihre Vermutungen könnten von Bedeutung sein. Ich bin sicher, Sie haben sich da schon Gedanken gemacht.«

»Eigentlich nicht. Aber es gibt vier Personen, die ihren Film unbedingt verhindern wollten, und zwar die Kläger – Jessica und Jonathan Sweet, die Eltern von Tamara Sweet also, und Michael Ordway und seine Frau Doreen. Sie müssen einen gewaltigen Batzen Geld in den Prozeß gesteckt haben, und das ist so gut wie alles verloren. Die Sache ist die …« Nina stockte.

»Reden Sie weiter, Ihre Gedanken interessieren mich.«

»Nun, genauso, wie mir Terrys Motive, den Film zu drehen und zu senden, etwas undurchsichtig waren, ist mir unklar, aus welchen Gründen die Kläger wirklich prozessierten. Ich meine, sie haben vordergründige Motive geltend gemacht. Es war nur so, daß ich auf beiden Seiten etwas Unterschwelliges gespürt habe. Vielleicht hat einer von ihnen …«

»Tamara Sweet ermordet«, ergänzte Collier. »Ich bin gespannt, was Terry London da an Hinweisen zusammengetragen hat.«

»Sie werden kaum handfeste Hinweise finden, obwohl der Film ausschließlich auf Fakten basiert. Er ist impressionistisch, ein Stimmungsbild, Kunstwerk und Dokumentarfilm zugleich. Das Material über die drei anderen verschwundenen Mädchen wirkt eher aufgesetzt. Alles in allem glaube ich nicht, daß der Film den Klägern gefährlich werden kann. Überzeugen Sie sich selbst.«

»Das werde ich wohl. Und zumindest werden wir uns die Fälle der vier Vermißten noch einmal vornehmen.« Er rieb sich die Wange, als hätte er gerade bemerkt, daß er sich rasieren mußte.

Weil er schwieg, fragte Nina: »Noch etwas?«

»Eine Frage noch: Ist Ihnen aufgefallen, ob in Terrys Atelier irgend etwas fehlte?«

»Nein, dazu war ich zu schockiert.«

»Okay, das wär's dann vorerst.« Es klopfte laut an die Tür. Colliers nächster Besuch hatte sich eingestellt.

»O nein, so gehe ich nicht weg«, sagte Nina. »Vorher möchte ich von Ihnen eine ernsthafte und absolut ehrliche Antwort.«

»Habe ich Ihnen jemals andere Antworten gegeben?«

»Ich möchte wissen, ob nach Ihrem jetzigen Kenntnisstand irgendeine Gefahr für mich oder meine Familie besteht.«

»Nein«, sagte Collier, »das glaube ich nicht. Wir haben einen

Verdächtigen gefaßt, der gesehen wurde, als er nach den Schüssen aus dem Haus lief.«

»Alle Achtung. Wer ist es?«

»Kann ich noch nicht rausgeben. Aber die Person ist hinter Schloß und Riegel. Sie können also aufatmen.«

»Okay.«

»Kommen Sie doch mal wieder vorbei, irgendwann nach dem Gericht, damit wir reden können.«

»Läßt sich machen.«

Hallowell verabschiedete sie und ließ eine kraushaarige Polizistin ein.

Als sich die Tür schloß, hörte Nina sie sagen: »Das werden Sie nicht glauben, Collier!« Natürlich blieb Nina stehen und lauschte. Durch die Tür war die Stimme der Polizistin gerade noch zu verstehen. »Terry London. Ob Sie's mir abnehmen oder nicht: Sie hat die Videokamera eingeschaltet, nachdem der Schuß auf sie abgegeben wurde.«

»Sie war noch bei Bewußtsein?«

»Allerdings. Und sie hat eine Videoaufnahme von sich gemacht!«

»Kann ich Ihnen helfen?« fragte die Sekretärin. Nina ließ sich zum Ausgang führen, den Kopf voll ungelöster Fragen.

Draußen im Hof zwischen Bezirksverwaltung und Gericht steuerte Riesner auf sie zu. Er reichte ihr nicht die Hand; sie hätte sie ihm sowieso nicht geschüttelt.

»Ganz schön provokativ, Ihre Mandantin einfach so aus dem Weg zu räumen.«

»Wie meinen Sie das?«

»Die Polizei hat eine Verhaftung im Mordfall vorgenommen, und man hat mich gebeten, die Verteidigung zu übernehmen. Wenn Sie also etwas Neues über den Mord erfahren, erwarte ich sofortigen Bescheid.«

»Da werde ich mich wohl eher an Collier Hallowell wenden«, sagte Nina. »Tut mir leid. Wen immer Sie vertreten, er ist wahrscheinlich der Täter, und ich habe ein Interesse daran, daß der Mörder meiner Mandantin in Haft bleibt. Wer ist es überhaupt?«

»Ich weiß wirklich nicht, warum ich Ihnen diesen Gefallen tue, aber sein Name ist Kurt Scott. Ich werde heute noch mit ihm sprechen. Halten Sie sich da raus. Sie hören von mir.«

Ohne ein weiteres Wort ließ er sie stehen. Sie schaute ihm nach; er öffnete seinen roten BMW mit dem Blinker, stieg ein und brauste davon.

Ihr blieb die Luft weg. Eine Weile lehnte sie sich an die Mauer des Gerichts und sandte Riesner einen leeren Blick nach. Sie schaute auf die Uhr. Viertel nach elf. Von einem der Telefonautomaten im Gerichtsgebäude rief sie ihr Büro an. »Sandy, ich gehe jetzt rüber zum Gefängnis. Ich weiß noch nicht, wann ich zurück bin.«

»Um drei mußt du hier eine Aussage beurkunden. Der Arzt in deinem Kunstfehler-Prozeß.«

»Bis dahin bin ich wieder da.«

»Das will ich dir auch raten.«

13

Der Beamte öffnete die Tür zu einem Korridor mit einer langen Reihe offener Zellen, die durch eine Glasscheibe von den dahinterliegenden Zellen für die Verhafteten getrennt waren. Nina setzte sich, zog ihre Kladde heraus und wartete darauf, Kurt Scott nach zwölf Jahren zum zweitenmal wiederzusehen.

Sie nahm den Telefonhörer auf und leckte sich die Lippen, die sich wie ausgedörrt anfühlten. Sie war zum Gefängnis gefahren, bevor irgendwelche Emotionen hochkommen konnten, nun stellten sie sich ein, aber sie waren rein persönlicher Natur, nicht im geringsten professionell. Sie fragte sich, wie sehr sie sich verändert hatte und ob er es bemerken würde, dann schüttelte sie diesen Gedanken ab. Warum sollte ihn das kümmern? Er mußte sich auf andere Dinge einstellen, zum Beispiel auf lebenslange Haft.

Sie trug zusammen, was sie bis jetzt wußte: Er hatte Terry getötet. Er kannte Terry, und Terry kannte und haßte sie. Aber warum? Was steckte dahinter?

Das mußte er ihr erklären. Eine weitere Planke stürzte in die Tiefe. Sie betrachtete ihre eigene Vergangenheit.

Am Tag ihrer Verabredung in Pacific Grove hatte sie in der Tinnery gesessen, einem Restaurant mit Aussicht auf Lovers' Point, extra für den Anlaß gekleidet, voller Anspannung wegen der Mitteilung, die sie ihm machen wollte. Er hatte vorgeschlagen, direkt zu ihrem Vater zu fahren, um sich bei ihm vorzustellen, doch sie hatte das anders geregelt. Erst sollte er erfahren, daß er selbst Vater wurde. Das wollte sie ihm an diesem schönen Ort eröffnen. Angesichts des Ozeans und des Sonnenuntergangs wollte sie mit ihm auf die gemeinsame Zukunft anstoßen. Bevor sie nach Europa abreisten, sollte er diesen Ort kennenlernen. Für die Nacht hatte sie ein Zimmer mit Ausblick und Kamin im Seven Gables Inn bestellt.

Die Stunden vergingen, und er tauchte nicht auf. Sie wurde nervös, dann wütend, schließlich verzweifelt. Sie rief bei der kalifornischen Forstverwaltung an, aber dort wußte man nichts. In seinem Apartment nahm niemand ab.

Als es Nacht wurde, lief sie im strömenden Regen zum Hotel und ließ sich, ohne das nasse Kleid auszuziehen, in den Sessel am Fenster fallen. Irgendwann schlief sie ein. Am Morgen lief sie trotz Übelkeit und Schwäche zurück zum Restaurant, fragte, ob er eine Nachricht hinterlassen hatte, und rief wieder an, aber alles vergeblich.

Den ganzen Vormittag saß sie auf einer Bank am Rand der Klippe und blickte zum Restaurant hinüber. Am Nachmittag bekam sie Schüttelfrost. Sie fuhr nach Hause und legte sich ins Bett.

Am nächsten Morgen packte sie die Koffer wieder aus, legte den Paß in die Schublade zurück und rief bei der Juristischen Fakultät in Monterey an, ob für das Herbstsemester noch ein Studienplatz frei sei. Sie hatte Glück.

Drei oder vier Monate lang empfand sie nichts, wenn sie an Kurt dachte. Sie arbeitete, war schwanger, studierte Jura und versuchte alles unter einen Hut zu bringen. Ihr Stolz machte sie stark, um ihr Herz legte sich ein eiserner Panzer.

Dann, an einem schönen Samstag zu Besuch im viktorianischen Häuschen ihrer Tante, blickte sie aus dem Fenster, und dort unten, nur ein paar Straßen tiefer, weitete sich die Bucht von Monterey smaragdgrün und türkisfarben unter einem strahlend blauen Himmel. Der Anblick war so überwältigend, daß sie drei Tage lang weinte. Sie begriff erst, als sich sein Name immer wieder über ihre Lippen quälte. Nach drei Tagen hörte sie auf zu weinen und verbannte ihn aus ihrem Leben, dorthin, wo er ihr nie wieder weh tun konnte.

Zwölf Jahre waren seitdem vergangen.

Plötzlich stand er vor ihr, jenseits der Scheibe, im orangeroten Overall, wie er den Gästen von El Dorado County verpaßt wurde.

Der Mann, der sich schwerfällig auf einem Stuhl niederließ und zum Hörer griff, war nicht mehr der Mann, den sie geliebt hatte. Sein rechter Ärmel war wegen eines Verbands hochgeschoben. Sein langes, strähniges Haar, der gesenkte, stumpfe Blick machten ihn zum Fremden. Als er sich setzte, legte er die Hände auf die Tischplatte direkt vor der Trennscheibe, und sie erkannte die Musikerhände, die ihr so vertraut waren: groß und langgliedrig, mit sauberen, sorgfältig geschnittenen Fingernägeln.

Er hob den Kopf, und sein Gesicht besaß noch den alten Reiz: die Augen grünlichblau, dunkel umrändert, die kräftige Nase und die fein konturierten Lippen, das schmale Kinn. Aber die Hoffnung war aus ihm gewichen. Dieser Mann war gezeichnet, die Erlebnisse hatten seine Stirn gefurcht und seine Wangen ausgehöhlt.

Sie hörte seine vertraute Stimme. »Hallo. Lang ist's her.«

»Hallo, Kurt.«

»Du hättest nicht kommen sollen.«

»Das war die einzige Möglichkeit, dich wiederzusehen.«

»Wozu? Du bist mir nichts schuldig.«

»Mir selbst war ich das schuldig. Außerdem sieht es ganz so aus, als hättest du meine Mandantin ermordet. Daher meine Neugier.« In ihr steckte also noch ein Rest der alten Wut, stark genug, um ihre Worte aufzuheizen. Daß er so dicht vor ihr saß, nur durch die Scheibe getrennt, rührte die alten Schmerzen von neuem auf. Darauf konnte sie verzichten. Sie mußte sich einschärfen, daß da ein Fremder vor ihr saß, von einem unbekannten Schicksal geformt. »Warum bist du hierhergekommen?«

»Um dich zu finden.« Er lächelte ein wenig. »Du siehst wunderbar aus. Damals hast du geschworen, dein Leben lang Jeans zu tragen. Sieh dich an. Jetzt bist du Rechtsanwältin.«

»Und du bist ein kaltblütiger Killer. Eine solche Zukunft hätte ich dir nie vorausgesagt.«

In seinen Augen zeigte sich ein schmerzliches Zucken, aber nur für einen kurzen Moment. »Na klar. Warum solltest du auch etwas anderes glauben als die anderen.«

»Im Gegensatz zum Kino werden im wirklichen Leben nur in den seltensten Fällen Unschuldige verhaftet.«

»Du sprichst sogar anders, respektgebietender. Und du verwendest Lippenstift. Aber darunter erkenne ich dich wieder«, sagte er und nickte schicksalsergeben. »Und noch immer malst du Figuren, die deine Gedanken verraten.«

Erschrocken blickte sie auf ihre Kladde, die sie nur aus Gewohnheit mitgebracht hatte. An den rechten Rand hatte sie ein Strichmännchen gemalt, an den linken Rand das weibliche Gegenstück – dazwischen war eine große Fläche leeren Papiers.

»Suchst du immer noch nach dem Geheimnis des Lebens in deinen psychologischen Abhandlungen oder bei den Philosophen? Stapeln sich auf deinem Nachttisch noch immer die Bücher?«

»Nein«, sagte Nina.

»Hast du lange auf mich gewartet, damals in dem Restaurant?«

»Nein.« Tagelang war sie durch die Hölle gegangen, wochenlang hatte sie gelitten und nichts anderes getan als gewartet. »Nicht lange.«

»Dann ist es gut. Du wirst es mir zwar nicht abnehmen, aber ich habe dich geliebt. Ich habe nie jemand anderen geliebt als dich. Es tut mir leid, Nina.«

»Das ist nicht mehr von Bedeutung«, sagte Nina. »Mein Leben ist weitergegangen.«

Er ließ den bezwingenden Blick fallen, mit dem er sie festgehalten hatte. Plötzlich sah er viel älter aus. »Gratuliere«, sagte er. »Mr. van Wagoner hat mir von eurer Verlobung erzählt.«

Nina fiel der Stift aus der Hand. Es dauerte lange, bis sie ihn am Boden wiederfand. »Wann hast du mit Paul gesprochen?« fragte sie, als sie wieder hochkam.

»Hat er dir das nicht gesagt? Du solltest mit ihm reden.«

»Oh, das werde ich!«

Er neigte den Kopf zur Seite, als wolle er sie aus einem anderen Winkel betrachten. Jede Regung in seinem Gesicht erinnerte sie an etwas, was sie vor langer Zeit begraben hatte.

»Machst du noch Musik?« fragte sie wider Willen.

»Ich habe in Deutschland gelebt. Meistens habe ich im Taunus gearbeitet, in einem Wald in der Nähe von Frankfurt, als eine Art Waldhüter. Ich habe Bäume markiert, Wilddiebe gefangen, Unterholz gelichtet. Eigentlich wollte ich die Musik aufgeben, zusammen mit ein paar anderen Sachen, aber nach ein paar Jahren merkte ich, daß es nicht ging. Ich kaufte einer alten Dame in Wiesbaden ein Spinett ab. Und jeden Abend, wenn ich nach Hause kam in die Moritzstraße, spielte ich. Nichts hat mich abgelenkt. Diese alten Gebäude aus dem vorigen Jahrhundert haben dicke Wände. Ich habe an einem Bach-Wettbewerb teilgenommen und gewonnen.«

»Du hast deine Fugen gespielt.«

»Ja. Und gelegentlich habe ich hier und da Konzerte gegeben, unter einem anderen Namen. Das war dann mein Leben – bis jetzt, wo sich wieder alles geändert hat.«

Während er sprach, fielen auch ihr die glücklichen Momente ihres Lebens ein, die vom vielen Leid fast verschüttet waren.

»Wie ging es mit dir weiter?« Kurts Akzent klang ein wenig fremd. Er hatte zwölf Jahre im Exil verbracht. Warum?

»Das Übliche. Ich habe meinen Abschluß gemacht, einen Anwalt geheiratet und bin in ein Anwaltskollegium in San Francisco eingetreten. Nach fünf Jahren bin ich da ausgestiegen und habe mich scheiden lassen. Das war letztes Jahr. Mein Bruder war inzwischen nach Tahoe gezogen. Ich bin dann auch hierher gekommen und habe eine Einzelpraxis eröffnet.«

»Wärst du nur nicht hierher gezogen!« sagte er nach einer Pause. »Hätte Mr. van Wagoner mich nur nicht gefunden!«

»Wieso? War Paul etwa in Deutschland?« Das würde ein langes Gespräch mit Mr. van Wagoner werden.

»Er hat erwähnt, daß du in South Lake Tahoe wohnst, und ich wußte, daß sie hier war. Deshalb bin ich gekommen. Um dich zu warnen.«

»Wovor denn?« Aber sie wußte es schon. Sie wollte es nur aus seinem Munde hören.

»Vor deiner Mandantin. Vor Terry London.«

Nina wartete auf mehr.

»Sie war meine Frau, als ich dich kennenlernte.«

»Deine Frau!«

»Ich hab dich nicht belogen. Die Scheidung war eingereicht. Aber ich habe dir ein paar Sachen verschwiegen. Daß sie die Scheidung verweigerte. Daß wir ein Kind miteinander hatten.«

Nina stieß einen Laut aus, ein ersticktes Stöhnen. »Es war alles Lüge«, sagte sie. »Du bist hierher gekommen und hast sie ermordet. Ich sollte jetzt gehen.«

»Dann geh doch!«

»Warum sollte ich bleiben?«

»Das verlangt keiner von dir.«

»Du hast sie umgebracht!«

»Ich hab sie nicht umgebracht. Gehaßt, ja. Aber nicht umgebracht. Auch deshalb bin ich so viele Jahre im Ausland geblieben. Ich wollte nicht zum Äußersten getrieben werden. Ich wollte sie nie wiedersehen. Als sie dann im Gerichtsgebäude hinter dir auftauchte, hat mich die Panik gepackt. Ich dachte, sie wollte dir meinetwegen etwas antun. Sie hat mich bis ins Hotel verfolgt, aber sie kam nicht rein. Vielleicht hatte sie Angst vor meiner Reaktion. Also rief sie mich an. Anfangs hab ich mich geweigert, auch nur ein Wort mit ihr zu reden.«

»Aber dann hast du sie besucht. Du warst in der Nacht in ihrem Atelier, etwa nicht? Warum? Um sie zu bedrohen?«

»Ich war schon beim Packen, als sie mich am Telefon hatte. Ich wollte so schnell wie möglich weg. Aber sie war schlauer als ich. Sie hat mir ein Märchen erzählt, die einzige Lüge, mit der sie mich aufhalten konnte, weil sie mich glauben ließ, daß all die verlorenen Jahre nicht vergebens waren. Sie hat erzählt, du hättest ein Kind von mir, einen Sohn. Sie sagte, sie hätte ihn in deinem Büro gesehen und von ihm erfahren, daß du ihm nie etwas von mir gesagt hast. Es klang so überzeugend. In allen Details. Sie sagte, sie hätte sich mit dem Jungen befreundet, ihm von mir erzählt und für die Nacht ein Treffen in ihrem Haus arrangiert, damit ich ihn sehen sollte.«

»Ein Sohn?« flüsterte Nina. »Sie hat dir von einem Sohn erzählt?«

»Sie hätte mir alles erzählt, Nina. Aber ich bin natürlich nachdenklich geworden. Ich wußte, was du empfunden haben mußt, als ich dich damals im Stich ließ. Ich wußte, es war dumm, aber ich dachte: Was, wenn es doch stimmt? Wenn du es mir nur verschwiegen hast? Gibt es … könnte es sein? Gibt es ein Kind?«

Die Mischung aus Verzweiflung und Hoffnung in seinen Augen hätte beinahe ihren Panzer geknackt. Aber nur beinahe.

»Nein«, sagte sie. Die Lüge legte sich wie Blei auf ihr Herz.

»Diese verlogene ...! Zur Hölle mit ihr!« Er schlug mit der flachen Hand auf den Tisch. Die Scheibe erzitterte.

»Du bist in jener Nacht dort gewesen«, sagte Nina.

Er atmete tief durch und versuchte sich zu beruhigen. »Natürlich war ich dort. Das mußte ich doch. Wenn sie die Wahrheit sagte und ich ein ... Kind hatte, war ihr alles zuzutrauen. Sie hätte ihm etwas antun können. Du hast sie nicht gekannt. Niemand wußte besser als ich, wozu sie fähig war. Also fuhr ich zu ihr, aber sie war allein, und ich saß in der Falle. Ich glaube, sie wollte mich umbringen. Ich wollte gehen, aber sie fing an, eine uralte Geschichte aufzuwärmen, also haben wir uns gestritten. Sie griff sich mein altes Gewehr, und ehe ich in Deckung gehen konnte, hatte sie auf mich geschossen. Mein Gott, keiner hat mir je gesagt, wie weh das tut, so eine Schußwunde. Ich bin rausgerannt, wie vom Teufel gejagt, und sie hat mir hinterhergeschrien.«

»Es war dein Gewehr?« fragte Nina.

»Eine Remington. Ich hab es gleich erkannt. Sie muß es all die Jahre aufgehoben haben. Hier hat doch jeder ein Gewehr im Haus.«

»O Gott, Kurt. Das ist schwer zu glauben. Du bist nicht mit dem Gewehr dorthin?«

»Nein. Ich schwöre es.«

Eigentlich hätte er ihr das alles nicht sagen dürfen, weil sie nicht seine Anwältin war, aber sie ließ ihn reden. Sie mußte es erfahren.

»Sie hat nur einen Schuß auf dich abgegeben?« fragte Nina.

»Komisch, daß du danach fragst. Ich rannte zum Auto und fuhr los. Eine Straße weiter war mir, als hätte ich noch einen Schuß gehört. Aber mit Sicherheit kann ich das nicht sagen. Die Fenster waren hochgekurbelt, und ich war so durcheinander, daß ich nicht wußte, ob ich meinen Augen und Ohren trauen konnte. Ich fuhr lange herum und parkte dann auf dem Jicarillo irgendwo im Gebüsch. Mein Arm hat eine Weile geblutet, dann hörte es auf. Ich wußte, daß es nichts Ernstes war. Keine lebensgefährliche Sache. Dann ... hat mich der Schock oder etwas Ähnliches eingeholt. Ich saß lange da, bin vielleicht auch eingenickt. Auf einmal war es jedenfalls hell. Ich mußte dringend zum Arzt, aber noch wichtiger war es mir, diese Frau zu stoppen, also fuhr ich los zur Polizei. Den Rest kennst du wahrscheinlich. Wegen der Verletzung konnte ich nicht richtig lenken, ich fuhr irgendwie im Zickzack, und eine Streife hat mich angehalten.«

Sie hatte eine Frage, eine einzige, alles entscheidende Frage. Sie wollte sich absolute Gewißheit verschaffen. »Denke genau nach. Bist du sicher, daß bei Terry keine andere Person in der Nähe war? Auf der Veranda oder irgendwo im Umkreis?«

»Du meinst, ob ich den Mörder gesehen habe?«

Sie hatte eigentlich eher an einen möglichen Zeugen gedacht.

»Ich hab niemanden gesehen, aber ich habe auch nicht in jede Ecke geguckt. Es war ja dunkel.«

Nina senkte den Blick auf die Kladde, um ihre Erleichterung zu verbergen. Mehr wollte sie nicht hören. »Jetzt muß ich gehen, Kurt«, sagte sie.

»Ist in Ordnung.«

»Ich habe gehört, du hast Jeffrey Riesner mit deiner Vertretung beauftragt.«

»Er wurde mir von den Beamten empfohlen.«

»Und du hast nicht daran gedacht, mich anzurufen?«

»Dir habe ich genug angetan, Nina«, sagte Kurt. »Nun geh.«

Zweites Buch

Seit acht Jahren vermißt: Susana

Susana schaukelte hoch oben über dem verschneiten Hang, das Gewicht ihrer Ski zog an den Beinen, der kalte Wind schnitt ihr ins Gesicht. Sie stopfte die behandschuhten Hände in die engen Taschen ihres pelzgefütterten Parkas und nahm sich vor: für heute die letzte Abfahrt. Ihre Beine taten weh, und sie konnte sich für den Nachmittag etwas Besseres vorstellen: ausflippen, abdrehen, Spaß haben ohne diesen kalten Wind und ohne sportliche Strapazen. Ihr Bruder Tom würde dagegen sein, aber er mußte es ja nicht erfahren. Wenn er hinterher zu Hause Krach machte – nicht so schlimm. Das war die Sache wert.

Tom neben ihr auf dem Skilift wirkte nervös. Sie wußte, daß er nur mitfuhr, um auf sie aufzupassen. Seit Jahren schon kannten sie alle Pisten um den Lake Tahoe, aber ihm brachte das nicht den Kick, den sie dabei bekam. Tommy war ein geborener Angsthase. Mamas und Papas Bester. Nachdem er sie gestern schon den ganzen Tag bewacht hatte wie ein Babysitter und auch heute kein Ende in Sicht war, hatte sie ihn gründlich satt. Sie schmiedete einen Plan, um ihn loszuwerden. Rechts, ganz tief unten, sah man auf einem breiten Hang Leute mit bunten Mützen und Skiklamotten umherrutschen und purzeln, die die Beine breitgestemmt und die Ski zum Schneepflug verwandelt hatten: der Idiotenhügel. Dahinter breitete sich der große blaue See aus wie ein Meer.

»Susana, heute ist erst dein zweiter Tag in dieser Saison. Außerdem bist du nicht gut genug für die Profi-Abfahrt«, sagte Tom mit seiner Nörgelstimme. »Der Typ unten hat mir gesagt, das ist die schlechteste Piste von Heavenly. Ganz schmal und voller

Löcher und Kurven, so was hast du noch nicht gesehen. Komm, sei vernünftig! Mom und Dad bringen mich um, wenn du von der Klippe fällst und dir den Hals brichst. Wir fahren mit dem Lift wieder runter, oder wir nehmen die leichtere Piste.«

Sie schwebten über die sonnigen Spitzen der dick verschneiten Nadelbäume, die sich unter ihrer Last beugten. Susanas Brille war beschlagen. Sie holte ein Taschentuch heraus und putzte sie. »Ich will aber nicht die leichte Piste. Du mußt ja nicht mitkommen. Wir treffen uns an der Hütte.«

»Warum bist du nur so verdammt stur!«

»Ich bin sechzehn. Vor hundert Jahren war man in dem Alter schon verheiratet und hatte Kinder. Hör auf, mich rumzukommandieren. Ich paß schon auf.«

Ihr Bruder boxte sie grob auf den Arm. »Du gerade! Du fährst wie eine bedröhnte Lokomotive!«

Langsam schob sie die Brille zurück auf die Nase. Wie kam ihr Bruder dazu, so was zu sagen? Obwohl er nur zwei Jahre älter war, kehrte er immer den Drogengegner heraus. Wahrscheinlich war das mit der bedröhnten Lokomotive wieder so eine fiese Anspielung, daß er mehr wußte, als er sollte.

Bevor sie der Sache mit einer harmlosen Rückfrage auf den Grund gehen konnte, waren sie oben angekommen. Sie stießen sich vom schwankenden Sitz ab, und Susana fand sofort die Markierung der Profi-Piste, kraxelte den Felsbuckel zum Start hinauf und blickte hinab auf die schmale, gewundene Bahn voller Löcher und Felsvorsprünge, auf den fast unberührten Schnee, offenbar mieden auch erstklassige Skiläufer diese Piste. Tom trat neben sie und warf einen Blick hinunter. »Um Gottes willen! Du bist verrückt!«

»He, ich weiß eben, was Spaß bringt!«

»Mach's nicht, Susie«, sagte er, aber zu spät. »Du hast nicht mal 'ne Skibrille!«

Sie winkte ihm mit dem Stock, sagte »Bis dann!« und stieß sich ab.

Vorsichtig bahnte sie sich im frischen Schnee einen Weg um die ersten Klippen, doch ihre Erregung wuchs von Sekunde zu Sekunde. Sie hatte zu ihrer Form zurückgefunden, das brave We-

deln langweilte sie. Sie stoppte für einen Moment an einer gefährlichen Häufung überschneiter Felsbrocken, eine gerade, steile Abkürzung führte zum schmalen Band der Piste weiter unten. Obwohl diese Route ihr Furcht einjagte, war sie verlockend, geradezu herausfordernd. Auf halber Höhe verschwand sie hinter dem Bergrücken. Welch tückische Schikanen konnten da lauern?

Es war zu schaffen, sagte sie sich. Sie wagte immer alles und kam damit durch. Immer sprang sie ins kalte Wasser, und es war jedesmal gutgegangen. Warum nicht auch heute? Sie drehte die Ski hangabwärts, stieß sich ab und kam in Fahrt, schneller und schneller, die Arme angepreßt, den Kopf in die Schultern gezogen, die Brille überfroren. Rechts und links huschten die Bäume als grün-weiße Fetzen vorbei. Zur Hölle mit der Vorsicht! Das Leben genießen! dachte sie begeistert. Fliegen!

Sie war lange vor Tom unten an der Hütte, brachte Ski und Stiefel zur Ausleihe zurück und telefonierte.

Kurz darauf kam das Auto, und sie stieg ein.

14

Einige Wochen lang kümmerte sich Nina nicht um Kurt Scott. Sie ging zu Verhandlungen, auch mal zu Bobbys Softball-Turnieren, und hielt sich ansonsten heraus. Sie war ihm nichts schuldig, das hatte er selbst gesagt. Ihre nagende Neugier bezähmte sie, obwohl das Gespräch mit ihm eine Menge Fragen aufgeworfen hatte.

Aus April wurde Mai, und der Schnee zog sich in die Hochlagen zurück. Die meisten Pisten waren schon geschlossen, von der grellen Gebirgssonne aufgeweicht. Gelegentlich erfuhr sie Neuigkeiten: Die Kaution war wegen der Schwere der Vorwürfe abgelehnt worden. Riesner hatte einer ersten Anhörung zugestimmt, der Prozeß gegen Kurt wurde vorbereitet. Sie erfuhr weder Neues über die Videoaufnahme, von der sie vor Colliers Büro gehört hatte, noch vom Fortgang der Ermittlungen. Selbst der *Tahoe Mirror* beschränkte sich aus Mangel an Informationen auf knappe Notizen.

Vermutlich arbeitete Riesner bis in die Nacht, ackerte die Ermittlungsakten durch, konsultierte Experten, bombardierte das Gericht mit Anträgen und hörte sich Kurts Version so oft an, bis er sie auswendig konnte. Das zumindest redete sich Nina ein, in der Annahme, Riesner würde Kurt genauso zuverlässig zur Seite stehen, wie sie es getan hätte. Selbst wenn Kurt Terry getötet hatte, und sie ging nach wie vor davon aus, würden mildernde Umstände drin sein. Riesner würde sich irgendwann an sie wenden, und sie würde als Zeugin auftreten, wenn sie ihm damit nützen konnte. Mehr konnte sie für Kurt nicht tun. Sie hoffte nur, daß Collier nicht auf die Idee verfiel, ihre Aussage als Belastungsmaterial zu verwenden.

Zu Hause fiel ihr jetzt auf, wie sehr bestimmte Gesten von Bobby, zum Beispiel, wenn er sich müde die Stirn rieb, an Kurt erinnerten. Sie sah ihn mit anderen Augen, der Junge war deutlich erkennbar mit dem Mann verbunden, der ihn gezeugt hatte. Bob wurde zur steten Erinnerung an seinen Vater, der im Gefängnis saß.

Bobby versuchte nicht mehr, mit ihr über Kurt zu sprechen. Er hatte einiges gehört, das wußte sie, aber er behielt seine Empfindungen für sich. Sie spürte die Kälte der Entfremdung, wenn er ihren Fragen auswich oder beim Spaziergang ihre Hand abschüttelte. Sie mußte mit ihm reden, aber sie wußte nicht wie.

Auch Matt und Andrea hielten sich bedeckt. Sie wußten, wer Kurt war, aber sie mieden das Thema, ließen ihr Zeit zum Nachdenken oder hofften einfach, insbesondere Matt, das Problem werde sich irgendwie von selber lösen.

Das Haus, in dem es sonst lebhaft und offen zuging, wirkte still, während Nina für sich blieb und über Kurt nachgrübelte. Es war, als hätten alle ihre Verschlossenheit übernommen, als hätten alle irgend etwas zu verbergen. Aber war es nicht lächerlich, wie Nina sich verhielt? Was hatte sie schon zu verbergen?

Wütend über Pauls freche Einmischung in ihre Angelegenheiten, erwiderte Nina keinen seiner Anrufe. Wenn sie ihm jetzt erzählte, was er mit seiner Schnüffelei angerichtet hatte, würde er sofort angetrampelt kommen und ihre Lage, die schon angespannt genug war, noch weiter verschlimmern. Wenn in Tahoe ein Mord geschah, erfuhr man das nicht unbedingt in Monterey; wahrscheinlich war er ahnungslos. Hätte er sich aus ihrem Privatleben herausgehalten, wäre Terry noch am Leben, und Kurt wäre … in Sicherheit, irgendwo.

Eines Morgens hielt Nina vor der Bank und holte Papiere aus dem Schließfach. Darunter ihr altes Tagebuch, ein kleines, schwarzes Büchlein mit Spiralheftung. Im Sommer mit Kurt hatte sie ihre Unterhaltungen und Erlebnisse festgehalten und später endlos über ihnen gebrütet. Als sie jetzt, nach so vielen Jahren, ihre Eintragungen las, wurde die Nacht, in der sie zueinanderfanden, wieder in ihr lebendig.

Sie war schon fast zwei Wochen am Fallen Leaf Lake gewesen

und hatte Kurt beinahe jeden Tag gesehen. Sie hatten einen endlosen Abend lang auf der morschen Veranda gesessen, zugeschaut, wie die Schatten über dem See länger wurden, und geredet, bis die Moskitos sie ins Innere der Hütte vertrieben.

Kurt setzte sich an das alte Klavier und fing an zu spielen, erst lockere Stücke mit leichter Hand, dann wurde die Musik gewichtiger. Sie war mit der Klassik kaum vertraut und hatte immer gedacht, die ernste Musik wäre zu abweisend und zu hoch für ihren Geschmack. Sie war ihr nie nahegegangen, weil sie sich dazu Männer mit gepuderten Perücken und schmuddligen Satinblusen vorstellte, die vor Fürsten und Edelfrauen spielten. Das war nicht ihre Welt.

Doch dies hier war ganz anders. Sie lehnte sich ans Klavier und hörte Kurt zu. Ab und zu blickte er zu ihr auf und lächelte mit halbgeschlossenen Augen. Lange Zeit begleitete diese Musik ihre Vorstellung von ihm, seine Finger, die über die Tasten stoben wie der Wind über die Oberfläche des Sees.

Nach einer Weile wurde sie von der Musik davongetragen. In seinem Spiel hörte sie die Sehnsüchte der Abendstunden, die Kühle des Sees, den aufkommenden Nachtwind. Er umwarb sie, umarmte und liebkoste sie mit seiner Musik ...

Sie zündete die Kerzen neben dem Bett an und ließ ihn warten. Das Wasser der Dusche überströmte sie so zärtlich wie sein Spiel. Als ihre Haut vor Hitze ganz rosig war, legte sie das gelbe Seidengewand an, das er ihr geschenkt hatte und das sich kühl und weich anfühlte wie Balsam. Barfuß ging sie über Kieferndielen auf das flackernde Licht zu.

Er erwartete sie im Bett, nackt, die Arme hinter dem Kopf verschränkt. Er glühte in der schwarzen Nacht, magisch, verlockend, verlangend, genauso allein wie sie. Im weiten Umkreis war nichts als dunkler Wald.

Sie setzte sich zu ihm und sagte nichts, beugte sich über ihn und ließ ihr feuchtes Haar wie einen Vorhang fallen, der ihre Küsse umschloß. Die Verbindung, die sie in diesem Moment schlossen, würde für immer fortbestehen, das spürte sie genau. Sie wurden eins, ein neuer Mensch, waren kein Er und keine Sie, sondern ein Wesen, das mehr war als sie beide zusammen.

Er nahm sie bei den Schultern, bettete sie sanft neben sich und öffnete das Gewand. Sie sah, wie er erstaunt und beglückt ihren Körper betrachtete. Sie streckte sich ihm entgegen wie die Lilie dem Mondlicht.

Seine Haut war wie Samt. Darunter spürte sie das Spiel der festen Muskeln, sie überließ sich seinem Begehren.

Ihr grenzenloses Vertrauen riß alle Schranken nieder. Auf diese Weise drückte sie ihre Liebe aus.

All das hatte sie in ihr Tagebuch geschrieben, das Tagebuch einer jungen, verliebten Frau. All das hatte sie vergessen. All das hatte sie damals empfunden.

Und seitdem nie wieder.

»Ich möchte gern mit Ihnen über Ihren Mandanten reden«, sagte Nina zu Riesner, als sie am nächsten Nachmittag in sein Büro kam.

»Zufällig hab ich heute gute Laune«, sagte Riesner. »Ich werfe sogar meinen Terminplan für Sie um. Also platzen Sie nur rein. Unterhalten Sie mich.« Er rückte eine japanische Vase voller Weidenkätzchen auf seinem Schreibtisch zurecht.

Das Büro stank förmlich nach Geld. An den Wänden Ölgemälde, deren Rahmen sie nicht einmal hätte bezahlen können, hinter den verbleiten Glastüren von Kirschbaumschränken sorgfältig ausgeleuchtete Antiquitäten aus Asien und Afrika sowie teure Lederbände. Selbst der Füller, mit dem er schrieb, war kostbar und elegant.

Sie konnte sich lebhaft den Werbespot vorstellen: Jeffrey Riesner umgeben von den Trophäen seines Erfolgs, sein eher mickriger Bariton künstlich zum Baß veredelt, eine Bastion der Männlichkeit. »Diesem Mann dürfen Sie vertrauen. Auch Sie können Besitzer eines solchen Smokings werden. Rufen Sie an. Jetzt gleich!«

Eigentlich hätte sie sofort zum Hörer greifen müssen.

»Ich möchte gern wissen, wie der Mordfall London steht«, sagte Nina.

»Und warum?«

»Das wissen Sie selbst.«

»Ich dachte, Sie wollten sich auf zivilisierte Weise mit mir unterhalten. Aber wie soll ich höflich bleiben, wenn Sie offenbar unfähig dazu sind?« Riesner nahm sich eine dicke, duftende Zigarre vor und entzündete sie mit einem dicken, silbernen Feuerzeug. »Oh, entschuldigen Sie! Möchten Sie auch eine? Das sind kubanische. Ziemlich rar.« Er blies eine beizende Rauchwolke in ihre Richtung.

»Nein, vielen Dank«, sagte Nina.

»Ist auch besser so. Was war es gleich, was Sie wollten?«

»Ich wüßte es sehr zu schätzen, wenn Sie den Fall Scott mit mir besprechen wollten. Ich hätte gern gewußt, für welche Strategie Sie sich entschieden haben. Ich habe gehört, daß es belastende Aussagen eines Augenzeugen gibt. Und daß die Polizei eine Videoaufnahme sichergestellt hat. Gibt es irgendwelche unmittelbaren Beweise? Wurde zum Beispiel die Mordwaffe gefunden?«

»Die Schweigepflicht verbietet mir, Ihnen allzuviel mitzuteilen«, sagte Riesner und studierte gedankenverloren die Zigarre, die er zwischen Daumen und Zeigefinger hielt.

»Wie verläßlich ist der Augenzeuge? Haben Sie den schon verhört?«

»Alles zu seiner Zeit«, sagte Riesner. »Ich habe die Aussage, die er bei der Polizei gemacht hat.«

»Darf ich sie sehen?«

»Nein.«

»Sie wollen mir keinen Einblick in die Untersuchungsakte geben?«

»Warum sollte ich? Das ist nicht Ihr Fall. Ich wünsche keine Einmischung.«

»Was glauben Sie, wie seine Chancen nach Abschluß der Vorverhandlung stehen?« fragte Nina. Riesner kostete genüßlich aus, daß sie es offenbar nötig hatte, zu ihm zu kommen, und sie wußte nur zu gut, daß er kein Wort mehr sagen würde, als er wollte.

»Laut Feststellung des Staatsanwalts handelt es sich um ein Tötungsdelikt und es besteht hinreichender Verdacht, daß mein Mandant der Täter ist. Dahinter stehen die Aussagen von drei Polizisten und Kriminologen, eines Gerichtsmediziners und eines Augenzeugen, was wollen Sie mehr? In drei Tagen wird er dem Bezirksgericht überstellt.«

»Wollen Sie damit sagen, daß Sie nichts für seine Verteidigung tun?«

»In einer Vorverhandlung verschwende ich niemals meine Zeit mit so etwas«, sagte Riesner. »Da alle Gründe für einen hinreichenden Verdacht beisammen sind, geht er sowieso in die Hauptverhandlung, egal was ich dagegen aufbiete. Wäre auch dumm, dem Staatsanwalt schon vorher zu zeigen, was man in der Hand hat. Ich habe mein Handwerk schließlich gelernt.«

»Glauben Sie, daß er schuldig ist?«

»Sagen wir es so: Man hat ihn aus dem Atelier rennen sehen. Die Tatwaffe wurde vor vielen Jahren auf seinen Namen registriert. Es gibt keine Hinweise auf einen Verkauf oder eine Übereignung. Er hat Blutspuren auf dem Teppich hinterlassen, und er hat vor der Polizei zugegeben, daß er in der Tatnacht dort war. Hallowell besitzt die Aussage der Terry London auf Video, mit der sie kurz vor ihrem Ableben erklärt, daß mein Mandant der Täter ist. Der Staatsanwalt verwendet das gar nicht erst für die Vorverhandlung. Er hat auch so schon genug Material. Ziehen Sie Ihre eigenen Schlüsse. Für mich stellt sich diese Frage nicht. Sie könnte mich in der gewissenhaften Ausübung meiner Pflichten behindern.«

»Hat er ein Geständnis abgelegt?« fragte Nina.

»Hat denn jemals so einer freiwillig gestanden?«

»Er leugnet also die Tat.«

»Es interessiert mich nicht, was er sagt. Notwehr oder Totschlag sind die einzigen Alternativen, die er hat. Nicht schuldig ist für ihn nicht drin.«

»Kurt hat auch über mich ausgesagt, wie ich hörte. Wahrscheinlich wissen Sie schon, daß …«

»Das Liebesnest am Fallen Leaf Lake? Er hat mir alles erzählt. Komisch ist nur: Es hat mich nicht überrascht. Sie haben ein Talent, sich in kompromittierende Situationen zu begeben.«

»Das ist viele Jahre her.«

»Na und?« Er prüfte den feinen Aschekegel seiner Zigarre. Nina würde sich nachher gleich das Haar waschen müssen. »Wahrscheinlich müssen Sie aussagen.«

»Ich habe nichts gesehen. Ich habe nichts über Kurts Beziehung zu seiner Exfrau gewußt. Ich wußte nicht einmal, daß sie es war. Ich wäre ihr nie begegnet, wenn sie mich nicht im letzten Herbst wegen dieser Filmsache engagiert hätte. Und über ihre frühere Ehe hat sie mir nichts erzählt.«

»Was sagen Sie dazu, daß mein Mandant nur deshalb nach Tahoe gekommen ist, um Sie zu schützen? Glauben Sie nicht, daß die Geschworenen das erfahren sollen?«

»Terry hat mir nie wirklich etwas getan.«

»Offenbar wußte er da besser Bescheid als Sie. Er hatte gute Gründe zur Annahme, daß Sie so etwas wie ihr Opfer geworden wären, wenn sie weitergelebt hätte.«

»Habe ich Sie richtig verstanden? Sie wollen den Geschworenen erzählen, daß er aus Deutschland hierher gekommen ist, weil er Terry auffordern wollte, mich in Ruhe zu lassen, und daß er sie ermordet hat, als sie sich weigerte? Sie wollen mich zum Mittelpunkt irgendeines hirnrissigen Komplotts machen?«

»Warum nicht? Sie lieben doch das Rampenlicht, wie wir beide wissen. Genießen Sie Ihre Berühmtheit!«

Nina biß die Zähne zusammen, um ihre Wut nicht zu zeigen. Sie atmete tief durch. »Sie müssen auf Freispruch plädieren. Er wird sich niemals auf einen Kuhhandel einlassen, und wenn Sie ihn noch so sehr unter Druck setzen.«

»Wenn seine Karten gut genug sind, gehe ich in die Verhandlung. Warum auch nicht? Schließlich soll er etwas kriegen für sein Geld.« Riesner klopfte die Zigarre am Rand des Onyx-Aschenbechers ab. Die weiße Asche fiel sanft hinab.

»Haben Sie auch an einen möglichen Interessenkonflikt gedacht? Sie vertreten nach wie vor die Kläger im Prozeß Sweet gegen London. Mir scheint es für die Verteidigung eine wichtige Frage zu sein, ob einer der Kläger oder ein anderer, der im Film gezeigt wird, den Mord begangen haben könnte.«

»Warum sollte das jemand tun?« entgegnete Riesner. »Wir sind immer noch in Verhandlung, ob der Film überhaupt verbreitet werden darf. Nachdem Tamara Sweets Eltern soviel Geld in den Prozeß gesteckt haben, ist doch wohl klar, daß sie erst einmal abwarten, wie das Gericht entscheidet, bevor sie anfangen zu schießen.«

»Sie müssen diese Leute trotzdem als potentielle Verdächtige betrachten.«

»Ich behandle den Fall so, wie ich es für richtig halte.«

Nina hatte das sichere Gefühl, daß Riesner mehr an seinem Bankkonto als an seiner Verteidigungsstrategie interessiert war. »Ich möchte mit Ihnen zusammenarbeiten. Ich könnte Ihnen von Nutzen sein.«

»Wie bitte?« Jetzt war er wirklich verblüfft. Sie merkte es, weil er die Zigarre fallen ließ, die er eben noch in den Fingern gedreht hatte, auf sie hinabstarrte und ziemlich lange brauchte, bis er sie wieder hochgenommen, zurechtgedrückt und mit nuckelnden Bewegungen in den Mund geschoben hatte. Man mußte schließlich dankbar sein, daß sich Riesner auch einmal von der komischen Seite zeigte.

»Ich helfe Ihnen bei der Berufung von Sachverständigen und bei der Prozeßvorbereitung. Ich kann kooperativ sein. Okay, wir mögen uns nicht. Wir können die Arbeit so aufteilen, daß wir nicht aneinandergeraten. Ich arbeite umsonst.«

Der Mann hinter dem Schreibtisch lächelte entgegenkommend und stieg wieder aufs hohe Roß. »Wenn ich Hilfe brauche, wende ich mich an kompetente Kollegen.« Er kicherte höhnisch. »Sie können ja richtig ulkig sein! Ich stell mir vor, wie das läuft: Sie helfen mir, indem Sie mir meine Mandanten abspenstig machen, Sie helfen mir aus meiner eigenen Kanzlei raus. Sie helfen mir sogar aus der Stadt hinaus, wenn ich Sie nur lasse.« Er sog heftig an seiner Zigarre, das Ende glühte auf und verblaßte wieder, er strahlte vor Wonne.

»Warum gehen Sie nicht einfach zu Ihrer bescheuerten Sekretärin zurück und spielen weiter Indianer und Cowboy mit ihr?« Er lehnte sich befriedigt zurück.

»Wissen Sie was? Sie sehen aus, als würden Sie Ihrer Zigarre einen blasen«, sagte Nina und kippte die ganze Sache. Sie stand schnell auf, nun war ihr alles egal. »Denken Sie dran, wenn Ihnen der Bürgermeister auf der nächsten Dinnerparty eine anbietet.« Sie ging, bevor er sie hinauswerfen konnte.

15

Barfuß in der Küche sitzend, Aktentasche und Pumps hatte sie achtlos auf den Fliesenboden geworfen, rief Nina bei Sandy an, um ihr mitzuteilen, wo sie zu erreichen war.

Bobby kam um halb vier nach Hause. Er war alt genug, fahrradfahren zu dürfen, wenn ein Freund dabei war. Wie jeder seiner Entwicklungssprünge war auch dieser von Ninas Ängsten begleitet, aber was war das Leben wert ohne Freiheit? Erleichtert sah sie ihn das Fahrrad die Einfahrt hochschieben. Sie gab ihm zu essen und plauderte mit ihm über die Erlebnisse des Tages.

Kauend erzählte er, daß er mit ein paar Freunden auf dem Heimweg am Shopping Center vorbeigefahren wäre, und machte aus der kleinen Geschichte einen ganzen Roman, wie es sein Großvater Harlan gern tat. Er zeigte ihr die kleine Robbe aus Plüsch, die er gekauft hatte. Beide spielten mit dem grauen Kuscheltier und brachten es zum Quietschen. Bobby war zwar schon ein bißchen alt für solches Spielzeug, aber seit seinem Ausflug nach Monterey war er in Seehunde vernarrt, und er hatte sogar einen Aufsatz über sie geschrieben.

Ein paar Minuten später setzte Matt seine beiden Kinder ab. Troy ging mit Bobby nach oben, Schularbeiten machen, und Brianna schaltete im Wohnzimmer ihre Lieblingssendung ein.

»Eine Tasse Kaffee?« fragte Nina. Sie saß noch immer in ihren Bürosachen da, unfähig, aus dem bequem gepolsterten Plastikstuhl hochzukommen.

»Keine Zeit«, sagte Matt. »Ich muß ran, solange es hell ist, ein paar Dinge vorbereiten für den Sommer, die Ausrüstung aus dem Schuppen holen und Bestellungen machen.«

»Du gehst mir wohl aus dem Weg? Immer hastest du hier so durch wie einer, der was zu verbergen hat. Selbst Andrea ist das schon aufgefallen.«

Er blieb unschlüssig in der Tür stehen.

»Sonst rätst du mir immer, ich soll ein bißchen kürzertreten und eine Kaffeepause einlegen. Komm, schnupper mal an dieser Antigua-Mischung.«

»Na gut.« Matt schob die Tür hinter sich zu und sandte ihr einen entsagungsvollen Blick nach. »Eine Tasse auf die Schnelle.« Er goß sich einen Becher voll, drehte den Stuhl um und setzte sich rittlings drauf.

»Wo ist die Zeitung?« fragte Nina. »Ich finde nicht mal die alten Nummern.«

»Ich hab sie weggelegt.« Er stand auf, ging zum Fenster, riß ein paar Wischtücher von der Rolle, feuchtete sie unter dem Wasserhahn an und begann hingebungsvoll das Fensterbrett zu putzen, wobei er jeden Blumentopf einzeln hochhob.

»Aha«, sagte Nina.

»Wegen Kurt Scott.« Er warf den schmutzigen Papierklumpen in den Mülleimer, tropfte Spülmittel auf den Schwamm, drückte ihn unter dem Wasser durch, machte sich daran, den Tisch abzuwischen und bedeutete ihr mit einer Geste, die Arme hochzunehmen.

»Matt, hör auf mit dem Herumgetue. Andrea hat dir alles erzählt über mich und ihn, stimmt's?«

»Und Bob hat mir den Namen gesagt, als er aus Monterey zurückkam. Außerdem, wenn du dich erinnerst, habe ich Bob letztes Jahr für dich in der Schule angemeldet. Du mußtest die Geburtsurkunde vorlegen. Da hab ich einen Blick draufgeworfen.«

»Also weißt du schon alles.«

Er unterbrach seine Küchenarbeit gerade lange genug, um zu erwidern: »Mom hat uns gut erzogen, nicht wahr, Nina? Wir haben gelernt, immer alles schön unter den Teppich zu kehren. Wirklich schade um die ganze Energie, die man dafür verschwendet.« Er klang eher resigniert als verärgert.

»Wir alle haben Dinge im Leben, über die wir nicht gern sprechen.«

»Andrea aber nicht.« Er schüttete den Kaffeesatz aus dem Becher in den Ausguß, drehte das Wasser auf und stellte den Abfallzerkleinerer an. »Das ist eine Sache, die ich an ihr schätze. Sie verschweigt mir nichts.«

»Na gut, reden wir.«

»Du hast ihn besucht.«

»Ja.«

»Wie ist er? Was für eine Art Mensch?«

»Ich weiß es wirklich nicht. Das ist alles zu lange her.«

»Nach all den Jahren … empfindest du noch etwas für ihn?«

Sie überlegte und sagte schließlich: »Ich weiß nicht.«

»Eine Scheißgeschichte ist das!« Matt fing an, den Geschirrspüler auszuräumen, stapelte klirrend die Teller und warf das Besteck unsortiert in den Kasten, daß Nina unter dem Lärm zusammenzuckte.

»Matt, hör bitte auf! Setz dich hin! So kann ich keinen klaren Gedanken fassen!«

Er setzte sich und warf das Geschirrtuch auf den Tisch.

»Sag mir jetzt, was dich so ärgert!«

»Ärger ich mich etwa? Bobs Vater ist wieder da! Ich freu mich ja so für euch beide. Die Sache hat nur einen winzigen Haken. Er sitzt im Gefängnis – unter Mordanklage.«

»Ist das etwa dein Problem, Matt?«

Er blickte sie an, mit undurchschaubarer Miene, und schüttelte den Kopf. »Doch. Ich kann nicht anders. Was mit dir und Bob passiert, hat auch mit mir und meiner Familie zu tun.« Er verfiel in ein Schweigen, das vom Trommeln seiner Finger auf der Tischplatte untermalt war. Als er wieder sprach, suchte er ihren Blick und schaute sie auffordernd an. »Hast du geglaubt, du könntest Scotts Verhaftung vor Bob verheimlichen wie alles andere?«

»Ich hab vor, mit ihm zu reden.«

»Tu uns allen bitte einen Gefallen. Erzähl ihm nichts, was er nicht unbedingt erfahren muß. Vielleicht kriegt er nichts mit, bis der Kerl in irgendeinem Gefängnis weit weg gelandet ist.«

»Ich weiß nicht …«

»Ich finde das unmöglich!«

Sie ließ den Kopf hängen. Solange sie mit Bobby in diesem Haus wohnte, würde Matt nie den Frieden finden, den er so sehr ersehnte. »Es tut mir leid, Matt.«

»Halte wenigstens uns aus der Sache heraus.«

»Wahrscheinlich werde ich als Zeugin vorgeladen.«

»Die meisten Fälle gehen nicht vors Schwurgericht, stimmt's? Das hast du jedenfalls erzählt.«

»Nein, dieser bestimmt nicht, wenn Riesner die Verteidigung behält.«

»Und was zum Teufel soll das bedeuten?« Matt ließ die letzte Zurückhaltung fahren. »Du willst dich doch da nicht etwa reinhängen?« rief er ungläubig.

»Er ist Bobbys Vater, Matt«, sagte Nina. »Ich könnte ihm eventuell helfen.«

»Wag es nur nicht! Wag es nicht, uns da reinzuziehen. Ich warne dich!«

»Wie soll ich damit leben, wenn Kurt für etwas verurteilt wird, was er nicht getan hat? Riesner bietet ihm nicht die Verteidigung, die er verdient ...«

Matt knallte die Küchentür zu.

Abends beim Zähneputzen und auf dem Weg ins Bett ertappte sich Nina dabei, daß sie schon den Gegenwind abschätzte, der ihr entgegenwehen würde, wenn sie Kurts Verteidigung übernahm – falls er es überhaupt wollte, falls seine Story glaubwürdig war und falls sie Riesner das Mandat abjagen konnte.

Ohne Pauls Hilfe kam sie nicht weiter. Sie schlüpfte unter die gelbe Bettdecke, tippte seine Nummer und sagte »Hallo, Fremdling!«, als er sich meldete.

»Ich kann jetzt nicht«, erwiderte er. »Ich hab hier gerade einen flotten Dreier laufen.« Wirklich böse war er ihr also nicht.

»Du brauchst mir ja nur ein Ohr hinzuhalten. Aber im Ernst, wenn du zu tun hast, rufe ich später an.«

»Wann denn? Nächsten Monat? Nein, die Girls ziehen sich gerade an. Du hast mir alles vermasselt. Jetzt hauen sie ab. He, Eva, nimm das mit! Das brauchst du noch da draußen, sonst bist du nicht komplett.«

Sein Scherz bekam langsam eine bissige Note. »Bist du mir noch böse?« fragte sie.

»Meine Ausdauer im Hängengelassenwerden ist auch nur begrenzt. Erst gehen wir zusammen ins Bett, dann bist du nicht mal zu sprechen.«

»Wenn hier einer Grund hat, böse zu sein, dann ich.«

»Was hab ich denn ausgefressen?«

»Völlig ahnungslos, was? Und was sollte dein kleiner Trip nach Deutschland, das Wühlen in meiner Vergangenheit?«

»Ach so.«

»Und was sollte das, dem Vater meines Sohnes irgendwas zu erzählen, was ihn postwendend hierherlockte und mit Terry London zusammenkrachen ließ, so daß er nun unter Mordanklage im Gefängnis sitzt?«

Endlich einmal verschlug es Paul die Sprache.

»Na?«

»Ich bin dein Hündchen, ich zieh ja schon den Schwanz ein.«

»Na komm, rede lieber!«

»Was hat er mit Terry London zu tun?«

»Er war mit ihr verheiratet, als wir uns kennengelernt haben.« Nina paßte genau auf, ob er sich irgendwie verriet.

Paul pfiff leise vor sich hin. »Er hat sie umgebracht? Ich wußte, daß sie deine Mandantin war. Und jetzt kann ich mir denken, was sie mit ihm zu tun hatte. Sie muß die Verrückte gewesen sein, vor der er soviel Angst hatte. Ich hatte keine Ahnung, daß er unter Mordverdacht verhaftet wurde. Äh, ich schulde dir eine Erklärung, oder?«

»Dafür ist es jetzt zu spät. Paul, sag mir: Hast du Bobby in irgendeiner Weise erwähnt?«

»Denkst du, ich bin ein Idiot?«

»Na, dann vielen Dank. Ansonsten hast du in meiner Vergangenheit herumgetrampelt, meine Privatsphäre verletzt, einen alten Freund von mir zur Strecke gebracht. Aber wenigstens hast du meinen Sohn aus der Sache rausgehalten.«

»Es war Instinkt – oder schlechte Gewohnheit. Ich hab mich hinreißen lassen. Ich dachte, ich könnte rausfinden, was uns beide trennt.«

»Du hast Kurt erzählt, wir wären verlobt. Du bist ein arroganter, anmaßender Macho ...«

»Ich habe auch meine Schwächen.«

Sie mußte lachen.

»Gott sei's gedankt«, sprach Paul weiter. »Wirst du mir verzeihen?«

»Das hab ich schon.«

»Wirst du mich heiraten?«

»Laß gut sein, Paul. Hör auf, mich zu quälen.«

»Ich quäle dich nicht. Ich will dich heiraten.«

»Meinst du das etwa ernst?« Sie lachte wieder.

»Wie sieht's aus? Machst du mit?« Pauls Stimme hatte sich verändert. Er meinte wirklich, was er sagte.

»Ich kann dich nicht heiraten«, stieß sie hervor, aber ihn schien diese strikte Ablehnung seines Antrags nicht zu stören. Abgesehen davon hatte sie in ihrem Leben schon ganz andere Bewerber abgelehnt.

»Warum nicht?« fragte er.

»Diese Frage steht dir nicht zu, oder?«

»Warum nicht?« wiederholte er.

Eine ehrliche Antwort war sie ihm schuldig: »Ich habe Kurt im Gefängnis besucht, aber ich habe noch nicht mit Bobby über die Sache gesprochen. Ich weiß nicht genau, was in ihm vorgeht, und ich mache mir Sorgen. Heiraten ist das letzte, was mir jetzt einfallen würde.«

»Bist du sicher?«

Zum erstenmal kam sie ins Wanken. Paul konnte sie fallenlassen und die Verbindung abbrechen. Warum mußte er sie festnageln? Warum konnten sie nicht Freunde und Kollegen bleiben? Aber sie war klug genug, das zu verschweigen. Statt dessen sagte sie mit ihrer sanftesten, betörendsten Stimme: »Ich brauche Zeit, Paul.«

Ein undefinierbares Knurren kam vom anderen Ende der Leitung. Sie sah ihn in seiner Wohnung sitzen und auf das weibliche Geschlecht fluchen, auf diese Unentschlossenheit, dieses Schwanken und dieses Talent, einen Mann an der Leine zappeln zu lassen wie einen Drachen im Wind. Obwohl es ihr ein wenig peinlich war, genoß sie dieses Machtgefühl, das ein typisch weibliches war und dem sie sich selten genug hingab.

»Ich kann meine eigene Dummheit nicht fassen«, sagte er schließlich. »Ich hab nebenbei erwähnt, daß du in Tahoe lebst, und Scott machte sich sofort aus dem Staub, als ich mit dem Kellner beschäftigt war.«

»Ich möchte die ganze Geschichte erfahren, und das bald.«

»Das heißt also weder ja noch nein«, sagte er und verfiel in Schweigen. Nach einer Weile folgte: »Du hast Angst vor meiner Liebe.« Dieser Satz kam in einem klagenden Ton, der sie sofort an sein Mitbringsel, den sprechenden Teddy, erinnerte. Tief drinnen war er genauso empfindungsfähig wie sie, wenn es darauf ankam, aber wie alles andere an ihm war auch seine Liebe größer, stärker und eindrucksvoller. Würde sie ihm als seine Frau gewachsen sein, wo ihr das schon jetzt so schwerfiel? Dieser eigentlich unangenehme Gedanke ließ sie lächeln.

»Vielleicht hast du recht«, sagte sie. »Aber trotzdem, dein Angebot hat mir geschmeichelt.« Paul drängte nicht weiter, und sie war froh darüber. Aber jetzt mußte sie zum eigentlichen Zweck des Anrufs kommen. »Paul, ich hab mich gefragt, wenn es sich zufällig ergeben sollte, daß ich Kurts Verteidigung übernehme – nicht, daß er mich darum gebeten oder ich mich dazu entschlossen hätte –, aber wenn, wärest du dann bereit, mir zu helfen?«

Es vergingen ein paar Sekunden, bis die Frage bei ihm angekommen war. Sie wartete eine kleine Ewigkeit und spürte die vulkanische Explosivkraft, die sich da unten in Carmel zusammenbraute; die Rotglut dieses Mannes verwandelte sich gerade in Weißglut.

»Das ist es also«, sagte Paul mit verdächtig sanfter Stimme. »Er ist derjenige, und er ist es immer gewesen.«

»Ich kann ihn doch nicht Jeffrey Riesner überlassen. Riesner sagt, er wäre hergekommen, um mich zu warnen, weil Terry Gründe hatte, mir oder meiner Familie etwas anzutun. Ich schulde ihm etwas dafür ...«

»Ich kann dir da nicht helfen. Such dir einen, dem du als Person egal bist, wenn du in dieser Sache Hilfe brauchst.«

»Ich glaube, ohne dich schaffe ich es nicht.«

»Tolle Idee. Nun hör mir mal zu, Nina. Wir sind schon lange gute Freunde. Das vor allem anderen, stimmt's?«

»Ich bin wirklich froh, daß du das sagst, Paul.«

»Und als dein alter Freund flehe ich dich an: Laß die Finger von der Sache. Damit verdirbst du alles – dein Leben, das von Bob, das von Matt.« Er wartete auf eine Erwiderung, und als sie ausblieb, explodierte er. »Verflixt noch mal, Frau! Was ist das für ein perverser Drang, alles, was du erreicht hast, kaputtzumachen und in einen Haufen Scheiße zu verwandeln?«

»Können wir uns darauf einigen, daß deine Antwort weder ja noch nein ist?«

»Nein!« brüllte Paul. »Meine Antwort ist nein!«

Nach dem Gespräch mit Paul fand sie keinen Schlaf. Sie überlegte die ganze Nacht, was sie tun sollte. Ob sie etwas tat oder nicht, die Folgen waren in jedem Fall verhängnisvoll.

Matt und Paul hatten klargemacht, was sie von ihr erwarteten. Ohne deren Unterstützung war sie allein auf sich gestellt. Und glaubte sie wirklich so sehr an Kurt, daß sie sich gegen ihre Familie und gegen ihre Freunde stellen konnte? Sie wollte ihm Glauben schenken, aber das war etwas anderes als die feste Gewißheit, auf der richtigen Seite zu stehen.

»Mom?« Bob erschien in der Tür. Er hatte seinen roten Schlafanzug an, die Flurlampe beleuchtete ihn von hinten, und die frühe Morgensonne, die durch die Jalousien drang, malte helle Streifen auf seine Brust.

»Was ist, mein Kleiner? Kannst du nicht schlafen?«

Er kam näher und setzte sich auf die Bettkante. »Ich hab euch gehört.«

»Was meinst du damit?«

»Ich hab gehört, wie du dich gestern mit Matt gestritten hast.«

Er wußte es also. Sie war unfähig gewesen, ihn davor zu bewahren. Sie legte ihm den Arm um die schmale Schulter und erzählte ihm, wie Paul seinen Vater gefunden hatte. Sie spürte, daß ihn die Worte elektrisierten, daß sein Atem hastiger wurde. Er riß sich von ihr los und sprang auf.

Bob schlug mit der Faust in die offene Hand. »Ich hab gewußt, daß er ihn findet! Ich hab es gewußt! Mom, wo ist er? Können wir ihn besuchen? Was hast du ihm von mir erzählt?« Er hatte Fragen über Fragen, und in seiner Erregung stieß er sich den Ellbogen am Nachttisch, ohne daß es seiner Begeisterung auch nur im geringsten Abbruch tat.

Nie hatte sie ihn so aufgeregt erlebt. »Setz dich her.« Sie klopfte auf die Bettkante, er reagierte sofort auf ihren ernsten Ton und setzte sich wieder. Nur sein Fuß zuckte, sonst blieb er ruhig.

»Er ist hier in Tahoe, Bobby.« Sie wußte nicht, wie sie ihm die brutale Wahrheit ersparen konnte, also sagte sie es geradeheraus: »Er ist im Gefängnis, und man wirft ihm ein schweres Verbrechen vor.«

»Mord, stimmt's? Sie sagen, er hat jemanden umgebracht. Aber wen, Mom?«

Sie hatte schon mehr gesagt, als sie wollte. »Ich verspreche dir, daß ich dir ein andermal mehr erzähle.«

»Hör auf damit! Das sagst du immer!«

Er hatte recht.

Als er einsah, daß er nichts mehr erfahren würde, fragte er: »Wann kann ich ihn besuchen?«

»Das kannst du nicht.« Sie würde es verhindern, solange Kurt Scotts Unschuld nicht zweifelsfrei erwiesen war. Im selben Moment war ihr klar, daß das möglicherweise nie geschehen würde.

»Du hast ihm überhaupt nichts von mir gesagt, stimmt's, Mom?« Betroffen sah sie, wie tief ihn diese Erkenntnis traf, wie er die Schultern einzog, um den Schlag aufzufangen. »Er weiß nicht einmal, daß es mich gibt, stimmt's?«

»Bobby, vertrau mir doch. Ich muß dich schützen.«

»Vor meinem eigenen Vater? Hast du ihn denn nie geliebt?«

»Natürlich hab ich das. Aber das ist lange her.«

»Er ist ein guter Mensch, wenn du ihn geliebt hast.«

»Die Menschen ändern sich.«

»Bist du seine Anwältin?«

»Er hat schon einen Anwalt. Mit dem habe ich aber gesprochen.« Sie brachte Bob zurück in sein Zimmer, in dem auch Troy schlief, sein gleichmäßiger Atem hob und senkte die Bettdecke. Bobby griff unter das Kopfkissen, holte seinen Seehund hervor und drückte ihn, daß er quietschte. Nina deckte Bobby zu.

Bevor sie sich wegwandte, umarmte er sie und gab ihr einen Kuß. »Mom, er braucht uns«, flüsterte er ihr ins Ohr. »Du mußt ihm helfen.«

Die Worte ergriffen Besitz von ihr, und sie bewahrte sie im Herzen.

16

»Warum hast du mich verlassen, Kurt?« sagte Nina in den Telefonhörer der Besucherzelle.

Aus Neugier war sie wieder zu ihm gegangen, aus keinem anderen Grund. Sie sprachen nicht über den Fall, sondern versuchten über die Haft und über das Wetter zu plaudern. Aber mit einem Mann im Gefängnis konnte man keine belanglose Unterhaltung führen. Nina konnte nicht einfach fragen: Na, wie fühlst du dich hier? Sehr bald war nur noch dieses eine Thema übrig.

»Die Geschichte fing schon an, bevor ich dich kennengelernt habe«, sagte Kurt. »Eine häßliche Geschichte. Vermutlich hatte ich Angst, du würdest mich verlassen, wenn ich dir alles erzähle. Nach meiner Flucht wollte ich dich suchen, aber es ging nicht. Terry war hinter mir her, und sie wäre unweigerlich auf dich gestoßen.«

Nina wartete. Sie hörte seinen Atem im Hörer. Dachte er sich etwas aus, oder war es die Wahrheit? Das würde sie später entscheiden. »Ich war dreiundzwanzig«, begann Kurt …

Er war dreiundzwanzig, sie war achtzehn. Es war nicht Terry, das Mädchen hieß Tamara.

Von einem alten Freund zu einer Schulparty mitgeschleppt, sah er sie tanzen, beschwipst und schön wie eine Wildblume. Weil er etwas gegen Massenszenen hatte, ging er mit ihr hinaus. Eins ergab das andere. Und das war vorerst alles.

Ihre Eltern wären dagegen gewesen, wenn sie etwas erfahren hätten. Sie kannten seinen Namen nicht und wußten nur, was Tamara ihnen erzählte – daß er fünf Jahre älter war, mit dem Studium fertig, ein Musiker.

Tams Vater hatte schon lange keinen Job mehr. Jede Kleinigkeit bringt ihn in Rage, beklagte sich Tam bei Kurt. Daß sie eine Lederjacke anzog. Daß sie sich mit einem traf, der einen Ohrring trug oder sich nicht für Sport interessierte, mit einem, der sie ernst nahm und sie von den akademischen Zielen abbringen konnte, die sie ihr gesetzt hatten. Die Familie war religiös, aber nicht im strengen Sinne, wie Tamara versicherte. Die ständige Bevormundung durch den Vater ging ihr fürchterlich auf die Nerven. Trotz ihrer wütenden Proteste stellte sich die Mutter auf die Seite des Vaters, also gegen ihre Tochter. Tamara sagte, ihre Mutter hätte heimlich getrunken.

Anfangs hatte Kurt geglaubt, was Tamara über ihre Eltern erzählte. Erst später wurde ihm klar, daß sie gute Gründe hatten, ihre Tochter kurzzuhalten. Tam hatte Probleme, große Probleme. Zu groß für ihre Eltern und schließlich auch zu groß für ihn.

Er war einverstanden, daß sie sich nur heimlich trafen, obwohl ihm unwohl dabei war. Aber sich bei ihren Eltern vorzustellen fand er auch nicht verlockend. Er war froh, daß sich die Sache verschieben ließ; irgendwann würde sich alles von selbst ergeben.

Es folgten die Monate der heimlichen Verabredungen, die Tam je nach Laune arrangierte. Sie hatte auch andere Freunde, die sie gelegentlich traf. Er war ihnen einmal begegnet, Doreen und Michael, aber schon Jahre zuvor hatte er entschieden, daß Drogen nichts für ihn waren, und sich auf die eine oder andere Art zu bedröhnen war die beliebteste Freizeitbeschäftigung dieser Freunde. Die Musik gab ihm da viel mehr, und er mußte seine Sinne beisammenhalten, wenn er ein guter Musiker bleiben wollte. Sie fanden ihn langweilig, und er fand sie langweilig.

Aber mit Tamara zu schlafen war niemals langweilig. Nach einiger Zeit trafen sie sich regelmäßig ein- oder zweimal in der Woche, um miteinander ins Bett zu gehen. Beiden brachte es Erfüllung, und es hätte noch lange so weitergehen können. Er liebte ihre Energie, ihre hellen Augen und ihre Fröhlichkeit. Sie war eine Rebellin.

Eines Abends zu Winterbeginn parkten sie auf einem Bergrücken über der Emerald Bay. Unter ihnen lag der Lake Tahoe, dessen Wasserfläche im Wind glitzerte wie von Diamanten.

»Kurt, laß sein«, sagte sie, löste sich sanft von ihm, rutschte hinüber auf den Beifahrersitz des roten Toyota und strich ihr Haar glatt. »Ich muß dir was sagen.« Ihr leicht verschleierter Blick verriet ihm, daß sie mindestens einen Joint geraucht hatte. Er war enttäuscht, aber nicht überrascht. Sie war nicht bereit, sich das Kiffen abzugewöhnen, aber er würde es schon schaffen, wenn er ihr nur etwas Besseres bot, als es diese Dumpfköpfe Doreen und Michael konnten, wenn er mit ihr losreiste und ihr zeigte, was die Welt zu bieten hatte. »Ich werde von jemandem beobachtet.«

»Von wem denn?« Ganz konnte er seine Skepsis nicht verbergen. Daß man von Gras eine Paranoia kriegte, wußte schließlich jeder. Sie rauchte zuviel von dem Zeug. In letzter Zeit war sie ständig bekifft.

»Ich weiß nicht, aber jemand guckt nachts in mein Fenster.«

»Hast du's deinem Vater gesagt?«

»Ich dachte, du könntest was dagegen tun.«

»Zum Beispiel?«

»Wenn du mich heute nach Hause bringst, einfach eine Weile in der Nähe bleiben und sehen, ob sich jemand zeigt.«

Ihr zuliebe verbrachte er den Rest des Abends in der schütteren Oleanderhecke des Nachbargrundstücks. Und noch etliche andere Nächte lauerte er hinter Büschen und Bäumen. Aber er sah nie jemanden. Tam wurde immer wütender auf ihn und beharrte darauf, daß dort jemand wäre. Aber sie konnte keine Beschreibung abgeben. Er vermutete, daß es irgend etwas mit den Drogen zu tun hatte und daß sie ihn in diesen Teil ihres Lebens nicht einweihen wollte. Oder daß sie einfach nur zuviel nahm.

Dann eines Tages sagte sie ihm, es wäre vorbei. Einfach so. Er begriff, daß sie einen anderen hatte. Und er fand es gar nicht so schlimm. Sie beschlossen, Freunde zu bleiben und Kontakt zu halten.

Als er ein paar Wochen später in der Zeitung las, daß sie verschwunden war, machte er sich nicht viel Gedanken. Sie hatten oft über das Weggehen gesprochen. Natürlich hatte sie ihren Eltern nichts gesagt. Mochten die noch so verständnisvoll sein, mit ihnen kam sie nicht zurecht. Sie würde die Eltern lange im Ungewissen lassen, dachte er, aus Rache, weil sie ihr mit all den Forderungen und Einmischungen auf die Nerven gegangen waren.

Die Tage vergingen, die Monate. Er wurde langsam nachdenklich. Hätte er ihre Ängste ernster nehmen sollen? War wirklich jemand hinter ihr hergewesen? Aber wer? Er überlegte, ob er mit ihren Eltern sprechen sollte, aber er verwarf den Gedanken. Sie konnten auch nicht mehr tun als die Polizei. War Tam wirklich von zu Hause abgehauen? Er konnte sich nicht vorstellen, daß sie weder anrief noch schrieb. Ihm würde sie das nicht antun – oder doch? Monatelang verfolgte ihn die Unruhe, doch das änderte nichts. Er hörte nie wieder von Tamara Sweet.

Terry war eine flüchtige Bekannte von Kurt und Tam. Er war ihr ein paarmal begegnet, wenn er mit Tam unterwegs gewesen war. Vom Typ Künstlerin mit langem, kastanienbraunem Haar, kleidete sie sich mit Vorliebe in grelle Farben. Tam meinte, sie wäre scharf auf Kurt, aber der hatte nur darüber gelacht.

Er wohnte zu dieser Zeit in der Blockhütte seiner Eltern, während sie den Winter an der Küste verbrachten, bei San Luis Obispo – ihren letzten Winter, wie sich herausstellen sollte. Einen Monat etwa, nachdem Tam verschwunden war, stand Terry eines Tages überraschend vor seiner Tür und brachte ihm eine hausgemachte Lasagne.

»Ich hörte, du bist wieder zurück«, sagte sie. Sie trug einen himmelblauen Pullover mit Rentiermuster über engen Jeans. Um den Hals hatte sie einen Schal gewickelt, aus dem die Nase hervorstach, gerötet vom schneidenden Wind.

»Ich war doch gar nicht weg«, erwiderte Kurt.

»Ich meinte, wieder im Rennen.«

Sie sah aus, als wäre sie kurz vorm Erfrieren. »Na, komm rein.« Er machte ihr Kaffee, den sie gierig schlürfte. Ihre Finger, dünn und kreideweiß, umklammerten den Becher. Dann war sie wieder weg.

Eine Woche später begegnete er ihr in einem Imbißrestaurant und ein paar Tage später erneut, diesmal im Kino, in das sie allein gegangen war, genauso wie er. Er winkte sie heran, und sie setzte sich neben ihn. In der Blockhütte hatte er niemanden zum Reden und war damit beschäftigt, Bewerbungen zu verschicken und die städtischen Bibliothekarinnen mit der Suche nach Sinfonieorchestern zu nerven, die ihm vielleicht einen Job bieten konnten. Er war es bald müde, nur noch den Klang der eigenen Stimme zu hören, wenn er unter der Dusche seine falschen Arien schmetterte.

Ein paar Wochen später waren sie, angefüllt mit Rotwein und einem etwas zu schweren Essen, mitten in der Vorstellung aus dem Theater gegangen und hatten sich zum erstenmal geküßt.

Der Januar in Tahoe war ein Monat voller Wind, Schnee und Frost, der einem das Blut gefrieren ließ. Kurt dachte immer noch oft an Tamara. Er warf sich vor, daß er ihre Probleme nicht ernst genug genommen hatte, doch sie meldete sich nie. Währenddessen nahm Terry ihn in Beschlag und nistete sich in seine Gedanken ein. Sie trug einen fabelhaften Luchsmantel, den sie von ihrer Mutter geerbt hatte, und ließ Kurt kaum noch aus den Augen.

Sie verbrachten immer mehr Zeit miteinander, und bald stellte sie fest, daß sie ihn liebte. Er wußte, er hätte Schluß machen müssen, aber ihn beeindruckten ihr scharfer Verstand und ihr ungewöhnlicher Ehrgeiz. Er ließ den Dingen ihren Lauf. Fünf Monate nachdem sie das erstemal vor seiner Tür gestanden hatte, waren Terry und Kurt verheiratet.

Es war eine ganz neue Variante der ältesten Geschichte der Welt: Terry war schwanger geworden.

Durch Zufall kam er dahinter. Sie hatten eigentlich zu einer Party gehen wollen, aber den ganzen Nachmittag im Bett verbracht. Wie schon öfter seit ihrer ersten Begegnung gewann Kurt den sicheren Eindruck, daß Terry ihre Erregung nur vortäuschte. Er war nicht gerade erfahren in diesen Dingen, spürte aber recht gut, ob eine Frau auf ihn reagierte, und sie tat es nicht, obwohl sie mit theatralischem Hecheln den Anschein erweckte. Ihr Herz blieb ungerührt, ihre Wangen röteten sich nicht, und nie geriet sie ins Schwitzen. Sie war wie eine gemeißelte Statue – glatt, perfekt und kalt. Kurt stand zuerst auf, las die Jeans und das Hemd vom Boden auf. Als er sich das Gesicht gewaschen und seine Achselhöhlen beschnuppert hatte, stellte er sich in die Schlafzimmertür und wollte die Sache zur Sprache bringen.

»Terry ...«, begann er, doch ihr Anblick ließ ihn verstummen.

Terry stand vor dem großen Spiegel und versuchte mit einem Laken die Rundung ihres Bauches zu verdecken.

»Was machst du da?« fragte er.

Sie zog das Laken über die Brust und drehte sich zu ihm um. Im Spiegel erschien ihre Rückenpartie. »Nichts.«

»Du bist schwanger«, sagte er.

»Das spielt keine Rolle«, erwiderte sie. »Das ändert überhaupt nichts.« Ihr Blick hätte ihn stutzig machen müssen, aber er nahm den verkniffenen Mund und die senkrechte Furche auf ihrer Stirn als den Ausdruck derselben Besorgtheit, Hoffnung und Ehrfurcht, die ihn erfüllte.

»Aber Terry! Natürlich tut es das!«

»Das ist kein Thema«, sagte sie. »Ich ziehe mich jetzt an.«

Über den Armlehnen des Stuhls, den sie, während er im Nachbarzimmer Klavier spielte, grellorange gestrichen hatte, hingen ihre bunten Kleidungsstücke, ein Halstuch in Rosa- und Blautönen, ein königsblauer Pullover. Sie änderte ihre Absicht, setzte sich nackt auf den Stuhl und blickte ihn mit großen, strahlenden Kinderaugen an, um seine Reaktion zu überprüfen.

Er kniete sich vor ihr auf den Boden und legte impulsiv die Hand auf die Rundung ihres Bauches.

»Ich lasse es abtreiben«, sagte sie mit gleichgültiger Stimme.

Erschrocken zuckte er zurück. »Tu das nicht«, sagte er. »Es gibt keinen Grund dafür. Du bist doch gesund, oder?«

»Allerdings, und ich habe andere Dinge im Leben vor. Ich werde mir doch kein Kind anhängen. Daß ich nicht lache!«

»Du bist achtundzwanzig. Genau das richtige Alter. Ich helfe dir.«

»Dann krieg du es doch! Neun Monate aussehen wie ein Dickhäuter, dann jahrelang die Schinderei mit dem Balg. Ohne mich!«

Er konnte es nicht glauben. Sie bekamen ein Kind, er wurde Vater. Sie durfte sein Kind nicht zerstören.

»Terry, bitte!«

»Du liebst mich nicht!« sagte sie. »Die Liebe ist immer so ungleich verteilt. Ich halte das nicht aus. Ich liebe dich so sehr, daß ich mich vor dir wie ein Bettler fühle. Du wartest doch nur, daß dir eine andere über den Weg läuft, dann läßt du mich sitzen.«

»Ich liebe dich aber.« Es war eine Lüge. Er liebte sie nicht und würde sie niemals lieben, aber das ging sie beide an. Etwas Wunderbares war passiert, und er mußte sie daran hindern, einen schrecklichen Fehler zu begehen.

Als hätte sie seine Gedanken gelesen, sagte sie: »Lügner!«

»Nein«, erwiderte er. »Heirate mich.«

»Damit ich das Kind behalte?«

»Nein, weil ich dich liebe. Ich habe nur auf eine gute Gelegenheit gewartet, dir das zu sagen.« Er hatte die Lüge zementiert, Terry und beinahe sich selbst dazu gebracht, sie für die Wahrheit zu halten. In den folgenden Tagen gewöhnte er sich an die Vorstellung und redete sich ein, das Kind werde sie einander näherbringen. Bisher war ihre Beziehung kaum über die Bettkante hinausgegangen. Aber Enttäuschungen konnte man verwinden, sagte er sich und schob seine Bedenken beiseite.

Daneben plagten ihn andere Zweifel. Sie hielt so viel vor ihm verborgen. Sie tischte ihm kleine Lügen auf, die keinen Sinn hatten. Wenn er fragte: »Warst du einkaufen bei Safeway?«, behauptete sie, sie wäre in einem anderen Supermarkt gewesen. Und wenn er dann den Einkauf auspackte, stellte er an den Aufklebern fest, daß sie doch zu Safeway gegangen war. Diese seltsame und anhängliche Frau hatte weder enge Freunde noch Verwandte, niemanden außer ihm und bald auch dem Kind.

Seine eigene Gefühlslage konnte er nur als vage und wolkig bezeichnen. Ein Baby würde da Klarheit schaffen. Wenn das Baby schrie und die Mutter sagte: »Nimm es schnell hoch, sonst wird es nur schlimmer!«, gab es keinen Zweifel mehr, was zu tun war.

War er weniger als andere Menschen auf ein Baby vorbereitet? Wenn ihn solche Fragen beschäftigten und er mit ihr über das große Ereignis sprach, wurde sie immer still und nachdenklich und manchmal sogar auffällig bedrückt, wie er sich eingestehen mußte.

Die Trauung fand ohne großes Aufsehen in Incline Village statt. Seine Eltern kamen, sie hatte ihre Eltern und ihre einzige Schwester schon vor Jahren bei einem Flugzeugabsturz verloren. Es gab niemanden, den sie hätte einladen können. Das Hochzeitsessen in einem leeren Restaurant hätte besser unterbleiben sollen. Terry trank zuviel Champagner, und Kurt unternahm nichts mehr dagegen, nachdem sie seine Ermahnung vor aller Ohren auf peinliche Art zurückgewiesen hatte. »Stoßen wir an auf das gottverdammte Baby!« rief sie und verschüttete ein wenig von ihrem erhobenen Glas. »Das Baby hat Kurt vor den Altar gezerrt, obwohl er nicht wollte, und es hat sich in Terrys Körper breitgemacht, als sie gerade anfing, die Sache ein bißchen zu genießen.«

Kurts ältlicher Vater, der ebenfalls eifrig dem Champagner zugesprochen hatte, blickte konsterniert in die Runde und hob das Glas. Er war der einzige, der mit ihr anstieß.

Die Hochzeitsnacht verbrachten sie in einem Hotel über dem Lake Tahoe, Terry hing die ganze Nacht über der Toilette und reiherte.

Wie sich herausstellte, hatten sie nur eine gute Zeit miteinander erlebt – vor dem Baby, vor der Heirat, bevor sie sich wirklich kannten. Am Morgen nach der Hochzeit startete sie ihren ersten Überraschungsangriff.

Sie frühstückten auf dem Balkon. In einen dicken, weißen Bademantel gekleidet, starrte sie trübe auf ihren Kaffee und das wäßrige Rührei. »Du wolltest mich doch gar nicht heiraten. Warum hast du's dann getan?«

»Iß dein Rührei«, erwiderte er. »Du fühlst dich nicht gut heute morgen. Wenn du was im Magen hast, wird dir besser.« Er äußerte kein Wort der Kritik, obwohl er die ganze Nacht wach gelegen und ihrem Rumoren im Badezimmer gelauscht hatte, gepeinigt von der Frage, ob das Baby durch den Alkohol geschädigt wird.

»Du hast mich nur geheiratet, weil ich schwanger bin.« Trotz ihrer strähnigen Haare und ihrer miesen Stimmung sah sie in der Morgensonne frisch aus, und er hatte keinen Grund zur Annahme, daß sich diese häßliche Laune fortsetzen würde. Nichts hatte bisher darauf hingedeutet, daß sie sich ändern würde – in einer Weise, die er nicht für möglich gehalten hätte.

»Nein, Liebste. Ich hab dich geheiratet, weil du Terry bist.«

Sie musterte ihn mit gesenkten Lidern. »Wenn ich nicht schwanger geworden wäre, hättest du mich dann auch geheiratet?«

»Du siehst schön aus in der Sonne und auf diesem roten Stuhl.«

Sie ließ sich nicht aus dem Konzept bringen. »Ich meine es ernst, Kurt. Antworte!«

»Vielleicht nicht so schnell. Aber es hätte sich früher oder später so ergeben, Terry.« Er griff nach ihrer Hand, als hätte die Berührung seine Worte glaubhafter machen können.

»Wirklich?«

»Ganz wirklich.«

»Ich habe nämlich gedacht ...«

Er hatte genug von dieser Unterhaltung und wollte sich wieder der Zeitung zuwenden. Andererseits waren sie ja frisch verheiratet. Er ließ die Zeitung liegen.

»Ich bin nicht bereit für ein Kind.«

»Natürlich nicht«, sagte er. »Zum Glück hast du noch ein paar Monate Zeit. Klar, daß du dir Sorgen machst. Das ist eine ganz neue Erfahrung, wir können gemeinsam einen Kurs besuchen. Ich hab auch meine Ängste. Aber wir sind schließlich zu zweit, und wir werden unser Bestes geben. Gegen den kleinen Kerl sind wir immer noch in der Überzahl.«

»Bitte, Kurt. Erspar mir diese Spießerphantasien. Setzen wir unser Niveau doch ein klein bißchen höher an!«

Er zog seine Hand zurück.

»Du wirst so lange dableiben, bis du alle Windelsorten einmal durchprobiert hast. Dann findest du endlich den Job, den du wolltest, fährst monatelang mit irgendeinem Orchester durch die Weltgeschichte, während ich auf meine Träume pfeifen kann und meine Zeit damit verschwende, zu Hause die Kotze aufzuwischen. Ich hab's mir überlegt. Im Ernst. Ich bin nicht bereit.«

»Was sagst du da?«

»Es ist noch nicht zu spät. Ich hab mich erkundigt.« Sie steuerte direkt auf ihr Ziel zu. »Eine oder zwei Wochen bleiben mir noch.«

»Du willst unser Baby abtreiben?«

»Das ist noch kein Baby, Kurt. Nur ein Zellklumpen, etwa so groß.« Sie hielt ihm Daumen und Zeigefinger vors Gesicht und preßte sie zusammen. »Wir können uns später eins anschaffen. Wir brauchen mehr Zeit für uns, nur für uns beide.«

»Nein«, sagte er.

»Ich bin nicht angewiesen auf deine Erlaubnis.«

»Natürlich nicht. Es ist deine Entscheidung, nicht meine. Es ist dein Körper, nicht meiner. Aber du trägst mein Kind, und ich habe eine Verpflichtung gegenüber dem ungeborenen Baby ...«

»Indem du mich geheiratet hast? Darauf läuft es nämlich hinaus. Du hättest mich nie geheiratet.«

»Fang nicht wieder davon an!«

»Hast du nicht gerade gesagt, es hätte sich auch so ergeben? Hast du nicht gesagt, du hättest nur Terry geheiratet? Nicht Terry und einen Zellklumpen, der überhaupt keine Bedeutung hat? Nicht Terry, die den ganzen Tag zu Hause hockt mit einem greinenden Balg und die ihren Mann anschreit, wenn er nach Hause kommt, weil sie sich vorzeitig verschlissen hat?«

»Warum hast du mir das nicht früher gesagt?«

»Vor der Hochzeit? Was glaubst du denn? Dann hättest du mich doch niemals geheiratet!«

»Du hast mich hintergangen. Du warst nicht ehrlich zu mir.«

»Warst du etwa ehrlich? Hast du dir nicht gewünscht, daß es mit uns besser laufen würde? Hast du dir nicht manchmal gewünscht, wenn du mich umarmt hast, ich wäre eine andere?«

»Lenk nicht ab. Du hast mich gestern geheiratet, obwohl du genau wußtest, daß du das Kind nicht willst.«

»Ja, das hab ich.«

Mit metallisch kalten und harten Fingern griff sie nach der Hand, die er zurückgezogen hatte, aber er ließ sich nicht berühren. »Es ist ein Fehler, das Kind jetzt zu kriegen, Kurt. Ich sage ja nicht, daß wir nie eins haben sollen.«

»Terry, ich sage dir jetzt die Wahrheit, weil du sie hören willst. Ist das richtig?«

Sie nickte.

»Ich weiß nicht, wie es mit uns weitergegangen wäre. Ich weiß nur, ich habe dich gestern wegen unseres Babys geheiratet. Es spielt keine Rolle mehr, wie ich vorher darüber dachte, weil ich jetzt die Vorstellung von unserem gemeinsamen Kind in mir hab, und die kann ich nicht vergessen. Wenn du dich gegen das Kind entscheidest, verschwinde ich aus deinem Leben.«

»Das ist so falsch, Kurt! Zwing mich doch nicht, das Baby zu kriegen!«

»Das kann ich nicht. Entscheiden mußt du selbst. Aber ich werde nicht so tun, als wäre ich einverstanden mit einer Abtreibung.«

»Du stellst mich also vor die Wahl: entweder mit Baby oder gar nicht.«

»Das ist deine Entscheidung.«

»Du elender Hund!« Sie stand auf, er stand auch auf. Mit Fäusten, die hart wie Stein waren, schlug sie auf ihn ein. »Daß du mir das anhängst!«

»Terry, bitte hör auf. Schrei nicht so.«

»Du liebst mich nicht!«

»Ich liebe euch beide. Ich werde alles tun, um euch beide für immer zu lieben, wenn du mir nur die Chance gibst.«

Kurts Eltern war es zu danken, daß sie in der kleinen Blockhütte am Rand von Tahoe City wohnen konnten, hoch oben am Berghang. Nach katastrophalen Flitterwochen, die sie ausschließlich im Streit verbrachten, zogen sie dort ein.

Kaum hatte Kurt die verhängnisvollen Worte ausgesprochen, wurde ihm bewußt, daß es ein unverzeihlicher Fehler war, Terry mit der Trennung zu drohen, falls sie das Kind abtrieb. Das war falsch gewesen, er wußte es, aber er sah sich außerstande, es zu korrigieren. Was er auch sagte oder tat, wie aufmerksam und rücksichtsvoll er sich auch verhielt, sie wies alles zurück, was er ihr an Gefühlen entgegenbrachte. Sie ließ ihn nicht vergessen, daß er sie zu etwas gezwungen hatte, was sie nicht wollte.

Er konnte es einfach nicht verstehen. Bald nach der Hochzeit starb sein Vater, dicht gefolgt von der Mutter, und Terry begleitete ihn auf die Beerdigungen. Sie hielt zu ihm. Er würde dasselbe tun. Das Baby würde sie für alles entschädigen, was falsch lief zwischen ihnen, redete er sich ein.

Terrys Schwangerschaft schritt fort, und er tat alles, um ihre Lage zu erleichtern. Er übernahm fast alle häuslichen Pflichten, was ihm leichtfiel, da er einen bequemen Halbtagsjob bei der Forstverwaltung angenommen hatte, mit dem er sich finanziell über Wasser hielt, während er weiter nach einem Engagement als Musiker suchte. Er putzte, kochte, kaufte ein und erledigte die Wäsche, während Terry in einen Zustand stumpfer Lethargie versank.

Das Kind wurde im November zu Hause geboren, wie sie es gewünscht hatte, mit Hilfe einer Hebamme. Sie schrie und weinte einen ganzen Tag.

Kurt gab dem Kind, einem Mädchen, den Namen seiner Mutter: Lianna.

Zwischen Lianna und Kurt entstand sofort eine tiefe Bindung. Terry weigerte sich, das Baby zu stillen, und Kurt stand nachts auf, um die weinende Lianna zu wiegen und ihre Windeln zu wechseln. Kurt war es auch, dem Lianna nach vier Monaten das erste richtige Lächeln schenkte, ein Lächeln voller Hingabe und Zauber, das ihn zu ihrem willigen Sklaven machte.

Terry kümmerte sich nie um das Kind. Tagsüber, wenn Kurt arbeiten war, nahmen sie Babysitter. Abends ließ Kurt Lianna auf den Knien reiten und sah mit ihr fern, oder er spielte mit ihr auf dem Fußboden, beglückt von ihren drolligen Einfällen. Terry schaute von weitem zu.

Während der Schwangerschaft hatten sie nicht miteinander geschlafen. Als das Baby geboren war, versuchten sie es ein paarmal, aber zwischen ihnen ging nichts mehr, auch kein Sex.

Im Frühjahr nach Liannas Geburt gab Kurt seine Bemühungen um Terry auf. Sein Widerwille gegen sie war mit der Zeit nur gewachsen. Jedes Gespräch über Sex endete in gegenseitigen Vorwürfen. Trotzdem war sie furchtbar besitzergreifend. Sie forderte von ihm Rechenschaft über jede Minute und verdächtigte ihn ständig, es mit anderen Frauen zu treiben.

Was ihn aber am meisten verstörte, war ihre völlige Gleichgültigkeit gegenüber Lianna. Was war sie für ein Mensch, daß sie ihr eigenes Kind so gründlich mißachtete? Er bemerkte Anzeichen des Ekels in ihrer Miene, wenn sie gezwungen war, ihr Kind zu berühren. Nahm sie das lockige Wesen dennoch einmal auf den Arm, drückte sie zu fest zu, kniff oder stieß Lianna und lachte, wenn sie zu weinen begann.

Er wußte, er mußte sie verlassen.

Er fuhr mit ihr ins Christiania Inn.

»Ist das nicht wunderbar?« sagte sie mit Blick auf die weißen Tischtücher und die wieselnden Kellner. »Nur wir zwei. Wie früher.« Sie hob die Hand an seine Wange. »Vielleicht gibt es doch ein Leben nach dem Baby. Laß uns darauf anstoßen.« Sie hob das Glas. »Ich hab mich für einen Sommerkurs an der Universität in L.A. angemeldet, für eine Filmausbildung«, sagte Terry. »Nächste Woche geht es los.«

»Wie bitte?« Kurt traute seinen Ohren nicht.

»Nur für sechs Wochen«, sagte sie. »Diese Chance durfte ich mir nicht entgehen lassen.«

»Du hast mir nie etwas davon gesagt.«

»Ich wußte nicht, ob ich genommen werde. Die Formulare habe ich schon vor Monaten ausgefüllt.«

»Eine gute Idee«, sagte er und fügte, als er ihren lauernden Blick bemerkte, schnell hinzu: »Das hast du doch schon immer gewollt.«

»Ich habe auch schon eine Pflegerin und eine Haushaltshilfe organisiert, damit du nicht zu sehr aus deiner Arbeit gerissen wirst.«

»Vielen Dank.«

»Wir telefonieren jeden Tag. Du wirst nicht mal merken, daß ich weg bin.«

Er fühlte sich schuldig wegen der Erleichterung, die ihn überkam. Vielleicht war das der Ausweg. Wo ihr beruflicher Ehrgeiz einsetzte, war für ihn und Lianna kein Platz mehr. Wenn sie so weitermachte und in der Arbeit einen Ersatz für ihn fand, wenn er unwichtig wurde für das, was sie vom Leben erwartete, dann wäre er frei.

»Terry, wir müssen miteinander reden. So geht das nicht weiter.«

»Ich hab dir ja immer gesagt, daß es nicht so leicht ist mit einem Kind.« Sie nippte an ihrem Wein und blickte lächelnd hinüber zum fernen See. »Nun erwarte nicht, daß ich die Karre aus dem Dreck ziehe. Jetzt mach ich erst mal wieder was für mich.«

Wovon redete sie da?

»Ich meine nicht das Kind.« Er vermied es, Liannas Namen zu nennen, weil schon öfter die bloße Erwähnung, die dem Kind einen menschlichen Status verlieh, harmlose Gespräche in peinliche Szenen verwandelt hatte. »Was ich meine, ist unser Sexleben, das praktisch nicht mehr existiert.«

»Oh, Kurt, darüber regst du dich so auf? Ich hab dir doch gesagt, das ist gar kein Problem. Wir müssen uns nur sehr viel Zeit gönnen und viele Möglichkeiten ausprobieren, damit wir rauskriegen, was wir beide wollen.«

»Du verstehst mich nicht, Terry. Ich will nicht mehr. Unsere Beziehung ist vorbei.«

»Mein Gott, diese Männer! Was für eine Katastrophe, wenn sie mal keinen hochkriegen! Die Welt bricht zusammen! Werd doch endlich erwachsen und nimm's locker!«

»Unsere Ehe ist zu Ende.« Er ließ ihr Zeit, die Worte zu verarbeiten, die er sich genau zurechtgelegt hatte. Er sagte sie so langsam und feierlich, daß sie die Mauern ihrer inneren Festung durchdringen mußten.

Das taten sie auch. Sie zeigte plötzlich einen Blick, dem er ein paarmal im vergangenen Jahr begegnet war, einen Blick, der ihn mehr als einmal mit Entsetzen erfüllt hatte. Ihr Gesicht fiel in sich zusammen, als wäre es in einen großen Staubsauger geraten, die Haut spannte sich über den Wangenknochen, und ihre Augen traten unnatürlich weit hervor, als würde sie im nächsten Moment explodieren.

»Nur über meine Leiche!« schrie sie und warf ihr Glas zu Boden. Ein Paar, das gerade am Tisch vorbeiging, blieb stehen und drehte sich nach ihnen um. Als sie jedoch schwiegen und nur Terrys heftiges Atmen zu hören war, setzte das Paar kommentarlos seinen Weg fort.

»Könntest du deinen Anfall etwas mäßigen?« sagte Kurt. »So überraschend ist ja diese Neuigkeit nicht.«

»Wir führen eine fabelhafte Ehe. Die beste, die es gibt!«

»Terry, wir schlafen nicht mehr miteinander. Wir lachen nicht mehr. Wir haben überhaupt kein Mehr mehr.«

»Ha! Gertrude Stein, dreh dich im Grabe um! Da benutzt ein Mann deine Worte, um seine Frau abzuschieben!«

»Ich schiebe dich nicht ab, Terry. Hier geht es auch nicht um Schuld. Ich stelle nur fest, was Tatsache ist. Wir führen keine Ehe mehr.«

»Na, das wollen wir doch sehen! Wenn du mehr wärst als nur ein halbes Hähnchen, wenn du nicht auf dem Kind bestanden hättest, das ich nie wollte, wenn du mich nur so lieben würdest wie dieses verdammte Gör ...«

»Halt das Kind da raus! Es geht hier nur um dich und mich, also bleib bei der Sache!«

»Wie sollen wir denn miteinander sprechen, ohne dieses Dritte einzubeziehen, das sich in alles hineindrängt? Jeden Abend geht es nur um sie, um ihre Mahlzeit, ihren bekackten Arsch, um jeden Huster und jedes Geschniefe. Jeden Abend warte ich, daß du mir mal einen Blick gönnst, daß du mich brauchst oder was von mir willst ...«

»Du redest ja, als wäre sie meine Geliebte! Sie ist unser Kind, Terry! Sie braucht uns beide. Wenn du ihr nur ein bißchen mehr Aufmerksamkeit schenken würdest, statt ständig irgendwelche überdrehten Liebesaffären im Kopf zu wälzen.«

»Ich opfere ihr jede Menge Zeit! Was zum Teufel weißt du davon? Jedesmal, wenn die Pflegerin zu spät kommt oder krank wird. Und wer ist für sie da, wenn in ein paar Jahren ein Anruf von der Schule kommt, weil sie sich das Knie aufgescheuert oder sonstwelche Probleme hat?«

»Ich. Das ist es ja, was ich dir sagen will.« Ihre Worte, ihr Verhalten, einfach alles an ihr verriet, was er nicht über sie wissen wollte – wie sehr sie ihr Kind haßte.

»Du? Du Versager, du kannst doch nicht mal eine Frau im Bett glücklich machen! Und da willst du Mutter und Vater für unser Kind sein?«

»Gut. Was willst du dann mit so einem Mann, Terry? Was nütze ich dir denn noch? Wenn du ehrlich zu dir bist, hast du was Besseres verdient.«

»Ich habe einen Mann verdient, der nur mich liebt! Und so war es einmal zwischen uns. Erinnerst du dich? Tagelang sind wir im Bett geblieben. Ich kann dich besser befriedigen als jede andere, wenn du mich nur läßt!«

»Aber warum solltest du? Selbst wenn es im Bett gut lief, Terry, dann war das nicht genug.« Er dachte an Lianna und fragte sich, ob sie mit der Pflegerin zurechtkam, ob sie noch wach war. Er fühlte sich erschöpft und elend. Er wollte nach Hause zu seiner Tochter. »Es hat keinen Zweck, darüber zu streiten oder mir mit irgendwelchen Argumenten zu beweisen, daß ich unrecht habe.«

»Du hast also nicht einmal soviel Anstand, mir zuzuhören.«

»Ich will dir nicht weh tun. Ich glaube auch nicht, daß ich dir weh tue. Das Schmerzhafte sind die Umstände. Unsere Ehe ist zu Ende. Jetzt müssen wir uns weiterbewegen – durch einen Scherbenhaufen aus zerbrochenen Hoffnungen.«

»Wie ein Wiesel! Du bist ja so verantwortungslos! ›Das Schmerzhafte sind die Umstände.‹ Haha!«

»Auch ich habe viel zu verantworten. Das Ganze war ein Fehler. Von Anfang an.«

»Er gibt es zu! Wir hätten nie ein Kind haben dürfen!«

»Das ist das einzige, worauf ich stolz bin.«

»Und all das andere, was zwischen uns war?«

»Terry, das war eine Illusion! Zwischen uns gab es nie viel mehr als Sex, und der funktioniert jetzt auch nicht mehr.«

»Willst du etwa widerrufen, daß du mich liebst? Das wirst du nicht wagen!«

Er stand auf und ging hinaus. Sie folgte ihm.

»Ich will eine Trennung. Dieser Sommerkurs in L.A. ist eine gute Gelegenheit, es zu versuchen«, sagte Kurt.

»Bitte verlaß mich nicht, Kurt!« Sie wollte ihn küssen, aber er drehte sich weg und ging hastig zur Fahrerseite des Autos. »Ich kann eine bessere Mutter sein, wenn du das willst.«

»Du bist eine gute Mutter«, sagte er, um nicht auch noch auf ihr herumzutrampeln. »Ich werde niemals behaupten, daß du nicht dein Bestes gegeben hättest.«

»Aber du bestehst auf Trennung.«

»Ja.«

Auf der Heimfahrt legte sie den Arm ins offene Wagenfenster und bettete den Kopf darauf. »Warte, bis ich zurück bin, bevor du irgendwelche dramatischen Entscheidungen triffst, okay? Zieh nicht aus! Wir werden ja sehen, wie es dir geht, wenn ich zurückkomme. Sechs Wochen sind eine lange Zeit. Du wirst sehen, wie sehr du mich brauchst.«

Er half ihr, das Auto zu beladen. Zuerst konnte er kaum fassen, daß Terry weg war. Er konnte wieder atmen. Im Haus kehrte Ruhe ein, das Baby schlief in den Nächten durch, er und die Pflegerin machten einen gründlichen Hausputz, um die letzten Spuren ihrer aufreibenden Gegenwart zu tilgen.

Gott sei Dank war sie weg. Er merkte jetzt, wie krank er sich fühlte, welche Angst er vor ihr hatte, wie einsam und von der Welt abgeschnitten er war. Er machte sich auf die Suche nach einem anderen Wohnort für sich und Lianna.

Eine Woche später begegnete er Nina am Fallen Leaf Lake.

An einem Augustwochenende kam Terry zurück. Kurt wartete in der Blockhütte auf sie. Sie trat mit ihren Taschen ein, ließ sie auf den Boden fallen und breitete die Arme zu einem Willkommensgruß aus, den er ihr willig gewährte. Dann führte er sie zur Couch.

»Als du weg warst, bin ich ausgezogen, Terry.«

»Wie bitte?«

»Ich hab eine Wohnung in Incline Village gemietet.«

»Moment mal, wenn ich bitten darf. Meine Abwesenheit war nur vorübergehend, und ich hatte Zeit zum Nachdenken. Ich habe mich entschieden zurückzukommen. Wir kriegen alles unter einen Hut, Kurt. Die Arbeit, das Baby, alles, was wir wollen.«

»Das sehe ich anders.« Sollte sie doch glauben, daß sie ihn verlassen hatte. Es störte ihn nicht mehr, daß sie sich ständig selbst belog.

Sie schüttelte den Kopf und machte ein strenges Gesicht. »Was du getan hast, ist sehr schlecht!«

»Ich habe dort ein Zimmer für das Kind eingerichtet. Heute ist sie allerdings hier. Im Moment schläft sie. Ich dachte, du wolltest sie vielleicht sehen. Aber es ist besser, wenn sie mit mir kommt. Du wirst mir da zustimmen müssen.«

»Wer ist sie?«

»Wen meinst du?«

»Die Schlampe, mit der du es treibst.«

Als er schwieg, redete sie weiter. »Du bist nicht der Typ, der so was allein macht. Wenn Terry mal wegfährt und dir das Bett nicht wärmt, rennst du gleich zu einer anderen. Aber du hast da was vergessen, mein Guter. Terry duldet nicht, daß du dein Versprechen brichst. Du wirst schön hierbleiben.«

Er stand auf. »Ich habe mich umgemeldet nach Nevada, als du weg warst. Ich lasse mich scheiden. Du hast die Wahl, das von der positiven Seite zu sehen und den Kontakt zum Kind zu behalten, oder nein zu sagen und dir selbst zu schaden.«

»Kurt, warum tust du das?«

»Es ist alles gesagt. Ich werde das Kind nehmen. Du kannst sie jetzt sehen und dich von ihr verabschieden. Für die Zukunft finden wir eine Regelung, sobald du besser weißt, was du vorhast.«

Nach einer Pause sagte Terry: »Ich möchte Lianna sehen.«

»Du nimmst es also von der guten Seite«, stellte er fest. »Ich kann dir gar nicht sagen, wie sehr mich das erleichtert.« Er hatte diese Szene dutzendemal im Kopf durchgespielt, und stets war sie bei weitem dramatischer abgelaufen. Er ging mit ihr auf den Flur hinaus, voll Widerstreben, ihr Lianna anzuvertrauen, aber unfähig, es zu verhindern.

»Laß mich sie holen, Kurt. Ich möchte ihr Gesicht sehen, wenn ich sie wecke.«

Er nickte und unterdrückte den Instinkt, nein zu sagen. Schließlich war sie Liannas Mutter.

Er setzte sich auf die Wohnzimmercouch und wartete. Er wartete länger, als er eigentlich gewollt hatte, um nicht kleinlich zu sein. Sollte sie sich Zeit nehmen für den Abschied, sollte sie ihren Frieden mit sich machen, mit der langen Trennung von ihrer Tochter.

»Terry!« rief er schließlich, aber es kam keine Antwort.

Er blickte in den Flur und ließ ihr noch ein paar Sekunden Zeit. Sie war nicht gegangen. Sie konnte nicht an ihm vorbei zur Tür hinaus. Eine Minute und eine weitere vergingen. Er klopfte an die Zimmertür. »Alles in Ordnung?«

»Äh, ich weiß nicht«, hörte er Terrys Stimme, die irgendwie verärgert klang. »Sie ist gerade …«

Warum hörte er Lianna nicht? »Laß mich rein, Terry. Mach die Tür auf!«

»Ich versteh das nicht«, sagte Terry und kam schließlich heraus. Sie zog merkwürdig geduckt die Schultern hoch. »Sie will einfach nicht aufstehen.«

Er stürzte ins Zimmer. Lianna lag auf dem Gesicht, zugedeckt mit ihrer leichten Überdecke. Er schaute einen Moment. Er berührte ihren Rücken. Nichts. Sein Herz blieb stehen.

Der Notarztwagen kam, dann der Gerichtsmediziner. Kurt brach zusammen. Schluchzend gab er an, daß Terry ihre Tochter umgebracht hätte. Sie hörten sich seine und Terrys Geschichte an, und bald wurde ihm klar, daß sie gewonnen hatte. Er konnte nichts bezeugen. Sie hatten keine Beweise. Sie klopften ihm auf die Schulter und trösteten seine trauernde Frau, die so bleich und stumm auf der Couch saß, daß sie ihr eine Spritze gegen den Schock gaben. Niemand kannte die Ursache des plötzlichen Kindstods. Niemand hätte ihn durch irgendwelche Vorkehrungen verhindern können.

An diesem Tag starb Kurt Scott mit seiner Tochter.

Das Kissen in der Ecke ... Er wußte, daß sie es getan hatte.

Am nächsten Tag saß er in Zorn und Kummer versunken in seiner neuen Wohnung, als es klopfte. Es klopfte so lange, bis er nachgab und die Tür öffnete. Terry, angetan mit einem feuerroten Kleid, das Gesicht verzerrt von Haß und Rachgier, stürmte über die Schwelle.

»Jetzt sag mir, wer die Schlampe ist, mit der du es treibst!« rief sie.

Er drehte sich um und ging. Er floh aus Tahoe, er floh vor Nina, die seinetwegen in Gefahr geraten war.

Und Terry heftete sich auf seine Spur, genau wie er es befürchtet hatte.

17

Nina setzte sich auf einen Stein unter einer schattigen Fichte. Sie blickte hinab auf die Emerald Bay, versuchte, mit der schrecklichen Geschichte fertig zu werden, die Kurt ihr soeben erzählt hatte, und einen klaren Gedanken zu fassen.

In den Felsen weiter unten fotografierte ein junger Japaner seine Freundin. Ihr schwarzes Haar flatterte im Wind, sie lächelte in die Sonne und stützte sich mit der Hand auf den warmen Granit. Hinter ihr breitete sich der Lake Tahoe aus, die riesige Fläche kalten, tiefen Wassers glitzerte in der Nachmittagssonne. Sie sahen nur die Schönheit des Sees, nicht seine bodenlosen, unerforschten Tiefen.

Nina mußte eine Entscheidung treffen. Sollte sie ihm glauben oder nicht? Wenn ja, waren die Konsequenzen so gewaltig, daß sie nicht allein damit fertig wurde.

Wenn sie Kurt glauben durfte, hatte er einen Schlag erlitten, von dem nur wenige Menschen sich erholten. Er hatte versucht zu fliehen, doch Terry war ihm wie eine Harpyie gefolgt, getrieben von unstillbarem Rachedurst. Im Lauf der Jahre hatte er sich an ein Leben im Exil gewöhnt, auch das hatte Terry nun mit ihrem Tod zerstört. Terry hatte ihr gemeinsames Kind getötet und ihn fast in den Wahnsinn getrieben. Er war geflohen, auch um Nina zu schützen. Und sie hatte nichts von seinem Opfer gewußt. Sie hatte ihn mit Verachtung gestraft.

Während Nina in all diesen Jahren ihr Leben fortgesetzt hatte, verändert durch die Begegnung mit ihm und durch sein plötzliches Verschwinden, hatte auch er weitergelebt. Von den wenigen Jahren, die ihr auf Erden vergönnt waren, verliefen schon so viele getrennt von Kurt. Wie hatte sie jemals glauben können, daß sie ihn nie wiedersehen würde?

Sie dachte an seine Hände, an diese langen, grazilen Finger, die so viele Tasten umspannen konnten. Er spielte die Fugen von Bach, diese komplexen, kontrapunktischen Kompositionen, in denen die Tonfolgen aufeinanderprallten, um sich voneinander abzusetzen ... *Fuga*, ein lateinisches Wort, das *Flucht* bedeutete.

Wenn sie ihm glaubte, mußte sie versuchen, ihm zu helfen. Soviel wenigstens war klar. Sie schob ihre zitternde Hand unter die Bluse und ertastete die Narbe. Sie wußte nicht, ob ihre Kraft ausreichen würde.

Wenn sie ihm glaubte, mußte sie mit Riesner fertig werden, bevor sie überhaupt daran denken konnte, Kurt zu helfen. Und Riesner würde ihr Übles antun, wenn sie gegen ihn in Aktion trat. Matt hatte schon den Gedanken daran mit aller Schärfe abgelehnt. Er konnte sie sogar bitten, aus seinem Haus auszuziehen. Und Paul? Ihn konnte sie verlieren. Ihre Anwaltspraxis würde darunter leiden. Sie selbst würde sich dem Spott ausliefern. Anwältin verteidigt den Vater ihres unehelichen Kindes! Was würde mit Bobby passieren, der gerade eine so verletzliche Phase seiner Entwicklung durchlief?

Die japanischen Touristen kletterten auf den Felsweg zurück und zogen weiter. Für den Moment war sie allein. Der See, eingefaßt von Bergwänden, lag wie ein gewaltiger Kessel aus blauer Energie vor ihr, deren Strahlung die Luft zum Flimmern brachte.

Nina grübelte weiter. Konnte sie überhaupt erkennen, wie der Fall in Wirklichkeit lag? Wenn nicht Kurt der Mörder von Terry war, dann mußte es jemand anders sein, jemand, der vielleicht mit ihrem Film zu tun hatte ... Seltsam. So hatte sie es nie gesehen. Aber die Aussage des Films lief darauf hinaus, daß sich in der Gegend von Tahoe ein Serienmörder herumtrieb. Ihr war diese Vorstellung immer zu wenig begründet vorgekommen – bis jetzt jedenfalls.

Es konnte da eine Gefahr bestehen. Sie war keine Amazone, die mit dem Dolch im Gürtel durch die Wälder strich, um einen reißenden Tiger unschädlich zu machen. Sie war eine Frau und Mutter.

Was wurde aus ihrem Vorsatz, kein Strafrecht mehr anzurühren?

Und was, wenn sie ihm glaubte – und den Prozeß verlor? Wie sollte sie damit leben?

Was, wenn er log und mit einer raffiniert erdachten Geschichte um ihr Mitleid warb? Was, wenn sie den Prozeß gewann, und er hatte sie belogen? Was wurde dann aus Bobby? War er sicher? War er jetzt deshalb sicher, weil Kurt nichts von ihm wußte und im Gefängnis saß? Was passierte, wenn Kurt von ihm erfuhr?

Wenn er log, Terry tatsächlich ermordet hatte und Nina später die Wahrheit herausfand, wäre das ihr Gefühlstod. Er hatte noch immer die Macht, ihr das anzutun.

Die Gründe, sich gegen seine Verteidigung zu entscheiden, waren so stark – was konnte sie ihnen überhaupt entgegensetzen?

Die Gründe, sich auf seine Seite zu stellen, waren ganz schwach und gingen fast unter im Tumult der warnenden Gegenstimmen in ihrem Kopf. Vielleicht – aber wirklich nur vielleicht – war er unschuldig, und sie konnte Bobbys Vater retten. Dann konnten sie sich eines Tages auch begegnen, Bobby und sein Vater. Bobby würde bekommen, was ihm fehlte, und Kurt hätte in ihm ein Geschenk, das ihn für vieles entschädigte …

Bei Licht besehen, reduzierten sich die Argumente für Kurt auf einen kleinen Jungen, der sagte: Bitte, Mama, hilf ihm! … eine sehr schwache Grundlage für eine solche Entscheidung. Aber auch ein dünner Hoffnungsstrahl, daß es für sie zu dritt doch noch so etwas wie Glück geben konnte. Konnte sie einfach zwölf Jahre zurückdrehen und von vorn anfangen, mit einem Kurt, der in Freiheit war? Wagte sie wirklich so weit zu denken?

Seltsam, wie sich dieser Gedanke, sie zu dritt, in ihrem Kopf ausbreitete – wie eine Wasserflut, die ihre Zweifel überschwemmte, ihre Ängste zudeckte und glättete. Die Wasserflut nährte die Quellen ihrer Kraft, ihrer Intelligenz, ihres Muts, sie stärkte ihren Entschluß, zur Wahrheit vorzustoßen, und sie spülte alles Trübe weg.

Das war ihre Herausforderung, eine Aufgabe, die so tief in ihr Leben eingriff, daß sie sich seit Jahren darauf vorbereitet hatte, ohne es zu wissen. Unmöglich, sich ihr zu entziehen.

Mehr als eine Stunde war vergangen. Ihr linkes Bein war eingeschlafen. Sie setzte sich in Bewegung, ohne auf das Kribbeln zu achten, den Blick noch immer auf den See gerichtet.

Nun war alles klar. Sie würde kämpfen.

Zuerst also Jeffrey Riesner.

Viele von Riesners Klienten waren schon zu ihr gewechselt, wahrscheinlich weil sie billiger war, aber hoffentlich auch weil sie besser war. Riesner verlangte zweihundert Dollar pro Stunde plus Spesen, ein happiger Preis für die Normalverdiener hier oben in den Bergen. Nina gewährte oft einen Festpreis für ihre Dienste, was die Klienten erfreute, weil sie ihre Fragen loswerden konnten, ohne auf die Uhr schauen zu müssen. Wenn sie dann ihre Betriebskosten und andere Ausgaben abrechnete, stellte sie manchmal fest, daß sie nur für ein paar Dollar die Stunde gearbeitet hatte.

Wie auch immer, Riesner hatte eine Menge Klienten an sie verloren, was seine Feindseligkeit natürlich schürte. Und jetzt war sie entschlossen, ihm einen solchen Hieb zu verpassen, daß er wirklich Grund hatte aufzujaulen. Wenn sie Kurt helfen wollte, mußte sie seine Verteidigung übernehmen.

War es nicht unethisch, einem Kollegen in aller Offenheit einen Klienten abzujagen? Und hatte man jemals von einem Anwalt gehört, der einen Fall übernahm, in dem er wahrscheinlich als Zeuge auftreten mußte?

Ein solcher Anwalt brauchte einen Anwalt, der spezialisiert war auf den Regelsalat und Gesetzeswirrwarr, den man als Rechtsethik bezeichnet.

Im Büro sprach sie kurz mit einem potentiellen Mandanten und schickte ihn wieder weg. Ihr war eingefallen, daß es eine Hotline bei der kalifornischen Anwaltskammer gab, wo Anwälte unter Wahrung ihrer Anonymität Auskünfte über Fragen der Standesordnung einholen konnten.

Normalerweise hielt sich Nina von der Anwaltskammer fern. Deren Aufgabe war die Pflege des kalifornischen Rechtswesens, aber ihr und vielen anderen Anwälten kam es so vor, als würden neunzig Prozent ihrer Tätigkeit in der Bestrafung von Anwälten bestehen und die restlichen zehn Prozent in der Bekanntmachung der Verweise, Enthebungen, Maßregelungen und Lizenzentzüge im Mitteilungsblatt der Anwaltskammer. Jeden Monat las sie von Dutzenden gestrauchelter Kollegen, deren Verfehlungen in allen Details ausgebreitet wurden, und immer hoffte sie, keinen der Genannten persönlich zu kennen. Die Anwaltskammer war wie das Finanzamt: launisch, unersättlich, unvermeidbar.

Trotzdem gab es da diese anonyme, kostenlose Beratung durch Fachleute, die es wissen mußten. Und Jahr für Jahr zahlte Nina brav ihre vierhundertfünfundsiebzig Dollar Mitgliedsbeitrag. Das war eine gute Gelegenheit zu prüfen, ob ihr Berufsverband das Geld wert war, das er von ihr verlangte.

Sie schloß die Tür und suchte die Nummer mit der Vorwahl von San Francisco heraus. Sie ließ es lange klingeln, dann landete sie in der Warteschleife. Schließlich rief eine fröhliche Männerstimme: »Hallo, hier ist die Anwaltskammer.«

»Ich möchte gern mit Ihrer Fachauskunft verbunden werden.« Eigentlich hätte sie »Krachauskunft« sagen können, denn dort riefen die Anwälte nur an, wenn sie von unzufriedenen Mandanten verklagt wurden, wegen Trunkenheit am Steuer ins Gefängnis kamen oder ein Verfahren wegen Unterschlagung verwalteter Vermögenswerte zu befürchten hatten.

»Sind Sie eingeschriebenes Mitglied?«

»Ja.«

»War natürlich nur eine Routinefrage, Frau Anwältin.« Die gute Laune des Mannes flößte ihr tiefes Mißtrauen ein.

Eine neue Stimme meldete sich, diesmal war sie genauso, wie sie es erwartet hatte: ungeduldig, abweisend, argwöhnisch. Eine Frau.

»Auskunft.«

»Ich hätte da ein paar Fragen zu Problemen der Standesordnung. Wenn es möglich ist.«

»Sie müssen hier Namen und Telefonnummer hinterlassen. Wir rufen zurück.«

Namen und Telefonnummer hinterlassen? Wo blieb da die Anonymität? Doch der Befehlston der Telefonstimme war so bezwingend, daß Nina demutsvoll ihre Identität preisgab und nur noch fragte: »Wann, äh, darf ich mit dem Rückruf rechnen?«

»Heute«, sagte die Stimme und legte auf. Auch Nina legte auf und bereute, angerufen zu haben.

Sie stand am Fenster zum See und blickte hinüber zum Mount Tallac, in dessen niederen Lagen der Schnee taute und die Granitfelsen zum Vorschein kamen. Ein paar Meilen weiter nordwestlich lag Emerald Bay hinter einer Uferkrümmung verborgen und noch ein Stück weiter Fallen Leaf Lake. Seit sie in Tahoe wohnte, war sie nie mehr zu der Sommerhütte gefahren, in der sie Kurt kennengelernt hatte.

Sandy kam mit einem Stapel Papiere herein. »Für dich zum Durchsehen. Ich brauche alles bis halb fünf, damit ich es kopieren und verschicken kann.«

Sandy verschob Ninas Spätnachmittagstermin in Carson City. Nina malte sich aus, daß überall in Kalifornien bekümmerte Anwälte saßen und den ganzen Nachmittag auf den gewissen Anruf warteten, während sie Gerichtstermine versäumten und Schlichtungsverhandlungen platzen ließen. Sie dachte an die Anwaltskammer, die jedem ein Ferngespräch widmete. Und sie dachte an ihre Mitgliedsgebühr.

Aber als um Viertel vor vier Sandys Summer ertönte, geriet sie doch für einen Moment in Panik. Sie in ihrer Wenigkeit hatte sich an den Gebieter über 150000 kalifornische Rechtsanwälte gewandt, an die mysteriöse und machtvolle Instanz der Rechenschaft und Strafe für jene, die sonst nichts zu fürchten hatten, an den Herrn der Anwaltsliste. »Vielen Dank, daß Sie zurückrufen«, sagte sie ehrerbietig.

»Ist mir ein Vergnügen, Ms. Reilly. Womit kann ich Ihnen dienen?« sagte eine selbstbewußte, junge Frauenstimme, die entspannt und beruhigend wirkte. Warum klang sie so friedlich? Welche unheilvollen Botschaften übersandte sie in diesem sanften Tonfall?

»Ich habe ein paar kleine, unbedeutende, äh, hypothetische Fragen an Sie.«

»Schießen Sie los.«

»Okay. Nehmen wir an, ich möchte die Verteidigung in einem Strafprozeß übernehmen, aber es ist möglich, daß ich im selben Prozeß als Zeugin aufgerufen werde. Ich gehe zwar davon aus, daß das nicht geschieht, ich habe kein direktes Wissen, was den Fall betrifft, aber der Ankläger könnte vermuten, ich wüßte etwas über die Motivlage oder, äh, über die ferneren Begleitumstände. Sie wissen schon, über das, was am Tag vor der Tat passiert ist, über die Aktivitäten des Angeklagten und so weiter. Mache ich mich verständlich? Vielleicht könnten Sie da mal nachschlagen im –?«

»Der Strafverteidiger als Zeuge«, sagte die unmenschlich selbstgewisse Stimme. »Ms. Reilly, da würde ich Sie auf Kapitel 5, 210 der Standesordnung verweisen. Die allgemeine Regel besagt, daß der Anwalt die Verteidigung nicht übernehmen darf, wenn zu erwarten ist, daß er in derselben Sache als Zeuge aufgerufen wird.«

»Oh.« Schon erschossen.

»Dennoch kann die dritte Ausnahmeklausel für Sie von Interesse sein, Ms. Reilly. Ein Anwalt kann die Verteidigung übernehmen und zugleich als Zeuge auftreten, wenn der Mandant vor Antritt des Mandats und im Wissen um den Sachverhalt seine schriftliche Einwilligung gegeben hat.«

»Oh.«

»Ihre zweite Frage?«

»Äh, ja, die ist natürlich ganz hypothetisch ...«

»Natürlich, Ms. Reilly. Ihre zweite Frage?« Nina empfand einen gewaltigen Zeitdruck, als wäre die Stimme unendlich kostbar und könnte keine Sekunde und keine Silbe zuviel an Nina verschwenden. Vielleicht fühlten sich ihre Klienten auch manchmal so, wenn sie mit ihr verhandelten.

»Nun, sagen wir, ich möchte einen Mandanten vertreten, aber er hat schon einen Anwalt, der seine Verteidigung übernommen hat. Der Mandant will gern wechseln. Ich weiß nur, daß es da eine Regelung im Rechtsverkehr mit Mandanten anderer Anwälte gibt.«

»In der Tat. Kapitel 5, 2100. Ist die betreffende Person bereits anwaltlich vertreten, ist jede Erörterung der zur Verhandlung stehenden Strafsache untersagt.«

Nina wartete. Sie hatte begriffen. Erst das Schlechte, dann das Gute.

»Sie könnten jedoch auch die Ausnahmeregelung in Paragraph C, Absatz 2 zu Rate ziehen. Wird die Erörterung der Strafsache von der vertretenen Partei initiiert, verbunden mit dem Ziel, sich von einem anderen unabhängigen Anwalt vertreten zu lassen, fällt dies nicht unter das Verkehrsverbot.«

»Wenn also der Mandant von sich aus das Gespräch sucht, um den Anwalt zu wechseln«, sagte Nina. »Ich verstehe.«

»Bitte nehmen Sie zur Kenntnis, daß die Anwaltskammer keine Rechtsberatung gewährt, sondern nur über den Wortlaut der geltenden Regeln und Verordnungen informieren kann. Möchten Sie noch ein paar Musterprozesse zu den betreffenden Paragraphen genannt haben?«

»Nein, danke«, sagte Nina. »Sie haben mir schon sehr geholfen.«

»Die Anwaltskammer steht Ihnen zu Diensten«, sagte die Anwaltskammer. Einen Moment lang kostete Nina das Machtgefühl aus, das all die Mitgliedsbeiträge erzeugen mußten. Mit soviel Geld im Rücken konnte sich die Anwaltskammer getrost in ihre kleine Justizwelt zurückziehen und die Menschheit sich selbst überlassen.

Sie schrieb ein paar Notizen auf das Blatt, direkt neben das nervöse Strichmännchen, das die Fäuste gegen einen dicken, blasierten Gorilla zückte. Ihr Magen knurrte. Sie überlegte, ob die Anwaltskammer den Anruf mitgeschnitten hatte. Sicher waren ihre Fragen sorgfältig und jederzeit abrufbar in irgendeinem Computer gespeichert.

Wenigstens konnte sie so beweisen, daß sie die Anwaltskammer konsultiert hatte, bevor sie ans Werk gegangen war. Sie hatte sich Rückendeckung verschafft, und der Versuch der Anwaltskammer, sich selbst den Rücken freizuhalten, indem sie behauptete, ihre Beratung sei keine Beratung gewesen, war schlichtweg absurd. Zumindest würde Nina so argumentieren, wenn es denn nötig werden würde.

Typisch paranoide Erwägungen, die nur in Juristenhirnen herumgeistern.

18

Sie rief im Gefängnis an. Besuche waren auch am Abend möglich.

Nach dem Essen fuhr sie wieder zu Kurt. Es wurde Zeit, etwas in Bewegung zu setzen. »Nina Reilly zum Gespräch mit Kurt Scott«, rief sie in die Sprechanlage.

»Hier steht, daß Jeff Riesner sein Anwalt ist«, sagte die Stimme nach längerer Pause.

»Ich besuche ihn nur so.«

»Wie Sie meinen, Ms. Reilly.« Der Summer ertönte. Nina fragte sich, ob Riesner schon von ihrem Besuch bei Kurt wußte.

Ein paar Minuten später saß sie ihm gegenüber, wieder hinter der Glasscheibe. Er sah genauso angespannt aus, wie sie sich fühlte.

»Wie geht's dir?« fragte er.

»Ich zerbreche mir den Kopf.«

»Hätte eigentlich nicht gedacht, daß du wiederkommst.«

»Ich mußte mich entscheiden, ob ich dir glaube oder nicht.«

»Mein Anwalt glaubt mir nicht, warum solltest du's dann?«

»Dein Anwalt kennt dich nicht.«

Seine Haltung lockerte sich ein wenig, und sie konnte erkennen, wie sehr er sich beherrschte, um keine Schwäche zu zeigen. »Ich habe schon früher nach dir gesucht, mußt du wissen, ein paar Jahre nachdem ich aus Tahoe weg war, als ich mich relativ sicher fühlte. Das waren die Jahre, in denen Terry viel beruflich unterwegs war und keine Zeit für ihr Hobby hatte – mir nachzujagen und jeden, den ich kannte, fertigzumachen. Du hast in San Francisco gewohnt, und ich erfuhr, daß du verheiratet warst.«

»Das ist aber nett, daß du versucht hast, mir auf der Spur zu bleiben.«

»Aber jetzt bin ich nur noch eine Einmischung in dein Leben, der du am besten nie begegnet wärest. Ist das nicht wahr?«

»Absolut«, sagte sie. »Aber da sitzt du nun mal.«

»Wie eine Laus, die sich an dir festgebissen hat.«

»Wie ein Gewitter. Wenn der Blitz mir nicht das Haus zerstört, ist es gut für den Garten.«

Es blieb so vieles unausgesprochen zwischen ihnen. Er kannte sie besser als irgend jemand sonst, obwohl die Zeit ihres Zusammenseins so kurz gewesen war. Als sie jetzt seine geschwungenen Lippen lächeln und seine Augen aufleuchten sah, wußte sie wieder, was er ihr bedeutet hatte.

»Wie wirst du hier behandelt?« fragte Nina so sachlich, wie sie konnte.

»Ich hab gefragt, ob ich ein Keyboard mit Kopfhörern zum Üben bekommen kann. Doch sie haben Angst, daß ich es als Waffe benutze.«

»O Gott.«

»Meine Hände brauchen Bewegung. Aber wahrscheinlich könnte ich hier sowieso keine Musik machen, selbst wenn ich wollte.«

»Was ist mit deinem Leben in Deutschland?«

»Der Job ist weg. Die Wohnung ist neu vermietet, und meine Sachen sind irgendwo eingelagert. Meine anderen Angelegenheiten sind vorläufig geregelt. Ich bin vor zwei Jahren nur deshalb aus meinem Versteck gekommen, weil ich wieder Musik machen wollte. Terry war mir allmählich aus dem Bewußtsein geschwunden. Ich dachte, vielleicht hat sie mich endlich vergessen, aber ich habe für alle Fälle einen anderen Namen verwendet.«

»Wann fängt der Prozeß an?«

»Am 15. Juli. Mr. Riesner meint, er wird nicht länger als zwei Wochen dauern.«

»Das sind ja nur noch ein paar Monate. Ist das genug Zeit zur Vorbereitung?«

»Er sagt, der Fall liegt einfach. Er hat nicht viel Worte verloren. Ist es wirklich ein einfacher Fall, Nina?«

Das war die Eröffnung, auf die sie gewartet hatte, eine unbeeinflußte Äußerung, daß er Riesner nicht voll vertraute. »Ich kann die Fragen, die deine Verteidigung betreffen, nicht mit dir erörtern, da du von Mr. Riesner vertreten wirst«, sagte sie gestelzt.

»Was redest du da?«

»Wenn du ein Gespräch über deine Verteidigung mit mir initiierst, kann ich mit dir darüber reden, aber ich selbst darf ein solches Gespräch nicht initiieren.«

»Damit willst du irgend etwas sagen«, meinte Kurt. »Wenn ich nur begreifen könnte, was!«

»Na klar kannst du das.«

Er dachte nach. »Okay, ich initiiere hiermit ein Gespräch«, sagte er. »Über das, was du angedeutet hast.«

»Wenn du der Auffassung bist, daß Riesner nicht der richtige Anwalt für dich ist, wenn du dich nach einem anderen Verteidiger umsehen willst und wenn du das zum Ausdruck bringst, dann kann ich mit dir darüber sprechen.«

»Ich will ihn nicht, und ich traue ihm nicht. Aber es sieht so aus, als würde ich ihn nicht mehr los.«

Nina prüfte seine Worte auf ihre juristische Verwertbarkeit und kam zu dem Schluß, daß sie ausreichten. »Da du es zur Sprache bringst«, sagte sie, »doch, du kannst ihn wieder loswerden.«

»Er hat mein ganzes Geld.«

»Er ist verpflichtet, zurückzuzahlen, was er nicht abrechnen kann.«

»Kennst du den Mann?«

Leider ja, wollte sie sagen, aber da jede Kritik an Riesner eine Beeinflussung Kurts gewesen wäre, sagte sie nur ja.

»Dann weißt du doch, daß er mich nicht einfach aus dem Vertrag entläßt.«

»Es bleibt ihm gar nichts anderes übrig. Was das Geld betrifft, würde ich die Verteidigung ohne großen Vorschuß übernehmen«, sagte Nina, und setzte, erschrocken über ihre Waghalsigkeit, hastig hinzu: »Natürlich kannst du mich bezahlen, sobald du Riesners Vorschuß zurückbekommst.«

In Kurts Miene flackerten die unterschiedlichsten Regungen auf.

»Ich muß dich aber darauf hinweisen, daß der Wechsel der Verteidigung möglicherweise zu Verzögerungen führt. Mr. Riesner könnte Schwierigkeiten machen, bevor er deine Akten und den restlichen Vorschuß herausgibt. Vielleicht kommt es auch zu einem richtigen Krach. Du müßtest den Antrag stellen, daß du mich als Anwältin willst. Ich könnte in diesem Prozeß auch als Zeugin aufgerufen werden. Deshalb mußt du vorher eine schriftliche Erklärung abgeben, daß du davon weißt und mich trotzdem als Verteidigerin willst.«

»Ich weiß aber nicht, ob ich das will.«

Etwas in ihr sagte: Okay, ich hab getan, was ich konnte. »Ich verstehe. Er hat viel mehr Erfahrung als ich, ich bin sicher, er wird seine Sache großartig machen, vergessen wir das Ganze«, sprudelte sie heraus, und ihr Stolz sprühte Funken.

»Du denkst, ich halte dich nicht für gut genug, Nina?«

»Nun ...«

»Ich hab mit ein paar Häftlingen über dich gesprochen. Du hast einen guten Ruf in Tahoe, besonders seit deinem letzten Fall. Zumindest sagen das viele. Ich weiß, daß du gut bist. Aber verstehst du nicht? Ich hab dir schon genug angetan.«

»Mach dir darum keine Sorgen. Damit werde ich fertig.«

»Laß dich nicht auf mich ein. Ich bin ...«

»Verloren? Nicht, wenn ich dir beistehe!«

Er schüttelte den Kopf, aber sie sah den Hoffnungsschimmer in seinen Augen.

»Du glaubst mir, daß ich unschuldig bin?«

Nina wich seinem Blick aus. »Ich möchte dir glauben. Wenn ich meinem Eindruck folge, halte ich es für möglich, daß du die Wahrheit sagst, und du verdienst eine gute Verteidigung.«

Während sie sprach, hatte sie plötzlich Terrys blutüberströmte Leiche vor Augen. Konnte nicht auch sein, daß er log? Daß er Terrys Andenken schändete? Ein hartnäckiger Rest ihres Verstandes sagte: Kurt, wenn du das getan hast, dann ...

»Du hast dich auch verändert, Nina. Ich frage mich, wie du dazu kommst, mir das anzubieten.«

»Ich möchte dir helfen, schließlich hab ich einen persönlichen Anteil an der Sache.« Sie hätte sich dafür treten können. Was sollte er mit dieser Feststellung? Sie durfte keine Fragen provozieren. Was, wenn er nun dahinterkam, daß sie einen Sohn miteinander hatten? Bobby mußte strikt herausgehalten werden. Kurt durfte nicht von ihm erfahren – bis zu seiner Entlassung.

»Danke, daß du mir helfen willst. Ich weiß nicht, ob es richtig ist, was du da tust. Und wie soll ich diesem Blödmann Riesner beibringen, daß er gefeuert ist?«

Kurt mußte die Mitteilung über den Wechsel des Anwalts gleich am nächsten Tag abgeschickt haben, zusammen mit einem Begleitschreiben, in dem er die Rückerstattung der ungenutzten Honorarsumme erbat. Kurz vor fünf am nachfolgenden Montag, als Nina und Sandy gerade die Kaffeetassen abwuschen und Bücher zurück ins Regal stellten, begann das Faxgerät zu schnarren. Erst kam ein Brief, dann noch einer.

Der erste Brief, abgesandt vom Anwaltsbüro Jeffrey A. Riesner, lautete knapp und lakonisch:

> Sehr geehrte Frau Anwältin:
> Ich habe Ihre skandalösen Verstöße gegen die Standesordnung bei der kalifornischen Anwaltskammer zur Anzeige gebracht und gehe davon aus, daß Sie von dort umgehenden Bescheid erhalten. Eine Kopie des Schreibens an die Anwaltskammer lege ich bei.
> Des weiteren sende ich Ihnen den sogenannten »Wechsel des Anwalts« zurück, zu dem Sie meinen Mandanten angestiftet und manipuliert haben. Ich fordere Sie hiermit auf, jeden weiteren Versuch zu unterlassen, mit meinem Mandanten in Kontakt zu treten oder seine Zusammenarbeit mit mir in anderer Weise zu behindern. Zu Ihrer Information: Ich erwäge Klage wegen rechtswidrigen Eingriffs in eine Vertragsbeziehung.
> Mit vorzüglicher Hochachtung
> Jeffrey Riesner

Nina las auch den nachfolgenden Brief an die kalifornische Anwaltskammer. Riesner hatte sie gehängt, geköpft und gevierteilt, natürlich in makellosem Juristenlatein.

Sandy las schweigend mit. Als sie zu Ende waren, sagte sie: »Du hast den ja richtig zum Schäumen gebracht.«

»Wie erwartet«, sagte Nina. »Der Antrag auf Wechsel des Anwalts mitsamt Begründung ist schon diktiert, Sandy. Tipp ihn gleich morgen früh ab, und bring ihn zum Gericht.«

»Wieder ein Mordfall«, sagte Sandy und machte einen Schmollmund. Nina wartete auf eine kritische Bemerkung.

Aber Sandy sagte nur: »Manege frei dem Clown!«

Ein paar Tage später teilte die Anwaltskammer mit, daß aufgrund der Beschwerde Riesners ein Ermittlungsverfahren gegen Nina eröffnet worden sei. Es handele sich um einen sehr ernsten Vorwurf. Sie erhalte eine zehntägige Frist für eine Erwiderung, der alle sachdienlichen Beweismittel beizufügen seien. Riesner lag gut im Rennen.

Nina las noch einmal die ausführliche Stellungnahme, die sie für die Verhandlung beim Bezirksgericht vorbereitet hatte. Milne würde auf der morgigen Sitzung keine Zeugen anhören, sondern sein Urteil einzig auf die Anträge und die von Riesner und ihr vorgebrachten Argumente stützen.

Es war eine verdammt gute Stellungnahme.

Sie trug aus gegebenem Anlaß extrem hohe Absatzschuhe und ihr steilstes Kostüm, ein schwarzes Modell von Nordstrom mit Schulterpolstern wie Ziegelsteine. »Reiß ihm den Arsch auf«, sagte Sandy, als Nina den Regenschirm vom Haken nahm und hinausstakste in den strömenden Regen.

Doch die ganze Kampfeslust, die sie in sich angestaut hatte, ging ins Leere. Milne wollte sie nicht einmal anhören.

»Mr. Riesner«, sagte er, »Sie werden sich wohl damit abfinden müssen, daß Ihr Mandant Ihnen gekündigt hat. Ms. Reilly hat in ihrer Erklärung ausreichend für Flankendeckung gesorgt. Ein Verstoß gegen die Standesordnung ist nicht feststellbar. Gelegentlich wechseln Mandanten den Anwalt, müssen Sie wissen.«

»Ja. Nämlich dann, wenn sie von geldgierigen Winkeladvokaten dazu verführt werden!«

»Das reicht.«

»Die kann doch nicht einfach in den Knast laufen und sich da ihre Kundschaft zusammenhuren!«

»Mr. Riesner! Ich belege Sie mit einer Ordnungsstrafe von fünfhundert Dollar, zahlbar an Ms. Reilly für Ihre ehrverletzende Äußerung. Ich ordne zudem an, daß Sie die Verfahrenskosten und Gebühren zu tragen haben, die Mr. Scott im Zusammenhang mit seinem Antrag entstanden sind. Schließlich ordne ich die sofortige Rückerstattung des Honorarvorschusses an, abzüglich der bereits getätigten Ausgaben, über die Sie genaue Belege beifügen wollen. Und schließlich erwarte ich von Ihnen als Mitglied der Anwaltskammer, daß Sie sich bei Ms. Reilly für die unbegründeten Vorwürfe entschuldigen.«

»Am Arsch!«

»Was sagten Sie, Mr. Riesner?«

»Am Arsch, Euer Ehren!«

»Die Ordnungsstrafe wird hiermit auf die Summe von eintausend Dollar erhöht, zahlbar innerhalb von fünf Tagen«, verkündete Milne. »Protokollführer, stellen Sie bitte sicher, daß ein Protokoll der Verhandlung und der Urteilsentwurf der kalifornischen Anwaltskammer überstellt werden. Der nächste Fall, bitte!«

»Oh, Mr. Riesner«, rief Nina unter ihrem Regenschirm hervor, als ihr Rivale auf dem Parkplatz gerade seinen BMW öffnete.

Er wandte ihr ein wutverzerrtes Gesicht zu, das sonst so sorgfältig frisierte Haar hing ihm in nassen Fransen über die Stirn. »Was wollen Sie denn jetzt noch!«

Sie dachte an Riesners Kirschbaumschreibtisch, an seine Zigarre und seine höhnischen Sprüche. »Ich möchte nur, daß Sie sich keine Sorgen machen. Ich nehme Ihnen die Sache nicht übel. Es sei Ihnen verziehen. Und wenn Sie das Strafgeld nicht sofort auftreiben können, bin ich bereit, Ihnen einen kurzen Aufschub zu gewähren.«

Riesner knallte die Wagentür zu und startete durch, daß das Regenwasser spritzte. Nina trat rechtzeitig beiseite und winkte ihm freundlich nach, während er mit aufheulendem Motor auf die Straße hinausschoß.

An der Tür zum Bürogebäude traf sie am nächsten Morgen ihren Vermieter, einen munteren älteren Herrn namens Gant, der für sein Maklerbüro die großen Räume auf der anderen Seite des Flurs nutzte. »Hallo!« rief sie fröhlich.

»Ah, guten Morgen«, sagte Mr. Gant, »tut mir aufrichtig leid, das mit dem Artikel. Wenn Ihnen einer dumm kommt, gucken Sie ihn einfach an, bis er sich schämt. Diese verdammten Reporter!« Er ging weiter zum Ausgang und klopfte ihr begütigend auf die Schulter.

»He, Sandy, was ist das für ein Artikel? Es muß was in der Zeitung stehen.« Nina ging in ihr Büro und warf die Aktentasche auf den Klientenstuhl.

Der *Tahoe Mirror* lag auf Sandys Schreibtisch. Sie zeigte angewidert mit dem Finger darauf. »Wenn du einen Killer anheuern willst«, sagte sie, »kann ich dir einen guten empfehlen.«

»Deinen Bruder oder deinen Neffen?« fragte Nina. »Ich hoffe, du machst Witze.«

»Ich mache nie Witze«, sagte Sandy.

Nina goß sich Kaffee ein, setzte sich vor den üblichen Morgenstapel unterschriftsreifer Briefe und rosafarbener Formulare, ließ sie aber liegen und klappte die Zeitung auf.

Sie hatte es auf die Titelseite geschafft.

ANWALTSSTREITIGKEITEN IM FALL SCOTT BESCHÄFTIGEN ANWALTSKAMMER lautete die Schlagzeile. Der Leitartikel stammte von Barbet Cain, einer Reporterin, die in der Nacht zuvor eine Reihe von Anrufen auf ihrem Bürotelefon hinterlassen hatte.

»Gegen die Anwältin Nina Reilly, die im vergangenen Jahr Schlagzeilen im Fall Patterson machte, hat die kalifornische Anwaltskammer ein Verfahren wegen standeswidrigen Verhaltens eröffnet«, begann der Artikel. Nina las weiter und vergaß ihren Kaffee.

> Der Beschwerde zufolge, die Jeffrey Riesner, der prominente Strafverteidiger und Mitinhaber der bedeutenden Anwaltsfirma Caplan, Stamp, Powell und Riesner bei der Anwaltskammer eingereicht hat, hat Reilly in mehreren Fällen gegen

die Standesordnung der Kammer verstoßen, die in Kalifornien die Rechte und Pflichten der Rechtsanwälte regelt. Sollten sich die Vorwürfe als berechtigt erweisen, hat Reilly mit gerichtlichen Sanktionen und Disziplinarmaßnahmen zu rechnen, möglicherweise sogar mit dem Entzug der Anwaltslizenz.

Die Beschwerde beinhaltet, daß Reilly den Richter Curtis Milne vom Bezirksgericht El Dorado veranlaßte, ihr die Vertretung von Kurt Scott zu übertragen, der gegenwärtig unter Mordanklage steht.

Reilly hatte der Beschwerde zufolge nicht das Recht, den Fall Scott zu übernehmen, weil sie Scott in unstatthafter Weise bedrängte, den kompetenten Anwalt, der ihm bereits zur Verfügung stand, zu entlassen. Offenbar pflegen Scott und Reilly seit Jahren uneheliche Beziehungen, und sie haben ein elfjähriges Kind miteinander.

Außerdem geht aus der Beschwerde hervor, daß Reilly im Prozeß als Zeugin auftreten wird. Unterstaatsanwalt Collier Hallowell, der als Ankläger mit dem Fall betraut ist, gab keinen Kommentar dazu ab und verwies darauf, daß die Zeugenliste noch nicht aufgestellt sei. Obwohl die Standesordnung nicht grundsätzlich ausschließt, daß Strafverteidiger im selben Prozeß als Zeugen aussagen können, ist dies laut Riesner absolut unüblich und außerdem geeignet, eine kompetente Verteidigung des Angeklagten zu behindern.

Wie es ein seltsamer Zufall will, hat Reilly auch das Mordopfer Theresa London zur Zeit ihres Todes in einem Prozeß vertreten, der aber offenbar nicht in Beziehung zum Fall Scott steht. London wurde am 30. März erschossen aufgefunden, und Scott wurde aufgrund einer Zeugenaussage unter Mordanklage gestellt.

Die Tatsache, daß Reilly die Mutter von Scotts Sohn ist, hat in den informierten Kreisen der Justiz Bestürzung ausgelöst. »Ich glaube nicht, daß ich zu einer Anwältin gehen würde, die ein Verhältnis mit einem mutmaßlichen Mörder hat«, meinte einer der Befragten. Auch wurden Fragen laut, inwieweit bei Reilly von einer Mitwisserschaft im Mordfall ausgegangen werden muß.

»Es handelt sich hier um einen skandalösen Fall von Interessenvermengung«, stellte Riesner fest, »ich schäme mich für meinen ganzen Berufsstand.«
Auf wiederholte telefonische Anfragen hat Reilly nicht reagiert.

»Ist ja köstlich«, sagte Nina mit zusammengepreßten Zähnen. Nun hatte Riesner ihr doch noch eins ausgewischt.

Das Telefon summte, und sie nahm den Hörer ab. »Mrs. Salazar auf Leitung zwei«, sagte Sandy. Nina hörte aus ihrem Tonfall die Warnung heraus und drückte auf den Knopf.

»Sind Sie das?« fragte Mrs. Salazar. Nina hatte gerade ein Testament für Mrs. Salazar aufgesetzt, die aus drei Ehen als reiche Witwe hervorgegangen war und ihr ganzes Vermögen dem örtlichen Tierheim vermachen wollte.

»Hallo, Mrs. Salazar, wie geht's Ihnen?«

»Ich staune, daß Sie die Stirn haben, sich hier noch blicken zu lassen«, sagte ihre Klientin. »Hätte ich das früher gewußt, wäre ich ganz bestimmt nicht zu Ihnen gekommen. Ich kündige Ihnen hiermit. Eine Rechnung können Sie sich sparen, die zahle ich sowieso nicht.«

»Aber, Mrs. Salazar. Ihr Testament …«

Mrs. Salazar legte auf.

»… ist fertig zur Unterschrift«, sagte Nina in die tote Leitung. »Okay, dann eben nicht.«

Es summte schon wieder. Nina starrte das Telefon an, dann nahm sie ab. »Willst du mit der *Sacramento Bee* reden?« fragte Sandy.

»Soll das ein Scherz sein?«

»Du hast hier auch einen Anruf aus dem Büro von Richter Milne.«

»Ich rufe ihn gleich zurück. Jetzt bin ich erst mal beschäftigt.«

»Hast du den Stapel Faxe gesehen?«

»Den hab ich mir gerade vorgenommen. Das ist Riesners Rache. Eigentlich wollte ich dich längst einweihen, Sandy.«

»Um mich mach dir keine Sorgen. Kümmer dich lieber um deine empörte Kundschaft.«

Nina deponierte die Zeitung im Papierkorb. Sie hatte schwer gearbeitet für ihren guten Ruf, der nun mit einem einzigen Zeitungsartikel zerstört war.

Riesner hatte sie gedemütigt, aber sie durfte nicht vergessen, daß sie die erste Runde gewonnen hatte.

19

Sandy summte. »Mr. Hallowell ist hier. Er hat keinen Termin, aber du hast einen, in fünfzehn Minuten.«

»Bin gleich da.« Nina öffnete die Tür und sah Collier, der ihr den Rücken zukehrte und einen der Washoe-Wandteppiche betrachtete. Er stand in seinem ausgebeulten grauen Anzug da, sein Haar, das seit dem letzten Jahr auffällig ergraut war, hatte fast denselben Farbton. Das war der Preis für die Karriere.

Er sandte ihr einen freundlichen Blick. Die Augen dieses stämmigen Mannes im mittleren Alter wirkten müde. Er sah verloren aus, ein wenig vernachlässigt. Er gehörte zu den Männern, die auf eine Frau angewiesen sind.

Unter dem Arm trug er einen gewichtigen Aktenkarton.

»Der Teppich ist sehr schön«, sagte er zu Sandy. »Und sieht ziemlich alt aus. Neunzehntes Jahrhundert? – Hallo, Nina!«

»Er ist auch alt. Meine Urgroßmutter hat ihn gemacht. Woher wissen Sie das?«

»Meine Frau hat Washoe-Körbe gesammelt«, sagte er. »Die stehen noch bei mir auf dem Küchenregal.«

»Ich kann Ihnen sagen, wo Sie welche kriegen.«

»Nein, danke. Ich will nur Ihre Körbe, so wie sie da stehen.«

»Klar«, erwiderte Sandy und war beschämt, was Nina an ihrer unbeirrbaren Sekretärin selten erlebte.

»Kommen Sie rein.«

Er folgte Nina und ließ sich auf einen Klientenstuhl sinken. »Ich muß mich entschuldigen, daß ich hier einfach so reinschneie. Sonntag hab ich gearbeitet und bin heute morgen um sieben wieder angetreten. Ich saß da in meinem Büro bei der fünften Tasse Kaffee, als der Bote kam und die Akten für Sie abholen wollte. Da hab ich mich entschlossen, lieber selber zu gehen und ein bißchen echte Sonne abzukriegen.«

»Schön, Sie hier zu sehen. Wir sind noch nicht im Clinch miteinander, oder?«

»Nein. Noch haben Sie nicht behauptet, daß Ihr Mandant von mir an die Wand gedrückt wird, und noch habe ich nicht die Todesstrafe als einziges Mittel gefordert, die Gesellschaft vor solchen Elementen zu schützen.«

»Da muß sicher einiges passieren, bevor Sie sich auf eine so harte Position zurückziehen«, sagte Nina.

»Und mir ist aufgefallen, daß Sie viel länger auf dem Teppich bleiben, als man es von Strafverteidigern gewöhnt ist.« Er beäugte sie mit Interesse. Nie hatte er sie ohne Jacke gesehen. Ihr blaßoranger Pullover schien ihn zu faszinieren.

»Sie haben mich mit aufgekrempelten Ärmeln erwischt«, sagte sie, »die Kleiderordnung hab ich an den Nagel gehängt.«

»So sehen Sie kleiner aus«, stellte er fest, »wie ein Mädchen, das aus irgendeinem Grund gezwungen ist, mit den Jungen Krieg zu spielen.«

Unwillkürlich griff sie nach ihrer Jacke. »Uns macht das aber nicht solchen Spaß wie den Männern. Wir sind nicht wild auf das Verurteilen und Strafen. Aber wenn wir schon kämpfen müssen, erledigen wir unseren Gegner lieber kurz und schmerzlos.«

»Verstehe. Ich wollte Sie wirklich nicht kränken!«

»Schon gut.« Sie hatte ihm schon verziehen.

»Also dann. Warum reden wir nicht heute morgen wie zwei gute Bekannte miteinander? Ich hab diese albernen Förmlichkeiten satt«, sagte er. »Hier!« Er zog sein Jackett aus, hängte es über die Stuhllehne und entblößte sein ungebügeltes weißes Hemd. »Jetzt sind wir quitt.«

»Lassen wir's auf den Versuch ankommen. Und danke, daß Sie mir die Akten bringen.«

Collier setzte den Karton auf dem Schreibtisch ab und blickte sich in ihrem Büro um. Sie sah jetzt ihre Eichenschränke, die braune Ledercouch, ihre Zeugnisse und den geliebten Ficus im Messingtopf, der dort in der Ecke ein Sonnenbad nahm, mit seinen Augen. »Sehr nett hier. Und wirklich schade, daß wir keine Freunde sein können. Ich mag Sie.«

»Ich mag Sie auch«, erwiderte Nina ein wenig verlegen. »Aber im Moment stehen Sie auf der einen Seite und ich auf der anderen. Sie greifen an, ich verteidige. Und wenn ich Glück habe, schaffe ich einen Gegenangriff. Wir sind auch nur Menschen. Wir müssen unsere persönlichen Gefühle mit diesem Kampf in Einklang bringen, sonst kostet uns das zuviel Kraft.«

»So hab ich das früher auch gesehen. Heute nicht mehr. Ich versuche, die Opfer und ihren Anspruch auf Gerechtigkeit zu vertreten. Ich versuche, weiteres Übel abzuwenden. Daran ist nichts Persönliches.«

Den Slogan »Ich vertrete die Opfer« kannte sie von anderen Staatsanwälten zur Genüge, aber Collier besaß eine Aufrichtigkeit, der sie vertraute. Leider taten das auch die meisten Geschworenen. »Da sind Sie mir um Lichtjahre voraus«, sagte sie. »Für mich wird es oft sehr persönlich.«

»Ich vermute, das bedeutet, daß Sie nach der Arbeit nicht mit mir auf einen Drink weggehen werden.«

»Wie bitte?«

»Warum nicht? Dann reden wir eben nicht über die Arbeit, nur über Sie und wie es Ihnen hier in den Bergen gefällt. Reden wir über die Washoe. Reden wir über ... was weiß ich. Einfach nur quatschen.«

»Ich glaube, ich würde mich dabei nicht wohl fühlen. Ich meine ...« Der Satz, den sie nicht zu Ende brachte, hätte wohl etwa so geklungen: Es ist schon kompliziert genug, ich möchte nicht auch noch auf Freunde von der anderen Seite Rücksicht nehmen müssen.

Vielleicht hatte Collier die schwierige Kunst, trotz persönlicher Betroffenheit sachlich zu bleiben, im Gerichtssaal gelernt. Ihr war das nicht vergönnt.

Ein bewundernswerter Gegner, dachte sie, eine wirkliche Herausforderung. Vielleicht hatte er etwas davon in ihren Augen bemerkt.

»Lassen wir das«, sagte er sanft. »Kein Problem. Reden wir über den Fall London. Erst einmal meinen Glückwunsch, daß Sie es geschafft haben, Jeff die Sache aus der Hand zu nehmen. Aber hüten Sie sich vor ihm. Er verzeiht nichts, und er vergißt nichts. Er wird einen Weg finden, seinem Ärger Luft zu machen.«

»Die Sache ist wirklich dumm gelaufen. Bei jedem anderen könnte ich mich entschuldigen, aber er wird mir den Kopf abreißen und ihn … seiner Antiquitätensammlung einverleiben.«

Er lachte über ihren Einfall, ein langgezogenes Knurren, das in einem leisen Glucksen endete. »Jetzt aber das Geschäftliche: Irgendwo in Ihrem Papierstapel muß die Verfügung stecken, in der Richter Milne bestätigt, daß Sie die Verteidigung von Scott übernehmen. Sie wissen sicher, daß die Anklage beim Bezirksgericht bereits erhoben ist.«

»Das Protokoll der Vorverhandlung habe ich mir gerade vorgenommen. Dieser große Packen hier ist Jeff Riesners Mandantenakte. Wenn ich alles durchgeackert habe, rufe ich Sie an, und wir setzen eine Vorbesprechung mit Milne an«, sagte Nina.

»Okay.«

Sandy summte wieder. »Dein Elf-Uhr-dreißig-Termin ist da.«

»Dauert noch ein paar Minuten«, sagte Nina und legte auf. Sie stellte sich neben Collier, der ihre Aussicht auf den Mount Tallac bewunderte. Die Sonne übergoß die gewaltige, zerklüftete Ostflanke mit goldenem Licht.

Nina musterte Collier, während er den Berg betrachtete. Gegen ihren Willen sah sie ihn als Menschen, nicht als Staatsanwalt. Sie sah einen nachdenklichen, vielschichtigen, etwas traurigen und einsamen Mann.

»Die Schneeschmelze ist schon weit«, sagte er. »Einen Sommer bin ich mal mit meiner Frau da oben gewesen. Wir haben auf dem Gipfel übernachtet, in einer warmen, windstillen Nacht, als gerade der Perseus-Meteoritenschwarm niederging. Wir haben sie über den Himmel schießen sehen.«

»Es tut mir leid«, sagte Nina und stellte sich vor, wie er mit der Frau, die er liebte, im Schlafsack lag und die Sternschnuppen am Nachthimmel betrachtete. »… das mit Ihrer Frau.«

»Mir auch«, sagte er. »Sie war nur ein bißchen älter als Sie. Ich begreife es immer noch nicht. Ich liege nachts wach und frage mich, wie das passieren konnte.«

»Woran ist sie gestorben?«

»Sie war Bewährungshelferin. Anna Meade. Vielleicht haben Sie die Geschichte gehört.«

Ein anderer Strafverteidiger hatte ihr davon erzählt, als sie erst ein paar Wochen in Tahoe gewesen war. Colliers Frau war von einem ihrer Klienten ermordet worden. Sie hatte sehr gelitten …

»Haben Sie Kinder?« fragte Nina unpassenderweise.

»Nein. Auch damit hatte ich Pech. In jeder Beziehung Pech.« Er ging zum Stuhl zurück. »Entschuldigen Sie! Es ist drei Jahre her, aber ab und zu packt es mich immer noch.«

»Das ist doch nicht schlimm«, sagte Nina und reichte ihm ein Papiertaschentuch. »Davon hab ich einen unbegrenzten Vorrat.«

»Jedenfalls, Jeff hat mich massiv bearbeitet, Ihre Übernahme der Verteidigung zu verhindern. Ich habe aber beschlossen, mich da herauszuhalten. Dann sah ich den Zeitungsartikel, und mir wurde klar, daß eine enge Bindung zwischen Ihnen und Scott besteht.«

»Bestand.«

»Um ehrlich zu sein: Ich glaube, Sie haben einen Fehler gemacht.« Er warf das Taschentuch in den Papierkorb, verfehlte ihn und bückte sich, um es aufzuheben und es noch einmal zu versuchen. »Ich sage das, weil ich es gut mit Ihnen meine, unabhängig davon, wie ich im Prozeß gegen Sie vorgehe.«

»Ich kann sehr gut auf mich selbst achten.«

»Wir haben da ein Camcorder-Video, das wir noch auswerten«, sagte Collier. »Terry London hat es unmittelbar vor ihrem Tod aufgenommen. Eine Kopie ist immer noch nicht da, aber das Band wird für Sie eine Offenbarung sein. Ich glaube, Sie sollten in mein Büro kommen und es sich ansehen.«

Sie hatte also richtig gehört, als sie vor Colliers Bürotür gelauscht hatte. Terry hatte sich beim Sterben gefilmt.

»Es ist nur zehn Minuten lang«, sagte Collier. »Kommen Sie nachher gleich rüber, wenn es geht. Um eins etwa habe ich Prozeßpause.«

»Ich werde dasein.«

»Wir betrachten es als die Erklärung einer Sterbenden. Sie sagt, Ihr Mandant hat geschossen.«

»Es könnte sein, daß ich diese Äußerung nicht so sehr beim Wort nehme wie Sie, egal, was sie sagt. Ich komme nachher zu Ihnen.«

»Schön. Vielleicht überlegen Sie es sich noch einmal. Ich kann nur sagen, lassen Sie sich nicht blenden. Welchen Einfluß er auch immer auf Sie haben mag, kämpfen Sie dagegen an. Wir halten es für möglich, daß er auch mit dem Verschwinden der Sweet-Tochter zu tun hat. Dieser Fall hat etwas Doppelbödiges, Heimtückisches, was mir gar nicht gefällt. Der Mann ist gefährlich, Nina. Völlig unberechenbar. Ich bin froh, daß im Gefängnis eine Trennscheibe zwischen ihm und Ihnen ist.«

»Ich hab alles im Griff«, sagte Nina. »Sie machen sich zu viele Sorgen, Collier.«

Er ging zur Tür und blieb dort stehen, die Hand auf der Klinke. Nina kam es vor wie Minuten. Dann drehte er sich um und blickte sie an. »Das hat meine Frau auch immer gesagt.« Er öffnete die Tür und ging, ohne auf Wiedersehen zu sagen.

Paul räkelte sich im Vorzimmersessel, die Hände in den Taschen seiner beigefarbenen Baumwollhose, das blonde Haar gesträubt wie ein Kampfhahn den Kamm, die Augen waren hinter einer Sonnenbrille verborgen.

»Ist das mein Elf-Uhr-dreißig-Termin?« fragte sie Sandy.

»Er meinte, er könnte vielleicht dazwischenschlüpfen.« Sandy lochte weiter ihre Ablagen, ihr rundes, braunes Gesicht blieb stoisch wie eine Statue der Osterinsel. Es hätte genausogut ein Scherz sein können, aber das war unmöglich zu erkennen, weil sie nicht lächelte wie andere Menschen. Nina konnte sich nicht erinnern, sie jemals lachen gesehen zu haben.

»Ich freu mich wirklich, dich zu sehen. Ich lade dich sogar zum Mittagessen ein. Komm rein«, sagte sie. »Was treibst du hier?« Er folgte ihr und schloß sorgfältig die Tür.

»Ein Vögelchen hat mich gerufen«, sagte er. »Ich will für dich arbeiten, wenn du nicht schon einen anderen hast.«

»Du willst mir in der Sache mit Kurt helfen?« Wie sehr sie schon aus den Fugen war, merkte sie jetzt, als sie sich plötzlich sicherer fühlte. »Gott sei Dank.«

»Nicht, daß du's nicht auch ohne mich schaffen würdest.«

»Selbstredend.«

Er sandte ihr ein schiefes Lächeln, weil er immer noch einen leichten Vorwurf in ihrer Stimme spürte. »Womit fangen wir an?«

»Du hast so entschieden geklungen, daß ich mir überhaupt keine Hoffnungen gemacht habe. Woher nun dein Sinneswandel, Paul?«

»Wie schon gesagt, ein Vögelchen. Ein ziemlich wuchtiges, in Tennisschuhen und mit spitzer Zunge. Hat mich gestern angerufen und gesagt, sie kommt nach Carmel und haut mich windelweich, wenn ich dir nicht helfe. Na, sie hat es etwas anders ausgedrückt, aber so hat sie's gemeint.«

»Sandy.«

»Sandy.«

»Ich habe nichts damit zu tun. Ich werde mit ihr reden ...«

»Laß sein. Das ist, als würde man mit einem Lavastrom reden. Außerdem hat sie recht. Sie hat nicht lange gebraucht, um mich in Gang zu setzen.«

»Wunderbar! Wohnst du im Caesar?«

»Wie immer.«

Nina kramte die Polizeiakte über Kurts Verhaftung aus der Aktentasche. »Lies das. Ich meine, wenn du sofort anfangen kannst.«

»Ich stehe ganz zu deiner Verfügung. Gerade habe ich eine Sache für Solly Lazar fertiggemacht. Er hat ein mexikanisches Restaurant in Monterey. Hat zwei Tage gedauert.«

»Du bist aber schnell.«

»Sein Angestellter war überglücklich, mir sein Rezept verraten zu dürfen. Das ging in fünf Minuten. Der Rest war Nachtisch.«

Sie lachte. Weiter nachfragen wollte sie nicht. Man muß nicht alles wissen. »Du kannst wirklich Leute knacken. Das ist eine deiner Stärken.«

»Bei dir komme ich damit nicht weit.«

Einem Impuls folgend, umarmte sie ihn und drückte ihn herzhaft. »Sie sind ein Schatz, Mr. van Wagoner. Mit Ihrer Unterstützung ist der Sieg unser.«

»Ich tu's für dich, Nina. Nicht für ihn.« Paul war so wunderbar unkompliziert. Er sagte, was er dachte.

»Ich weiß.«

»Jetzt geh ich raus und lese das. Was kommt danach?«

»Dann schauen wir uns ein Video an.«

Paul fuhr seinen Transporter, Nina ihren Bronco. Sie war zuerst am Gerichtsgebäude. »Ein bißchen graust mir ja davor«, sagte sie, als er die Freitreppe heraufgerannt kam.

Er nahm ihren Arm, und sie gingen schweren Schritts wie ein altes Ehepaar durch die Glastür.

Als sie Colliers Büro erreichten, waren sie wieder getrennt, Pauls Sonnenbrille verschwand in der Jackentasche. Nina war in Gedanken versunken und hatte nicht viel gesagt, Paul schien es nichts auszumachen.

Collier kam heraus, um sie zu empfangen. Er strich Nina über die Schulter, schüttelte Paul die Hand und bot ihnen die Stühle an, die zwischen den Aktenschränken in seinem Büro eingeklemmt waren.

Mit Interesse verfolgte Nina, wie Paul und Collier einander taxierten. Paul, der zu groß für den kleinen Stuhl war, schob ihn ein wenig zurück, um Platz für seine Beine zu haben. Er wirkte entspannt, schien aber auf alles gefaßt. Sein Blick wanderte neugierig umher, ohne Scheu betrachtete er den anderen Mann.

Collier blieb vor seinem Schreibtisch stehen, statt sich zu setzen. So wahrte er die Überlegenheit und nutzte sie für seine weniger auffällige, aber nicht weniger gründliche Bewertung Pauls.

Nina kritzelte. Auf ihrer Kladde erschienen zwei Nashornvögel, die sich die Schnäbel entgegenreckten. Hastig faltete sie das Blatt zusammen, damit die beiden es nicht zu sehen bekamen.

»Danke, Collier, daß Sie das für uns vorbereitet haben. Sie hätten uns auch zappeln lassen können. Und ich weiß, daß Sie immer knapp mit der Zeit sind«, sagte Nina.

»Wie gesagt, Nina, wir haben noch keine beglaubigte Kopie. Ich zeige also jetzt das Original.«

»Ist das nicht riskant?« fragte Paul. »Ich meine, so ein Video kann schnell beschädigt werden.«

»Das Risiko nehme ich auf mich, damit wir die Sache hinter uns bringen.«

Seine Worte, sein ganzes Verhalten, entgegenkommend und doch zielstrebig, steigerten Ninas Anspannung.

»Sie können sich gleich einen eigenen Eindruck verschaffen«, sagte er und verzog das Gesicht, als müßte er eine bittere Medizin schlucken. »Aber vorher muß ich noch was dazu sagen. Nina, ich weiß, daß das Opfer Ihre Mandantin war ...«

»Ich bin auf alles gefaßt, Collier. Ich hab im Polizeibericht gelesen, daß das Video sie beim Sterben zeigt.«

»Es ist ein schlimmer Anblick, Nina.«

»Klären Sie mich doch bitte auf«, bat Paul. »Das Video zeigt ihren Tod. Soviel verstehe ich. Aber wer hat die Kamera bedient?«

»Der Camcorder muß bei einem Handgemenge zu Boden gefallen sein. Es sieht aus, als hätte sie irgendwie den Startknopf gedrückt. Erkennbare Fingerspuren sind nicht nachweisbar. Alles verwischt. Als hätte sie den Fuß benutzt.«

Nina kämpfte gegen die zuckende Nervosität an, die sich in ihr breitmachte. Sie dachte an Terry auf dem Fußboden des Ateliers. Ja, die Kamera hatte ganz nahe bei ihr gestanden, auf ihr Gesicht gerichtet, auf ihre gelben Augen, auf den Kopf, der so friedlich auf das blutbesudelte Kissen gebettet war ... Sie hatte eine Weile zum Sterben gebraucht.

Mit derselben Nüchternheit wie Collier fragte Paul: »Gibt es auch eine Tonspur?«

»Das wollte ich gerade erwähnen«, sagte Collier. »Der Ton ist zwar aufgezeichnet, aber das Projektil hat ihre Stimmbänder zerstört.«

»Heißt das, daß sie nichts über Kurt sagt?«

»Das heißt, daß sie versucht zu sprechen.«

Die Worte lasteten schwer in der stickigen Luft. Sie sprachen von Terry in der Gegenwart, bemerkte Nina mit Entsetzen. Terry lebte weiter auf ihrem Video.

»Was ich fragen wollte: Soll ich den Ton abschalten, wenn ich das Video jetzt abspiele? Sie können ihn ein andermal hören, wenn Sie Ihre eigene Kopie bekommen.«

»Nina?« fragte Paul.

Sie mußte sich das Ganze zumuten, wie es später die Geschworenen ertragen mußten. Wenn sie es erst ein paar hundertmal gesehen und gehört hatte, war es nur noch eins von vielen Beweisstücken.

Würde Collier auch mit einem männlichen Verteidiger so reden und versuchen, seine Nerven zu schonen? »Ich will es hören«, sagte sie.

»Ihre Entscheidung. Sie hebt den Kopf und will sprechen, aber sie kann es nicht. Sie formt die Worte mit dem Mund. Wir haben einen älteren Mitarbeiter vom Bezirksgesundheitsamt hinzugezogen, Willy Evans. Er gilt als Experte im Lippenlesen und hat uns schon öfter geholfen. Er hat uns eine Textfassung von dem angefertigt, was sie sagen wollte.« Er überreichte Nina und Paul je eine Schreibmaschinenseite. »Sie können das auf dem Video verfolgen. Sie bemüht sich sehr, verständlich zu sein.«

»Wie lang ist es, das Band?« Nina erinnerte sich an die Schuluhr über dem Kopf des Lehrers, auf die sie immer geschaut hat. Manchmal war es gut, das zu wissen.

»Nach etwa elf Minuten ist sie am Ende.« Collier ging zur Bürotür. »Wollen wir?«

Im abgedunkelten Konferenzraum setzten sich Nina und Collier auf die eine Seite, Paul auf die andere Seite des langen Tisches. Ein Polizeibeamter machte sich an der Ausrüstung zu schaffen, die auf einem Servierwagen stand, stöpselte ein paar Stecker ein, drückte ein paar Knöpfe, nickte Collier zu und zog leise die Tür hinter sich ins Schloß.

Aus einem Lautsprecher in der Ecke kam lautes Rauschen, das abrupt endete, als das Bild erschien.

Die Fokus-Automatik der Kamera schien unentschlossen, auf welchen Punkt sie sich richten sollte. Sie erfaßte den gemusterten Fußboden, irgendwelche Kleidungsstücke, eine Hand, einen Fuß.

Ein Poltern, als würden Kartoffelsäcke über den Boden geschleift, begleitete die abstrakten Gebilde, die sich allmählich zu einer grauenerregenden Scharfeinstellung fügten.

Terry London, das lange, wellige, rötliche Haar mit Blut verklebt, starrte in die Kamera. Vor den Schränken ihres Ateliers lag sie und blickte Nina direkt in die Augen. Sie blinzelte.

Die gespreizten Beine, zwischen denen die Kamera stand, nahmen das untere Drittel des Bildes ein, die Mitte füllte der Leib, der sich mit ihrem pumpenden Atem hob und senkte, darüber der Kopf und die blutende Halswunde. Sie hatte den Kopf gehoben und auf die Kamera gerichtet, dann öffnete sie den Mund.

Ein gräßlicher Schrei, heiser und würgend, dröhnte durch den Raum. Collier sprang auf und lief an Nina vorbei zum Servierwagen. »Wo ist denn nur die Lautstärke ...«, murmelte er und tastete nach der Fernbedienung. Er drückte einen Knopf, dämpfte ein wenig die Lautstärke und verstellte Nina für einen Moment den Blick auf den Bildschirm. »Tut mir leid«, sagte er und ging auf seinen Platz zurück, die Fernbedienung fest in der Hand.

Ein Rhythmus wie ein mechanisches Schlürfen setzte ein, während Terry weiter in die Kamera schaute. Das feucht schmatzende Geräusch drang in Wellen aus dem Lautsprecher. Für einen Moment dachte Nina, jetzt wäre etwas anderes falsch, und sie drehte sich fragend zu Collier um. Sein Blick klebte am Bildschirm. Sie fand sich damit ab, daß es keine weitere Gnadenfrist gab, und wandte sich Terry zu.

Terry öffnete den Mund mit einem ploppenden Geräusch, zwischen ihren Lippen bildete sich eine Blase aus Blut. Sie schloß den Mund und öffnete ihn mit einer schauderhaften Grimasse erneut.

Würgend an ihrem eigenen Blut blickte sie hinab auf das Rot, das aus ihrer Halswunde sprudelte, sich auf dem mittleren Teil des Bildschirms ausbreitete und auf dem Boden eine Pfütze bildete.

»Jetzt fängt der Text an«, sagte Collier seelenruhig in die gespenstische Finsternis.

»Es tut nicht weh«, las Paul vom Blatt ab, das er mit seiner Stiftlampe beleuchtete. Terrys Worte waren deutlich mit dem Mund geformt, aber sie blieben unverständlich.

»Ich sterbe«, sagte sie als nächstes, und ihre Lippen bebten unter der Wucht dieser Einsicht, die sie jetzt überkam. Paul dagegen las ihre Worte mit einer Betonung, als würde er »guten Morgen« sagen. Unwillkürlich schob Nina die Füße nach vorn, als müßte sie sich gegen das Tempo stemmen und auf die Bremse treten, den Ablauf verlangsamen, Terry am Leben halten.

Terrys Gesicht streckte sich der Kamera entgegen. Das Blut strömte aus ihrer Halswunde. Keiner konnte ihr mehr helfen, sagte das Gesicht. Wo war Hilfe?

Dann: »Du bist schuld, Kurt.«

Keuchen und gurgelnde Laute.

»Oh, ich sterbe!«

Pauls Stimme folgte Terrys Mundbewegungen wie ein Synchronsprecher.

Jede Silbe war deutlich geformt, während sich ihr Gesicht zu gequälten Grimassen verzerrte und sie den Kopf hob und senkte, wie um den Schmerz zu lindern oder wie ein Kind, das sich in den Schlaf wiegt.

Im Licht der Bürolampe auf dem Arbeitstisch über ihr vereinten sich das Rot des Blutes, das Blau ihrer Kleidung und das Muster des Teppichs zu einer Szene von phantastischer, geisterhafter Künstlichkeit. Es wirkt wie gestellt, dachte Nina, auf den ästhetischen Schock berechnet. Aber dem Video fehlte die Distanz des Films, die abgehobene Glätte eines Studioprodukts. Sie hätte auch hier im Konferenzraum liegen können, leibhaftig, röchelnd, sterbend.

Terry erbrach Blut. Ihr Kopf sank vornüber, und eine ganze Weile lang, vielleicht für Minuten, sah man nur ihr Haar, den geraden Mittelscheitel. Aber man hörte sie weiter atmen. Nina schaute kurz zu Paul hinüber. Er hatte den Ellbogen aufs Knie und das Kinn auf die Faust gestützt, sein Gesicht konnte sie nicht sehen. Von der Seite sah er unruhig und erwartungsvoll aus wie bei einem Baseballspiel oder einem Actionfilm kurz vor dem großen Knall.

Nina schaute wieder auf den Bildschirm. Terry quälte ihren Kopf ein wenig in die Höhe.

»Du … hast auf mich geschossen.«

Sie nickte mehrmals hintereinander. Wie konnte ihr Organismus jetzt noch solche Tränen produzieren?

Sie schüttelte den Kopf, oder war es nur ein Wackeln? Angestrengt drehte sie ihr nun blutbesudeltes Gesicht zur Seite – in Richtung Tür, wie Nina wußte –, als sähe sie dort, außer Reichweite der Kamera, ein Gespenst.

Dann wandte sie sich wieder der Kamera zu und entblößte die Zähne zur Karikatur eines Lächelns.

»So eine … Überraschung … der Engel des Todes.«

Dann: »In der Hölle sehen wir uns wieder …«

Ihr Mund schloß sich. Einem langen Atemzug folgte ein unbeschreiblicher, würgender Husten. Auf ihrem Gesicht mischten sich Tränen mit Blut. Sie formte die Lippen, reckte das Gesicht zur Seite und riß die Augen auf. »Oh«, stöhnte sie. »Oh, oh …«

Dann sackte ihr Kopf nach hinten, ihr Körper erschlaffte, und das Bild verschwand.

»Das ist alles«, sagte Collier. »An diesem Punkt ist sie tot.«

»Arme Frau«, sagte Nina. Sie dachte an Colliers Frau und fragte sich, was er wohl beim Betrachten des Videos empfand. »Es war, als wäre ihr wirklich der Todesengel erschienen.«

»Vielleicht hat sie deshalb am Ende noch die Kamera ausgeschaltet, aus einer Art Scheu«, sagte Collier.

»Manche behaupten, man kann in einem bestimmten Moment die Seele aus der Stirn entweichen sehen«, sagte Paul. »Ich hab es nie gesehen. Das wäre die makaberste Form des Eingriffs in die Privatsphäre.«

»Ich brauch frische Luft«, sagte Nina. Sie standen hastig auf und verließen den dunklen Raum, in dem Terry noch gegenwärtig war, noch atmen und sprechen konnte, als wäre sie zurückgekehrt aus ihrer Verlorenheit.

20

»Erklärungen Sterbender«, sagte Nina und blätterte im Beweisrecht. »Ausnahme von der Unzulässigkeit des Beweises vom Hörensagen. Hier ist es, Abschnitt 1242: ›Die Feststellungen einer sterbenden Person, Ursachen und Umstände ihres Todes betreffend, unterliegen nicht der Unzulässigkeit von Beweisen vom Hörensagen, wenn diese Feststellungen auf eigenem Erleben fußen und unter dem Eindruck des bevorstehenden Todes erfolgen.‹«

Die zwei großen Aktenkartons nahmen fast Ninas ganzen Schreibtisch ein.

»Also ist das Video als Beweismittel zugelassen«, sagte Paul. »Bleibt nur das Argument, daß sie es irgendwie manipuliert haben könnten.«

»Die Aufsicht über die Beweismittel ist in diesem Fall ziemlich wasserdicht. Collier ist absolut zuverlässig und hat seine Leute fest im Griff.«

»Collier? Ist unser Umgang mit dem Unterstaatsanwalt nicht ein bißchen zu intim?«

Sandy räusperte sich laut vor Ninas Tür. Paul öffnete, und Sandy segelte herein, beladen mit Burritos aus dem mexikanischen Restaurant von gegenüber und zwei Büchsen Mineralwasser. Sie erschnupperte die Stimmungslage und sagte einfach nur: »Mittag!«

Paul griff sich einen Plastiklöffel. »Chili Colorado!«

»Dich würde auch eine Atombombe nicht abschrecken!« sagte Nina.

»Wenn du ein bißchen Pfeffer draufstreust, nehme ich auch die«, erwiderte Paul.

»Die Atombombe?«

»Ich glaube, er meint die hier.« Sandy hielt den Teller mit einer saftigen, dicken Quesadilla in die Höhe.

Paul wickelte seinen Burrito aus der Folie. Sofort breitete sich der Duft von Bohnen und Kreuzkümmel aus. »Wenn ich so was wie dieses Video sehe, dann danke ich als erstes dem lieben Gott, daß ich noch unter den Lebenden weile. Und als nächstes kriege ich einen Bärenhunger. Das ist wie ein Instinkt. In San Francisco beim Morddezernat fing das an. Da sind wir alle abends losgegangen und haben uns riesige Mahlzeiten eingefahren.« Er nahm einen gewaltigen Happen.

Sandy setzte sich auf den Stuhl neben der Tür und aß geziert von einem Pappteller. Sie trug matschbeschmierte Gummistiefel und einen geblümten Rock, ihr kurzes, schwarzes Haar war noch feucht vom Regen, an ihren Handgelenken klimperten die Armreifen. Schon wieder hatte ein Gewitter den Maihimmel verdüstert, die dicken Tropfen prasselten gegen die Scheiben.

»Gib mir doch einen ab, Paul«, bat Nina.

»Halt aber das Papier drunter, sonst bekleckerst du dich von oben bis unten.«

»Ich weiß, wie man Burritos ißt!«

»Das Leben ist kurz, das Leben ist hart, aber noch sind wir nicht hinüber. Es trifft immer die anderen. Bis man eines Tages selber dran ist. Und wer fragt dann noch nach mir? Du offensichtlich nicht. Das hab ich mir zumindest eingeredet.« Er kaute hastig im Stehen wie sie.

»Schrecklich, auf so eine Weise zu sterben!«

»Erschossen werden und liegenbleiben?«

»Das meine ich nicht. Ich meine, solche Lügen zu erzählen, wenn sie gar keinen Sinn mehr haben und wenn eine Lüge so undenkbar ist, daß das Beweisrecht ihre Aussage als Beweis zuläßt.«

»Nimm dir einen Taco, das beruhigt«, sagte Paul. »Und setz dich. Ich warte nur, daß du endlich mal abschaltest.«

Ninas Hände zitterten. Mit ihren Gedanken kam sie zurecht, aber ihr Körper hatte das Video nicht verkraftet.

»Sie hat gelogen, Paul. Kurt hat sie nicht erschossen.« Sie öffnete die Getränkedose und nahm einen Taco aus der Tüte. »Du glaubst das doch nicht etwa? Sie hat ihn gehaßt, und er hatte sie ein letztes Mal abgewiesen. Noch im Sterben hat sie an nichts anderes gedacht als daran, wie sie ihm am meisten schaden konnte.«

»Die Geschworenen werden das nicht sehr überzeugend finden.« Paul wischte sich den Mund mit der Papierserviette, rülpste und entschuldigte sich, zog ein kleines Notizbuch aus der Tasche und setzte sich auf einen der Stühle vor dem Schreibtisch.

Sandy war mit dem Essen fertig. Sie sammelte die Abfälle ein und ging an ihren Schreibtisch zurück, die Tür ließ sie einen kleinen Spalt offen.

»Du brauchst einen Sachverständigen«, redete Paul weiter, »einen Lippenleser, der besser ist als Willy. Das ist deine einzige Chance. Ich kannte mal einen von der Behindertenselbsthilfe in Berkeley, der dir vielleicht weiterhilft. Ich werde ihn mal anrufen.«

»Allerdings, der Lippenleser! Terry hat diese Dinge bestimmt nicht gesagt. Das ist eine tolle Idee, Paul!« Aber ihr gefiel nicht, daß er sich von ihr distanzierte, indem er sagte, es wäre ihre einzige Chance und nicht auch seine.

»Ich möchte dich ja nicht mit zynischen Bullenphrasen nerven.«

»Aber?«

»Du darfst keine Wunder erwarten. Außerdem brauchst du eine Serviette. Du tropfst, Gringa. Hat dir deine Mama nicht beigebracht, wie man Burritos ißt?« Er reichte ihr den Stapel Servietten, aber für ihre helle Leinenhose war es schon zu spät.

»Du denkst, daß er es getan hat.«

»Das Blut floß nur so in Strömen. In diesem Punkt kann man ihr keine Lüge vorwerfen. So leid es mir tut. Und das eigentlich Wichtige übersiehst du.«

»Und das wäre, du zynischer Ex-Bulle?«

»Du bist wütend«, sagte Paul. »Dir gerät nicht nur irgendeine Verteidigungsstrategie ins Wanken, du nimmst die Sache persönlich, wenn ich recht verstehe.«

»Was habe ich übersehen?«

Paul knüllte das Einwickelpapier zur Kugel und warf sie zielsicher in den Papierkorb in der Ecke. »Jemand hat sie erschossen.

Es ist fast unmöglich zu glauben, daß sie so daliegt und ihren Mörder laufenläßt. Du hast mir selbst gesagt, daß sie über zwölf Jahre lang an einer verfahrenen Liebesgeschichte geknabbert hat. Klar, daß sie den Kerl haßt, der sie in die Wüste geschickt hat.«

»Vielleicht hat sie Kurt nur die Schuld daran gegeben, daß sie ermordet wurde. Indirekt, verstehst du? Sie dachte, alles Schlechte, was ihr passiert, wäre Kurts Schuld.«

»Jetzt verirre ich mich auf den verschlungenen Pfaden der weiblichen Logik. Für mich ist die Sache klar: Ich liege auf dem Boden und kann noch schnell verraten, wer mich erschossen hat. Ich plane doch keine Schachzüge mehr über diesen Punkt hinaus! Wenn du nicht sofort Hallowell anrufst und ihm einen Kuhhandel anbietest, kriege ich hier wirklich zu tun. Wie wär's, wenn wir uns über die Akten hermachen und den nächsten Schritt planen? Okay, Boß?«

»Bitte nenn mich nicht so! Ich hatte schon Gelegenheit, das Material durchzusehen.« – Und jedesmal war Nina bestürzt gewesen, wenn sie die Liste der am Tatort gesicherten Gegenstände sah. Das lange Verzeichnis erfaßte auch Dinge, die sich außerhalb des Ateliers und in Terrys Wohnhaus gefunden hatten. Es stand etwas auf der Liste, was dort nicht hingehörte – etwas, was sie an jenem Tag in Terrys Atelier gesehen hatte, aber sooft sie die Liste auch durchsah, es änderte sich nichts daran. »Ich mach dir Kopien von allem, was du brauchst.«

Paul öffnete den ersten Karton und nahm sich eine Liste vor. »Tatort Terry London. Inhalt: Verzeichnis der am Tatort gesicherten Gegenstände. Fotografien. Laborberichte. Fingerspuren. Gerichtsmedizinisches Protokoll. Autopsiebericht. Zeugenaussagen. Ein Brief von Kurt Scott an Terry London. Ein Polizeibericht über die Äußerungen des Tatverdächtigen bei der Festnahme. Ein Video von diesem denkwürdigen Ereignis. Die üblichen Polizeiakten. Sieht ziemlich vollständig aus.«

»Im zweiten Karton stecken Riesners Akten. Sehr dürftig, möchte ich sagen. Und ein Protokoll der Vorverhandlung«, sagte Nina. »Da gibt es auch Videos, die wir uns zusammen ansehen sollten. Paßt dir Samstag abend?«

»Okay, ich bringe Popcorn mit.« Paul kramte im zweiten Karton und zog einen schmalen Ordner heraus. »Von Riesner muß es aber mehr geben als das«, sagte er. »Selbst wenn die Vorverhandlung nur eine Formalität war, muß er Notizen, Anträge, Nachforschungen und Untersuchungsberichte haben.«

»Er war eben unter den gegebenen Umständen nicht sonderlich kooperativ. Die Vorverhandlung lief schnell über die Bühne. Vielleicht hatte er schon ein Dutzend Anträge in Reserve. Das werde ich nie erfahren, weil er noch keine eingereicht hatte, als ich den Fall übernahm.«

»Ich an Scotts Stelle würde mein ganzes Geld zurückfordern.«

»Das ist auch so ein Problem. Riesner sitzt auf dem größten Teil von Kurts Vorschuß.«

»Da hat der liebe Kurt aber eine treue Freundin in dir!«

»Was willst du damit sagen?«

»Du finanzierst seine Verteidigung. Sehe ich das falsch? Du riskierst deinen Ruf, deine Sicherheit, das Glück deines Sohnes, dein eigenes ... Er hat dich voll im Griff.«

»Das klingt aber ziemlich ... eifersüchtig.«

»Klar bin ich das. Aber vor allem mach ich mir Sorgen. Er kann dich und Bob fürchterlich reinreißen. Ich spüre irgendwie das Bedürfnis, dir ein wenig Vernunft einzuhämmern, bevor es zu spät ist.«

»Nur weiter so. Du wirst schon sehen, wo das endet.« Sie merkte, daß sich ihr Kinn automatisch in die Luft reckte, und zog es verlegen zurück. »Außerdem: Es ist schon zu spät, Paul. Ich hänge da persönlich drin.« Sie drückte auf den Summer und bat Sandy, ihren Sohn Wish ins Büro zu rufen.

Fünfzehn Minuten später war Wish eingetroffen. Sandy zufolge wollte er Kriminalist werden und im Herbst mit einem Vorbereitungsstudium anfangen. Seit Monaten schon drängte er sie, mehr in ihre Büroarbeit einbezogen zu werden und nicht nur als eine Art Hausmeister fungieren zu müssen. Wish kam herein. Etwa achtzehn Jahre alt, war er genauso lang und dünn, wie Sandy klein und rund war. Mit seinem Schlosseranzug und den ölgeschwärzten Fingernägeln blieb er zögernd stehen. Sandy schob sich hinter ihm durch die Tür.

»Setzt euch«, sagte Nina. Paul saß schon auf einem Klientenstuhl, Sandy nahm sich den anderen, Wish setzte sich auf die Couch und blickte Nina unverwandt mit großen Augen an.

Nina musterte ihr Verteidigungsteam: zwei tatkräftige, aber unerfahrene Helfer, dann Paul, der clevere Profi, der einen sprechenden Teddy im Ärmel versteckte, schließlich sie selbst mit ihrer Zähigkeit und Entschlossenheit.

Gemeinsam würden sie es schaffen.

»Wir vier werden die Verteidigung für Kurt Scott aufbauen«, sagte Nina. »Die Anklage lautet auf vorsätzlichen Mord. Ein paar Fälle werden wir abgeben, andere werden wir abschließen und dafür die Arbeit, die uns bleibt, gründlich machen.«

»Der Prozeßtermin ... ist wann?« fragte Sandy.

»Der fünfzehnte Juli. Das ist knapp«, sagte Nina, »aber ich mache mir Sorgen um Kurt. Er ist nicht ans Gefängnis gewöhnt.« Wie sollte sie ihnen begreiflich machen, daß sie hinter seinen Worten die Verzweiflung gespürt hatte und wie sehr sie fürchtete, daß er im Gefängnis kaputtging? »Er will, daß wir uns beeilen. – Sandy, hol dir diese Kartons rüber, und leg Akten mit entsprechenden Verzeichnissen an. Meine Termine in nächster Zeit mußt du so hinschieben, daß mir möglichst nicht der Arbeitstag zerrissen wird. Und notiere alle Prozeßvorbesprechungen im Kalender.«

»Schon erledigt. Fast jedenfalls.«

»Und Wish? Ich habe gehört, du bist auf Abruf einsetzbar?«

Er nickte.

»Du wirst mit Paul zusammenarbeiten. Tu alles, was er dir sagt. Und tue nichts, was er nicht ausdrücklich angeordnet hat. Verstanden?«

»Hat er«, sagte Sandy an seiner Stelle. Wish setzte sich gerade und nickte eifrig.

»Okay, Paul. Du übernimmst die Ermittlungen. Bereden wir, wie es weitergeht.«

»Sollten wir nicht außer dem Lippenleser noch ein paar andere Sachverständige hinzuziehen?« fragte Paul.

»Steht schon auf der Liste.«

»Ich brauche Kopien von allen Zeugenaussagen und vom Beweismittelverzeichnis. Außerdem den Autopsiebericht«, fügte Paul hinzu.

Sandy notierte es.

»Von jetzt an bis zum Prozeß setzen wir uns zweimal wöchentlich zusammen«, sagte Nina. Wish begann zu grinsen und entblößte sein kräftiges, perfektes Gebiß. »Was gibt's, Wish?«

»Er ist so froh, daß er mitmachen darf«, sagte seine Mutter und schob das Notizbuch in ihre geräumige Rocktasche.

Wish nickte erneut. Mit seinen Segelohren, die aus dem langen, schwarzglänzenden Haar herausragten, wirkte er in dieser Bürowelt völlig deplaziert – wie ein junger Psychopath, der gerade im Begriff ist, eine Heldentat zu begehen.

»Also gut. Ich hatte schon Zeit, mir die Akten anzuschauen. Laßt mich zusammenfassen, was wir bis jetzt wissen. So wie ich es sehe, fußt die Anklage auf fünf Einzelbeweisen. Das erste und wahrscheinlich schwierigste Problem, das wir zu lösen haben, ist Jerry Kettricks Augenzeugenbericht von der Tatnacht. Er sagt, er hätte zwei Schüsse in dichter Folge gehört, dann sah er Kurt davonrennen. Wir müssen ihn auf eine genaue Zeit festnageln, wann er die Schüsse gehört haben will, und alles zusammentragen, was seine Aussage zweifelhaft machen könnte.

Zweitens das Remington-Gewehr, das Terry London tötete, war auf Kurts Namen registriert und trug seine Fingerabdrücke am Lauf. Kurt sagt, Terry hätte das Gewehr behalten, als er sie verließ. Jeder Hinweis darauf, daß das Gewehr tatsächlich in Terrys Besitz war, ist wertvoll. Dann nämlich könnte jeder die Schüsse auf sie abgegeben haben.

Drittens das Todesvideo, wie es von der Staatsanwaltschaft genannt wird. In diesem Video bezeichnet Terry Kurt angeblich als ihren Mörder. Entweder sie lügt, oder die Transkription des Lippenlesers ist falsch.

Das vierte Problem: Kurt hat bei seiner Verhaftung am Morgen nach der Tat ein paar Äußerungen gemacht, die nicht sehr gut klingen. Der Polizeiwagen war mit einer Videokamera ausgerüstet, und die Verhaftung wurde aufgezeichnet. Ich werde mir das Video in den nächsten Tagen mit Paul ansehen und mich überzeugen, wie belastend diese Äußerungen für Kurt sind.«

»Was soll er denn gesagt haben?« fragte Paul.

»Nach Aussage von, äh« – sie blätterte in ihren Papieren –, »Jason Joyce, dem Beamten, der die Verhaftung vornahm, war er bei der Festnahme voller Blutspuren, die von seinem eigenen Blut stammten, wie sich später herausstellte. Er sagte wörtlich: ›Sie ist erschossen.‹«

»Und nicht ›Ich hab sie erschossen‹?« fragte Wish.

»Nein. Aber ›Sie ist erschossen‹ ist schon schlimm genug. Damit haben sie ihn im Kasten.«

»Sie haben sich sofort und ausschließlich auf Scott festgelegt. Aber welches Motiv legen sie zugrunde?« fragte Paul. »Darüber hat er nichts ausgesagt als das, was du eben erwähnt hast. Ich denke, sie wissen inzwischen, daß Kurt mit Terry verheiratet war, aber seit Jahren keinen Kontakt zu ihr hatte.«

»Das ist wahr. Da liegt das fünfte Problem. Sie haben einen Brief, den er an sie geschrieben hat und der eine Drohung enthält. Er ist undatiert und könnte ziemlich alt sein. Ich habe Kurt noch nicht danach gefragt.«

»Was steht in dem Brief?« fragte Wish.

Sie suchte die Fotokopie heraus und las: »›Terry, zum letztenmal: Verschwinde aus meinem Leben. Wenn du mich weiter belästigst, mir Briefe schreibst oder sonstwie die Verbindung suchst, werde ich so reagieren, daß es dir leid tun wird, mich je getroffen zu haben.‹ Ich nehme an, das ist authentisch.«

»Hat sie ihn denn ständig belästigt?« fragte Wish hartnäckig.

»Nach seinem letzten Umzug hat sie ihn nicht mehr aufspüren können. Das war vor vier Jahren. Der Brief wurde in ihren Papieren gefunden.«

»Warum ist sie denn so lange hinter ihm hergewesen? Ich meine, normalerweise, wenn man verlassen wird, kommt man drüber weg«, sagte Wish.

»Manche Leute aber nicht«, erwiderte Nina.

»Sie hat ihn gehaßt«, sagte Sandy. »Sie hat alles getan, um ihm zu schaden.«

»O ja«, bestätigte Nina. Paul schüttelte bekümmert den Kopf. Sie wußte, er dachte daran, was Terry ihrem Baby angetan hatte. »Dennoch, aus unserer Sicht hat die Polizei nur sehr wenige Hinweise auf das Motiv, weil sie ja nicht mit Kurt reden kann.«

»Genau«, sagte Paul. »Für die Verurteilung ist der Nachweis eines Motivs nicht ausschlaggebend. Aber wie ich immer sage: Die Geschworenen fällen ungern ein Urteil, wenn sie keine klare Vorstellung vom Motiv des Verbrechens haben. Und sie werden wissen wollen, warum er nach so langer Zeit zurückgekommen sein soll, um sie zu töten. Hallowell scheint nicht für wesentlich zu halten, daß ich Kurt aufgespürt und ihm gesagt habe, wo du lebst, worauf er den nächsten Flug nahm, um dich vor Terry zu warnen. Wenn er das jemals berücksichtigt …«

»Riesner meinte, ich würde vielleicht als Zeugin aufgerufen«, sagte Nina. »Das gäbe ein schönes Durcheinander, wenn wir sortieren müßten, welche von Kurts Aussagen mir gegenüber durch die Schweigepflicht gedeckt sind.« Zum Beispiel Kurts Brief an sie, in dem er sich mit ihr am Pope Beach verabredete, fiel sicher nicht unter die Schweigepflicht. Sie blickte hinaus auf die Berge und fragte sich, ob sie als Belastungszeugin geladen werden würde. Wie sollte sie Kurt verteidigen, wenn sie gegen ihn aussagen mußte?

»Konzentrieren wir uns auf das folgende«, sprach sie weiter und schob das Problem erst einmal beiseite, »und zwar auf andere mögliche Täter und Motive. Wir haben da vier Leute, die Terry verklagt hatten. Und für deren Anliegen sah es sehr schlecht aus. Sie wollten die Aufführung ihres Films verhindern. Einer der Kläger könnte sie ermordet haben.«

»Jonathan Sweet, Jessica Sweet, Doreen Ordway und Michael Ordway«, las Sandy von ihren Notizen ab.

»Schwer vorstellbar, daß der Film einen Mord wert wäre«, sagte Paul.

»Wir müssen uns in Terry hineinversetzen«, sagte Nina. »Aus eigener Erfahrung kann ich bestätigen, daß sie Freude daran hatte, die Existenz anderer Leute aufs Spiel zu setzen. Versteht ihr, was ich meine? Ich glaube, der Film hat einen persönlichen Hintergrund. Er behandelt nicht einfach nur ein Thema. Sie …«

»Ich hab den Film über die Sweet-Tochter noch nicht gesehen«, fiel Paul ihr ins Wort. »Aber du sagst, Terry deutet an, daß sie nur die erste von mehreren vermißten Mädchen ist. Wir sollten das ernst nehmen. Was, wenn es mehr ist als eine haltlose Hypothese oder Sensationshascherei? Was, wenn einer, der für das Verschwinden dieser Mädchen verantwortlich ist, ebenfalls den Film verhindern wollte? Was liegt da näher, als die Filmautorin zu ermorden, bevor sie ihren Film herausbringen kann? Das wäre endlich mal ein Motiv!«

Mit seiner jungenhaften Stimme, die den Satz noch grusliger klingen ließ, sagte Wish: »Vielleicht hat der Vater des Mädchens die alle umgebracht. Oder Michael Ordway.«

»Vergiß mir nicht die Damen«, sagte Paul. »In unserer schönen neuen Welt schrecken die vor nichts mehr zurück.«

»Oder es war jemand, der im Film gar nicht vorkommt«, sagte Nina. »Wir müssen uns mit Terrys Hypothese befassen, obwohl der Film keine konkreten Hinweise auf eine Verbindung zwischen den verschwundenen Mädchen zu bieten hat.«

»... was eine naheliegende Frage provoziert«, setzte Paul fort. »Du sagst, daß Scott im Film nicht einmal erwähnt wird. Scott war aber eine Weile mit dem Mädchen befreundet, bevor es verschwand. Warum stellt sie nicht die Vermutung auf, daß er sie ermordet hat? Das wäre eine glänzende Gelegenheit gewesen, ihm etwas anzuhängen. Mit dem Film hätte sie sogar wieder eine Verbindung zu ihm herstellen können.«

»Ich weiß es nicht«, sagte Nina. »Aber ich stimme dir zu.« Sie raufte sich das Haar und fragte sich, ob sie Terry je verstehen würde. »Vielleicht wußte sie genau, was mit Tamara Sweet passiert war. Vielleicht hat sie auch selbst das Mädchen umgebracht.« Sandy und Wish blickten sie erstaunt an, aber Paul nickte lediglich. Er hatte das bedacht. »Oder sie wußte, wer es war, und es war nicht Kurt, aber sie hat aus irgendeinem Grund nur ihre vagen Andeutungen gemacht.«

»Sie muß doch Notizen gehabt haben, irgendwelche Unterlagen, aus denen der Film entstand. Wo sind die?« fragte Paul. »Entweder diese Unterlagen sind verschwunden, oder sie hat sie vernichtet. Aber wenn, warum?«

»Gute Fragen, Paul. Ich hoffe, du findest auch ein paar gute Antworten.«

»Wir haben also einen Film, der Kurt eigentlich belasten müßte, es aber nicht tut. Dafür haben wir zwei Videos, die ihn belasten«, sagte Wish.

»Alles nur eine Frage der Interpretation, was, Nina?« sagte Paul.

Sie legte den Stift hin, schaute auf das Papier, das sie gerade bekritzelt hatte, knüllte es zusammen und warf es in den Papierkorb. »Ich glaube, wir sollten mit der größten Vorsicht ans Werk gehen. Als nächstes müßt ihr euch den Inhalt der Akten genau einprägen, und für uns, Paul, habe ich morgen früh einen Lokaltermin auf Terrys Grundstück arrangiert. Noch irgendwelche Fragen?«

»Ja, eine hab ich noch«, sagte Wish. »Hat er es getan?«

»Wie wär's, wenn wir erst mal einen Kaffee trinken, damit Nina zum Arbeiten kommt?« sagte Paul zu ihm und stand auf. Beide griffen sich einen Karton und schleppten ihn ins Konferenzzimmer.

Sandy und Nina schauten ihnen nach. »Unsere buntscheckige Viererbande«, sagte Sandy und schloß hinter sich die Tür. Nina blieb wie verlassen stehen, aber sie fühlte sich schon viel wohler. Endlich nicht mehr allein.

21

Nina und Paul fuhren am späten Dienstagnachmittag zu Terrys Grundstück. Die Schlüssel hatten sie von Collier Hallowell geholt, begleitet wurden sie von Deputy Earl Hecker. Die Absperrungen waren schon entfernt worden, das Grundstück sah verlassen aus, kühl und schattig; es war einer der ersten richtig warmen Tage. Nina fragte sich, wo Terrys Hund geblieben war.

Deputy Hecker, ein sommersprossiger Polizist mit vorstehenden Zähnen, der aussah, als müsse er sich noch nicht rasieren, nahm neben ihnen Aufstellung, als sich Paul am Türschloß des Ateliers zu schaffen machte. »Das ist eins von denen, wo Sie den Schlüssel ein bißchen rausziehen müssen«, sagte er hilfsbereit, nachdem Paul die Geduld verloren und die Tür mit heftigem Rütteln fast aus den Angeln gerissen hätte.

Der Deputy wartete draußen und pfiff unbeschwert den River-Kwai-Marsch. Sie ließen die Tür offen, damit er alles im Blick behalten konnte.

Das Atelier war nach der kriminaltechnischen Untersuchung unberührt geblieben und sah aus, als wäre es seit Jahren verlassen. Ein paar Gegenstände waren als Beweismittel entnommen worden, das übrige war mit Fingerabdruckpulver bestäubt und rostfarbenen Blutflecken beschmiert, aus denen alles Leben gewichen war. Nina rief sich den Raum ins Gedächtnis, wie sie ihn das letzte Mal gesehen hatte, bewegte sich methodisch umher und verglich ihre Notizen.

»Wie läuft denn das ab mit so einem Tatort?« fragte Nina. Paul untersuchte gerade die Hintertür. »Macht da niemand sauber, wenn die Untersuchung zu Ende ist?«

»Hier hat sicher keiner drauf gedrängt, und Angehörige sind auch nicht da. Als ich den Termin kriegte, sagten sie, das wäre als nächstes fällig.«

Sie öffnete den Blechschrank mit dem dritten Schlüssel und sah die Fächer durch. »Wo ist ihre ganze Ausrüstung? Sie hatte genug davon, um MGM in den Schatten zu stellen.«

»Offensichtlich war das meiste nur geliehen. Sie hatte Hypotheken aufgenommen und ziemliche Geldprobleme. Besessen hat sie praktisch nichts, nur dieses Grundstück und ein bißchen unbedeutende Technik.«

Nina sah die Inventarliste und die Tatortfotos durch, dann studierte sie einen Fleck in Türnähe, wo der Camcorder gefunden worden war. Erneut versuchte sie sich in Terry hineinzuversetzen. Wo waren die Kalender, die Postkarten, die Bilder und all die persönlichen Dinge, die man im Wohn- und Arbeitsraum einer Frau erwarten durfte? War Terry wirklich so kalt und herzlos, daß sie es in diesem Betonkasten voller Kabel, Plastik und Blech aushielt?

»Fehlt etwas Wichtiges, was vorher da war, aber nicht auf der Beweismittelliste steht?« fragte Paul.

Sie blätterte in ihren Notizen. »Der Luchsmantel. Er ist nicht auf der Liste. Ich hab sie mehrere Male damit gesehen.«

»Vielleicht war der auch nur geborgt«, sagte Paul. »Für eine Frau mit diesen Schulden war ein Pelzmantel Luxus.«

»Ich glaube, er stammte von ihrer Mutter. Wahrscheinlich ist er im Haus.«

»Gehen wir hoch!«

Hintereinander stiegen sie den Pfad hinauf, gefolgt von Deputy Hecker, der jetzt zu *Pore Jud is Daid* aus dem Musical *Oklahoma* übergewechselt war, wahrscheinlich ohne sich der Bedeutung des Textes bewußt zu sein. Er besaß die wunderbare Fähigkeit, schrill durch die Zähne pfeifen zu können, gesprochen hatte er bis jetzt kaum.

In dem kleinen Wohnhaus sah es genauso aus, wie sie es im Gedächtnis hatte.

»Nichts«, sagte sie. »Nur ein verlassenes Haus.« Außer der Kleidung in den Schränken und in der Kommode war es immer noch das Haus ihrer Eltern, als hätte Terry hier nie geschlafen, gegessen, gewohnt. Sie war völlig in ihren Projekten aufgegangen und hatte kein Bedürfnis, sich mit persönlichen Dingen zu umgeben.

»Kein Pelzmantel«, sagte Nina. »Er lag auf dem Bett, als ich ihn zuletzt gesehen habe. Ich frag mich, wo er sein könnte.«

»Vielleicht haben wir es mit einem ordinären Raubmord zu tun?«

»Nicht sehr wahrscheinlich.«

»Man darf immer hoffen. Wir sind fertig, Deputy.«

Auf dem Weg zum Auto stießen sie auf eine ältere Frau im eleganten Hosenanzug, die schnaufend die Einfahrt heraufkam.

»He, können Sie nicht lesen?« rief der Deputy. »Zutritt verboten! Raus! Raus!« Er wedelte mit den Händen, als müßte er einen lästigen Köter verscheuchen.

»Wissen Sie, wer das Grundstück ausschreibt?« wandte sie sich an Nina, ohne den Polizisten eines Blickes zu würdigen.

»Ausschreibt?«

»Zum Verkauf. Schon vor Jahren hab ich ein Auge drauf geworfen. Das wird wirklich ein ganz süßes Ferienhäuschen.« Sie zeigte auf das Atelier. »Ich würde ein sehr anständiges Angebot machen, bevor es an den Makler geht.«

»Wissen Sie denn nicht, daß die Bewohnerin ermordet wurde?« fragte Paul.

»Aber ja! Den vollen Preis können sie nun wahrlich nicht verlangen. Das muß ja jetzt zum Spottpreis zu kriegen sein«, sagte sie und rieb sich die Hände in Erwartung des guten Geschäfts. Hecker unterbrach sein Pfeifen so lange, bis er sie zu ihrem Wagen eskortiert hatte.

Paul startete den Transporter, wendete und reckte den Hals nach hinten. »Denkst du noch an den Pelzmantel?«

»Ja.« Ein richtiges Luxusding. Terry hatte ihn behandelt, als wäre er ein lebendes Tier.

Nina erinnerte sich an Terrys Gesicht nach der ersten Verhandlung im Gerichtsgebäude. Ihre Miene war entgleist und hatte etwas Privates enthüllt, was sie wahrscheinlich nicht freiwillig preisgegeben hätte.

Ihr Blick wirkte – verwundet, ja, das war das passende Wort, fast gequält, dabei von einer sexuellen Intensität, als wäre das Leben für sie nichts als ein obszöner Witz.

Was hatte sie über den Pelz gesagt? *Frauen wollen ihr Gesicht drin vergraben, Männer ihren …*

Was zum Teufel hatte das zu bedeuten?

Jasper schob ihm den Umschlag im Sozialkundeunterricht zu, kurz vor Mittag. Bob hatte Jaspers Adresse angegeben, und Jasper hatte am Wochenende den Briefkasten im Auge behalten. Jasper war sein Verbündeter im Krieg gegen Taylor Nordholm. Er würde niemandem verraten, daß Bob einen Brief aus dem Gefängnis bekommen hatte.

Als es klingelte, ging Bob nicht mit den anderen unter den Baum, wo er normalerweise mit seinen Freunden Mittagspause machte. Er lief, so schnell es sein schwerer Schulranzen erlaubte, zum feuchten Abflußgraben am Ende des Fußballplatzes. Hier hörte er noch das Gekreisch der Mädchen, aber es schien von weit her zu kommen. Hinter ihm lagen die Felsbrocken, so wie sie vor Millionen von Jahren dorthin gerollt waren. Die Luft war kühl und feucht, hoch über ihm ragten die Fichten in den Himmel.

Er suchte sich einen glatten Stein ohne Spinnen oder Ameisen zum Sitzen und streifte den Ranzen ab. Aus dem vorderen Fach zog er den Brief, aus dem Hauptfach das Stullenpaket, das wie üblich von den Büchern gequetscht war.

Er betrachtete den Umschlag. Der Absender bestand fast nur aus Zahlen. Trug sein Vater einen gestreiften Schlafanzug mit der Zahl 66759 auf dem Rücken? Vielleicht hatten sie ihn kahlgeschoren, damit er keine Läuse kriegte, und er bekam nur einmal am Tag zu essen.

Bobby war in der vergangenen Woche mit dem Fahrrad von der Schule zum Gefängnis gefahren. Zu Hause hatte er gesagt, er würde später kommen, weil er noch in der Schulbibliothek zu tun hätte. Die Wache wollte ihn ohne Identitätsnachweis nicht vorlassen, und seine Geburtsurkunde hatte er nicht mit. Er hatte den Leuten eine Nachricht an seinen Vater überreicht. Eine Kopie besaß er nicht, aber er wußte auch so genau, was er geschrieben hatte, weil es ihm so schwer gefallen war. Viel Zeit konnte er sich nicht nehmen, und der Wachmann, der immer dabeistand, störte ihn beim Nachdenken. Zu blöd, daß er nicht reingehen und seinen Vater besuchen durfte. Dann wäre er dieses Gefühl los gewesen, als hätte er die Grippe, und er hätte wieder ruhig schlafen können.

»Lieber Kurt Scott«, hatte der Brief begonnen. Dann:

Mein Name ist Robert Brendan Reilly, und ich bin Dein Sohn. Ich weiß das, weil ich meine Geburtsurkunde hab, auf der Dein Name steht. Meine Mutter heißt Nina Reilly. Sie weiß nicht, daß ich Dir schreibe. Jetzt will ich Dir mitteilen, daß ich hier beim Gefängnis war, und sie wollten mich nicht reinlassen. Deshalb wollte ich Dich wenigstens benachrichtigen, daß es mich gibt. Ich glaube nicht, daß Du jemanden ermordet hast. Du kannst mir einen Brief an meinen Freund Jasper schicken.

Er hatte auf dem Bleistift gekaut und überlegt, welchen Namen er unter Jaspers Adresse schreiben sollte, bis der Wachmann sagte: »He, du kriegst noch Splitter in den Mund, wenn du so lange auf dem Ding rumkaust!«

Schließlich schrieb er BOB in großen Buchstaben, damit sein Vater wußte, wie er ihn anreden konnte. Dann noch ein PS: »Wie siehst du aus? Ich habe schwarzes Haar und grüne Augen. In der Schule bin ich halbwegs gut. Am liebsten hab ich Schwimmen und Skateboard. Dieses Jahr hab ich das Blaue Band beim Sportfest gewonnen.«

Sein Vater hatte ihm zurückgeschrieben, er mußte es noch am selben Tag getan haben. Das war ein gutes Zeichen. Jetzt mußte er nur noch den Umschlag aufmachen und den Brief lesen.

Er biß ein paarmal von dem Brot ab, aber es war so trocken, daß er es neben sich auf den Stein legte und den Brief in die Hand nahm. Er öffnete ihn vorsichtig, weil es ja vielleicht der einzige war, den er jemals von ihm kriegte. Man konnte nie wissen.

Auf dem Blatt aus einem Notizblock stand »Lieber Bob« mit Bleistift und in Druckbuchstaben. Sein Vater war wohl nicht sicher, ob Bob seine Handschrift lesen konnte. Bob spürte das Schinkenbrot nicht mehr, das ihm wie ein Stein im Magen lag.

Ich habe Deinen Brief erhalten. Es war eine wundervolle Überraschung für mich, daß Du mein Sohn bist. Ich habe es nicht gewußt. Es macht mich sehr glücklich.
Es tut mir leid, daß Du nicht hineindurftest, als Du mich besuchen wolltest. Wahrscheinlich ist es besser, erst alles mit Deiner Mutter zu klären, bevor Du mich wieder besuchen kommst. Aber ich würde mich freuen, wenn Du mir schreibst. Ich möchte alles über Dich erfahren. Du mußt ein mutiger Junge sein, da Du mich auf eigene Faust besuchen wolltest. Wenn all das Schlimme vorüber ist, werden wir uns direkt gegenüberstehen. Auch ich habe schwarzes Haar und grüne Augen. Ich bin so etwas wie ein Forstangestellter, aber manchmal spiele ich auch Klavier in einem Orchester. Hörst Du gern Musik?
Ich bin sehr froh, daß Du mir geschrieben hast, Bob.

Unterschrieben hatte er mit »Alles Liebe, Dein Dad«, dazu ebenfalls ein PS: »Auf dem College war ich in der Leichtathletik-Mannschaft.«

Bob las den Brief ein paarmal hintereinander, und er mußte dabei mit den Augen blinzeln. Von weitem hörte er das Klingeln. Jetzt mußte er rennen, aber er war ja zum Glück ein guter Läufer, der beste des ganzen fünften Schuljahrs. Er mußte sich die Nase putzen, und seine Augen waren sicher ganz verschwollen. Er steckte den Brief sorgfältig in den Umschlag zurück und verstaute ihn in der Tasche. Dann rubbelte er sich das Gesicht mit dem T-Shirt ab, packte ein und rannte zurück in die Klasse.

22

»Wir haben uns einmal gesehen, als ich Terry besuchte. Erinnern Sie sich?« fragte Nina, als sie ein paar Tage später vor Jerry Kettrick standen.

Nach drei verregneten Tagen war es endlich schön geworden, und die Pflanzen schossen aus dem Boden, der so lange gefroren war. Sogar vor dem ungepflegten Haus der Kettricks sah die Welt beinahe wie aus dem Ei gepellt aus. Drinnen waren die Fenster zugezogen, und der Staub hing schwer in der Luft. Es war, als wären sie in ein anderes Universum geraten.

»Ich erinnere mich«, erwiderte Kettrick.

Er hing auf seiner speckigen Wohnzimmercouch und hatte die Beine übereinandergeschlagen. Ihm zu Füßen kaute Terrys schwarzer Hund an einem Tennisball. Paul hatte sich an den zerkratzten Tisch an der Wand gesetzt. Der Dielenboden war gefegt, aber sah aus, als hätte er nie einen Schrubber gesehen.

Auf dem Weg dorthin hatte Nina sich Pauls farbigen Hintergrundbericht angehört. »Halb ist er vom Land, halb ist er ein alter Hippie«, erklärte Paul. Jerry Kettricks Eltern waren vor der Knochenarbeit auf den Feldern von San Joaquin geflohen und hatten eine unsichere Existenz in Tahoe gefunden. In den fünfziger Jahren arbeiteten sie als Köche in einem kleinen Restaurant namens Mom's Kitchen, und sobald ihre fünf Kinder alt genug waren, gingen auch sie nach der Schule und an den Wochenenden im Restaurant arbeiten. Nach vielen tausend Pfannkuchen und Spiegeleiern hatten sie den Laden vom kränklichen Besitzer übernommen, und Jerry verbrachte seine prägenden Jahre am Spülbecken.

In den späten Sechzigern gelangte der frische Wind des Aufbruchs auch nach Tahoe, und Jerry ließ sich von ihm nach San Francisco tragen. Er zog mit einem Dutzend anderer Teenager in eine heruntergekommene viktorianische Villa in der Nähe des Tenderloin und lernte auf einer Silvertone, die jemand anstelle der Miete hinterlassen hatte, Gitarre spielen. Er stellte fest, daß er flinke und geschickte Finger hatte. Bald trat er zusammen mit Airplane und den Dead auf.

Mit seiner Freundin konnte er sich so viel Stoff leisten, wie sie nur verkrafteten, und nach angemessener Zeit stellte sich ein Kind ein, das den Namen Rimbaud erhielt, seinen Weg ins Leben aber als Ralphie antrat.

Um 1972 war Jerrys private Kulturrevolution beendet. Seine Freundin verschied an einer Überdosis, und all die schlauen Doktoren im Allgemeinen Krankenhaus von S. F. konnten nichts dagegen tun. Jerry bekam schmerzhafte Geschwüre an seinen Lieblingsinjektionsstellen, und niemand gab ihm mehr einen Job, weil er so reizbar geworden war. Ralphie wurde zu einer Mormonenfamilie in Pflege gegeben. Grace Slick ging in den Alkoholentzug, und die Dead gingen auf ihre permanente Tour.

Jerry kehrte nach Tahoe zurück und fing wieder an zu kochen. Um diese Zeit starb sein Vater, und seine Geschwister hatten sich längst vom Restaurant und aus Tahoe abgesetzt. Er zog zu seiner Mutter, und eines Tages bekam er Ralphie zurück. Seine Mutter kümmerte sich um den Kleinen und Jerry um Mom's Kitchen.

Als auch sie starb, wandte er sich wieder den Drogen zu. Aber es machte keinen Spaß mehr. Er war vierzig, und statt auszuflippen, kriegte er Angstzustände und fand keinen Schlaf. Nach der Haft und dem Entziehungsprogramm verfiel er in eine Art Midlife-Stupor und blieb darin gefangen. Er arbeitete im Restaurant, sah zu, daß Ralphie frische Socken hatte und ließ sich von alten TV-Serien berieseln. Manchmal aber packte es ihn, dann ging er mit seiner abgeschabten weißen E-Gitarre auf die Veranda, zog den Peavey-Verstärker mit allen Verzerrern hoch bis zum Anschlag, und für eine Weile war er wieder auf dem Höhepunkt seines Lebens, wenn seine Finger den bösartig-ohrenzerfetzenden Sound aus den Saiten rüttelten, für den er berühmt gewesen war.

Bald klingelte dann das Telefon, und seine Nachbarin Terry London brüllte durch den Hörer, daß sie ihm die Gitarre über den Schädel hauen würde, wenn er nicht auf der Stelle mit dem Scheißkrach aufhöre.

Und so hatten sie sich kennengelernt, damals …

Nina blickte sich um und erkannte, warum es im Haus so dunkel war – fadenscheinige Decken waren als Ersatz für Vorhänge an die Fenster genagelt worden. Die Regale aus Ziegelsteinen und Brettern standen voller zerlesener Paperbacks. In einer Ecke stapelten sich Schlafsäcke. Kettrick, der Ninas Blick gefolgt war, sagte: »Meine Kumpels aus L.A. Die sind hier zum Angeln.«

»Ist Ihr Sohn in der Schule?«

»Ralphie? Der geht doch nicht mehr zur Schule. Der ist voll erwachsen. Achtundzwanzig. Fährt einen Monster-Truck. Ist im Westen unterwegs, auf Rennen.«

»Endlich mal ein origineller Beruf«, sagte Paul.

»Ziemlich gefährlich.« Kettrick rollte sich eine Zigarette, von der Nina hoffte, daß sie Tabak enthielt. Er trug dasselbe Hemd aus rotem Ziegenleder, das sie vor Terrys Ermordung an ihm gesehen hatte, dazu Jeans mit irgendwelchen braunen Flecken und eine Baseballkappe mit Valvoline-Reklame. Das wildwachsende weiße Haar, der weiße Vollbart, die kaum sichtbaren Wimpern und die rosa Augenränder in dem faltigen Gesicht führten Nina zur Vermutung, daß es sich bei ihm um einen Albino handeln konnte. »Aber das ist eben Showbusineß«, sagte Jerry. »Er will 'ne große Nummer werden.« Er griff in die Tasche, holte eine dicke Rolle heraus, riß ein paar schmuddlige Tickets ab und reichte sie Paul. »Hier. Old Ralphie fährt am Sonnabend auf der Viehmesse in Reno. Vergnügen Sie sich!«

»Nichts zu tun heute?« fragte Paul, der es sich auf seinem Stuhl bequem gemacht hatte. Er konnte so wunderbar locker dasitzen, daß auch die anderen sich entspannten, alle Vorsicht vergaßen und Dinge erzählten, die sie später bereuten.

»Von wegen. Um fünf Uhr früh war ich schon drüben, damit die Küche ab sieben läuft«, sagte Kettrick. »Meine acht Stunden zieh ich schon durch. Den Rest bis zum Schließen macht dann meine Nichte. Um die Jahreszeit haben wir immer Hochbetrieb. Ich mache das Brot und die Soße, spiele den Schnellkoch und führe die Bücher. Manchmal muß ich auch raus an die Tische. 'Ne Goldgrube ist es nicht, aber die Steuern holen wir wieder rein. Kommen Sie doch mal vorbei. Spiegelei dauert dreißig Sekunden, leicht überbraten zweiunddreißig. Beste Hausmacherküche in Tahoe.«

»O wirklich?« Paul sah echt interessiert aus.

»Aber klar. Mom's Kitchen ist Spitze«, sagte Kettrick, als müßte er sich das selbst immer einreden. Er legte seine handgedrehte Zigarette hin, zog Papier und Tabak aus einem Beutel und rollte sich einen Vorrat.

»Wohnen Sie hier schon lange?« fragte Paul.

»Fast fünfundzwanzig Jahre. Ein Rattenloch, aber dafür ist es mein Rattenloch.«

»In der Stadt sagt man, daß Sie eine starke Leadgitarre spielen.«

»Das war mal. Bin nicht mehr im Geschäft. Mit den Dead hab ich gespielt, mit Airplane, Sie wissen schon. Als die ihre große Zeit hatten, war ich berühmt, ein Rockstar, das glatte Double von Edgar Winter, hieß es. Sehen Sie mal!« Er zeigte auf ein welliges Poster an der Küchenwand, ein psychedelisches Wunderwerk von 1969, das ein Konzert im Fillmore West ankündigte. Jerry Kettricks weiße Locken flatterten ihm wild ums Gesicht und endeten in Schlangenköpfen. Nina und Paul nickten anerkennend.

Er freute sich. »Kennen Sie die Bibel? Meine Eltern haben gern aus der Heiligen Schrift zitiert. ›Wie sind die Helden gefallen! ... denn daselbst ist den Helden ihr Schild abgeschlagen.‹ Das sagt ja wohl alles. Jetzt lese ich oder sehe fern und kümmere mich um Ralphie. Na ja, hin und wieder ruft einer an, der sich noch an mich erinnert, dann springe ich als Ersatzspieler ein und mache ein paar Dollar. Aber hauptsächlich koche ich.«

»Vielen Dank, daß Sie sich die Zeit nehmen, mit uns zu reden«, sagte Nina.

»Zeit hab ich im Überfluß. Ich wär lieber auf Ihrer Seite, wenn ich könnte. Da gibt's mehr Geld für die Zeugen, hab ich gehört. Aber was ich gesehen hab, hab ich nun mal gesehen.«

»Ich nehme an, Sie haben Terry sehr lange gekannt. Wann ist ihre Familie hergezogen? Vor etwa zwanzig Jahren?«

»Wenn sie nicht verreist oder verheiratet war, hat sie immer in diesem Haus gewohnt. Aber viel zu schaffen hatten wir nicht mit ihr. Ihre Eltern sind gestorben, vor vielen Jahren schon, und sie war so eine Art Einzelgänger. Hatte gar keinen Zweck, sie zu irgendeiner Gartenparty hier einzuladen. Mich hat sie ab und zu gerufen, wenn was zu tun war, das Klo verstopft und solche Sachen. Jeden Frühling bin ich mit Ralphie aufs Dach geklettert, die Kiefernnadeln abfegen, und Ralphie hat den Schornstein saubergemacht. Er ist ja so dürr, daß er da reinkriechen konnte. Dann kam er ganz schwarz wieder raus. Einmal hat ihn der Hund nicht wiedererkannt und ihm beinahe was abgebissen …

Aber wenn Sie mich fragen, war Terry ein ziemliches Stinktier, um ehrlich zu sein«, redete Kettrick weiter. »Hat sich über Lärm aufgeregt, hat behauptet, mein Hund hätte ihren Hund gebissen, hatte was gegen den Staub, den wir mit dem Auto aufgewirbelt haben. Vor fünf Jahren hat sie sich das Tor bauen lassen, seitdem bin ich nicht mehr rübergegangen, nur noch Ralphie.«

»Sie haben ihren Hund genommen, sehe ich«, sagte Nina.

»Hitchcock hat sie ihn genannt. Die Filme hat sie sich tausendmal angeguckt. Ist ein guter Hund, geht immer raus, wenn er mal muß.« Als sein Name fiel, hob Hitchcock das zottige Haupt, fuhr die rote Zunge aus, an die sich Nina noch gut erinnern konnte, und setzte wieder das feuchte Grinsen auf. »Er ist so hungrig über das Grundstück geirrt, und unser alter Hund war gestorben, da hab ich ihn eben genommen. Arme alte Betsy, fünfzehn Jahre hat sie durchgehalten. Hat wohl 'ne giftige Pflanze oder so was gefressen, ist einfach umgekippt und war tot, letztes Jahr.« Er senkte die Stimme. »Ehrlich gesagt, ich hab mich gefragt, ob Terry unsern Hund vielleicht … Sie war … Sie wissen schon: didididi, didididi …« Kettrick wedelte mit den Fingern, verdrehte die Augen und summte die Erkennungsmelodie von *Twilight Zone*.

Das Haus, das von Wald umringt war, blieb düster, obwohl draußen die Sonne durchgekommen war, wie Nina sehen konnte. Sie spürte heftigen Juckreiz und hoffte, daß sie nicht auf Hitchcocks Decke saß.

Sie holte Kettricks Zeugenaussage aus der Aktentasche und hielt sie ihm hin. »Hierüber möchten wir mit Ihnen reden.«

Er sah auf das Blatt. »Ja, Madam, das ist die Aussage, die ich bei der Polizei gemacht habe.«

»Demzufolge haben Sie in Ihrem Wohnzimmer gesessen und ferngesehen, als Sie gegen elf Uhr abends Lärm hörten«, sagte Paul. »Was für ein Lärm?«

»Gebrüll, Schreie und so.« Kettrick leckte das Zigarettenpapier an und rollte seine Zigarette mit routinierter Bewegung fertig. »Er hat gebrüllt, sie hat geschrien.«

»Wie viele Leute waren denn bei ihr?« fragte Paul.

»Ich weiß nur von zweien, von Terry und dem Mann. Ich hab hier gestanden und aus dem Fenster geguckt, weil es so gruslig klang, und ich dachte echt, die hätte den abgeknallt.«

»Wieso das?«

»Na ja, die war eben so eine grantige Zicke. Hatte auch immer ihre Flinte in der Ecke. Einmal hat sie mich damit bedroht.«

»Was für ein Gewehr war denn das?« fragte Paul.

»'ne Dreißig-Nullsechser-Remington. Alt, aber zuverlässig.«

»Wie oft haben Sie Terry in den letzten zwölf Jahren mit dem Gewehr gesehen?« fragte Nina.

»Nur das eine Mal, ist etwa fünf Jahre her. Deshalb bin ich ja nicht mehr zu ihr rüber. Aber Ralphie ist ja so ein Masochist. ›Geh nicht rüber‹, hab ich immer gesagt, aber er wollte sich eben ein paar Dollars verdienen. Ich hab versucht, ihn davon abzuhalten, ich wußte, daß sie keinen guten Einfluß auf ihn hatte. Aber für'n Dollar würde der auch 'nen Grizzlybär besteigen.«

Terry war vierzig gewesen, Ralph also zwölf Jahre jünger. Hatten sie was miteinander gehabt?

Nina tauschte einen kurzen Blick mit Paul. Jetzt besaßen sie den Nachweis, daß sich Kurts Remington bei Terry befunden hatte. Ein gewaltiger Schritt vorwärts. Terry hatte also das Gewehr gezückt und Kurt bedroht. Es gab einen Kampf, und er rannte weg ... Nina konzentrierte sich wieder auf Paul, der Kettrick eine neue Frage stellte: »Mr. Kettrick, konnten Sie etwas von dem verstehen, was der Mann, den Sie gesehen haben, mit Terry zu besprechen hatte?«

»Nein. Aber sie war unheimlich wütend. Er war erst ruhig, aber dann hat er sich auch reingesteigert.«

»Erzählen Sie uns doch einfach alles, was Sie gesehen und gehört haben«, sagte Paul. »Vergessen Sie, was Sie der Polizei gesagt haben. Wir wollen es noch einmal ganz frisch beschrieben haben.«

»Na, da war dieser Lärm, der Streit, etwa fünf Minuten lang. Dann zwei Schüsse, dicht hintereinander. Und er kam aus der Ateliertür gerannt, mit wehendem Hemd ... Im Mondlicht konnte ich sein Gesicht genau sehen.«

»Konnten Sie von Ihrem Fenster aus die Ateliertür sehen?« fragte Paul.

»Kommen Sie rüber«, forderte Kettrick sie auf. Sie traten ans Fenster. »Stellen Sie sich hierher, in die linke Ecke.« Er schob die Decke zur Seite, und ein goldener Sonnenstrahl drang in das düstere Innere.

Nina nutzte die Gelegenheit, das Fenster einen Spaltbreit zu öffnen und ein bißchen frische Luft einzulassen. Sie sah das Atelier, den Pfad dorthin und den Vorbau, in dem sie am Morgen nach der Tat mit Collier gestanden hatte. Kettrick hatte einen Logenplatz gehabt, da gab es keinen Zweifel.

»Da kam er rausgerannt.«

»Haben Sie Blut an seiner Kleidung gesehen?«

»Nein«, sagte Kettrick. »Nachts sind alle Katzen grau. Er hatte dunkle Sachen an, soviel ich gesehen habe.«

»Mr. Kettrick!« Er stand, nicht viel größer als sie, direkt neben ihr, blickte aber nicht aus dem Fenster. Er schaute sie an. Das milde Sommerlüftchen, das die Decke am Fenster in Bewegung setzte, wehte ihr seinen Geruch herüber, einen säuerlichen Geruch. Er zeigte ein joviales Lächeln und entblößte seine bräunlichen Zähne. Und er roch nach Angst.

»Sind Sie ganz sicher, daß Sie zwei Schüsse gehört haben und nicht nur einen, bevor Mr. Scott aus der Tür gerannt kam?«

»Ganz sicher«, sagte Kettrick. »Gott soll mich auf der Stelle strafen, wenn ich Sie belüge.«

Sie blickte ihm in die weißbewimperten Augen und ließ nicht locker. Sie blickte tief und tiefer und verfolgte, wie sich seine Pupillen zu kleinen Punkten verengten. Sonst verzog er keine Miene. Abrupt wandte er sich ab.

»Was passierte dann?« fragte Paul. Er hatte alles mit verfolgt, ohne besonders aufmerksam zu wirken; alles an ihm strahlte Gelassenheit aus – bis auf die zusammengekniffenen braunen Augen.

»Er ist zu seinem Auto gerannt und losgefahren. Und das war's. Am nächsten Morgen sah ich, daß drüben was los war, und bin hin. Die haben mich zum Revier geschickt, meine Aussage machen, dann haben sie mich noch mal bestellt, als sie ihn erwischt hatten. Ich ging wieder hin und hab ihn bei der Gegenüberstellung erkannt. War kein Problem«, sagte er. »So leid es mir tut.«

»Klar, Sie müssen sich ja an die Wahrheit halten«, bestätigte Paul.

»Und nichts als die Wahrheit. Wollen Sie noch was wissen?«

Nina fragte nach der Gegenüberstellung und sagte dann: »Ich glaube, vorerst reicht es.«

»Diese Tickets für die Monster-Trucks da, die gehen weg für fünfzehn Dollar pro Nase«, sagte Kettrick. »Ich gebe Ihnen zwei. Was ich damit sagen will: Sie können mich ja nicht dafür bezahlen, daß ich hier mit Ihnen geredet habe. Aber mal so gesehen, wenn Sie mir die Tickets abkaufen, verstehen Sie? Dann ist das so eine Art Spende für die Jungs, die sich da mit ihren Monsterdingern abmühen ...«

»Nina, was meinst du?« fragte Paul.

Nina zückte die Brieftasche. »Ich nehme sogar noch eine mehr, für meinen Sohn«, sagte sie und reichte Kettrick die Scheine. »Vielleicht können wir dann nach dem Rennen mit Ihrem Sohn sprechen. Und danke noch mal für die Mühe.«

»War mir ein Vergnügen, Madam. Ich sage Ralphie Bescheid, daß er sich bereithält. Rufen Sie mich an, wenn Sie noch was brauchen. Tut mir wirklich leid ...« Er brach ab und blickte zu Boden.

»Daß Ihre Aussage zur Verurteilung meines Mandanten wegen Mordes führen wird?« fragte Nina. »Da Sie ja die Wahrheit sagen, brauchen Sie kein schlechtes Gewissen zu haben, oder?«

»Was ich gesehen hab, hab ich gesehen«, sagte Kettrick. »Ich wünsche Ihnen noch einen guten Tag!«

23

»DAS GRÖSSTE UND HÄRTESTE RENNEN DER MONSTER-TRUCKS VON RENO IST AUSVERKAUFT! DAS GRÖSSTE UND HÄRTESTE RENNEN DER MONSTER-TRUCKS VON RENO IST AUSVERKAUFT!« dröhnten die Lautsprecher über den heillos verstopften Parkplatz der Viehmesse von Reno an diesem Samstagvormittag. Paul hatte etliche Straßen weiterfahren müssen, um einen Platz für den Wagen zu finden. Jetzt liefen Nina und Bobby hinter ihm her und versuchten, sein Tempo zu halten, indem sie ihre Schritte verdoppelten. Keuchend und schwitzend in der Wüstenhitze strebten sie dem Stadion zu, wo ein solches Gedränge herrschte, daß Nina Bobby am Sweatshirt packte, damit er ihr nicht abhanden kam.

»DAS GRÖSSTE UND HÄRTESTE RENNEN DER MONSTER-TRUCKS ...« Paul war nervös. Er wollte zwar mit Ralph Kettrick reden, aber jetzt beschäftigte ihn vor allem der Gedanke, daß Nina ihren Sohn mitgebracht hatte. Es war das erste Mal, daß sie etwas zu dritt unternahmen. Nach der Heirat würde er Stiefvater sein – ein wenig verlockender Gedanke.

Vor seinem Ausflug nach Monterey war Ninas Sohn ihm kaum ins Bewußtsein getreten. Für ihn waren Jungen nicht viel mehr als kleine Idioten mit ausgeleierten Sweatshirts und Baseballkappen, die Skateboards umherschleppten, sobald sie alt genug dafür wurden, und um die Wagenschlüssel bettelten, wenn sie aus dem Skateboard-Alter heraus waren.

Aber er mußte nett zu Bob sein, und Bob mußte nett zu ihm sein. Paul sah ihn vor sich herlaufen und fragte sich, was Bob wohl von ihm dachte. Was würde der Junge davon halten, wenn er, Paul, die Vaterrolle übernahm, während sein richtiger Vater ...

Warum mußte dieser Scott nur auftauchen, gerade als Paul beschlossen hatte, Nina zu heiraten? Sie sah heute so verführerisch aus in ihrem Rock und der roten Bluse, so festtäglich, so üppig, so knackig …

Vor ihnen öffnete sich jetzt die große Arena unter dem bedeckten Himmel, und sie hielten Ausschau nach Plätzen. Die Zuschauerränge waren schon fast voll – besetzt mit einem Publikum, das er im eher gehobenen Milieu von Carmel selten zu sehen bekam: Landarbeiter mit hageren roten Gesichtern und Baseballkappen, Jungen in Jeans, das gewachste Haar so sorgfältig zurückgekämmt, daß man jede Strähne einzeln sah. Mütter in schwarzen Strumpfhosen und plissierten Blusen, dazu ihre Töchter, bleichgeschminkt in Bomberjacken – ein Meer aus Flanellhemden, T-Shirts, Zöpfchen, Ziegenbärten, Goldkettchen, Faltenröcken, enganliegenden Sonnenbrillen, Cowboystiefeln und -hüten, Langhaarigen mit Stirnglatze, schwarzen Jungs in schweren Parkas, überall Tarnhosen, Eisverkäufer, Babykarren, Indianer in Rodeowesten, Arbeitsstiefel, Skimützen, Batikhemden, Tätowierungen und Kleinkinder, die auf Schultern ritten.

Über das ferne Geplärr der Parkplatzlautsprecher, die ihren stolzen Spruch endlos wiederholten, erhob sich jetzt die Stimme des unsichtbaren Ansagers: »Mit einem tierischen Schrei begrüßen wir mitten unter uns: die Horrorflotte der Monster-Trucks!« Auf halber Höhe fanden sie eine freie Stelle auf der verwitterten Sitzbank und quetschten sich dicht aneinander. Die Strecke hinter dem Abschirmgitter war mit gut befestigten Hindernissen versehen: drei mannstiefen Quergräben im gleichen Abstand, in denen Paul bei näherem Hinsehen je zwei Autowracks entdeckte.

Acht Monster-Trucks ließen die Motoren aufheulen und fuhren auf den Platz, um sich dem Publikum vorzustellen. Pauls Nachbarin zur Rechten, eine junge Mutter mit Baby im Karren, stopfte sich und ihrem Kind Wattestöpsel in die Ohren, um den betäubenden Lärm der Motoren und der Menge ein wenig zu dämpfen. Er spürte die wohlige Wärme ihrer Hüfte an seiner Seite. Mit dem langen, schwarzen Strähnenhaar, dem schmalen Gesicht und der schlanken Nase über den vollen Lippen, den Ohrringen aus Bierdosenverschlüssen, dem engen, kurzen T-Shirt, das ihren vorstehenden Bauchnabel entblößte, war sie die perfekte, kaugummikauende Rodeo-Queen. Nina rieb sich Sonnenöl auf die hübsche Nase und preßte sich von links gegen ihn, ihre Brust drückte weich gegen seinen Ellenbogen. Neben ihr kratzte Bob systematisch die Farbe von den Metallstreben der nächsttieferen Sitzreihe. »Bobby, laß das«, sagte Nina ohne großen Nachdruck und ohne jeden Erfolg.

Sie hatten einen guten Blick auf die Trucks. Über dem Fahrwerk aus gewaltigen Treckerreifen und dem starken Motor thronte die mit Glitzerfarbe lackierte Karosse. Die Fahrer, die so groß wirkten wie Spielfiguren aus Plastik, schwebten in ihren Gehäusen etwa drei Meter über dem Boden und traten die Gaspedale wie Cowboys, die ihren Pferden die Sporen gaben.

Ein Truck nach dem anderen drehte die Ehrenrunde. Zuerst an der Reihe war Squanto. »Ein 93er Chevy, meine Damen und Herren, 8000 Kubik, gesponsert von Harley-Davidson! Haltet euch fest, Leute! Heute geht er auf den Kriegspfad!« Dann kamen die anderen Ungetüme: Thunderthighs, Wabash Cannonball, The Mountain, Bad Dog, Venom und schließlich der diesjährige Champion: Satan's Hoof. Die alte, grüne Karosse, die nach einem 49er Ford Kombi aussah, ließ rote Scheinwerfer aufglühen. Die Fenster waren so klein, daß Paul den Fahrer nicht erkennen konnte. Er schaute aufs Programm.

Satan's Hoof. Das war Ralph Kettricks Vehikel.

»Um Gefahren von unseren Fans an der Bande abzuwenden, haben wir ein neues Verfahren entwickelt, jeden Truck ferngesteuert vom Kontrollturm aus zu stoppen«, verkündete die Lautsprecherstimme, die unter dem Motorengedröhn kaum noch zu hören war. »Und heute haben wir ein ganz besonderes Bonbon für unsere jüngsten Fans. Ihr könnt eine Fahrt in Satan's Hoof gewinnen, wenn ihr euch am Bierkiosk direkt neben der Super-Super-Riesen-Coke-Flasche meldet. Hallo, Kids! Nervt euren Daddy, bis er euch dort anmeldet!« Das schrille Kreischen der Lutscher-Fraktion durchzog das Stadion.

Bob drückte sich an Nina: »Darf ich auch, Mom?«

Sie nickte. »Später.«

Ein Geländewagen mit dicken Profilreifen fuhr die Strecke ab, während die Trucks an der Startlinie Aufstellung nahmen. Er schoß im Stadion umher, stieß Flammen aus wie ein wildgewordenes Maskottchen, um das Publikum anzuheizen, das anfing zu trampeln und zu brüllen.

»Weil wir alle stolz darauf sind, Amerikaner zu sein, wollen wir uns nun von den Plätzen erheben ...«

Die Masse erhob sich gehorsam und blieb stehen, während ein schlechtes Tonband die Nationalhymne abspielte. Selbst die Trucks verharrten respektvoll auf ihren Startplätzen.

»Wir beginnen mit der Einzelqualifikation zur Aufstellung der Zweiergruppen«, dröhnte der Ansager, als die Hymne kaum verklungen war. Den Anfang machte Bad Dog, der ruckend, mit wütendem Röhren des Motors losspurtete und mannshohe Luftsprünge machte wie ein Mad-Max-Vehikel, wenn er mit seinen gewaltigen Reifen die Hindernisse nahm, und krachend wie eine Ladung Schrott auf den Autowracks landete. Paul hörte das Knirschen der eingegrabenen Karossen. »Sechs Komma zwölf Sekunden, nicht schlecht für den Anfang«, sagte der Ansager ohne große Begeisterung.

Als nächstes kam Thunderthighs, ein Vehikel mit offenem Verdeck. Man konnte den winzigen Fahrer sehen, der sich fest ans Steuer klammerte, um die Konstruktion in Balance zu halten, während er die Schikanen bewältigte. »Thunderthighs ist der Größte, und er wird es euch zeigen!« Der Fahrer zögerte ein wenig vor den Gräben, aber bewältigte hüpfend seine Strecke, nur ein bißchen langsamer als Bad Dog. »Ich wette auf Venom! Der zeigt allen die Zähne!« schrie Bobby.

»Ich auf Bad Dog«, schrie Nina zurück. »Den kriegt keiner ein.«

»Satan's Hoof! Der schlägt sie alle!« Paul gab sich Mühe, enthusiastisch zu klingen. Bob beugte sich hinüber, um etwas zu sagen, und ließ seine Eiskugel in Pauls Schoß fallen, der mit einem nicht gerade stubenreinen Fluch aufsprang.

Nina lachte und wandte sich dem Rennen zu. Bob sagte nur »Oh!« Paul wischte sich das Eis vom Hosenstall und setzte sich wieder. Die Rodeo-Queen schenkte ihm ein verächtliches Lächeln und zündete sich eine Marlboro an, um die staubige, benzingeschwängerte Luft um eine beißende Duftnote zu bereichern. Ein warmer Nieselregen setzte ein. Paul schien als einziger im Stadion keine Kopfbedeckung zu besitzen.

Venom aus Topeka schaffte die Strecke in fünfeinhalb Sekunden. »Ein 88er Jeep mit 8000 Kubik!« rief der Ansager, während das Ungetüm wie ein riesiger Gummiball über die Strecke hüpfte, fast ohne den Boden zu berühren. »Der Mann hat die Nerven eines eiskalten Profis! Lonnie ›Hard Case‹ Pace! Ladies and Gentlemen! Applaus! Applaus!«

Jetzt ging Satan's Hoof an den Start, die unheimlich roten Scheinwerfer glommen wie die Augen eines Dämons. »Seit fünf Jahren ungeschlagener Champion! Beifall für Ralph Kettrick, den Höllenpiloten des Satans! Leute, zieht die Köpfe ein! Der Satan persönlich ist am Start!«

»Ich muß mal«, sagte Bob.

»Paul, gehst du mit?« bat Nina, ohne den Blick von Satan's Hoof abzuwenden, der sich beim mächtigen Getöse seiner 9500-Kubik-Maschine startklar machte.

»Gerade den wollte ich doch sehen!« sagte Paul. Dieser Bengel war ganz allein nach Monterey durchgebrannt und brauchte jetzt ein Kindermädchen, um aufs Klo zu gehen?

Bob verschwand schon auf der Treppe. »Beeil dich, Paul!« sagte Nina. Murrend stand Paul auf und ließ sich von einer Gruppe weißer Cowboy-Strohhüte fortschwemmen, bis er sich am Ausgang wiederfand, wo keine Spur von Bob war.

Als sie zurückkamen, hatte Satan's Hoof längst das Rennen gemacht. »Das war vielleicht ein Ding!« rief Nina. »Er hat das Gitter gerammt, und wir dachten, jetzt wär alles aus!«

»Ist ja toll«, sagte Paul.

»Wo wart ihr so lange?«

»Dein Sohn mußte sich unbedingt in die Schlange stellen, um sich für Satan's Hoof anzumelden, obwohl ich ihm gesagt habe, daß es zwecklos ist.«

»Das ist für Kinder ein Fremdwort.«

Ihr Gespräch wurde durch den Ansager unterbrochen, der jetzt brüllte: »Wenn euch die Show zu lahm ist, dann steht ihr alle auf und ruft ...«

»... PENNER! PENNER! PENNER!«

»Wenn ihr Action sehen wollt, was ruft ihr dann?«

»WIR WOLLEN PEP! WIR WOLLEN PEP!«

»Genau!« schrie der Ansager. »Wollt ihr den totalen Wahnsinn?«

»WAHNSINN! WAHNSINN! WAHNSINN!«

Während die Monster-Trucks auf den nächsten Lauf warteten, tummelten sich ein paar einheimische Kisten auf der Strecke. »Man sieht doch gleich, woher Old Blue seinen Namen hat: alles Beulen und blaue Flecken!« Old Blue landete mit einem tödlichen Krachen im ersten Graben und bewegte sich nicht mehr. »Old Blue ist mit Achsenbruch liegengeblieben«, verkündete der Ansager. Während das Wrack aus dem Graben gezogen und abgeschleppt wurde, ertönte über die Lautsprecher ein Trauermarsch. »Wenn euch der Fahrer draußen an der Straße mit dem Finger winkt, laßt ihn mitfahren, okay?«

»Kommt drauf an, welchen Finger er nimmt«, sagte Paul, noch immer um gute Laune bemüht.

»WIR WOLLEN PEP!« Noch mehr tollkühne Trucks fuhren auf. Eine Toyota-Pritsche ging die Strecke mit Kampfeslust und Bravour an, doch der Motor gab mittendrin den Geist auf. Hektisch versuchte der Fahrer zu starten, und der Ansager kommentierte: »Das klingt ganz nach der falschen Benzinsorte!«

»PENNER! PENNER!«

»Voll drauf, Leute! Laßt hören, was ihr haben wollt!«

»WIR WOLLEN PEP!«

Der Regen hörte auf, die Luft wurde heiß und drückend. Ein kleiner gelber Mitsubishi bewegte sich zaghaft auf die Strecke zu. »Jetzt sitzt Opi am Steuer! Los, Leute, sagt ihm, wo es langgeht! Go, Opi, go!«

»GO, OPI, GO!« Nina und Bob brüllten mit der Menge. Nina nahm einen Schluck aus ihrer Wasserflasche. Sie hatte sich das Haar zum Pferdeschwanz gebunden und wirkte fünfzehn Jahre jünger. Paul ärgerte sich, daß er in seiner Golfbluse eine Figur machte wie Frank Sinatra in der Punker-Disco.

»O nein! Opi wollte nur einen Sonntagsausflug machen! Schaut euch den an!«

Pause. Die Polizei von Reno hielt mit Gummiknüppeln und Pistolen die Menge in Schach, die zu den Bier- und Imbißbuden und zu den stinkenden Toiletten strömte. »Wo steckt Bobby?« fragte Nina. »Wahrscheinlich muß er schon wieder. Paul, gehst du …?«

»Nicht noch einmal! Nicht bei diesem Gedränge!« rief Paul. Sie gab ihm einen kräftigen Schubser. »Schon gut, schon gut!« Er bahnte sich mit den Ellbogen einen Weg und nahm sich vor, Bob ein paar Lektionen in Respekt und Gehorsam zu erteilen. Als das Rennen weiterging, kehrte Paul zu Nina zurück, um ihr zu vermelden, daß Bob offenbar endgültig verschwunden war. Der aber saß längst an seinem Platz und befaßte sich mit einer neuen Portion Eis.

Jetzt traten die Monster-Trucks zu den Zweierläufen an. Venom hatte die Strecke für sich allein, weil The Mountain nicht am Start erschien. »The Mountain wird doch nicht geplatzt sein?« tönte der Lautsprecher.

»PENNER!«

Paul massierte sich die schmerzenden Schläfen. Das Mädchen neben ihm zog das T-Shirt hoch und begann seelenruhig ihr Baby zu stillen, Paul fing einen Seitenblick auf, der besagte: Denk doch, was du willst. Paul schaute weg. Babys, Windeln, Sabber und unappetitliche Fütterungsmethoden … Nina wollte doch nicht etwa noch ein Kind, oder?

»Satan's Hoof hat technische Probleme, Leute. Er kriegt grad 'ne neue Ölpumpe verpaßt!«

»SATAN! SATAN!« Verzerrte Biervisagen, die Sitzreihen erzitterten unter dem Gestampfe der Füße … So war es wohl früher auf den Rockkonzerten auch zugegangen, aber da hatte es ihn nicht gestört. Offenbar war ihm die Fähigkeit, in der Massenhysterie aufzugehen, abhanden gekommen. Aber Nina schrie, hielt die Finger wie kleine Hörner an den Kopf und war völlig weg.

Paul fiel auf, daß die Menge genauso hingerissen war wie das geschniegelte Publikum von Wiesbaden. Während er dieser Beobachtung nachging, verschob sich seine Wahrnehmung, das Gebrüll wich in eine metaphysische Ferne, und seine Gedanken schweiften ab.

Seltsame Bettgefährten, dachte er. Bach und die Monster-

Trucks. Waren denn wirklich alle menschlichen Vergnügungen nur eine Nachbildung des Sexualakts? Diente auch die geradezu körperliche Kraft der Bach-Fugen dazu, die Zuhörer zu überwältigen, mit ihren geballten Klängen aufzuwühlen und dem Höhepunkt, der Entladung zuzutreiben – bis zur Entspannungszigarette nach dem Konzert?

Da wühlten nun die Monsterfahrer in ihren überzüchteten Vehikeln tiefe Furchen in den Staub und konnten ihre Maschinen nur mit Mühe bändigen, während die Zuschauer brüllten und brüllten …

Und was war mit ihm, dem berufsmäßigen Wühler und Schnüffler? Was mit Terry London, die sich so viele Jahre an das Objekt ihrer Haßliebe geklammert hatte? Führten nicht alle nur eine symbolische Existenz, seit sie als Baby mit dem Daumenlutschen begonnen hatten? Waren ihre Besitztümer nicht Fetische, ihr Streben eitel, ihr Dünkel lächerlich? Eine denkwürdige Frage stieg in Paul hoch: Betrachtete Er da oben sein Werk wirklich mit Wohlgefallen?

Wieder verschwamm seine Wahrnehmung, dann kehrte sie zur Wirklichkeit zurück. Paul fand sich im Stadion und vergaß auf der Stelle, woran er soeben gedacht hatte.

Venom und Satan's Hoof traten in der Endrunde gegeneinander an, die Motoren grollten bedrohlich. »Los, Leute, feuert eure Favoriten an! Ich will was hören!« brüllte der Ansager wie besessen, und die Menge antwortete mit einem orkanartig anschwellenden Geheul. Beide Trucks schossen über die ersten zwei Hindernisse hinweg, Satan's Hoof nahm die letzte Schikane so schnell, daß er beim Aufprall das Absperrgitter rammte. Der Truck kippte nach links, die rechten Reifen gingen in die Höhe. Atemlos verfolgte alles, wie er schwankte, auf der Kippe stand und umzufallen drohte, dann aber mit einem letzten, schweren Plumpser auf den Rädern landete.

»Das war Satanswerk! Fast hätte ihn der Teufel geholt!« dröhnte der Lautsprecher.

»Nein, Bobby, du kannst da nicht rauf«, sagte Nina, als sie zehn Minuten später über die zerwühlte Rennstrecke stolperten.

Ralph Kettrick stand neben seinem Vehikel und war etwa genauso groß wie die Reifen. Er befingerte den Hasenfuß, der an seinem Gürtel baumelte, sein Techniker kroch auf allen vieren und suchte etwas.

»He, Kumpel! Der alte Satan hat's denen ganz schön gezeigt, was?« rief er Bob entgegen. Er schüttelte Paul und Nina die Hand. »Sie sind die Lady mit dem falschen Nerzkragen, stimmt's? Schön, daß Sie gekommen sind.« Sein kurzes Haar war naturblond, nicht albinoweiß wie das seines Vaters. Er trug einen verschmierten, feuerfesten Overall, der seine untersetzte, stämmige Figur unterstrich, und zeigte ein breites, leeres Grinsen.

»Total geil!« rief Bob. »Wer hat gewonnen?«

»Du meinst, wer im Truck sitzen darf? Wir machen noch die Durchsicht, dann kommt irgendein kleiner Junge aus Elko, der sich da oben mit mir knipsen läßt. Wie sieht's aus, Pete?«

»Zwei Liter Ölverbrauch beim letzten Durchlauf«, sagte eine Stimme unter dem Fahrzeug hervor, »ich fülle gleich nach.«

»Tu das«, sagte Kettrick. »Ist nur ein kleines Leck.«

Der Mechaniker kam hervorgekrochen, stützte die Hände in die Hüfte und drückte den Rücken durch. »Schon passiert. Laß dir aber die Pumpe flicken, bevor du wieder an den Start gehst.«

»Danke für den Tip, Alter«, sagte Kettrick. »Und du, Kumpel, willst du mal raufsteigen?«

Nina fuhr hastig dazwischen. »Heute nicht, vielen Dank.«

»Ich hab mit dem Kumpel hier geredet, nicht mit Ihnen.« Kettrick klang nicht mehr sehr liebenswürdig.

»Wir wollten Ihnen gern ein paar Fragen über Terry London stellen«, sagte Paul.

»Ach, richtig. Hatte beinahe vergessen, wer Sie sind. Die Anwälte von dem Typ, der Terry das angetan hat. Und Sie wollen wirklich vors Schwurgericht damit? Muß ich da auch irgendwie antreten?«

»Ich gehe davon aus, daß mein Mandant unschuldig ist«, sagte Nina.

»Na, ich kann Ihnen nicht als Zeuge dienen. Ich lag im Tiefschlaf, als mein Dad aus dem Fenster guckte und den Typ abhauen sah.«

»Die Schüsse haben Sie nicht geweckt?«

»Kein Stück. Mein Dad schnarcht so laut, daß ich mir immer das Kissen über den Kopf ziehe. Außerdem hab ich einen festen Schlaf.«

»Ich hab mich gefragt, warum Ihr Vater nicht die Polizei gerufen hat, als die Schüsse fielen und er jemanden wegrennen sah«, sagte Paul.

»Wahrscheinlich dachte er, Terry hat einen späten Besucher mit ein paar Schreckschüssen verjagt«, erklärte Kettrick. »Er wollte nichts mit ihr zu tun haben, verstehen Sie? Sie konnten sich nicht ausstehen.«

»Ihr Vater sagte, Sie hätten öfter was für sie gemacht.«

»Ja, seit ich fünfzehn war. Die üblichen Sachen am Haus und so. Das war meine einzige Chance, ein bißchen Geld reinzukriegen und ab achtzehn mit dem Fahren anzufangen.«

»Waren Sie mit ihr befreundet?« fragte Nina. Bobby war um das Vehikel herumgegangen und machte Anstalten, auf einer Radnabe nach oben zu klettern. »Bobby, geh da weg!« rief Nina scharf. Paul nahm ihn unter seine Obhut. Durch die Stahlspeichen konnte er Kettrick gut hören und sehen.

Kettrick nickte. »Sie hat mit mir geredet«, sagte er. »Sie war einsam, hatte keine Freunde. Sie hat mir Geschichten erzählt, ein paar Sachen beigebracht.«

»Zum Beispiel?«

»Eben so Sachen.« Er wich aus. »Sie sagte, sie würde eines Tages einen Film über mich machen. Sie war interessiert an meinem Wohl – hat sie immer gesagt. Mein Dad wollte aber, daß ich mich von ihr fernhalte. Ihm hat sie angst gemacht, aber zu mir war sie nett, manchmal.«

»Terry hatte also ein Gewehr.«

»Eine alte Jagdflinte, eine Remington«, sagte Kettrick.

»Wo hat sie die aufbewahrt?«

»Ich weiß nicht, irgendwo griffbereit. Einmal hat sie sogar meinem Dad damit vor der Nase rumgefuchtelt. Der hatte vielleicht einen Schiß!«

»Wann haben Sie sie zuletzt gesehen?«

»Etwa eine Woche, bevor das passiert ist. Ich war drüben und hab die Kiefernnadeln vom Dach gefegt. Aber wir haben nicht richtig miteinander gesprochen.«

»Hat sie jemals durchblicken lassen, daß sie Angst hätte vor jemandem? Wirkte sie in letzter Zeit nervös?«

»Sie haben sie wohl nicht gut gekannt. Nervös sein war nicht ihre Sache. Entweder sie kochte vor Wut oder sie blieb eiskalt.«

»Hat sie jemals eine Doreen Benitez erwähnt? Oder Ordway? Oder Jessica Sweet, Jonathan Sweet, Michael Ordway?«

»Nee, nie gehört.«

»Und wie ist es mit Kurt Scott? Hat sie über den gesprochen?«

»Warten Sie, da muß ich nachdenken. Kommt mir bekannt vor. Das war er! Ihr Exmann.«

»Was hat sie über ihn gesagt?« fragte Nina.

»Nichts Gutes. Nichts, was Ihnen nützen könnte. Kurt Scott ist doch Ihr Mandant, oder? Einmal hat sie gesagt, daß sie nach ihm sucht. Und wenn sie ihn findet, will sie ihn mit dem Kopf nach unten aufhängen und ihm bei lebendigem Leibe die Haut abziehen.« Er grinste breit und wartete auf die nächste Frage.

»Hat sie gesagt, warum sie das wollte?« fragte Nina.

»Nein. Aber sie hat sich dabei die Lippen geleckt, als würde sie der Gedanke irgendwie sexuell anmachen.«

»War sie Ihre Freundin?« fragte Paul hinter dem Truck, und aus irgendeinem Grund fing Kettrick an zu lachen. »Dazu war sie ein bißchen zu alt, Mann!« sagte er. »Sie hat mir erzählt, sie findet den Sexualakt als solchen eklig. Sie hat sich's auf andere Art besorgt, vermute ich mal.«

»Nämlich wie?«

»Ich hab doch gesagt, wir waren befreundet, Mann. Ich meine, lassen Sie doch der alten Frau ihre Geheimnisse!« Sein Lächeln und seine unschuldsvollen blauen Augen blieben stets unverändert.

»Und an dem Tag, als ich zu ihr kam, was haben Sie da bei ihr im Haus gemacht?« fragte Nina.

»Hä?«

Paul stand nun so, daß er Ralphs Gesicht sehen konnte. Eine Maske, befand er. Diese bereitwillige Freundlichkeit ging ihm wirklich auf die Nerven. Was hatte dieser Typ zu verbergen?

»Sie sagten zu Terry: ›Du hast es versprochen.‹ Was hatte sie versprochen?«

»Ach ja … Das hab ich vergessen.« Eine dicke, fette Lüge. Paul hatte schon beschlossen, sich auch diesen Kettrick gründlich vorzuknöpfen.

»Warum darf ich mich denn nicht mal reinsetzen, Mom?« rief Bob hinter dem Truck hervor. »Bitte, bitte. Nur einen Moment!«

»Still, Bobby! Ich hab dir schon gesagt: nein!«

»Wie ich schon sagte. Ich hab nichts dagegen, wenn er sich eine Minute mit mir reinsetzt.« Flink kletterte Kettrick ins Cockpit, schlug auf das gepolsterte Armaturenbrett und streckte die Hand nach unten. »Na komm schon!«

Bobby hob den Arm, und Paul wollte einschreiten, aber Nina war schneller und packte Bobby bei der Schulter. »Nein. Er kommt nicht. Trotzdem danke für das Angebot.«

»So eine Spielverderberin, die Frau Anwältin!« spottete Ralph. Jetzt hatte seine Stimme einen ausgesprochen häßlichen Klang. Er startete den Motor durch und trieb alle mit seiner gewaltigen Abgaswolke in die Flucht. »Penner!« schrie er mit dröhnendem Lachen und fuhr davon wie ein Koloß auf Rädern.

»O Mom!« klagte Bobby und wischte sich den Staub von der Hose. »So eine Chance kriege ich nie wieder!«

Paul schaute Ralph Kettrick nach, der ohne Helm durch die leere Arena brauste. »Da fährt er hin, der glückstrahlende Sieger«, sagte er zu Nina. »Gehen wir lieber, bevor er uns platt macht.«

24

Die Rückfahrt von Reno dauerte wegen der samstäglichen Nachtschwärmer, die in den Casinos von Tahoe ihr Geld verspielten, länger als erwartet. Als sie gegessen und Bobby bei Andrea abgeliefert hatten, war es schon neun, über den Bergen verblaßte das letzte Licht des Tages. Nina schloß das verwaiste Bürogebäude auf und machte Kaffee, während Paul die Fernbedienung für das Videogerät suchte und die Möbel im Konferenzzimmer verschob, so daß sich der Raum in ein kleines Vorführstudio verwandelte. Die Jalousien ließ er oben, das Scheinwerferlicht der vorbeifahrenden Autos geisterte über die Decke.

Zuerst sahen sie das stumme Video der Verhaftung. Datum und Uhrzeit flackerten über den Bildschirm. Die Kamera des Streifenwagens verfolgte Kurts Mietauto, das abbremste und an den Rand fuhr, dann sah man Officer Joyce, der auf das Auto zuging und Kurt herauswinkte. Der Beamte drückte Kurt gegen die Flanke des Autos und durchsuchte ihn von hinten. Kurt wandte das Gesicht der Kamera zu, man sah ihn sprechen.

»Sein Arm blutet«, sagte Paul, »er kommt gerade von einer Schießerei. Logisch, daß sie ihn verhaften. Im Knast war er bestens aufgehoben. Aber warum hat das Ding keinen Ton?«

»Aus irgendeinem Grund war er nicht eingeschaltet. Der Polizist meinte, die Ausrüstung wäre neu und er hätte nicht genau gewußt, wie sie funktioniert. Er hat den falschen Knopf gedrückt, oder sie hat einen Fehler. Trotzdem bin ich nicht deiner Meinung. Sie haben nichts gegen ihn in der Hand. Nur diese Bilder von einem Verwundeten, der verhaftet wird. Alles andere ist Spekulation.«

»Vergiß nicht die Aussage des Polizisten.« Paul las aus dem Haftprotokoll vor. »»Ich fragte ihn: Was ist das? Der Verhaftete antwortete, es wäre Blut. Dann fragte ich, ob er verletzt wäre, und er nickte mit dem Kopf zur Bestätigung. Darauf fragte ich den Verhafteten, ob er eine Auseinandersetzung hatte. Der Verhaftete antwortete: ›Mit dem Gewehr. Sie ist erschossen.‹«

»Kurt hat eindeutig ausgesagt, daß Terry auf ihn geschossen hat und daß er nach ihrem ersten Schuß aus der Tür gerannt ist. Das kann er also nicht gesagt haben«, wandte Nina ein. »Entweder der Polizist lügt, oder er hat sich verhört. Ich glaube Kurt.«

»Könnte sein. Ich werde mir Officer Joyce vornehmen. Der ist ein Neuling, vielleicht war er nervös und hat nicht richtig hingehört. Blöd nur, daß er es so aufgeschrieben hat. Jetzt muß er dazu stehen. Übrigens: Du solltest nicht soviel Kaffee trinken.«

»Mir macht er nichts aus.«

»Ich nehme lieber ein Glas von diesem exquisit chlorierten Leitungswasser«, erwiderte Paul. »Was kommt als nächstes?«

»Unser Hauptfilm. *Was wurde aus Tamara Sweet?*« Nina schob schon die Kassette ein. Sie setzte sich auf den hochlehnigen Konferenzstuhl neben Paul, und er legte den Arm um sie.

Paul knipste die Tischlampe aus. »Nichts geht über einen gemütlichen Abend vor der Glotze«, sagte er.

Nina drückte auf den Startknopf.

Eine dunkle Straße im Regen, Scheinwerfer spiegeln sich im Asphalt. Ein Pick-up kommt angerast, biegt mit rutschenden Reifen links ab und entfernt sich wieder. Die Kamera wechselt in die Fahrerperspektive. Schlaglöcher im schwankenden, hüpfenden Scheinwerferlicht, ein sentimentaler Country-Song im Autoradio, während es durch eine dunkle Straße geht, die von Holzhäusern gesäumt ist, holprig und ungepflastert, dann ein plötzlicher Schnitt zu einer Highway-Abfahrt: gelbe Scheinwerferstrahlen erhellen die tropfnassen Bäume … WAS WURDE AUS TAMARA SWEET? … Der Filmtitel legt sich über das Bild, der Vorspann rollt ab.

»Ich hörte draußen das Auto und guckte raus. Tamara bog nach links und ist weg.« Ein Barmann setzt schwungvoll einen überlaufenden Bierkrug auf die Theke. Hinter ihm im beleuchteten Glasregal vor der Spiegelwand locken Flaschen mit bunten Flüssigkeiten. Seine kleinen Augen schauen freundlich aus dem breiten Gesicht. »Ich hab sie gekannt, weil ihre Mutter immer herkam. Tam war nur ein bißchen angeheitert, so schlimm war es nicht, sonst hätten wir ein Taxi gerufen. Ich kann mich an den Abend erinnern, weil später die Polizei kam und mich wegen Ausschank an Minderjährige verhaftet hat.« Die Kamera bewegt sich wie schwebend zurück, macht einen Schwenk nach draußen und verharrt bei der gelben Neonschrift: MANNY'S.

»Warum ist sie nur dorthin? Manny's ist das letzte Lokal am Highway 50 in westlicher Richtung. Tamara hatte in dieser Gegend von Tahoe keine Bekannten. Es war schon nach elf, und sie mußte zur Schule am nächsten Tag.« Eine kräftige Frau mittleren Alters mit leuchtendblauen Augen kommt einen Skihang herunter, kurvt in sanften Schwüngen auf die Kamera zu, bis ihre Gestalt das ganze Bild ausfüllt. Vor der Auffahrt zu einem Skilift bremst sie abrupt und wirbelt mit ihren Skiern den Schnee in die Höhe. Ihre Silhouette zeichnet sich scharf vor dem grellen Hintergrund ab, das angegraute Haar war von einem mädchenhaften Stirnband gebändigt. Wie auf einer alten Schreibmaschine getippt erscheinen Buchstaben auf dem Bildschirm: J-e-s-s-i-c-a S-w-e-e-t, M-u-t-t-e-r.

Die nächste Einstellung zeigt das Äußere eines großen Zedernholzhauses, führt dann ins Innere, in ein Wohnzimmer mit glänzenden Dielen, das mit Antiquitäten vollgestopft ist, schließlich zu einem Mann, der zusammengesunken im Rollstuhl sitzt. »Jonathan Sweet, Vater«, tickt die unsichtbare Schreibmaschine. Mit weinerlicher Stimme sagt Sweet: »Immer wollte sie Geld, das wir nicht hatten. Ein Job nach der Schule kam für sie nicht in Frage, um ihre Schularbeiten hat sie sich trotzdem nicht gekümmert. Sechs Monate vor ihrem Verschwinden hat sie aufgehört, mit uns zu reden. Wir waren nicht einverstanden mit ihrem Lebenswandel. Wir wollten sie bei uns haben, aber sie ist nächtelang weggeblieben. Achtzehn war sie, ein hübsches Mädchen. Ich vermute, sie hatte jede Menge Verehrer. Uns hat sie aber nie einen vorgestellt.«

Nach einer langen Überblendung wird seine wehleidige Miene von der Gestalt einer jungen, mädchenhaften, langbeinigen Frau abgelöst, die, bekleidet mit Shorts und einem kurzen Oberteil, an einer Pferdekoppel in die grelle Sonne blinzelt. »Doreen Benitez Ordway, beste Freundin«, tickt die Schreibmaschine.

»Wir haben uns in der Mittagspause auf dem Schulhof getroffen. Tamara meinte, sie hätte ihre Mathearbeit verhauen. Sie sagte, mit der Schule wäre sie sowieso fertig, die hätte nichts zu tun mit dem realen Leben. Sie hat gelacht, und ich habe gesagt, Tamara, sprich lieber mit deinem Lehrer. Du brauchst den Abschluß, sonst kriegst du nie einen Job. Aber sie sagte, das wär ihr egal. Sie hat immer vom realen Leben geredet und daß das reale Leben viel interessanter wäre.«

»Sie kam aus der Schule«, erklärt Jessica Sweet, während zwei Skiläufer hinter ihr vom Sessellift springen und nach rechts aus dem Bild verschwinden, »hat sich in ihr Zimmer eingeschlossen und dieses gräßliche Gedudel angestellt, das die jungen Leute von heute als Musik bezeichnen. Ich roch die Zigarette und rief durch die Tür, sie soll mit dem Rauchen aufhören. Ich hatte nichts getrunken, egal was andere behaupten. Ich kann nur den Rauch nicht ausstehen. Wahrscheinlich ist sie deshalb am Abend weggegangen. Sie wollte kein Abendbrot, sagte nur, sie ginge mit Freunden weg. Ich habe nicht gewußt, daß sie in den meisten Fächern unterm Strich war.«

Ein neues Gesicht erscheint auf dem Bildschirm, ein quicklebendiger Mann um die Dreißig, der an einen Koppelzaun tritt, mit beiden Händen zugreift und hinüberspringt, direkt in die Mitte des Bildes. Obwohl er grobe Arbeitskleidung trägt, läßt sein gebräuntes und unrasiertes Gesicht eher eine zarte Statur vermuten. Hinter ihm geht der stumpfe, graue Himmel in ein Gelände mit niedrigem Gesträuch über. Ein paar Kühe weiden das strohfarbene Gras ab. Auf dem Bildschirm erscheint der Untertitel: »Michael

Ordway, ihr erster Freund«. Er spricht mit dem Akzent der englischen Oberklasse, der seit vielen Jahren amerikanisch überwuchert ist und nur noch Spuren der ursprünglichen Förmlichkeit zeigt. »Etwa sechs Monate bevor sie verschwand, waren wir im Hyatt gewesen, um zu flippern. Ein Wachmann hat uns rausgeschmissen. Wir waren betrunken vom Freibier und total blank. Sie wurde plötzlich ekelhaft zu mir und sagte, ich würde sie zu Tode langweilen. Ich wäre zu jung für sie und solche Sachen. Dann ist sie nach Hause getrampt. Ich suchte weiter den Kontakt zu ihr, aber sie ging mir aus dem Weg. In der Nacht, als sie verschwand, aß ich mit Doreen Pizza bei Manny's. Da war ich schon mit Doreen zusammen, aber immer noch an Tamara interessiert. Es war eiskalt in dieser Nacht mitten im Winter. Wir wollten gerade gehen. Klar hatten wir ganz schön getankt. Dann, im letzten Moment, kam Tamara rein. Also haben wir uns zusammengesetzt und noch einen gehoben. Sie war in einer seltsamen Verfassung. Über die Schule wollte sie nicht reden, nur daß sie der ganze Kram langweilte. Sie sagte, sie hätte an dem Abend noch eine Verabredung, und ich fragte, warum sie so geheimnisvoll tat. Ich wollte wissen, wer es war. Sie meinte, ich sollte sie nicht löchern und mich nicht in ihre Angelegenheiten einmischen. Dann hat sie mir ihr Bier ins Gesicht geschüttet, um der Sache Nachdruck zu verleihen. Ich wischte mir das Bier ab, und sie ging.«

Der Film kehrt zurück zu Doreen Ordway, die nun auf einem lebhaften Pferd sitzt, das sie mit leichter Hand zügelt. Für eine Frau hat sie kräftige Schultern – mit jener kantigen Statur, wie man sie in Modemagazinen sieht. Ihr kurzes Oberteil enthüllt eine straffe Bauchpartie und spannt sich vielversprechend über eine volle Brust. Sie springt mit der Grazie einer Tänzerin vom Pferd und bindet es an einen Pfosten. Sie wirkt scheu, aber ein wenig kokett, und blickt direkt in die Kamera, während sie sich die Sonnenbrille auf die Nase setzt. »Ich sagte: ›Tamara, du fährst doch jetzt nach Hause, oder?‹ Sie lächelte nur, als hätte sie ein großes Geheimnis. Dann sagte sie: ›Soll ich etwa auf meinen Spaß verzichten?‹ Sie ging kurz telefonieren und dann raus zu ihrem Pickup. Michael hat sich in der Ecke übergeben.«

»Das war vor zwölf Jahren. Sie ist nie zu Hause angekommen«, spricht Tamaras Mutter nun in die Kamera. Sie zieht die Skihandschuhe aus, entblößt ihre rissigen Hände und hüllt sie in eine Atemwolke ein. »Nie hat sie geschrieben oder angerufen. Am nächsten Morgen hab ich die Polizei von South Lake Tahoe benachrichtigt, und dort wurde sie als vermißt registriert.«

Ihr kräftiges, sonnengebräuntes Gesicht wird überblendet von den tiefgefurchten Zügen eines afroamerikanischen Polizeisergeanten im pensionsreifen Alter. »Sergeant Fletcher Cheney« verkündet der Untertitel. Er sitzt an einem abgewetzten Eichentisch und raschelt mit Papieren. »Der Pick-up, angemeldet auf ihre Eltern, war etwa zwei Kilometer weiter auf einem Parkplatz des Highways abgestellt. Wir fanden ihn einen Tag nach ihrem Verschwinden. Anzeichen von Gewalt wurden nicht festgestellt. Das Fahrzeug war ordnungsgemäß geparkt, verschlossen und hatte keine technischen Mängel. Im Wagen wurde nichts gefunden außer Musikkassetten, alte Fast-food-Verpackungen und Hundespielzeug hinter den Sitzen. Weder das Fahrzeug noch das Mädchen wurden nach ihrem Aufenthalt bei Manny's irgendwo gesehen.«

Der Bildschirm wird schwarz. Dann, begleitet von Jessica Sweets Stimme, erscheint eine schauerlich rote Schrift mit den Worten: Sie ist verschwunden …

Es folgt die Stimme von Doreen Ordway, dazu die Worte: in jener Nacht …

Vor zwölf Jahren. Die Stimme von Jonathan Sweet beendet den Satz.

Im Dunkeln, dicht neben Nina, sagte Paul: »Sie muß tot sein. Zwölf Jahre und kein einziges Wort. Sie ist tot.«

Wie ein verhaltenes Echo wiederholt eine gehauchte Stimme aus dem Lautsprecher: »Sie ist tot, nehme ich an.« Die großen, braunen Augen von Doreen kehren auf den Bildschirm zurück, diesmal ohne Sonnenbrille. Ihre filigranen Ohrringe aus Silber, bewegt von einer sanften Brise, glitzern in der Sonne. Im Hintergrund hört Nina unverkennbares Wiehern und Hufgetrappel. Die Kamera schwenkt von Doreen weg auf die idyllische Landschaft und folgt einem Pferd, das auf den Waldrand zugaloppiert. »Hier hatte sie ihre Wurzeln«, sagt Doreens Stimme. »Sie war so heimatverbunden. Sie wäre nicht einfach gegangen ohne ein Wort. Sie wäre immer wiedergekommen.«

»Bis sie achtzehn war, ging sie nach der Schule immer auf den Hof und sprang stundenlang auf unserem Trampolin. Sie hat sich nie was getan, obwohl sie manchmal ganz schön waghalsig war. Ihre Sachen hat sie sich oft selber genäht. Und sie ging nie ohne ihre alte Puppe Melissa ins Bett. Sie war ein normales, glückliches kleines Mädchen«, sagt Tamaras Vater. Eine Puppe mit glänzenden, kastanienfarbenen Haaren und rosigen Wangen sitzt auf einem Wandbord in einem verwaisten Kinderzimmer. Jonathan Sweet greift nach der Puppe und setzt sie auf seinen Schoß. Dann: alte Fotos der Familie Sweet, Tamara als kleines Mädchen in Disneyland, mit zahnlückigem Grinsen und einem Musketierhut auf dem Kopf …

Das Kindergesicht wird von einem Porträt aus dem High-School-Jahrbuch überblendet; ein junges Mädchen mit blond gebleichtem Haar, Mittelscheitel, das Gesicht mürrisch, die Augen umrahmt von schwarzem Eyeliner, dazu die Stimme von Sergeant Cheney: »Sie war ein munterer Vogel.«

»Sie hat Michael behandelt wie Dreck«, sagt Doreen, während die Kamera auf Tamaras Foto verharrt. »Er ist sehr sensibel. Mit vierzehn haben ihn seine Eltern aus England nach Tahoe mitgebracht, und er hatte es schwer, in der Schule Anschluß zu finden. Tamara hat er echt geliebt, und sie hat ihm so weh getan.«

»Komisch, wie sich die Dinge entwickeln. Doreen und ich gingen aufs selbe College, und wir haben uns verlobt. Wir haben zwei kleine Mädchen, Zwillinge, die uns auf Trab halten«, sagt Michael Ordway. »Tamaras Vater war krank, müssen Sie wissen, und ständig schlecht gelaunt. Zwei Jahre lang hatte er keinen Job, die ganze Zeit hackte er nur auf ihr herum. Er hat sie regelrecht vergrault. Sie hat mir einmal gesagt, daß er sie richtig verletzt hätte, und mir die Narbe gezeigt. Dazu kam noch die Mutter mit ihrem total überzogenen Ehrgeiz. Immer pünktlich, grundsätzlich schneller und besser sein als alle anderen. Überall mußte sie ihre Nase reinstecken, und dann der heimliche Suff. Sie hat Tamara in den Wahnsinn getrieben mit ihren Forderungen: gute Zensuren nach Hause bringen, aufs College gehen, schlank bleiben … Ich denke, Tamara ist mit dem Typ durchgebrannt, den sie an dem Abend treffen wollte. Ihre Eltern haben sie nicht geliebt. Sie haben sie behandelt wie ihr Eigentum.«

Ein wackliges, blaustichiges Heimvideo beginnt mit einer langen Einstellung auf eine obszöne Anhäufung von Geschenken unter einem Weihnachtsbaum und richtet sich dann auf einzelne Päckchen, die mit goldglitzernden Bändern, Blättern, Früchten, Schlitten verziert und in alle Arten von Geschenkpapier mit Weihnachtsmännern und Christkindchen eingewickelt sind. Nachdem einige Minuten mit diesen öden Aufnahmen verstrichen sind, kommt Tamara Sweet ins Bild. Sie lagert neben dem Baum auf dem Fußboden, gekleidet in blaue Samthosen mit Samtweste, das mit gerader Kante geschnittene Haar fällt glatt über ihre Schulter, sie ist etwa sechzehn Jahre alt. Sie wickelt ein Geschenk aus, es handelt sich um Schlittschuhe, die sie stolz in die Kamera hält. »Danke, Mom und Dad«, sagt sie mit hoher, lispelnder Stimme. »Die finde ich unheimlich toll!«

Die Kamera folgt nun Jessica Sweet in das Zimmer, das einmal Tamara gehört hatte, sie streicht über die Wände, verweilt bei der Puppe auf der gekräuselten Bettdecke und widmet sich dann den schockfarbenen Punkrock-Postern. »Hier in ihrem Schreibtisch habe ich etwas Marihuana gefunden«, sagt Jessica Sweet und fingert dabei in der Schublade umher. »Ich habe es gleich der Polizei gemeldet, aber die schien sich dafür nicht zu interessieren. Ich mußte mir immer vorstellen, daß sie das im Auto geraucht und dazu noch Alkohol getrunken hat, dann ausgestiegen ist und vielleicht überfahren wurde. Und der Fahrer hat sie dann irgendwo … hingeschleppt und liegenlassen. Oder sie ist im Dunkeln losgelaufen und in eine Schlucht gefallen. Hier ist ja die reinste Wildnis. Vielleicht ist sie abgestürzt und wurde nie gefunden.«

Sergeant Cheney erscheint auf dem Bildschirm, er blättert in einer dünnen Akte. »Der Fall ist noch immer ungeklärt. Ich meine, auch nach zwölf Jahren kann man so ein Verfahren nicht einfach abschließen. Wenn sich ein menschliches Wesen scheinbar in Luft auflöst, vergißt man das nicht. Man sucht weiter nach Hinweisen, denn eins ist sicher: Ein Verbrechen hinterläßt immer Spuren. Man muß sie nur finden. In diesem Fall gibt es kaum Anhaltspunkte, die uns weiterführen. Aber Mädchen verschwinden immer wieder. Nach Tamara Sweet sind hier mindestens drei weitere Mädchen verschwunden, bis jetzt ohne jeden Hinweis. Wir wissen nicht, ob sie noch am Leben sind. Plötzlich verschwunden, ohne irgendwelche Spuren zu hinterlassen. Einfach so.« Er schweigt, dann fügt er hinzu, als würde er eine Frage beantworten: »Wo Tamara Sweet abgeblieben sein könnte? Ich persönlich vermute, sie hat sich von einem Durchreisenden mitnehmen lassen und dann Probleme mit ihm bekommen. Alle Leichenfunde im Staat werden regelmäßig daraufhin überprüft.«

»Wo ist meine Tochter?« fragt Jonathan Sweet mit weinerlicher Stimme. »Ich bete zu Gott, daß sie noch am Leben ist und daß es ihr gutgeht. Tamara, wenn du diesen Film siehst, bitte … nur eine kleine Nachricht, einen Anruf … ich … wir brauchen ein Lebenszeichen von dir …« Die Beleuchtung wirft lange Schatten über sein Kindergesicht und läßt ihn ein wenig durchtrieben erscheinen – Terrys filmische Begabung war offensichtlich. Sie läßt den Mann reden, aber kommentierte das, was er sagt, durch die Beleuchtung und durch rasche Schnitte, die zwischen seinen Augen, seinen Händen und dem Mund hin und her springen und seine Aufrichtigkeit in Frage stellen.

Dann wieder das Foto aus dem High-School-Jahrbuch. Die Kamera erfaßt Tamaras Gesicht in einer Nahaufnahme, die sich immer dichter heranschiebt, bis nur noch die Augen zu sehen sind, die den Zuschauer förmlich verschlingen. »Wenn Sie meine ehrliche Meinung wissen wollen«, sagt Doreen mit kalter Stimme, »ich denke, sie hat Drogen genommen. Sie hat doch diesen Anruf gemacht, wissen Sie? Ich wette, sie hat sich mit einem getroffen, der ihr Stoff geliefert hat. Sie war damals schon richtig fies geworden, beleidigend zu ihrer Familie und zu ihren Freunden. Wenn kümmert es schon, wo sie steckt? Soll sie bleiben, wo der Pfeffer wächst.«

Die nächste Szene ist dem Anfang des Films ähnlich und beginnt in der Fahrerkabine des Pick-ups. Jetzt begleitet der schmachtende Country-Song die Kamera, die sich aus der geöffneten Wagentür hinausbewegt und in eine dämmrige, rötlich getönte Landschaft hineinfährt.

Die Kamera verharrt beim Ausblick auf einen gewundenen, kieferngesäumten Bergpfad im abendlichen Zwielicht. Für einen Moment ist das Bild verdeckt, dann wird klar, daß es der Rücken eines Mädchens ist, das sich langsam fortbewegt, immer weiter den Pfad hinauf.

»Eine nachgestellte Szene«, sagte Paul in die Dunkelheit, »sehr interessant.«

Die schwebende Grazie ihrer Schritte wird plötzlich unterbrochen durch immer wilder werdende Zwischenschnitte, die das Mädchen in Stücke hacken und zerreißen, während es allmählich in der Nacht verschwindet. Ein großer, flacher Granitfelsen kommt ins Bild. Das Mädchen, das Tamara Sweet so sehr ähnelt, setzt sich und blickt sich um, als würde sie jemanden erwarten. Sie trägt eine weiße Kaninchenfell-Jacke, schwarze Jeans und Cowboy-Boots. Die Kamera geht nahe heran und verliert sich fast im weichen Fell, bis die Gestalt auf dem Felsen mit ihrer Umgebung verschmilzt.

Die Kamera zieht sich zurück. Der Pfad liegt friedlich und verlassen da. Während die Musik weiterläuft, senkt sich die Kamera ab und verliert sich im Laub, dem Geröll und dem Schlamm des Weges. Ein letzter Titel schiebt sich blinkend über das Bild: Ende.

Der Abspann läuft auf schwarzem Grund. Von weither kommt

ein einfaches Kinderlied, gesungen von einer Mädchenstimme: »Wo steckt sie nur, wo steckt sie nur, unsre kleine Tammy …«, und es verebbt, ehe der Abspann zu Ende ist.

Drittes Buch

Seit sechs Jahren vermißt: Alice

Schon Wochen vor Weihnachten spürte Alice den Widerwillen, der ihre Mußestunden vergiftete und alle ihre Gedanken beherrschte. Gab es wirklich keine Rettung vor der jährlichen Pilgerfahrt in die Hölle?

Wie sie diese Ferientage haßte! Jedes Jahr zur gleichen Zeit mieteten ihre Eltern eine Hütte in Bijou Rand von South Lake Tahoe, und ihre Cousins und andere Verwandte machten ihnen in dieser Woche sporadisch die Aufwartung. Sie war sechzehn, fast siebzehn. Sie wollte nicht mehr mitfahren und sich in diesem engen, stickigen, überheizten Ferienhaus von ihnen beäugen, kritisieren und quälen lassen, von früh bis spät, ohne Unterbrechung. Sie war ihnen gegenübergetreten wie ein erwachsener Mensch und hatte ihnen eine, wie sie meinte, gut durchdachte und ziemlich zwingende Begründung dafür geliefert, warum sie dieses Jahr zu Hause bleiben wollte.

Sie erklärte, daß sie keine Freunde ins Haus lassen würde. Sie würde sich kopfüber in die Arbeit stürzen und mit den Aufsätzen anfangen, die sie bis zum Ende des Schuljahrs schreiben mußte. Sie würde fleißig sein und brav bleiben.

Ihre Mutter schaute sie an, als wäre sie nicht recht bei Trost. »Aber das ist ja gerade dein Problem, Alice! Du gönnst dir kein Vergnügen und hast keine Freunde.«

Auf der langen Fahrt in die Berge sprach sie kein Wort. Als sie ankamen, waren Onkel Henry und Tante Lorry schon da, um alle zu begrüßen. »Alice«, sagten sie und tätschelten sie wie ein Kleinkind, ehe sie auch nur ihre Sachen ausgepackt oder einen Blick auf den See geworfen hatte. »Hast du diesmal deinen Freund mit-

gebracht?« Das war ihr Lieblingsthema – daß sie keinen Freund hatte. Und so würden sie die ganzen Ferien weitermachen. Sie würden sie so lange löchern, bis sie ihnen einen x-beliebigen Idioten brachte.

Die Sticheleien würden immer weitergehen. Wenn sie aufs College ging, würden sie fragen, ob sie schon einen Mann gefunden hätte, wenn sie den hätte, würden sie mit der Fragerei nach einem Baby anfangen. Und wenn sie erst tot war, würden sie den Kopf schütteln und sagen: Was für ein unscheinbares Mädchen sie doch war! Sie hatte gehört, wie Tante Lorry das Wort zu ihrer Mutter gesagt hatte: unscheinbar.

»Geht mir doch endlich von der Pelle!« hörte sie sich plötzlich sagen.

Ihre Mutter zerrte sie ins Haus und zischelte ihr zu, sie solle sich gefälligst benehmen. In der Mansarde packte Alice ihre Sachen aus, stellte sich ans Fenster und blickte lange auf den kalten See. Sie warf sich aufs Bett, um zu lesen und so lange aus der Schußlinie zu bleiben, wie es nur ging. Ihre Schwester Ellen kam nach ihr herein, zog den Rucksack hinter sich her und war wie immer mit Kopfhörern bewaffnet, deren blechernes Zirpen sie umgab wie eine schützende Wolke. Ellen war vierzehn und beliebt, denn sie bewahrte stets die Ruhe, auch wenn es heiß herging. Das hatte sie ihrem Vater abgeschaut. Sie schaltete einfach ab, aber Alice war dazu nicht fähig.

Sie aßen zusammen Abendbrot bei Kerzenschein, es gab Spaghetti mit Pilzsauce aus der Büchse, sie saßen am großen Tisch mit Blick nach draußen, wo die Schneewehen am Straßenrand im Licht der Verandalampe leuchteten.

Kaum hatten die Erwachsenen mit dem Likör begonnen, fing auch schon der Streit an. Ellen summte vor sich hin, ihr Vater vergrub sich in die Zeitung und ignorierte alle miteinander.

Normalerweise konnte ihre Mutter sich beherrschen, aber Tante Lorry und Onkel Henry übten einen schlechten Einfluß auf sie aus. Sie griff nach einer Strähne von Alice' Haar und hielt sie in die Höhe, damit alle sie sehen konnten. »Was haben wir denn hier, meine Liebe«, sagte sie zu Alice. »Mit sechzehn wußte ich, daß ich eine geborene Blondine war. Du solltest dich schleunigst blond färben lassen oder sie wenigstens kräftig bleichen, meine Süße.« Ihre Mutter hatte zwanzig Jahre lang als Hosteß in einem Club in Pleasanton gearbeitet. Stolz auf ihren Job und die dicken Trinkgelder, war sie heftig bemüht, ihre zierliche Figur zu behalten, und sie brüstete sich gern ihres, wie sie glaubte, überragenden Konversationstalents.

Alice stand auf und riß sich von ihrer Mutter los. »Soll ich etwa auch die ganze Zeit mit schwarzen Haaransätzen rumlaufen wie du?« Sie beugte sich dem entgeisterten Gesicht ihrer Mutter entgegen. »Oh, tut mir leid«, ergänzte sie mit finsterem Blick, »ich meinte natürlich, mit grauen Haaransätzen.«

»Alice, deine Mutter wollte dir nur helfen«, sagte Tante Lorry und schob sie von der weinenden Mutter fort in ihr Zimmer. »Wir alle wollen doch dein Bestes, wie kannst du nur so gemein sein?«

Alice lag auf dem Bett und wurde von Schuldgefühlen gepeinigt, weil ihr solche Sachen ungebeten entfuhren, als würde irgendein teuflisches und grausames Wesen aus ihr sprechen.

Warum hackten sie auch ständig auf ihr rum? Niemand interessierte sich für ihre guten Zensuren. Niemand sah in ihr das besondere Mädchen, das sie war, außergewöhnlich begabt und tapfer. Sie wollte mehr vom Leben als nur Freunde und blonde Haare. Sie wollte so viel mehr als die anderen. Reisen in exotische Länder, Abenteuer, noch aufregender als die in ihren Büchern, das wirkliche Leben, das erst jenseits von Pleasanton oder diesem langweiligen Lake Tahoe anfing, weit, weit weg von der erdrückenden Nestwärme ihrer Familie.

Als sie ihre Emotionen so weit besänftigt hatte, daß sie, wie üblich, nur noch auf kleiner Flamme vor sich hin schmorten, ging sie hinunter und tat das Nötige, um sich wieder mit ihrer Mutter zu vertragen. Sie fragte, ob sie einen kurzen Spaziergang machen dürfe, nur einmal um den Block, zum Luftschnappen. Zermürbt von den Streitereien des Tages, borgte ihr die Mutter den Bibermantel und ließ sie gehen.

Sie lief geradeaus die Straße hinauf zu den Casinos.

Am liebsten wäre sie die ganze Nacht weggeblieben.

25

»Das Licht brennt die ganze Nacht«, sagte Kurt hinter der Trennscheibe. »Die Leute reden, singen, krakeelen. Ich kriege kein Auge zu. Lesen geht auch nicht mehr. Keine Konzentration. Bei euch draußen läuft es auch nicht so gut, oder?«

Auf dem Weg zu einem Gerichtstermin um neun hatte Nina kurz bei ihm hereingeschaut. Kurt magerte sichtlich ab. Er sah mitgenommen aus, und das bereitete ihr Sorgen. »Wir kommen gut voran«, sagte sie. »Aber du mußt die Nerven behalten. Ich möchte dich gern bei einem befreundeten Arzt anmelden, damit du nicht in Depressionen verfällst.«

»Weck mich, wenn es vorbei ist«, erwiderte Kurt. »Aber Drogen? Nein, danke!«

»Dann eben nur eine Untersuchung. Ich hole mir einen Schein von Richter Milne, daß du ins Krankenhaus von Boulder überstellt wirst.«

Kurt stimmte nicht zu, aber wenigstens lehnte er nicht ab.

»Einverstanden?« fragte Nina.

»Einverstanden. Diese Ohnmacht, daß ich mir nicht selbst helfen kann, die macht mich verrückt.«

»Ich weiß, ich weiß. Hör mal, es gibt etwas, womit du dir sehr wohl helfen kannst. Ich habe eine Videoaufzeichnung und einen Film für dich abgegeben. Die sollst du dir ansehen. Am Mittwoch komme ich wieder, dann möchte ich hören, was du dazu sagst.«

»Was sind das für Sachen?«

»Die Aufzeichnung deiner Verhaftung und der Film, den Terry über Tamara Sweet gemacht hat.«

»Gut.« Kurt wirkte interessiert. Das war schon etwas. »Was willst du dann von mir hören?«

»Du sollst mir ganz genau wiederholen, Wort für Wort, was du zu dem Polizisten gesagt hast, als er dich gegen das Auto gedrückt hat. Das Video kann deiner Erinnerung nachhelfen. Und dann sieh dir den Film an. Du kanntest Tamara, und du kanntest Terry. Warum hat Terry den Film gemacht? Was wollte sie damit erreichen?« Sie versuchte den Ärger, der sie befiel, wenn sie an den Film dachte, aus ihrer Stimme zu verbannen.

»Es gibt da noch ein Video«, fügte sie hinzu. Sie erzählte Kurt vom Sterbe-Video und behielt ihn dabei genau im Auge. Er schüttelte immer nur den Kopf, als könnte er es nicht fassen.

»Unglaublich«, sagte er. »Wann kann ich es sehen?«

»Wir kriegen ein paar Kopien davon. Bald.« Sie stellte sich vor, daß Kurt Tag und Nacht auf seiner Gefängnispritsche lag und endlos vor sich hin grübelte. Sie wollte ihm nicht zuviel zumuten, und das Sterbe-Video war wirklich ein harter Brocken. Wenn er beim Arzt gewesen war, würde sie noch einmal darüber nachdenken.

»Und wie läuft's bei dir, Nina?«

»Zuviel zu tun, zuwenig Zeit«, erwiderte sie. »Wie üblich.«

»Was machst du denn abends nach der Arbeit so? Ich denke viel an dich, an dein Leben, weißt du?«

»Ich fahre nach Hause ... Ich wohne bei meinem Bruder und seiner Frau.«

»Matt ist auch hierhergezogen?«

»Vor Jahren schon. Ich gehe spazieren, fahre Rad oder schwimme, wenn ich kann. Ich versuche, meine Ruhe zu haben.« Sie achtete genau auf ihre Worte, um nicht aus Versehen Bobby zu erwähnen.

»Ich bin froh, daß Paul van Wagoner an dem Fall mitarbeitet«, sagte Kurt. »Seid ihr, du und er ... ich meine, gibt es schon einen Heiratstermin?«

»Wie bitte?«

»Du weißt doch. Eure Hochzeit.«

Jetzt erst fiel Nina wieder ein, was Paul ihm erzählt hatte. »Nein, Kurt. Paul und ich, wir sind nicht verlobt. Wir sind nur ...«

»Er hat gelogen?«

»Allerdings.«

»Liebst du ihn?« fragte Kurt. Seine Miene war angespannt. Das geht dich nichts an, hätte Nina möglichst schonend sagen sollen. Das war die passende Gelegenheit, einen Schlußstrich zu ziehen, aber sie konnte ihm eine ehrliche Antwort nicht versagen.

»Ich bin mir nicht sicher.« Im selben Moment ging ihr auf, daß sie Paul und Kurt, ohne es zu merken, ständig verglich. Kurts Augen sagten ihr nur zu deutlich, wie sehr ihn diese Mitteilung erleichterte. In ihrem Kopf drehte sich alles. Normalerweise betrachtet eine Mutter ihren Sohn, um zu sehen, wie sehr er dem Vater ähnelt. Jetzt aber musterte sie den Vater und sah Bobby in ihm. »Er hat mich gebeten, ihn zu heiraten. Soviel ist an der Sache dran.«

»Aber du hast nicht ja gesagt. Und warum nicht? Ich weiß, ich hab kein Recht, das zu fragen, aber …«

»Schon gut. Ich bin mir nicht sicher, ob ich überhaupt heiraten will.«

»Das solltest du aber. Und Kinder haben«, sagte Kurt. Es klang so nachdrücklich und überlegt, daß sie eine verborgene Mitteilung dahinter vermutete und es mit der Angst bekam. Gleichzeitig packte sie eine seltsame Erregung.

»Ich habe jetzt ein Gespräch mit den Eltern von Tamara Sweet. Bleib tapfer!« Sie stand auf und spürte seinen Blick im Rücken, während sie auf den Summer drückte und wartete, hinausgelassen zu werden in die bunte Welt, die er vielleicht nie wiedersehen würde.

Am Dienstag morgen lud Sergeant Cheney Paul in seinen Streifenwagen ein, in dem die neue Videokamera wacklig auf das durch lange Sonneneinwirkung verzogene Armaturenbrett montiert war. Im ganzen Staat hatten die Ferien begonnen, auf dem Highway 50 herrschte dichter Verkehr. »Heute ist mein letzter Tag im Streifendienst«, sagte Cheney. »Ich las gerade meine Aufzeichnungen zu dem Fall, als Sie angerufen haben. Ich bin also auf dem laufenden.«

»Besten Dank fürs Mitnehmen. Aber sind Sie nicht eigentlich

beim Morddezernat?« fragte Paul, als der Streifenwagen einen Satz machte, dann aber sanft und gemächlich weiterfuhr, gelenkt vom sicheren Griff eines Mannes, der sein Gefährt gut unter Kontrolle hat.

»Aber ja, sicher«, sagte Cheney und behielt die Bürgersteige im Auge, auf denen sich die Touristen in bunter Ferienkluft und verschiedenen Stadien der Entkleidung entlangschoben. Sie schleppten sich mit ihren neu erworbenen Freizeitutensilien ab, mit Schwimmringen, Strandstühlen und farbenfrohen Sonnenschirmen, die sie unter die Arme geklemmt hatten, und ließen ihre Einkaufstüten gewichtig baumeln. Ein paar Schönheiten in abgeschnittenen Jeans und engen, gestreiften T-Shirts flanierten erlebnishungrig vorbei, doch abgesehen von ihnen gehörte die Straße heute den Müttern und Vätern mit ihrem zumeist schon angeschmuddelten Nachwuchs. »Zwei Beamte sind wegen Sommergrippe ausgefallen, da bin ich eben eingesprungen. Stellen Sie ruhig Ihre Fragen. Ich kann fahren und gleichzeitig denken, wenn ich mich nur konzentriere.«

»Erzählen Sie mir ein bißchen davon, was Sie mit dem Fall zu tun haben. Wann sind Sie damit in Berührung gekommen?«

»Na, wollen wir mal sehen.« Cheneys Gesicht hatte einen bronzefarbenen Glanz und das entspannte Lächeln eines Mannes, der mit jedem zurechtkommt, aber seine Gefühle für sich behält. »Ich bin ziemlich spät in diesen Job eingestiegen. Angefangen hatte ich als Rausschmeißer in einer Hotelbar. Da kriegt man alle Hände voll zu tun – und einen Riecher für jede Sorte Gesindel und Ganoven, das kann ich Ihnen flüstern. Nach der Arbeit hab ich mich immer richtig dreckig gefühlt. Jedenfalls wollte ich irgendwann ein bißchen mehr tun, als Besoffene bei den Schultern zu packen und wie nasse Säcke vor die Tür plumpsen zu lassen. Also ging ich zur Polizeiakademie, vor nun schon zweiundzwanzig Jahren bekam ich meinen ersten Job als Streifenpolizist, da war ich gerade dreißig. Das hab ich fast zehn Jahre lang gemacht, ein paar dicke Fische dabei erwischt, in einigen Verfahren ausgesagt, und vor etwa zwölf Jahren wurde ich zum Kommissar befördert. Tamara Sweet war mein erster eigener Fall. Man kann also sagen, daß ich in der Sache drinstecke.«

»Im Film, den Terry London über das Verschwinden von Tamara Sweet gedreht hat, sagen Sie etwas sehr Interessantes.«

»O ja? Da rufen Sie mal schnell meine Frau an. Sie denkt, ich sage nie was Interessantes. Was war es denn?«

»Sie sagen, nach Tamara Sweet sind noch andere Mädchen aus Tahoe verschwunden.«

Sergeant Cheney verlor sein Lächeln und seufzte. »Ja, leider. Alle im Alter zwischen fünfzehn und neunzehn. Abgesehen davon konnten wir keinerlei Gemeinsamkeiten feststellen. Verschieden im Aussehen, in Herkunft, in den Begleitumständen. Verschiedene Typen.«

»Hätten Sie was dagegen, wenn ich mir die Akten ansehe und ein paar Notizen mache?«

»Ich kann zwar nicht recht erkennen, was der Tod einer Filmemacherin, die höchstwahrscheinlich von ihrem Exmann erschossen wurde, mit diesen alten Fällen zu tun haben soll, aber meinetwegen. Ich lege auch größten Wert auf Ihre Erkenntnisse, wenn Sie zu welchen gelangen sollten. Ich denke nämlich nach wie vor, daß eines Tages doch noch etwas hochkommt.«

Sie gingen ins Polizeipräsidium. Paul dachte an Kurt Scott, der da drüben im Untersuchungsgefängnis saß. »Holen wir uns einen Kaffee«, sagte Cheney. »Ich lege Ihnen die Akten hin und mache derweil meinen Papierkram.« Sie breiteten die Ordner auf dem Tisch des großen Vernehmungsraums aus.

»Bevor Sie gehen«, sagte Paul, »sagen Sie mir doch bitte, was Ihrer Vermutung nach mit den Mädchen passiert ist.«

»Wissen Sie, wie viele Leute jährlich nach South Lake Tahoe kommen?«

»Nein.«

»Drei Millionen. Und das bei einer Einwohnerzahl von etwa dreißigtausend. Es kommen alle möglichen Leute, die sich oder andere vergnügen wollen, Leute, die auf die Berge kraxeln oder auf Skiern runterfahren wollen, Nepper, Schlepper, Bauernfänger. Alle kommen sie irgendwann nach Tahoe. Daher kann man so schlecht voraussehen, wie sie sich verhalten werden, wenn Sie verstehen, was ich meine. Unter den Einheimischen gibt es auch die ganze Spanne zwischen Harmlos und Kreuzgefährlich. Jedenfalls eine Menge Gelegenheiten für ein abenteuerlustiges Mädchen, an einen wirklich üblen Typ zu geraten. Das macht es ja so schwer, sich auszurechnen, was passiert, wenn ein Mädchen einfach losgeht und von zu Hause verschwindet. Vielleicht ist sie nach San Francisco, um dem Ärger mit den Eltern zu entkommen? Selbst eine Verkäuferin hat hier unbegrenzte Möglichkeiten, sich irgendeinen Fremden zu angeln. Ist sie zusammen mit Freunden abgehauen? Oder mit jemandem, den sie gut genug zu kennen glaubte? Eltern haben es wirklich schwer in dieser Stadt. Sie können ihre Kinder nicht schützen.«

»Das ist wohl überall so«, sagte Paul. »Also lassen Sie mich sehen. Sie sagen, es werden vier Mädchen vermißt, einschließlich Tamara Sweet. Die Polizei hat in keinem Fall irgendwelche Hinweise. Und Sie haben das Gefühl, daß es da eine Verbindung gibt, aber Sie wissen nicht, welche.«

»So ist es leider Gottes. Es gibt nur eine Gemeinsamkeit, die ganz sicher ist. Sie sind alle im Winter verschwunden. In den kältesten Monaten. Seltsam, nicht wahr?«

»Und alle stammten aus Tahoe wie Tamara Sweet?«

»O nein. Ein Mädchen machte hier mit seinen Eltern Ferien. Ein anderes wohnte in Cedar Flat in der Nähe von Tahoe City.«

»Normalerweise kriegen die Familien irgendwann eine Nachricht von den Ausreißern oder von anderen Leuten«, sagte Paul.

»Allerdings.«

»Sie glauben also auch nicht, daß sie einfach nur weggelaufen sind.«

»Es ist nicht schwer, eine Leiche im Wald zu vergraben, wo sie nie jemand findet. Oder im See zu versenken. Aber das sind nur die traurigen Erfahrungswerte. Die Wahrheit ist, daß ich einfach nicht weiß, was diesen Mädchen passiert ist. Ich halte Kontakt zu ihren Eltern und schaue mir immer mal wieder die Akten an, ob es nicht doch noch einen versteckten Hinweis gibt, aber ich habe auch andere Fälle zu bearbeiten. Mehr kann ich nicht tun.« Er ließ Paul mit den Akten und den abgegriffenen Notizbüchern allein.

Vier Mädchen. Als erstes studierte Paul ihre Fotos. Susana Delaware, sechzehn, mit olivfarbener Haut, zarter Adlernase, hohen Wangenknochen, einem kräftig gekerbten Kinn und einer runden schwarzen Brille stammte aus Cedar City. Eines schönen Morgens vor acht Jahren war sie mit ihrem Bruder und zwei anderen Freunden in Kirkwood Ski laufen gegangen und nie zurückgekommen. Ein Foto zeigte sie tatsächlich neben dem Skilift von Kirkwood am Tag vor ihrem Verschwinden, braungebrannt und strahlend in ihrem blauen, pelzgefütterten Parka und den engen weißen Skihosen.

Alice Grizzetti, ebenfalls sechzehn, hatte dunkle Augen, einen ungesunden, bleichen Teint, stumpfbraunes Haar und Pickel an der Nase und auf der Stirn. Vor sechs Jahren hatte sie Weihnachten mit Eltern und Verwandten auf einem Seegrundstück in Bijou verbringen wollen. Von einem Spaziergang nach dem Essen kehrte sie nie zurück. Von ihr gab es nur das übliche Schulfoto, auf dem lediglich Kopf und Schultern zu sehen waren. Sie wirkte lerneifrig und ernst in ihrer weißen Bluse.

Deirdre Jaekelson aus Colorado. Sie war neunzehn, hatte eine Borstenfrisur und schwarz umrandete Augen und war zusammen mit Freunden in die Stadt gekommen, um sich zu vergnügen und im Eisstadion von Squaw auf der anderen Seite des Sees Schlittschuh zu laufen. Sie war gut trainiert, eine Olympia-Hoffnung. Ihr Freund hatte sie vor drei Jahren zu einer Party gefahren, auf dem Rückweg von der Party war sie verschwunden. Ihr untröstlicher Freund hat sie nie wiedergesehen.

Schließlich Tamara Sweet. Das Schulfoto, das Paul schon aus dem Film kannte. Dunkler Haaransatz und Eyeliner. Dann verschiedene Schnappschüsse, die im Film nicht vorkamen und sie von einer ganz anderen Seite zeigten: lachend, auf einem Handtuch am Badestrand sitzend, zu Pferd in Jeans, Pullover und Cowboy-Boots, im Hintergrund Berge und Himmel. Viel schöner und sportlicher als im Film. Ein waches, intelligentes, erlebnishungriges Gesicht, ebenmäßige Züge, große blaue Augen.

Sie hätte sich gewehrt, gekratzt und mit ihren Cowboy-Boots getreten, wenn ihr jemand zu nahe gekommen wäre.

Paul breitete die Fotos vor sich aus, eins neben dem anderen. Zwei schöne und zwei eher schlichte Mädchen. Zwei lebenslustige und zwei unschuldig wirkende. Ein einheimisches, drei auswärtige. Er studierte die säuberlich getippten Aussagen der

Freunde und Nachbarn, er blätterte in den Papieren, die von Cheneys jahrelangen Streifzügen durch die Fallgeschichte schon abgegriffen und zerfleddert waren. Er fand Listen mit Schuhgrößen, Ringgrößen, Schmucksachen, die die Opfer getragen hatten, und ihren modischen Vorlieben. Er las, welches Parfüm die Parfümbenutzerinnen benutzt hatten, mit wem die Mädchen, wenn überhaupt, befreundet waren, wo sie sich getroffen hatten und was sie ihren Freunden und Angehörigen darüber erzählt hatten.

Kurt Scott war schon vor zwölf Jahren im Zusammenhang mit dem Fall Tamara Sweet von Cheney vernommen worden. Er hatte ausgesagt, daß er Tamara einen Monat vor ihrem Verschwinden nicht mehr gesehen hatte. Er habe sich in der fraglichen Nacht in Reno aufgehalten, in der Bibliothek der Universität Nevada, könne dafür aber keine Beweise erbringen. Tamara habe nach einer kurzen Affäre Schluß mit ihm gemacht – dieselbe Geschichte, die er Nina erzählt hatte.

Viele Details aus Cheneys Bericht entsprachen der Darstellung in Terrys Film. Sie bestätigten, daß Terry den Ablauf der Ereignisse an Tamaras letztem Abend in Tahoe korrekt beschrieben hatte. Aber sie zeigten auch, daß Tamara nicht die trübsinnige Versagerin war, die Terry aus ihr gemacht hatte.

Paul ächzte und hämmerte sich Fakten ein. Uhrzeit des Verschwindens: immer eine andere. Ort des Verschwindens: immer ein anderer. Charakter, sozialer Hintergrund, Interessen: alle unterschiedlich.

Was hatten diese vier Mädchen gemeinsam außer dem Umstand, daß sie mit einigen Jahren Abstand spurlos aus Tahoe und Umgebung verschwunden waren?

Höchstwahrscheinlich nichts. Aber Paul nahm sich vor, mit den Eltern der Mädchen zu reden. Vielleicht hatte Cheney etwas übersehen. Vielleicht war eine der Verschwundenen doch irgendwo aufgetaucht. Er schrieb sich die Telefonnummern der Eltern und ein paar andere Angaben auf, dann versenkte er sich noch einmal in die Fotos der vier Mädchen, bis sie ihm vor den Augen verschwammen und sein Kopf schmerzhaft zu pochen begann. Ein paar Aspirin waren ihm jetzt willkommen, aber aufgeben würde er deshalb nicht. Er mußte die Passagierlisten aller

Flüge nach Tahoe ein paar Tage vor dem Verschwinden der Mädchen besorgen. Scott hatte Nina erzählt, daß er zwölf Jahre nicht in Tahoc gewesen war. Aber wie konnte man das überprüfen? Eine lückenlose Kontrolle war unmöglich. Er hätte auch von San Francisco aus unter falschem Namen nach Tahoe fliegen können ... Aber warum sollte er so weit reisen, um drei Mädchen zu kidnappen, die nichts mit ihm zu tun hatten? Die Ermittler der Staatsanwaltschaft hatten schon in allen Orten, in denen Kurt Scott nach seiner Flucht aus Tahoe gelebt hatte, nachgeforscht, ob es dort ähnliche Entführungen gegeben hatte. Doch das traf nicht zu. Das Muster der Geschehnisse schien einfach nicht auf Scott zu passen.

Aber wer, wenn nicht Scott? Terry London vielleicht? Weibliche Triebtäter sind eine Seltenheit und töten fast ausschließlich Männer. Diese Frau war zwar recht exzentrisch gewesen, da gab es gar keinen Zweifel, aber auch sie ließ sich nicht mit den drei anderen Opfern, ihren Eltern oder Freunden in Verbindung bringen. Paul konnte sich keinen Anhaltspunkt für eine solche Hypothese vorstellen.

Blieben also zwei Möglichkeiten. Entweder die einzelnen Fälle hatten nichts miteinander zu tun, und das war die wahrscheinlichste Annahme, oder ein Dritter kam ins Spiel, irgendein unbekannter Täter, den etwa alle drei Jahre das Jagdfieber packte. Cheney hatte eine Liste der auffällig gewordenen Sexualtäter angefertigt und ihre Alibis an den betreffenden Tagen überprüft, aber nichts Verdächtiges festgestellt. Alle Möglichkeiten, die Paul einfielen, hatte Cheney schon durchdacht und überprüft. Die einzige Verbindung zwischen den vier Fällen war der Umstand, daß Terry London sie in ihrem Film miteinander in Beziehung gesetzt hatte, und möglicherweise steckte nur eine künstlerische Laune, eine boshafte Sicht auf die Dinge dahinter.

Cheney steckte den Kopf durch die Tür. »Ich will dann langsam los. Sind Sie fündig geworden? Haben Sie sich genug den Kopf zerbrochen?«

»Das hier war gute, gründliche Ermittlungsarbeit«, sagte Paul. »Ich spüre auch, daß die Fälle irgendwie zusammenhängen, obwohl nichts Konkretes darauf hinweist. Ich hab das bestimmte

Gefühl, daß da etwas ist. Ich muß nur ein bißchen klarer sehen. Geben Sie mir noch fünf Minuten.«

Cheney lachte. »Da hat er also angebissen! Ich hab die Sachen zigmal durchgeackert, vorwärts und rückwärts, und stehe immer noch im dunkeln. Wenn Ihnen ein Licht aufgeht, rufen Sie mich an, okay?«

»Klar. Vielen Dank, Cheney.«

»Kein Problem, van Wagoner. Wollen Sie nicht wieder bei der Polizei einsteigen? Das ist hier eine nette kleine Stadt, geregeltes Gehalt, wochentags gibt's für zwei Dollar ein Frühstücksbuffet.«

»Das ist ja sehr verlockend«, sagte Paul und grinste. »Dafür riskieren Sie aber auch tagtäglich Ihren Kopf.«

Sergeant Cheney lachte glucksend und aus tiefster Seele, so daß sein ganzer Körper bebte. »Kopf und Kragen riskieren Sie schon, wenn Sie morgens aus dem Bett aufstehen, mein Lieber. Dagegen ist kein Kraut gewachsen.« Er winkte Paul zu und ging.

Paul lehnte sich zurück und schloß die Augen. Er versuchte sich bildlich vorzustellen, wie sich die vier Mädchen zum Gehen fertigmachten, wie sie sich anzogen, losgingen und aus der Welt verschwanden, mitten auf der Straße oder an einem Berghang …

Er verglich die Wetterberichte für jeden fraglichen Tag. Nein, sie waren nicht alle im Schneesturm verschwunden. Nein, es war auch nicht außergewöhnlich klar oder neblig oder trübe gewesen. Es war nur immer kalt, und sie trugen ihre Pelzsachen, ihre warmen Winterhosen und ihre Schneestiefel …

Was war daran Besonderes?

26

Das Skizentrum Paradise lag auf der falschen Seite des Berges, der sich über South Lake Tahoe erhob, an einem Hang, den die Touristen von unten nicht sehen konnten und zu dem die Fahrt länger dauerte. Im Unterschied zum Skizentrum Heavenly hatte man von Paradise keinen Blick auf den See, und es gab weniger Lifte. Aber Paradise hatte zwei Vorzüge gegenüber Heavenly: Es lag ein wenig höher, besaß etliche Strecken in der Dreitausenderzone, und es war billiger. Nina war nie zuvor dort gewesen.

Der Parkplatz war vollgestopft mit den Ausflugsbussen und Kleintransportern der großen Casino-Hotels. Mit Hilfe der Kunstschnee-Technik und dank der Höhenlage konnte Paradise länger in Betrieb bleiben als fast alle anderen Skizentren. Nina stieg den Betonweg zur kleinen Hütte hinauf, neben ihr stapften verwegene Skiläufer.

Jessica Sweet bat sie in das freundliche Büro am Hintereingang. Draußen häufte sich der Schnee bis in die Höhe der breiten Fensterwand mit dem malerischen Ausblick. Sie setzte sich in ihren weich gepolsterten, roten Ledersessel hinter dem Schreibtisch, links neben sich hatte sie einen Tisch mit zwei Computern und im Rücken ein wohlgefülltes Bücherregal.

Sie sah genauso aus wie im Gerichtssaal und in Terrys Film. Ihr gebräuntes Gesicht trug deutliche Anzeichen jahrelanger Sonneneinwirkung, und sie hatte die kräftige Figur einer Skiläuferin. Das kurze, silbrige Haar und ihr scharfer Blick verstärkten den Eindruck der Vitalität. Sie trug eine grüne Bluse, dazu Hosen und jene leichten Bergstiefel, die Matt immer als Gebirgstreter bezeichnete. Ihr Gesicht wirkte entspannt.

»Sie kennen ja Jonathan, meinen Mann«, sagte sie.

Jonathan Sweet hatte sich nicht zu seinem Vorteil verändert. Seine Kleidung war gepflegt, was ohne Zweifel das Verdienst von Mrs. Sweet war, aber aus der Nähe betrachtet, hatte sein Kindergesicht greisenhafte Züge angenommen, es würde niemals erwachsen werden. Er saß in einem elektrischen Rollstuhl neben dem Schreibtisch. »Hallo, Mr. Sweet«, sagte Nina. Er ignorierte ihre ausgestreckte Hand und ließ seine knochige Faust im Schoß liegen. Endlich mal wieder einer, der es diesem Advokatenpack zeigte.

»Darf ich?« sagte Nina und tippte mit der Hand, die für einen Moment ratlos in der Luft gehangen hatte, auf ihren Rekorder.

»Wenn Sie wünschen«, sagte Mrs. Sweet. »Ich hoffe, wir bringen es schnell hinter uns. Jonathan ist nicht ...«

»Hör auf, mich zu bemuttern«, fuhr er dazwischen. »Okay, hier sind wir. Was wollen Sie von uns?«

»Ich habe Ihre Aussagen gelesen«, sagte Nina. »Kann ich Ihnen ein paar Fragen stellen, um noch einige Punkte zu klären?«

»Warum?«

»Nun, da sind ein paar Sachen, die ich gern genauer wissen wollte ...«

»Ich sehe gar nicht ein, warum wir Ihnen irgendwelche Fragen beantworten sollen«, sagte Jonathan Sweet. »Der Typ hat wahrscheinlich unsere Tochter umgebracht. Das ist ein Mörder!«

»Sie wollen doch sicher auch, daß der wahre Täter verurteilt wird, oder? In einem fairen Prozeß müssen beide Seiten ungehinderten Zugang zu den Fakten bekommen.«

»Wollen Sie etwa leugnen, daß Scott sich vor zwölf Jahren heimlich mit meiner Tochter getroffen hat, kurz bevor sie verschwand?«

»Er kannte sie, das streitet er nicht ab. Aber sie waren nicht mehr befreundet in der Nacht, als ...«

»Na, hören Sie mal«, unterbrach sie Sweet. »Sie glauben doch nicht etwa, daß dieser Scott unschuldig ist!«

»Was ich glaube, spielt keine Rolle. Über seine Schuld oder Nichtschuld haben zwölf Geschworene zu befinden, nachdem sie alle Beweismittel gewürdigt haben.«

»Sie schrecken doch vor nichts zurück, wenn Sie uns eine Äußerung abpressen können, die Ihrem Klienten nützt. Unser Verlust oder seine Schuld ist Ihnen doch völlig egal, Sie Heuchlerin!« Er verschränkte die Arme, sichtlich zufrieden mit seinem Auftritt. Seine Frau überließ ihm die Führung.

»Warum haben Sie mich dann herkommen lassen?« fragte Nina. »Warum haben Sie nicht einfach abgelehnt?«

»Weil Mr. Riesner uns gesagt hat, daß Sie versuchen werden, uns mit Ihren Juristentricks vor den Gerichtsreportern bloßzustellen. Wenn Sie mit uns reden wollen, dann nur jetzt.«

»Oh, in der Verhandlung werde ich sehr wohl mit Ihnen reden!« sagte Nina. »Da gibt es eine Menge Gesprächsstoff. Sie wollen doch sicher wissen, was aus Terry Londons Film und aus Ihrer Unterlassungsklage wird, oder? Sie wollen doch sicher wissen, ob es eine Verbindung zu Tamara gibt, oder? Ich kann Ihnen da ein paar Sachen erzählen, wenn Sie bereit sind, meine Fragen zu beantworten. Ich will Sie nicht aufs Kreuz legen oder Ihnen noch mehr Kummer machen. Was Sie mir sagen, muß für mich gar nicht von Nutzen sein. Aber wenn ich jetzt unverrichteter Dinge gehe, sehen wir uns vor Gericht wieder. Und da erfahren Sie gar nichts mehr von mir.«

»Alles Gerede«, sagte der Mann im Rollstuhl. Sein Gesicht lief rot an. »So eine Unverschämtheit! Verschwinden Sie!«

»Warte, Jonathan«, bat Jessica Sweet und wandte sich an Nina. »Ich möchte alles erfahren, was Sie über Tamara wissen. Mir ist egal, warum Scott Terry London umgebracht hat.«

»Ich glaube nicht, daß er Tamara ermordet hat, Mrs. Sweet«, sagte Nina.

»Natürlich nicht«, fuhr Sweet dazwischen. »Er ist Ihr Mandant und außerdem Ihr Geliebter. Mr. Riesner hat gesagt …«

»Ihre Tochter hat Kurt Scott einmal gern gehabt, Mr. Sweet. Versuchen Sie sich doch einmal eine Sekunde lang vorzustellen, daß er leidet und unter Mordanklage steht, und gehen Sie nicht gleich von seiner Schuld aus. Sie haben Terry London verklagt, weil sie das Andenken Ihrer Tochter geschädigt und etwas aus ihr gemacht hat, was sie nicht war. Haben Sie jemals darüber nachgedacht, warum sie das getan hat?«

»Dreck bringt Geld«, sagte er, aber er schien nachdenklich geworden zu sein.

»Terry London kannte Ihre Tochter, Mr. Sweet. Und sie wollte Kurt Scott für sich haben. Wie Sie wohl wissen, war sie von ihren Zielen besessen und völlig skrupellos. Wenn Ihrer Tochter etwas zugestoßen ist, muß man auch in Betracht ziehen, daß Terry London dahinterstecken könnte.«

»Sie kannte meine Tochter? Woher wissen Sie das?«

»Von Mr. Scott.«

»Dem glaube ich kein Wort. Dem steht doch das Wasser bis zum Hals!«

Mrs. Sweet wandte sich an ihren Mann. »Wenn Terry tatsächlich Tam kannte, dann ist das ja unglaublich! Uns hat sie nie was davon gesagt. Jonathan, hör dir das an.«

»Wie kam es denn zur Entscheidung, daß Terry London den Film machen sollte?« fragte Nina, nachdem Jessica Sweet ihr auffordernd zugenickt hatte.

»Ich hatte mit ein paar Leuten vom Fernsehen geredet, ob sie nicht eine Sendung über ungelöste Kriminalfälle machen wollten. Sie kennen das sicher«, erklärte Mrs. Sweet. »Es wird ein Verbrechen nachgestellt oder gezeigt, wie jemand verschwindet, dann können die Leute im Studio anrufen, wenn sie jemanden erkannt oder irgendwelche Hinweise haben. Danach hat sie mich angerufen und mir angeboten, den Film zu machen und sich um alles zu kümmern. Auf die Weise würde der Film viel größere Verbreitung bekommen.«

»Wie hat sie denn davon erfahren?«

»Na ja, der *Tahoe Mirror* brauchte mal wieder Neuigkeiten, und da wollten sie die alte Geschichte von Tamaras Verschwinden aufwärmen. Schließlich war ich schon mit einem Produzenten in festen Verhandlungen. Sie sagte, sie wolle den Film unbedingt machen, hätte auch schon Geld beschafft und alles Nötige, ob ich nicht mit ihr zusammenarbeiten wollte. Sie war ja von hier und schien ehrlich interessiert zu sein. Und ich wollte natürlich etwas in Gang setzen, was uns vielleicht unsere Tochter zurückbringen würde, und so … hab ich Jonathan überzeugt. Wir stimmten zu und steckten so viel Geld in die Sache, wie wir nur auftreiben konnten. Sie ging davon aus, daß der Film später sehr viel mehr abwerfen würde, und sicherte sich den größten Anteil vom Gewinn. Für mich war die Sache in Ordnung. Am Geld waren wir nicht interessiert, und wir wußten nicht, ob aus der Sendung beim Fernsehen was werden würde. Man kann diese Leute dort schlecht festnageln. Also machte sie ihren Film. Sie wissen ja, was daraus geworden ist.«

»Sie waren nicht damit einverstanden, Mr. Sweet?«

Keine Antwort. Mr. Sweet atmete schwer. Schließlich sagte er: »Für mich war es rausgeschmissenes Geld. Und wie recht ich damit hatte! Aber meine Frau war ja nicht zu bremsen.« Bildete sich Nina das nur ein, oder klammerte er sich tatsächlich an die Armlehnen seines Rollstuhls, als er das sagte?

»Jonathan hatte völlig recht, wie sich herausstellte«, sagte Mrs. Sweet und strich ihm über die Schulter.

Er schüttelte sie ab und knurrte Nina an. »Bringen wir's hinter uns. Ich gebe Ihnen noch drei Minuten.«

»Womit war Terry beschäftigt, bevor sie Kontakt zu Ihnen aufnahm?«

»Sie sagte, sie hätte nichts zu tun und wäre auf der Suche nach einem Projekt«, erklärte Mrs. Sweet, als würde sie die Feindseligkeit ihres Mannes nicht stören. »Mein Eindruck war, daß sie schon lange nichts Richtiges mehr gemacht hatte. Sie war froh, daß ihr dieses Thema über den Weg lief.« Wahrscheinlich hatte Mrs. Sweet gelernt, Temperamentsausbrüche ihres Mannes zu ignorieren. Er war verbittert und konnte sich offenbar nicht mit seiner Behinderung abfinden.

»Und ob sie froh war«, sagte Nina. »Nur zu froh. Sie bekommt den Film, also dreht ihn kein anderer. Sie bestimmt, wie die Sache dargestellt wird und welche Fakten mitgeteilt werden. Sie schafft es, den Ruf Ihrer Tochter zu ruinieren, weil sie eine Beziehung mit Kurt Scott hatte, mit dem Mann, den sie noch immer mit ihrem Haß verfolgte. Sie verdient sogar Geld daran, das heißt, sie schlägt drei Fliegen mit einer Klappe.«

»Ich glaube Ihnen kein Wort«, sagte Mr. Sweet. »Wenn sie wirklich so raffiniert war, warum hat sie dann nicht gleich vier Fliegen erschlagen und Ihren Mandanten zum Bösewicht aufgebaut? Wenn sie Tamara tatsächlich ... etwas angetan hat, warum hat sie dann nicht ihm die Schuld in die Schuhe geschoben? Sie hat ihn nicht einmal erwähnt!«

»Auf diese Frage weiß ich noch keine Antwort, Mr. Sweet. Aber ich möchte Sie und Ihre Frau um Entschuldigung bitten. Als ich die Vertretung von Ms. London übernahm, kannte ich die Sachlage nicht gründlich genug. Sie hat mich voll für sich eingespannt, und ich fand mich auf der falschen Seite, als ich erkannte, daß der Film tatsächlich verleumderisch ist.«

»Das ist mir zuwenig – und zu spät«, sagte Sweet schroff.

»Der Film gehört zu ihrem Nachlaß, und soviel ich weiß, hat sie keine Erben. Ich werde mit Mr. Riesner mitziehen, wenn es darum geht, daß der Film nirgends gezeigt wird außer, wenn nötig, vor Gericht.«

Die beiden blickten sich an. Nina ließ ihre Worte wirken.

»Damit verschenken Sie ja Ihren Sieg.« Mrs. Sweet lachte nervös. »Ihre Hypothese ist also, daß Terry London an unserem Verlust schuld ist ... daß sie mit uns gespielt hat, uns betrogen hat und zwölf Jahre später uns auch noch das Geld abgenommen hat ... Das ist ja nicht auszudenken!«

»Fähig dazu war sie«, sagte Nina.

»Was wollen Sie von uns wissen, Ms. Reilly?«

»Ich würde gern wissen, ob Sie jemals in Terry Londons Haus oder Atelier waren.«

»Jonathan?«

Mr. Sweet kniff den Mund zu und schüttelte den Kopf.

»Nein«, sagte seine Frau. »Mit einer Ausnahme. Eins der Interviews hat sie dort aufgenommen. Sie hat Kaffee gemacht, war freundlich, hat gelacht und uns erzählt, daß der Film helfen würde, unsere Tochter wiederzufinden.«

»Ich möchte gern wissen, wo Sie sich in der Nacht von Tamaras Verschwinden aufgehalten haben.«

»Wie es in unserer Aussage steht: Wir waren bis halb elf in der Versammlung der Grundstückseigner von Zephyr Cove. Bis zwei Uhr nachts haben wir auf Tamara gewartet, dann machten wir uns Sorgen und riefen die Polizei an«, sagte Mrs. Sweet.

»Sie sind beide aufgeblieben?«

»Wir wollten sie besser im Auge behalten.«

»Und warum?«

»Bevor sie an dem Abend wegging, hatten wir ... eine kleine Auseinandersetzung. Sie war achtzehn, aber noch nicht erwachsen genug für ihr Alter. Außerdem hatten wir es in den Wochen davor mit einem Voyeur zu tun.«

»Jemand hat bei Ihnen ins Fenster geguckt?«

»In Tamaras Zimmer. Sie hatte ihn zweimal gesehen.«

»War sie sicher, daß es ein Mann war?«

»Frauen tun so was nicht«, sagte Jonathan Sweet. »Das ist eine männliche Perversion. Besuchen Sie mal einen Kurs in Psychologie!«

»War sie sich ganz sicher?«

»Sie ist nicht ans Fenster gegangen und hat nachgesehen, nein.« Mrs. Sweet hatte den Faden wiederaufgenommen.

»Wurde der Voyeur gefaßt?«

»Nein. Wir haben beide Male die Polizei gerufen, und wir haben Sergeant Cheney davon erzählt. Sie haben nie etwas gefunden.«

»Hat sich der Voyeur nach Tamaras Verschwinden noch einmal gezeigt?«

»Nein.« Mr. Sweet brach sein Schweigen und richtete sich im Rollstuhl auf. »Es war wahrscheinlich Scott. Sie hatte ihn in die Wüste geschickt, und er wollte nicht aufgeben.«

Unbeirrt fragte Nina weiter. »In Ihrer Aussage steht, daß Sie in der Nacht von Terry Londons Tod in San Francisco waren, Mrs. Sweet. Was haben Sie dort getan?«

»Ich war auf einem Kongreß. Die Jahresversammlung des nordkalifornischen Skiverbands. Ich hab im Hyatt übernachtet und bin am nächsten Tag zurückgekommen.«

»Hatten Sie ein Einzelzimmer?«

»Ja.«

»Denken Sie ja nicht, daß ich nicht merke, worauf Sie hinauswollen!« sagte Jonathan Sweet.

»Und Sie? Wo waren Sie, Mr. Sweet?«

»Ich war allein zu Hause. Aber sie glauben mir ja sowieso nicht. Okay, ich war wegen dem Film so wütend auf Terry, daß ich meine

Lähmung vergessen hab, aus dem Rollstuhl gesprungen bin, kurzzeitig geheilt zu ihr gerannt bin und sie erschossen hab. Ha, ha, ha. Passiert im Fernsehen alle Tage.«

»Das Atelier liegt zu ebener Erde, Mr. Sweet. Sie hätten nicht laufen müssen.«

»Oh, was wissen Sie denn schon vom Leben im Rollstuhl! Meine Frau und Terry London mußten zusammen anpacken und mir den Weg zum Atelier hinaufhelfen. Er war viel zu schmal für mich. Dann gibt's da noch die Verandastufe, an die haben Sie wahrscheinlich nicht gedacht. Außerdem war die Tür zu eng, und ich mußte über die Schwelle gehoben werden, um reinzukommen. Ich sage nicht, daß es unmöglich wäre, nur daß es absolut lächerlich ist. Denn im Rollstuhl verliert man seine Anonymität. Ich falle überall auf, auch wenn die Leute so tun, als würden sie mich nicht sehen. So schnell vergißt mich keiner, das garantiere ich Ihnen. Und der Zeuge hat Ihren Mandanten aus dem Haus rennen sehen, nicht mich. Wie wollen Sie den Geschworenen das weismachen?«

»Ich behaupte nicht, daß Sie Terry London erschossen haben.«

»Na, hören Sie! Was sollen denn sonst Ihre Fragen?« An den roten Flecken in seinem Gesicht konnte Nina erkennen, daß sein Blutdruck bedrohlich anstieg.

»Sie müssen meinen Mann entschuldigen. Ihn hat Tamaras Verschwinden sehr mitgenommen. Wir haben sie nicht vergessen, keine Minute. Dazu kommen noch seine eigenen Probleme.«

»Es tut mir leid.«

»Nein, das tut es nicht«, sagte Jonathan Sweet und rollte sich von Nina weg ans Fenster, wo ein Sonnenstrahl das Chromgestell aufblitzen ließ. Draußen fuhr ein Mädchen auf Skiern vorbei und winkte ihnen durchs Fenster zu, voller Eifer und Glück, voller Grazie und gesegnet mit allen Gaben, die sie ihrer Tochter hatten vermitteln wollen.

Vom Parkplatz schaute Nina durch die Sonnenbrille den bunten Pünktchen zu, die sich da drüben auf der Piste tummelten. Plötzlich hatte sie Angst um die Skiläufer, als könnte jeden Moment eine Lawine niedergehen.

Ihr Fall war auch eine verdammte Lawine. Zu viele Figuren

und zu viele Umstände, die man nicht in den Griff bekam. Sie fühlte sich begraben unter Bergen von Schnee, unfähig, sich herauszuwühlen, und erdrückt von der Mengc ungeklärter Vermutungen.

Ein Gedanke fiel ihr wieder ein, der im Gespräch entstanden war. Warum war Jonathan Sweet gegen den Film gewesen? Was hatte er zu verbergen? Die Statistik der Tötungsverbrechen an Frauen wies klar aus, daß viele Opfer ihren Mörder kannten … Wie weit würde Mrs. Sweet gehen, um ihn zu decken?

Hatte Sweet seine eigene Tochter ermordet?

27

»He, Mann, du fährst ja wie ein wildgewordener Bronco«, sagte Wish und klammerte sich mit beiden Händen an den Angstriemen, während Paul bei einbrechender Dämmerung das steile Gefälle der Kingsbury-Bergstraße hinabraste.

»Besten Dank«, erwiderte er. »Aber das hier ist ein waschechter Dodge-Ram. Den wildgewordenen Bronco fährt Nina.« Er schaltete das Licht ein, und sofort erfaßten die Scheinwerfer zwei Rehe, die mitten auf der Fahrbahn standen.

»Paß auf!« schrie Wish. Paul riß das Lenkrad kurz nach links und fuhr auf dem Straßenrand weiter, die Rehe schauten dem Transporter verblüfft hinterher.

»Reflexe«, sagte Paul gelassen. »Mir fällt auf, daß du viel gesprächiger bist, wenn deine Mutter nicht dabei ist.«

»Wäre es bei dir anders?«

»Verstehe, was du meinst.«

»Jetzt kannst du wieder zurück auf die Spur.« Mit gut hundert Sachen folgten sie dem silbrigen Band der Straße, das zu beiden Seiten von der schwarzen Silhouette des Waldes eingefaßt war.

Paul öffnete das Fenster und atmete tief durch. »Guck dir diesen riesigen gelben Mond an, der da drüben über dem Carson Valley aufgeht. Glänzt wie ein Krüger-Rand.«

»He, mir wird kalt, Mann!«

»Zieh dir den Pullover über. Also zurück zu Michael Ordway. Du sagtest, du kennst ihn.«

»Klar kenn ich den. Der hält Rinder und Schafe, etwa eine Meile hinter Gardnerville. Da hat er etliche Hektar Wüstenland mit reichlich Wasser, ein paar Kinder und 'ne scharfe Frau.«

»Doreen Ordway, geborene Benitez. Wie lange sind sie verheiratet?«

Wish zog die Schultern hoch. »Woher soll ich das wissen?«

»Na gut. Was weißt du dann?«

»Er zahlt gut. Seine Leute behandelt er anständig.«

»Okay. Das ist schon was. Sag mir, wie du deine Leute behandelst, und ich sage dir, wer du bist.«

»Für'n Ausländer ist er schwer in Ordnung.«

»Ausländer? Du meinst, weil er Engländer ist?«

»Klar. Aber er benimmt sich nicht wie ein Engländer, wenn du weißt, was ich meine.«

»Nein, weiß ich nicht«, sagte Paul. »Da bin ich aber jetzt mal neugierig.«

»Na ja, er hat keine Angst, sich schmutzig zu machen, obwohl er der Boß ist. Er sitzt nicht einfach rum und markiert den Lord.«

»Verstehe.« Paul bremste ab, als sie durch die menschenleere Hauptstraße von Minden fuhren. Das große, hellerleuchtete Casino war das einzige offene Lokal. Kaum hatten sie die Ostflanke der Sierra hinter sich gebracht, begann die Gebirgswüste mit ihrem Gesträuch. Die Bäume verschwanden, und der Himmel öffnete sich. Der Abend war still.

»Da kommt gleich Gardnerville«, sagte Wish eine Minute später. »Mal sieht man es, mal sieht man's nicht. Gibt ein ganz gutes Hotel dort, wo die Schafhirten essen. Gute Küche.«

»Schafhirten?«

»Ja klar, die Basken. Die wohnen hier in der Gegend. Die Sandstraße jetzt nach links.«

Sie holperten im zweiten Gang die zerfahrene Straße entlang, vorbei an Zäunen aus Stacheldraht. Der strahlende Mond begleitete sie auf dem Weg. »Da können wir ja hinterher essen gehen. Natürlich auf Spesen.«

»O Mann, ich liebe diesen Job!«

»Noch hast du nichts dafür geleistet. Wiederholen wir mal deine Detektivstunde.«

»Ich höre zu und beobachte«, sagte Wish. »Ich halte die Klappe und lasse den anderen reden. Ich gehe ins Badezimmer und gucke, was im Medizinschrank steht. Ich versuche, ins Schlafzimmer reinzusehen, und wenn irgendwo ein Schreibtisch ist, gucke ich, was draufliegt. Ich schnüffle rum, hab aber immer eine gute Erklärung parat. Mein Rekorder in der Tasche muß immer eingeschaltet sein, wenn ich am Mann dran bin. Wenn möglich, steck ich sein Glas oder seine Bierbüchse ein.«

»Wenn du das alles machst, hast du eine Riesenportion Hammelfleisch sicher«, sagte Paul.

Sie fuhren auf ein großes Anwesen, wo etliche kaputte Laster und ein Traktor herumstanden. Zwei kleine braune Terrier kamen angerannt, bellten und wedelten mit dem Schwanz. Hinter ihnen tauchte ein Mann in Overall und schmutzigen Stiefeln auf.

»Michael Ordway«, sagte er und schüttelte ihnen die Hand.

Eine gutaussehende Frau mit langen Beinen und abgeschnittenen Jeans kam aus dem Haus. »Meine Frau Doreen. Marley und Watson! Sitz! Kommen Sie ruhig rein!«

An der Tür zog Ordway die Stiefel aus und lief auf Socken weiter. Paul und Wish folgten ihm ins Haus, die Hunde trotteten nebenher.

»Setzen Sie sich«, sagte Doreen Ordway. Sie setzten sich an den Eßtisch aus Kirschholz, blickten auf den Geschirrschrank mit dem geblümten Porzellan, auf den Perserteppich und die Landschaftsbilder an der Wand. »Sehr nett hier«, sagte Paul. »Würde man gar nicht erwarten nach so einem Weg.« Er blickte Doreen beim Sprechen direkt in die Augen, und sie erwiderte den Blick.

Ihr Lächeln war weitaus lohnender, als das Kompliment es verdient hatte.

»Ich war mir nicht sicher, ob wir überhaupt mit Ihnen reden sollten«, sagte Ordway. »Aber wir sind beide sehr neugierig auf diese Sache.«

»Da bin ich froh. Das beweist mir, daß Sie offen und ohne Vorurteile sind.«

Doreen gefiel die Antwort. »Kann ich Ihnen was anbieten? Tee oder Kaffee?«

»Kaffee wäre gut«, sagte Paul.

»Wo geht's denn hier zum Klo?« fragte Wish. Paul trat ihm unter dem Tisch gegen das Schienbein. Zum einen, weil er mit der

Tür ins Haus fiel, bevor sie auch nur mit der Begrüßung fertig waren, zum anderen, weil er das Wort Klo benutzt hatte.

»Ach, so dringend muß ich gar nicht«, sagte Wish hastig.

Paul zwang sich, nicht die Augen zu verdrehen. »Ich höre, Sie sind ein verpflanzter Engländer«, sagte er zu Ordway.

»Geboren im Schatten des Londoner Tower«, erwiderte der. »Aber ich bin schon viele Jahre hier. Unsere Hochzeitsreise haben wir nach England gemacht. Gräßliches Wetter. Die ganze Zeit hat es genieselt. Aber das Britische Museum hat uns für alles entschädigt.«

»Können Sie sich das vorstellen?« sagte Doreen. »Wir haben uns die ganze Zeit Mumien und verstaubte Manuskripte angeguckt.«

»Und wie sind Sie hier in der Wüste gelandet, als Rancher?«

»Das müssen Sie meinen Vater fragen«, sagte Ordway. »Er ist mit der ganzen Familie von Tahoe hierhergezogen, nicht lange nach dem Verschwinden von Tamara. Als er jung war, hat er immer die alten Cowboyfilme gesehen, und dann wollte er es endlich selbst einmal probieren. Ist auf seine alten Tage noch ein guter Lassowerfer geworden. Friede seiner Asche.«

»Sind Sie schon lange verheiratet?«

»Zehn Jahre«, sagte Doreen und goß Kaffee ein. Ihre Brüste wippten aufreizend unter dem T-Shirt. Paul versuchte wegzuschauen, aber sie bemerkte es und streifte ihn wie unabsichtlich mit der Hüfte. »Wir haben vierjährige Zwillinge, Annie und Sarah. Jetzt liegen sie im Bett. Und Sie sind also Privatdetektiv. Wie Sam Spade und Lew Archer. Ich hab nie einen kennengelernt. Macht Ihnen der Job Spaß?«

»Jedenfalls mehr als bei der Polizei«, sagte Paul. »Und Sie helfen Ihrem Mann in der Landwirtschaft?«

»Oh, das macht alles Michael. Ich hab schon beide Hände voll zu tun mit den Mädchen.«

Paul nahm einen Schluck von seinem Kaffee, stellte ein paar weitere Fragen und trat Wish noch einmal auf den großen Fuß. Wish sprang auf.

»Gleich hier draußen, erste Tür links«, sagte Doreen. »Hören Sie, ich möchte, daß Sie Ms. Reilly etwas ausrichten«, wandte sie sich an Paul. »Es geht um den Prozeß gegen Terry London. Jessica hat mich heute morgen angerufen und mir gesagt, daß alles vorbei ist. Richten Sie ihr meinen Dank aus. Das Schlimme war nicht, wie wir in dem Film dargestellt wurden, sondern was er aus Tam gemacht hat. Tam war meine Freundin. Dieser Film von Terry London war einfach nur krank, wir mußten uns dagegen wehren.«

»Der Film, ja«, sagte Ordway und schüttelte den Kopf. »Aber sie war gut. Sie hat uns dazu gebracht, Sachen zu sagen, die wir später echt bereut haben. Zum Beispiel mein Witz über Mrs. Sweet als Säuferin. Ich war vielleicht wütend, als ich mich so auf dem Bildschirm gesehen hab, alle meine Worte aus dem Zusammenhang gerissen und zu gemeinen Unterstellungen verdreht. Wir kamen uns vor wie die Idioten, weil wir uns von ihr filmen ließen, ohne uns irgendein Vetorecht für das Endprodukt zu sichern. Eigentlich müßte ich dankbar sein, daß die Sweets uns nicht verklagt haben.« Sein schmales Gesicht wirkte freundlich und offen, er hatte saubere Fingernägel, sein Haar war frisch geschnitten. Das Musterbild eines Gentleman-Farmers, dachte Paul.

»Am Telefon hat mir Jessica Sweet auch erzählt, daß Terry Tamara kannte, bevor sie verschwand«, sagte Doreen. »Hatte Terry irgend etwas gegen sie? Wissen Sie was davon, Mr. van Wagoner?«

»Nennen Sie mich doch Paul.«

»Okay.« Sie strich sich das Haar zurück und streifte dabei mit dem Arm ihre rechte Brustwarze, die sich allzu deutlich unter dem T-Shirt abzeichnete. Das wellige, braune Haar mit den blonden Strähnen bildete einen aufregenden Kontrast zu ihren kräftigen schwarzen Augenbrauen. Im Geiste riß Paul ihr das Hemd herunter, weidete sich an ihrem Anblick und zog es ihr wieder an. Sie ging in die Küche und schwenkte dabei auf nicht sehr hausfrauliche Art das Becken.

»Dazu kann ich leider nicht viel sagen«, erklärte Paul. »Sie meinen also, das Mädchen im Film entsprach nicht dem Mädchen, wie es wirklich war.«

»Nun, der Film hat ihre negativen Seiten herausgestrichen.

Tam war intelligent und außerdem sehr schön«, sagte Ordway. »Sie war vernarrt in Pferde und wollte Tierärztin werden.«

»Aber sie hat Ihnen ihr Glas ins Gesicht geschüttet in der Nacht, als sie verschwand.«

»Das hatte ich verdient. Ich … man kann sagen, ich habe mich ihr aufgedrängt. Sie interessierte sich nicht mehr für mich, und ich war zu blind, das zu merken. Sie hatte ganz plötzlich mit Kurt Scott Schluß gemacht, sagte sie wenigstens. Übrigens, als ich sein Bild in der Zeitung sah, hab ich ihn wiedererkannt. Ich hatte sie mal mit ihm getroffen. Er kam frisch aus dem College, wie sie mir erzählte, und er war ein paar Jahre älter.«

»Ihr Vater hatte immer was gegen ihre Freunde«, rief Doreen aus der Küche.

»Er wollte sie am liebsten im Haus einsperren«, sagte Ordway. »Ständig hat er ihr Vorschriften gemacht. Ich hab immer gedacht, sie ist einfach abgehauen. Sie wollte die Welt sehen. Die Schule hat sie gelangweilt, und sie war wütend auf ihre Eltern. Das ist ja nichts Außergewöhnliches. Vielleicht arbeitet sie als Sekretärin in Melbourne, und eines Tages meldet sie sich.«

»Könnte sein«, sagte Paul. »Andererseits ist es doch seltsam, daß sie in all den Jahren kein Lebenszeichen von sich gegeben hat – wenn sie noch am Leben ist. Da ist noch eine Frage, die mich beschäftigt: Hatten Sie je mit Terry zu tun, bevor sie sich wegen des Films an Sie wandte?«

»Nein, vorher hatten wir diese Frau nie gesehen«, sagte Ordway. »Einmal waren wir in ihrem Atelier zum Vorgespräch, dann kam sie hierher auf die Ranch, um die Aufnahmen von Doreen zu machen. Vor zwölf Jahren waren wir schließlich noch so etwas wie Schulkinder. Sie wohnte zwar auch in Tahoe, war aber ein ganzes Stück älter, Ende Zwanzig damals, würde ich denken. Jedenfalls bat uns Jessica, bei dem Film mitzumachen, und als Terry anrief, sagten wir, ja, wir kommen und reden mit Ihnen. Anfangs wirkte sie sehr freundlich, aber nach einer Weile wurde mir ein wenig unbehaglich in ihrer Gegenwart.«

Im Badezimmer krachte es laut.

»Es ist nichts passiert, Sie brauchen nicht hereinzukommen«, rief Wish.

»Ist Ihrem – Partner etwa schlecht?« fragte Ordway.

»Nein, nein. Er hat nur eine große Flasche Gatorade auf dem Weg hierher ausgetrunken«, sagte Paul.

Ordway zog eine Augenbraue hoch, aber unternahm nichts weiter. »Was wollten Sie noch wissen?«

»Tamara hat in dieser Nacht kurz telefoniert, bevor sie ging. Wen könnte sie angerufen haben?«

»Das hat uns die Polizei auch gefragt«, sagte Doreen. Sie hatte das Licht in der Küche gelöscht und eine rüschenbesetzte, grüne Schürze umgebunden. Die Vorhänge waren zugezogen, das Haus wirkte warm und gemütlich.

Ordway paßte hierher, aber Doreen nicht. In der Schürze sah sie völlig deplaziert aus, wie ein Skorpion unter einem Haufen Wäsche. »Es muß ein Junge gewesen sein«, sagte sie jetzt. »Ich meine, wen sollte sie sonst anrufen? Vielleicht hatte sie ja auch wieder mit Kurt angefangen, aber wenn es Kurt war, warum hat sie es uns dann nicht gesagt? Wir sind noch ein paar Stunden bei Manny's geblieben, aber es ist niemand mehr aufgetaucht.«

»Der Barmann bei Manny's hat ausgesagt, Sie wären ein paar Minuten nach ihr gegangen.«

»Woher will der das wissen!« sagte Ordway. »Ich hab nie begriffen, warum er diese Lüge erzählt hat.« Wish brauchte wirklich sehr lange, und Paul sah, daß Ordway drauf und dran war nachzuschauen.

Schnell schob er nach: »Hat die Polizei Sie wegen Terry Londons Tod befragt?«

»Gerade heute morgen. Sie kamen hierher. Und sie wollten wissen, wo wir in der fraglichen Nacht waren. Die werden doch wohl nicht annehmen, daß wir so wütend über den Film waren, sie dafür zu erschießen, oder? Ich sagte ihnen, daß wir zu Hause im Bett waren, wie es sich gehört.«

»Genau.« Doreen nickte mit dem Kopf wie eine brave Ehefrau, aber die Sinnlichkeit troff ihr aus allen Poren.

»Ich würde ganz gern eine Kopie Ihrer Aussage haben, wenn Sie die zur Unterschrift kriegen«, sagte Paul.

»Klar, schicke ich Ihnen rum.« Ordway stand auf und blickte in den Flur.

Zwei identische kleine Mädchen mit wundervoll blonden Ringellöckchen und identischen Nachthemdchen kamen hereingerannt. »Mommy, Daddy, im Kinderzimmer ist ein Indianer!«

»Oh, Wish muß sich verlaufen haben«, sagte Paul.

»Ich seh mal nach dem Rechten«, meinte Ordway, als Wish endlich auftauchte und auch gleich mit dem Kopf gegen die niedrige Decke stieß.

»Tut mir leid, daß ich die Kinder erschreckt habe. Ich muß mich wohl verlaufen haben, als ich rauskam.«

»In diesem kleinen Haus?« fragte Ordway ungläubig.

»Na ja, hab mich einfach vertan, nehme ich an.«

Doreen brachte die Mädchen zurück ins Bett und machte einen großen Bogen um Wish.

»Tut mir leid, daß ich Sie nicht zum Essen einladen kann«, sagte Ordway in entschiedenem Ton. Paul blieb nichts anderes übrig, als diesem Wink zu folgen. Er reichte ihm noch einmal die Hand, aber Ordway wirkte wie verwandelt. Schneller, als sie dachten, waren sie aus dem warmen Haus hinaus und standen wieder im Mondlicht.

»Tut mir leid, Mann«, sagte Wish.

Auf der Fahrt zurück in die Berge fragte er: »Möchtest du, daß ich fahre?«

»An mein Steuer laß ich keinen ran«, sagte Paul. »Okay. Was hast du da im Badezimmer angerichtet, als es so gekracht hat?«

»Oh. Ich wollte mich auf der Waage wiegen und hab dabei das Gleichgewicht verloren. Da hab ich mich am Duschvorhang festgehalten, und die Haltestange ist aus der Wand gebrochen und in die Wanne gefallen. Hätte mir fast was getan.«

»Na wunderbar. Hast du auch etwas gefunden?«

»Eine Blechbüchse aus dem Müll für sie, ein gebrauchtes Schnapsglas aus dem Abwasch für ihn«, sagte Wish und zog die Beutestücke, die er in ein rotes Halstuch gewickelt hatte, aus seiner Jeansjacke.

»Vielleicht hat er die Büchse aufgemacht und sie den Schnaps getrunken.«

»Frauen trinken Scotch nicht pur«, sagte Wish mit Überzeugung, »und Männer öffnen keine Spinatbüchsen.«

»Na, dann denk mal an Popeye!« Ganz zu schweigen von den zahlreichen Frauen mit Vorliebe für harte Drinks, die er in seinem Leben schon getroffen hatte.

»Popeye? Wer ist das denn?«

»Vergiß es. Sie waren letztes Jahr im Atelier, also helfen uns die Fingerabdrücke nicht viel weiter. Sonst noch was?«

»In einer Schublade ganz unten habe ich Handschellen mit Schlüssel gefunden. Sehr verdächtig. Und eine kleine Peitsche, wie für ein Pony. Glaubst du, daß die Sachen mit dem Fall zu tun haben?«

Er griff noch einmal in die Jacke und holte die Fundstücke hervor. Die Handschellen fielen klirrend auf den Handbremshebel zwischen ihnen. »Ich hab sie für Nina mitgenommen«, erklärte Wish. »Vielleicht sind sie wichtig.« Er probierte die Spielzeugpeitsche am Armaturenbrett aus. »Was ist los? Warum machst du so komische Geräusche?«

28

»Nina. Schön, dich zu sehen«, sagte Kurt in den Telefonhörer. Er sandte ihr ein kurzes Lächeln, fing ihren Blick auf und ließ ihn wieder los.

Er sah schlimm aus, übernächtigt, unrasiert. Draußen war es sommerlich und warm. Nach dem Besuch würde Nina bei ihrem Lieblingsbäcker halten und sich ein Zimtbrötchen genehmigen. Und er würde wieder in dieses permanente Zwielicht zurückkehren, wo die Zeit keine Rolle spielte und die Zukunft nichts Gutes verhieß.

Sie lächelte zurück und versuchte ihm eine stumme Botschaft zu übermitteln. Sie würde versuchen, ihn hier rauszuholen, ihn zu retten. Manchmal schien er sie zu verstehen, oft aber auch nicht, wie sie deutlich spürte.

Sie konnte die Wirkung, die sein Aussehen und seine Stimme auf sie ausübten, nicht verbergen. Sie konnte die Erinnerung an seine Berührung und an den Duft seiner Haut nicht verdrängen. Wenn er lächelte, wollte sie auch lächeln. Wenn er verzweifelte, fühlte sie sich vom selben Gefühl überschwemmt. Eine neue Bindung entstand zwischen ihnen, während sie den Fall besprachen und zu ihrem gegenseitigen Schutz die Gefühle ignorierten, die durch die Trennscheibe hin und her strömten. Beide verständigten sie sich stumm darauf, daß es jetzt nur darum ging, sein Leben zu retten.

»Ich hab die Videos gesehen, die du mir gebracht hast. Die Aufnahme von der Verhaftung, den Tamara-Sweet-Film und das Sterbe-Video mit der Transkription«, sagte er. »Das Sterbe-Video war ja wirklich gruslig. Sie blieb sich bis ans Ende treu, möchte man sagen. Zu behaupten, ich hätte abgedrückt! Dann die Sache mit dem Todesengel. Sollte mich eigentlich nicht wundern nach allem, was ich erlebt habe. Trotzdem werde ich nicht damit fertig, daß sie so lügen konnte. Was für ein Aufwand an Energie! Aber so war sie eben. Vielleicht dachte sie, jeder würde sich über den Anblick ihres Todes genauso freuen wie sie selbst.«

»Erst wollte ich dir das Video gar nicht zeigen. Ist dir etwas aufgefallen, was uns weiterhelfen könnte?«

»Was soll ich sagen? Wenn die Transkription stimmt, hat sie gelogen, oder sie war nicht bei Sinnen.«

»Okay. Und was sagst du zu dem Film über Tamara Sweet?«

Sie nahm seine Grimasse und sein Kopfschütteln als Antwort.

»Du glaubst also, Tam ist tot.«

»Ja.«

»Und warum?«

»Es ist mir das erste Mal klargeworden. Am Ende. Sie läßt Tam von einer Schauspielerin spielen. Bei einbrechender Dunkelheit geht sie in den Wald. Nur der Rücken ist zu sehen, und die Ähnlichkeit mit Tam ist geradezu unheimlich. Sie hatte sogar Tams Gang. Terry hat sie gut besetzt. Dann ließ Terry das Mädchen den Weg hinaufgehen. Hast du gesehen, wohin sie ging?«

»Irgendwo in den Wald.«

»Du hast die Gegend nicht erkannt?«

Nina dachte nach. »Nein.«

»Das Mädchen steigt einen breiten Pfad hinauf. Das ist der Weg, der in Serpentinen zum Angora Ridge führt. Ich hab ihn gleich erkannt.«

»Okay. Sie geht also diesen Weg hoch zum Angora Ridge.«

»Sie setzt sich auf einen Felsen. Es wird dunkel, und sie blickt umher. Erinnerst du dich, wie die Kamera sich von der flachen Granitplatte fortbewegt und sie dort zurückläßt? Ich glaube, Terry wußte von Tams Tod, als sie den Film machte. Und ich bin überzeugt, daß es da oben etwas gibt … irgend etwas, was uns verraten kann, wo Tam geblieben ist – oder vielleicht sogar ihre Überreste. Ich glaube, Terry wollte mit dieser Szene etwas ausdrücken. Es hätte sie mit Sicherheit gereizt, den wirklichen Schauplatz von Tamaras Tod zu filmen – wenn sie es war, die den

Mord begangen hat. Kaum jemand wäre in der Lage, den Felsen wiederzuerkennen.«

»Kurt, ist das nicht ein bißchen weit hergeholt? Du siehst einen Weg mit Felsen im Halbdunkel, und du glaubt, du kennst ihn?«

»Ich kenne die ganze Gegend! Ich bin … ich war schließlich Forstangestellter. Landschaften kann ich mir gut merken. Es waren mehrere Dinge, an denen ich den Weg erkannt habe. Jemand sollte unbedingt einmal nachsehen.«

»Versteh doch, Kurt! Viele haben den Film gesehen, und du bist der einzige, der behauptet, den Felsen zu kennen, und der dort nachsehen will. Was passiert, wenn man das Mädchen dort oben findet? Wird auch nur einer glauben, daß du es nicht die ganze Zeit gewußt hast? Ich werde der Sache nachgehen – wenn der Prozeß vorbei ist.«

»Sie muß das arme Mädchen umgebracht haben«, sagte Kurt wie zu sich selbst. »Dabei hatte Tam noch gar nicht richtig gelebt. Aus ihr wäre etwas geworden. Dann hat sie … mein Kind umgebracht. Sie hat mich in ihr Atelier gelockt und auf mich geschossen. Du wärest die nächste gewesen, Nina. Sie war entschlossen, jeden umzubringen, dem ich je Gefühle entgegengebracht habe.« In seinem Gesicht erschien jener leidvolle, in sich gekehrte Zug, den sie schon an ihm kannte.

»Sie war sehr krank«, sagte Nina.

»Nein! Sie hat es so gewollt. Sie ist nicht krank geworden. Sie hat sich selbst dahin gebracht. Ich vermute, das ist auch der Grund, weshalb ich weggerannt bin und nicht versucht habe, mich ihr zu stellen … Ich hatte Angst vor ihr.«

»Uns allen ist es genauso gegangen, Kurt.«

»Für mich ist es nicht vorbei.«

Nina fühlte sich an das Gespräch mit Collier über die Bumpass-Hölle erinnert. Kurt war vom Steg gestürzt und war am Verbrennen. »Vertrau mir, Kurt«, sagte sie, »und nimm deinen Mut zusammen. Nur die Ängstlichen kommen in die Hölle.«

»Du hast recht. Ich möchte dir eine Frage stellen, die mich schon lange beschäftigt. Glaubst du an das Böse, Nina? Nicht als Metapher, sondern als etwas Reales?«

Sie war erstaunt über die Wendung, die er dem Gespräch gab, versuchte es jedoch mit einer Antwort. »Eher nicht. Ich würde es mit Unwissenheit oder Haß erklären. Alles, was ich in meinem Beruf erlebe, versuche ich diesen beiden menschlichen Schwächen zuzuordnen. Ab und zu begegnet man einer Person wie Terry, bei der man wirklich meint, der Teufel hat die Hand im Spiel. Dann kommt der alte Aberglaube hoch: daß sie von einem Dämon besessen ist, daß sie ihre Seele verkauft hat. Ich hab Leute in Scheidungsprozessen erlebt, die für Wochen oder Monate von einer Rachsucht besessen waren, die man nicht mehr menschlich nennen konnte. Und in Berufungsverhandlungen hatte ich mit Leuten zu tun, bei denen ich froh war, daß sie im Gefängnis sitzen und nicht in meinem Büro. Verlorene Seelen. Aber ich glaube, solche Leute sind eher die Ausnahme.«

»Du hast einen schweren Beruf«, sagte Kurt, und ihr war, als würde er wirklich begreifen, daß ihr manchmal alles zuviel wurde und sie am liebsten den Job hingeworfen hätte. »Diese Ausnahmen werden dir noch öfter begegnen«, sprach er weiter. »Was ich dir damit sagen will: Wenn einer vom Bösen besessen ist, gegen seinen Willen, ist er nicht dafür verantwortlich. Dann ist er krank und kann es nicht ändern. Aber Terry war in ihren Dämon verliebt, sie hat diese Haßbesessenheit selbst gewählt. Sie war nicht krank.«

»Du meinst, es ist nicht gegen ihren Willen geschehen.«

»Richtig. Ich kannte sie so gut wie kein anderer. Ich hatte jahrelang Zeit, über Terry nachzudenken, und das ist mein fester Eindruck. Gut, jetzt ist sie tot. Und ihr seid – ich meine, du bist in Sicherheit.«

Nina erwiderte nichts. Kurts Gedanken besaßen keine rechte Logik. Terrys Mörder war noch auf freiem Fuß, wenn nicht Kurt der Täter war. Und seiner Überzeugung, daß Terry Tamara getötet hatte, fehlte jede Grundlage.

Jetzt war die Gelegenheit zu sagen, was irgendwann gesagt werden mußte: »Wenn du tatsächlich auf Terry geschossen hast, haben wir gute Aussichten, mit Notwehr durchzukommen. Ich glaube, wir können den Leuten begreiflich machen, was passiert ist.«

»Verdammt!« Kurt sprang auf und kehrte ihr den Rücken zu. Sie saß da und hielt den stummen Telefonhörer in der Hand. Sie klopfte gegen die Trennscheibe, bis er endlich wieder zur einzigen Verbindung griff, die im Moment zwischen ihnen möglich war.

»Ich wollte, du könntest mir wieder vertrauen, Nina. Das ist das Schlimmste: Wenn ich spüre, daß du mir nicht glaubst«, sagte Kurt, als hätte er ihre Gedanken erraten.

Sie schwieg, weil sie nichts darauf erwidern konnte. Sie hatte nicht genug Vertrauen, um ihm von Bob zu erzählen. Punkt und Schluß. Zeit, das Thema zu wechseln.

»Wie geht's deinem Arm?« fragte sie.

Er schob den Ärmel hoch und zeigte ihr die häßliche rosa Narbe, die sich über seinen Unterarm zog. »Alles verheilt. Kein bleibender Schaden. Was macht deine Brust?«

Er wußte es also. »Gegen Schußwaffen bin ich allergisch«, sagte sie.

Für einen Moment schwiegen beide, aber ihre Verbindung riß nicht ab. Es war dieses stumme Einssein, das ihr vor zwölf Jahren Gewißheit gegeben hatte, daß sie ihn liebte. Sie konnte jetzt nur weitermachen und so tun, als wäre nichts, indem sie seinen Blick vermied. Sie schaute zu Boden und biß sich auf die Lippe.

»Du bist schön«, sagte Kurt mit sanfter Stimme ins Telefon. »Mir tut das alles so leid!«

»Laß das, konzentrier dich lieber auf deine Verteidigung. Zurück zu Terry. Hast du ihre Eltern jemals kennengelernt? Was weißt du über ihre Vergangenheit?«

»Ihre Vergangenheit«, wiederholte Kurt und zog die Wörter in die Länge. »Über ihre Eltern sprach sie mit derselben Verachtung wie über jeden anderen. Ich glaube, ihr Vater war im Bankgeschäft. Sie waren schon ziemlich alt, und er ging früh in Pension. Beide starben vorzeitig, etwas Verdächtiges gab es nicht. Beide waren tot, als ich Terry kennenlernte.«

»Wo ist sie zur Schule gegangen?«

»In South Lake Tahoe, dann zur Universität in Sacramento. Hauptfach Englisch, glaube ich. Sie hatte ein paar Fotokurse besucht, aber mit dem Filmen hat sie erst nach dem Sommerkurs in San Francisco angefangen, in dem Jahr, als ich dich traf.«

Nina schrieb es auf. Mit gesenktem Kopf fragte sie weiter: »Da ist noch etwas, was ich wissen muß. Soweit wir das beurteilen können, Kurt, hatte sie nach dir keine anderen Männer. Keine Freunde und auch keine Freundinnen, was das betrifft. Übersehen wir da etwas? Sie hatte doch normale sexuelle Bedürfnisse, oder?«

»Sagen wir es so«, erwiderte Kurt. »Ich habe lange gebraucht, um dahinterzukommen. Sie hat nur geliebt, um andere Absichten zu verfolgen. Der Geschlechtsakt war für sie eine Handlung wie viele andere, die sie sich abverlangte, um normal zu wirken. Ich weiß nicht, was sie wirklich erregte – außer vielleicht das Zuschauen. Einmal hat sie mir erzählt, sie wäre beim Studium gern in diese Privatklubs gegangen und hätte zugeschaut, wie es die anderen trieben.«

»Und wie war das mit Partnerschaften? Sie hat doch bei dir Liebe gesucht ...«

»Du siehst ja, was dabei rausgekommen ist«, sagte Kurt. »Was du mir über ihre letzte Zeit erzählt hast, überrascht mich nicht. Sie war schrecklich einsam, aber sie konnte keine Bindungen herstellen. Sie war pervers, und das nicht nur in sexueller Hinsicht. Sie war stolz darauf, alle Grenzen zu überschreiten. Sie sagte immer, sie wäre eine Künstlerin, ein Genie, und eines Tages würden es alle wissen.«

Der Wachmann öffnete die Tür zu ihrer Sprechzelle. »Er ist jetzt mit Duschen dran«, sagte er.

»Wir sind für heute fertig, glaube ich«, erwiderte sie.

»Nina ...«

Sie steckte ihre Papiere ein.

»Man muß einen Suchtrupp mit Hunden zusammenstellen, die da oben nach Tam suchen, verstehst du mich? Ich kann sie nicht im Wald liegenlassen, wenn ich weiß, daß man sie dort finden könnte!«

»Tu dir einen Gefallen, Kurt. Versuch jetzt nicht daran zu denken. Es war richtig, daß du mir davon erzählt hast. Jetzt muß ich überlegen, wie wir weiter vorgehen. Das ist mein Job: Ich muß alles tun, was für deine Verteidigung wichtig ist. Paß auf dich auf. Dein Arzttermin ist in ein paar Tagen. Ich mach mir Sorgen um dich. Bitte!«

»Klar, hab verstanden, Nina.« Er saß hinter der Scheibe und schaute ihr nach, bis sie die Tür hinter sich zuzog. Das war kein gutes Zeichen.

Für den Rest der Woche wurde sie von anderen Fällen in Anspruch genommen. Paul arbeitete ausschließlich am Mordfall London. Er lieferte ihr einen nicht abreißenden Strom von Berichten, die sie nachts im Bett las, wenn sie eigentlich schlafen mußte.

Am Freitag nachmittag erschien Nina in ihrem neuen schwarzen Kostüm zu einer lange hinausgeschobenen Scheidungsverhandlung. Ihre Mandantin, die Ehefrau, wollte das eheliche Haus behalten, bis die jüngste Tochter achtzehn würde. Sie wußte, daß sie kein eigenes Haus finanzieren konnte, und wollte den Kindern nicht die letzte Sicherheit nehmen, die sie noch besaßen. Der Ehemann wollte das Haus verkaufen, um sich eine Wohnung zu mieten und einen Berg alter Rechnungen zu bezahlen. Sie hatten keine Ersparnisse oder Vermögenswerte außer ihren gebrauchten Autos. Nina hatte mit der Anwältin der Gegenseite, einer jungen Frau aus Sacramento, wo der Mann jetzt lebte, viele Male verhandelt, aber sie waren zu keiner Lösung gelangt.

Nachdem die Aussagen protokolliert waren, sagte Milne: »Das wird ein schwieriges Urteil. Manchmal glaube ich, daß dies die schwersten Entscheidungen überhaupt darstellen, wenn beide Seiten im Recht sind und eine Partei eine größere Bürde übernehmen muß als die andere. Es ergeht das Urteil, daß die Ehefrau das Wohnrecht im ehelichen Haus für weitere fünf Jahre behält, bis das jüngste Kind zwölf Jahre alt ist. Zu diesen Zeitpunkt wird in einer neuen Verhandlung entschieden, ob das Haus verkauft werden kann. Nach Auffassung des Gerichts steht das Wohl der Kinder über dem Interesse des Vaters, seinen Zahlungsverpflichtungen nachzukommen und seine finanziellen Belastungen zu mindern.«

Auf dem Korridor wurde Nina von ihrer Mandantin umarmt. »Fünf Jahre sind genug Zeit. Ich danke Ihnen.«

»Es wird schwierig für Sie alle werden. Ich wünsche Ihnen Glück«, sagte Nina.

»Ms. Reilly?« Die Reporterin des *Tahoe Mirror*, Barbet Cain, sprach Nina an, nachdem die Klientin zu ihren Kindern weitergegangen war. »Ich wollte mit Ihnen über den Fall Scott sprechen. Werden Sie wegen des Interessenkonflikts das Mandat niederlegen?«

»Warum sollte ich?« erwiderte Nina. »Es gibt keinen Interessenkonflikt. Weder ich noch mein Mandant haben gegen geltende Bestimmungen verstoßen.«

»Es wird behauptet, daß Sie möglicherweise persönlich in den Mord an Terry London verwickelt sind.«

»Das ist Blödsinn, und ich denke nicht daran, die Verteidigung niederzulegen. So einfach ist das.«

»Wie hat Ihr Sohn auf die Verhaftung seines Vaters reagiert? Weiß er über die Vorgänge Bescheid?«

Nina wollte sagen: Wagen Sie sich nicht an ihn heran, doch statt dessen erklärte sie: »Er geht genauso wie ich davon aus, daß Mr. Scott unschuldig ist.«

»Meinen Sie nicht auch, daß es ungewöhnlich für einen Anwalt ist, in einem Mordfall tätig zu werden, wenn er sowohl mit dem Angeklagten wie mit dem Opfer eng verbunden ist?«

»So liegen die Dinge nun einmal. Das wird meine Arbeit nicht beeinträchtigen.«

»Nun, ich muß sagen, ich bin überrascht. Eigentlich hatte ich nichts weiter als ›Kein Kommentar!‹ von Ihnen erwartet. Vielen Dank!«

»Es hat keinen Zweck, mich hinter einer Mauer aus Akten zu verschanzen. Das wird mir allmählich klar. Aber tun Sie mir bitte einen Gefallen. Rufen Sie mich das nächste Mal während der Bürozeit an, wenn Sie einen Kommentar von mir wollen!«

Die Reporterin nickte. »Es tut mir leid.«

Nina ging hinaus und trank ein wenig Wasser am Trinkwasserbrunnen vor dem Gericht, dann ordnete sie auf der Betonbank, die in der Nähe stand, ihre Papiere. Am frühen Nachmittag war der Hof beinahe menschenleer. Die meisten Verhandlungen fanden vormittags statt. Gelber Blütenstaub trieb durch die Luft, und die Junisonne brannte angenehm.

Ninas Gedanken schweiften ab und landeten wie so oft in den

letzten Tagen bei Kurts Vorstellung, daß sich am Angora Ridge das Rätsel um Tamaras Verschwinden lösen könnte. Ihr juristischer Sachverstand riet ihr, nichts zu unternehmen und die ganze Sache diskret zu behandeln. Aber die Aussicht, dort vielleicht die Lösung eines langjährigen Rätsels zu finden, ließ ihr keine Ruhe. Das Ende einer Geschichte stellte doch meistens die Gerechtigkeit wieder her, oder? Und manchmal brachte es eine überraschende Wendung. Konnte das Auffinden von Tamara für Kurt von Nutzen sein?

Während sie darüber nachdachte, setzte sich Collier Hallowell neben sie. An seiner Miene und der tiefen Falte auf der Nasenwurzel konnte sie ablesen, daß es Probleme gab.

»Oh, oh«, sagte sie. »Schlechte Nachrichten. Hab ich recht?«

»Ihr Mandant hat auf der Überführung ins Krankenhaus einen Wachbeamten niedergeschlagen, das Fenster des Transporters zerbrochen, mit dem Schlüssel des Beamten die Handschellen geöffnet und die Flucht angetreten. Wo hält er sich auf, Nina?«

In ihrem Kopf schrillten alle Alarmglocken.

»Wann ist das passiert?« Sie rückte von Collier ab. Das war keine freundliche Unterhaltung mehr.

»Vor etwa einer Stunde. Der Transporter hielt an einer Ampel Ecke A1 und Highway 50 in Tahoe. Wir durchsuchen die ganze Gegend, aber ein Auto könnte ihn mitgenommen haben. Oder ein Komplize hat ihn aufgelesen.«

»Ich war im Gericht. Ich weiß nichts davon, Collier. Er ist nicht gewalttätig. Bitte bedrohen Sie ihn nicht mit der Waffe!«

»Ich glaube Ihnen nicht«, sagte Collier. »Sie kennen sein Fluchtziel. Wenn Sie mir das nicht sofort mitteilen, machen Sie sich zum Mittäter. Reden Sie. Zwingen Sie mich nicht, Sie zu verhaften.«

Sie schob ihre Mappen in die Aktentasche und überlegte hastig.

»Sie haben ein Verhältnis mit ihm«, sagte Collier, und ein leicht gekränkter Ton schlich sich in seine Stimme, so daß er ein wenig verzagter klang, als es einem Mann auf Mörderjagd anstand.

Sie hatte keine Antwort.

»Haben Sie ihm wegen Ihres Sohnes zur Flucht verholfen? Helfen Sie mir jetzt, dann versuche ich Ihnen zu helfen!«

»Nein! Ich hatte keine Ahnung, daß er fliehen wollte.«

»Sie haben ihm den Arzttermin besorgt«, sagte Collier. »Sie haben vor Richter Milne erklärt, daß er eine medizinische Untersuchung brauchte. Entweder haben Sie ihm bei der Fluchtvorbereitung geholfen, oder er hat Sie benutzt.«

»Für den Fall, daß Sie mich nicht verhaften, möchte ich jetzt gehen.«

»Das müßte ich aber«, sagte er. »Zu Ihrem eigenen Schutz.«

»Haben Sie noch nicht gemerkt, daß ich selbst entscheiden kann, was gut für mich ist?« Sie griff nach ihrer Tasche, drehte sich weg und ging in Richtung Parkplatz.

»Nina!« rief er ihr mit fester Stimme nach.

Sie ignorierte ihn. Der Weg zu ihrem Bronco nahm kein Ende. Hastig warf sie den Gang ein und fuhr los, bevor Collier irgendwelche Entschlüsse fassen konnte.

Auf dem Weg nach Hause schaute sie immer wieder in den Spiegel, ob sie verfolgt wurde. Bobby war mit Andrea im Garten und schnitt die verblühten Margeriten ab. Nina nahm Andrea beiseite. »Kurt ist ausgebrochen«, sagte sie.

Andrea blieb der Mund offenstehen. Sie blickte hinüber zu Bob, der gerade einen vertrockneten Stengel abgesäbelt hatte und »Volltreffer!« rief.

»Kann ich was für dich tun?«

»Wenn er hier auftaucht, könnte er Bob zu Gesicht kriegen. Sie sehen sich so ähnlich. Kurt würde ihn sofort erkennen. Ich bin darauf nicht gefaßt.«

»Weiß er denn, wo wir wohnen?«

»Er kennt Matts Namen, und der steht im Telefonbuch. Andrea, die Polizei ist hinter ihm her. Sie sind bewaffnet. Ihr müßt hier weg.«

»Hör zu, ich rufe Matt an und dann das Frauenhaus. Ich bringe die Kinder dorthin und bleibe über Nacht bei ihnen. Dort sind sie sicherer als hier.«

»Gut. Ich danke dir, Andrea. Du hast was bei mir gut.«

»Komm, packen wir ein paar Sachen ein«, sagte Andrea. »Die Leiterin des Frauenhauses sucht Schutz in ihrer eigenen Einrichtung. Meine Gäste werden das sehr komisch finden.«

»Ich aber nicht. Komm, fangen wir an«, sagte Nina.

Fünfzehn Minuten später fuhr Andrea mit den Kindern los. Nina rief bei Sandy an. »Ich muß Paul sprechen«, sagte sie.

»Er ist mit Wish unterwegs. Gegen fünf kommen sie zurück.«

»Hat Paul denn kein Handy?«

»Das nimmt er nicht. Er sagt, man kriegt einen Gehirntumor davon, und es raubt einem das letzte bißchen Einsamkeit. Was unternimmst du wegen Kurt? Weißt du, wo er steckt?«

»Ich hab so eine Ahnung«, erwiderte Nina. »Wenn Paul anruft, sag ihm, er soll zum Fallen Leaf Lake fahren und die südliche Straße um den See nehmen. Wenn er zu den Ferienhütten kommt, soll er nach dem Weg zum Angora Ridge suchen. Sag ihm, daß ich dort bin.«

»Ist Kurt dort oben?«

»Das möchte ich nicht hoffen«, sagte Nina. »Sag Paul nur, er soll mich dort suchen.«

»Warte lieber auf Paul«, sagte Sandy.

»Kurt ist mein Mandant«, erwiderte Nina. »Er ist nicht gewalttätig, ich kann ihn unversehrt zurückbringen, wenn ich ihn finde. Aber ich muß mich beeilen.« Sie legte auf, rannte in ihr Zimmer, zog schnell ihr Kostüm aus und schlüpfte in Jeans, T-Shirt und Bergschuhe. Überrascht von ihrer eigenen Eingebung, warf sie eine Schaufel in den Kofferraum des Bronco und fuhr los.

29

»Wo ist sie hin?« rief Paul ins Telefon.

»Kein Grund zum Brüllen.« Sandy erklärte ihm den Weg. »Nimm Wish mit«, sagte sie.

»Warum hast du sie nicht gebremst?«

»Sie hat mich überfahren wie eine Dampfwalze.«

Mit Absicht vernachlässigt, um die Wochenendtouristen abzuschrecken, verwandelte sich die grün gesäumte Straße um den Fallen Leaf Lake bald nach der Abzweigung vom Highway in eine schmale Piste. Nina rumpelte durch die Schlaglöcher und fragte sich, wie Kurt den Weg von etlichen Meilen bis hierher zurückgelegt haben konnte.

Wie hatte sie sich so in ihm irren können? Nicht einmal in ihren wildesten Träumen wäre sie darauf verfallen, daß er sie beide in eine solche Klemme bringen würde.

Wenn sie nur ein bißchen Glück hatte, saß er in diesem Moment in der Kabine eines Trucks, der sich eiligst in östlicher Richtung nach Utah entfernte. Er hatte also wieder, wie schon früher, die Flucht angetreten, diesmal vor ihr und Bobby, und sie konnten so weiterleben wie zuvor.

Nein. Nichts würde so sein wie zuvor.

Sie kannte ihn gut genug, um zu erraten, wo sie ihn suchen mußte. Wahrscheinlich würde er Werkzeuge brauchen.

Nach der Kurve hinter dem Laden entdeckte sie das Blechdach der Hütte im dichten Gehölz am Ende einer zugewachsenen Waldstraße. Der Bronco warf eine Schmutzfontäne auf, als sie eine Stelle zum Parken entdeckte, hastig einlenkte und zum Stehen kam. Der Weg zum Angora Ridge war ganz nahe. Von der Lichtung an der Straße sah man die Feuerwachstation auf dem Gipfel. Auch den Bergpfad konnte sie erkennen, wenn sie die Augen anstrengte.

Dort oben bewegte sich nichts.

Der Wind rauschte in den Bäumen, in der Ferne hörte man ein Flugzeug, sonst war es still. Die einsamen Hütten standen an den Wochentagen meist leer.

Sie stieg auf die absackende Veranda und rüttelte am Türgriff. Irgend etwas knackte, sie stieß die Tür auf. Am Staub auf dem Fußboden erkannte sie sofort, daß niemand das Haus betreten hatte.

»Kurt«, flüsterte sie. Sie spürte seine Gegenwart. Fallen Leaf Lake, die Hütte mit dem Natursteinkamin …

Erinnerung mischte sich mit Angst. Sie sah ihn noch wie damals, voll jugendlicher Schönheit und Kraft, seine Küsse, seine Hände … Sie wußte nicht weiter. Rannte sie ihm nach, um ihn zurückzuholen? Oder hoffte sie nur, ihn in Freiheit zu sehen, ohne die trennende Scheibe?

Der Schuppen an der Rückwand hatte vor kurzem Besuch erhalten. Das rostige Vorhängeschloß war aufgebrochen. Sie wischte Spinnweben beiseite und musterte die Ansammlung alter Geräte, die auf dem Boden verstreut lagen. Eine Harke, ein Schneeschieber aus Plastik, eine Hacke, die an einem Wandhaken hing, eine Maurerkelle ohne Griff. Und eine frische Stelle auf dem Boden, die ihr verriet, daß er gefunden hatte, was er brauchte.

Sie befestigte das Schloß, so gut es ging, an der Schuppentür, griff sich die Schaufel, die sie mitgebracht hatte, und lief die paar hundert Meter zum Bergpfad, der zum Angora Ridge hinaufführte.

Die Sonne schien durch die Kiefern. Die Luft war erfüllt vom Gesang und Geflatter der Vögel, vom Rascheln kleiner Waldtiere und vom Gesumm der Insekten. Auf dem Weg sah sie verschiedene Schuhabdrücke, auch die Spuren eines Hundes. Sie stellte sich vor, wie der Hund, von der Leine gelassen, seinem gemächlichen Herrchen voraustollte. Ruckartig blieb sie stehen. Von unten, aus der etwas dichter besiedelten Gegend am See, hatte sie einen Pfiff gehört.

Sie war nicht mehr an solche Steigungen gewöhnt und merkte schon nach ein paar hundert Metern, daß ihre Knie zitterten. Bald sah sie niedergetretene Stellen am Wegrand und frisch aufgewühlte Walderde. »Kurt?« rief sie, aber es kam keine Antwort. Sie ruhte ein wenig aus und stieg weiter.

Der Weg wurde felsiger. Sie kam zu einer Stelle mit großen Granitblöcken, die sie damals gemieden hatten, weil sich in den Winkeln und Höhlungen gern Bären aufhielten. Kurt hatte die Stelle »Bärenhausen« genannt ... Ihre Erinnerung daran war so lebendig, daß sie sich wie ein durchsichtiger Schleier vor die Gegenwart schob und das Gelände, das da vor ihr lag, mit den alten Emotionen erfüllte.

Sie hörte eine Schaufel auf Stein kratzen.

»Kurt!«

Keine Antwort.

»Kurt! Ich bin's. Ich komme allein!«

Es raschelte. Kurt kam hinter einer Felswand vor, die Schaufel in der Hand.

Er warf sie weg, streifte die alten Handschuhe ab und breitete die Arme aus. Sie sah die frische Narbe des Streifschusses an seinem Arm.

Nina eilte auf ihn zu und fiel ihm um den Hals. Sie klammerte sich fest an ihn, drückte den Kopf auf sein pochendes Herz und sog den Geruch von Erde und Schweiß ein. Er strich ihr übers Haar.

»Kurt«, sagte sie, immer wieder »Kurt«.

»Laß mich nicht los«, sagte er.

»Nein.«

»Ich liebe dich.«

Sie antwortete nicht. Wie Efeuranken hielten sie sich umklammert und stützten sich gegenseitig. Er umarmte sie fest, hob sie vom Boden und schwenkte sie hin und her, hin und her.

Dann setzte er sie vorsichtig ab und sagte: »Jetzt habe ich alles, was ich brauchte. Ich habe dich in den Armen gehalten. Aber ...«

»Du hast etwas gefunden, oder?«

»Ja.«

»Zeig's mir.«

Er zog sie über ein Stück Wiese zu dem flachen Granitfelsen, den sie nun aus Terrys Film wiedererkannte. Eine schwarze Öffnung von etwa vierzig Zentimetern Höhe und sechzig Zentimetern Breite klaffte dort, wo das Felsplateau an kleinere Blöcke stieß. Er zog sich wieder die Handschuhe an und griff hinein.

»Krieg keinen Schreck.« Er zog einen langen Knochen heraus. Schenkelknochen eines großen Säugetiers. Und … Fetzen verblichenen Stoffs, morsch, vermodert und stockig. Und noch mehr Knochen.

Ein Schädel, an dem noch Büschel blonden Haars klebten.

Tamara?

Halb stützte er sich gegen die Felsen, halb kroch er in das schwarze Loch, das er freigelegt hatte. Kurt grub mit zunehmender Hast, als fürchtete er, daß irgendein Rest von Tamara für immer in der Höhle verschwinden würde.

In der trockenen Rinne vor der Öffnung häufte sich ein Berg aus Moder, Geröll und den Überresten eines Mädchens, Kurt schien versessen darauf, zu Ende zu führen, was er begonnen hatte, als hätte er Nina vergessen, die hinter ihm stand. Der makabre Anblick der Knochen brachte sie zur Besinnung

»Hör auf damit, Kurt. Der Gerichtsmediziner muß den Originalzustand sehen. Bring die Fundstelle nicht noch mehr durcheinander!«

»Ich kann sie doch hier nicht so liegenlassen«, sagte Kurt.

»Setz dich einen Moment neben mich. Und hör mir zu.«

Er starrte unschlüssig auf die Knochen, dann ließ er sich neben ihr zu Boden sinken. Sie merkte, wie erschöpft er war, dem Zusammenbruch nahe.

»Wie bist du hergekommen?«

»Ich hab mich bis zur Highway-Abfahrt mitnehmen lassen. Den Rest des Weges bin ich gerannt. Weiß die Polizei, daß ich hier bin?«

»Nein. Ich würde es am liebsten auch nicht wissen. Und ich wünschte, du hättest hier nichts angerührt.«

»Die arme Tam. Ein solches Ende hat sie nicht verdient. Ich hatte nicht vor, sie auszugraben. Nur … als ich sie gesehen hab, konnte ich sie nicht so liegenlassen.«

»Wir wissen doch gar nicht, ob sie es ist. Ich meine, bevor das richtig erwiesen ist.«

»Machst du Witze? Diesen verdammten Gürtel hab ich ihr geschenkt!«

Jetzt erst sah Nina die silberne Schnalle, die er mit seinem Handschuh umklammerte. Sie war geformt wie ein Adlerkopf. Er zog die Handschuhe aus, warf sie neben die Schaufel, die Schnalle legte er auf den flachen Felsen.

»Ich glaube, ich halte das nicht aus«, sagte er. »Ich drehe durch. Das sind ihre Knochen, Nina!«

»Du hast geschafft, was du wolltest. Jetzt müssen wir zurück.«

»Sollen sie doch Schluß machen und mich abschießen. Das wäre auch für dich das Beste. Laß mich noch eine Minute bei dir sein.« Sie blieben aneinandergelehnt sitzen. Nina war verwirrt vom Widerstreit ihrer Impulse. Sollte sie die Mutter in sich sprechen lassen oder die Juristin? Die Liebende oder die Verlassene?

»Wir müssen zurück. So schnell wie möglich. Retten, was zu retten ist«, flüsterte sie.

»Ich gehe nicht zurück. Versuch mich zu verstehen. Ich kann nicht.«

»Dann bleibst du für den Rest deines Lebens auf der Flucht. Immer in Angst. Immer in der Hölle.«

»Besser als dieser stinkende Knast.«

»Wirf nicht die Hoffnung über Bord. Bitte! Ich muß dir etwas sagen …« Sie merkte, daß er wegwollte, und zog ihn instinktiv an sich. Er bedeckte ihr Gesicht mit Küssen, ihre Wangen, Nase und Stirn, ihre nassen Augen. Sie spürte seine warmen, vollen Lippen auf ihrem Mund und umklammerte ihn fester, während ihr Körper nachgab. Sie öffnete die Augen und begegnete seinem Blick. Um sie herum schwand die Zeit. Sie küßten sich am Fallen Leaf Lake, und bald würden sie heiraten …

»Jetzt muß ich los«, sagte er und wandte sich ab. Gleich würde er aufstehen und den ersten Schritt machen, der sie für immer trennte.

Paul stürzte aus dem Gebüsch und zerrte Kurt von ihr weg. Nina saß starr, ohne etwas zu begreifen.

Sie rollten gegen einen Felsen, Kurt stieß sich deutlich hörbar den Kopf, aber es gelang ihm, sich loszumachen. Ehe er sich schwankend aufgerichtet hatte, packte ihn Paul bei den Beinen und warf ihn wieder zu Boden.

»Hört auf! Hört auf! Hört auf!« schrie Nina. Kurt zwängte Pauls Kopf in eine Felsspalte. Sie hörte sich schreien und sah erst jetzt, daß Wish am Knochenhaufen stand, mit Pauls Revolver fuchtelte und ebenfalls »Aufhören!« brüllte.

Kurt griff nach einen Felsbrocken, hob ihn über Pauls festgeklemmten Körper, und Nina schrie »Nein!«. Er hörte sie, drehte sich verdutzt um und erstarrte. Paul rollte sich zur Seite und sprang auf.

Jetzt hatte Kurt keine Chance mehr. Paul sprang leichtfüßig auf ihn zu, rang ihn nach kurzem Kampf nieder und schlug ihm ins Gesicht.

Wish stand wie gelähmt und ließ die Pistole baumeln. Kurt blutete aus der Nase.

Nina griff sich einen handlichen Stein, sprang Paul auf den breiten Rücken, als er gerade den Arm hob, um Kurt einen weiteren Faustschlag zu versetzen, und hieb ihn beherzt auf den Hinterkopf. Paul stieß einen Grunzer aus, knickte ein und fiel auf den Rücken, seine Augen waren geschlossen.

»Hast du ihn umgebracht?« fragte Wish und kam angerannt. Kurt richtete sich langsam auf, knöpfte sich das zerrissene Hemd auf und preßte es gegen das Gesicht.

»Scheiße!« ächzte Paul. »Fühlt sich beinahe so an.« Er versuchte den Kopf zu heben, und Nina half ihm, sich aufzurichten.

»Was haben all diese Knochen zu bedeuten?« fragte Wish.

Er wollte sie näher betrachten, aber Paul sagte: »Bleib da weg!«, ohne den Blick von Kurt zu wenden.

»Wir sprechen später darüber«, sagte Nina. »Seid ihr mit dem Wagen gekommen? Wish, hilf mir, die beiden runterzubringen.« Paul stöhnte. »Wir fahren jetzt ins Krankenhaus nach Boulder. Wish, du hilfst Kurt. Gib mir den Revolver, sonst erschießt du noch jemanden aus Versehen. Na los, pack schon an! Geh voraus mit ihm, ich helfe Paul.«

Jetzt würden sie Kurt zurückbringen. Er hätte es fast geschafft, und sie hatten ihn daran gehindert, hatten über seine Zukunft entschieden. Die Verantwortung, die sie sich damit aufbürdeten, war kaum zu tragen. Durfte sie ihm hierher folgen? Hatte sie damit sein Schicksal besiegelt?

Kurt humpelte, gestützt auf Wish, den Weg hinab. Er schaute Nina nicht an und machte keinen Versuch, in den Wald zu fliehen. Sie hätte ihn vielleicht laufenlassen. Oder auch nicht. Er ließ es nicht darauf ankommen. Er lief schweigend weiter und wischte sich das Gesicht mit dem Hemd ab.

30

»Du hättest ihm fast die Nase gebrochen«, sagte Nina, als sie am nächsten Nachmittag an Pauls Krankenbett saß.

Paul sah gut aus, abgesehen von der Kopfbandage, die er ihr nun entgegenstreckte.

»Du hättest mir fast das Gehirn zermatscht«, sagte er. »Aber es hat nicht ganz geklappt. Ich werde nachher entlassen.«

»Du hast ein Gehirn da drin? Das habe ich nicht gewußt.«

Paul sah ihren Gesichtsausdruck und schlug einen weniger launigen Ton an. »Sieh es doch mal von meiner Warte. Er ist aus der Haft geflohen. Ausbrecher werden fast automatisch für schuldig gehalten. Die Polizei war hinter ihm her. Fliehende und alle, die ihnen nahekommen, können leicht erschossen werden. Er hat dich in Gefahr gebracht. Du hast nicht auf mich gewartet. Ich hab gesehen, daß er nach dir griff, und da …«

»Du mußtest dich nicht auf ihn stürzen. Du hattest deinen Revolver, aber du wolltest ihn verprügeln. Du warst wütend und wolltest ihm eine Lektion erteilen. Er ist dein Arbeitgeber. Was soll das also?«

»Wenn schon, dann bist du mein Arbeitgeber. Oder hat er schon irgendeine Rechnung bezahlt?«

»Ich will nicht, daß du mich bewachst, daß du dich auf meine Mandanten stürzst und dich aufführst wie ein Gorilla! Ich hab dich als Ermittler angestellt.«

»Aber Nina! Ich liebe dich! Ich versuche doch nur, für dich dazusein!«

»Liebe!« sagte Nina. »Du Pfuscher! Ihr seid beide Pfuscher!« Sie streckte die Hand aus und glättete ihm die Stirn.

»Du hast diese … üble Angewohnheit, immer Katastrophen auszulösen«, sagte Paul und zuckte vor Schmerz zusammen, als er sich auf den Ellbogen stützte.

»Was ist? Soll ich die Schwester rufen?«

»Du sollst dich sofort rüberbeugen, mir einen Kuß geben und ›Mein Held!‹ zu mir sagen. Bitte!« Sein kindlich flehender Blick stand in lachhaftem Widerspruch zu seinem haarigen Männerkörper. Sie wollte ihm einen züchtigen Kuß auf die Wange geben, aber er drehte schnell den Kopf und traf ihre Lippen mit den seinen, die warm und voller Verlangen waren.

»Neandertalerin haut Neandertaler über den Schädel, schleppt ihn in die Höhle und treibt schlimme Sachen mit ihm.«

»Halt die Klappe, Paul. Du bist wirklich ein Neandertaler. Du gehst zu weit.«

»Okay, okay. Ist mir eben passiert. Tut mir leid. Vielleicht hätte ich ihn laufenlassen sollen. Das ist auch eine Art, den Fall abzuschließen. Allerdings hätten sie dich an seiner Stelle wegen Beihilfe einkassiert.«

»Wäre ich nur nicht da hochgestiegen! Ich hatte keine Zeit, mir das gründlich zu überlegen.«

»Nicht, daß ich das Thema wechseln möchte, aber wie geht's jetzt weiter? Bin ich gefeuert?«

»Ich brauch dich jetzt mehr als vorher. Aber ich nehme an, daß du von selbst gehst, wenn ich dich nicht feure.«

»Wenn du willst, bleibe ich. Jetzt ist er ja wieder da, wo er hingehört, wenigstens so lange, bis alles geklärt ist. Irgend jemand muß schließlich auf dich aufpassen, und wer, wenn nicht ich? Was sagt er dazu?«

»Er überläßt es mir.«

»Er hat es verdient«, befand Paul.

Sie müssen sich ja nicht unbedingt mögen, sagte sich Nina. Aber sie brauchte Paul, und Kurt brauchte Paul.

»Seelisch ist er in einem schlimmen Zustand, Paul. Er sitzt jetzt im Hochsicherheitstrakt unten in Placerville. Es scheint, als mußte er Tamara finden, um seine schlimmsten Befürchtungen zu bestätigen. Und so war es dann auch. Ihm scheint egal zu sein, was aus ihm wird. Ich mache mir schreckliche Sorgen.«

»Ich hab dir schon einmal gesagt, und ich sage es immer wieder: Du bist zu tief in der Sache drin. Opfere doch deinen Seelenfrieden nicht für diesen Spinner!«

»Ich versuche, neutral zu bleiben. Das muß ich einfach.«

»Werden sie Scott den Mord an Tamara Sweet anhängen?«

»Ich habe heute morgen bei der Staatsanwaltschaft angerufen und mit Collier Hallowell gesprochen. Es ist noch zu früh für irgendwelche Vermutungen, aber ich glaube, Hallowell hat nicht genug Beweise, um ihn damit zu belasten. Der Mord ist zwölf Jahre her. Daher vermute ich, daß er in dieser Sache keine Klage gegen Kurt erheben wird.«

»Das ist doch gut, oder? Warum siehst du dann so finster aus?«

»Weil ich fürchte, daß er ein juristisches Manöver plant, das für Kurt viel gefährlicher wird. Er wird die Beweislage nutzen, um Kurt den Mord an Tamara indirekt anzulasten.«

»Ich hätte gedacht, das geht nicht – zu unterstellen, daß der Verdächtige schon einmal jemanden ermordet haben könnte und daher auch für den aktuellen Mord in Frage kommt.«

»Allgemein gesehen, stimmt das. Du darfst keine Beweismittel aus einer früheren Straftat einbringen, um damit den schlechten Charakter oder die Anfälligkeit des Angeklagten für die aktuelle Tat zu demonstrieren. Aber auch hier gibt es wieder Ausnahmen. Eine von ihnen besagt, daß du Beweismittel aus einer älteren Straftat einbringen darfst, wenn sich aus ihnen das Motiv für die Folgetat ergibt.«

»Ist das wahr?«

»Die Anklage scheint jetzt davon auszugehen, daß Kurt Tamara ermordet hat. Terry hat einen Film gedreht, der den Dingen zu sehr auf den Grund ging, also hat er sie umgebracht, um die Aufführung des Films zu verhindern. Auf diese Weise wäre der Mord an Tamara das Motiv für den Mord an Terry.«

»Aber aus dem Film geht doch gar nicht hervor, daß Kurt der Mörder sein könnte!«

»Was in dem Film über einen geheimnisvollen Freund orakelt wird, ist wahrscheinlich suggestiv genug, um als Beweismittel zugelassen zu werden. Übrigens sagt Hallowell, daß Doc Clauson, der Gerichtsmediziner, eine vorläufige Autopsie vorgenommen hat. Sein Befund bestätigt, daß der Tod vor mehreren Jahren eingetreten ist, obwohl er keine genaue Datierung vornehmen kann. Er sagt, Tamara hätte zwei Schüsse ins Becken bekommen, direkt am Fundort. Sie haben sogar eine 30.06er Patronenhülse gefunden.«

»Sag nicht, von einem Remington«, rief Paul.

»Doch. Und das weist sowohl auf Terry als auch auf Kurt. Das Problem ist, ich kann Collier nicht mit Kurt reden lassen. Er muß ja zwangsläufig annehmen, daß nur der Mörder selbst da hinaufsteigen kann, um die Überreste seiner Tat auszubuddeln. Ohnehin wird er niemals glauben, daß Kurt nur deshalb diesen Ausflug unternommen hat, weil ihm ein Felsen im Film bekannt vorkam.«

»Glaubst du es denn?«

»Ich hab mir den Film gestern abend noch einmal angesehen. Es sah tatsächlich nach derselben Wegbiegung aus, nach demselben Felsplateau. Ich hätte das nie gemerkt, aber Kurt kennt sich im Wald aus wie in einer Stadt. Der Felsen war für ihn so etwas wie die Ampel an der Straße.«

»... die uns zurück zu Terry führt«, warf Paul ein. »Und niemand weiß, wo sie am Abend von Tamaras Verschwinden gesteckt hat. Ich hab das geprüft. Sie wurde nicht einmal vernommen. Sie kannte Tamara nur deshalb, weil Tahoe für die Einheimischen eine kleine Stadt ist, und sie gingen beide gern zu Lesungen und ähnlichem Kulturkram. Zusammen sind sie nie gesehen worden, und niemand wäre darauf gekommen, daß Terry vielleicht etwas wußte.«

»Natürlich nicht. Wir haben auch nur von Kurt erfahren, daß Terry sich kurz nach Tamaras Verschwinden an ihn herangemacht hat. Die Polizei ist da im Nachteil. Zwölf Jahre sind vergangen, und der einzige, der von den dreien noch lebt, spricht nicht mit ihr.«

»Der gute alte Schweigeparagraph«, sagte Paul. »Der Angeklagte bleibt stumm wie ein Fisch, und keiner darf es ihm vorwerfen.«

»Sag nichts gegen unsere Verfassung«, meinte Nina. »Der gute alte Schweigeparagraph schützt den Angeklagten vor der Willkür des Staates.«

»Und führt immer mal wieder zum Freispruch von Schuldigen.«

»Du denkst noch immer wie ein Polizist, Paul.«

»Genau. Das macht ja meine Qualität als Ermittler für die Verteidigung aus. Und da wir gerade von meinen Qualitäten reden: Meine alten Freunde, die Polizisten, waren heute morgen hier und haben meine Aussage über die gestrigen Vorkommnisse entgegengenommen. Ich hab ihnen ganz behutsam erklärt, daß du eine plötzliche Eingebung hattest, wo er stecken könnte, und die Polizei nicht behelligen wolltest, daß du sowieso gerade in der Nähe warst und nur mal nachsehen wolltest, daß du alles in deiner Macht Stehende getan hast, um ihn zur Rückkehr zu bewegen, daß du mir eine telefonische Nachricht hinterlassen hast, ich solle kommen und für den Fall der Fälle meine Waffe mitbringen, und so weiter und so weiter. Du bist also entlastet. Sogar Kurt habe ich was Gutes gegönnt und gesagt, ich hätte nicht rechtzeitig mitgekriegt, daß er sich stellen wollte. Die Aussage ist auf Kassette aufgezeichnet. Ich hab sie hier unter der Bettdecke.«

»Danke«, sagte Nina abwesend.

»Willst du nicht danach suchen?« fragte Paul mit seidiger Stimme und schob die Decke hinunter bis zur Hüfte.

»Gib mir die verdammte Kassette. Ich hab's eilig.«

»Na gut. Wir haben später noch genug Zeit, unter der Bettdecke zu suchen.«

»Paul!«

Er reichte ihr die Kassette. »Mach dir nicht soviel Sorgen. Wenn Scott unschuldig ist, finden wir schon einen Weg, die Anklage zu kippen. Irgendwie tendiert die Gerechtigkeit dazu, sich durchzusetzen.«

»Ach ja? Ich hab auch schon von diesem ungeschriebenen Gesetz gehört. Paul … es tut mir leid, daß ich dir auf den Kopf gehauen habe.«

»Es sei dir vergeben. Entschuldige, daß ich deinen Geliebten verdroschen hab.«

»Das will ich nicht gehört haben.«

»Du hast ihn schließlich zurückgeküßt.«

Darauf hatte sie keine Antwort. Pauls Ton war scherzhaft, aber er fühlte sich verletzt und ließ sie es spüren.

Paul richtete sich auf, um ihr nachzuschauen. Als sie auf den Gang hinaustrat, verstellte ihr ein Polizist den Weg. In der Hand hielt er Papiere. »Bitte um Verzeihung, Madam! Verzeihen Sie!« Also verharrte sie gereizt und dachte wie Dorothy Parker: Was ist das wieder für eine neue Hölle? Er hielt ihr ein Schreiben unter die Nase, und da sie nicht sofort zugriff, drückte er es ihr in die widerstrebende Hand. »Bitte sehr, Madam«, sagte er hastig. »Wenden Sie sich an Collier Hallowell, wenn Sie Fragen haben. Ihr Zeugenaufruf für die Verhandlung gegen Scott.«

Paul machte sich über ihre Miene lustig. Der Polizist lächelte ebenfalls, ging an Nina vorbei und trat an Pauls Bett. »Mr. van Wagoner, nehme ich an.« Er reichte ihm gleichfalls ein Schreiben, das Paul, noch immer lachend, entgegennahm.

»Hey!« rief Paul.

»Ich wünsche Ihnen noch einen wunderschönen Tag!« sagte der Officer.

Nach dem Besuch im Krankenhaus fuhr Nina mit Bobby und Matts Kindern zum Strand, wo Matt während der Sommermonate sein Paragliding-Geschäft betrieb.

Eben erklärte er vier japanischen Touristen die Gurte, die in den Gleitschirm und in die lange Bootsleine eingehakt werden. Einer nach dem anderen nahm Anlauf, während Matt mit dem Boot startete, um sie in etlichen Metern Höhe über dem Lake Tahoe dem Abendrot entgegenschweben zu lassen.

Während Matt mit den Touristen beschäftigt war, watete Nina ins kalte, ruhige Wasser und schwamm zum erstennal in diesem Sommer hinaus. Sie durchpflügte die rötlich flirrende, gekräuselte Wasserfläche, bis sie ermüdet war, dann drehte sie sich auf den Rücken und blickte zurück zum Ufer. Sie war die einzige Schwimmerin. Aus dieser Entfernung blieben von den Leuten am Strand nur noch schwarze Umrisse. Irgendeine optische Täuschung löschte die Trennlinie zwischen Himmel und See aus, so daß sie in der Luft zu schweben schien. Ein paar Minuten lang vergaß sie ihre Sorgen und überließ sich entspannt den Fluten.

Dann versank die Sonne hinter den Bergen, und der See färbte sich dunkelblau. Sie schwamm rasch zurück, wickelte sich in ein dickes Badetuch und streckte sich auf der sandigen Decke aus. Zusammen mit den Kindern aß sie die mitgebrachten Brote und genoß den milden Sommerabend. Bob schien sich gefangen und, wie sie hoffte, die neue Wendung der Dinge verkraftet zu haben.

Gutgelaunt beobachtete sie Matt, der die Gurte der einzigen jungen Frau in der Gruppe überprüfte und dann ins Boot stieg. Das Boot startete, halb rannte die Frau, halb wurde sie geschleift. Sie klammerte sich mit ganzer Kraft an die Gurte, bis der Gleitschirm hinter ihr rauschend in die Höhe ging. An der Wasserlinie hoben ihre Füße wie durch ein Wunder ab, und der dreifarbige Gleitschirm stieg majestätisch in die Lüfte, während die Beine der kleiner werdenden Gestalt noch immer energisch strampelten. Matt blickte vom Boot aus zum Schirm hinauf, um sicherzugehen, daß alles richtig lief.

Mein guter, kleiner Bruder, sagte sich Nina im Gedenken daran, daß er sie vor gut einem Jahr aufgenommen hatte, für Bob eine Art Vater darstellte und ihnen beiden ein Zuhause bot. Er hatte mit leeren Händen angefangen und es doch so weit gebracht. Ein Studium konnte er sich nicht leisten, und keiner hatte ihm je einen Cent geschenkt. Er war allein vorwärtsgekommen, hatte Erfindergeist mit harter Arbeit kombiniert. Mit seiner entschiedenen Liebe zu Frau und Kindern überwand er Ziellosigkeit und Resignation, die ihm vor seinem Umzug nach Tahoe das Leben schwergemacht hatten.

Sie schaute dem Boot mit dem schwebenden Gleitschirm nach, der nun hoch genug gestiegen war, um noch ein paar letzte Strahlen der entschwundenen Sonne aufzufangen. Dann wendete das Boot und näherte sich wieder dem Ufer. Genauso allmählich, wie Matt die Geschwindigkeit drosselte, sank der Schirm nieder, bis er im See landete. Matt half der Fliegerin an Bord und brachte sie ans Ufer. In der rasch zunehmenden Dämmerung faltete er die Schirme zusammen, Nina sammelte die Sachen der Kinder ein und half ihnen beim Wegtragen der Abfälle. Ihre Pause war vorbei, sie war heute für die Kinder zuständig. Matt würde gleich Schluß machen und Andrea vom Frauenhaus abholen. Am Abend wollte er mit ihr essen gehen.

Später schlenderte sie in ihrem alten Seidenmantel durchs

Haus, schloß Fenster und Türen und machte alles dicht. Allmählich kehrte die innere Unrast zurück. Ihr war, als schliche da draußen jemand herum, doch wenn sie nachsah, konnte sie nichts entdecken außer den Sternen und den schwarzen Umrissen der Bäume. Als alles so gut gesichert war, wie es nur ging, lief sie durch den Flur zu den Kinderzimmern. Am rötlichen Schein der Fred-Feuerstein-Nachttischlampe erkannte sie, daß Bob noch wach war. Er sprach leise mit seinem Seehund, während Troy schon friedlich schlummerte.

»Gute Nacht, Liebling«, sagte sie und wollte die Tür schließen.

»Mom, ich hab ein Problem«, flüsterte er im letzten Moment. »Es hat mit deinem Prozeß zu tun.«

Jetzt ist Schlafenszeit, wollte sie antworten. Sie hatte schließlich genug um die Ohren.

»Kann ich mit dir über meinen Vater sprechen?«

Er hatte so zutraulich gefragt ... »Na gut«, erwiderte sie.

»Wann kann ich ihn besuchen?«

»Vorläufig nicht«, sagte Nina zögernd. »Vielleicht nach dem Prozeß. Wir werden sehen.«

»Hast du Angst vor ihm?«

»Nein.«

Troy warf sich herum, strampelte seine Decke vom Bett und schmatzte im Schlaf.

»Das ist gut. Werden wir gewinnen?«

»Das weiß ich nicht, Liebling.«

»Ich verstehe das nicht mit dieser Terry London. Warum wurde sie umgebracht, Mom?«

Sie überließ ihm die Fragen und antwortete, so gut es ging. Als sie ihm von dem Nachbarn erzählte, der Kurt in der fraglichen Nacht hatte wegrennen sehen, wurde sie von Bob unterbrochen. »Sie ist zur Schule gekommen, Mom. In der Woche, bevor es passiert ist. Sie hatte so einen großen, schwarzen Hund. Ich glaube, sie kam extra, um mit mir zu sprechen, und sie hat mir eine Menge Fragen darüber gestellt, wie ich nach meinem Vater gesucht habe.«

»Ist das wahr? Du hast in der Schule mit ihr gesprochen? Du sollst doch nicht mit Fremden ...«

»Aber sie war keine Fremde! Ich hab sie in deinem Büro getroffen, und sie sagte, sie wäre deine Freundin.« Als Nina ihre Lawine von Fragen in Gang setzen wollte, streckte Bob die Hand aus und hielt ihr den Mund zu. Das hatte er noch nie getan. Die Geste hatte den gewünschten Effekt – sie war sprachlos.

»Warte, Mom. Ich muß genau wissen, in welcher Nacht sie … du weißt schon …« Er zog die Hand weg, um sie antworten zu lassen. Seine Miene wirkte gequält.

»Das war am dreißigsten März. Kurz nachdem Paul dich fand und aus Carmel zurückbrachte.«

Bobby stöhnte. »O nein!«

»Was ist los, Bobby?«

»An dem Abend klingelte das Telefon. Kannst du dich erinnern? Ich hab gesagt, es wäre niemand dran gewesen.«

»Sie hat hier bei uns angerufen?« Nina konnte ihr Entsetzen nicht verhehlen. »Warum hast du mir das nicht gesagt?«

»Sie hat wegen meines Vaters angerufen. Darüber konnte ich nicht mit dir reden. Damit war ich doch ganz allein.«

Seine Stimme wurde ganz dünn, als wäre er den Tränen nahe. Nina sagte: »Pst. Ist ja gut. Sprich weiter und erzähl mir alles, Liebling. Ich verspreche dir, daß ich nicht böse werde.«

»Sie fragte: ›Bist du Bobby?‹, und sie war richtig froh, daß ich es war und kein anderer. Und dann sagte sie …« Er klammerte sich an Nina, als würde ihm plötzlich klar, was er mit seinem Schweigen angerichtet hatte, und stammelte hastig: »Sie sagte: ›Dein Vater ist hier zu Besuch, er möchte dich gern kennenlernen‹ …«

»Was hast du dann gemacht?«

»Als alle im Bett waren, hab ich mich rausgeschlichen und bin mit dem Fahrrad hingefahren, den Weg kannte ich schon. Ich mußte es tun, Mom. Es ging um meinen Vater!«

»Schon gut. Ich höre zu.«

»Ich kam zu ihrem Haus. In dem unteren Haus brannte Licht, und das Tor war offen. Ich stellte mein Fahrrad ab und wollte gerade reingehen, da spürte ich auf einmal eine Hand auf meiner Schulter! Wenn ich noch auf dem Fahrrad gesessen hätte, wäre ich glatt hingeflogen. Es war Onkel Matt, Mom. Er nahm das

Fahrrad und hielt mich fest. Er hat nicht mal geschimpft, so wütend war er. Dann hat er mich bis zur nächsten Ecke gezogen, wo sein Auto stand, und ich mußte einsteigen. Er hat von außen abgeschlossen und gesagt, wenn ich abhaue, versohlt er mir den Arsch. Dann war er ein paar Minuten weg. Es war nicht lange. Er schloß das Auto auf, und wir sind schnell nach Hause zurück.«

»Du bist also nicht durch das Tor gegangen? Sieh mich an! Bist du jemals durch das Tor gegangen?«

»Nein. Ehrlich, Mom. So weit bin ich nicht gekommen.«

O danke, danke, danke, Matt, daß du diesen dummen Jungen davor bewahrt hast … Aber warum hatte Matt ihr nichts erzählt? Und was hatte er dort zu suchen?

»Onkel Matt hat mein Fahrrad wieder reingebracht und mir gesagt, wie dumm das Ganze von mir war. Er sagte, die Frau wäre eine Lügnerin und sie hätte mir was tun können. Mein Vater wäre gar nicht dagewesen. Ist das wahr, Mom?«

Sie nahm ihn bei den Schultern und schüttelte ihn. »Warum hast du mir das nicht gesagt! Warum nicht?«

»Ich wollte ja, aber Onkel Matt hat gesagt, er würde selber mit dir reden. Au, du tust mir weh!«

Nina ließ ihn los, er sank zurück ins Kissen. Sie brauchte eine Minute, um sich zu sammeln. Mit größtmöglicher Beherrschung sagte sie: »Hör zu, Bob. Ich bin sehr froh, daß du mir das alles erzählt hast. Ich wollte nur, du hättest es früher getan. Ich rede mit Onkel Matt, wenn er nach Hause kommt, und wir werden alles regeln.«

»Gib mir nur wieder Hausarrest. Ich hab's verdient«, sagte Bob. Nina stand auf. In seinen Augen glitzerten Tränen. Er drückte den quietschenden Seehund an sein Gesicht, als wäre er eine tröstende Hand.

Er war eben noch ein Kind mit seinem Stofftier.

»Wir werden alles regeln«, wiederholte sie. »Mach dir keine Sorgen, Liebling.«

Er zog besänftigt die Decke ans Kinn, und sie prüfte noch einmal das Fenster, bevor sie das Zimmer verließ. Ihr Herz schlug bis zum Hals.

31

Als Matt und Andrea nach Hause kamen, war der ganze Küchentisch mit Ninas Akten belegt. Sie brachten einen Schwall kalter Nachtluft herein, traten Arm in Arm auf sie zu und dankten ihr für den freien Abend. Andrea kicherte, und Matt schwankte leicht, als sie sich mit ihrem ganzen Gewicht an ihn lehnte.

Matt warf einen Blick auf Nina und sagte: »Geh schon mal ins Bett, Andrea. Okay?«

»Wie wär's mit einem Schlummertrunk?« fragte sie mit aufreizender Stimme, legte den Arm um ihn und versuchte ihn an der Hüfte zu kitzeln. »Nicht, daß wir den noch nötig hätten. Aber trotzdem …«

Er machte sich los und sagte: »Ich komme gleich nach.«

Ihr Blick wanderte von Matt zu Nina und zurück. »Was ist denn los?«

»Nina und ich, wir müssen miteinander reden.«

»Darf ich da nicht zuhören?«

»Warum nicht?« sagte Nina. »Schluß mit der Heimlichtuerei, nicht wahr, Matt?«

»Setzen wir uns doch auf die Veranda. Hier ist es so stickig«, sagte Matt.

»Reden wir lieber hier. Ich gehe nicht raus«, sagte Nina.

»Hast du Angst vor Gespenstern? Vor Kobolden?«

»Ich bleibe hier. Und jetzt raus mit der Wahrheit, kleiner Bruder. Ich habe mit Bobby gesprochen.«

»Das sieht man«, sagte Matt. »Ich glaube, jetzt brauche ich doch einen Schlummertrunk.« Er nahm aus dem Wandschrank einen steifen Whisky, den er in einem Schluck hinterschüttete.

»Das muß ja was Schlimmes sein«, sagte Andrea. »Das letzte Mal, als du das gemacht hast, dachtest du, einer deiner Gleitschirmkunden wäre bei der Landung hopsgegangen.« Sie zog einen Stuhl heran und setzte sich.

»Ich wollte dir eigentlich alles sofort erzählen, Nina. Aber du hattest es so verdammt eilig. Du hast den Fall übernommen, ehe ich dir irgendwas erklären konnte«, sagte Matt, am Wandschrank stehend.

»Du redest nicht gern über unangenehme Dinge, Matt. Weißt du noch, als Mom und Dad sich getrennt haben? Keiner von uns hat ein Wort gesagt. Alle haben getan, als wäre nichts, dabei war es schrecklich. Damals hast du mit Drogen angefangen. Erinnerst du dich?«

»Und du hast angefangen, mit allem zu schlafen, was zwei Beine hatte«, sagte Matt. Er machte den Schrank auf und kam mit der Flasche an den Tisch. Er trug karierte Shorts und ein weißes Kapuzenhemd, sein schmales, gebräuntes Gesicht war wohlgeformt, er hatte Harlans dicken Haarschopf und die blauen Augen seiner Mutter.

»Nina, du siehst aus, als hättest du deinen besten Freund verloren«, sagte Andrea.

»Du hast vielleicht Nerven! So zu tun, als wäre ich hier das Problem!« sagte Matt. Er stellte die Flasche ab, setzte sich und schlug die Beine übereinander. Nina kannte diese Geste: Trotz. Ihr fiel der Tag ein, an dem ihre Eltern beschlossen hatten, den Hund wegzugeben und Matt sich mit ihm in Mrs. Fieldings Garage versteckte. Er war elf gewesen, sie dreizehn. Sie hatte gewußt, wo der Ausreißer zu finden war. Damals hatte er genauso ausgesehen. Sie hatte gesagt, er solle nach Hause kommen, und er hatte geantwortet, eher würde er bis nach Albuquerque laufen.

»Erzähl mir, was in jener Nacht passiert ist, Matt. Ich muß es wissen.«

»Allerdings, das mußt du.« Stockend begann er zu reden.

Als Bobby ihm von Terrys Besuch auf dem Schulhof erzählt hatte, von dem Hund und von ihren seltsamen Fragen, beschloß Matt, die Sache in die Hand zu nehmen, ohne Nina zu behelligen. Er wollte ihr unnötige Sorgen ersparen, denn alles schien ausgesprochen harmlos. Trotzdem machte er Bob Vorwürfe und warnte ihn vor Terry. Und er behielt ihn im Auge.

Ein paar Tage nach dem Vorfall in der Schule überraschte er Bob am Telefon. »Da war mir klar, daß für Bob nach dem Schlafengehen der Tag noch nicht gelaufen war«, sagte Matt. »Also hab ich in der Nacht aufgepaßt. Und tatsächlich ist doch dieser Lausejunge aus dem Bett gesprungen, hat sich zur Küchentür rausgeschlichen, aufs Fahrrad geschwungen und ist auf und davon. Ich war völlig perplex, hab mir aber die Hosen angezogen und bin ohne Scheinwerferlicht hinterher.«

»Bei ihm wundert mich gar nichts mehr«, sagte Andrea. »Ich glaube, ich brauch jetzt auch einen Schluck.« Sie goß sich einen Whisky in das Glas, das Matt auf dem Tisch abgestellt hatte, und kippte ihn hinter. »Okay, ich bin gerüstet.«

»Red weiter, Matt«, sagte Nina.

Sein erster Impuls war es gewesen, Bob zu stoppen, bevor er etwas anstellte, aber dann beschloß er, der Sache auf den Grund zu gehen. In sicherem Abstand folgte er Bob, der bei hellem Mondlicht den Pioneer Trail bergab radelte und etliche Meilen in Richtung Meyers weiterfuhr.

»Bobby liebt Landkarten«, sagte Nina. »Wahrscheinlich kennt er sich in Tahoe besser aus als wir.«

»Er bog in die Coyote Road ein und schob das Fahrrad bergauf. Ich fuhr in eine Seitenstraße, stellte das Auto ab und rannte ihm nach, um zu sehen, was er da trieb. Fast hätte ich ihn verfehlt. Er hatte das Fahrrad zwischen den Bäumen versteckt, damit es keiner entdeckte. Er öffnete das Tor, und ein Hund kam heraus, der ihm aber nichts tat. Dann ging er auf das kleine Gebäude zu, das ich durch das offene Tor sehen konnte. Ich bin hinterher und hab ihn mir geschnappt. Ich packte ihn am Kragen und brachte ihn mitsamt dem Fahrrad zum Auto. ›Was immer du vorhattest, jetzt ist Schluß damit‹, sagte ich. ›Du bleibst hier drin, bis ich zurück bin.‹ Ich schloß ihn ins Auto ein, und er sagte keinen Mucks. Er wußte genau, daß er in der Klemme steckte. Ich war stinkwütend und ging zurück, um zu sehen, was da lief.«

»Ach, wirklich?« sagte Nina.

Matt schaute sie verdutzt an. »Denkst du etwa, ich beschwindle dich?«

»Du hast Bob in Sicherheit gebracht und ihn ins Auto eingeschlossen?«

»Das sagte ich doch! Willst du es nun hören oder nicht?«

»Laß dich nicht von mir aus dem Konzept bringen«, sagte Nina.

»Aber du bist nicht durch das Tor gegangen. Du bist umgekehrt und nach Hause gefahren«, suggerierte ihm Andrea.

»Ich wollte bei Gott, ich hätte es getan«, erwiderte Matt. »Ich ging zu dem Atelier hinauf, aber sie hatte dunkle Vorhänge vor den Fenstern, durch die man nichts sehen konnte. Ich lief durch die Bäume um das Haus herum und sah die Hintertür. Da wußte ich noch nicht, wer diese Frau war, aber ich hatte den schwarzen Hund gesehen, also kombinierte ich, es war die Frau, die mit Bobby auf dem Schulhof gesprochen hatte. Ihr Wachhund war ein Witz. Er wollte mich in die Flucht lecken. – Ich hab es nicht verstanden, Nina. Eine Frau, die einen Jungen mit ihrem Hund spielen ließ. Wo war das Problem? Aber ich konnte mir beim besten Willen nicht vorstellen, was sie sich ausgedacht hatte, um Bob zu sich zu locken, und was sie mit ihm vorhatte. Je mehr ich darüber nachdachte, um so wütender wurde ich. Ich wollte ihr deutlich Bescheid geben, daß sie die Finger von meinem Neffen lassen sollte. – Ich versuchte es mit der Hintertür, und sie war offen. Also ging ich rein.«

Andrea, der allmählich klar wurde, in welche Richtung sich seine Geschichte bewegte, schüttelte den Kopf. »Hör auf! Hör sofort auf, Matt! Das geht zu weit. Du mußt am Ende noch gegen Scott aussagen!« Als Matt verstummte und den Kopf hängenließ, wandte sie sich an Nina: »Nina, tu ihm das nicht an! Zwing ihn nicht dazu, Bobs Vater ins Unglück zu stürzen!«

»Laß ihn reden«, sagte Nina. Sie stützte die Ellbogen auf den Tisch und den Kopf in die Hände. Matt goß sich einen weiteren Whisky ein. Sein Gesicht war gerötet.

»Die Verandalampe am Vordereingang war angeschaltet, aber drinnen war es dunkel«, sprach er weiter. »Sie brannte Räucherstäbchen ab. Ich hörte Geräusche von irgendwelchen elektronischen Geräten und sah rechts einen langen Tisch mit roten Lämpchen. Da kam ihre schroffe Stimme aus dem Dunkeln: ›Wer zum Teufel sind Sie?‹ fragte sie. Ich sagte: ›Machen Sie Licht, ich will mit Ihnen reden. Ich bin der Onkel von Bob.‹ – ›Zum Teufel mit Ihnen!‹ rief sie und machte keine Anstalten, sich zu rühren oder Licht anzuschalten. Ich spürte, daß sie mich sah, aber ich konnte sie nicht sehen, weil meine Augen nicht an die Dunkelheit gewöhnt waren. Ich fühlte mich bedroht, Nina.«

»Erzähl weiter«, sagte Nina. »Bis zum Ende.«

»Bob war schließlich in Sicherheit. Also beschloß ich zu verschwinden. Aber sie fragte jetzt: ›Was wollen Sie von mir?‹ Ich sagte: ›Lassen Sie Bob in Ruhe. Halten Sie sich von ihm fern, sonst können Sie was erleben.‹ Darauf sie eiskalt: ›Er ist da draußen, stimmt's? Er will seinen Vater sehen. Sie können ihn nicht daran hindern.‹ – ›Wieso nicht?‹ fragte ich. Sie antwortete: ›Weil ich hier eine kleine Familienfeier arrangiert habe. Sein Vater kommt jeden Moment, um an dem Spaß teilzunehmen. Ist Bobby draußen? Keine hastigen Bewegungen! Holen wir ihn doch einfach rein.‹ Sie kam auf mich zu, und da sah ich, daß sie mit dem Gewehr auf mich zielte. Das Komische ist, ich hatte nicht mal Angst. Ich dachte immer noch, ich käme da einfach so weg, sie würde ihren Frust, oder was es war, überwinden und mich gehen lassen. Sie winkte mich zur anderen Tür hinüber. Dann sah ich ihre Augen. Noch nie habe ich so einen Blick bei einer Frau gesehen, Nina, weder nüchtern noch betrunken. Das war die reine Mordlust. Die entfesselte Blutgier.«

Andrea saß stumm und bleich da und starrte Nina fassungslos an.

»Ich machte kehrt und lief zur Hintertür zurück. Aber ich hörte es klicken, als hätte sie das Gewehr entsichert. Sie sagte: ›Na los, holen wir ihn.‹ In dem Moment klopfte es an die vordere Tür. Die Frau stand hinter mir, das Gewehr bohrte sich in meinen Rücken. Ich glaube, sie wollte gerade abdrücken, bekam aber Angst, als es klopfte. Sie führte mich zu einem großen Schrank neben der Hintertür, schob mich hinein und sperrte die Schranktür zu. Ich hörte die Schlüssel klimpern und sie am Schloß hantieren, als es wieder klopfte. Sie sagte: ›Ein Wort, und ich bringe euch beide um.‹

Was sollte ich also tun? Ich tastete den Schrank ab, aber hinaus konnte man nur durch die Tür. Mit meinem Schweizermesser fummelte ich am Schloß, und dabei lauschte ich. Sie sprach mit einem Mann, den ich nicht kannte. Aber ich konnte mir denken, daß es der Mann war, den sie Bobs Vater nannte.«

Er stockte. Nina stieß ihn an. »Na komm, sprich weiter.«

»Dann kam ein völlig … absurder Dialog. Sie sagte, sie wolle ihm ein paar Dinge mitteilen, dann würde sie ihn seinem Sohn vorstellen. Sie wolle aber eine ›passende Umrahmung‹ dafür wählen. Dann lamentierte sie über ein Baby und meinte, alles wäre seine Schuld. Er hätte sie belogen und gezwungen, das Baby zu bekommen, er hätte sie nie geliebt. Er fiel ihr immer ins Wort und sagte, sie hätte sich alles nur ausgedacht, er hätte gar keinen Sohn, sie wäre eine Sadistin, er hätte genug von ihr, sie solle dich in Ruhe lassen und ihn auch. Ich war ganz schön geschockt, als mitten in diesem gräßlichen Wortwechsel plötzlich dein Name fiel, Nina.«

»Oh, Matt!« stöhnte Andrea.

»Sie wußte irgendwie nicht weiter, und er fing an, sie zu beruhigen. ›Ich gehe jetzt‹, sagte er zu ihr. Da änderte sich ihre Stimme, sie hatte wohl begriffen, daß er es ernst meinte. Sie sagte: ›Das wirst du nicht‹, und es entstand diese lähmende Stille, die mindestens eine Minute dauerte. Jetzt ist es um ihn geschehen, dachte ich, ich machte mich in meinem Schrank ganz klein, rollte mich zusammen wie eine Katze und fummelte weiter an dem Schloß.«

»Was hättest du auch sonst tun sollen, Matt!« sagte Andrea. Sie schüttelte fassungslos den Kopf.

»Er sagte: ›Wir sehen uns nicht wieder, Terry. Aber wenn du Nina Reilly auch nur das Geringste antust, dann komme ich noch einmal zurück. Und ich bringe dich um.‹ Wenn sie auf ihn schoß, wollte ich aus dem Schrank ausbrechen und so schnell wie möglich zur Hintertür raus. Das war mein ganzer Plan. Heldentaten waren nicht drin. Sie hätte sich sonst Bobby geholt. – Und dann hörte ich den Schuß. Die Tür knallte zu, und sie schrie.«

»Er kam zurück«, sagte Andrea. »Er kam zurück und hat sie erschossen.«

»Ich dachte an Bobby da draußen im Auto. Das Schloß klickte, und ich stieß die Schranktür auf. Sie stand direkt vorm Schrank, keinen halben Meter entfernt, hielt das Gewehr in beiden Händen und starrte ins Leere. Sie stand einfach so da, und ich versuchte mich an ihr vorbeizudrücken. Da richtete sie das Gewehr auf mich und legte den Finger an den Abzug. Sie war entschlossen, mich zu erschießen, ich hab ihre Augen gesehen, Nina. Das war unverkennbar. Mein eigener Tod. Du weißt, wie das ist, Nina. Du hast es hinter dir.«

Nina erwiderte nichts.

»Sie sagte nur ›Hiergeblieben!‹, aber ich hatte schon den Gewehrlauf gepackt. Ich wollte ihr das Gewehr entreißen, es ging hin und her, bis in die Nähe der vorderen Tür, da löste sich der Schuß. Sie zuckte zurück, ich auch, ich ergriff meine Chance und rannte durch die Hintertür hinaus.«

»Matt!« schrie Andrea auf, ihre entsetzte Stimme bildete einen seltsamen Kontrast zu Matts tonlosem Bericht.

Er legte den Finger auf den Mund und sprach weiter mit gesenktem Blick. »Ich rannte durch die Bäume am Zaun hinunter bis zur Straße, dieser dumme Hund rannte mit, ohne zu bellen, nur so aus lauter Freude. Ich kletterte über den Zaun auf die Straße und lief schnell zu Bob. Dem sagte ich, daß ich alles mit dir besprechen würde, er sah erleichtert aus. Ich glaube, er schlief sofort ein. Schließlich war es weit über seine Zeit hinaus, und er war durch die halbe Stadt geradelt. Für ihn war die Sache erledigt. Ich raste, so schnell ich konnte, nach Hause, kam durch die Küchentür, ohne Licht zu machen, und legte Bobby ins Bett.«

Matt lehnte sich erschöpft an Andrea. Sie strich ihm über die Wange und flüsterte ihm etwas zu.

Dann wandte sie sich Nina zu, und Nina sah in ihrem Gesicht denselben trotzigen Ausdruck, den sie zuvor an Matt bemerkt hatte. »Er hat es getan, um Bobby zu schützen«, sagte sie.

»Allerdings«, erwiderte Nina. »Und das tut er immer noch.« Sie stand auf, gebrechlich wie eine Invalidin, spritzte sich am Waschbecken kaltes Wasser ins Gesicht. Unfähig, ihrem Bruder in die Augen zu schauen, dachte sie an Kurt, Matt und Bob und daran, welches Unglück diese Frau über alle gebracht hatte.

»Was willst du denn damit sagen?« fragte Andrea.

Nina kam an den Tisch zurück und griff nach der Liste der Beweismittel, die sie vor der Ankunft der beiden studiert hatte. Sie schob die Liste zu Matt hinüber und sagte: »Das war aber ein schönes Märchen. Du hast ein irisches Talent, Geschichten auszuschmücken und glaubhaft zu machen, selbst wenn die Fakten dagegenstehen. Hier auf dieser Liste steht eine schwarze Baseballkappe aus Kordsamt, von der Polizei im Atelier sichergestellt. Ich hab das ganze Haus umgekrempelt, um Bobs Kappe zu suchen. Aber sie ist weg. Und zwar, weil Bob seine Kappe mit der Aufschrift *No Fear* in jener Nacht im Atelier verloren hat. Ist es nicht so, Matt? Diese Geschichte hast du von ihm, stimmt's? Was ich jetzt möchte, ist die ganze Wahrheit. Hat Bobby gesehen, daß Kurt sie getötet hat? Oder aber … hat Bobby geschossen?«

32

»Bob saß im Auto! Im Atelier ist er nie gewesen. Und ich hab dir genau erzählt, was passiert ist!« Matt stapfte durch die Küche. Nina hielt sich am Spülbecken fest. Andrea saß am Tisch und starrte beide mit umflortem Blick an.

»Seine Kappe ist ihm vom Kopf geflogen und direkt in Terrys Atelier gelandet«, sagte Nina. »Er hat keinen Schritt ohne diese Kappe getan. Wie soll ich dir also glauben?«

»Im Dunkeln hatte er aus Versehen meine genommen, als er losfuhr. Da habe ich eben seine aufgesetzt, weil es kalt war und ich nicht ohne Kopfbedeckung loswollte.«

»Tut mir leid, ich glaub dir kein Wort«, sagte Nina. »Du willst ihn decken. Ihr lügt beide.«

»Wie sollte er denn bei einer solchen Sache lügen? Hat er dir nicht gesagt, er ist kaum durch das Tor gekommen, als ich ihn auch schon erwischt hatte?«

Nina dachte nach. Bobby hatte hastig gesprochen, alles hervorgesprudelt, zu erklären versucht. Sie gestattete sich eine schwache Hoffnung. Sie hoffte, daß Matt die Kappe im Atelier verloren hatte. Sie hoffte, daß Matt es war, der Terry erschossen hatte, weil Matt ein Mann war und Bobby ein kleiner Junge. Matt konnte so etwas überstehen, Bobby nicht. »Ich werde jetzt Bob wecken und ihn fragen. Das duldet keinen Aufschub.«

»Warte«, sagte Andrea. »Du kannst ihn doch nicht hierherzerren und ins Kreuzverhör nehmen!«

»Was denn sonst, Andrea? Ich muß es wissen.«

»Ich werde ihn holen.« Andrea ging zur Tür. »Und haltet den Mund, wenn ich mit ihm wiederkomme.«

»Ich hab nicht gelogen«, sagte Matt zu Nina. »Du wirst sehen.«

Aber Nina hatte nichts dazu zu sagen. Sie zog einen Stuhl heran und stützte den Kopf in die Hände.

Kurz darauf kam Andrea und führte Bob, der sich blinzelnd die Augen rieb, behutsam in die Küche. »Trinken wir erst einmal einen Schluck Wasser«, sagte sie mit einer so sanften Stimme, daß sie sich in seinen Traum fügte. Sie füllte am Wasserhahn ein Glas und stellte es ihm hin, während Bob halb schlafend, halb wachend neben Nina auf den Stuhl sank, ein Kind im Schlafanzug, versetzt in die unwirkliche Szenerie einer nächtlichen Küche.

»Ich bring dich gleich wieder ins Bett.« Andreas Stimme war einschläfernd wie ein Wiegenlied. »Aber sag mal, mein Kleiner, wo ist denn deine Kappe? Hast du deine schwarze Kappe verloren?«

Gähnend, mit halb geschlossenen Augen griff er sich auf den Kopf. »Sie ist weg«, sagte er.

»Weißt du, wo du sie verloren hast?«

»Ich hab sie an den Haken gehängt. Dann war sie weg.« Er trank einen Schluck. »Ich brauch eine neue«, fügte er hinzu. Das Wasser machte ihn munter.

»Wir besorgen dir eine«, sagte Andrea. »Was für eine willst du?« Sie nahm ihn beim Arm und zog ihn vom Stuhl hoch.

»Wieder dieselbe. Mit *No Fear* drauf. Mom kennt den Laden, wo es die gibt.« Er beugte sich über seine Mutter und fiel ihr wie betrunken in die Arme. »Nacht, Mom.« Er küßte sie auf die Wange, und Andrea brachte ihn zurück ins Bett.

»Zufrieden?« fragte Matt.

Andrea kam zurück. Die Uhr im Wohnzimmer schlug eins. »Morgen ist ein neuer Tag. Dann überlegen wir, was zu tun ist.«

»Der Prozeß fängt in einer Woche an, und jetzt erfahre ich, daß mein Mandant unschuldig ist«, sagte Nina. »Von Rechts wegen muß ich sofort mit der Staatsanwaltschaft reden. Sie wird den Prozeß absagen ...«

»Und Matt verhaften lassen«, sagte Andrea, als säße er nicht neben ihr.

»Es war Notwehr! Matt kann erklären ...«

»Er hat aber keine Beweise«, fiel Andrea ihr ins Wort. »Er hat sich nicht gestellt, und sie werden ihm nicht glauben. Sie werden ihn verhaften. Er muß ins Gefängnis!«

»Ich kann ihn gegen Kaution rausholen ...«

»Genauso wie Kurt, oder? Was ist, wenn er wegen Totschlag verurteilt wird? Wenn er in irgendeinem Gefängnis landet?«

»Wir können auch Kurt nicht im Gefängnis lassen. Du hast keine Ahnung, was das in ihm anrichtet.«

»Du willst lieber Matt im Gefängnis haben als ihn?« So hatte Nina ihre Schwägerin nie erlebt. Sie trug immer noch das nette Blumenkleid vom Abendessen, aber an ihr war nichts Nettes mehr. Sie stand hinter Matt, die Hand auf seiner Schulter. Nina hatte den Eindruck, daß sie vor nichts zurückschrecken würde, um Matt zu schützen.

»Natürlich nicht, Andrea! Um Gottes willen.«

»Sie werden Bob als Zeugen aufrufen. Dann kommt vielleicht die Kappe zur Sprache. Und sie werden ihm nicht glauben. Du hast ihm auch nicht geglaubt. Und du bist die Mutter!« Ihre Stimme wurde schrill. »Wenn du Matt auch nur ein Haar krümmst!« schrie sie.

»Hör auf!« sagte Matt, preßte ihren Arm und schaute zu Nina hinüber. »Schluß damit! Nina muß selbst entscheiden, was sie zu tun hat.«

Andrea ließ den Kopf auf Matts Schulter sinken und begann zu schluchzen.

»Ich helfe dir, Matt, ich verteidige dich ...«, sagte Nina und war kurz vor dem Zusammenbruch.

Matt streichelte seiner Frau den Kopf. »Ich wollte mich ja stellen. Es ist nur so ... ich fühle mich immer noch wie vorher ... bevor ich einen Menschen umgebracht habe. Jeder Tag, den Scott im Gefängnis zubringen muß, ist auch für mich eine Qual. Glaub mir, Nina! Ich wollte es dir noch vor dem Prozeß sagen – oder wenigstens vor dem Urteil. Das glaubst du mir doch. Oder?«

»Natürlich.«

»Ich nehme alles auf mich, was immer jetzt geschehen muß.«

»Was sollen wir denn jetzt tun, Matt? Hilf mir. Überlaß mir nicht die ganze Verantwortung.«

»Ich weiß nicht«, sagte er. »Ich hatte daran gedacht, Andrea und die Kinder ins Auto zu packen und irgendwo neu anzufangen. Aber sie würden mich sicher aufspüren, und wir müßten ständig in Angst leben. An Selbstmord hab ich auch gedacht. Aber das will ich meinen Kindern nicht antun. Ich bin in deiner Hand. Ich weiß, ich kann dir vertrauen, Nina.«

»Komm, gehen wir ins Bett«, sagte Andrea und zupfte ihn sacht am Ärmel.

Sie will ihn von mir wegholen, dachte Nina. Ich kann's ihr nicht verübeln. Wortlos stand er auf und ging zur Tür. Nina sah seinen schwermütigen, resignierten Blick, bevor er sich wegdrehte.

Kaum war Matt draußen, stellte sich Andrea vor Nina auf und flüsterte, kalkweiß im Gesicht: »Das ist deine Schuld. Du hast ihn da reingezogen, weil du Bob nicht gesagt hast, wer sein Vater ist. Du hast Bob damit in Gefahr gebracht, und Matt wollte dir nur helfen, als er ihm nachgefahren ist. Jetzt bist du dran, egal, was kommt. Hast du mich verstanden?«

»Was soll ich denn tun?« fragte Nina erneut.

»Du bist doch die großartige Anwältin. Denk dir gefälligst was aus. Die Familie steht an erster Stelle. Hörst du? Schütze deine Familie, so wie Matt Bob geschützt hat.«

Gegen ein Uhr war die Mitternachtsshow »Hallo, Hollywood« im Caesar auf dem Höhepunkt. Paul hatte im Krankenhaus so viel geschlafen, daß er jetzt kein Auge zubekam. Deshalb war er hinuntergegangen, um zu sehen, was sich im großen Ballsaal so tat.

Etwa dreißig Revuegirls schwenkten die Beine, ihr Kopfputz aus Rüschen, Federn und Flitter war die wesentliche Kostümierung. Alle waren jung, schlank und begeisternd, mit kleinen, wippenden Brüsten. Der Kavalier, der vor den Tänzerinnen auf und ab stolzierte, sang »At the Copa … Copacabana …«. Paul war sich ziemlich sicher, daß Copacabana weit von Hollywood entfernt lag, aber der Song war gerade richtig, um aus den Mädchen rauszuholen, was sie zu bieten hatten, und Pauls Tisch stand weit vorn an der Bühne.

Das dritte Mädchen von links hatte ihm ein eindeutiges Lächeln gesandt, da war er sich ganz sicher, und sie sah auch wirklich umwerfend aus. Ihre Beine waren wie lange, gebräunte

Mohrrüben – nein, keine Mohrrüben, damit tat er ihnen unrecht –, eher wie schlanke Glasvasen, in denen eine einzige Rose steckte. – Das war schon besser, aber nicht gut genug, Vergleiche waren nicht seine Stärke ... War das nicht auffällig, wie sie versuchte, seinen Blick einzufangen? Er legte die Hand aufs Herz und zeigte dann auf die Armbanduhr, um ihr zu signalisieren, daß er nach der Show auf sie warten würde.

Wieder dieses blendende Lächeln, als sie mit den anderen Girls eine Art Hula-Bewegung machte. Die laute Musik, die flirrende Beleuchtung und der Jack Daniel's taten das Ihre, daß er fast wieder zu seinem alten Selbst zurückfand. Behutsam betastete er die Stelle, wo ihn Nina mit dem Stein getroffen hatte.

Neuerdings waren ihm gewisse Zweifel gekommen, ob nicht Nina doch in ihren Mandanten verliebt war. Er hatte da oben am Berg gesehen, wie Scott sie geküßt und sie sich ihm dargeboten hatte, den Kopf so weit zurückgeworfen, daß ihr seidiges Haar fast den Boden berührte, die Augen geschlossen, die weiße Kehle entblößt, und ihre vollen Lippen hatten irgendwelche Dummheiten gestammelt oder Präzedenzfälle zitiert, weiß der Teufel ...

Die Show war zu Ende. Paul machte sich auf den Weg hinter die Bühne und dachte daran, daß er sich schon einmal mächtigen Ärger bei so etwas eingehandelt hatte. Der Rausschmeißer, der die Garderobe bewachte, blickte ihm finster entgegen, doch Paul sagte »Bin verabredet« und durfte einen Blick durch die Tür werfen, um ihr zuzuwinken.

Dreißig Showgirls schwatzten und lachten, kleideten sich an, kämmten sich das Haar, überall nackte Haut, weibliche Rundungen ... Ohne den blauen Kopfputz würde er sie nie im Leben wiedererkennen.

»Hallo, Paul«, rief ihm Doreen Ordway zu, schon ausgehfertig im Minirock und mit einem Lächeln, das ganz allein ihm zugedacht war. »Kennst du mich noch?«

»Uma Thurman? Nicole Kidman?« Diese blonden Strähnen in ihrem langen, welligen Haar ... natürlich kannte er sie! »War wirklich eine tolle Show!«

»Ganz schön albern«, sagte sie und strich sich geschmeichelt durch die Frisur. »Ich sterbe fast vor Durst. Wollen wir gehen?«

»Ich brauche einen doppelten Kamikaze«, sagte Doreen zum Kellner der Bar nebenan, als sie sich an einem kleinen Glastisch niedergelassen hatten. »Keine Zeitverschwendung.«

»Und eine Margarita für mich«, ergänzte Paul. »Ohne Salz.«

»Marnagrita!« sagte Doreen und kicherte. »So heißt das hier nach Mitternacht.«

»Ist dein Mann auch da?«

»Natürlich nicht!« rief sie. »Er will nicht, daß ich tanze. Aber die Bezahlung ist gut, und wir brauchen das Geld. Meine Freundin Ginny wohnt in Minden, gleich in der Nähe der Ranch. Sie ist heute dran mit Fahren. Da drüben am Black-Jack-Tisch sitzt sie und verspielt ihre Gage. Um halb drei jedenfalls geht's nach Hause. Wohnst du im Caesar?«

»Nur ein paar Stock höher«, sagte Paul. Sie himmelte ihn an und klimperte mit den Wimpern wie eine Frau, die nur eine Stunde Zeit hat, um sich zu betrinken und flachlegen zu lassen. »Ist ja Schwerarbeit, diese Tanzerei.«

»Allerdings. Versuch du mal, die Beine über den Kopf zu kriegen, und das mit Stöckelschuhen. Ich nehme Ballettunterricht und gehe zweimal in der Woche zum Krafttraining.«

»Hat dein Mann nichts dagegen – ich meine, das Kostüm?«

»Er war noch nie hier«, sagte Doreen. »Er weiß nicht, daß ich oben ohne auftrete. Er würde nie von der Ranch wegkommen, wenn er nicht ab und zu auf die Viehmesse müßte.«

Die Drinks wurden serviert. Doreens Glas war ein Vulkan aus Rot und Schwarz, seines war groß wie ein Aquarium. Sie trank, als käme sie geradewegs aus der Wüste, und sagte: »Dir hat also die Show gefallen, Kleiner?«

»Du warst Spitze. Ehrlich, ich hatte nur noch Augen für dich.«

»Das hab ich gemerkt.«

Ein bißchen verspätet hob Paul das Glas und brachte seinen Toast aus, »Auf alle schönen Tänzerinnen!«, was ihm einen schmelzenden Blick einbrachte. »Es macht dir also nichts aus, daß du die Familienkasse ein wenig aufbessern mußt?«

»Im Gegenteil! Ich komme aus dem Haus, weg von den Kindern und kann dreimal die Woche hiersein, wo soviel los ist, und dazu noch tanzen. Was will man mehr?«

»Da staune ich aber, daß die Ranch nicht soviel abwirft. Mike hat doch einen guten Ruf als Rancher, wie ich so höre …«

»Du meinst Michael? Wir sind so gut wie bankrott, Paul. Er zahlt den Hilfskräften zuviel und riskiert nichts. Er hat uns so tief in die Schulden reingewirtschaftet, daß wir nie wieder rauskommen.« Ihre eben noch verführerische Miene verdüsterte sich, und sie erledigte den zweiten Vulkan.

»Kann er nicht verkaufen, irgendwas anderes anfangen?«

»Spinnst du? Die Ranch ist das einzige, was er jemals wollte. Aber er schafft's einfach nicht. Paul, ich wollte dich was fragen. Hat dein Partner was mitgenommen, als ihr bei uns wart?«

»Das wäre ja glatter Diebstahl«, sagte Paul.

»Ich wollte es nur wissen«, erwiderte Doreen. »Mir sind da ein paar Kleinigkeiten abhanden gekommen.«

»Die Handschellen?« fragte Paul. »Fesselst du – oder läßt du fesseln?«

»Wie wär's, wenn du das selber rausfindest, Kleiner?«

Paul erwog ihren Vorschlag. Sie leerte das Glas und bestellte ein neues.

»Keine schlechte Idee«, sagte er schließlich. »Mein Partner hätte nichts einstecken dürfen. Ich hab sie oben in meinem Zimmer. Eigentlich müßte ich sofort los und sie runterholen. Andererseits würde ich sie ganz gern behalten. Ich stell mir vor, wie du sie trägst – zusammen mit dem Fummel aus der Show. Oder vielleicht sollte ich sie deinem Mann geben, damit er mal erfährt, was du für eine Schlimme bist – wenn er's nicht schon weiß.«

»Ärger mich doch nicht, Paul! Was willst du nun? In dein Zimmer oder nicht?« Sie senkte die Stimme und beugte sich vor, um ihm einen Blick in ihren Ausschnitt zu gönnen. »Na komm! Eine Stunde hab ich Zeit.«

»Gleich«, sagte Paul. »Erst muß ich wissen, was in der Nacht lief, als Tam verschwand.«

»O Gott, allmählich ödest du mich an! Ich hab es satt, ständig über Tam zu reden. Die existiert nicht mehr, und daran ändert sich nichts. Auch wenn sie ihre Knochen gefunden haben.«

»Ist es denn so schrecklich, wenn du mir erzählst, was wirklich passiert ist?« fragte er. »Dann können wir uns den schönen Dingen zuwenden.« Er langte unter den Tisch und ließ die Hand auf ihrem Schenkel nach oben wandern, bis sie anfing zu kichern.

»Na dann beeil dich. Was willst du wissen?«

»Du warst mit Mike und Tamara bei Manny's. Es war kalt draußen, und es hat geschneit. Sie hat Mike ihr Bier ins Gesicht geschüttet ...«

»Michael, meinst du«, verbesserte sie ihn. »Er hat es verdient, wenn man so will. Er hat was Übles zu ihr gesagt, obwohl sie schon miese Laune hatte. Weil sie Krach hatte mit ihren Eltern. Wir waren alle ziemlich voll. So wie jetzt.« Sie blickte auf ihr leeres Glas. »Er war eifersüchtig. Er war noch scharf auf sie, und sie wußte das. War wirklich widerlich, wie sie mit ihm gespielt hat. Sie sagte, sie wollte sich was reinziehen, und er wollte sie nicht weglassen. Sie wollte telefonieren gehen, und er hat sie am Arm gepackt und festgehalten. Sie hatte das Glas in der Hand, da hat sie eben so reagiert.«

»Wen wollte sie anrufen?« fragte Paul so beiläufig wie möglich.

»Ihren Neuen. Sie sagte, er würde ihr alles besorgen, was sie wollte. Gehört hab ich zwar nichts, aber wer soll es sonst gewesen sein? Sie rief an, und weg war sie. Michael hat geheult, also stieg ich mit ihm in sein Auto und hab ihn getröstet. Es war unser erstes Mal. Keine Glanznummer von ihm. Ich stieg aus, ging rüber zu meiner eigenen Karre und fuhr nach Hause.«

»Ihr seid also nicht noch zwei Stunden geblieben, wie ihr im Film und in eurer Zeugenaussage erklärt habt?«

»Zwei Stunden? Vielleicht zwei Minuten! Fahren wir nun hoch oder nicht, Kleiner?«

»Hat sie nie gesagt, wer ihr neuer Freund war?«

»Nein. Michael hätte ihn verpfeifen können. Sie hat Pillen eingeworfen. Erst welche zum Aufdrehen, dann welche für die sanfte Landung. Das hat sie uns erzählt.«

»Wie ich mich kenne«, sagte Paul, »hätte ich's garantiert auch mal ausprobiert. Nur so zum Spaß.«

»Hab ich nie. Auch Michael nicht. Sie hat's uns nicht angeboten, und wir haben nicht gefragt. Gekifft haben wir, das schon. Aber sonst nichts.«

»So viele offene Fragen«, sagte Paul. »Noch ein Glas?«

»Einen einfachen diesmal«, erwiderte Doreen. Sie legte ihm die kleine weiße Hand mit den spitzen Fingernägeln auf den Arm. »Und dann bring mich nach oben! Oder willst du etwa nicht, Paul?« Sie zog die Hand weg und legte sie zurück in den Schoß. Da unten war sie heiß wie ein Backofen.

»Klar will ich«, sagte Paul.

Ihr Drink wurde im Handumdrehen serviert. »Die kennen mich«, sagte Doreen. »Sag mal, du nimmst doch das nicht auf, oder?«

»Wo denkst du hin!«

»Dann ist's gut. Weil ... was ich jetzt sage ... das heißt ja nicht, daß ich's noch mal sage.«

Doreen geriet in ein Stadium der Betrunkenheit, in dem ihr Verstand abschaltete und der Körper das Kommando übernahm. Sie kicherte schon wieder, obwohl Paul nichts gesagt hatte.

Vielleicht war Michael Ordway hinter Tam hergefahren? Vielleicht war sie gar nicht so weit gekommen, sich mit dem Neuen zu treffen?

Oder hatte Doreen sie umgebracht? Sie hatte so etwas Unersättliches an sich, eine gewisse Maßlosigkeit. Sie war scharf auf Ordway gewesen, aber der wollte Tamara.

»Ich warte! Wenn du nicht kannst, steig runter vom Topf«, sagte Doreen.

»Was für ein leckerer Vergleich!« erwiderte Paul. »Leider kann ich dich nicht mit nach oben nehmen.«

»Wo fehlt's denn, Kleiner?«

»Ich hab fürchterliche Kopfschmerzen«, sagte Paul. Die hatte er Nina zu verdanken.

»Dann verpiß dich!« Ihre Augen verengten sich zu Schlitzen.

Paul stand auf, und sie ging an den nächsten Tisch, wo sie bereits einen Texaner ins Auge gefaßt hatte. Auf dem Weg zum Fahrstuhl fragte sich Paul gleichgültig, ob sie es wohl bis halb drei schaffen würde.

33

Obwohl South Lake Tahoe die mit Abstand größte Stadt des County El Dorado war und El Dorado eines der größten Counties in Kalifornien, war Placerville früher einmal die größere Stadt gewesen, damals, als die reißenden Gebirgsbäche der Umgebung nur so von Nuggets gestrotzt hatten. Bevor die Bürger ihre Stadt umbenannten, hatte sie Hangtown geheißen, und niemand konnte genau sagen, wie viele Goldgräber an der großen Eiche vorm Rathaus hatten baumeln müssen. Sonntags kamen die Touristen aus den nebligen Tälern der Umgebung, um »Hangtown Fry« – ein Pfannengericht aus Eiern, Austern und Speck – zu essen, die alten Schächte zu besichtigen und im städtischen Museum die Andenken an den Pony-Expreß in Augenschein zu nehmen.

Aber Nina war heute nicht auf einem Vergnügungstrip. Die Juniluft wurde immer heißer, während sie zwölfhundert Meter Gefälle und hundert Kilometer Entfernung nach Placerville zurücklegte. Die Fenster hatte sie geöffnet, um die Düfte der Sierra einzufangen.

Sie war vor Sonnenaufgang wach geworden, hatte sich mit dem Kaffee auf die Veranda gesetzt und ihren Gedanken nachgehangen, ohne die Umgebung recht wahrzunehmen. Als die Sonne aufging, verschwanden die Tautropfen auf dem Zaun, den Matt errichtet hatte, und erzeugten einen feinen Dunst. Der Wald schien sich zu regen und zu recken, als die ersten warmen Strahlen durch die Zweige drangen.

Sonnenaufgang – der Moment, an dem die Hoffnungen am größten sein sollten. Sonnenaufgang – die Zeit der Exekutionen und Duelle.

Nina mußte eine Entscheidung treffen. Kurt oder Matt ... Matt oder Kurt. Wie konnte sie einen Unschuldigen auch nur einen Tag länger im Gefängnis leiden lassen? Wenn ihr Anwaltsberuf überhaupt einen Sinn hatte, dann den, daß sie keine Informationen zurückhalten durfte, die ihren Mandanten entlasteten. Zudem machte sie sich strafbar, wenn sie Matts Aussage der Polizei vorenthielt. Mit Paul oder Sandy konnte sie das nicht bereden, weil sie damit zu Mitwissern wurden. Aber sie konnte zu Collier Hallowell gehen und um Gnade betteln.

Aber ... Matt würde verhaftet werden. Sie sah keine Möglichkeit, ihm die Anklage wegen Totschlags zu ersparen. Sie, die große Schwester, hatte ihn in der Kindheit immer in Schutz genommen. Möglich, daß er den Prozeß nicht durchstand. Möglich, daß er etwas ... Unüberlegtes tat. Er traute der Rechtsordnung nicht, der sie sich verschrieben hatte. Und wenn sie ihn ins Gefängnis brachte, würde er ihr das nie verzeihen, selbst wenn er sich die größte Mühe gab. Bob als unfreiwilliger Zeuge, vielleicht sogar als Tatverdächtiger – ihre Familie wäre zerstört.

Wie konnte das geschehen? Sie hielt sich jeden Konflikt vor Augen, jedes Vorkommnis, seit Bob vor ein paar Monaten beim Picknick am verschneiten Strand nach seinem Vater gefragt hatte. Ihre Reaktionen darauf waren immer problematisch gewesen, aber sie hatte ihr Bestes gegeben. Sie hatte ihm helfen wollen. Was hatte sie falsch gemacht? Was konnte sie jetzt tun?

Der Gedanke kam ihr, als sie im Schaukelstuhl auf der Veranda saß und nicht mehr weiterwußte: Sie mußte mit Kurt sprechen. Sie mußte ihm Matts Geschichte anvertrauen. Sie mußte ihm von Bob erzählen. Er hatte ein Recht darauf.

Um neun Uhr fünfzehn bog sie von der Main Street zum Gefängnis ab und wurde sofort in den Sicherheitsbereich eingelassen. Die Atmosphäre in diesem Gefängnis machte sie beklommen. Hier kannte man sie nicht. Kurts Lage war noch schwieriger geworden – jetzt war er ein Ausbrecher. Er hatte einen Beamten auf dem Transport angegriffen. Obwohl der Wachmann mit ein paar Beulen davongekommen war, würden ihn die anderen dafür büßen lassen, zu Recht oder nicht.

Als der Schließer ihn hereinführte, setzte sich Kurt, ohne Nina anzusehen. Diesmal gab es keine Trennscheibe, nur ein Flechtgitter. Ein Beamter saß keine sechs Meter entfernt an einem Schreibtisch und las die Zeitung.

Kurts Nase war noch verbunden. Paul hatte ihm zwei Veilchen verpaßt und die Wange zerschrammt.

»Kurt?«

Er seufzte und blickte auf. »Hallo, Nina.«

Sie setzte dazu an, ihm alles zu sagen.

Und verlor den Mut. Vielleicht sollte sie nicht gleich zum Thema kommen …

»Der Arzt meint, du bist in ein paar Tagen wieder in Ordnung«, begann sie. »Wie fühlst du dich?«

»Wie ich mich fühle? … Gut, daß du mich noch besuchst, nachdem ich das angestellt habe.«

»Die Knochen wurden als Überreste von Tamara Sweet identifiziert. Sie wurde mit zwei Schüssen getötet. Die Staatsanwaltschaft hat die Ermittlungen aufgenommen.«

»Die denken, daß ich Tamara umgebracht habe.«

Mehr konnte sie ihm auch nicht dazu sagen, also überließ sie ihm die Fragen.

»Wie geht's Paul?« fragte er.

Überrascht fragte Nina zurück. »Paul? Er arbeitet weiter an dem Fall. Er schämt sich sehr, daß er sich so vergessen hat. Aber es fehlt ihm nichts.«

»Dann ist's gut.«

»Du mußt nicht unbedingt höflich sein!«

»Ich habe schließlich angefangen«, sagte er – genau wie Paul. »Bist du … und Paul …?«

Nina blickte verlegen zur Seite.

»Geht mich ja nichts an.«

»Nein, das ist es nicht. Sagen wir, es ist alles in der Schwebe.«

»Er glaubt mir nicht, oder?«

Ohne jeden Anlaß befiel sie plötzlich ein neuer Verdacht. Terry hatte er nicht umgebracht. Aber was war mit Tamara?

»Was ist?« fragte Kurt, als er sah, daß sich ihr Ausdruck änderte.

Nina hatte Bauchschmerzen. Die Entscheidung, ihm alles zu erzählen, konnte falsch sein. Möglich, daß er nicht dichthielt. Sie mußte verrückt sein, Matts Schicksal in die Hände dieses Mannes zu legen. »Es ist ein Problem, daß du Tamara gefunden hast«, sagte sie abrupt. »Ich hab den Film noch einmal gesehen und den Felsen wiedererkannt. Du hattest recht, es war derselbe Felsen. Aber es ist eine außergewöhnliche Gedächtnisleistung, daß du dich an ihn erinnerst.«

»Ich sagte dir doch: Für einen Forstarbeiter sind die Bäume, die Steine und die Bäche wie die Möbel in der eigenen Wohnung. Die kennt man einfach.«

Sie wollte ihm ja so gern glauben.

»Arme Nina«, sagte er. »Es tut mir so leid.«

Sie wußte nicht, was sie erwidern sollte. Innerlich war sie zerrissen. Sie war unaufrichtig zu ihm, und er versuchte sie zu trösten. Noch heute konnte er entlassen werden, als freier Mann, wenn sie nur …

»Ich muß los«, sagte sie. »Übermorgen komme ich wieder, dann sprechen wir den Prozeß durch.«

»Es sind nur noch ein paar Tage bis dahin. Ich weiß, daß du tust, was du kannst.«

»Bevor ich gehe, will ich dir noch etwas sagen, Kurt.«

Er wartete.

»Du sollst wissen, daß ich dir glaube. Ich glaube dir, daß du Terry nicht umgebracht hast.«

»Danke. Ich weiß nicht, warum du mir traust, aber es bedeutet mir sehr viel.« Seine Stimme kippte ein wenig ab, als er das sagte.

Nina gab sich einen Ruck. »Das ist noch nicht alles«, sagte sie entschlossen.

»Was ist passiert? Es muß etwas Schlimmes sein, so wie du mich anschaust.«

»Wenn ich nur wüßte, wo ich anfangen soll«, sagte sie. »Ich … ich weiß, daß du nicht auf Terry geschossen hast, weil ich weiß, wer es getan hat und warum. Ich bin gekommen, um dir zu sagen, daß …«

»Gott sei Dank!« rief Kurt. »Du meinst, ich komme hier raus? Wer hat sie umgebracht? Wie hast du das rausgefunden? Wann kannst du mich rausholen?« Er stand auf und kniff Augen und Mund zusammen, als würde er sich von einem unerträglichen Schmerz befreien. Er wandte sich ab und blickte an die Wand.

Sie sah seine Schultern beben, und ihre Augen wurden feucht.

Als er schließlich wieder ans Gitter kam, sagte er: »Das ist so ein Schock! So eine Erleichterung. Was ich alles in mir ...«

»Ich verstehe dich.«

Kurt bemerkte ihren gequälten Ausdruck, und sein Jubel verwandelte sich in Bestürzung.

»Es sind noch ein paar mehr Dinge, die ich dir sagen muß, Dinge, die mir sehr schwerfallen. Also fange ich mit etwas an, was ich dir lange verschwiegen habe. Es ist etwas sehr Wichtiges.« Sie atmete tief durch.

»Du hast einen Sohn, Kurt. Er ist unser Sohn. Er ist elf, geht in die sechste Klasse und ist ziemlich groß für sein Alter. Ich war schwanger, als du weggingst, und ich war so böse auf dich, daß ich Bob nie von dir erzählen wollte. Es war nicht richtig von mir. Ich bin dir nicht mehr böse. Ich verstehe ...«

Zu ihrem Erstaunen sagte Kurt mit ruhiger Stimme: »Ich weiß von meinem Sohn, Nina. Ich bin so gespannt auf ihn. Er hat mir zweimal geschrieben. Ich konnte es dir nicht sagen. Ich hatte Angst, du würdest es ihm verbieten.«

Sie drückten die Köpfe ans Gitter und sprachen so vertraut miteinander wie alte Freunde oder Geliebte.

»Dieser kleine ... Schlaukopf!« sagte Nina.

»Das Gefühl kann ich dir nicht beschreiben, als ich seinen ersten Brief öffnete. Seinetwegen lohnt es sich weiterzuleben. Ich hab ihm geschrieben, er soll mich nicht im Gefängnis besuchen. So darf er mich nicht sehen. Für den Fall, daß ich verurteilt würde, wollte ich auf alles verzichten. Aber jetzt – hast du ein Foto von ihm?«

Nina hielt sein Schulfoto aus der fünften Klasse ans Gitter, damit Kurt es betrachten konnte. Bob lächelte etwas gezwungen, sein Kinn und seine Augen beherrschten das Bild, sein Blick war klar und wach. Kurt schaute lange auf das Foto, ohne etwas zu sagen.

Sie schob es zurück in ihre Aktentasche. »Ich gebe es beim

Schließer für dich ab, Kurt. Du sollst es haben. Aber ich muß dir noch mehr sagen.«

»Er sieht aus wie ich«, sagte Kurt. »Er sieht mir so ähnlich. Erzähl mir von ihm!«

Also erzählte sie von ihm, von der Schule, den waghalsigen Manövern auf dem Skateboard und anderen Kleinigkeiten. Sie hatte vergessen, daß Kurts Augen so leuchten konnten. Für fünf Minuten vergaßen beide, wo sie waren.

Schließlich sagte Nina: »Jetzt muß ich aber das andere loswerden.«

»Sprich nur. Was immer du willst.«

Nina redete lange. Er sollte alles erfahren, also begann sie mit dem Picknick, schilderte Bobs Ausflug nach Monterey, die Geschichte mit Terry, mit Paul, und am Ende berichtete sie ihm unter Qualen von dem Geständnis, das Matt ihr in der vergangenen Nacht gemacht hatte. Dabei konnte sie ihm nicht ins Gesicht sehen. Ihre Gefühle waren zu durcheinander.

Als sie aufblickte, starrte Kurt zu Boden – mit demselben verzagten Blick, den sie am Morgen in ihrem Spiegel gesehen hatte, mit dem Blick eines Menschen, der ein Problem hat – ein so großes Problem, daß es seine Kräfte oder sein Fassungsvermögen übersteigt.

»Da bin ich nun. Ich hab dir alles erzählt, was ich weiß. Ich bin deine Anwältin, und es war meine Pflicht, das zu tun.« Aber die Erleichterung, die sie sich davon erhofft hatte, blieb aus. Sie fühlte Wut in sich aufsteigen, und sie suchte nach einem Ausweg, aber es gab keinen.

»Danke«, war alles, was er herausbrachte, und sie wußte, daß er sie wenigstens verstanden hatte.

»Es ist so furchtbar«, sagte sie.

»Ich verstehe nicht, warum meine Freiheit einen so hohen Preis hat. Warum meine Freiheit mit dem Glück deiner Familie bezahlt werden muß. Wir könnten nicht mehr froh werden miteinander. Keiner von uns.«

»Ja.« Sie konnte es nicht glauben. Er dachte nicht daran, sich zu befreien, zurück nach Deutschland zu fliegen und alles zu vergessen; er dachte nur an ihr und Bobbys Glück.

»Ich bin froh, daß Bob mich nie gesehen hat und daß keine Bindung entstanden ist«, sagte er plötzlich und drehte sich weg. »Nina, ich möchte, daß du gehst und alles vergißt, was Matt gesagt hat.«

»Du darfst dich nicht opfern. Das lasse ich nicht zu.«

»Ich bin hier überflüssig«, sagte er. »Ich habe niemanden, abgesehen von Bob, und er kennt mich kaum. Er liebt Matt und dich. Du und deine Familie, ihr gehört zusammen.«

»Warte, Kurt, warte! Sprich mit mir!«

Er zögerte lange, dann wandte er sich ihr wieder zu.

»Ich werde mit dem Staatsanwalt sprechen. Das muß ich tun.«

»Tu's nicht.« Kurt schüttelte den Kopf. »Ich werde ihm sagen, daß du lügst, um mich zu decken und Verwirrung zu stiften. Er weiß doch über uns Bescheid, oder nicht, Nina? Er weiß, daß du lügen könntest, um mich zu retten. Ich werde ein Geständnis ablegen.«

»Hör zu. Vielleicht gibt es einen anderen Weg.« Sie hatte den Fall von Anfang bis Ende durchdacht, und obwohl sie diese Reaktion nicht von Kurt erwartet hatte, blieb sie doch die, die sie war. Und darauf konnte sie sich verlassen. »Was hältst du davon, wenn wir Matt kein Wort glauben? Wenn wir einfach in den Prozeß gehen? Es dauert nur noch eine Woche. Könntest du den Prozeß durchstehen, was meinst du?«

»Klar kann ich das«, sagte er, und da war wieder dieses Lächeln, das sie so liebte – oder hatte sie sich eben neu in ihn verliebt? »Damit du eine Chance hast, deine Zauberkünste zu erproben. Wenn du es schaffst, schaffe ich es auch.«

»Das ist so großzügig von dir«, sagte Nina. »Du machst mir wieder Mut.«

»Und wie steht es mit deinem Bruder? Zieht er da mit?«

»Er rechnet damit, heute verhaftet zu werden. Mit allem, was ihm das erspart, wird er fertig. Ich hätte in jener Nacht zu Terry fahren müssen, nicht Matt. Er wollte mir und Bobby helfen, obwohl er selber eine Familie zu versorgen hat, weil ich keine Zeit hatte, auf meinen eigenen Sohn aufzupassen. Es ist nur passiert, weil er Bobby schützen wollte. Er war immer mitfühlend und sensibel. Die Sache macht ihm schwer zu schaffen.«

»Richte ihm aus, ich bin froh, daß sie ihn nicht erschossen hat«, sagte Kurt. »Danke ihm, daß er Bobby das Leben gerettet hat. Das denke ich nämlich. Wir hatten alle Glück.«

Es fiel ihr schwer, ihn zu verlassen. Sie war einen gewaltigen Schritt weitergekommen. Beim Abschied war ihr klar, sie würde mit dem Wissen in den Bronco steigen, daß sie eine Straftat beging. Man würde ihr die Lizenz entziehen. Sie würde Kurt und Matt verlieren, ihren Beruf und ihre Reputation. Die Polizei würde alles rauskriegen. Gar keine Frage.

Viertes Buch

Seit drei Jahren vermißt: Deirdre

Nach einem Tag im Eisstadion von Squaw waren sie zu diesem großen Haus in der Nähe von Tahoe City gefahren, das hoch auf dem Felsen thronte und Rays Eltern gehörte. Man hatte von dort einen großartigen Blick über den See und auf die blinkenden Lichter der anderen Orte am Ufer. Wo die Eltern von Ray steckten, wußte Deirdre nicht, oder es war ihr egal. Er hatte eine ganze Reihe von Freunden eingeladen, und sie kamen nach und nach, warfen die Pullover beiseite und drehten die Musik auf.

Als alle im Haus waren, wollte Ray als erstes Deirdre küssen, wogegen sie nichts einzuwenden hatte. Den ganzen Nachmittag beim Schlittschuhlaufen hatte er sie mit seinen Blicken förmlich verschlungen, und sie fand das toll. Sie blühte richtig auf in seiner Bewunderung. Zwei Monate waren sie schon zusammen, und sie war immer noch halbwegs verknallt in Ray mit seinem dichten schwarzen Haar und dem bläulichen Bartschatten. Ihre Eltern hielten nichts von ihm, aber mit neunzehn, dachte sie, konnte sie auf erwachsene Weise damit umgehen. Sie beschwichtigte die Sorgen ihrer Eltern, indem sie kaltblütig log, wenn sie nach ihm fragten.

Er küßte sie lange und heftig, bis sich ihr Gesicht von seinen Bartstoppeln ganz zerkratzt anfühlte. Sie ließ seine Hände überall hin und schmiegte sich an ihn, Haut an Haut. Nach einer Weile ging er sich um die Gäste kümmern und versprach, bald wieder dazusein.

Sie blieb in der Küche und wartete, probierte eine neue Sorte Korkenzieher aus, indem sie alle Flaschen öffnete, die ihr in die Finger kamen, und nahm hier und da einen Schluck. Als er nach langer Zeit noch immer nicht zurück war, entdeckte sie ihn im Wohnzimmer. Er lag hechelnd über Hanna und schleckte sie ab wie ein Straßenköter.

Deirdre rächte sich unverzüglich. In allen Zimmern war es dunkel, nur das Kaminfeuer und ein paar Kerzen spendeten Licht. Zur dröhnenden Musik aus den Boxen des Wohnzimmers stampften dunkle Gestalten auf dem Parkett herum. Sie ließ sich von Tony in ein Nebenzimmer abschleppen und küssen, bis sie sich unter einem Vorwand von ihm losriß. Minuten später schon hatte Jordan sie gegen die Korridorwand gedrückt und ihr die Zunge tief in den Rachen geschoben. Sogar Leo, den Versager, brachte sie auf dem eiskalten Balkon in Fahrt. Alle wußten, daß Leo in Hanna verknallt war. Daß sie ausgerechnet ihn in ihr Netz gelockt hatte, war ein besonderer Triumph. Im richtigen Moment zog sie ihren Pullover ein wenig von der Schulter und forderte ihn auf, ihr neues Parfüm zu schnuppern. Langsam fand sie Spaß an diesem Spiel, und sie fragte sich, wie viele Typen sie wohl an einem Abend schaffen würde. Sie suchte ihre Opfer sorgfältig aus, damit keiner zu handgreiflich wurde. Ray ertappte sie schließlich mit Evan in einer Ecke, und da schien ihm wieder einzufallen, daß sie seine Freundin war.

»Nimm deine Pfoten weg«, sagte Ray zu Evan und sandte Deirdre einen kalten Seitenblick. »Aber ein bißchen plötzlich!«

»Verpiß dich, Ray«, sagte sie, bevor Evan irgendwas erwidern konnte. Der Wodka hatte sie erst richtig in Fahrt gebracht. »Kümmer dich um deinen eigenen Dreck!«

Daraus wurde eine prächtige Prügelei, die beinahe die Party sprengte. Ray krönte den Abend damit, daß er sie hinauswarf. Er packte sie bei den kurzen Haaren, stieß sie auf die Treppe hinaus und knallte effektvoll die Haustür zu.

Es war eisig kalt, kein Mond am Himmel. Zum Teufel mit dem Kerl! Sie wurde von einem frostigen Windstoß gepackt und zog sich die Pelzmütze, die er ihr nachgeworfen hatte, tief über die Ohren.

Sie wußte, daß sich einige der Jungs darum reißen würden, sie nach Hause zu fahren, aber sie hatte keine Lust, noch mal reinzugehen, einen zu fragen und dann vielleicht Ray in die Arme zu laufen. Sie war ziemlich voll, wie sie bemerkte, als sie sich auf dem rutschigen Fußweg in Gang setzte. Aber es war ja nicht weit bis zum Highway. Sie brauchte bloß den Daumen hochzuhalten.

Geschah ihm ganz recht, wenn irgendein Trottel sie abschleppte.

34

Die Baumwipfel verdorrten schon unter der sengenden Hochgebirgssonne, als der einwöchige Countdown bis zum Prozeß einsetzte. Der Hochsommer war eine ungünstige Zeit. Reporter, Beamte, Zeugen – alle wollten eigentlich woanders sein. Niemand meldete sich auf Anrufe. Paul wäre am liebsten im Boot auf dem See gewesen oder im Casino des Caesar. Statt dessen verfaßte er behutsam geschönte Berichte über Doreen Benitez Ordway, über Sergeant Cheney, über die Eltern der verschwundenen Mädchen, und er schrieb eine Notiz über Terry Londons Pelzmantel, der nicht mehr aufzufinden und auch nicht versichert war. Alles lieferte er um die Mitte der Woche bei Sandy ab, ohne Nina anzutreffen. Sie war auf einer Prozeß-Vorbesprechung, die den ganzen Tag dauern würde, wie Sandy ihm erklärte. Daß der Mantel fehlte, war interessant. Der Luchs war mehr als zehntausend Dollar wert, und Terry hatte ihn tatsächlich von ihrer Mutter geerbt. Aber warum war die Mini-Kamera nicht verschwunden und die Steenbeck-Editing-Ausrüstung, die Videorecorder, die alle an ihre Kreditgeber zurückgegangen waren? Solche Sachen waren leichter zu verscherbeln als der Luchs.

Sandy übergab ihm Kopien der Expertengutachten. Der Fachmann für Fingerabdrücke hatte keinen der Teilabdrücke identifizieren können, und das war enttäuschend, obwohl er mit Sicherheit sagen konnte, daß manche weder von Scott noch von Terry stammten. Ein bißchen gewonnen, ein bißchen verloren. Der Experte im Lippenlesen war auch nicht sehr von Nutzen gewesen, aber seine Zeit konnte noch kommen, wenn Willie Evans' Aussage irgendwelche Widersprüche offenbarte.

Die unabhängigen Labortests boten wenig Aufregendes. Das Blut, das an die Wand gespritzt war und auf dem Fußboden des Ateliers Pfützen gebildet hatte, gehörte Terry London. Kurts Blutspur führte vom Atelier weg, begann aber erst vor der Tür. Nicht das geringste Anzeichen, daß eine dritte Person die Hand im Spiel hatte. Auch unter Terrys Fingernägeln fanden sich keine derartigen Spuren.

Nichts also wies auf eine dritte Person hin, allerdings befanden sich im ganzen Atelier Fingerabdrücke von über zwanzig Personen. Verwischte und unbrauchbare Abdrücke auf Terrys Camcorder, verwischte Abdrücke auf dem Gewehr, neben den eindeutigen Spuren von Terry und Scott.

Er brütete über den Autopsieberichten, den ballistischen Analysen, den Zeugenaussagen. Nichts. Was wollte Nina zur Verteidigung von Scott aufbieten?

Er rief am Donnerstag an, und Sandy sagte, Nina wäre völlig konfus. Am Freitag traf sich die Viererbande ein letztes Mal vor dem Prozeß in ihrem Büro. Wish, den Paul mit Botengängen und kleinen Aufträgen in Trab gehalten hatte, legte sich sofort auf Ninas Couch. »Du fühlst dich hier wohl wie zu Hause?« fragte Paul.

»Im Liegen kann ich besser denken«, erwiderte Wish.

Nina hatte vorübergehend ihre Kontaktlinsen durch eine Hornbrille ersetzt, die noch aus ihrer Collegezeit stammen mußte. Damit sah sie viel professioneller aus, und sie lenkte von ihren vollen Lippen und ihren Rundungen ab, die ständig seine Aufmerksamkeit fesselten.

Sie kam sofort zur Sache. Ihrer Meinung nach konnte Jerry Kettricks Zeugenaussage in Zweifel gezogen werden. Sie hatte sogar einen Plan, Willie Evans' Lippenlese-Protokoll auszuhebeln. Und daneben schien sie noch ein paar andere Eisen im Feuer zu haben.

Sie sprachen noch einmal die Probleme durch: Kurts Äußerungen bei seiner Verhaftung, das Sterbe-Video, Jerry Kettrick, die Registrierung der Remington auf Kurts Namen, die Fingerabdrücke. Dazu kam nun, daß Kurt ausgebrochen war und sofort die Überreste von Tamara Sweet gefunden hatte.

»Das Hauptproblem der Anklage ist nach wie vor das Motiv, auch wenn es als Beweismittel nicht erforderlich ist«, sagte Paul. »Für die Geschworenen ist es von Bedeutung.«

»So anspruchsvoll sind die Geschworenen nicht, was die Motive betrifft, Paul«, entgegnete Nina. »Kurt und Tamara waren Freund und Freundin, Tamara eine Drogenabhängige, die nachts allein in den Wald ging. Milne wird die Registrierung des Gewehrs als Beweismittel zulassen, die Patronenhülse, das Auffinden der Knochen, dann, daß sie eine Beziehung miteinander hatten. Viel ist es nicht, aber wenn sie denken, es reicht aus, um den Mord an Tamara zu klären, dann haben sie auch ein ausreichendes Motiv für den Mord an Terry. Und schließlich gibt es noch den Brief von Kurt an Terry, in dem er schreibt, sie soll ihn in Ruhe lassen.«

»Und wir wissen, daß er sich um dich gesorgt hat«, warf Sandy ein.

»Behauptet er zumindest«, sagte Paul.

»Wie kann man das in die Beweismittel einbringen?« fragte Sandy. »Er wird ja nicht aussagen.«

»Collier wird mich nach meinen Kontakten zu Kurt vor der Tat befragen«, sagte Nina. »Mein Aussageverweigerungsrecht als seine Anwältin bezieht sich nicht auf Ereignisse vor der eigentlichen Tat.«

»Ich komme immer wieder darauf zurück, daß Scott im Film nicht gezielt belastet wird«, sagte Paul.

»Das stimmt, Paul. Das ist ein Schwachpunkt der Anklage, und ich werde aus ihm rausholen, was ich kann.«

»Ist ja ziemlich verrückt, daß du als Zeugin aussagen mußt«, sagte Wish, der noch immer auf der Couch lag. »Wer ist denn dein Anwalt für den Fall, daß da was schiefläuft?«

»Juristisch bin ich auf dem laufenden, Wish. Ich brauche keinen Anwalt. Ich weiß, daß ich in den meisten Fällen von meinem Aussageverweigerungsrecht Gebrauch machen kann, aber leider nicht in allen. In einer der Vorverhandlungen habe ich meine Position verfochten, aber verloren. Sie werden mich als Zeugin aufrufen.«

»Kannst du nicht beim Prozeß irgendein großes Ding aus dem

Hut ziehen?« fragte Wish. »So eine Art Glanznummer, wo dann einer von den Zuschauern nach vorn geht und ein Geständnis ablegt?«

»Leider. Im Kino macht sich das immer gut. Aber in der Wirklichkeit läuft das nicht so. Wir müssen abwarten, ob der Ankläger einen Fehler macht«, sagte Nina. »Und das wird er. Jede Klage hat ihre Schwächen.«

»Oh.«

»Ich bin ein schlechter Ersatz für Perry Mason«, sagte Nina. »Tut mir leid, Wish.«

»Und ich bin nicht Paul Drake«, sponn Paul den Faden weiter. »Obwohl ich durchaus vergleichbare Qualitäten habe.«

»Und ich bin nicht die gute alte Della«, fügte Sandy hinzu. Sie strich sich den gefransten Cowgirl-Rock glatt.

»Was sind denn das für Typen?« fragte Wish. »Etwa die Anwälte von O. J.?«

Im Gehen sagte Paul: »Nina, ich möchte dich am Samstag abend sehen. Schüttel nicht gleich wieder den Kopf, du kannst nicht ständig arbeiten. Du brauchst eine Atempause.«

»Ich kann nicht, Paul. Wenn ich nicht arbeite, dann schlafe ich oder versuche mich um Bob zu kümmern. Mehr ist zur Zeit nicht drin. Tut mir leid.«

»Wenn es denn so sein soll, hast du wenigstens was für mich zu tun übers Wochenende?«

»Ich glaube nicht. Ich arbeite die Fragen für die Zeugen aus und die Einführung für die Geschworenen.«

»Dann fahre ich einfach mal runter nach Carmel und hole nach, was ich versäumt habe.« – Meinen Bourbon mit Soda im Hog's Breath, vielleicht schnappe ich mir eine nette blonde Touristin aus Schweden, und dann viel Glück, meine Liebe, dachte er wütend. Sowohl mit Scott als auch mit ihrer Arbeitsbelastung zu konkurrieren wurde auf die Dauer recht anstrengend. »Bis Montag also!«

Am Montagmorgen, pünktlich um halb zehn, war Paul wieder in Tahoe und begab sich widerstrebend von der prunkvollen Außenanlage des Bezirksgerichts in den stickigen Verhandlungssaal. Er setzte sich neben Nina an den Verteidigertisch, die schon mit ihren Papieren raschelte, sich zu sammeln versuchte und Collier Hallowell samt Gefolge ignorierte, aber auch Paul nur einen knappen Gruß hinwarf.

Noch waren die Geschworenen nicht ausgewählt, und der Tag versickerte wie ein Frühlingsbach. Kurt wurde hereingeführt, zwei Wachmänner hielten ihn, damit er in seinen Fußfesseln laufen konnte. Als Nina ihn so sah, explodierte sie. Collier Hallowell verweigerte sich der Forderung, daß die Fesseln während der Verhandlung entfernt werden sollten, obwohl er nichts dagegen einzuwenden hatte, daß Kurt seine Zivilkleidung trug.

Hitzig stritt sich Nina mit Hallowell herum, und Milne hörte zu. Nach den drastischen Wendungen, die sie gebrauchte, hatte Nina offensichtlich ein schweres Wochenende hinter sich: »Er ist angekettet wie ein Raubtier!« rief sie. »Das ist ein Trick zur negativen Beeinflussung der Geschworenen!«

»Er steht unter Mordanklage. Sein Wohnsitz ist Europa, und er hat sich bereits einen Ausbruchsversuch geleistet«, brüllte Hallowell zurück. »Er hat einen Vollzugsbeamten niedergeschlagen und den Schlüssel für die Handschellen geraubt. Ich habe nicht die Absicht, ihm eine weitere Gelegenheit für derartige Eskapaden zu bieten.«

»Er hat sich selbst gestellt! Er hat niemanden verletzt!«

»Er hat versucht, die Beweise seiner Straftaten zu vernichten!« setzte Hallowell dagegen. »Er hat sich nur deshalb gestellt, weil es Mr. van Wagoner gelungen ist, ihn dazu zu überreden. Allerdings hat das Mr. van Wagoner ein paar Schrammen und Beulen gekostet. Ich denke gar nicht daran, die Fußfesseln entfernen zu lassen. Wenn sie ihn stören, kann er ja eine Decke drüberlegen!«

»Klar, um es noch auffälliger zu machen. Um ihn zu demütigen. Um ihn aussehen zu lassen wie ein blutrünstiges Monster, das nur darauf wartet, sich auf die Geschworenen zu stürzen und ihnen die Kehle ...«

Richter Milne ging dazwischen. »Für solche Wortgefechte ist es heute wirklich noch ein bißchen früh. Die Prozeßordnung des Bezirksgerichts von El Dorado schreibt vor, daß Angeklagte nach einem Fluchtversuch oder einer Gewaltäußerung bei der Verhandlung Fußfesseln tragen müssen. Ich räume ein, daß dies bei den Geschworenen zu einer gewissen Voreingenommenheit führen kann, Ms. Reilly. Wenn Sie möchten, weise ich sie darauf hin, daß der Umstand der Fesselung des Angeklagten nicht in ihre Urteilsfindung einfließen darf.«

»Dieses Zugeständnis ist nichts als eine verbale Decke über seine Füße, Euer Ehren. Die Geschworenen werden an nichts anderes denken können.«

»Dann schlagen Sie mir doch bitte eine andere Methode zur Ausschaltung von Vorurteilen vor.«

»Da könnte er sich ja gleich als schuldig im Sinne der Anklage bekennen!« rief Nina aufgeregt. »Er sieht aus wie ein gefährlicher Verbrecher, der in Ketten gehalten werden muß. Die Geschworenen können sehen, daß das Gericht ihn für gefährlich erachtet. Bitte, Euer Ehren, lassen Sie die Fußfesseln entfernen!«

»Können wir nicht ein einziges Mal pünktlich mit der Verhandlung beginnen?« sagte Milne. »All die Leute stehen da draußen und fragen sich, warum sie so früh herbestellt wurden. Warum haben Sie das nicht vorher geklärt?«

»Daß er angekettet ist, habe ich doch eben erst gesehen!«

»Ich fürchte, Ms. Reilly kennt die Prozeßordnung nicht gut genug«, sagte Hallowell. »Sie ist nicht oft genug hier, um sich mit den Gepflogenheiten dieses Hohen Gerichts vertraut zu machen. Sie zieht es vor, sich mit Ausbrechern in den Bergen herumzutreiben.«

»Aber, Mr. Hallowell«, sagte Milne, »lassen Sie sich doch nicht von Ms. Reilly zu Polemiken hinreißen. Bleiben wir ganz ruhig. Und Ihnen, Ms. Reilly, möchte ich nicht schon jetzt einen Anlaß bieten, in die Berufung zu gehen. Ich gebe Ihnen beiden Zeit bis zwölf Uhr, ein paar Präzedenzfälle aufzulisten. Sie brauchen die Fälle nur zu benennen und dic vollständigen Kopien anzuheften. Ersparen Sie sich Ihre Kommentare. Ihre Standpunkte habe ich gehört. In der Mittagspause sehe ich mir alles an, und um ein Uhr dreißig beginnen wir mit der Aufstellung der Geschworenen. Weitere Fragen?«

»Vielen Dank, Euer Ehren!« riefen die beiden Gegner wie aus einem Munde, ohne sich eines Blickes zu würdigen, und brachten die Zuschauer damit zum Lachen. Nina ging an den Verteidigertisch zurück und drückte Kurt vor aller Augen die Schulter, als er auf die Beine gestellt und hinausgeführt wurde. Sie packte die Akten ein, die sie gerade ausgebreitet hatte, und marschierte selbstbewußt auf den Flur hinaus. Vorbei an neugierigen Blicken ging sie zur Justizbibliothek, Paul lief neben ihr her.

»Das lasse ich Collier nicht durchgehen«, sagte sie, ohne ihren Schritt zu bremsen.

»Ich dachte, du kämst gut mit ihm zurecht?«

»Das war einmal. Jetzt sind wir Prozeßgegner.«

»Du hast gleich die große Kanone abgeschossen. Warum hebst du dir das nicht für das Finale auf?«

»Paß auf, Paul, jetzt hab ich's eilig. Collier wird in seinem Büro ein paar flinke Assistenten auf die Fährte hetzen. Sie setzen sich an den Computer und klinken sich in einen elektronischen Auskunftsdienst ein. Das ist die schnelle Methode. Und die Leute glauben, daß sie da alles kriegen, was sie brauchen. Aber man kann danebenhauen, besonders wenn man sich auf die vordergründigen Präzedenzfälle stürzt. Darauf rechne ich. Deshalb muß ich tiefer graben und mehr in die Breite gehen.«

»Mit anderen Worten: Hau ab, Paul«, sagte er, doch sie tat ihm im selben Moment schon leid. Sie wirkte fast erdrückt von ihrer Verantwortung, als würde die Schwerkraft stärker auf ihr lasten als auf anderen Menschen. »Na gut. Schade, daß ich dir nicht helfen kann.«

»Du hast mir schon genug geholfen.«

»Ist das ein Vorwurf? Bist du mir noch böse?«

»Im Moment brauch ich meine ganze Kraft, um das hier durchzuhalten, Paul. Versteh mich bitte.«

»Im Auto hab ich noch was für dich. Ich komme gleich nach«, sagte er, als sie weiterging zur Bibliothek. Sie ließ ihn einfach stehen, ohne auch nur ein Lächeln. Einen Moment lang sah sie sogar aus, als würde sie ihm am liebsten den Stuhl vor die Tür setzen.

Fußfesseln. Sie schlug im Witkin unter F nach, wußte aber schon, daß es vergeblich sein würde. Diese weltfremden Gelehrten, die Stichwortregister erstellten und Quellenmaterial computerisierten, dachten völlig anders als sie. Sie mußte jeden Präzedenzfall finden, den Collier als Beleg für seine Position anführen würde, und dann gewichtige Gegenstimmen dazu sammeln. Prozeßordnung, Ausnahmen von ... richterliche Verfügungsgewalt ... Fluchtversuch ... Häftlinge, physische Einschränkung ...

Paul kam herein und setzte sich neben sie.

»Bitte jetzt nicht, Paul.«

»Ich wollte dir nur was dalassen, bevor ich mir ein kräftiges Frühstück bei Heidi's gönne. Dann erwarte ich weitere Befehle.«

»Was ist es denn?«

»Last-minute-Ermittlungen zu den Zeugen.«

»Irgendwelche Neuigkeiten?«

»Kann man sagen. Vier Sachen. Erstens hab ich endlich das Polizeiprotokoll von 1984 aufgetrieben. Damals hat Jonathan Sweet seine Tochter Tamara vermutlich die Treppe runtergeschmissen. Jessica Sweet hat die Anzeige unterschrieben. Am nächsten Tag wollte sie es rückgängig machen, vergebens. Er hat irgendeinen Besserungskurs besucht, daraufhin wurde das Verfahren wegen Körperverletzung eingestellt. Mit diesem Papier kannst du ihm ganz schön die Hölle heiß machen, denke ich.«

»Gute Arbeit. Das hilft mir, ihn zu kippen. Dürfte leicht werden, ihn zum Tatverdächtigen zu machen.«

»Sweet könnte es wirklich gewesen sein. Jedenfalls ist er nicht so harmlos, wie sein Name klingt.«

»Selbst wenn er seine Tochter umgebracht hat, wird wohl kaum jemand davon zu überzeugen sein, daß er vom Rollstuhl aus Terry ermordet hat.«

»Immer schön einen Mord nach dem anderen«, sagte Paul. »Also zweitens: An der Glaubwürdigkeit des Lippenlesers Willie Evans ist kaum zu rütteln. Seine Aussage ist vernichtend, und unser Experte hilft da nicht weiter. Vielleicht kannst du Evans umstimmen.«

»Versuchen kann ich es. Was weiter?«

»Drittens ist der Streifenbeamte Jason Joyce, der Kurt am Morgen nach der Tat gestoppt hat, das genaue Gegenteil von Evans, was seine Glaubwürdigkeit betrifft. Ich hab dir alles dazu aufgeschrieben.«

»Danke, Paul. Du bist mir eine große Hilfe.« Fußfesseln, Fußschellen, Fesseln, Ketten, Eisenmanschetten, Stahlklammern – wo sollte sie suchen?

»Noch eine lustige Sache, dann gehe ich«, sagte Paul. »Jerry Kettrick schleppt Ralph einmal jährlich zur Untersuchung in die Psychiatrie, ob er es nötig hat oder nicht.«

»Und?« fragte Nina. Sie legte den Finger ins Buch, um die Seite nicht zu verblättern.

»Das ist noch nicht das Spannendste.«

»Was dann?«

»Ich will dich nicht von deinen Büchern ablenken. Erst mal fahre ich mir ein paar Spiegeleier ein, dann ...«

»Spiel nicht mit mir! Was ist es?«

»Ihr Juristen könnt so humorlos sein!« sagte Paul. »Ja, warum wohl? Ralph hat immer mal wieder einen psychotischen Schub. Er denkt, daß Ratten aus den Wänden und aus dem Fußboden kommen und über ihn herfallen. Er hat einen Horror vor Ratten. Es heißt, es hat damit zu tun, daß seine Mutter während der Schwangerschaft Drogen genommen hat.«

»O Gott. Beinahe hätte ich Bobby mit ihm in dieses Vehikel steigen lassen. Wie hast du das rausgekriegt?«

»Bei der philippinischen Nachtschwester im Krankenhaus. Wenn du die Krankenakten sehen willst, müssen wir uns natürlich einen guten Grund für einen Zeugenaufruf einfallen lassen.«

»Okay«, sagte Nina. »Heute abend schreibe ich die Vorladung und die Begründung dazu. Milne wird mitziehen müssen. Das Krankenhaus aber dürfte protestieren.« Vielleicht fand sich doch noch einiges, womit sie Verwirrung in den Fall bringen konnte. »Ratten«, wiederholte sie nachdenklich.

»Sie greifen Hunde an und killen Katzen«, sagte Paul gähnend. »Ralphs Alibi schrumpft auf die Behauptung seines Vaters zusammen, er hätte während der Schüsse geschlafen. Nicht sehr überzeugend, wenn du mich fragst.«

»Dieses starre Grinsen, die Ratten, die Monster-Trucks ...«

»Eben ein waschechter junger Amerikaner.«

»Vielen Dank für die neue Munition«, sagte Nina. »Vielleicht kann ich Ralph dazu benutzen, um wenigstens den Schimmer eines Zweifels am Tatverlauf zu wecken.«

»Wie viele Schimmer brauchst du, damit ein kräftig strahlender Zweifel daraus wird?«

»Das wissen nur die Geschworenen.«

»Gut, ich laß dich jetzt arbeiten, wenn ich dir nichts mehr bieten kann. Es gibt noch ein paar Kleinigkeiten zu den anderen Zeugen, aber das kannst du heute abend nachlesen.«

»Okay.«

Paul blieb unschlüssig stehen, als hätte er noch etwas auf dem Herzen. Sie bemerkte es, beschloß, es zu ignorieren, und steckte die Nase in die Bücher.

»Bis bald!« sagte sie betont fröhlich.

»Wär schön, wenn du mitkommen könntest.« Sie reagierte nicht. Er scharrte noch einen Moment mit den Füßen, dann ging er.

Nina zog ihre Kladde heraus und schrieb die Präzedenzfälle auf.

»Ich habe mir die Fälle angesehen«, sagte Milne nach der Mittagspause. »Ich werde die Fußfesseln genehmigen und zugleich die Geschworenen ermahnen, sie nicht in die Urteilsfindung einzubeziehen.«

Nina spürte den Ärger in sich hochschießen. »Euer Ehren –!«

»Bitten Sie die Geschworenenkandidaten herein«, sagte Milne zu Kimura.

Setz dein strahlendes Gesicht auf, sagte sich Nina. Als die ziemlich mürrisch dreinblickenden Leute der Reihe nach in den Saal drängten und fast alle Plätze hinter ihr einnahmen, versuchte Nina, mit jedem einzelnen Blickkontakt aufzunehmen und ihr einladendes Nicken durch einen Ausdruck überschäumenden Selbstvertrauens zu bereichern. »Kurt!« flüsterte sie. »Denke daran, was wir besprochen haben. Immer schön geradesitzen und keine Regung zeigen!«

Sie schaute zu Collier hinüber. Er lächelte den eintretenden Geschworenen freundlich zu, ein geübtes Lächeln, das nichts verriet. Doch daran, wie er seine Krawatte zurechtrückte, konnte sie erkennen, daß auch er nervös war. Sie hatte seine Stimmungen und seine Gesten genau studiert.

Milne stellte sich ebenfalls auf die neue Situation ein; eben noch schroff und kurz angebunden, wirkte er nun mild und versöhnlich. Alles drehte sich jetzt um die Geschworenenkandidaten, jeder versuchte, einen guten ersten Eindruck bei ihnen zu hinterlassen. Von jetzt an kam es nur noch darauf an, was die Geschworenen dachten.

Der umständliche Vorgang der Geschworenenwahl begann. Um fünf wurde die Sitzung unterbrochen, und am Dienstag sollte es um neun weitergehen. Die ganze Woche lang hatten die Kandidaten Zeit zu reden und die manchmal langwierigen Fragen mit ebenso ausführlichen Stellungnahmen zu beantworten. Nach dieser Prozedur mußten die gewählten Geschworenen bis zum Ende des Prozesses stumm bleiben, doch dann gehörte ihnen die Schlußpointe.

Am Freitagabend, als die Jury endlich feststand, zeigte sich Nina unzufrieden. Sie sagte zu Paul, als sie im Büro auf den Pizzaboten warteten, daß ihr zu viele Frauen mittleren Alters darunter waren und daß sie befürchtete, sie würden eher die Anklage unterstützen.

Sie wühlte sich durch die Papierstapel auf ihrem Schreibtisch. »Ich werde wohl bis in die Nacht bleiben. Der Prozeß hat noch gar nicht richtig angefangen, und ich bin schon voll auf Schlafentzug.« Ihrer Stimme war die Ermüdung deutlich anzuhören.

Sie suchte nur ein wenig emotionalen Halt. Doch Pauls blonde Augenbrauen standen eng beieinander, und er machte eine verdrießliche Miene, die sie noch nie an ihm bemerkt hatte. Der Gedanke, Paul erwarte nach diesem anstrengenden Tag eine freundliche Geste, kam ihr nicht.

»Null Problemo«, sagte Paul knapp. »Bring diese Damen einfach auf deine Seite. Du mußt nur schaffen, daß sie Mitleid mit ihm bekommen. Nutze seinen kindlichen Charme aus, mit dem er die Frauen zu betören scheint. Mach ihn zum Opfer. Schüre die Mutterinstinkte in ihnen.«

»Sehr schön.« Sie tippte mit dem Stift an die Lippen und nickte. »Das finde ich gut. Er ist ein Opfer.«

Ihr Tonfall schien Paul zu ärgern. »So sind doch deine Gefühle für ihn, stimmt's? Mütterlich! Renn doch hin zu ihm, und rette ihn, er ist ja so ein armes Kerlchen!«

Es war eine Schärfe in seiner Stimme, die ihr nicht gefiel. »Glaub mir, ich fühle mich nicht als seine Mutter. Vielleicht möchtest du das gern.«

»Du bist felsenfest davon überzeugt, daß er unschuldig ist. Du glaubst wirklich dran. Stimmt's?«

»Er hat Terry London nicht umgebracht, Paul.«

»Woher weißt du das? Warum bist du so sicher? Weißt du etwa mehr als ich? Und wie ist das mit Tamara Sweet? Hat er auch sie nicht umgebracht?«

»Ich muß ihm glauben. Ich vermute, Terry London hat sie ermordet oder jemand anders. Aber nicht Kurt.«

Paul stand auf, beugte sich über den Schreibtisch und zog eine höhnische Grimasse. »Ich hab schon eine ganze Menge Kriminelle erlebt, die von den Frauen angehimmelt wurden. Absolut raffinierte Typen! Und deiner gehört dazu. Er kann es schon ganz gut. Für ihn machst du doch Männchen, oder?« Er trat wütend gegen den Schreibtisch.

»Reg dich ab, Paul. Darf ich niemand anderem als dir Gefühle entgegenbringen?«

»Er benutzt dich!« sagte Paul erbost. »Ich hab das satt! Seinetwegen ist dein guter Ruf im Eimer. Hallowell ist schon halb überzeugt, daß du die Flucht eingefädelt hast, und die ganze Stadt sieht in dir eine liebestolle Närrin. Die reinste Seifenoper! Und währenddessen machst du Bankrott. Ich weiß, daß Riesner noch immer nicht den Vorschuß an dich überwiesen hat. Sandy sagt, sie schickt ihm jede Woche eine Mahnung.«

Je mehr er sich ereiferte, um so ruhiger wurde sie. Ihr war klargeworden, daß sie Paul opfern, aus dem Fall heraushalten mußte. Er war zu nahe dran. Früher oder später würde er alles rauskriegen. Er mußte weg, und jetzt war die Gelegenheit, es ihm beizubringen.

Sie stand auf und blickte ihm in die Augen. »Wirst du dich bitte mäßigen? Das ist mein Fall, vergiß das nicht! Die Entscheidungen fälle ich. Übrigens, wer spielt denn hier die Mutter? Ich kann keinen einzigen Schritt machen, ohne daß du hinter mir herläufst. Ich könnte mir ja das Knie stoßen. Entweder du fällst mit deinen Liebesanwandlungen über mich her wie ein eifersüchtiger Gorilla, oder du behandelst mich wie einen Säugling.«

Paul wurde dunkelrot. Seine Halsadern schwollen an, und seine Augen quollen ein wenig heraus. Er war müde und sowieso schon zum Streit aufgelegt. Jetzt ging es in die vollen, alles andere war ihm egal.

Nina verschränkte die Arme und funkelte ihn an.

»Na, mach nur deinen Plan. Wenn er verurteilt ist, würde ich an deiner Stelle einen Hubschrauber kapern und ihn aus dem Gefängnishof rausholen. Damit du ihm deine Liebe beweisen kannst. Dann kannst du ihm treu bleiben, bis sie euch beide nach zwanzig Jahren aus dem Knast rauslassen.«

»Du hättest mich wohl lieber als dein kleines, unterwürfiges Betthäschen, das nichts als Stroh im Kopf hat!«

»Immer noch besser als eine, die den Macker spielt. Und das in diesen ordinären Stöckelschuhen!« Paul wurde laut.

»Verdammt, Paul, ich hab noch ein bißchen was anderes im Hirn als nur Sex – im Unterschied zu anderen hier im Raum!«

»Ich hatte dir mehr zu bieten als das«, sagte Paul. »Ich gehe. Zurück nach Carmel. Offensichtlich brauchst du mich nicht mehr.« Er stapfte hinaus ins Vorzimmer.

Seit einer Weile schon war das Klappern der Tasten verstummt, und Nina wurde klar, daß Sandy gelauscht hatte. Als Paul die Bürotür aufriß, hörte sie Sandy sagen: »Ein bißchen mehr Manieren nächstes Mal!«

»Wer sagt denn, daß es ein nächstes Mal gibt?« Er knallte die Tür zu, daß die dünnen Wände des Büros erzitterten.

Die Hände in die Hüften gestemmt, kam Sandy zu Nina ins Zimmer. »Immer komme ich zu spät zur Party. Für mich bleiben nur die Scherben.«

»Sandy, ich möchte dich was fragen.«

Sandy trat näher. »Schieß los!«

Nina schob mit ihren bestrumpften Füßen ein Paar dunkelblaue Absatzschuhe unter dem Schreibtisch hervor. »Ist an diesen Schuhen irgendwas auszusetzen?«

»Für meinen Geschmack sind die Absätze ein bißchen hoch«, sagte Sandy und trat von einem Tennisschuh auf den anderen.

»Nein, ich meine, sind sie für das Gericht übertrieben? Ist schließlich kein Lackleder oder so was. Achtzig Dollar habe ich dafür hingelegt.« Nina angelte sie heran, streifte sie über die Füße und fühlte sich auf der Stelle ordinär. »Typisch Mann«, sagte sie. »Die können einen so verunsichern, daß einem die besten Klamotten verleidet werden.«

Okay, sie hatte Paul übel mitgespielt, und nun fühlte sie sich …

»Ziemlich ordinär. Ich meine damit nicht die Schuhe«, befand Sandy und starrte sie wieder mit diesem unergründlichen Blick an, der Nina so auf die Nerven ging. Nina fiel das kurze Telefongespräch mit Andrea vom Vortag ein. Hatte Sandy mitgehört?

»Du kannst immer noch Schauspielerin werden, wenn sie dir die Lizenz wegnehmen«, redete Sandy weiter, und nun wußte Nina, daß sie über Matt im Bilde war, daß sie begriff, was Nina eben mit Paul veranstaltet hatte.

»Wenn du mich weiter belauschst, kannst du ganz schön Ärger kriegen«, sagte Nina. »Nur, damit du es weißt: Du machst dich zur Komplizin.« In Ninas Kopf wirbelten die ethischen und kriminalistischen Implikationen umher, immer im Kreis, immer komplexer, immer verworrener …

»Solche komischen Begriffe sagen mir gar nichts«, meinte Sandy. »Irgend jemand muß doch die Sache in Ordnung bringen, und du bist damit beauftragt. Die Leute verlassen sich auf dich. Also muß einer dafür sorgen, daß bei dir alles läuft. Und das bin ich. So einfach ist das.«

Ihre Worte waren von schneidender Klarheit. Nina schoß förmlich vom Stuhl hoch, als alle Zweifel und Verwirrungen plötzlich von ihr abfielen. »Verdammt, Sandy!« sagte sie.

»Du hast gar keine andere Wahl, als Mut zu beweisen, und das ist gut so. Die ganze Angst hat dir ein Loch in den Bauch gebohrt, das kann jetzt wieder zuheilen.« Sandy zwinkerte.

Es klopfte an die Tür, und eine Stimme rief: »Pizza-Service!«

»Hoffentlich mit extra viel Käse. Sonst können die was erleben«, sagte Sandy.

35

Am folgenden Montagmorgen verkündete Milne schließlich: »Die Jury aus zwölf Geschworenen und fünf Stellvertretern ist ernannt.«

Die zwölf Geschworenen – neun von ihnen waren Frauen, und diese Mehrheit würde in den Beratungen dominieren – setzten sich seufzend auf ihren Plätzen zurecht. Mrs. Bourgogne, imposant und strengen Blicks, nahm die strategische Mittelstellung in der ersten Reihe ein. Einer dieser hochbezahlten Rechtswissenschaftler sollte ruhig einmal erforschen, wie oft die Inhaber dieses Platzes zu den Wortführern der Jury ernannt wurden, dachte Nina. Mrs. Bourgogne hatte einen scharfen, unduldsamen Blick – die Sorte Blick, die nach dem Saubermachen noch den Staub am Bilderrahmen und das Spinngewebe an der Decke ausmacht.

Vielleicht würde sie zu dem Schluß kommen, daß der Blick des Zeugen Jerry Kettrick nicht ganz so scharf war.

Kurt saß links von Nina, in Fußfesseln, aber wenigstens in Zivil. Er hatte kaum ein Wort mit ihr gewechselt. Sein Gesicht wirkte grau, und seine Augen lagen tief in den Höhlen. Er war in der Haft abgemagert. Erneut ging ihr durch den Kopf, was sie ihm da zumutete. Er mußte es ja nicht durchstehen. Er konnte zurück an den Flügel, Bach spielen, während sie das nächste Jahr damit verbrachte, die Verteidigung für ihren inhaftierten Bruder vorzubereiten. Als die nichtgewählten Jury-Kandidaten den Saal verließen, preßte sie seine Hand und flüsterte: »Das ist eine gute Jury. Wir haben Glück.«

Das Publikum füllte tuschelnd die Sitzreihen, Barbet Cain vom *Tahoe Mirror* war da, außerdem ein paar andere Reporter. Die

Sweets saßen stumm am Ende einer Reihe, Jonathan Sweet im Rollstuhl auf dem Gang neben seiner Frau. Doreen Ordway hatte sich wieder für den Anlaß zurechtgemacht – ein mattgelbes Minirock-Kostüm, das goldgesträhnte Haar zu einem pompösen Zopf geflochten. Michael Ordway trug wie gewöhnlich Jeans, sein tiefgebräuntes Gesicht paßte nicht in den Gerichtssaal.

Die Zeugen der Polizei waren entschuldigt und würden erst am nächsten Tag auftreten, ausgenommen Frank Fontaine, der Kriminologe, der als erster gefragt war und draußen im Flur wahrscheinlich zum fünfzigstenmal seine Aufzeichnungen las.

Von Terrys Seite zeigten sich weder Freunde noch Verwandte, wenn man die Kettricks nicht zählte, denen Jerry Kettricks Sonderrolle als einziger Augenzeuge sichtlich Freude bereitete. Terrys Eltern waren tot, und Nina hatte niemanden gefunden, der sie gut gekannt hatte. Selbst ihre Kollegen aus der Filmbranche wußten kaum etwas zu sagen. Sie hatte ihre Angebote und Briefe per Fax von Tahoe aus verschickt und blieb als Person ein Schatten.

Kurts Eltern waren gestorben, aber seine Schwester Becky war für die Dauer des Prozesses aus Idaho gekommen. Becky, zehn Jahre älter als Kurt, war bei Tams Verschwinden schon verheiratet und hatte in Boise gewohnt. Hin und wieder hatte sie von Kurt gehört. Sie war auf seiner Seite, aber die Jahre der Trennung hatten ihre Beziehung verblassen lassen.

Die Stammzuschauer des Gerichts hatten ihre hinteren Plätze erobert, drei Frauen und ein uralter Mann, der häufig schlief und zum Schnarchen neigte. Doch das war es auch schon. Keine sensationslüsterne Meute, keine trauernden Hinterbliebenen verstopften die Gänge.

Und natürlich fehlte Paul. Er hatte bei Sandy angerufen und gesagt, daß cr nicht kommen könne. Aber Nina dachte jetzt nicht an Pauls Rückzug. Sandy saß mit ihr und Kurt am Verteidigertisch, sie trug schwarze Halbschuhe, eine Khakibluse und ein großes, schlechtsitzendes schwarzes Jackett. Nina brauchte sie, um die vielen Unterlagen immer griffbereit zu haben. Sie würde außerdem Notizen machen und die Papiere in Ordnung halten. Im Büro hielt Wish die Stellung und nahm die Anrufe entgegen.

Collier stand auf und ging um den Tisch herum zum Podium, das vor der Geschworenenbank aufgestellt worden war. Er legte behutsam seine Notizen ab, dann stellte er sich neben das Podium und begann zu sprechen. In seinem alten grauen Flanellanzug wirkte er harmlos und gemütlich, wie ein Mann, der seinen Freunden auf der Parkbank etwas zu erzählen hat.

»Wir haben es hier mit einem Tötungsverbrechen zu tun. Eine Frau namens Terry London wurde am dreißigsten März dieses Jahres gegen dreiundzwanzig Uhr fünfundvierzig in ihrem Atelier durch den Schuß aus einem Remington-Gewehr tödlich verletzt. Ich möchte Ihnen die Umstände dieses Falls so klar und einfach darstellen, wie es nur geht. Die Fakten, die Sie gleich hören werden, werden sich allmählich zu einer Geschichte zusammenfügen, zur Geschichte des Mannes, der hier als Angeklagter vor Ihnen sitzt – Kurt Scott. Sie werden erfahren, daß Mr. Scott einen fragwürdigen Umgang mit Frauen pflegt, einen Umgang, der in mindestens zwei Fällen zum Tode geführt hat. Sie werden hören, wie dieser Mann vor zwölf Jahren ein junges Mädchen namens Tamara Sweet verführte und eine heimliche Beziehung zu ihr unterhielt. Auf einem Bergpfad schoß er zweimal auf sie und verscharrte dort ihre Leiche. Sie werden hören, wie er dann, vor wenigen Monaten, dieselbe Waffe benutzte, um seine geschiedene Frau zu ermorden und damit sein früheres Verbrechen zu vertuschen.«

Die Geschworenen lauschten gespannt, während Collier in einfachen Worten und nur mit gelegentlichem Blick auf seine Notizen darlegte, was er zu beweisen hoffte. Er war in Hochform, bestens vorbereitet, souverän, und er demonstrierte den Geschworenen, indem er stets nüchtern und sachlich blieb, daß sie ihm trauen und glauben durften. Für Nina brachte sein Vortrag nichts Überraschendes. In Kalifornien waren Prozeßvorbereitungsverfahren entwickelt worden, die solche Überraschungen weitgehend ausschlossen.

Dennoch: Als er alle Klagepunkte zusammenfaßte, bekam Nina einen Schreck, weil seine Position so stark und überzeugend klang. Sie legte Widerspruch ein, wo sie es für nötig hielt, machte sich Notizen, behielt Mrs. Bourgogne und die anderen Geschworenen im Auge, registrierte ihre Reaktionen und versuchte, die Zuversicht zu wahren.

Collier beendete seinen Vortrag um sechzehn Uhr fünfzehn, und Richter Milne hob die Sitzung auf. Kurt wurde abgeführt.

Nina und Sandy fuhren zurück ins Büro. Nina schob den Aktenkram und die Liste der Anrufe beiseite und hielt Ausschau nach unbenutztem Kanzleipapier. »Sandy, schreib bitte noch das heutige Protokoll in die Maschine, dann geh nach Hause.«

»Und was hast du vor?« fragte Sandy durch die Tür.

»Ich werde die Blumen gießen und ein bißchen nachdenken.«

»Wenn du jetzt was essen gehst und dann wiederkommst, ist das Protokoll fertig, und du kannst besser denken.« Sandy startete den Computer.

Nina kam in flachen Schuhen heraus und bürstete sich das Haar.

»Äh, Sandy?«

Sandy drehte sich um und hob eine ihrer buschigen Augenbrauen. »Was ist?«

»Irgendeine Nachricht von Paul? Du hast doch den Anrufbeantworter abgehört.«

»Kein Wort. Aber Wish möchte wissen, was er als nächstes tun soll.«

»Oh, im Moment nichts.«

»Kann ich ihm ein paar Aufträge fürs Büro geben, wenn die Verhandlung läuft?«

»Sicher. Sag mal, Sandy, ist Wish dein einziger Sohn?«

»Der einzige«, bestätigte Sandy. »Aber ich hab drei Töchter.«

»Wo ist sein Vater?«

»Der ist über alle Berge.« Das Glitzern in ihren Augen ließ es Nina ratsam erscheinen, nicht weiterzufragen.

»Ist das nicht eine unglaubliche Sache, ein Kind zu haben?« sagte Nina. »Wenn ich es mir hätte aussuchen können, hätte ich mir keins gewünscht, aber jeden Tag freue ich mich, daß es Bobby gibt. Weißt du was? Ich fahre nach Hause. Mein Eröffnungsplädoyer kann ich auch morgen früh im Büro noch einmal durchlesen. Jetzt möchte ich lieber Bob bei den Schularbeiten helfen und mit ihm über den Prozeßtag reden. Er kann es sicher kaum erwarten.« Sie hielt am Laden, kaufte eine Zutat für die Spaghetti, kochte eine große Mahlzeit, setzte sich mit Bob zusammen, nahm ein langes Bad und schlief neun Stunden. Als um sechs der Wecker klingelte, war sie bereit.

Ein neuer Verhandlungstag. Kurt saß neben ihr, ohne eine Regung zu zeigen. Heute im grauen Anzug, mit weißem Kragen. »Ms. Reilly, Sie können beginnen«, sagte Milne.

Sie sprach langsam, gebrauchte einfache Worte und wiederholte mehrmals die juristische Wendung »begründeter Zweifel«, damit sie sich nachhaltig in die Hirne der Geschworenen einbrannte. »Die Klageseite wird versuchen, Sie davon zu überzeugen, daß diese kaltblütigen Morde vom Angeklagten geplant und ausgeführt worden sind. Gestützt werden soll diese Behauptung durch den Umstand, daß die in beiden Fällen benutzte Tatwaffe vom Angeklagten gekauft wurde. Aber die Beweislage wird erbringen, daß Terry London vor zwölf Jahren, als Tamara Sweet ermordet wurde, Zugriff auf dieses Remington-Gewehr hatte. Jerry und Ralph Kettrick werden bezeugen, daß Ms. London das Gewehr in ihrem Atelier aufbewahrte, und zwar noch kurze Zeit vor ihrem Tod. Der Angeklagte soll sie bei seinem ersten Besuch in ihrem Atelier durch einen Schuß aus diesem Remington-Gewehr getötet haben. Diese Behauptung hat weder Hand noch Fuß, meine Damen und Herren. Wir werden Ihnen zeigen, daß Kurt Scott an beiden Morden unschuldig ist, und wir werden Beweise erbringen, daß Terry London eine unausgeglichene, gewaltbereite Persönlichkeit war, die als Mörderin der Tamara Sweet in Betracht zu ziehen ist, weil sie in den Angeklagten verliebt war, der wiederum eine Beziehung mit Tamara Sweet hatte. Wir werden zeigen, daß der Angeklagte alles andere ist als ein kaltblütiger Mörder. Vielmehr ist er ein Opfer der Terry London, wie auch Tamara Sweet ihr Opfer war.

Wir werden zeigen, daß jeder der sogenannten Beweise für die Schuld des Angeklagten ohne weiteres entkräftet werden kann. Wir werden Ihnen zeigen, hochverehrte Geschworene, daß es andere gibt, die sehr wohl ein Motiv, die Mittel und die Gelegenheit hatten, Terry London zu ermorden. Und wir werden Ihnen zeigen, daß Mr. Kettricks sogenannter Augenzeugenbericht fragwürdig ist, so fragwürdig, daß Sie ihn nicht als Beweis anerkennen sollten.

Was die Videoaufzeichnung betrifft, mit der Ms. London ihr Sterben festgehalten hat, erheben sich zwei Fragen, die Sie sich hoffentlich auch selbst stellen werden, wenn Sie dieses Video sehen. Erstens, kann jemand, auch wenn es sich um einen hochspezialisierten Fachmann im Lippenlesen handelt, mit absoluter Sicherheit feststellen, was Ms. London gesagt hat? Zweitens, ging ihr Haß auf den Angeklagten so weit, daß sie in ihren letzten Minuten nur an ihn dachte und ihn anstelle des wirklichen Täters belastete?

Das mag Ihnen unwahrscheinlich vorkommen, meine Damen und Herren, weil Sie sich noch kein Bild von der Persönlichkeit der Ms. London machen können. Aber nach Vorliegen der Zeugenaussagen werden Sie Ms. London besser verstehen. Die seelische Krankheit, die sie dazu trieb, den Angeklagten zu zerstören, weil er sie nicht liebte, wurde im Lauf der Jahre nicht schwächer, sondern immer stärker. Wenn Sie das berücksichtigen, werden Sie auch verstehen, daß Terry London im Sterben gelogen hat, wie immer ihre Worte gelautet haben mögen.

Und ich möchte Sie bitten, die Beweismittel kritisch und mit der nötigen Skepsis zu betrachten. Bitte verlassen Sie sich nicht nur auf den Augenschein. Blicken Sie auch ein wenig tiefer, und ich bin sicher, daß Ihnen begründete Zweifel an der Darstellung kommen werden, die Ihnen die Anklage glaubhaft machen will.«

Nina arbeitete sich durch die Punkte, die sie als die Schwachstellen der Anklage empfand. Mrs. Bourgogne wandte nicht den Blick von ihr. Was mochte sie denken?

Nina machte eine Atempause. Sie wollte gerade mit der vorbereiteten Zusammenfassung beginnen, als jemand hüstelte. Hinter sich hörte sie die Stahlkette an Kurts Füßen klirren, weil Kurt sich bewegt hatte.

Nina legte ihre Notizen ab, stieg mit einer raschen Wendung vom Podium herunter und wies mit der Hand auf Kurt. »Wahrscheinlich haben Sie schon die Füße von Kurt Scott gesehen«, fuhr sie fort und wies auf seine Fußfesseln. »Mir wären sie jedenfalls aufgefallen. Vielleicht haben Sie versucht wegzuschauen. Aber ich möchte Ihnen im Gegenteil vorschlagen, sich diese Fesseln anzuschauen und sich Ihre Gedanken darüber zu machen. Sehen Sie sich diesen Mann an. Gedemütigt und erniedrigt wird er hier vorgeführt, in Ketten. Man hat alles getan, um ihn wie ein Raubtier …«

»Euer Ehren!« rief Collier.

»Bitte denken Sie daran: Was immer sie angestellt haben, um ihn aussehen zu lassen wie ein …«

»Ms. Reilly!« donnerte Milne. »An den Richtertisch!«

»… so ist er doch unschuldig, solange seine Schuld nicht erwiesen ist. Unschuldig, meine Damen und Herren!«

»Ms. Reilly! Kommen Sie her!«

Nina gehorchte. Aber sie wußte, daß die Geschworenen ihre Überzeugung gespürt hatten.

Er war unschuldig. Sie mußte es ja wissen.

36

Endlich war Nina wieder in ihrem Element. Manche der weiblichen Geschworenen konnten die Augen nicht mehr von Kurt abwenden.

Am Dienstag kam Terrys Brief an Kurt aus dem Jahr 1990 zur Sprache, den man in seiner Wiesbadener Wohnung gefunden hatte. Während er die Runde machte, las ihn Nina in ihren Unterlagen noch einmal durch:

> Mein lieber feiger Löwe, eine kleine Elfe hat mir geflüstert, Du wärest in London. Ich wollte Dich besuchen, aber Du warst schon wieder geflohen, und nun muß ich zurück nach Hause. Vielleicht erhältst Du diesen Brief, vielleicht auch nicht.
> Eines Tages werde ich Dich aufspüren. Ich finde es ungerecht, daß Du Dein Leben genießt, während ich leiden muß. Du hast mich dahin gebracht. Ich denke jeden Tag an Dich. Ich denke an Deine verlogenen Liebeserklärungen und daran, wozu Du mich gezwungen hast. Du mußt Deine Strafe kriegen, wenn es so etwas wie Gerechtigkeit auf der Welt gibt.
> Denkst Du wirklich, daß ich jetzt aufgebe? Oder irgendwann einmal? Ich gehöre zu den Frauen, die nur einmal im Leben lieben.
> Kurt – wie lange willst Du noch vor mir fliehen? Ich habe Ausdauer. Ich bin stärker als Du. Ich bin Deine Frau, Kurt. Ich habe meine Rechte. Hast Du mich verstanden?

Der Brief war mit »Terry« unterschrieben.

Collier ließ ihm Kurts Antwort folgen, die Terry aufgehoben

hatte und in der er drohte, sie werde es noch bereuen, wenn sie ihn weiter belästige – und sie wisse genau, was er meine.

Am Mittwoch rief Collier Jason Joyce in den Zeugenstand, den Streifenpolizisten aus South Lake Tahoe, der Kurt im Morgengrauen gestellt hatte. Joyce trug einen kurzgeschorenen braunen Bürstenschnitt. Er saß in Habachtstellung wie ein junger Rekrut.

»Er fuhr im Zickzack über die Mittellinie auf dem Pioneer Trail«, sagte er auf Colliers Frage und blickte dabei in seine Notizen. »Das war um fünf Uhr vierzig. Ich fuhr gleich auf und sah, daß er den Kopf hängenließ, als wäre er sehr müde oder als wäre ihm schlecht. Als er mich sah, bekam er einen Schreck. Er hatte auch den Sicherheitsgurt nicht angelegt.

Gleich hinter Jicarillo stoppte ich ihn und ließ ihn am Straßenrand halten. Ich fragte ihn nach dem Führerschein und sah das Blut an seiner Hand und vom Ärmel tropfen. Ich leuchtete ihn mit der Taschenlampe an, ließ ihn aussteigen und lehnte ihn ans Auto. An seinen Sachen klebte etwas, was aussah wie getrocknetes Blut, die ganze linke Seite war voll. Ich fragte: ›Was ist das?‹, und er antwortete: ›Blut‹. – ›Sind Sie verletzt?‹ fragte ich. Er nickte. Also fragte ich: ›Hatten Sie eine Auseinandersetzung?‹ Und er antwortete: ›Mit dem Gewehr. Sie ist erschossen.‹«

»Hat er diese Worte gesagt? ›Sie ist erschossen?‹« fragte Collier und zog die Augenbrauen hoch, um die Geschworenen auf das Gewicht dieser Aussage hinzuweisen.

»Ja. Hier sind die Notizen, die ich mir dazu gemacht habe.«

»Was ist dann passiert?«

»Ich habe Verstärkung angefordert und einen Krankenwagen. Der Angeklagte wurde um sechs Uhr zwölf ins Krankenhaus von Boulder eingeliefert. Er hatte eine Schußverletzung am linken Arm, eine Fleischwunde. Auf dem Weg nannte er mir die Adresse dieser Frau. Er sagte, er wäre die ganze Nacht rumgefahren, hätte irgendwo geparkt und eine Weile geschlafen, aber schon beschlossen, sich der Polizei zu stellen, als ich ihn stoppte.«

»Was haben Sie dann getan?« fragte Collier.

»Officer Booth und ich fuhren zu der Adresse. Wir gingen direkt zum Atelier, das in der Nähe des eigentlichen Hauses war.«

»Warum sind Sie dorthin gegangen?«

»Aus zwei Gründen. Eine Blutspur führte den Weg entlang zum Atelier, und die Tür stand weit offen. Die Temperatur war knapp über Null. Wenn dort jemand drin war, dann war er in Schwierigkeiten. Also riefen wir hinein. Drinnen war es dunkel, aber ich sah eine Menge technische Geräte. Dann sah ich etwas, was aussah wie ein Gewehrkolben. Wir zogen unsere Waffe und gingen hinein.«

»Was haben Sie im Atelier vorgefunden?«

»Eine leblose weibliche Person lag etwa drei Meter vom Eingang entfernt auf dem Fußboden. Ihr Körper war mit Blut bedeckt, das teilweise getrocknet war, der Körper war steif und erkaltet. Ich rief noch einen Krankenwagen, aber mir war schon klar, daß sie tot war.«

Joyce setzte die lange Geschichte fort, die schon ausführlich im Polizeibericht stand: die Remington auf dem Boden neben Terry, die Spuren eines Kampfes, die Videokamera, die zwischen ihren Beinen aufgestellt war. Die Mordkommission, bestehend aus einer Fotografin, zwei Kriminalisten und dem Kommissar Lieutenant Julian Oskal, erschien nach einer Stunde und begann mit ihrer Arbeit.

»Was haben Sie dann getan?«

»Ich fuhr ins Revier und schrieb meinen Bericht.«

»Besten Dank, Officer Joyce. Keine weiteren Fragen.«

Nina brachte den Streifenpolizisten zurück auf das Gespräch mit Kurt.

»Wurden denn seine Äußerungen nicht aufgezeichnet?« fragte sie.

»Nein. Der Vorgang wurde von einem Videorecorder gefilmt, der im Streifenwagen montiert ist. Das ist so üblich. Der Ton war ausgeschaltet.«

»Wir würden die Aufzeichnung gern sehen«, sagte Nina. Es wurde dunkel im Saal. Man sah im Film, wie Joyce das Auto von Kurt zum Halten brachte und mit der Taschenlampe hinging, wie Kurt den Wagenschlag öffnete, ausstieg und sich an die Flanke stellte. Es war ein kristallklarer Gebirgsmorgen, die Kamera war genau auf das gestoppte Auto gerichtet, Kurt wandte sein Gesicht der Kamera zu und sprach mit ernstem Gesicht.

»Bitte anhalten!« rief Nina. »Was genau hat er in diesem Moment gesagt?«

»Okay«, sagte Joyce geduldig. »Ich richte mich nach meinen Aufzeichnungen. ›Was ist das?‹ hatte ich gefragt. Er antwortete: ›Blut.‹ Ich fragte: ›Sind Sie verletzt?‹, er nickte, und so fragte ich: ›Hatten Sie eine Auseinandersetzung?‹ Er antwortete: ›Mit dem Gewehr. Sie ist erschossen.‹«

»Haben Sie eine direkte Erinnerung daran, was er sagte? Unabhängig von Ihrem Bericht?«

»Nur vage. Das liegt ein paar Monate zurück. Ich muß mich auf meine Aufzeichnungen stützen.«

»Und wann genau haben Sie diesen Bericht angefertigt?«

»Das steht hier oben drauf. Um sieben Uhr dreißig morgens.«

»Noch einmal: Um welche Zeit hat der Angeklagte diese Worte gesagt?«

»Das wäre gewesen … Sie können die Zeit auf dem Video ablesen. Dort unten am Rand. Fünf Uhr vierundvierzig.«

»Haben Sie mit jemandem über die Äußerungen des Angeklagten gesprochen, bevor Sie diesen Bericht geschrieben haben?«

»Über den genauen Wortlaut? Nein.«

»Zwischen den Äußerungen des Angeklagten und Ihrer Niederschrift liegen also eine Stunde und sechsundvierzig Minuten.«

»Ja.«

»Und in dieser Zeit machten Sie mit Ihrem Kollegen eine grausige Entdeckung: Sie fanden eine blutüberströmte Frauenleiche mit allem, was daraus folgte.«

»Ja.«

»Könnte es nicht möglich sein, daß Sie die genauen Worte des Angeklagten in dieser Zwischenzeit vergessen haben?«

»Nein. Bei meiner Ausbildung bin ich darauf trainiert, solche Dinge zu behalten.«

»Sie haben also Ihr Gedächtnis so trainiert, daß Sie den genauen Wortlaut von Äußerungen behalten können.«

»Ja.« Der junge Streifenpolizist lächelte sie selbstgefällig an. Er wußte, daß er nur bei seiner Aussage bleiben mußte. »Sie ist erschossen.« Das war schon so gut wie ein Geständnis.

»Hätten Sie was dagegen, daß wir Ihr Kurzzeitgedächtnis testen?« Das Lächeln von Officer Joyce verblaßte. »Und jetzt kommt der Test: Welches war meine drittletzte Frage?«

»Einspruch. Das ist kein ordnungsgemäßer Test, Euer Ehren.«

Schon standen beide am Richtertisch. Im Zeugenstand versuchte Officer Joyce mit gequälter Miene, sich zu erinnern, und nutzte die Extraminuten, die Collier ihm verschafft hatte. »Was ist daran auszusetzen?« fragte Milne. Collier wiederholte, daß der Test unfair sei, und führte seine Argumente an, während Joyce nachdachte. Milne bemerkte den Seitenblick Colliers auf den Zeugen und sagte schroff: »Einspruch abgelehnt.«

»Nun, Ihre Antwort, Officer?« fragte Nina, als sie wieder am Verteidigertisch war.

»Ich weiß nicht, was Sie meinen. Die drittletzte Frage – was soll das bedeuten?«

»Ich gebe Ihnen sogar den Anfang vor: ›Und in dieser Zeit ...‹«

»›Und in dieser Zeit ... fanden Sie die Frauenleiche und was da noch so war‹«, sagte er zögernd.

»Das ist also Ihre Erinnerung?«

»Es ist schwer, sich das wörtlich zu merken. Ich meine, hier vor Gericht, wo ich unter Streß stehe.«

»Aber wenn Sie einen Mann stoppen, der voller Blut ist, und danach das Opfer eines Gewaltverbrechens entdecken, stehen Sie dann nicht unter Streß?«

Officer Joyce hatte keine Antwort darauf.

»Ich beantrage, daß die entsprechende Frage, die mit ›Und in dieser Zeit‹ beginnt, noch einmal verlesen wird, Euer Ehren.«

Die Stenographin blätterte kurz, dann las sie vor: »Und in dieser Zeit machten Sie mit Ihrem Kollegen eine grausige Entdeckung: Sie fanden eine blutüberströmte Frauenleiche mit allem, was daraus folgte.«

»Richtig«, sagte Officer Joyce. »Das meiste davon hatte ich.«

»Ich stelle fest, daß Sie nicht einmal annähernd den genauen Wortlaut wiedergegeben haben, Officer. Wieviel Zeit ist zwischen der Frage und Ihrem Wiederholungsversuch vergangen?«

»Drei oder vier Minuten«, sagte der junge Streifenpolizist und ließ die Schultern hängen.

»Das ist alles. Vielen Dank.« Nina blickte zu den Geschworenen hinüber. Die saßen noch immer so aufrecht da wie Officer Joyce zu Beginn seiner Aussage. Sehr gut. Sie durften nicht einschlafen. Man mußte ihnen Überraschungen bieten.

»Bitte Ihren Vor- und Zunamen«, sagte Collier. Es war Donnerstagmorgen, die Verhandlung gegen Kurt war in vollem Gang. Der Tag sollte heiß werden, und die Klimaanlage war kaputt.

»Willie Gershwin Evans. Sie können mich Willie nennen.«

Der Experte im Lippenlesen, der den Text zum Sterbe-Video geliefert hatte, trat in den Zeugenstand. Er war über siebzig, hielt sich gerade und sah gesund aus. Offensichtlich nahm er brav seine Vitamine. Er trug eine randlose Brille, ein gestärktes weißes Hemd und eine gestreifte Krawatte.

»Wo sind Sie beschäftigt?«

»Ich bin pensioniert, aber vorher war ich Sozialarbeiter beim Bezirksgesundheitsamt Placerville.« Er sprach deutlich, obwohl seine Stimme einen hohlen Beiklang hatte.

»Sind Sie bereits öfter als Experte im Lippenlesen für den Bezirk tätig geworden?«

»O ja, viele Male, seit vierzig Jahren. Ich habe hörgeschädigten Mitbürgern beim Ausfüllen ihrer Wohlfahrtsanträge geholfen. Vor Gericht habe ich für Zeugen gesprochen, die die amerikanische Gebärdensprache benutzen. Die beherrsche ich gut, und das Lippenlesen unterstützt die Gebärdensprache. Ich hab auch der Polizei geholfen, als sie Leute durch das Fenster beobachtete und wissen wollte, was sie sagten.«

»Sind Sie selbst hörgeschädigt?«

»Früher einmal, als Leute wie ich einfach ›Taube‹ genannt wurden. Als Kind hatte ich Diphtherie. Ich konnte nichts mehr hören, bis ich achtunddreißig war. Dann hat mich meine Frau zur Untersuchung nach Stanford gebracht, und siehe da, sie kamen dort zu der Auffassung, daß sie mich operieren und mir mein Gehör zurückgeben könnten. Bis auf achtundsiebzig Prozent haben sie mich gebracht. Den Rest erledigt die Hörhilfe. Meiner Frau konnten sie nicht helfen. Also blieb ich bei der amerikanischen Gebärdensprache und beim Lippenlesen.«

»Betrachten Sie sich als Experten auf dem Gebiet des Lippenlesens?«

»Ich kenne niemanden, der darin besser ist als ich«, sagte der alte Mann stolz.

»Ich beantrage, daß dieser Zeuge als Sachverständiger auf dem Gebiet des Lippenlesens gehört wird«, sagte Collier.

»Einwände, Ms. Reilly?« fragte Milne.

Nina dachte nach. Sie konnte einen Riesenwirbel veranstalten und Evans' Kompetenz in Frage stellen, oder sie konnte seine Aussage für ihre eigenen Zwecke nutzen. Sie entschied sich dafür, ihn ungeschoren zu lassen. »Keine Einwände, Euer Ehren.«

»Ich möchte Sie bitten, uns Ihre Fähigkeiten zu demonstrieren«, sagte Collier. »Ich werde jetzt einen Satz niederschreiben und ihn ohne Stimme vorlesen. Sie werden mir dann sagen, wie der Satz lautet, wenn Sie nichts dagegen haben. Ich versichere hiermit dem Hohen Gericht und der Verteidigung, daß dies nicht mit dem Zeugen geübt oder abgesprochen ist. Das können Sie doch bestätigen, nicht wahr?«

»Sie haben mich nur gefragt, ob ich mit einem kleinen Test einverstanden wäre«, sagte Evans nickend.

Collier dachte einen Moment nach, dann schrieb er etwas nieder und überreichte Milne den Zettel. Er ging nahe an den Zeugen heran und fragte: »Sind Sie bereit?«

»Fangen Sie an.«

Collier formte mit dem Mund einige Wörter.

»Bitte noch einmal«, sagte der Zeuge.

Kaum hatte Collier den Mund geschlossen, sagte Evans. »Jetzt hab ich's. Sie haben gesagt: ›Der Eierpreis ist auf neunundvierzig Cent das Dutzend gestiegen.‹ Wann haben Sie das letztemal Eier gekauft, Sir?«

Die Zuschauer lachten, Collier schmunzelte zufrieden und holte seinen Zettel beim Richter ab. Er reichte ihn Nina zur Kontrolle und fragte: »Darf ich ihn den Geschworenen zeigen?«

»Keine Einwände«, sagte Nina. Der Zettel machte die Runde. Evans hatte den Satz Wort für Wort verstanden.

Collier ging hinüber zum Wachbeamten und nahm einige Beweisstücke in die Hand. »Wurden Sie am 31. März dieses Jahres von der Polizeidirektion South Lake Tahoe im Zusammenhang mit den Ermittlungen zum Mordfall London um Unterstützung gebeten?«

»Jawohl.«

»Schildern Sie uns die Aufgabe, die Ihnen gestellt wurde!«

»Man zeigte mir dort eine Videoaufnahme von der verstorbenen Lady. Sie hatte eine Schußverletzung und konnte nicht sprechen, aber sie bewegte ihren Mund, als wollte sie etwas mitteilen. Also wurde ich gefragt, ob sie wirklich etwas sagte.«

»Handelt es sich dabei um die Videokassette, die hier als Beweisstück 45 zugelassen ist?«

Evans schaute auf die Kassette, die Collier ihm entgegenhielt. »Mit Sicherheit. Als ich fertig war, hab ich meinen Namen draufgeschrieben, hier auf dem Etikett steht er, dazu das Datum.«

»Wo wurde Ihnen die Videoaufnahme vorgeführt?«

»Im Konferenzzimmer Ihres Büros. Ein Beamter legte die Kassette ein, spulte zurück, als wir fertig waren, und legte sie zurück in die Schachtel.«

»Hatten Sie zu irgendeiner Zeit unbeaufsichtigten Zugang zu der Videokassette?«

»Zu keiner Zeit.«

»Was geschah dann?«

»Ich habe aufgeschrieben, was sie gesagt hat, und ließ die Stellen frei, wo ich mir nicht sicher war. Ihre Sekretärin tippte alles ab, und ich habe mich überzeugt, daß die Abschrift korrekt war. Dann hab ich sie unterschrieben.«

»Und handelt es sich bei diesem Dokument hier, Beweisstück 46, um das Original Ihrer handschriftlichen Notizen?«

Evans beugte sich über das Papier. »Jawohl.«

»Und ist dieses maschinenschriftliche Dokument, bezeichnet als Beweisstück 47, die von der Sekretärin erstellte Abschrift, die Sie unterzeichnet haben?«

Wieder prüfte er das Papier gründlich. »Jawohl.«

»Ich beantrage, daß die Beweisstücke 46 und 47 als Beweismittel zugelassen werden«, sagte Collier.

»Keine Einwände.«

»Die Beweisstücke mit den genannten Nummern sind als Beweismittel zugelassen«, sagte Milne und machte sich Notizen.

Collier wandte sich wieder an Evans. »Nun sagen Sie mir bitte, Mr. Evans ...«

»Sie können mich Willie nennen.«

»Lesen Sie doch bitte Ihre Notizen den Geschworenen vor.«

»Einspruch! Vorgeschrieben ist das bestgeeignete Beweismittel«, sagte Nina.

»Na, dann treten Sie mal beide näher«, ordnete Milne an.

Als Nina nun mit Collier und Milne den Kopf zusammensteckte, flüsterte sie, damit die Geschworenen es nicht hörten: »Die Erinnerung des Zeugen ist das bestgeeignete Beweismittel. Selbst wenn er seine Aufzeichnungen benutzt, um seine Erinnerungen aufzufrischen, sollte er, soweit er kann, sich auf sein Gedächtnis stützen.«

Milne sagte zu Collier: »Sie hat recht, aber sie irrt sich. Das beste Beweismittel ist die Videoaufzeichnung. Der Zeuge ist nur eine Art Übersetzer. Warum wollen Sie nicht mit dem Video anfangen?«

»Ich dachte, wir müßten das stärker fundieren. Demonstrieren, daß die Beaufsichtigung der Beweismittel lückenlos ist. Wenn allerdings die Verteidigung keine Einwände erhebt ...«

Nina kam ihm zuvor. »Weil das Video manipuliert sein könnte? Wenn es dasselbe Video ist, das Sie mir vorgeführt haben, erhebe ich keine Einwände. Führen Sie es einfach vor. Ich werde mich mit meinen Einsprüchen zurückhalten.«

»Das spart uns eine Menge Zeit, vielen Dank«, sagte Collier und blickte sie verwundert an. Er fragte sich nun, soviel war ihr klar, warum sie nicht jedes Mittel nutzte, um die Vorführung des Videos zu verhindern.

Sie gingen an ihre Plätze zurück, und Collier tauschte sich flüsternd mit einem Beamten aus.

»Einspruch stattgegeben«, verkündete Milne.

»Die Staatsanwaltschaft möchte ihnen jetzt das Beweisstück 45 zur Kenntnis bringen, eine Videoaufnahme, die offenkundig von der tödlich verletzten Terry London angefertigt wurde.«

»Keine Einwände.«

»Einen Moment noch«, sagte Milne, als es im Saal dunkel wurde. »Werte Geschworene, ich muß Sie darauf hinweisen, daß diese Aufnahme auf ziemlich drastische Weise die Auswirkungen einer Schußverletzung demonstriert. Es wird viel Blut zu sehen sein. Sollte es Ihnen irgendwann unmöglich werden, den Film weiterzuverfolgen, bitte ich Sie um ein Handzeichen. Sie werden dann unverzüglich aus dem Saal geleitet.«

Wie auf Verabredung setzten die Geschworenen gewichtige Mienen auf. Mrs. Bourgogne nahm einen tiefen Atemzug und faltete die Hände im Schoß, einige taten es ihr nach.

»Fangen Sie an.«

Collier hob die Hand, und plötzlich befand sich der ganze Saal in Terrys grusligem Atelier, beschallt von den schrecklichen Geräuschen, die aus dem Lautsprecher kamen. Mit starrem Entsetzen verfolgte alles, wie Terry in ihrem eigenen Blut erstickte und dabei zäh entschlossen ihre letzten Worte formte.

Das Band ging zu Ende. Die Geschworenen wirkten tief geschockt. Kurt sagte mit dumpfer Stimme: »Mein Gott! Es ist so furchtbar!« Er schien von einem inneren Aufruhr gepackt, als könnte er jeden Moment aufspringen und etwas sagen, was er bereuen würde. Nina strich ihm beruhigend über die Hand.

Das Video hatte sie aus dem strategischen Spiel der Prozeßführung herausgerissen und wieder mit der Realität konfrontiert, mit einem menschlichen Wesen, das soeben vor ihren Augen das Leben verloren hatte. Doch trotzdem – Terry London hatte Kurt gehaßt, bis zuletzt. Das durfte sie nicht vergessen.

»Handelt es sich um dieselbe Aufnahme, die Sie gesehen haben?« sagte Collier in betont sachlicher Stimme zu Evans.

»Genau dieselbe.«

»Und Sie haben sie mehrmals gesehen?«

»Ja.«

»Sind Ihre handschriftlichen Notizen, Beweisstück 46, eine Wiedergabe der Worte des Opfers?«

»Ja.«

»Können Sie sich an den genauen Wortlaut erinnern, ohne Ihre Notizen zu benutzen?«

»Nein.«

»Nun gut. Verlesen Sie bitte Ihre Notizen.«

Evans zögerte und blickte zu Nina hinüber, als erwartete er ihren Einspruch.

»Lesen Sie, Willie«, sagte Collier.

»Also dann. Hier ist die Mitschrift, die ich gemacht habe, während ich das Video immer wieder von vorn gesehen habe. Sie sagte: ›Es tut nicht weh. Pause. Ich sterbe. Pause. Du bist schuld, Kurt. Pause. Oh, oh, ich sterbe. Du hast dada, dada, auf mich geschossen. Pause. So eine Überraschung. Pause. Der Engel des Todes. Pause. In der Hölle sehen wir uns wieder.‹ Dann wird sie allmählich bewußtlos und sagt nur noch ›oh, oh, oh‹.«

Im Saal war es totenstill. Die Wörter, die der alte Mann mit seiner seltsam hohlen Stimme gelesen hatte, übten eine lähmende Wirkung aus. Eine der jüngeren Geschworenen preßte die Hand vor den Mund.

Collier wartete, bis die Stille allmählich wich. Dann fragte er: »Wenn Sie ›Pause‹ sagen, was bedeutet das?«

»Oh, das hat sie nicht gesagt. Damit mache ich nur deutlich, wo zwischen ihren Worten Pausen sind.«

»Und wenn Sie ›dada‹ sagen?«

»›Da‹ meint eine Silbe, die ich nicht deuten konnte. ›dada‹ heißt, daß es zwei Silben sind.«

»Wenn Sie die Sache vereinfachen, ohne Pausen und Leerstellen, dann sagt sie: ›Es tut nicht weh. Ich sterbe. Du bist schuld, Kurt. Oh, oh, ich sterbe. Du hast auf mich geschossen. So eine Überraschung. Der Engel des Todes. In der Hölle sehen wir uns wieder. Oh, oh, oh.‹«

»Ja. Das sind die Worte, die ich erkennen konnte.«

»Vielen Dank, keine weiteren Fragen.«

»Mister Evans!« sagte Nina.

»Ich höre«, erwiderte Evans und entblößte zwei Reihen blitzender Zähne.

»Können Sie mit der Hörhilfe normal hören?«

»Ja.«

»Wie steht es mit dem Sehvermögen?«

»Mein Sehvermögen? Was man so erwarten kann. Mit meiner Brille sehe ich gut.«

»Der Konferenzraum, in dem Sie das Video gesehen haben – wie weit saßen Sie vom Bildschirm entfernt?«

»Na, etwa so weit wie jetzt von Ihnen.«

»Gut. Ich möchte nämlich auch einen kleinen Test mit Ihnen machen, genau wie Mr. Hallowell, aber aus dem Abstand, den Sie vom Bildschirm hatten.«

»Okay«, sagte Willie. »Ich putze mir schon mal die Brille.«

Während er putzte, schrieb Nina etwas auf eine Karte und reichte sie Collier, dann dem Richter. Sie formte mit dem Mund einige Wörter, und Evans schaute angestrengt hin.

»Noch einmal«, sagte er. Sie wiederholte die Wörter, und er sagte: »Es ist wohl besser, wenn Sie näher kommen.«

»Oh, dann wäre ja mein Test verdorben«, sagte Nina. »Sagen Sie der Jury einfach, was Sie verstanden haben.«

»Nun, ein paar Wörter sind mir entgangen. Sie haben undeutlich gesprochen.«

»Und die Frau auf dem Video, hat sie auch undeutlich gesprochen?«

»Natürlich. In ihrem Zustand ist es doch gar nicht anders zu erwarten. Deshalb hab ich ja ›dada, dada‹ gesagt.«

»Okay, sagen Sie das wieder, wo es nötig ist. Soll ich den Satz noch einmal wiederholen?«

»Bitte.«

Nina bewegte erneut die Lippen.

»Soweit ich das mitkriege«, sagte Evans langsam, »bedeutet es: ›Du hast in Gedanken auf mich geschossen.‹ Sagen Sie es noch einmal.«

Nina saß da und formte Wörter.

»›Du hast in Gedanken auf mich geschossen‹«, sagte Evans zögerlich. »Das ist es, was ich verstehe.«

»Vielen Dank«, sagte Nina, sie stand auf und gab das Kärtchen mit dem Satz den Geschworenen. Während sie es herumreichten, wandte sich Nina an Mrs. Bourgogne: »Für das Protokoll lese ich vor, was hier steht: ›Du hast in Gedanken auf mich geschossen.‹«

»Wie ich schon sagte, Sie haben ein bißchen undeutlich gesprochen«, sagte Evans.

»Könnte die Frau auf dem Video ebenfalls ›in Gedanken‹ gesagt haben, an der Stelle, wo Sie ›dada, dada‹ aufgeschrieben haben?«

Evans griff nach seiner Mitschrift und schob die Brille zurecht, als könnte er so besser erkennen, was die vier Silben zu bedeuten hatten. »Im Moment kann ich das nicht entscheiden«, sagte er.

»Sagen Sie mir, jetzt in diesem Moment: Ist es möglich, daß die Frau auf dem Video diesen Satz gesagt hat? ›Du hast in Gedanken auf mich geschossen?‹«

»Einspruch! Das ist Spekulation!« rief Collier hastig.

»Ich ziehe die Frage zurück«, erwiderte Nina. »Wissen Sie was, Willie? Wir müßten uns diese Passage auf dem Video noch einmal ansehen. Sind Sie einverstanden?«

»Wenn Sie darauf bestehen«, erwiderte Evans.

Das Video lief noch einmal. Diesmal gab Nina dem Beamten ein Zeichen, und das Video stoppte in der Mitte. Terrys gequältes Gesicht füllte die Projektionswand. Evans reckte den Hals, um besser zu sehen.

»Was hat sie eben gesagt?« fragte Nina.

»Sie sagte: ›Du hast dada, dada, auf mich geschossen.‹«

»Können Sie die Leerstellen füllen, nachdem Sie die Passage noch einmal gesehen haben?«

»›Du hast in Gedanken auf mich geschossen‹«, sagte Evans, »Ja, das könnte passen.«

»Ich frage nicht, ob es passen könnte, Willie. Ich frage, ob sie das gesagt hat.«

»Ich weiß es nicht. Es ist eben eine Kunst.«

»Hat sie es gesagt?«

»Einspruch. Die Antwort wird vorweggenommen. Der Zeuge wird zur Spekulation verleitet!«

»Einspruch abgelehnt«, sagte Milne überraschend.

»Das könnte sie gesagt haben, allerdings. Es könnte sein. Aber sie wollen ja Gewißheit, nicht wahr? Die kann ich Ihnen nicht geben. Beim besten Willen nicht. Sie sagte etwas zwischen ›hast‹ und ›auf‹. Vier Silben. Sie hat dabei gehustet. Ich kann es nicht sagen.«

»Aber möglich wäre es, nicht wahr, Willie? ›Du hast in Gedanken auf mich geschossen.‹«

»Einspruch! Das ist Zeugenbeeinflussung! Ich beantrage eine Besprechung! Euer Ehren …«

Willie nickte weiter mit dem Kopf und sagte: »Aber es könnte sein. Es könnte sein.«

»Die Aussage ist genehmigt. Verteidigung, fahren Sie fort.«

»Danke«, sagte Nina. »Wurden Teile dieses Videos vergrößert oder anderweitig mit Computertechnik bearbeitet, Willie?«

»Nein. Aber ich habe das Video mindestens zehnmal gesehen. Ich glaube nicht, daß ich unter anderen Umständen mehr …«

»Danke. Haben Sie Standfotos vom Video zu sehen bekommen?«

»Nein. Die hätten mir auch nichts genützt.«

Nina wandte sich anderen Teilen der Mitschrift zu, besonders dem »Kurt«, aber daran wollte Evans nicht rütteln lassen, und er widerstand ihr den ganzen restlichen Vormittag. Die Mittagspause nahte. Nina zweifelte, daß aus Evans mehr herauszuholen war, aber sie zögerte noch, ihn zu entlassen. Sie spürte, daß da noch etwas in ihm steckte, sie mußte nur hartnäckig genug bohren.

Versuchshalber sagte sie: »Dieser Satz mit der Hölle. Das H ist doch ein Hauchlaut. Man kann ihn hören, aber nicht sehen. Ist das richtig?«

»Jawohl. Aber es erschließt sich aus dem Zusammenhang.«

»Was Sie tatsächlich gesehen haben, war: ›In der L sehen wir uns wieder.‹ Ist das richtig?«

»Ja. Aber das Wort ›L‹ gibt es nicht. Manche sagen sogar, auch die Hölle gibt es nicht.« Ein paar Geschworene lächelten.

»Woher wollen Sie wissen, daß es das Wort ›L‹ nicht gibt?« fragte Nina. »Es könnte doch eine Abkürzung für einen bestimmten Ort sein, oder?«

»Nein, das glaube ich nicht«, entgegnete Evans. »Sie sagt ›Hölle‹. Man sieht es an ihren Augen, an ihrem Ausdruck, am Zusammenhang.«

So kam sie nicht weiter. Mrs. Bourgogne gähnte, es war ein unterdrücktes, diskretes Gähnen, aber eben ein Gähnen. Nina gab auf. »Danke«, sagte sie, und Sandy stieß sie mit dem Ellbogen an.

»Einen Moment, Euer Ehren«, sagte Nina.

»Soll er doch mal das Polizeivideo von Kurts Verhaftung nachsprechen«, flüsterte ihr Sandy zu.

Nina stutzte. »Donnerwetter!« flüsterte sie zurück.

»Hat die Verteidigung noch Fragen an den Zeugen?«

»Nur ein paar, Euer Ehren. Willie, Sie sagten, das Lippenlesen ist eine Kunst ...«

»Und ich bin ein Künstler«, erwiderte Evans grinsend. »Sie würden nicht glauben, was ich alles so mitkriege. Wollen Sie hören, was die Dame neben Ihnen gerade zu Ihnen gesagt hat?«

»Nein. Aber ich denke, Sie wissen schon, was Sie jetzt für uns lesen sollen.«

»Allerdings.«

»Mit Erlaubnis des Hohen Gerichts möchte ich Mr. Evans darum bitten, die Worte des Angeklagten zu identifizieren, die dieser bei seiner Festnahme durch Officer Joyce geäußert hat. Beweisstück Nummer 14.«

»Das ist völlig unangebracht, Euer Ehren«, sagte Collier. »Das übersteigt die Kompetenzen der Verteidigung. Erlaubt ist nur die direkte Befragung. Der Zeuge hat seine Fähigkeiten bereits unter Beweis gestellt. Die Verteidigung spannt den Experten für ihre Zwecke ein.«

Milne, der den Wortwechsel mit Evans gespannt verfolgt hatte, sagte jetzt: »Im Sinne der Prozeßordnung ist Ihr Einspruch berechtigt. Dennoch liegt es im Interesse der Wahrheitsfindung und im Ermessen des Gerichts, den Sachverständigen mit der betreffenden Videoaufzeichnung zu konfrontieren.«

Collier setzte sich und tuschelte erregt mit seinem Berater. Der Beamte hatte die Kassette schon geholt.

Ein weiteres Mal wurde der stumme Film des Officer Joyce vorgeführt. Kurts Wange war gegen das Seitenfenster des Mietwagens gedrückt. Er bewegte die Lippen.

»Noch einmal!« sagte Evans. Er streckte sich der Projektionswand entgegen. Der Film wurde wiederholt.

»Okay«, sagte er. »Die Jungs überlassen nichts dem Zufall. Eine saubere Aufnahme. Alles klar und deutlich.« Die Vorhänge gingen wieder auf.

»Was hat der Angeklagte also während der Festnahme gesagt, Willie?« fragte Nina.

»Er sagte: ›Blut.‹ Dann nickte er und sagte ›Mit dem Gewehr. Auf mich wurde geschossen.‹«

Collier klatschte seine Akten auf den Tisch. Nie hatte Nina ihn so wütend gesehen. »Einspruch!« rief er. »Der Ankläger ist in unfairer Weise überrumpelt worden!«

»Kläger und Verteidigung, bitte an den Richtertisch«, befahl Milne. Nina stand da und sagte kein Wort, während Collier Argument auf Argument häufte, um Ninas Vorstoß zu Fall zu bringen. Milne hörte aufmerksam zu, dann sagte er zu Collier: »Sie hätten ihn selbst damit beauftragen sollen. Er hat Nachlässigkeiten der Polizei aufgedeckt, die eigentlich Sie hätten aufdecken können. Nun müssen Sie sich damit abfinden.« Collier stapfte wütend an seinen Platz zurück. »Noch Fragen?« sagte Milne zu Nina.

»Keine weiteren Fragen, Euer Ehren.«

»Mr. Hallowell, möchten Sie den Zeugen weiter befragen?«

Collier schüttelte den Kopf.

»Der Zeuge ist entlassen. Vielen Dank, Mr. Evans.«

»War mir ein Vergnügen.« Strahlend und mit flinken Bewegungen verließ der Pensionär den Zeugenstand.

»Das Gericht zieht sich zurück bis dreizehn Uhr dreißig«, verkündete Milne. Die Geschworenen zogen im Gänsemarsch durch den Mittelgang.

Kurt beugte sich zu Nina und Sandy hinüber. »Wie seid ihr nur darauf gekommen?« fragte er.

»Bedanke dich bei Sandy«, erwiderte Nina und lächelte ihm Mut zu. Mit klirrenden Ketten wurde er abgeführt.

37

»Zeugenaufruf Frank Fontaine!«

Der Kriminalbeamte kam hereingeschlendert und nahm Platz im Zeugenstand. Er war in den Zwanzigern, hatte glatt zurückgekämmtes schwarzes Haar und buschige Augenbrauen, und selbst in Zivilkleidung umgab ihn ein aseptischer Hauch, als würde er den größten Teil seines Lebens im Laborkittel verbringen.

Collier stellte ihm eine Reihe von Routinefragen, aus denen hervorging, daß er bei der Bezirkspolizei beschäftigt war und den örtlichen Behörden zur Seite stand, wenn es um die Aufklärung von Tötungsverbrechen ging.

»Ist es korrekt, daß Ihre Dienste bei der Sicherstellung und Prüfung von Beweismitteln im Zusammenhang mit den Ermittlungen zum Tod von Theresa London und Tamara Sweet in Anspruch genommen wurden?«

»Hier muß ich einmal unterbrechen«, sagte Richter Milne, wandte sich den Geschworenen zu und legte die Brille vor sich aufs Pult. »Sie haben wahrscheinlich bemerkt, daß hier immer wieder Beweismittel aufgeführt werden, die ein anderes Tötungsverbrechen betreffen, das Tötungsverbrechen an Tamara Sweet nämlich. Dem Angeklagten wird jedoch lediglich der Mord an Theresa London zur Last gelegt. Ich möchte hier klarstellen, daß das Verbrechen an Tamara Sweet nicht Gegenstand dieses Prozesses ist. Beweismittel, die ihren Tod betreffen, können nur insofern gewürdigt werden, als sie auf das Motiv des Mordes an Terry London hinweisen. Ich werde zu einem späteren Zeitpunkt Näheres dazu ausführen.«

Nina warf einen Blick auf Mrs. Bourgogne. Wie erwartet, sah es so aus, als hätte die Sprecherin Milnes Erklärung völlig überhört. Mrs. Bourgogne beäugte kritisch den kurzen Rock der neben ihr sitzenden Geschworenen. Auch die anderen Mitglieder der Jury schienen zu träumen. Nina konnte nur hoffen, daß sie bei der nächsten Belehrung, die leider erst am Ende der Beweisaufnahme zu erwarten war, mehr mitkriegen würden.

»Sprechen Sie, Mr. Fontaine«, sagte Milne, sichtlich zufrieden mit sich selbst.

»Danke, Sir. Ich wurde zu beiden Fällen hinzugezogen. Erst zum Fall London.«

»Schildern Sie, auf welche Weise Sie mit dem Fall London in Berührung kamen«, sagte Collier.

»Das Revier South Lake Tahoe setzte sich mit der Polizeidirektion in Placerville in Verbindung und forderte einen Kriminalbeamten an. Der Tatort war Coyote Road 8, das Datum der 31. März, die Uhrzeit neun Uhr fünfzehn. Da ich gerade in Tahoe zu tun hatte, begab ich mich direkt zum Tatort.«

»Sind in diesem Bericht hier, gekennzeichnet als Beweisstück Nr. 12, Ihre Aktivitäten zusammengefaßt?« fragte Nina. Sie erwog, gegen den Bericht Einspruch zu erheben, weil er Aussagen vom Hörensagen enthielt, Vermutungen, nützlich gemeinte Feststellungen, aber ansonsten nichtssagend war.

»Ja. Ich habe mich dort mehrere Stunden aufgehalten. Ich habe Blutproben von den Wänden und vom Fußboden gesammelt, auch vom Körper des Opfers. Von zahlreichen Gegenständen habe ich Fingerabdrücke abgenommen. Dazu gehörte das am Tatort gefundene Remington 30.06. Sichergestellt wurden auch zwei Projektile und Geschoßhülsen.«

»Gut«, sagte Collier. »Bitte fassen Sie Ihre Ergebnisse in bezug auf die Blutproben zusammen, die als Beweisstücke ausgewiesen und in Ihrem Bericht graphisch dargestellt sind.«

Geduldig und in aller Ausführlichkeit breitete Fontaine seine Ergebnisse aus. Seine Labortechnik war über jeden Zweifel erhaben. Er benutzte stets Handschuhe. Er führte ordentliche und gut leserliche Protokolle. »Hier sind Blutspritzer und hier.« Er wies mit dem Zeigestock auf die Tatortzeichnung. »In 1,52 Meter Höhe an der Wand, in der Umgebung von Projektil eins, vermischt mit Gewebe ...«

»Handelt es sich um menschliches Gewebe?«

»Korrekt. Das Gewebe und das Blut sind zusammen mit dem Projektil an die Wand gelangt.«

»Haben Sie die Blutspuren an der Wand mit der Blutprobe des Opfers verglichen?«

»Die DNA-Tests zeigen an, daß alle diese Blut- und Gewebsspuren vom Opfer stammen.«

»Ist Ihnen der Befund des Gerichtsmediziners bekannt, daß der Halsdurchschuß von vorn erfolgte und sich im Nacken eine große Austrittswunde befand?«

»Ja.«

»Auf welche Körperhaltung des Opfers zum Zeitpunkt der Schußverletzung würden Sie daraus schließen?«

Fontaine stellte fest, daß Terry aufrecht gestanden hatte, direkt vor der Waffe, und daß das Gewehr schräg von unten auf sie gerichtet worden war.

»Heißt das, der Täter kniete auf dem Boden?«

»Da folge ich den Ausführungen des Gerichtsmediziners Dr. Clauson.«

»Und Projektil zwei?«

»Dieses Projektil wurde aus der Wand neben der Eingangstür entfernt. Auch dort fand sich Blut und menschliches Gewebe an der Einschußstelle.«

»Konnten Sie diese Blut- und Gewebsspuren mit anderen Blutproben vergleichen, die Ihnen zur Verfügung standen?«

»Diese Spuren entsprachen der Blutprobe des Angeklagten, die uns vom Gericht zur Verfügung gestellt wurde.«

»Was entnehmen Sie daraus?«

»Daß das Opfer von Projektil eins getroffen wurde, der Angeklagte von Projektil zwei.«

»Haben Sie alle Hinweise geprüft, daß beide Projektile aus dem sichergestellten Remington stammen?« Das Gewehr wurde herbeigeholt.

Kurt schrieb auf seinen Notizblock: »Hätte ich es nur nicht bei ihr gelassen!«

»Ja. Es ist erwiesen, daß beide Projektile aus diesem Remington stammen.« Fontaine zeigte den Geschworenen vergrößerte Abbildungen der zwei Geschosse und einiger anderer, die er zum Vergleich hinzugefügt hatte. Selbst Nina konnte erkennen, daß das Schrammenmuster der beiden Geschosse fast identisch war.

»Kommen wir nun zu den Fingerabdrücken, die Sie gesichert haben«, fuhr Collier fort. Es vergingen fast drei Stunden, bis Fontaine in allen ermüdenden Einzelheiten erzählt hatte, wie jeder Fingerabdruck abgenommen, gekennzeichnet und analysiert worden war. Ninas Fachmann für Fingerabdrücke hatte ebenfalls Stunden damit verbracht, die zu erwartenden Ergebnisse mit ihr durchzusprechen. Jetzt verglich sie die Aussagen mit ihren Notizen, Punkt für Punkt.

Endlich kam Fontaine zum Schluß. Auf dem Gewehrlauf hatte er vollständige Abdrücke von Kurt und Terry gefunden, dazu verschiedene nicht identifizierte Teilabdrücke. Die Spur am Abzug war bis zur Unkenntlichkeit verwischt. Auch auf der Videokamera hatte er nur verwischte und unvollständige Abdrücke gefunden. Der Türgriff war zu verschmiert, um irgendwelche Rückschlüsse zu ermöglichen. Überall im Atelier waren Terrys Fingerabdrücke verteilt, sichtbar gemacht mit einer chemischen Markierungsflüssigkeit. Auch fremde Abdrücke gab es da. Aber keine eindeutigen auf dem Gewehr, außer denen von Terry und Kurt.

»Kommen wir nun zu den Ermittlungen betreffend den Knochenfund am Fallen Leaf Lake.«

»Einverstanden.«

»Euer Ehren, wir sind heute in der Lage, die in der letzten Woche besprochenen Beweismittel zu präsentieren«, sagte Collier zu Milne.

»Sehr gut.« Milne wandte sich an die Geschworenen und las von einem vorbereiteten Zettel ab: »An diesem Punkt möchte ich Sie über die Bewertung gewisser Beweismittel aufklären, die in die Verhandlung eingeführt werden. Dabei handelt es sich um Beweismittel in Form von Aussagen und Beweisstücken, die das Tötungsdelikt an einer anderen Person namens Tamara Sweet betreffen. Ich mache Sie hiermit darauf aufmerksam, daß dem Angeklagten nicht die Tötung der Tamara Sweet zur Last gelegt wird. Sie werden nicht darüber entscheiden, ob der Angeklagte in irgendeiner Weise den Tod dieser Person verursacht hat. Sollten die vorgelegten Beweismittel jedoch auf eine Täterschaft des Angeklagten verweisen, sind sie dahingehend zu würdigen, daß sie möglicherweise als Motiv des Angeklagten für den Mord an Terry London zu bewerten sind.«

Mrs. Bourgogne lauschte höflich. Möglich, daß sie Milne ohne Schwierigkeiten folgen konnte, möglich auch, daß sie an den Kauf eines neuen Autos dachte. Ihre Miene war unbewegt.

»Kläger, bitte fahren Sie fort.«

»Wurden Sie zu den Ermittlungen im Zusammenhang mit dem Knochenfund am vierundzwanzigsten Juni dieses Jahres hinzugezogen?«

»Das ist korrekt«, antwortete Fontaine und zog eine neue Mappe mit Unterlagen hervor. Er beschrieb im Detail, wie er an den Fundort gerufen wurde, und zählte die Beweisstücke auf, die er gesammelt hatte. Fotos wurden herumgereicht. Ein menschliches Skelett, das war ein ansehnlicher Haufen Knochen. Nina würde den Anblick nie vergessen.

»Es wurden noch verwitterte Reste von blauem Stoff beim Skelett gefunden, die wahrscheinlich von ihrer Kleidung stammen. Ihr ... Handgelenk« – mit Bedacht zog er das Alltagswort der wissenschaftlichen Bezeichnung vor – »trug noch eine Armbanduhr.« Vorsichtig entnahm er die Uhr der Plastiktüte und hielt sie in die Höhe. »Eine Timex. Aber getickt hat sie nicht mehr.« Er lächelte über seinen kleinen Scherz, doch die Gesichter blieben ernst. »Die Mutter des Opfers, Mrs. Sweet, hat die Uhr wiedererkannt«, fügte er hinzu. »Auch anhand des Gebisses konnten die Überreste identifiziert werden.«

»Waren Sie beteiligt, als die Umgebung des Fundortes abgesucht wurde, um Hinweise auf den Tatort zu erlangen?«

»Ja. Ich habe auch die Protokolle der zuständigen Beamten erhalten und gelesen. Aber es waren zu viele Jahre vergangen. Die Felsspalte mit dem Fundort war nahe dem Pfad, der von der Feuerwachstation Angora Ridge zum Fallen Leaf Lake führt. Ich würde also meinen, daß sie auf dem Pfad ermordet ...«

»Einspruch. Das ist Spekulation.«

»Stattgegeben. Die Geschworenen sind gehalten, den letzten Satz der Aussage nicht zur Kenntnis zu nehmen.«

»Mr. Fontaine, ist es Ihnen gelungen, die Herkunft des Projektils zu klären, das bei den Überresten der Tamara Sweet gefunden wurde?«

»Allerdings. Auf Vorschlag der Staatsanwaltschaft haben wir das Geschoß mit den im anderen Mordfall verwendeten verglichen. Die Untersuchungen erbrachten eindeutig, daß es aus demselben Remington stammt, mit dem Theresa London ermordet wurde, und das, wie bereits nachgewiesen, auf den Namen des Angeklagten registriert ist.«

Collier hielt Fontaine bis zur Nachmittagspause im Zeugenstand fest. Schließlich kam Nina an die Reihe. »Nur ein paar Punkte, Mr. Fontaine.« Mach es kurz, sagte sie sich. Kräftig zuschlagen, dann nichts wie weg. »Betreffend die zwei Geschosse im Atelier von Terry London …«

»Ja?«

»Die haben Sie Projektil eins und Projektil zwei genannt. Kommt darin Ihre Meinung zum Ausdruck, in welcher Reihenfolge diese beiden Projektile abgefeuert wurden?«

»Nein, nur die Reihenfolge, in der sie aufgefunden wurden.«

»Es könnte also sein, daß erst auf den Angeklagten geschossen wurde, dann auf das Opfer?«

»Nun, ich bin sicher, daß der Gerichtsmediziner noch begründen wird, daß das Opfer nach der Schußverletzung nicht mehr in der Lage war, auf den Angeklagten zu schießen, weil die Halswunde zu gravierend war.«

»Ist es aufgrund der Beweislage denkbar, daß das Opfer zuerst auf den Angeklagten geschossen hat und dann ein Dritter hinzukam, der auf das Opfer geschossen hat?«

»Nein«, sagte Fontaine. »Es waren nur die Fingerabdrücke des Angeklagten und des Opfers auf dem Gewehr.«

»Das stimmt doch so nicht, oder? Wollen Sie das nicht präzisieren? Gab es nicht eine ganze Reihe von undeutlichen Fingerspuren auf dem Gewehr, die Sie nicht identifizieren konnten?«

»Ja. Aber sie stammen mit der größten Wahrscheinlichkeit von denselben Personen, die die identifizierbaren Fingerspuren hinterlassen haben.«

»Ist das nicht eine etwas fahrlässige Schlußfolgerung, Mr. Fontaine? Genausogut können doch einer oder mehrere Teilabdrücke von einer dritten Person stammen. Oder der Schütze trug Handschuhe.«

»Das kann man nie wissen.«

»Sie stellen also bloße Vermutungen an?«

»Ich teile meine Ansicht mit.«

»Aber Ihre Ansicht ist unbegründet! Das Mikrophon, das Sie gerade in der Hand halten, trägt auch Ihre Fingerabdrücke neben denen vieler anderer Leute. Hab ich recht?«

»Anzunehmen. Ich weiß nicht, wie oft es gereinigt wird.«

»Nehmen wir an, es wurde seit zwölf Jahren nicht gereinigt. Oder lassen Sie mich so sagen: Heute abend nach der Verhandlung kommt es in einen Schrank und wird nicht mehr benutzt. Bleiben dann Ihre Fingerabdrücke erhalten?«

»Wenn der Hausmeister sie nicht mit seinen Abdrücken überdeckt, dann ja«, sagte Fontaine.

»Gut. Jetzt nehmen wir einmal an, der Angeklagte hat das Gewehr vor zwölf Jahren angefaßt, seitdem nicht mehr, und seine Abdrücke wurden durch keine anderen überdeckt. Würden sie dann noch festzustellen sein?«

Fontaine rieb sich das Kinn. Er zögerte mit der Antwort.

»Nun?«

»Mit unseren modernen Methoden können wir auch so alte Fingerabdrücke sichtbar machen«, sagte er. »Sie würden sehr viel schwächer sein, aber das ist auch dann so, wenn der Gegenstand nur leicht berührt wurde.«

»Gibt es eine Möglichkeit, die Entstehung von Fingerabdrücken zu datieren?«

»Das ist mir nicht bekannt. Ein Abdruck überdeckt den anderen, und daraus ergibt sich, daß der zuoberst liegende Abdruck später entstand, aber nicht, wann die überdeckten Abdrücke entstanden sind.«

»Dann wollen wir doch mal Klarheit schaffen. Ist es nach allen Ihren Erfahrungen möglich, daß die Fingerabdrücke von Mr.

Scott, die da auf Ihrer Übersicht dargestellt sind, auch vor zwölf Jahren entstanden sein könnten?«

»Einspruch! Die Fragestellung ist ungenau und führt zu Spekulationen.«

»Bitte formulieren Sie Ihre Frage anders«, sagte Milne.

»Mr. Fontaine«, setzte Nina neu an, »ist es nach allen Ihren Feststellungen am Tatort, nach der Analyse aller Beweisstücke, im Einklang mit Ihrem aktuellen kriminalistischen Ausbildungsstand und Ihrer Erfahrung als Praktiker und Kriminologe möglich, daß bei vorliegender Beweislage die Fingerabdrücke des Angeklagten schon mehrere Monate oder Jahre vor dem Tod von Ms. London auf das Gewehr gelangt sein könnten?«

»Erneut Einspruch!«

»Abgelehnt.«

»Es ist möglich«, sagte Mr. Fontaine.

»Haben Sie oder ein anderer Mitarbeiter Ihrer Behörde an den Händen des Angeklagten einen Fluoreszein-Test durchgeführt, mit dem sich nachweisen läßt, ob er kurze Zeit zuvor eine Feuerwaffe benutzt hat?«

Die Antwort kannte sie natürlich schon, genauso wie er wußte, daß diese Frage kommen würde. Wie erwartet, zog er die Stirn kraus und begann sich zu winden – ein Perfektionist, der bei einer peinlichen Nachlässigkeit ertappt wurde. Er wühlte in seinen Notizen und suchte nach einem Ausweg, doch schließlich mußte er bekennen: »Leider ist dieser Test meines Wissens am Angeklagten nicht vorgenommen worden.«

»Ich hätte gemeint, es gehört zur selbstverständlichen Routine, daß Verdächtige bei Schußwaffengebrauch einem solchen Test unterzogen werden.«

»Das schon. Aber wir sind nur eine kleine Abteilung hier oben. Wir tun, was wir können. Irgendwie wurde das übersehen.«

»Können Sie bestätigen, daß die Polizei noch vierundzwanzig Stunden nach der Tat mit Hilfe des Tests hätte nachweisen können, ob Kurt Scott das Gewehr abgefeuert hat?«

»Vielleicht sogar noch länger.«

»Er wäre also bei negativem Ausgang des Fluoreszein-Tests völlig entlastet gewesen?«

»Ich würde sagen, der Angeklagte hatte Glück, daß wir den Test nicht durchgeführt haben. Wäre er positiv gewesen, hätte man ihn damit festnageln können.«

»Ich verstehe. Sie lassen uns also im Zweifel«, sagte Nina wie zu sich selbst.

»Einspruch!«

Nina schob hastig nach: »Ich ziehe den Satz zurück, Euer Ehren. Mit anderen Worten, Mr. Fontaine, Sie können nicht beweisen, daß Kurt Scott die Tatwaffe zur Tatzeit berührt oder abgefeuert hat?«

»Nein, aber ...«

»Vielen Dank.« Nina setzte sich.

Jerry Kettrick trat in den Zeugenstand, er trug ausgebeulte Jeans, eine extrabreite Krawatte, sein gummiartig breitgezogener Mund verhieß den Anwesenden einen unterhaltsamen Auftritt.

Jerry war ein äußerst wichtiger Zeuge, und diese Viertelstunde Berühmtheit fiel ihm unerwartet in den Schoß. Er wußte das zu schätzen. Heute sah er aus wie ein jovialer Pete Townsend oder wie ein gesetzter und höflicher Alice Cooper mit schwarzem Eyeliner, nur eben, daß er seine ramponierte Albino-Masche durchzog. Den buschigen Vollbart hatte er für sein gerichtliches Debüt gestutzt, ein Gummiband hielt sein schütteres weißes Haar halbwegs zusammen, aber der ausgebrannte Blick und die Länge des Pferdeschwanzes auf seinem Rücken sprachen für sich. Das Musterbeispiel eines Althippies, sagte sich Nina, einer von denen, die nicht Politiker, Unternehmer oder Buddhisten geworden waren, sondern einfach alterten und sich fragten, wo denn die Revolution blieb.

Nina schaute auf die Notizen ihres Gesprächs mit ihm und überflog noch einmal Pauls Hintergrundbericht. Collier stellte seine einleitenden Fragen, dann kam er zur Sache: »Wie ist Ihr Haus im Verhältnis zum Tatort gelegen?« Eine Übersicht war vorbereitet worden, und Jerry wies auf die vordere Veranda, die etwa fünfzig Meter von Terrys Toreinfahrt entfernt war.

»Hatte sie auch Nachbarn zur anderen Seite?«

»Nein, das ist eins von den Grundstücken, die nicht zum Bebauen freigegeben sind«, sagte Jerry. »Und dahinter fängt der Wald an. Sie hatte alles eingezäunt. Wir waren die einzigen Nachbarn.«

»Haben Sie oder Ihr Sohn das Grundstück jemals betreten?«

»Ich war drüben, um das Dach zu fegen, kleine Reparaturen und so weiter. Aber das ist lange her, da lebten ihre Eltern noch. Sie war dann ein paar Jahre weg, als ihre Eltern tot waren, und hat das Haus vermietet. Als sie wieder da war, wollte sie mich nicht mehr auf ihrem Grundstück sehen.«

»Haben Sie eine Erklärung dafür?«

»Wir haben uns eben verkracht, kann man sagen. Probleme unter Nachbarn. Ich hab gern meine Gitarre aufgedreht. Und ich bin ein Nachtmensch. Sie sah gut aus, ich fühlte mich ziemlich einsam. Aber bei ihr lief nichts. Einmal wurde sie wütend auf mich, ohne jeden Grund, und sagte, ich soll von ihrem Grundstück verschwinden. Danach hat sie sich an meinen Sohn gehalten, und der hat dieselben Arbeiten für sie gemacht wie ich.«

»Haben Sie auf nachbarlicher Ebene weiter mit ihr verkehrt?«

»Kaum. Es gab eine Zeit, da dachte ich, es würde sich was tun zwischen ihr und mir. Aber sie war nicht geschaffen für einen richtigen Mann. In ihrem Schlafzimmer hatte sie so eine Art Hausaltar für einen Typ, den sie mal kannte. Außerdem wurde sie öfter regelrecht feindselig. Sie hat das Tor abgeschlossen, und wenn man klingelte, kam ihre Stimme aus der Sprechanlage. Mich ließ sie nicht rein. Ich konnte damit leben. War schließlich ihr Schaden.« Kettrick strich sich über das weiße Haar.

»Gut. Jetzt möchte ich zur Nacht des dreißigsten März kommen.«

Wunderbar, damit kann ich dienen, sagte Kettricks großspurige Miene.

»Haben Sie an diesem Abend etwas Außergewöhnliches wahrgenommen?«

»Klar. Ich habe Schüsse gehört.«

»Um welche Zeit war das?«

»So gegen halb zwölf. Ich war im Wohnzimmersessel ein bißchen eingenickt, da hörte ich die Schüsse.«

»Wie viele Schüsse haben Sie gehört?«

»Zwei.«

»Wieviel Zeit verging zwischen den beiden Schüssen?«

»Etwa eine Minute. Aus dem Sessel und ans Fenster, das war bei mir eins. Das kann ich Ihnen sagen! Ich zog den Vorhang hoch. Die Schüsse kamen aus Terrys Haus. Ich lehne mich raus, sperre die Augen auf und gucke zum Tor. Es war weit offen, als hätte sie Besuch erwartet. Und ich sah diesen Mann, wie er mit einem Affenzahn aus dem Tor rannte, in sein Auto sprang, und weg war er.«

»Haben Sie diesen Mann am nächsten Tag bei der Gegenüberstellung erkannt?«

»Ja. Und ich erkenne ihn auch heute wieder.«

»Befindet sich dieser Mann hier im Gerichtssaal?«

»Aber klar doch. Sonst wär ich ja nicht hier. Es war der Angeklagte!«

»Sie belasten hiermit den Angeklagten Kurt Scott«, sagte Collier. »War der Angeklagte bewaffnet?«

»Nein, er hatte nichts in der Hand. Aber er hielt sich den Arm, als hätte er was abgekriegt.«

»Nachdem die Schüsse gefallen waren, wann sahen Sie da den Angeklagten fliehen?«

»Sofort. Gleich darauf. Ich ging ins Schlafzimmer und holte meine Flinte, ich stellte mich ans Fenster und überlegte, was ich tun sollte. Ralph hatte einen langen, schweren Tag hinter sich, und er hatte sich das Kissen auf den Kopf gelegt, weil ich schnarche. Er hat also fest geschlafen. Und Terry war es zuzutrauen, daß sie Warnschüsse abfeuerte, wenn sie jemanden verscheuchen wollte. Mir hat sie immer gesagt, kümmer dich um deinen eigenen Dreck, laß mich in Ruhe und all dieses Zeug von wegen Privatsphäre …« Kettricks Redefluß versiegte. »Wie war gleich die Frage?« erkundigte er sich.

»Ich möchte Ihnen eine neue stellen«, sagte Collier. »Was haben Sie getan, als Sie die Schüsse hörten?«

»Zuerst wollte ich die Bullen rufen. Wirklich wahr.«

»Aber Sie haben es unterlassen.«

»Ja. Ich wollte mich nicht in Terrys Angelegenheiten einmischen. Ich dachte, sie hätte diesen Typ verscheucht, wie es nun mal ihre Art war. Ein guter Zaun macht gute Nachbarn, verstehen Sie? Oder umgekehrt. Das hab ich vergessen. Also hab ich meine Flinte geholt und mich ans Fenster gesetzt. Ich habe lange gewartet, aber es passierte nichts mehr. Dann bin ich wohl müde geworden. Ich wurde erst wieder munter, als die Bullen an die Tür klopften. Das war um halb acht.«

»Zu der Zeit war die Leiche bereits gefunden?«

»Ja. Die wollten wissen, warum ich nach den Schüssen nicht angerufen hätte. Aber wie sollte ich das ahnen, Mann?« Kettrick blinkerte entrüstet mit den Augen.

»Sind Sie dann bei der Polizeidirektion South Lake Tahoe erschienen, haben ausgesagt und den Angeklagten bei der Gegenüberstellung identifiziert?«

»Genau. Erschienen, ausgesagt, identifiziert. Alles wie verlangt.«

»Danke. Keine weiteren Fragen.«

Milne legte eine kurze Pause ein. Nina schüttete sich ihre Koffeindosis hinter und dachte angestrengt nach. Kettrick war die Schlüsselfigur. Zwei Schüsse waren gefallen, er hatte seine Flinte vorgeholt, war aber nicht zu Terry hinübergegangen und hatte auch nicht die Polizei gerufen. Ein seltsames Verhalten, selbst für einen Althippie. Ein mutiger Mann hätte selbst nachgeschaut, ein ängstlicher hätte die Bullen gerufen. Warum hatte Kettrick gar nichts getan?

Außerdem wußte sie, daß er log oder sich irrte. Kurt war weggerannt, dann hatten Matt und Terry miteinander gekämpft, dann erst war der zweite Schuß gefallen, der sie tötete. Matt war über den Zaun gesprungen, nachdem er durch die Hintertür geflohen war, ohne daß Kettrick ihn hatte sehen können.

Ihr fiel kein Grund ein, weshalb er lügen sollte, also irrte er sich. Kurt war nicht erst weggerannt, nachdem beide Schüsse gefallen waren.

Wie konnte sie das klarmachen?

Sie senkte den Kopf und sandte ein Stoßgebet zu einer beliebigen Macht. Welche, war ihr blasphemischerweise egal – wenn sie ihr nur den entscheidenden Tip geben konnte.

38

»Mr. Kettrick!« begann Nina, als die Verhandlung weiterging.

»Madam?« erwiderte Kettrick und neigte ihr huldvoll den Kopf zu.

»Wir wollen noch einmal über den Ablauf der Ereignisse sprechen, von dem Punkt an, als Sie den ersten Schuß hörten.«

»Okay.«

»Sie waren also eingenickt, und Sie hörten einen Schuß.«

»Richtig.«

»Wo haben Sie gesessen?«

»In meinem Ruhesessel, direkt vorm Fernseher.«

»Das Fenster war geöffnet?«

»Nein, war ja kalt draußen. Ich hatte Feuer angemacht, die Fenster waren zu. Richtiges Parka-Wetter, würde ich sagen.«

»Wie konnten Sie da den Schuß überhaupt hören?«

»Das war ein Knall, daß die Scheiben geklirrt haben. Ich wachte auf und ging rüber ans Fenster.«

»Lief der Fernseher?«

»Klar. Heutzutage schlaf ich bei jedem Programm.«

»Hatten Sie Alkohol getrunken?«

»Nur ein paar Bier. Nichts Ernstes.«

»Wie viele?«

Kettrick dachte nach. »Na, ich denke, ein Six-Pack«, sagte er. »Flaschenbier aus dem Spätverkauf. Henry Weinhard's Pale Ale. Ich glaube, über der letzten Flasche bin ich eingeschlafen.«

»Sechs Flaschen Bier«, sagte Nina. »Das Fenster geschlossen, das Feuer brannte, der Fernseher lief. Sie haben geschlafen. Aber der Schuß war so laut, daß Sie sofort aufgesprungen sind?«

»Genauso laut war er, Madam. Worauf wollen Sie hinaus?«

»Nichts Bestimmtes«, erwiderte Nina. »Ich hab mich nur gefragt, wieso dann Ralph weitergeschlafen hat.«

»Ich sagte doch schon, er hatte sich das Kissen über den Kopf gezogen. Du wirst noch ersticken, hab ich zu ihm gesagt.«

»Sind Sie in sein Zimmer gegangen und haben nachgesehen?«

»Um ihn mußte ich mir keine Sorgen machen.«

»Sind Sie in sein Zimmer und haben nachgesehen?«

»Nein! Das brauchte ich nicht!«

»Wann ist er an diesem Abend nach Hause gekommen?«

»Vor zehn«, sagte Kettrick.

»Waren Sie zu der Zeit schon eingeschlafen?«

»Nun, ich ...«

»Haben Sie ihn nach Hause kommen sehen? Richtig gesehen, meine ich, Mr. Kettrick.«

Kettrick wurde rot. Die Röte begann am Hals, stieg schnell in die Wangen, und bald überzog sie das ganze Gesicht.

Nina hatte nach einer Schwachstelle gesucht. Kettricks Reaktion verriet ihr, daß sie eine gefunden hatte. Noch wußte sie nicht, was dahintersteckte.

»Sie haben Ralph in dieser Nacht überhaupt nicht gesehen. Stimmt das, Mr. Kettrick?«

»Sie haben vielleicht Nerven!« rief Kettrick. »Was glauben Sie, wer Sie ...«

»Beantworten Sie meine Frage.« Nina atmete heftig, jeder Muskel war angespannt. Sandy rückte ein wenig von ihr ab, wie um ihr Bewegungsfreiheit zu geben. Kurt schaute mit offenem Mund zu ihr hoch.

Die Geschworenen blickten Kettrick an. Sie sahen sein Erröten. Seine weiße Haut glühte wie ein rosafarbener Lampion. Sie funktionierte besser als ein Lügendetektor.

»Beantworten Sie die Frage«, sagte Milne. Seine Stimme hatte diese männliche Durchschlagskraft, die Nina nie vergönnt sein würde. Es war die jahrtausendealte Stimme eines Dorfhäuptlings, der seinem Untertanen klarmachte, daß Lügen den Tod bedeutet.

»Manchmal kommt er eben spät. Schließlich ist er erwachsen«, sagte Kettrick. Er hielt unter dem Publikum Ausschau nach Ralph Kettrick, der hinten in der Ecke saß.

»Und als er in dieser Nacht kam, haben Sie geschlafen?«

»Ich war nur eingenickt.«

»Haben Sie ihn gesehen?«

»Einspruch. Die Frage ist unzulässig wegen möglicher Belastung Unbeteiligter«, sagte Collier.

»Trotzdem genehmigt«, sagte Milne und klang wie Richter Ito.

»Nicht, wie er nach Hause kam«, sagte Kettrick. »Erst am Morgen, als die Bullen kamen. Da war er in seinem Bett.«

»Woher wissen Sie, daß er zu Hause war, als Sie die Schüsse hörten?«

»Normalerweise ist er zu Hause …«

»Aber er könnte auch weg gewesen sein, stimmt's? Sie haben einen lauten Schuß gehört. Haben Sie nach Ralph gerufen, Mr. Kettrick? Haben Sie das getan?«

»Das lag am Kissen. Woran denn sonst? Er hat einfach nichts gehört.«

»Er war gar nicht zu Hause. Hab ich recht?«

»Das hätte ich dann nicht gewußt.«

»Sie wissen nicht, ob er zu Hause war oder nicht.«

»Das hätte ich dann nicht gewußt.«

»Vielen Dank, daß Sie die Wahrheit gesagt haben, Mr. Kettrick.«

»Euer Ehren …«, rief Collier.

»Verteidigung, fahren Sie fort«, sagte Milne.

»Nach dem ersten Schuß sind Sie aus Ihrem Sessel aufgesprungen?«

»Ja. Und ans Fenster gelaufen.«

»Sie wußten, aus welcher Richtung der Schuß kam?«

»Ja. Er kam aus Terrys Haus. Das wußte ich.« Kettrick war noch mit den Fragen nach Ralph beschäftigt und versuchte zu rekapitulieren, was er soeben gesagt hatte.

»Sie liefen ans Fenster und haben gelauscht, dann gingen Sie los und haben Ihre Flinte geholt?«

»Äh, ja.« Er wurde wieder rot, diesmal vor Ärger, weil ihm klar wurde, daß Nina ihn ausgetrickst hatte.

»Gleich nach dem ersten Schuß?«

»Warten Sie, Sie bringen mich durcheinander.«

»Sie hörten den Schuß, Sie rannten ans Fenster, öffneten es, Sie lauschten, und Sie holten Ihre Flinte?«

»Es waren zwei Schüsse.«

»Sie holten Ihre Flinte, und Sie sahen einen Mann wegrennen.«

»Ja. Okay. So klingt es richtig.«

»Ist es denn auch richtig?«

»Ja. Ich hatte ihn genau im Blick.«

»Und dann? Was ist dann passiert?«

»Hörte ich den anderen Schuß«, sagte Kettrick. »Ja, ich stand am Fenster und guckte, als ich ihn hörte.«

»Den zweiten Schuß?«

»Ja. Er rannte weg. Er sprang in sein Auto und fuhr los. Dann der zweite Schuß.«

»Wo war er, als Sie den zweiten Schuß hörten?«

»Er fuhr weg. Aber wie sollte denn das möglich sein?«

»Sehr wohl. Er hat nicht auf Terry London geschossen. Er ist geflohen«, sagte Nina. »Hab ich recht, Mr. Kettrick?«

»Sie bringen mich ganz durcheinander«, sagte Kettrick, dann wiederholte er: »Wie sollte denn das möglich sein?«

»Keine weiteren Fragen«, sagte Nina.

»Sie wollen doch nicht etwa Ralphie –?«

»Keine weiteren Fragen!«

Collier brachte Jerry wieder zurück zu seiner alten Aussage, derzufolge zwei Schüsse fielen, bevor er seine Flinte holen ging, und derzufolge Ralphie brav im Bett gelegen hatte. Aber Nina sah, daß Mrs. Bourgogne ihm das nicht abnahm. Mrs. Bourgogne hatte begriffen, daß an dieser Geschichte etwas sehr faul war.

Sandy hörte auf zu schreiben, beugte sich herüber und sagte: »Der Typ hat wohl in seinem Leben zuviel LSD eingeworfen? Statt Grips hat der nur noch Rührei im Kopf.«

Milne verkündete eine kurze Unterbrechung, Barbet Cain und die anderen Reporter umringten Nina.

»Dr. Clauson, wann wurden Sie zum Tatort in der Coyote Road gerufen?« fragte Collier seinen nächsten Zeugen.

»Um acht Uhr fünfunddreißig.« Clauson sah genauso aus, wie Nina ihn in Erinnerung hatte: ein schmächtiger, bleicher, fast blutleerer Mann mit beginnender Glatze, dicker Brille und einer Zigarettenschachtel in der Hemdtasche, er war etwa genauso alt wie Jerry Kettrick, aber sonst das komplette Gegenteil. Nina erinnerte sich auch, daß er ein hervorragender Zeuge der Anklage war. »Ich wurde vom Streifenwagen zu Hause abgeholt und traf am Tatort mit meinem Assistenten zusammen, der die Ausrüstung mitgebracht hatte. Fontaine nahm Proben von der Wand.«

Schautafeln und Fotos wurden gezeigt, und Clauson führte in die Tatumstände ein. Er erläuterte die Position der Toten auf dem Fußboden, die Ausbreitung der Blutpfütze, den Verlauf des Blutstroms aus der vorderen und der hinteren Halswunde. »Nach Untersuchung am Tatort wurde die Leiche im Krankenwagen zum Leichenhaus Emerald Bay Road transportiert. Aber viel später, erst am Nachmittag, nachdem die Fotografin und die Spurensicherung fertig waren. Habe am folgenden Tag eine vollständige Autopsie durchgeführt.«

»Wurde eine gerichtliche Feststellung der Todesursache angeordnet?«

»Nein. Hatten wir hier seit Jahren nicht. Selbsttötung konnte ausgeschlossen werden. Dürfte schwierig sein, sich mit einem Gewehr selbst in den Hals zu schießen. Die Länge des Laufs und die Entfernung des Abzugs sprechen dagegen. Man müßte schon einen Bindfaden benutzen oder eine Art Stock, um den Schuß zu lösen. Obwohl ich schon von einem Yoga-Meister gehört habe, der die Zehen benutzt hat. Zu erwarten ist dann eine entsprechende Kontaktwunde. Nach unserem Ermessen kann sie nicht selbst abgedrückt haben, obwohl der Schuß aus nächster Nähe erfolgte. Außerdem hatte sie Prellungen an den Armen, die eine tätliche Auseinandersetzung nahelegen.«

»Wie ermitteln Sie den Abstand, aus dem die Waffe abgefeuert wurde?«

»Am Durchmesser der Eintrittswunde und an den Pulverspuren im Umkreis der Wunde, auch Schmauchspuren genannt.«

»Was haben Sie als Todesursache ermittelt?«

»Eine Gewehrkugel ist in den Hals eingedrungen, hat Halsschlagader verletzt, Zungenbein zerschmettert, Stimmbänder zerstört und ist im Nacken wieder ausgetreten. Halswirbelsäule wurde knapp verfehlt. Tod trat nicht sofort ein. Opfer blieb bei vollem Bewußtsein, bis es am Blut in der Luftröhre erstickte. Konnte den Kopf auf ein Kissen betten, das bei unserem Eintreffen blutdurchtränkt war. War außerdem noch fähig, eine Videokamera zu bedienen.«

Collier wartete, bis die Geschworenen die unerfreulichen Tatsachen geschluckt hatten.

»Seltsam nur«, fuhr Clauson fort, »das Telefon war keinen halben Meter entfernt. Hätte bloß an der Schnur ziehen und 911 wählen müssen. Verwundung war schwer, aber nicht lebensbedrohlich. Hat es aber nicht getan.«

Eine weitere Bosheit von Terry, dachte Nina. Sie hätte auch überleben können. Ihr fiel Matts Erzählung ein, wie Terry ausgesehen hatte, nachdem Kurt geflohen war. Matt war aus dem Schrank gestiegen, sie hatte das Gewehr sinken lassen und starr ins Leere geblickt. Sie hatte sich auf ein Kissen gelegt, die Kamera eingeschaltet, aber nichts zu ihrer Rettung unternommen. Sie hatte nicht weiterleben wollen.

Nina war sicher, daß Terry keine Sekunde ihrer letzten Minuten an den Gedanken verschwendet hatte, was sie Matt antat. Sie war bis zuletzt von ihrem Haß beherrscht, gefangen in der Hölle, die sie sich lange vor ihrem Tod geschaffen hatte.

»Dr. Clauson, ich möchte Sie jetzt befragen, zu welchem Zeitpunkt der Tod eingetreten ist«, sagte Collier.

»Bin bereit«, erwiderte Clauson. Er zog die Zigarettenschachtel aus der Brusttasche und spielte mit ihr, offensichtlich gierte er nach einer Zigarette.

»Konnten Sie aufgrund Ihrer gerichtsmedizinischen Erkenntnisse den genauen Zeitpunkt des Todes feststellen?«

»Das nicht. Nicht aufgrund der medizinischen Untersuchung. Aber wenn Sie die Aussage des Zeugen hinzunehmen, der den Angeklagten gesehen hat, können Sie den Zeitpunkt ermitteln.«

»Einspruch! Das übersteigt die Kompetenz des Zeugen!«

»Der letzte Satz ist gestrichen. Die Geschworenen sind gehalten, ihn nicht zu berücksichtigen«, sagte Milne. Clauson sandte

Nina einen scharfen Blick. Er versuchte es immer wieder mit den alten Tricks, sie mußte höllisch aufpassen.

»Konnten Sie Rückschlüsse hinsichtlich der Todeszeit ziehen, die sich ausschließlich auf Ihre medizinischen Ergebnisse stützen, und wenn, welche?« fragte Collier, um seinen Zeugen wieder dorthin zu bringen, wo sie sich die Bälle zuwerfen und ihre vernichtenden Hiebe austeilen konnten.

»Nun, Totenstarre, Blutverlust angesichts der Wunde, Mageninhalt, Blutansammlung unter der Leiche und Hautfärbung lassen darauf schließen, daß der Tod etwa neun bis zehn Stunden vor meiner Ankunft am Tatort eingetreten sein muß.«

»Und welche Zeit wäre das dann, Dr. Clauson?«

»Die Todeszeit? Zwischen zweiundzwanzig Uhr dreißig und dreiundzwanzig Uhr dreißig am Vorabend.«

»Können Sie das noch genauer eingrenzen?«

»Ich nicht«, sagte Clauson. »Aber möglich ist es.«

Nina ließ es ihm durchgehen.

»Nun gut. Sie sind am fünfundzwanzigsten Juni dieses Jahres auch zum Fundort eines menschlichen Skeletts gerufen worden. Ist das korrekt?«

Milne unterbrach ihn. »Ich möchte die Jury an dieser Stelle noch einmal auf meine diesbezüglichen Erklärungen erinnern.« Die Geschworenen machten fragende Gesichter.

»Ja. Ein echtes Sahnestück!« Nina schauderte, als sie ihn so sprechen hörte. Er blickte in seine Aufzeichnungen. »Ankunft am Fundort mit meinem Assistenten zwölf Uhr fünfzehn. Fundstelle war bereits abgesperrt. Überreste waren ursprünglich in einer Felsspalte vergraben, aber vom Angeklagten teilweise ausgebuddelt, wie ich hörte.«

»Einspruch!« rief Nina. »Die Aussage beruht auf Hörensagen.«

»Stattgegeben. Die Geschworenen sind gehalten, die letzte Bemerkung zu ignorieren.«

»Menschliche Knochen, Haare, Reste verrotteter Textilien. Eine Gürtelschnalle aus Metall, Reste eines Ledergürtels. Eine Timex, wie Mr. Fontaine schon sagte.«

»Könnte, nach Ihrer Einschätzung, die Person in die Spalte gekrochen und dort verstorben sein?« fragte Collier.

»Ausgeschlossen! War eher eine Art Erdloch unter einem großen Felsblock. Zu klein zum Hineinklettern. Müßte ja ein Schlangenmensch gewesen sein. Ist nach ihrem Tod dort hineingestopft worden.«

»Wie lange hat die Leiche dort gelegen?«

»Nach Eintritt des Todes wird Körpergewebe durch Insekten und Kleintiere schnell zerstört, zumindest im Sommer. Weichteile waren bei Bergung der Überreste nicht mehr vorhanden. Bindegewebe der Wirbelsäule war vollkommen zersetzt, jeder Wirbel konnte einzeln entfernt werden, ohne Verbindung mit den anderen, wie es gerade kam. Das linke Wadenbein fehlte, wahrscheinlich waren irgendwann Tiere an der Leiche. Wurde nirgends gefunden. War vielleicht ein Kojote. Hat den Knochen erbeutet und in seinen Bau geschleppt, nachdem die Leiche dort verscharrt war. Wäre meine Vermutung. Haben die Umgebung mit Spürhunden abgesucht, aber ohne Ergebnis. Kurz und knapp: Die Leiche lag dort mehrere Jahre.«

»Haben Sie in der Folge an den Überresten eine Autopsie vorgenommen?«

»Ja. Im selben Leichenhaus, aber ohne Hast. Kriegen Mordfälle nicht so oft rein. Hab sie mir gleich vorgenommen.«

»Waren Sie in der Lage, die Todesursache zu ermitteln?«

»Nun, eindeutige Ergebnisse sind nicht möglich. Die meisten Gifte, Drogen und so weiter sind nach so langer Zeit nicht mehr nachweisbar. Aber Becken war durch zwei Gewehrschüsse zerschmettert. Projektile steckten noch im rechten oberen Beckenflügel. Haben sie an Mr. Fontaine zur Untersuchung weitergeleitet. Art der Verletzung führt zum baldigen Tod, wenn nicht sofort behandelt wird. Möchte deshalb Schußverletzungen als Todesursache benennen. Mr. Fontaine hat die Tatwaffe bekanntlich identifiziert. War dieselbe, mit der Terry London getötet wurde.«

Bevor Nina aufstehen konnte, sagte Milne: »Dr. Clauson, Sie wissen es doch ganz genau. Bitte unterlassen Sie das. Die Jury ist gehalten, die letzten zwei Sätze Ihrer Aussage nicht zur Kenntnis zu nehmen.«

»Tut mir leid, Euer Ehren, kann manchmal einfach nicht widerstehen.«

»Dr. Clauson«, sagte Collier, »kommen Sie bitte auf Ihre eigenen Ermittlungen zurück .«

»Euer Ehren, würden Sie den Zeugen bitte dazu anhalten, in vollen Sätzen zu reden?«

»Wieso? Rede doch immer in vollen Sätzen!« rief Clauson.

»Verteidigung, ich bedaure feststellen zu müssen, daß Dr. Clauson sich nicht anders ausdrücken kann. Er dient diesem Gericht seit zwanzig Jahren als Zeuge, wir müssen uns wohl damit abfinden«, sagte Milne. Im Saal wurde gekichert.

»Konnten Sie aufgrund Ihrer Ermittlungen einen Zeitpunkt des Todes feststellen?«

»Haben Knochen daraufhin untersucht. Können aber keine sicheren Angaben machen. Zehn Jahre, vielleicht mehr. Handelt sich hier um einen Näherungswert.«

»Haben Sie die Überreste identifizieren können?« fragte Collier.

»Knochen und Zähne wurden auf Alter der Verstorbenen untersucht. Vergleich mit der Liste der vermißten Personen ergab eine Kandidatin aus South Lake Tahoe, zirka zwanzig Kilometer Entfernung vom Fundort am Angora Ridge. Zahnformel und Fingerabdrücke brachten Nachweis, daß die Überreste von Tamara Sweet stammen. Haben eine Gürtelschnalle gefunden, von der Familie als ihr Eigentum wiedererkannt. Dazu die Uhr, in die der Name Tamara eingraviert war.«

Nachdem sich das Gericht vertagt hatte und die Geschworenen mit undurchsichtigen Mienen abgetreten waren, schloß Nina sich Collier an und folgte ihm in seinen Büroverschlag.

Die kahlen Wände und die Aktenstöße schienen unverändert. Eine solche Kargkeit und Öde hätte Nina keine Sekunde ertragen. Sie brauchte Sandy mitsamt ihren Folklorekörben und Verschönerungsplänen, um dem Büro Leben einzuhauchen. Collier hängte die Jacke an den Türknauf und ließ sich wohlig ächzend auf den Stuhl sinken wie in ein gemütliches Bett. Mit einem Blick überflog er die Papiere, die ihm seine Sekretärin beim Eintreten in die Hand gedrückt hatte.

»Egal, was im Prozeß alles läuft«, sagte Nina. »Wenn der vorbei ist, kaufe ich Ihnen einen Blumentopf für Ihr Büro.«

»Wie bitte? Oh. Die Mühe können Sie sich sparen. Ich hatte schon alles mögliche. Blumen, Farne, Sukkulenten, Kakteen. Hier geht alles ein. Keine direkte Sonne, und ich vergesse immer das Gießen.« Er legte die Papiere ab, lehnte sich zurück und verschränkte die Arme hinter dem Kopf. »Eine traurige Geschichte ist das«, seufzte er. »Meine wichtigste Zeugin im Prozeß gegen die mexikanische Mafia. Einer der Verteidiger hat rausbekommen, daß sie illegal eingewandert ist, und Anzeige bei der Einwanderungsbehörde erstattet. Ich zweifle, ob ich sie bis zum Prozeß hierbehalten kann. Sie wird mitsamt Kindern nach Guatemala zurückgebracht. Weiß Gott, wie sie es bis hierher geschafft hat. Sie wird glauben, daß die Juristen ihr ganzes Leben zerstört haben, und in gewisser Weise hat sie recht.«

»Das ist ja furchtbar«, sagte Nina und kam sich ein wenig heuchlerisch vor. Die Verteidigung hatte sich auf legale Weise eines gegnerischen Belastungszeugen entledigt, eine unschöne, aber durchaus akzeptable Taktik.

Collier sah so erschöpft aus, so resigniert. Sein Hemd hatte über Nacht zerknüllt im Wäschetrockner gelegen. Er schloß die Augen, die Hände noch immer hinter dem Kopf, als hätte er einen kurzen Schlummer eingeschoben. Diese Gerichtsschinderei machte die Leute schon mit fünfundvierzig Jahren reif für die Rente. Der Körper rächte sich für den Streß mit einem Herzinfarkt oder in vielen Fällen auch mit einer Suchtkrankheit. Wie alt war Collier? Vierzig? Fünfzig? Wenn er der Bezirksanwalt von El Dorado County wurde, konnte er der Prozeßmühle auf dem Weg der natürlichen Beförderung entfliehen.

Wirklich seltsam. Sie waren Gegner, und sie sorgte sich um seine Gesundheit. Sie saß ihm gegenüber, auf dem Klappstuhl aus Metall, und vertiefte sich in seinen Anblick. Er hatte die besseren Voraussetzungen, mehr Erfahrung und dazu Kollegen, mit denen er seine Probleme teilen konnte. Dafür hatte sie mehr Freiheit, bessere Verdienstmöglichkeiten und keine nennenswerte Beweislast.

»Sie brauchen jemanden, der sich um Sie kümmert«, sagte sie, und er ruckte aus seinem Stuhl hoch.

»Genau das habe ich gerade über Sie gedacht«, erwiderte er. »Letztes Jahr sind Sie schwer verletzt worden, Sie arbeiten in diesem verachteten Beruf, eine junge alleinstehende Frau mit einem Kind. Sie brauchen jemanden, der Ihnen nachts die Füße wärmt und Sie ins Bett steckt.«

»Niemand würde sich mit meinem Terminplan abfinden«, sagte Nina. »Nun gut.«

»Nun gut«, sagte auch Collier. Sie schwiegen eine Weile. »Eine Tasse Kaffee?«

»Nicht das Zeug, das es hier gibt.«

»Ich wette, Sie holen sich eine Pizza oder einen Burger auf dem Weg ins Büro, dann schuften Sie noch bis acht oder neun. Das ist der Grund, weshalb wir jung sterben.«

»Ich wette, Sie haben dasselbe vor«, sagte Nina.

»Kann ich Sie nicht zum Essen in irgendein Casino einladen?« fragte Collier.

»Ich weiß nicht. Das wäre …«

»Sie meinen Fraternisieren? Sehen Sie: Wir müssen essen, wir müssen über diesen Fall sprechen. Also reißen wir uns am Riemen und besinnen uns auf unsere guten Manieren. Ich verspreche Ihnen, daß Sie nicht das geringste Vergnügen haben werden.«

»Vergnügen, was ist das?« sagte Nina. »Also gut, gehen wir.« Sie verließen das Büro, verfolgt von den bohrenden Blicken der Sekretärinnen.

Im Prize Club herrschte Hochbetrieb. Die Warteschlange am Buffet reichte bis zur Ecke mit den Spielautomaten. »Sie müssen entschuldigen«, sagte Nina und kramte auf dem Grund ihrer Börse nach Vierteldollarmünzen. Es juckte sie in den Fingern, die Automaten wollten gefüttert sein.

Zwei Kirschen kamen zusammen, und sie hatte ihren Einsatz zurück, dazu zwei Münzen Gewinn. »Wenn man gewinnt, soll man aufhören«, dozierte Collier, aber sie spielte weiter, bis alles Kleingeld aus ihren Taschen verschwunden war.

»Ich versteh das nicht«, sagte sie. »Die Dinger haben ihren Reiz für mich längst verloren. Und trotzdem stecke ich mein ganzes Geld rein.«

»Weil Sie sich keine Spielchance entgehen lassen. Selbst wenn Sie schlechte Karten haben«, sagte Collier. An der Kasse stritten sie sich um die Bezahlung, und Nina siegte mit dem Argument, daß sie das Essen ihrem Mandanten als Spesen anrechnen würde. Flüchtig streifte sie der Gedanke, ob Kurt sie jemals bezahlen konnte und ob sie Riesner zur Rückzahlung des Vorschusses zwingen sollte.

Im Großen Ballsaal suchten sie sich einen Mitteltisch, dann gingen sie ans Buffet, wo Berge von Leckerbissen zu farbenfrohen Arrangements aufgehäuft waren. Als sie zurückkehrten, hatte der Kellner schon eine Karaffe mit Rotwein gebracht.

Collier hob das Glas. »Auf die Gerechtigkeit – mit einem großen G! Möge sie über den ganzen Scheißdreck siegen!«

»Darauf kann ich anstoßen.« Wohlig breitete sich die Wärme in ihr aus. Umgeben vom Stimmengewirr Hunderter Gäste sagte Nina: »Wir sind hier völlig anonym. Touristen aus aller Welt verspielen hier ihr Geld. Das gibt einem so ein heimeliges Gefühl.« Drei verschiedene Salate waren auf ihrem Teller durcheinandergeraten und bildeten, wie sie fand, eine köstliche Mischung.

»Sie werden sicher gleich sagen, daß ich den Vorwurf des vorsätzlichen Mordes im Fall London fallenlassen soll, weil sie die Tatwaffe jahrelang in ihrem Besitz hatte und sonst nichts weiter auf einen Vorsatz hinweist.« Collier schob sich einen Appetithappen in den Mund.

»Na, wie wär's?«

»Wenn wir heute nacht miteinander schlafen, tue ich's«, sagte Collier und schlug sich mit der flachen Hand vor die Stirn. »Oh, Pardon, ich hab's vergessen. Solche Angebote sollte ich doch nicht mehr machen.«

»Wollen Sie denn? Ich meine, den vorsätzlichen Mord fallenlassen?«

»Warum nicht? Milne wird Ihrem Antrag folgen. Wir sind beide müde. Sparen wir uns doch den ganzen Ärger und Streit!«

»Wunderbar!«

»Das war Ihre gute Arbeit. Ich hatte keine Ahnung, daß die Kettricks mit der London so eng zusammensteckten und daß sie das Gewehr schon vor Jahren in ihrem Haus gesehen hatten. Jetzt sind Sie aber dran. Wollen Sie Ihrem Mandanten nicht einen Totschlag anbieten? Fünfzehn Jahre und ein bißchen Ermäßigung, wenn Milne gute Laune hat.«

»Würden Sie dann auf eine Anklage im Fall Tamara Sweet verzichten?«

»Das will ich nicht versprechen, da kann noch etwas Neues kommen.«

»Vergessen Sie's. Er ist in beiden Fällen unschuldig, meiner Meinung nach. Manche Ihrer Zeugen allerdings geben mir zu denken ...«

»Sie wollen es wohl wieder mit Ihren ›begründeten Zweifeln‹ versuchen?«

»Nein, ich meine es ehrlich. Das ist jetzt keine Verhandlungstaktik.«

»In dieser Situation ist alles, was wir tun, Verhandlungstaktik«, sagte Collier. »Selbst die Ehrlichkeit.«

»Ich werde nicht versuchen, Scott freizubetteln. Lassen Sie doch meine Arbeit für sich sprechen.«

»Sie haben mir nur noch kein richtig gutes Angebot gemacht. Bis jetzt war alles nur die übliche Verteidigungsmasche. Da bringen Sie nun diesen Ralph Kettrick ins Spiel, um die Geschworenen abzulenken von ...«

»Er hat kein Alibi. Er war so dicht an Terry dran wie sonst keiner. Sein Vater hat für ihn gelogen ...«

»Oder Sie haben ihn einfach nur konfus gemacht. Wollen Sie etwa behaupten, daß die beiden zusammenhalten?«

»Ich behaupte gar nichts. Ich greife mir nur die Schwachpunkte Ihrer Anklage heraus, wenn sie nicht mehr zu übersehen sind. Daß Sie mit Erfolg versucht haben, die Ermordung von Tamara Sweet ins Spiel zu bringen, macht die Sache nicht besser.«

»Wenn man gewinnt, soll man aufhören.«

»O bitte, Collier, lassen Sie's. Ich bin jetzt zu müde für solche Spielchen.«

»Nun gut«, sagte Collier. Sie beendeten ihr Mahl in einvernehmlichem Schweigen. Er fuhr sie zurück zum Gerichtsparkplatz. »Ich werde Sie nach Mrs. Sweet in den Zeugenstand rufen. Morgen ist Freitag, und Milne wird früh Schluß machen, also denke ich, daß es Montag wird. Schon nervös?«

»Nein«, log Nina. Vor dem Prozeßbeginn hatte sie einen klassischen Alptraum gehabt, gerade als man darüber zu reden anfing, daß sie als Zeugin vernommen werden sollte. Nackt bis auf ihre Aktenmappe, die sie sich vor den Leib hielt, voller Scham über ihre körperlichen Unzulänglichkeiten, umringt von einer höhnischen Menge, die sie beschimpfte, wurde sie in den Zeugenstand gezerrt, direkt vor den Staatsanwalt.

»Sind Sie bereit zu gestehen?« fragte der Richter, dessen Gesicht plötzlich die harten und bösen Züge von Terry London annahm. Anwälte, Richter und Zuschauer bildeten eine bedrohliche Masse, die lediglich aus anklagenden Blicken bestand.

»Was soll ich denn gestehen?« hatte sie gefragt. Riesengelächter. Alle wußten, was sie gestehen sollte, nur sie selbst nicht. Ihre Verwirrung und Ratlosigkeit schürte nur das Gelächter. Sie forschte in sich nach, auch in den Geheimnissen, die sie vor sich selbst verbarg. Der Richter holte eine Videokamera heraus und begann sie zu filmen, während sie versuchte, ihre Blößen zu bedecken …

»Keine Angst«, sagte sie und dachte an die Baseballkappe ihres Sohnes mit der Aufschrift *No Fear*, die in der Asservatenkammer lag. Wenn Collier wüßte …

»Na, dann viel Erfolg noch bei der Arbeit heute abend.«

»Danke, dasselbe für Sie.« Mit diesem halbironischen Abschied stieg Nina in ihren Bronco und machte sich auf den Weg.

39

»Zeugenaufruf Jessica Sweet!«

Tamaras Mutter trat in den Zeugenstand, es war Freitag, der elfte Verhandlungstag. Draußen erstrahlte einer der dreihundertsieben Sonnentage, die Tahoe jährlich zu bieten hatte, ein rundum perfekter Hochsommertag. Die Jury war bereits in eine wache und eine schläfrige Gruppe zerfallen, aber Nina wußte, daß ein Gedanke sie alle einte: Überall sonst sein, nur nicht in diesem stickigen Kasten. Und alle, die mit dem Fall zu tun hatten, waren heute angetreten, um Terry Londons Film zu sehen.

Mrs. Sweets Bräune war seit dem letztenmal noch dunkler geworden, wenn das überhaupt möglich war. Ihre blendende Gesundheit würde die Geschworenen daran erinnern, daß Tamara ein langes, erfülltes Leben vor sich gehabt hätte. Ihr Silberhaar war kurz wie nie, die türkisfarbenen Ohrclips betonten das Blau ihrer Augen. Sie sah kompetent und respektgebietend aus. Die weiblichen Geschworenen würden sie als rechtschaffen und glaubwürdig empfinden.

Ihren Kummer konnte man nur aus der Nähe sehen, an der Art, wie ihre Mundwinkel nach unten wiesen. Ihr Schicksal waren ein vermißtes Kind, Jahre der Ungewißheit und ein Unfall, der ihren Mann zum Krüppel machte. Schließlich der entscheidende Schlag: die Nachricht, daß ihre Tochter tot war und all die Jahre als Mordopfer in einer Felsspalte gelegen hatte. Aber sie war stark, sie verbarg ihr Leid, so gut sie konnte.

Collier ließ Mrs. Sweet die Geschichte wiederholen, die sie Nina schon erzählt hatte. Sie und ihr Mann seien am Abend von Tamaras Verschwinden in einer Eigentümerversammlung gewesen, hätten sich Sorgen gemacht, als sie nicht nach Hause kam, und sie am nächsten Morgen als vermißt gemeldet. Sie unterstrich ihre Sätze mit graziösen Handbewegungen, als sie von der nachfolgenden Suche erzählte, von den ins Leere führenden Spuren und der allmählich sinkenden Hoffnung, als aus Tagen Wochen und aus Monaten Jahre wurden. Es war eine traurige Geschichte, an manchen Stellen verlor Mrs. Sweet die Fassung, und ihr Kinn begann zu zittern.

»Hat sich die Beziehung zu Ihrer Tochter in den Jahren vor ihrem Verschwinden geändert?« fragte Collier.

»Ja, leider. Sie hatte mir immer alles anvertraut. Ich dachte, wir würden sie gut durch die Pubertät bringen, mit einem Minimum der Probleme, von denen man so hörte. Aber in ihrem letzten High-School-Jahr hat sie sich von uns abgewandt. Wir haben immer wieder die Verständigung gesucht, aber sie war uns böse. In allem hat sie widersprochen. Sie redete überhaupt nicht mehr mit uns. Dann eines Nachts, etwa drei Wochen vor ihrem Verschwinden, fand ich ein Tütchen in ihrer Kommodenschublade. Als ich nachschaute, fielen Pillen heraus. Wir hatten einen heftigen Streit deswegen. Sie war feindselig, abweisend. Wir sollten ihr nicht nachspionieren, sagte sie, sie wäre über achtzehn und würde ausziehen, wenn wir ihre Privatsphäre nicht respektierten.

Sie hat nicht mehr mit mir geredet. Ich gebe zu, ich habe ihr Belehrungen erteilt und versucht, sie zu unserem Hausarzt zu schicken. Ich erzählte Jonathan von meinem Fund, und er wurde richtig krank davon. Wir überlegten schon, ob wir sie aus dem Haus schicken sollten, weil wir nicht weiterwußten. Sie hatte damals viel Kontakt zu Doreen und Michael. Ich fand das seltsam. Sie und Michael hatten sich getrennt, und er war dann mit Doreen zusammen.

Sie ging weg, sobald sie konnte, und kam immer spät nach Hause. Da mußte noch mehr sein als nur die drei, dachte ich. Tamara war so ein hübsches Mädchen. Da muß es noch einen jungen Mann gegeben haben, mit dem sie sich traf.« Mrs. Sweet wandte sich den Geschworenen zu. »Wenn wir sie nur über diesen kritischen Punkt hätten bringen können, wäre alles gut geworden. Sie ist abgestürzt – wie so viele Kinder in der Pubertät.«

»Haben Sie herausgefunden, wer dieser junge Mann war?«

Sie knetete ihre Hände. »Einer hat sie mal vor dem Haus abgeholt, das war etwa einen Monat, bevor ich die Pillen bei ihr fand. Ich habe ihn bei der Polizei beschrieben, aber soweit ich verstanden habe, reichten die Beweise nicht aus ...«

»Einspruch«, sagte Nina. »Das beruht auf Hörensagen und beantwortet nicht die Frage.«

»Die Geschworenen sind gehalten, den letzten Satz zu ignorieren«, sagte Milne.

»Und ist der junge Mann, den Sie vor zwölf Jahren gesehen haben, ein paar Wochen vor dem Verschwinden Ihrer Tochter, hier im Gerichtssaal anwesend?«

Die Augen der Geschworenen folgten ihrem Finger, der auf Kurt zeigte. »Für das Protokoll: Zeugin weist in Beantwortung der Frage mit dem Finger auf den Angeklagten«, sagte Milne.

Kurt kritzelte eine Botschaft für Nina auf einen Zettel. Er war in Erregung geraten. Nina schrieb ihm zurück: »Keine Sorge. Das war mehrere Wochen vorher. Das kriegen wir hin.«

»Sind Sie und Ihr Gatte im vergangenen Jahr aus irgendeinem Grund mit Terry London zusammengetroffen?« fragte Collier.

»Ja. Vor etwa zwei Jahren fragten wir eine alte Bekannte beim Fernsehen, die mehrere Dokumentarfilme gedreht hatte, ob man nicht einen kurzen Film über das Verschwinden von Tamara machen könne. Wir würden uns auch an der Finanzierung beteiligen. Sie hat dann erreicht, daß Tam in einer Sendereihe über ungeklärte Kriminalfälle vorkommen sollte. Darauf erschien im *Tahoe Mirror* ein Bericht über das neuerwachte Interesse an dem Fall, und das war der Grund, weshalb Terry London bei uns anrief. Sie bot uns ihre Dienste zu einem sehr anständigen Preis an, wir sollten uns nur an den Kosten beteiligen. Offenbar glaubte sie, sie könnte mit dem Film Profit machen. Gleichzeitig schienen die Leute vom Fernsehen die Sache zu verschleppen, also haben wir uns nach ein paar Vorgesprächen dazu entschlossen, mit ihr zusammenzuarbeiten.«

»Hat Terry London den besagten Film hergestellt?«

»Ja.«

»Lautet sein Titel: *Was wurde aus Tamara Sweet?*«

»Ja.«

»Euer Ehren, wenn Sie erlauben«, sagte Hallowell und gab dem Mann am Projektor einen Wink.

Nina erhob keine Einwände. Der Saal wurde abgedunkelt, und diesmal sahen die Geschworenen nicht Terry, sondern ihr Werk, einen Film, den Nina immer noch nicht richtig verstand. Beim Zuschauen meldeten sich wieder die alten Fragen zu Wort: Warum hatte Terry den Film gedreht? Weil sie Tamara ermordet hatte und nicht riskieren konnte, daß ein anderer bei den Recherchen darauf stoßen würde? Das war zwar eine gute Hypothese, aber sie funktionierte nicht. Wenn Terry den Film gedreht hätte, um sich selbst zu tarnen, hätte sie niemals die Ermordung von Tamara in den Mittelpunkt gestellt, sondern, um von ihrer Tat abzulenken, den Eindruck suggeriert, daß Tamara irgendwo anders ein neues Leben begonnen hatte.

Wenn Terry das Mädchen nicht erschossen hatte, warum stellte sie in ihrem Film nicht Kurt als Mörder hin? Bei der Besessenheit, mit der sie ihn verfolgte, hätte sie ihm doch den Mord anhängen können. Dann hätte ihn vielleicht die Polizei gesucht, aufgespürt, unter Mordanklage gestellt und ihn zurückgebracht – alles, was sie offensichtlich wollte.

Der Film war fast vorüber. Nina sah wieder die Schauspielerin, die Tamara darstellte und an diesem kalten Tag langsam den vertrauten Pfad hinaufstieg … Auf Kurts Notizzettel, den er ihr über den Tisch zuschob, stand in unleserlicher Schrift: »Ich könnte schwören, daß es Tam war.«

Wie paßte das alles zusammen? Wenn weder Terry noch Kurt Tamara ermordet hatten, wer war es dann? Das junge Mädchen setzte sich auf die Felsplatte, während der traurige Country-Song lief, Schneeflocken fielen auf ihr langes Haar, sie trug Stiefel, schwarze Hosen und diese rattenartige Kaninchenfelljacke … Wo war die Jacke?

Ihr fiel Terrys Lachen ein, ihr arrogantes Getue, ihre Großspurigkeit. Terry hatte geglaubt, sie könnte sich über die allgemeine Moral stellen, über das gewöhnliche Leben. Nina kam der Gedanke, daß der Film ein makabrer Scherz von Terry war. Sie hatte endlich einmal die Wahrheit gesagt, nur eben auf verdrehte, auf

»künstlerische« Weise. Terry konnte einfach nicht für sich behalten, was sie wußte: daß weder sie noch Kurt es getan hatte.

Es war ein anderer gewesen. Dessen Augen sahen von ferne zu. Der heimliche Beobachter, lauernd in der Dunkelheit. Aber wer?

Der Gedanke fiel wie der Lichtstrahl einer geöffneten Tür ins chaotische Dunkel. Was war mit den drei anderen verschwundenen Mädchen? Wie sollten sie auch in diesem kurzen Film Platz finden, der wahrscheinlich sehr viel Schneidearbeit gekostet hatte? Konnte man ihn nicht bei seiner vordergründigen Botschaft nehmen? Der Film unterstellte, daß Tamara ermordet wurde, und das, bevor ihre Überreste gefunden waren. Terry hatte also zwölf Jahre lang von Tamaras Tod gewußt.

Nina sah das Mädchen auf der Projektionswand, das allmählich mit der Dunkelheit verschmolz. Nina preßte die Hand vor den Mund, ihr war übel, und sie starrte, starrte, starrte … Nein, das konnte nicht sein. Das hätte sie nicht …

Und doch hatte Terry es getan. Sie war in jener Nacht dort gewesen, auf dem Pfad zum Angora Ridge. Sie hatte Tamara gefilmt, die echte Tamara, mit der Kamera. Heimlich hinter einem Felsen. Und sie hatte gesehen, mit wem sich Tamara traf.

Tamaras schmächtige Gestalt verblaßte, die Musik erstarb, und der Abspann begann.

Der Name der Darstellerin war nicht genannt. Diese Dreistigkeit verschlug Nina den Atem. Terry hatte es immer gewußt, sie war Zeugin des Mordes gewesen, hatte zumindest einen Teil des Geschehens gefilmt. Und eines Tages erfuhr sie, daß über Tamaras Verschwinden eine Sendung geplant war. Natürlich hatte sie sich an die Sweets herangemacht. Diesen Spaß konnte sie sich nicht entgehen lassen. Sie ging so weit, wie nur sie es wagen konnte: Sie baute die Originalsequenz mit der richtigen Tamara in den Film ein … um sich dann über diesen Einfall köstlich zu amüsieren!

Nina spürte im Dämmerlicht des Saals die Blicke auf sich ruhen. Hier saß sie wie auf dem Präsentierteller, und dieser Dritte, der da im Dunkel gelauert hatte, konnte ohne weiteres auf sie schießen, wie es ihr schon einmal passiert war. Sie begann heftig zu zittern. Irgend jemand da hinten beobachtete sie. Wieder spürte sie den

Schuß, der sie getroffen hatte. Lauf, bevor es spät ist! durchfuhr es sie. Sie sprang auf. Kurts Ketten klirrten. Überrascht drehte er sich zu ihr um. Sie stieß die Schranke zum Zuschauersaal auf und wollte durch den vollbesetzten Mittelgang. Raus, nichts als raus ...

Der Film war zu Ende, es wurde wieder hell. Deputy Kimura überwachte die unruhige Menge. Keiner hatte eine Waffe auf Nina gerichtet.

Sie ließ den Blick durch den Saal streifen. Da war Barbet Cain mit den anderen Reportern. Doreen und Michael Ordway flüsterten miteinander, dort, wo sie immer saßen. Die Kettricks, Vater und Sohn, hockten ebenfalls zusammen, auf der linken Seite. Monty Glasser, der Produzent der TV-Serie *Rätsel des Alltags,* der aus L.A. gekommen war, offenbar in der Hoffnung, aus dem Prozeß einen wunderbaren Beitrag für seine Sendereihe herauszuholen. Jonathan Sweet grimmig in seinem Rollstuhl, Kommissare, Kriminalisten und die Stammkunden in den hinteren Reihen. Dann waren da noch Milne und Collier – und Kurt, der sie gerade mit leiser Stimme fragte: »Was ist los?«

»Eine ganze Menge«, flüsterte sie zurück. Aber die Verhandlung ging weiter, und sie hatte keine Zeit zum Nachdenken. Gleich nach der Sitzung würde sie sich im Büro einschließen und sich alles gründlich durch den Kopf gehen lassen ...

»Ist das der Film, den Terry London hergestellt und Ihnen zur Kenntnis gebracht hat?« fragte Collier Mrs. Sweet.

»Ja.« Der Film wurde als Beweismittel anerkannt.

»Nun, im Juni dieses Jahres wurden Sie gebeten, der Polizeidirektion South Lake Tahoe den Namen des Zahnarztes Ihrer Tochter Tamara mitzuteilen. Entspricht das den Tatsachen?«

»Ja. Ich wußte, daß sie ... Überreste gefunden hatten. Ich habe sie besichtigt. Den Gürtel konnte ich wiedererkennen. Sie hatte mir gesagt, er wäre ein Geschenk, aber nicht, von wem. Dann noch die Uhr. Sonst habe ich nichts mehr identifizieren können. Beim besten Willen nicht.« Ihr Kinn zitterte wieder.

»Danke, Mrs. Sweet, keine weiteren Fragen«, sagte Collier.

Nina raffte ihre Gedanken zusammen und schob die Angst beiseite, die sie eben noch zum Zittern gebracht hatte. Sie schaute hoch zu Tamaras Mutter. Jessica Sweet saß gefaßt da, die Hände im Schoß. »Wie lange sind Sie schon verheiratet, Mrs. Sweet?« fragte Nina.

»Im nächsten Herbst sind es fünfunddreißig Jahre.«

»Wie ist Ihr Mann mit Tamara im Jahr vor ihrem Verschwinden zurechtgekommen?«

»Wenn Sie diesen blödsinnigen Polizeibericht meinen …«

»Sie hatten doch die Polizei benachrichtigt?«

»Ja, aber …«

»Ihr Mann hat Tamara die Treppe hinuntergeworfen, was zu einem Krankenhausaufenthalt und einer bleibenden Narbe führte. Können Sie das bestätigen?«

»Die Sanitäter haben die Polizei gerufen, nicht ich. Es war ein Unfall, aber damals, als mich die Polizei die Anzeige unterschreiben ließ, glaubte ich noch, mein Mann hätte …«

»… sie tätlich angegriffen? Haben Sie die Anzeige unterschrieben?«

»Ja. Ich war wütend auf Jonathan. Aber es kam zu keinem Verfahren. Es war ein Unfall. Das kann ich bestätigen. Ich war dabei.« Ihre Hände bewegten sich wie beim Händewaschen, dann faltete sie die Hände und stützte das Kinn auf, wie um sie zum Schweigen zu bringen.

»Hat sich Ihr Mann in dieser Zeit öfter mit Tamara gestritten?«

»Ja, natürlich. Er machte sich Sorgen wegen ihres Verhaltens.«

»Als Tamara verschwand, waren Sie gegenüber der Polizei sehr sicher, daß sie nicht einfach nur ausgerissen war. Ist das richtig?«

»Ja. Das wußte ich.«

»Warum waren Sie sich so sicher? Sie hatte Probleme mit Drogen. Sie hatte gedroht, auszuziehen. Sie kam nicht mit ihrem Vater zurecht. Sie hat nicht mit Ihnen geredet … Woher nahmen Sie Ihre Gewißheit?«

»Ich wußte einfach, daß sie nicht ohne weiteres von zu Hause weglaufen würde.«

»Ist Mr. Sweet an dem Abend noch einmal weggegangen, nachdem Sie von der Versammlung zurück waren?«

»Nein!«

»Sie haben sich Sorgen um Ihre Tochter gemacht, und er ist nicht nach ihr suchen gegangen?«

»Wie ich schon sagte: Nein!«

»Hat er damals schon an der Behinderung gelitten, die ihn heute an den Rollstuhl fesselt?«

»Nein. Der Autounfall passierte im Jahr darauf.«

»Ihr Mann hat damals auch ausgesagt, Mrs. Sweet. Vor zwölf Jahren. Offensichtlich haben Sie seine Aussage nicht noch einmal gelesen, als Sie sich für heute vorbereitet haben.« Nina hielt ein Blatt in die Höhe.

»O ja«, sagte Mrs. Sweet. »Eine halbe Stunde hat er draußen nach ihr gesucht, aber er hat sie nicht gesehen.«

»Woher wissen Sie das?«

»So steht es dort in seiner …«

»Wissen Sie auch aus eigener Kenntnis, daß er sie nicht gefunden hat?«

»Euer Ehren! Ist dieser Angriff auf meinen Mann wirklich statthaft?« fragte Mrs. Sweet, an Milne gewandt.

»Sie müssen die Frage beantworten«, sagte Milne.

»Das kann doch nicht wahr sein!«

»Beantworten Sie bitte die Frage.«

»Wie kann ich denn eine eigene Kenntnis davon haben!« schrie Mrs. Sweet. »Ich bin doch nicht mit ihm mitgegangen! Aber ich weiß, daß er es nicht war!«

»Und woher wissen Sie das?«

»Weil sie es war!«

»Wer?«

»Terry London«, sagte Mrs. Sweet trotzig.

»Hat sie Ihnen gesagt, sie hätte Ihre Tochter getötet?«

»Das brauchte sie nicht. Man hat es auch so gemerkt. An ihrem Benehmen, als sie uns den Film zeigte. Ich konnte es nicht beweisen. Ich wußte nur, als ich den Film sah, daß Tam tot war und daß Terry London genau darüber Bescheid wußte.« Sie vergrub das Gesicht in den Händen.

»Gestatten Sie der Zeugin eine Pause, Euer Ehren.« Milne nickte, und Nina setzte sich. Im Saal erhob sich Getuschel.

Ninas Hand zeichnete ein lustiges Tierbild: ein Häschen und

eine Art Luchs. Was wollte ihr Unterbewußtsein wieder signalisieren? Da steckte ein Geheimnis, aber es war so abartig, so pervers, daß keiner verwegen oder schlau genug war, es zu erraten.

Terry hatte gewußt, daß es außerhalb der menschlichen Vorstellungskraft lag, und das hatte sie daran so gereizt.

Verflucht! Terry selbst war ein Teil dieser Finsternis gewesen. In diesem Moment spürte Nina keine Trauer mehr, daß auch sie selbst davon verschlungen worden war. Matt war Terrys Opfer, so und nicht anders.

Mrs. Sweet hatte sich wieder beruhigt. Nina fragte weiter: »Sie haben aber keinen Beweis dafür, daß Terry London Ihre Tochter umgebracht hat, oder?«

»Nein«, sagte sie tonlos.

»Ihr Verhalten während der Vorführung hat Ihnen klargemacht, daß sie wußte, wer Ihre Tochter umgebracht hat?«

»Mir ja. Anderen Leuten wäre das vielleicht nicht aufgefallen. Mein Mann ist überhaupt nicht meiner Ansicht.«

»Welche ihrer Äußerungen haben Sie zu der Annahme gebracht, daß sie etwas mit dem Tod Ihrer Tochter zu tun haben könnte?«

»Nun, als Doreen den Film zum erstenmal sah, hatte sie zum Beispiel Terry gefragt: ›Woher wissen Sie, daß Tam beim Rausgehen gestolpert war und ein bißchen humpelte? Das hatte ich schon ganz vergessen.‹ Wie konnte das Terry dann wissen? Aber sie hat einfach gelacht. Sie war ja nicht dabeigewesen. Woher sollte sie es also wissen!«

»Vielleicht war es eine künstlerische Eingebung«, sagte Nina trocken.

»Dann die Jacke«, fuhr Mrs. Sweet fort.

»Wie bitte?«

»Die Jacke. Tamaras Kaninchenfelljacke. Wir hatten vergessen, bei der Polizei anzugeben, daß sie an dem Abend die Jacke getragen hatte. Und Terry hat die Darstellerin in dem nachgestellten Film genau die gleiche Jacke tragen lassen, wie Tamara sie hatte. Wie ist sie darauf gekommen?«

»Ich denke, die Fragen sollten Sie stellen und nicht die Zeugin«, sagte Milne zu Nina.

»Terry wußte also mehr über Tamaras Verschwinden, als sie hätte wissen können?« fragte Nina.

»Wo ist diese Jacke?« fragte Mrs. Sweet. Es war geradezu unheimlich. Nina hatte sich dieselbe Frage nur ein paar Minuten vorher gestellt.

»Beantworten Sie die Frage«, sagte Milne zu Mrs. Sweet.

»Oh, sie hat es gewußt. Das konnte ich an ihren gelben Augen ablesen«, sagte Mrs. Sweet.

Nina kam zurück auf die Pillen, die Mrs. Sweet in Tamaras Kommode gefunden hatte, und eröffnete damit eine Kombination, die sie für diese Zeugin vorbereitet hatte – daß Tamara im Zusammenhang mit einem Drogengeschäft ums Leben gekommen sein konnte. Sie hatte diese Hypothese gegen den Widerstand von Hallowell einbringen können, und Milne hatte ihr grünes Licht gegeben. Sie verband damit die Hoffnung, daß die Geschworenen dank dieser Hypothese begründete Zweifel an der Mordversion der Anklage entwickeln würden.

Immer öfter an diesem langen Tag voller Kreuzverhöre verlor Nina die Konzentration. Die Drogen-Hypothese, Mr. Sweet, Mrs. Sweets Behauptung, daß Terry London auf Tamara geschossen hatte, die Zivilklage wegen Verletzung der Persönlichkeitsrechte – sie bedachte alle diese Punkte, die im Vorfeld ihres eigentlichen Falles lagen, mit der gebotenen Gründlichkeit. Aber sie konnte das Ende des Verhandlungstages kaum noch erwarten. Sie spürte, daß sie dem Geheimnis um Tamaras Tod ganz nahe war.

Kaum war die Sitzung aufgehoben und die Jury aus dem Saal, rafften Nina und Sandy ihre Papiere zusammen und gingen. Auf der Fahrt zum Büro musterte Sandy sie neugierig von der Seite. Schließlich sagte sie: »Diesen Blick hab ich schon einmal an dir gesehen. Als würdest du mit dem Teufel ringen.« Aber Nina blieb die ganze Fahrt über stumm.

Als sie im Büro ankamen, ließ Sandy alle Akten liegen und fuhr mit Wish nach Hause. Nina blieb allein.

Sie rief bei Andrea an und sagte Bescheid, daß es spät werden würde. Sie schloß ab und aß einen Joghurt aus der Kühlbox im Konferenzzimmer. Egal, was sie tat, ihre düsteren Vorahnungen konnte sie nicht abschütteln. Es gelang ihr nicht, die Gedanken beisammenzuhalten. Sie war einfach zu müde. Keine Konzentration mehr.

Vielleicht half ein kurzes Nickerchen. Sie legte den Kopf auf die Schreibtischplatte und schlief ein.

Als sie aufwachte, ging im seeseitigen Fenster ihres Büros gerade die Sonne unter. Es war halb neun, ein milder, warmer Abend, typisch für den Hochsommer in Tahoe, und auch der Mond war zu sehen. Ihre Schultern fühlten sich taub an, ihre Augen brannten. Gähnend stand sie auf und schob das Rollo höher, das den Blick auf den See begrenzte.

Da draußen unter dem windstillen Himmel glühte der Lake Tahoe wie flüssiges Erz in gleißenden Orange-, Rot- und Violetttönen. Am westlichen Horizont schoben sich die schwarzen Sägezähne des Gebirges zwischen Himmel und See. Möwen kreisten gemächlich über dem Ufer. Der Weg hinunter zum Wasser war menschenleer.

Seit vielen Millionen Jahren zog die Sonne ihre Bahn über dieser majestätischen Szenerie. Heute bot sie wieder einmal ein grandioses Schauspiel.

Doch das Geschehen hatte kein menschliches Maß, Nina hielt hier einen Vorposten mitten im Gebirge besetzt, sie war ganz allein mit ihren Sorgen und Nöten, der Sonnenuntergang verströmte Einsamkeit.

Sie berührte ihre Narbe an der Brust, wie es ihr in solchen Momenten zur Gewohnheit geworden war. Was hatte Sandy gesagt? Etwas über die Angst, die ihr ein Loch in den Bauch gebohrt hatte.

Sie holte die Aufzeichnungen des Tages heraus, blätterte sie durch und stieß auf ihre Kritzeleien. Tiere mit Menschenköpfen … Winter, Pelze …

Das Telefon klingelte und riß Nina aus ihren Grübeleien. Sie nahm den Hörer ab.

»Nina? Komm schnell nach Hause«, sagte Matt. »Bob ist wieder verschwunden.«

40

»Er ist mit dem Fahrrad los. Nur für zehn Minuten, dann sollte er zurück sein. Das war vor einer Stunde. Ich bin alle Straßen abgefahren. Ich hab überall gesucht«, sagte Matt. Seine Stimme war gepreßt vor Angst. »Er hat geschworen, daß er es nicht wieder tun würde. Er hat es mir geschworen.«

»Sein Rucksack. Hat er den mitgenommen?« fragte Nina. Sie standen in der Haustür und blickten auf die Straße hinaus.

»Nein, der ist noch im Kinderzimmer. Er hat auch keine Nachricht hinterlassen. Nichts.« Andrea, die hinter Matt stand, hielt Troy und Brianna umklammert und versuchte ruhig zu wirken.

»Troy! Brianna! Hat Bob gesagt, daß er wegwollte? Hat er irgend etwas gesagt?« Brianna nuckelte eifrig am Daumen, machte große Augen und schüttelte den Kopf. Troy bestätigte, daß Bob nichts gesagt hatte.

»Nina, rufen wir die Polizei.« Andrea hielt ihr den drahtlosen Hörer hin.

»Ihr hättet nicht so lange warten dürfen!« schrie Nina. »Ihr hättet ihn nicht allein weglassen dürfen!« Sie nahm den Hörer. Ihre Hand zitterte. »Das hat mit dem Prozeß zu tun«, schrie sie. Der Abgrund riß unter ihren Füßen auf, sie stürzte ins Chaos, und Bob stürzte mit ihr.

Sie wählte 911 und erhielt den Rat, weiter nach ihm zu suchen. Er wäre noch nicht lange genug fort. In einer Stunde solle sie wieder anrufen, wenn er bis dahin nicht aufgetaucht sei. Matt fuhr los, um weiterzusuchen.

Sie rief Collier in seinem Büro an. »Ich schicke sofort jemanden los. Sie kommen, so schnell es geht«, versprach er.

Sie rief im Gefängnis an. Dort hatte man ihn nicht gesehen.

Sie rief Paul in Carmel an, quer durch Kalifornien. »Paul, Bob ist weg. Ich glaube nicht, daß er nur so weggelaufen ist. Da steckt mehr dahinter.«

»Um Gottes willen. Seit wann?«

»Seit anderthalb Stunden. Jetzt ist es dunkel, und er weiß genau, was er mir und Matt antut, wenn er zu spät nach Hause kommt. Er wollte nur kurz mit dem Fahrrad raus.«

»Was sagen die beiden Kinder?«

»Sie wissen nichts. Er hat nichts mitgenommen. Diesmal ist er nicht abgehauen, das weiß ich genau. Collier schickt mir ein paar Streifenpolizisten, die uns suchen helfen. Matt ist schon unterwegs. Paul, ich – ich hatte schon den ganzen Prozeß über so ein ungutes Gefühl ...«

»Suche jedes Haus in der Umgebung ab. Ruf die Krankenhäuser an, den Busbahnhof. Schau in die Restaurants. Durchsuche sein Zimmer, ob es Notizen gibt, irgendwelche Landkarten, alles, was auffällig ist. Haltet das Telefon frei, falls ein Anruf kommt.« Paul überlegte.

»Ich brauch dich, Paul.«

»Hör zu. Du darfst jetzt nicht durchdrehen. Das kannst du dir nicht leisten. Ich bin schon unterwegs. Jetzt ist es zehn. Ein Flugzeug geht nicht mehr, eine Cessna kriege ich nicht so schnell gechartert. Ich fahre mit dem Auto. Gegen zwei Uhr bin ich da!«

»Ich wußte, daß du kommst.«

»Ich hätte mich nicht von dir vertreiben lassen dürfen. Du hattest einen schweren Fall von Prozeßfieber, und ich hab es persönlich genommen. Schick Sandy ins Büro. Ich rufe sie von unterwegs dort an, dann blockiere ich nicht dein Telefon«, sagte Paul mit grimmiger Stimme. »Behalte den Kopf oben. Bob braucht dich. Geh nicht vom Telefon weg!«

Quälend verrannen die Minuten. Andrea ging mit den Kindern ins Nachbarhaus, um dort die Anrufe zu machen. Die Polizei war noch nicht eingetroffen. Sie war allein im Haus.

Neben dem Telefon hielt sie es nicht aus. Sie ging hoch in sein Zimmer, um nach irgendwelchen Hinweisen zu suchen. Sie fand nichts. Sie hob seinen Schlafanzug vom Fußboden auf und legte ihn sorgfältig zusammen. Er roch nach Bob.

Sie griff nach dem Seehund, den Bobby liebevoll zugedeckt hatte. Er würde ihn sofort brauchen. Sein Lieblingstier.

Das Telefon klingelte. Sie rannte zum Nebenanschluß, nahm den Hörer ab und rief atemlos »Bobby?«

»Bin ich da bei der Frau Anwältin?« sagte eine joviale Männerstimme, sie klang ein wenig lallend und schleppend. Nina wußte sofort, wer es war.

»Was wollen Sie?«

»Mit Ihnen reden. Ihr Kleiner ist bei mir zu Besuch, und ich denke, Sie wollen ihn sehen.«

»Bitte tun Sie ihm nichts!«

»Haben Sie die Bullen gerufen?«

»Nein«, sagte Nina. »So lange ist er noch nicht weg.«

»Das ist gut. Sehr vernünftig. Keine Bullen. Kommen Sie rüber zu mir. Wir haben was zu bereden. Nur Sie und ich.«

»Klar«, sagte Nina. »Mach ich. Wenn Sie nur …«

»Wenn hier die Bullen auftauchen, könnte meinem kleinen Fan nämlich was passieren.«

»Keine Polizei. Tun Sie ihm nichts. Wollen Sie Geld?«

»Geld? Ihr Geld brauche ich nicht. Wie schon gesagt: Bringen Sie nur sich selber mit.«

»Gut. Wohin soll ich kommen?«

Ralph Kettrick antwortete nicht sofort, und sie hörte ein Keuchen, einen erstickten Schrei – das war Bobby!

»Zur Feuerwachstation auf dem Angora Ridge. Bißchen fix, sonst läuft nix!« Mit einem überdrehten Lacher legte Ralph auf.

Als Paul den Highway 101 bei Salinas erreicht hatte, hielt er in Abständen an, um sich bei Nina zu melden. Aber im Haus nahm niemand ab. Erst als er am Pacheco-Paß war, wo er tankte und sich schwor, gleich morgen ein Handy zu kaufen, kam er durch, doch es war Andrea, die ihm antwortete. »Sie sind beide unterwegs, Paul. Nina ist mit dem Bronco losgefahren, und Matt klappert alle Häuser ab. Nina ist überzeugt, daß er entführt wurde. Das sah man ihr an.«

»Okay. Bleib am Telefon. Es könnte ein Anruf kommen. Verstehst du? Ich hab hier irgendwo ihre Autotelefonnummer. Wenn ich sie nicht erreiche, und sie kommt zurück, laß sie nicht mehr weg. Könnte sein, daß die nur mit ihr reden wollen. Das nächste Mal ruf ich bei Sandy im Büro an.«

»Sie müßte jetzt dort sein. Da kommt ein Polizist ins Haus«, sagte Andrea.

»Gut. Sieh zu, daß er die Sache ernst nimmt.« Er legte auf und fuhr los. Fünfzehn Minuten lang jagte er den Transporter durch die Haarnadelkurven ins San Joaquin Valley hinab. Er war wütend auf sich selbst. Er hätte dableiben müssen. Er hätte es verhindern können. In den letzten Tagen hatte er über manches nachgedacht, und er war schon fast soweit, loszufahren und sich bei ihr zu entschuldigen, weil er sich benommen hatte wie ein preisgekröntes Rindvieh. Sie hatte ihn gebraucht. Vielleicht wäre es dann nicht passiert … Wo konnte der Bengel stecken? Die ersten Stunden waren entscheidend. Morde kamen viel häufiger vor als Entführungen. Durchaus möglich, daß der Junge schon tot war.

Bob wachte allmählich auf. Er öffnete die Augen, es war stockdunkel. Er lag auf einem Bretterboden, und es stank. So ein ätzender, ekelhafter Geruch war ihm noch nie vorgekommen. Etwas verstopfte ihm den Mund, was er nicht ausspucken konnte, irgendein Stoffklumpen, der ihn würgte und zum Brechen reizte. An Hand- und Fußgelenken spürte er einen scharfen Schmerz – er war gefesselt! Er bäumte sich heftig auf.

Eine Taschenlampe blendete ihn. »Du lebst ja noch«, sagte Ralph. »Gar nicht leicht, bei so einem kleinen Scheißer richtig zuzuschlagen. Nicht zuviel und nicht zuwenig. Dir brummt der Schädel, möcht ich wetten. Brauchst gar nicht so zu zappeln. Hab dich gut verpackt, damit ich in Ruhe überlegen kann, was ich mit dir anstelle. Eigentlich wollte ich ja nur deine Mutter, aber keine Sorge, die wird schon antanzen. Die saß direkt auf dem Telefon, und ich hab ihr gesagt, sie kann mal vorbeischauen, wenn sie die Bullen raushält. Ich geh mal nachgucken, bin sofort wieder da.«

Bobs Augen gewöhnten sich an die Dunkelheit. Er lag in einer

Art Schuppen, einem Hühnerstall vielleicht. Seine Hose klebte am dreckigen Boden. Zum Heulen war er viel zu verschreckt. Also lauschte er angestrengt in die Stille.

Ralph kam wieder reingestampft und hockte sich in die Ecke. »Dachte, das wäre sie schon. Wir wollen doch unsern Besuch ordentlich empfangen.« Dann schwieg er. Bob versuchte vorsichtig, die Hände zu bewegen und an den Fesseln zu zerren.

»Der Tod ist überall, mußt du wissen«, sagte Ralph mit rauher Stimme. »Das hat Terry mir gesagt. Da war ich nur ein bißchen älter als du. Fünfzehn. Ralphie, hat sie zu mir gesagt, die Hälfte der Menschheit verdient sowieso nicht, am Leben zu sein. Mädchen. Das sind alles verlogene Scheißhaufen. Hat sie gesagt. Und deine Mutter, die hat meinem Dad schlechte Sachen über mich erzählt. Das ist doch nicht in Ordnung, oder? Oder?« Er trat mit dem Fuß nach ihm. Bob jaulte auf, als ihn der harte Stiefel ans Bein traf. »Oh, jetzt hatte ich's vergessen«, sagte Ralph und lachte. »Also, wie gesagt. Wenn sie so weitermacht, dann liefert mich mein Vater noch ein. Warum läßt sie mich auch nicht in Ruhe? Ich hab ihr nichts getan. Ich wollte nur meine Ruhe. Pst. Ich glaube, sie kommt. Hör mal!«

Kein Geräusch. Dann ... ein leises Knacken draußen. Bob zerrte mit aller Kraft an den Fesseln.

»Bin gleich zurück«, flüsterte Ralph. »Hau nicht ab.«

Ralph hatte halb scherzend gedroht, er würde Bob umbringen, wenn sie nicht allein und unbewaffnet käme. Nina nahm die Drohung ernst. Sie wußte genau, was sie hätte tun müssen. Sofort die Polizei rufen und ihr alles Weitere überlassen. Wenn einer ihrer Klienten in dieser verzweifelte Lage wäre, hätte sie ihm genau das geraten.

Aber sie saß am Küchentisch unter der Glasglocke der Lampe, kippelte mit dem Stuhl und biß sich auf die Knöchel.

Bob war jetzt die Hauptsache. Ralph war imstande, ihn umzubringen, bevor die Polizei eingreifen konnte.

Er wurde in der alten Feuerwachstation auf dem Angora Ridge festgehalten. Das verlassene Gebäude stand am Rand des Steilhangs, dort, wo der Fußweg vom Fallen Leaf Lake, auf dem Tamara umgekommen war, in die Kammstraße einmündete. Nina erinnerte sich an die Aussicht, die man von dort hatte. Nach Norden erstreckten sich der Fallen Leaf Lake und der Lake Tahoe bis zum Horizont mit den schneebedeckten Gipfeln, im Süden breitete sich das grüne Tal aus, an dessen Rand South Lake Tahoe lag, ein bezaubernder Flickenteppich voller winziger Details.

Sich dort oben an Ralph Kettrick anzuschleichen würde sehr schwierig sein.

Sie kippelte. Bob war ihre Verbindung zum Leben, das einzige, was sie wirklich hatte. Sie mußte etwas unternehmen, sich etwas einfallen lassen.

Paul würde so bald nicht dasein. Matt und Andrea konnte sie nicht in eine so gefährliche Situation bringen. Die Polizei … würde mit Lautsprechern anrücken. Eine Geiselnahme. Und Ralph war ohne Zweifel geisteskrank. Das wäre der sichere Tod!

Aber was konnte sie allein bewirken? Sich als Opfer anbieten? Offenbar wollte Ralph sie umbringen. Konnte sie ihm das ausreden? Und würde er Bob dann hergeben?

Das würde er nicht. Sie mußte also … allein gehen, sich zum Schein ergeben, dann die Waffe auf ihn richten und ihn erschießen, wenn es sein mußte … Matt hatte eine Pistole, die er in einem verschlossenen Holzkasten im Schlafzimmerschrank aufbewahrte. Er hatte ihr gesagt, wo der Schlüssel war, für alle Fälle. Nina eilte ins Schlafzimmer. Ja, der Schlüssel war da, mit Klebeband hinter dem Spiegel befestigt. Und der alte 45er Colt lag im Kasten, gefüllt mit sechs Patronen. Mit steifen Fingern lud sie durch, und dachte daran, wie sehr ihr dieses Ding widerstrebte.

In ihrem Zimmer legte sie den Colt vorsichtig aufs Bett, sie zog Hose und Sweatshirt an, dazu dicke Socken und die Bergschuhe. In der Küche umwickelte sie ein Schälmesser mit Papier und steckte es in den Stiefelschaft. Die Taschenlampe lag im Bronco. Sie mußte sich beeilen. Ralph hatte sicher wenig Geduld, und sie mußte weg sein, bevor jemand zurückkam. Sie nahm den geladenen Colt, sah nach, ob er gesichert war, dann steckte sie ihn in die weite Hosentasche. Das weite Sweatshirt überdeckte die Wölbung.

Sie fuhr an Matt vorbei, der an der Ecke mit einem Nachbarn

sprach. Er winkte ihr, aber sie tat, als hätte sie ihn nicht gesehen. Den Pioneer Trail bis zur oberen Forststraße. Das Mondlicht sickerte in den schwarzen Wald ein. Sie passierte das letzte Haus, fuhr den Bronco die Steigung hinauf bis zur Abzweigung, die nicht ausgeschildert war. Die Straße war wellig und sandig, nur teilweise asphaltiert, Nina fuhr an einer Wiese vorbei, das hohe Gras und die schlanken Bäume leuchteten im Mondlicht.

So eine zauberhafte Nacht! Nina nahm sie mit allen Sinnen auf, als wäre die Schönheit, die Harmonie der Landschaft ein kostbarer Schatz, den sie freien Willens preisgab. Wirklich, es war ganz einfach. Sie wollte nicht mehr leben, wenn Bob sterben mußte.

Sie hielt ein paar hundert Meter vor der Station und hoffte, daß Ralph den Bronco nicht gehört hatte. Sie war schon in Kammhöhe, wo es kaum Deckung gab, gerade Platz genug für die Straße. Das Weiß der Bergkette leuchtete düster. Zur Rechten, vom Mondlicht in eine dunkle und eine helle Hälfte geteilt, fiel das trogförmige Tal der Desolation Wilderness zum Fallen Leaf Lake ab. Dahinter erstreckte sich endlos der Lake Tahoe. Links unten verschluckte dichter Wald die Häuser, in denen Feriengäste und Einheimische vor dem Fernseher saßen und unter die Bettdecke schlüpften, wohlig geborgen in einer Welt, von der sie sich für immer zu entfernen schien. Leise, ohne ein Geräusch stieg sie bergauf, dicht an den Kiefern und Fichten entlang, die ihr im verräterischen Mondlicht Deckung boten.

Von der Tankstelle an der Interstate 5, irgendwo nördlich von Stockton, rief Paul noch einmal bei Andrea an, obwohl er das eigentlich nicht tun wollte, aber er wußte sich nicht anders zu helfen. »Nina ist noch nicht zurück«, berichtete sie. »Zwei Polizisten waren da, und ich habe alles gesagt, was ich wußte. Sie fahren durch die Stadt und haben die Streifenwagen in El Dorado County und auch in Douglas County auf der Nevada-Seite benachrichtigt.«

»Wie lange ist sie schon weg?« fragte Paul.

»Das ist es ja. Wir wissen es nicht genau. Wir waren beide unterwegs, und sie ist mit dem Bronco weg. Matt sah sie vorbeifahren, allein im Auto, es ist schon eine Weile her.«

»Sie war allein zu Hause, als ihr unterwegs wart?«

»Ja, aber ich denke, nur für kurze Zeit. Als ich zurückkam, um auf das Telefon aufzupassen, war sie schon weg.«

Nina hätte das Telefon nur aus zwei Gründen verlassen. Der erste und wahrscheinlichere war, daß sie einen Anruf bekommen hatte. Der zweite Grund, daß sie entführt wurde. Da sie allein weggefahren war, sah es ganz nach Grund eins aus.

»Könnte jemand ins Haus gekommen sein?«

»O nein. Sie hat die Haustür abgeschlossen. Vor einer Stunde und zwanzig Minuten sind wir zurückgekommen. Wir haben die Polizei angerufen und alles gemeldet. Paul, was können wir denn noch tun?«

»Bleib am Telefon. Bleibt beide zu Hause, und schließt die Türen ab, für alle Fälle. Seid vorsichtig. Habt ihr eine Waffe im Haus?«

»Matt hat einen Colt.«

»Holt ihn raus.«

Ein paar Sekunden später kam Matt an den Apparat. »Der Colt ist weg!« rief er mit schriller Stimme. »Was geht hier vor? Meine Frau und die Kinder sind da! Sind sie in Gefahr?«

»Ich glaube nicht, daß im Haus Gefahr besteht«, sagte Paul. Die großen Trucks, die mit hundertzwanzig Sachen an der Tankstelle vorbeidonnerten, machten die Verständigung schwer. »Ich vermute, daß Nina den Revolver eingesteckt hat. Sie hat einen Anruf bekommen und ist los, um die Sache selbst in die Hand zu nehmen.«

»Wenn sie die Pistole mitgenommen hat, dann war es nicht Bob, der sie angerufen hat.« Matts Stimme klang weit entfernt, wie von einem anderen Stern. »Mein Gott!« rief er. »Warum hat sie nichts gesagt, nicht die Polizei gerufen?«

»Man hat ihr gesagt, sie soll allein kommen. Da bin ich mir sicher. Wer sitzt denn bei ihr in der Gerichtsverhandlung?«

»Sandy war immer dabei. Da du ja nicht ... anwesend warst.«

»Wär ich bloß nicht abgehauen!« sagte Paul. »Ich könnte mich in den Arsch treten! Die ganze Zeit schon!«

»Da bist du nicht der einzige«, sagte Matt.

»Ruf auf jeden Fall Sandy an, und laß dir eine Liste aller verhörten Zeugen geben, mit Ausnahme der Polizisten. Frag sie, wie weit Nina gekommen ist, ob es neue Vermutungen gibt, was den Mörder betrifft. Sie soll unbedingt im Büro bleiben.«

»Okay.«

Paul hängte auf, sprang in den Transporter und raste los. Die Straße führte durch Farmland, ein Meer aus Dunkelheit, das er im Höchsttempo durchqueren konnte. Rechts in der Ferne unter dem bleichen Mond flimmerten die Lichter von Lodi. Er klatschte mit der flachen Hand auf das Lenkrad. Dieses verfluchte Weib!

Bob lag allein im Dunkel der leeren Hütte und mußte pinkeln. Von draußen hatte er schon eine Weile nichts mehr gehört, nicht mal einen Vogel. Ralph trieb sich irgendwo herum und hielt Ausschau nach seiner Mom. Bob gähnte, und er staunte, daß er unter solchen Umständen überhaupt müde werden konnte. Aber es war schließlich spät. Weit über die Schlafenszeit.

Er zerrte heftiger an seinen Handfesseln. Ralph hatte den Lederriemen ein paarmal um seine Gelenke gewickelt, aber Leder ließ sich dehnen. So ein Idiot! Stück für Stück zwängte er die rechte Hand aus der Umschlingung. Er krümmte und wand sich auf dem Fußboden, zerrte kräftiger und verzweifelter, die Schmerzen trieben ihm die Tränen in die Augen.

Mit einem Ruck kam die Hand frei. Eine Sekunde lang blieb er reglos liegen und hielt den Atem an. Er wollte es kaum glauben. Dann befreite er die linke Hand. Die Füße waren viel besser gefesselt. Er konnte den Knoten nicht einmal mit den freien Händen aufbekommen. Er holte den Knebel aus dem Mund, nachdem er sich den Lappen, mit dem er festgebunden war, vom Kopf gerissen hatte.

Der Tisch in der Ecke. Da lag vielleicht etwas, womit er schneiden konnte. Nur kein Geräusch … Er rollte und schob sich durch den ekelhaften Dreck auf dem Fußboden, bis er ans Tischbein stieß. Er zog sich hoch und tastete auf der Tischplatte umher. Seine Finger berührten etwas Langes, Metallisches. Ein großes, scharfes Messer.

Zum erstenmal, seit dieser Verrückte ihn angefahren und vom Fahrrad gestoßen hatte, spürte er wieder so etwas wie Hoffnung.

Schnell, schnell! Er ließ sich wieder hinunter und säbelte an den Lederriemen, bis er frei war und mit erhobenem Messer dastand. Am liebsten hätte er Luftsprünge gemacht und vor Freude geschrien. Damit konnte er dem Typ die Birne runtersäbeln! Er schlich sich zur Tür.

Die war von außen abgeschlossen. Er hörte eine Kette klirren, wenn er dagegendrückte. Er suchte die Hütte ab, rüttelte an den mit Brettern vernagelten Fenstern und tastete die Wände entlang. Nichts. Er kam hier nicht raus.

Dann fiel ihm ein, daß im Fußboden eine Spalte gewesen war, als er sich zum Tisch gewälzt hatte. Er scharrte im Dreck, um die Dielenbretter zu ertasten, fand einen Eisenring und hob eine Falltür.

Ein dumpfer, kalter Hauch wehte ihm entgegen. Er ließ sich etwa einen Meter tief hinab in ein infernalisch stinkendes Kellerloch zu ebener Erde. Dort unten war es pechschwarz. Er tastete um sich herum nach den Wänden. Und fand sich in einem feuchten Nest aus Fell, in dem glatte, harte Stöcke lagen, die irgendwie miteinander verbunden waren und an denen etwas klebte. Der Gestank war unglaublich. So ekelhaft hatte noch nie etwas gestunken … Oh, Mann! Das waren Knochen!

Hastig kroch er zur Seite, so weit er konnte, und tastete an den Wänden nach einem Ausgang. Beton, zwei Stufen – er drückte mit aller Kraft, bis er das befreiende Knarren einer Kellerluke hörte.

Er kroch hinaus in die Nacht, umklammerte das Messer mit zitternden Fingern und rannte geradewegs über die Straße den Berg hinunter, so weit, bis er sich in Sicherheit fühlte. In der Ferne sah er die Scheinwerfer eines Autos, das den Berg hochkam. Aber bevor es oben war, gingen die Scheinwerfer aus. Wer konnte das sein?

41

Nina duckte sich für einen Moment an den Straßenrand. Der Bronco stand gut versteckt unter Bäumen an der letzten Ausweichstelle. Danach wurde die Straße so schmal, daß man nicht mehr wenden konnte. Von hier aus ging es nur bergab.

Sie kletterte etwa sechs Meter am steilen Hang hinab und kroch dort weiter, dicht an den Boden gedrückt, geschmeidig wie eine Schlange, ohne ein Ästchen zu knicken. Sie hatte die Straße verlassen, bevor die Wachstation in Sicht war und bevor Ralph sie entdecken konnte. Auch als sie näher heran war, sah sie keine Menschenseele. Entweder waren Bob und Ralph nicht da, oder sie hatten weiter hinten geparkt. Oder er hatte sie belogen.

Gut möglich, daß es eine Lüge war. Ralph konnte sie an einen neutralen Ort bestellt haben, um sie dann zu dem Versteck zu führen. Das wäre clever gewesen.

Aber Ralph war nicht clever, nicht einmal listig, er war einfach nur unberechenbar. Und er hatte Bob in seiner Gewalt.

Sie schob sich weiter, an den Steilhang gedrückt, von Baum zu Baum, von Busch zu Busch. Ab und zu löste sich unter ihren Füßen ein Stein, oder sie trat auf einen Zweig. In der Stille kam ihr das Knacken ziemlich laut vor. Der Mond am sternenklaren Himmel tauchte die Szenerie in gespenstisches Licht.

Sie lehnte sich an einen Felsblock und versuchte so ruhig wie möglich zu atmen. Wenn sie über den Felsen hinwegblickte, sah sie das grüne Dach der Wachstation und des angebauten Schuppens. Auf den Felsblock gestützt, reckte sie sich in die Höhe, um mehr zu sehen.

Etwas packte sie am Fußgelenk und riß sie nach unten. Bevor

sie auch nur an den Revolver denken konnte, warf sich ein schwerer Leib auf sie und nahm ihr den Atem. Ihre Hände waren fest umklammert, ihr Kopf bohrte sich in den Waldboden, hustend spuckte sie die Erde aus, eine grobe Hand zog ihr den Revolver aus der Tasche. Völlig bewegungsunfähig unter der schweren Last, glaubte sie ersticken zu müssen. Eine Hand griff ihr ins Haar und zerrte ihren Kopf in die Höhe, sie nahm ein paar hastige Atemzüge. Matts Colt flog raschelnd seitwärts ins Gebüsch.

»Du hast dich nicht an die Regeln gehalten«, flüsterte ihr Ralph mit zuckersüßer Stimme ins Ohr. Sie spürte seinen heißen Atem auf ihrer Haut und bäumte sich innerlich dagegen auf. »Aber ich hab dich erwischt. Könnte gleich Schluß machen mit dir, wär ganz einfach. Aber ich hab mir was ausgedacht für dich und den Kleinen.«

»Los…las…sen!«

»Bist du auch wirklich allein?«

»Ich … kann nicht … sprechen!«

Er ließ ihren Kopf los, und sie schluckte wieder Erde. Sein Knie bohrte sich in ihren Rücken. Er nahm es weg, ließ sie knien und umklammerte sie von hinten. Seine Hand strich ihr grob über den Rücken bis nach unten. Er drehte ihr einen Arm nach hinten und riß ihr das Sweatshirt herunter, ließ aber das T-Shirt zu ihrer Überraschung unangetastet. Er schob ihren linken Arm in einen Ärmel, dann auch den rechten. Der Stoff fühlte sich seidig an, von außen unglaublich flauschig.

Pelz. Das war Terrys Luchsmantel.

»Na, immer noch die große Nummer im Gerichtssaal? Jetzt hat sich das Blatt gewendet. Jetzt spiele ich den Richter.« Er drückte ihr Gesicht wieder in den Waldboden, warf sich über sie und ruckte mit immer schneller werdenden Stößen, während sie in Panik nach Luft schnappte und zu treten versuchte …

Der Schrei dröhnte durch die Nacht und hallte von allen Seiten wider, ein langes, vielstimmiges Echo, das sich an den Berghängen der umliegenden Täler brach. Ralph zuckte heftig, dann fiel er zur Seite. Nina krallte sich in den Hang und zog sich nach oben.

Bob war aus dem Nichts aufgetaucht. Halb sprang, halb kroch

er auf sie zu. Sie hielt sich an seinem Arm fest und wollte weg von dem Mann, der sich da unten wand und nach der Schulter griff, in die Bobby ein Messer gerammt hatte …

Ralph schrie: »Stehenbleiben, oder ich knalle euch beide ab. Ich lege den Bengel um! Keine Bewegung! Schön langsam! …« Nina drehte sich um, ohne Bob loszulassen, und sie sah Ralph daliegen, keine zwei Meter unter ihr, einen Revolver in der linken Hand, der auf sie gerichtet war.

»Wir werden uns nicht rühren«, sagte Nina mit sanfter Stimme. Im Mondlicht sahen Ralphs Augen aus, als wollten sie aus den Höhlen treten. Mit der rechten Hand griff er nach dem Messer, und er schrie erneut, als er es langsam aus der Wunde im linken Schulterblatt zog. Nina wußte, ein Messer durfte man nicht rausziehen, es hielt das Blut in der Wunde … Sie hoffte inständig, er würde bewußtlos werden und ihnen Gelegenheit zur Flucht geben. Für einen Moment verdrehte er die Augen, und die linke Hand mit dem Revolver schien zu erschlaffen.

Er stöhnte. Sein Gesicht verzog sich zur Grimasse, vom Messer in seiner rechten Hand tropfte Blut. Er gab sich einen Ruck und legte erneut auf sie an.

Die blutige Hand wischte er im Gesicht ab. Er wirkte wie eine Statue der Hindugöttin Kali, die sie einmal gesehen hatte, schwarz und grauenerregend, tödliche Waffen in den Händen, mit bluttriefenden Lefzen … Wie sollte sie reagieren? Wenn sie oder Bobby eine Bewegung machten, würde er schießen, ohne jeden Zweifel.

Sie standen schreckensstarr und sahen, wie er sich hochrappelte und schwer atmend an den Felsblock lehnte. Er warf einen Blick auf das Messer, dann auf Bob und Nina, dann schleuderte er es von sich, dorthin, wo tief unten der See lag.

Er nahm den Revolver in die rechte Hand. »Na wartet! Ihr könnt was erleben.« Er befahl sie mit eincr Handbewegung zur Straße hinauf. Sie kletterten gehorsam. Ralph keuchte dicht hinter ihnen.

Auf der Straße angelangt, ließ er sie weiter vor sich hergehen, damit sie nicht fliehen konnten. »In den Schuppen mit euch!« Ohne den Revolver von ihnen abzuwenden, angelte er mit schmerzverzerrtem Gesicht den Schlüssel aus der Hosentasche, öffnete das Vorhängeschloß und schob sie hinein.

Bob klammerte sich an Nina und machte sich steif. »Rein mit dem Jungen, oder ihr seid beide tot!« stieß Ralph hervor und drückte ihr den Revolverlauf in die Seite. Sie überlegte kurz, ob sie Bob schnell wegstoßen sollte, damit er an Ralph vorbei fliehen konnte, doch das Risiko war zu hoch. Sie zog Bob in den Schuppen, und Ralph folgte. Hinter ihnen knallte die Tür zu, und Ralph machte Licht.

Der ehemalige Vorratsschuppen war leer und voller Spinnweben, ein schmutziger Schlafsack lag in einer Ecke und war bedeckt mit einem länglichen Stück Fell, das ebenfalls vor Schmutz starrte. Der Boden war übersät mit zerfledderten Zeitschriften, mit leeren Flaschen und verrottenden Lumpen.

Die nackte Glühbirne an der Decke tauchte die drei in ein grelles Licht: den Mann, der mit den Zähnen an einem Stück Stoff riß, während er die beiden anderen finster anstarrte – mit blutunterlaufenen Augen, blutverschmiertem Gesicht und blutbekleckertem Hemd; den Jungen, der erschreckt umherblickte wie ein gefangenes Tier, und Nina, wachsam, bedenkenlos zum Töten bereit, wenn sich nur ein Gegenstand fand, mit dem sie diesen blutbesudelten Berserker zu Boden strecken konnte. Sie hatte noch das Messer im Stiefel …

Ralph stopfte sich den Stoffetzen unter das Hemd, um seine Wunde zu bedecken, und setzte sich auf den Fußboden. »Mit meinem eigenen Messer hat er mich erwischt«, sagte er staunend. »Wie zum Teufel bist du hier rausgekommen?« Sein Blick blieb an der Falltür hängen, und er wies mit dem Revolver auf das Viereck im Fußboden. »Aha, du bist also durch die Spielzeugkiste. Warst an meinen Spielsachen dran. Na ja, ihr habt mir beide Ärger gemacht, mehr als ihr wert seid. Her mit euch! Alle beide! Und keine Mätzchen!«

Sie mußten sich flach hinlegen, das Gesicht nach unten, die Hände auf dem Rücken. Er zog Nina den Mantel aus, legte ihn behutsam neben sich und fesselte beide mit Lederriemen, die er so fest zog, daß Ninas Hände und Füße augenblicklich taub wurden.

»Sicher ist sicher«, sagte er. Seine Stimme hatte sich beruhigt, er stand auf, ging zur Tür und schloß sie wieder ab, diesmal von innen, dann machte er das Licht aus. Nina spürte, daß er sich einen guten Schritt von ihnen entfernt an die Wand kauerte.

Es war still. Nein, nicht ganz. Drei Atemgeräusche waren zu hören, alle in einem anderen Rhythmus. Bobby lag neben ihr und rührte sich nicht. Nach ein paar endlosen Augenblicken wurden seine Atemzüge tief und regelmäßig. War er eingeschlafen? Unmöglich! Bewußtlos geworden? Hatte Ralph ihm was getan? Sie bewegte sich vorsichtig, um zu erkunden, ob sie vielleicht an das Messer im Stiefel herankam.

»Ruhe da!« blaffte Ralph. »Ich muß nachdenken!«

»Wir sagen keinen Mucks!« versicherte Nina mit einschmeichelnder Stimme. »Laß uns doch gehen, Ralph!«

»Von wegen! Klappe halten, sonst knallt's!«

Sie war drauf und dran zu sagen: Bitte bringen Sie mich um, aber lassen Sie den Jungen leben, doch sie mußte befürchten, daß er sie beide erschoß, wenn sie auch nur eine Silbe sagte. Sie waren der Finsternis ausgeliefert, in der das Grauen hauste.

»Das ganze Leben haste mir versaut«, sagte Ralph unvermittelt in die Dunkelheit. Sein Atem war ruhiger geworden. »Gestern haben sie mir Satan's Hoof weggenommen, weil du über mich hergezogen bist vor Gericht. Dann ging mir der Mechaniker auf den Geist, und ich hab ihm ein paar Dinger verpaßt. Da kam auch noch der Boß angerannt. Wenn ich nicht sofort verschwinde, bringt er mich in den Knast, hat er gesagt. Wie soll ich jetzt noch berühmt werden! Das krieg ich nie wieder hin!«

»Ich besorge dir einen anderen Job, Ralphie!«

»Zu spät.«

»Ralph, du steckst in der Klemme. Ich helfe dir da raus.«

»Du willst mich wohl verpfeifen?« Seine Stimme klang heiser und bedrohlich. »Oder zum Quatschen bringen, damit ich nicht mehr denken kann?«

»Ich dachte, du willst vielleicht mit mir reden. Die Sache ist irgendwie schiefgelaufen, oder? Tut mir leid, daß ich dir soviel Ärger gemacht habe.«

»Das bringt mir jetzt auch nichts mehr.«

»Ich mach mir Sorgen um meinen Sohn, weißt du?« Sie versuchte so liebenswürdig zu klingen wie nur möglich. »Ihm ist nicht gut. Könntest du vielleicht …?«

»Der kleine Ganove hat mir das Messer in den Rücken gejagt. Da läuft gar nichts!«

»Ich bin Anwältin«, sagte Nina. »Denk doch mal dran, was ich dir alles Gutes tun könnte …« Sie verstummte, weil Ralph laut in die Dunkelheit lachte.

»Anwältin und Gutes tun? Das ist ja ein dickes Ding! Dafür müßt ich dich sofort erschießen. Aber ich denke mir was Besseres aus. Also halt die Klappe!«

Nina hörte ein seltsames Rascheln, und sie schloß daraus, daß er sich Terrys Pelzmantel vorgenommen hatte, daß er sich auf den Schlafsack gelegt hatte und das Fell an sich drückte wie ein Kind seine Kuscheldecke.

»Erzähl mir doch von deinem Pelz, Ralph«, hauchte sie mit zarter Stimme. »Den finde ich so aufregend!«

»Gefällt er dir?«

»Ich hab eine Schwäche für Fell«, antwortete sie in der Hoffnung, daß es die richtigen Worte waren.

»Ich brauch die Pelze, um mich zu befriedigen«, sagte Ralph, und Nina fühlte die Übelkeit in sich hochkommen, sie war kurz vorm Erbrechen, aber auch das konnte sie irgendwie unterdrücken.

Ralph war also ein Fellfetischist. Vor Jahren hatte sie bei Krafft-Ebing darüber gelesen.

»Mädchen und Pelze. Ich muß nur mein Gesicht am Fell streicheln und mich ein bißchen dran reiben. Mehr brauchen sie nicht zu machen, nur den Pelz anziehen. Ist ja wohl nicht zuviel verlangt, oder?« Seine Stimme troff jetzt vor Selbstmitleid. »Dicke, glatte, langhaarige Pelze, aber nicht rauh oder flauschig. Das macht mich nicht an.«

»Magst du Kaninchen?« fragte Nina.

»Nein, keine billigen Felle, die sind zu dünn. Das Beste, was es gibt, ist Luchs. Ich liebe meinen süßen Luchs!« Jetzt rieb er sich an dem Mantel, das war deutlich zu hören. »Sie hatte den Mantel, und sie hat mir dabei zugeguckt. Als ich fünfzehn war, hat

Terry den Mantel für mich angezogen«, sagte Ralph. »Ich wär fast durchgedreht. Ich dachte, ich krepiere. Mein Gott, war das gut!«

»Ist das der Luchsmantel, den du dort hast?« fragte Nina.

»Ja, aber dann kommt er wieder in die Spielzeugkiste unter der Falltür. Was geht dich das eigentlich an? Halt endlich die Fresse!« Seine Stimme hatte wieder diesen heiseren, gefährlichen Klang.

»Du kannst mir ruhig davon erzählen«, sagte Nina in ausgesucht sanftem Ton. »Ich hör dir so gern zu!«

»Ich könnt ja noch 'ne Minute warten«, hörte sie Ralph murmeln. »Nein, du Blödmann! Die wickelt dich doch nur ein! Ich mach alles nach Plan!« Er flüsterte weiter, aber sie verstand nicht mehr, was er sagte.

»Hat Tamara die Kaninchenfelljacke für dich angezogen?« Sie versuchte es auf gut Glück, um sein bedrohliches Geflüster zu unterbrechen. Zugleich zerrte sie an den Fesseln, um an das Messer heranzukommen.

»Was? Ach, Tamara. Das ist lange her. Tamara war die erste.«

Placerville, noch eine Stunde bis Tahoe. Paul hielt wieder vor einer Telefonzelle am Highway. Die Angst um Nina peinigte ihn wie ein Fieber.

»Sandy ist da«, sagte Matt.

»Gib sie mir.«

»Sie hat ein paar Leute aus der Fasson gebracht«, sagte Sandy so stoisch, als wäre nichts geschehen.

»Jedenfalls hat es was mit dem Prozeß zu tun«, meinte Paul. »Weiß sie inzwischen mehr über die Morde?«

»Nichts, was uns weiterhelfen würde.«

»Wen hat sie denn nervös gemacht?«

»Heute war Jessica Sweet als Zeugin dran. Nina brachte zur Sprache, daß Mr. Sweet seine Tochter geschlagen hat.«

»Klar. Den Polizeibericht hat sie von mir.«

»Der sitzt im Rollstuhl und war wohl kaum in der Lage, Terry London zu erschießen. Aber ihr ist es zuzutrauen.«

»Wo ist Wish?« fragte Paul.

»Hier neben mir.«

»Schick ihn zu den Sweets. Er soll dort mal auf den Busch klopfen, ob sie zu Hause sind und ob sie was mit Nina und Bob angestellt haben.«

»Ist schon unterwegs.«

»Sag ihm, er soll auf seinen Arsch aufpassen. Wer war außerdem noch dran?«

»Gestern war Jerry Kettrick im Zeugenstand. Und sie hat ihn ganz schön ausgehebelt. Er mußte zugeben, daß er nicht wußte, ob sein Sohn in der Mordnacht zu Hause war. Ralph hieß der Knabe, glaube ich.«

»War jemand bei den Kettricks?«

»Ich vermute, die Polizei sieht da keinen Handlungsbedarf. Aber mich fragt ja sowieso keiner – außer dir.«

»Ich fahr dort vorbei, wenn ich komme, und scheuche sie kräftig auf«, sagte Paul. »Ich weiß, wo sie wohnen. Noch was?«

»Die Ordways haben heute im Büro angerufen. Mrs. Ordway möchte von der Vorladung befreit werden.«

»Die beiden könnten Tamara umgebracht haben. Sie waren am nächsten dran. Ich hab die Vorladungen letzte Woche extra zustellen lassen. Sag Matt, er soll zu ihnen rausfahren.«

»Der ist mit den Nerven am Ende. Ich fahre selbst«, sagte Sandy.

»Das könnte gefährlich werden, Sandy.«

»Keine Sorge, ich nehme ein paar Freunde mit.«

»Ich fühl mich so ... Wenn ich bloß dageblieben wäre!«

»Warum? Nina macht nur ihren Job. Sie hebt die Steine hoch und guckt sich die Asseln an, die druntersitzen. Du kannst sie nicht vor allem schützen.«

»Ich hab sie im Stich gelassen.«

»Nun krieg dich mal wieder ein«, sagte Sandy. »Was soll das Gejammer? Ich dachte, du wärst so ein superharter Exbulle.«

»Alles klar, Madam.«

»Ich muß jetzt los. Fahr nicht den Transporter zu Schrott. Wish will ihn dir später mal abkaufen.«

Paul hängte auf. Beeindruckt von so viel Gemütsruhe im Angesicht der Katastrophe, konnte auch er wieder tiefer durchatmen.

»Terry hat mich auf Tamara gebracht. Ich sollte bei ihr ins Fenster gucken. Terry konnte sie nicht ausstehen. Keine Ahnung, warum. Ich hab sie dann im Auge behalten. Sie hatte diese Kaninchenjacke, kein Vergleich mit Terrys Mantel, aber gut sah sie aus, und das Fell war so weich … ganz rein und weiß.«

»Du wolltest es anfassen …«

»Und ob! So hab ich sie kennengelernt. Sie war wild auf alles, was high machte. Hasch, Pillen, was ich nur in die Finger kriegen konnte, hat sie ausprobiert. Wenn sie angetörnt war, durfte ich an ihrer Jacke spielen … sie fand das lustig. Aber dann …«

»Was dann?«

»Sie war die erste«, flüsterte Ralph. »Terry wollte mich mit ihr filmen in dieser Nacht. Keine Ahnung, warum. Hatte wohl ihre Gründe. Sie ging zuerst den Waldweg hoch und versteckte sich hinter einem Felsen. Tam war schon da, als ich kam, und ich wußte, daß Terry irgendwo hockte. Wir haben uns einen reingezogen, und dann wollte Tam weg. Sie wollte mich nicht ihre Jacke streicheln lassen. Sie hat mich ausgelacht. Und wir ganz allein im Dunkeln, wo niemand hinkam. Sie sagte, ich wär durchgeknallt. Bin ich aber nicht! War alles wieder in Ordnung. Ich hatte Terrys Flinte im Truck. Ich durfte sie zur Jagd benutzen. Also bin ich zum Truck gerannt und hab sie geholt. Ich wollte mit Tamara abrechnen, und sie ist mir in die Flinte gelaufen. Rums! Dann lag sie auf der Nase. Ich kriegte Schiß. Ich rief nach Terry, aber sie kam nicht. Sie sagte, sie wär schon längst weg gewesen, als das passierte.«

»Das war doch ein Unfall«, sagte Nina. Eine Hand hatte sie schon gelockert, aber sie bekam sie nicht frei.

»Danach hab ich sie nicht mehr angefaßt. Das wäre pervers gewesen. Ich hab sie in ein Loch unter dem Felsen geschoben, weil die Erde gefroren war, und mir die Hände im Schnee abgewischt. Den weichen *Kaninchenpelz* hab ich behalten.« Er dehnte das Wort merkwürdig in die Länge, als hätte er Freude daran, es auszusprechen. »Der gehört jetzt mir. Ich hab ihn da unten in der Spielzeugkiste.«

»Was hast du denn da noch alles, Ralph?« fragte Nina und versuchte, ihr Zähneklappern zu unterdrücken und die harmlose, naive Kleinmädchenstimme durchzuhalten.

»Na, die anderen noch. Alice, Dee und wie hieß sie gleich.

Schon vergessen. Verdammt, hat der mir ein Ding verpaßt! Das blutet ja immer noch. Scheiße!«

»Die anderen …?«

»Ach ja, richtig. Alle mit Pelzen. Eine hatte einen Nerzkragen, so was von schön. Die Haare ganz steif und samtig beim Drüberstreichen, innen drin weich wie Flaum. Der ist auch da unten. Ich war nett zu ihnen, aber früher oder später wurden sie alle eklig zu mir.«

»Und du mußtest sie zum Schweigen bringen.«

»Ja. Aber ich hatte Mitleid. Jede Menge Pillen haben sie gekriegt, dazu ordentlichen Schnaps. Sind einfach eingeschlafen und nicht mehr aufgewacht. Das hier oben hab ich mir eingerichtet, als das mit Tam passiert war. Meine Spielkiste. Ich wollte Tam immer hochholen, aber das ist nie was geworden. Dafür hab ich drei andere. Man findet immer welche, die allein durch die Stadt ziehen, in den Casinos, am Strand, beim Trampen, bei den Rennen. Eine von denen, Dee, hat mich auf der Rennbahn gesehen … Und jetzt kann ich meine Spielsachen vergessen.« Ralph seufzte verzagt. »Job weg, Spielzeugkiste weg, alles weg. Und das nur wegen dir.«

»Was hat Terry gesagt, als das mit Tamara passiert ist?«

»Sie sagte nur: ›Weg mit Schaden!‹« Ralph knurrte, oder war es ein Lachen? »Und sie meinte, es würde keiner rauskriegen. Irgendwann später sagte sie, sie wäre auch davongekommen. Sie hätte jemand mit dem Kissen erstickt.«

»Das war ihr Baby«, sagte Nina mit würgender Stimme. Die Dunkelheit und der Gestank nahmen ihr den Atem. Sie gab das Zerren mit der linken Hand vorerst auf und versuchte es mit der rechten.

»Wirklich wahr? Terry war ja ziemlich grausam. Auch zu mir manchmal. Aber sie hatte den Mantel, und ich mußte machen, was sie sagte. Kein Sex und so. War sie nicht scharf drauf. Als hätte sich ihr Trieb auf was anderes umgestellt.«

»Hast du gewußt, daß Terry den Film über Tamara drehte?« Ihn immer am Reden halten, dachte sie. Was hätte sie sonst tun können? Bob atmete neben ihr, aber er war nicht wach.

»Erst als ich ihn im Gerichtssaal gesehen habe. Mein Dad hat mir erzählt, es gäbe da einen Film, aber ich wußte nicht, wovon er handelt. All diese Pelze. Tams Jacke, als sie dort den Weg hochging. Das hätte Terry mir sagen müssen. Ich konnt's einfach nicht glauben, daß sie das Video all die Jahre aufgehoben hat. Einmal sagte sie, sie wollte einen Film über mich machen, aber ich dachte, sie meinte mich als Monster-Truck-Fahrer, nicht mich als ...« Er brach ab, unfähig, sein anderes Ich beim Namen zu nennen. »Niemand hat was gemerkt, und ich dachte, dann wäre es gut. Aber heute in der Prozeßpause, da hab ich deine Kritzel gesehen.«

»Meine was?«

»Na du weißt doch, die Zeichnungen. Das Kaninchen und die Katze mit dem langen Fell. Ich hab das alles mitgekriegt. Du warst gemein zu meinem Dad. Und jetzt ist er mißtrauisch. Jetzt löchert er mich mit Fragen. Warum hast du uns nicht in Ruhe gelassen? Du hast die Nase in unsere Privatangelegenheiten gesteckt. Ich hab dir nie was getan.«

»Tut mir leid, daß ich dir soviel Ärger gemacht habe. Hast du auch mitgekriegt ... wie das bei Terry passiert ist, Ralph?«

»Nein! Aber ich war es nicht, egal was du denkst. Ich hab geschlafen, genau wie mein Dad sagte. Ich hab ein paar starke Schlaftabletten eingeworfen und nichts mehr mitgekriegt. Na, Schneewittchen, schmeckt der Apfel?« Sein heiseres Lachen erfüllte den Schuppen. »Nur am nächsten Tag, als die Bullen weg waren, da bin ich rüber und hab mir den Mantel geholt. Der lag auf dem Bett im Schlafzimmer, wie sonst auch. Sie wollte nicht, daß ich ihn kriege. Sie sagte immer, ich wäre aus der Unterklasse, und der Mantel wäre zu schade für mich.« Sein Lachen war von Stöhnen begleitet, Bob regte sich nicht, und Nina dachte, daß das Ende gekommen war. So mußte Terry zumute gewesen sein, als sie den Todesengel sah ...

42

Ralphs Stimme hatte plötzlich einen neuen Unterton. »Zieh ihn noch mal an«, sagte er. »Diesmal ohne was drunter. Das ist am schärfsten. Diesmal machen wir's richtig. Unten in der Spielzeugkiste, damit der da nicht zugucken muß. Das hast du doch nicht so gern, oder? Und dann werdet ihr beide erledigt. Rat mal, was ich hier habe, auf dem Tisch. Tequila, Pillen, Gras, sogar 'n bißchen Coke. Bringt viel mehr Spaß. Zieh den Mantel für mich an, und ich verspreche euch einen supercoolen Abgang! Echt locker!«

Bob stöhnte.

»Lieber nicht alles vorher verraten«, murmelte Ralph vor sich hin. Nina hörte ihn rumoren. »Die Spielzeugkiste lassen wir mal weg. Verdammte Schulter. Wird langsam Zeit.«

Nina konnte kaum denken vor Angst. Die Fesseln taten höllisch weh an den Füßen, ächzend zwang sie sich zum Sprechen. »Ralph ... darüber läßt sich reden ... gleich. Aber erst will ich dich was fragen. Willst du nicht ... berühmt werden?«

»Wie denn? Das Fahren hast du mir versaut!«

»Ich hab mir nur gedacht, daß du jetzt berühmt werden könntest. Der Serienkiller aus Tahoe. Ich könnte dich vor Gericht vertreten. Und du wirst berühmt wie O. J.«

»Ich hab vier erledigt«, sagte Ralph. »In zwölf Jahren. Aber dafür will ich nicht berühmt werden.«

»Alle Mädchen wären verrückt nach dir. Weißt du, wieviel Anträge Ted Bundy gekriegt hat?«

»Geröstet haben sie ihn trotzdem.«

»Wir sollten darüber reden«, sagte Nina. »Die zwei Minuten werden dir doch nicht zuviel sein, oder? Aber ich kann nicht denken, wenn meine Hände so festgeschnürt sind.« Sie stieß Bobby mit dem Fuß an. Sie hatte den Eindruck, daß er sich bewegte. War er verletzt, oder war er ohnmächtig?

Noch nie war Paul so schnell nach Tahoe gefahren, noch nie hatte er so oft die gelbe Doppellinie in der Straßenmitte überfahren, um andere Autos zu überholen. Mit quietschenden Reifen hielt er an der Ecke zu Terrys Grundstück und näherte sich vorsichtig der staubigen Einfahrt der Kettricks, ohne zu wissen, was ihn dort erwartete. Den Revolver, den er in einem verschließbaren Fach des Transporters aufbewahrte, hatte er eingesteckt. Er lief schnell auf die Veranda zu und klopfte an die Tür.

Hysterisches Gebell. Es dauerte eine Minute oder länger, bis ein grelles Licht anging und er Jerry Kettricks Stimme hörte. »Ralphie? Wo hast du wieder deinen verdammten Schlüssel!«

»Wo ist Ralph, Mr. Kettrick?« rief Paul durch die Tür.

»Verflucht! Wer ist da?«

»Paul van Wagoner. Der Ermittler von Nina Reilly. Ralphie hat Ärger.«

»Hauen Sie ab. Kommen Sie morgen wieder.«

»Machen Sie auf, Mr. Kettrick.«

»Verschwinden Sie, oder ich helfe mit der Flinte nach!«

»Okay«, sagte Paul. »In zehn Minuten komm ich wieder, aber ich bringe die Bullen mit. Oder Sie machen jetzt auf. Es geht um Ralph.« Er gab Kettrick Zeit zum Überlegen. Langsam und zögernd öffnete sich die Tür, Terrys schwarzer Hund sprang heraus und rannte bellend im Kreis.

Jerry Kettrick schlief in Unterhosen. Seine dürren Beine steckten in Schlappen, und er richtete sein altes Gewehr auf Paul. »Reinkommen, Tür zu!« sagte er. »Was soll das Ganze?«

»Ist Ralph nicht zu Hause?«

»Sagen Sie mir, was Sie von mir wollen!«

»Wenn er da ist, gehe ich wieder und lasse Sie in Ruhe«, sagte Paul. »Sehen wir doch mal nach.«

»Erst, wenn Sie mir sagen, was das soll!«

»Er hat Nina Reilly und ihren Sohn entführt«, sagte Paul. »Er hält sie irgendwo versteckt.«

»Was? Woher wollen Sie das wissen?« Der Gewehrlauf begann zu zittern.

»Hat er so was schon öfter gemacht?« fragte Paul, und ihm stockte der Atem, als Kettrick, der da im trüben Flurlicht vor ihm stand, über und über rot wurde. Paul lag also richtig. »Er hat psychische Probleme. Ich weiß Bescheid. Wollen Sie mir nicht helfen?«

Kettrick ließ das Gewehr sinken. »Kommen Sie«, sagte er. »Sehen wir, ob er da ist.«

Sie liefen durch Berge von Gerümpel und alten Zeitungen, der Hund folgte ihnen bis zu Ralphs Zimmer hinter der Küche. Kettrick stieß die Tür auf. Eine Matratze auf dem Boden, Heavymetal- und Monster-Truck-Poster, ein alter Fernseher, auf dem Fußboden Autoteile, Cornflakes-Schachteln, Näpfe und Milchkartons, überall war Kleidung verstreut, es roch säuerlich.

Kleiderbügel hingen an Haken von der Decke, mindestens ein Dutzend, und an ihnen baumelten einzelne Fellstücke, Waschbärenschwänze zumeist, aber auch Pelzbesätze von Mänteln. Sie hingen so tief, daß man durch sie hindurchgehen mußte.

Von Ralph keine Spur. »Er will nichts anderes essen als Cornflakes«, sagte Kettrick wie zur Entschuldigung. Offensichtlich ignorierte er die Anzeichen des ungebremsten Irrsinns, die da von der Decke hingen.

Paul drehte sich ruckartig um, packte Kettrick bei der Kehle und warf die Flinte zu Boden. »Wo ist er?« fragte er mit leiser Stimme.

»Wo-woher soll ich das wissen?«

Pauls Griff wurde fester. »Spuck's aus, oder du bist mausetot.«

»Dann werden Sie ...« Kettrick würgte und rang nach Luft, und Paul lockerte etwas den Griff. »... ihn nie finden.«

»Na, du weißt es ja. Sprich dich aus, Jerry.« Kettrick glotzte ihn mit schreckgeweiteten Augen an. Paul hob die freie Hand. Etwas in seinem Blick mußte Kettrick überzeugt haben, daß er keine Chance hatte. Er nickte. Paul ließ ihn los und versetzte der Flinte einen Fußtritt. Kettrick röchelte und keuchte.

»Verdammt! Sie brauchen nicht so brutal zu sein. Ich will ihn doch auch bremsen, bevor er zu weit geht. Der arme Junge. Er ärgert sich über was, er hält es nicht aus, in seinem Kopf braut sich was zusammen, dann kriegt er einen Anfall. Wir müssen ihn suchen.«

»Wo ist er?«

»Er hat was oben auf dem Berg über dem Fallen Leaf Lake. Irgendeine verlassene Hütte. Das hat er mir erzählt. Da geht er hin, wenn er allein sein will. Ich weiß nicht, warum. Er hat keine Freunde im Ort.«

»Was hat er noch gesagt?« Pauls Wut hatte den Siedepunkt erreicht, er mußte etwas zerschlagen. Er packte den Fernseher und warf ihn gegen den Schrank. Die Schranktür zersplitterte mit einem satten Krachen.

»He! Das war ein 48er Bild mit Fernbedienung!« Als Kettrick den Ausdruck in Pauls Augen bemerkte, sagte er: »Lassen Sie mich überlegen. Ich hab nie drauf geachtet.«

»Na los, denk nach. Noch zwei Minuten, dann mach ich dich platt.« Paul stakste durch das Zimmer und warf alles um, was ihm in die Quere kam, trat nach den Comic-Heften, griff unter das Bett, zog irgendwelche Pornos hervor, ging angewidert an die Kommode und riß die Schubladen heraus. Sie waren leer, abgesehen von weiteren Fellteilen.

»Ich kann mich erinnern, daß er mal sagte, er geht hoch zum Ausguck«, sagte Kettrick hinter ihm. »Dabei hat er mich so komisch angeguckt und gemeint, ich soll vergessen, was er gesagt hat.«

»Gibt's hier eine gute Karte von der Gegend?«

»In der Küche.« Die Karte zerriß, weil beide an ihr zerrten.

»Hier: die Feuerwachstation auf dem Angora Ridge«, sagte Paul.

»Die Gegend könnte stimmen«, bestätigte Kettrick. »He, warten Sie. Muß mir nur was anziehen. Ich komme mit. Ralphie hört auf mich. Rufen Sie nicht die Bullen. Er wird denken, ich bringe ihn wieder ins Krankenhaus. Eher bringt er sich um, das schwöre ich. Oder er stellt was an. Er kann unheimlich schnell sein.«

Paul zögerte.

»Bitte! Auf mich hört er immer. Ich sorge dafür, daß er friedlich bleibt. Er ist mein Junge. Er hängt so an mir.«

Paul nickte und lief hinaus zum Transporter. Eine Minute später kam Kettrick mit Hund und Flinte angerannt. Sie rasten den Pioneer Trail entlang in Richtung Angora Ridge.

Während Ralph sprach und immer mal wieder einen Schluck aus der Tequilaflasche nahm, veränderte sich zusehends seine Stimme, als würde ihm beim Erzählen seiner Geschichte zum erstenmal klar, was er getan hatte. Ninas anfängliche Angstlähmung hatte sich in ein kräftiges Zähneklappern verwandelt, so daß sie ihre Fragen kaum herausbrachte. Mit blutenden Fingern und zerbrochenen Fingernägeln zerrte sie an den dick verknoteten Fesseln um ihre Handgelenke, das Küchenmesser war so nahe und doch außer Reichweite. Bob war jetzt offensichtlich bei Bewußtsein und klug genug, sich still zu verhalten.

»Und dann würde ich … würde ich einen Ghostwriter nehmen, einen gutbezahlten, und mal richtig auspacken. Wäre 'n todsicherer Bestseller. Aber Moment mal, ich wär ja im Knast und könnte nicht raus. All die Kriminellen, und der Fraß soll lausig sein. Schlimmer als die Klinik. Und die Spritze, die können sie mir auch verpassen. Mich hinrichten, obwohl ich behandelt werden muß. Ich war solange krank, das Denken fällt mir verdammt schwer. Aber soviel ist klar, da gibt's nichts, die hat zuviel gesehen, ihr Goldsöhnchen auch. Die muß ich jetzt beide …«

Nina rief aufmunternd: »Ist doch kein Problem. Ich hole dich da raus. Und du kannst alles schreiben, was du willst.«

»Jetzt lassen die mich nicht mehr auf den Truck. Für Bad Boy könnte ich noch fahren. Morgen fahr ich nach Reno und rede mit den Jungs …« Er hörte Nina nicht mehr zu und schien vergessen zu haben, daß er nicht allein war.

»Aber erst mal die beiden hier«, sagte er plötzlich mit kaltem Haß. »Die schnüffeln und spionieren hier rum. Der Kleine hat doch gar nichts gemacht! Hat doch gar nichts gemacht! So? Hat er nicht? Nein, Ralphie. Nur mit dem Messer hat er dich erwischt. Schon vergessen?«

»Ralphie! Ralph!«

»Schnauze!« sagte Ralph. »Schluß jetzt! Ich hör mir den Quatsch nicht mehr an. Ihr seid schon hinüber.« Er stand auf.

Eine neue Angstwoge schnürte Nina die Stimme ab. Sie riß sich mit Gewalt zusammen. Bob bewahrte irgendwie die Nerven, aber sie wußte, daß er ihre Angst spürte.

»Ich glaub, ich hab da was ganz Feines«, sagte Ralph mit einem Kichern. Er schloß auf und ging hinaus. Einen Moment später hörten sie es draußen plätschern.

»Mom«, flüsterte Bob, »was passiert jetzt?«

Nina erwiderte nichts. Sie zerrte verzweifelt an den Fesseln, aber es war aussichtslos. Sie wußte, was das Plätschern bedeutete. Der Gestank in der Hütte mischte sich mit einem neuen Geruch. Benzin.

»Er kann nicht anders«, sagte Jerry Kettrick und klammerte sich am Angstriemen fest, während Paul eine scharfe Kurve nahm. »Ich hab ihm immer erzählt, wie toll seine Mutter aussah. Sie war dreiundzwanzig, als sie starb, Ralphie war zwei. In ihrer Schwangerschaft hatte sie von irgendeinem Typ im Golden Gate Park ein paar Pillen gekriegt. Der sagte, es wäre Meskalin, aber es war ein wilder Cocktail aus Speed und PCP, und sie hätte beinahe das Baby verloren. Das ahnte ja keiner damals, daß man von den Pillen Probleme kriegen konnte. Als Ralphie geboren wurde, pendelte sie zwischen Aufputsch- und Beruhigungspillen hin und her – und Ralphie immer mit. Dann haben wir ihn mal verloren, als er gerade laufen konnte. Er war über Nacht in irgendeinem Hinterhof gelandet, die Bullen haben ihn am Morgen gefunden, voller Rattenbisse überall. Danach hab ich die beiden nicht mehr aus den Augen gelassen. Sie war da schon süchtig, sie hat es einfach nicht mehr gepackt.«

»Wie lange wolltest du ihn denn noch decken, Kettrick?« Paul fuhr in eine Gerade und gab kräftig Gas.

»Ich schwöre bei Gott, ich wußte nicht, daß es so schlimm war. Er hat mir mal erzählt, vor ein paar Jahren, daß er Mädchen mit nach oben genommen hat. Mehr hat er nicht gesagt. Konnte mir kaum vorstellen, daß die freiwillig gekommen waren, aber gefragt hab ich nicht. Was sollte ich auch tun? Ich hab ihn immer mal wieder ins Krankenhaus gebracht, wenn er schlecht drauf war. Die Medikamente haben geholfen, er mußte sie nur nehmen.

Ich war da immer hinterher, ich hab getan, was ich konnte. Jetzt links, scharf links. Jawohl. Die nächste rechts.«

»Was hat er über Nina Reilly gesagt?« fragte Paul.

»Er hat mit angehört, wie sie vorgestern im Gericht über mich hergezogen ist. Er hat nichts mehr gegessen, ist die ganze Nacht aufgeblieben, dann ist er nach Reno zum Rennen gefahren. Irgendwas ist da passiert. Sie haben ihn gefeuert, und er hat andauernd über diese Anwältin gefaselt. Monster-Trucks waren ungefähr das einzige, was ihn interessiert hat. Heute morgen hat er sich in sein Zimmer eingeschlossen. Da drin hat er immer weitergeredet. Er war total von der Rolle. Ich hatte schon dran gedacht, ihn wieder ins Krankenhaus zu bringen. Sie hat solche Andeutungen gemacht. Als wäre es Ralphie gewesen, der Terry umgebracht hat.«

Paul vermutete, daß er jetzt über Nina sprach. Er unterbrach ihn nicht.

»Das hat er natürlich nicht geschluckt. Terry war so was wie sein Guru, ohne Quatsch. Die hatte ihn wirklich übel im Griff. Hat ihn behandelt wie einen Hund, aber ihn hat es nicht gestört. Ralphie dachte, Kurt Scott hätte sie umgelegt, aber die Anwältin hat den Mord auf ihn geschoben, um ihren Mandanten rauszuhauen. Eine Reporterin hat ihn angesprochen. Aber er kann diese Fragerei nicht ausstehen.«

»Ist ja wohl kein Wunder!« brüllte Paul, dem wieder der Geduldsfaden riß. Der Wagen quälte sich die Steigung zum Angora Ridge hoch. »Er hat schließlich gelogen! Er hat sie umgebracht!«

»Verdammt noch mal! Können Sie nicht zuhören? Ich hab Ihnen doch gesagt, und auch dieser Ms. Reilly, daß er fest geschlafen hat. Ich war dort! Gott ist mein Zeuge! Mehr sage ich nicht. Sie können diese verdammte Station selber finden!« Kettrick packte den Türgriff und stieß die Tür auf, die Zweige und Gebüsch streifte.

Paul wollte ihn springen lassen, aber er brauchte ihn noch. Er packte ihn fest am Arm und sagte: »Immer ruhig. Wenn du ihm helfen willst, mußt du mitkommen.«

Kettrick ließ sich zurück auf den Sitz zerren. »Ich muß es schließlich wissen«, murmelte er. »Ich war ja dort …« Allmählich beruhigte er sich. Er gab wieder die Richtung an und erzählte die Geschichte von Ralphs Kindheit weiter. »Jedenfalls seine Mutter, Meredith hieß sie, ist eines Nachts aus dem Bett und raus auf die Haight Street. Barfuß, nur im Nachthemd, mit Schal und so. Damals liefen ja alle so rum. Sie hat aber kein Geld nach Hause gebracht, sondern so ein Typ wollte besonders nett sein und gab ihr LSD, kombiniert mit Speed.«

»Wo geht denn hier die Straße ab? Verdammt noch mal, ich sehe nichts!«

»Noch hundert Meter etwa. Da kommt sie schon. Hier die Sandstraße. Na jedenfalls, ihr kleines Herz hat da nicht mitgemacht. Ralphie hat seine Mutter verloren. Wie ich die Kleine geliebt hab! Ich hab einen Song auf sie gemacht. Der hat's dann im Mai 72 in die Top 100 geschafft. Ich hab sie in dem Nerzmantel begraben, den ich ihr nach der letzten Tour mit den Dead gekauft hatte, und ...«

Sie näherten sich Angora Ridge. Paul stieg auf die Bremse, als er Ninas Bronco im Dunkel stehen sah. Er fuhr an den Rand, sie sprangen heraus, Paul flehte zum Himmel, daß Nina drinsaß und wartete.

Leider, kein Glück. Sie mußte sich zu Ralph geschlichen haben. Der Bronco war leer.

»Komm schon«, sagte Paul, er stieg wieder ein und startete.

»Ich bin mitgekommen, um mich um ihn zu kümmern. Ich liebe ihn«, sagte Kettrick. »Alle Eltern lieben ihre Kinder, ist ja wohl klar. Denken Sie, ich weiß nicht, daß es meine Schuld ist?«

Vorn sah Paul Licht.

Ralph Kettrick hielt eine brennende Fackel in die Höhe, seine grotesk verzerrten Umrisse waren von oben beleuchtet, eine leibhaftige Horrorshow. Als er den Wagen kommen sah, warf Kettrick die Fackel weg, hinüber zu einem Schuppen neben der Feuerwachstation.

Jerry Kettrick sprang aus dem Auto und versuchte die Fackel auszutreten. Paul kam hinterher und warf Sand auf die Flammen.

Irgendwie schafften sie es, das Feuer zu löschen, bevor das Benzin zu brennen begann. Ralph war in die Hütte gerannt, in der Hand einen Kanister.

Stille. Was würde jetzt Schreckliches geschehen? Die Anspannung knisterte in der Luft.

In seinen Jahren beim Morddezernat war Paul nie direkt mit dem Tod konfrontiert worden. Die Leichen waren schon da, anonym, nur noch Fälle, die zu klären waren, Beweisstücke. Er hatte nie ein Mordopfer persönlich gekannt. Manchmal war seine Arbeit gefährlich gewesen, aber nur für ihn selbst, und damit konnte er umgehen.

Nie hatte er diese bohrende Angst gespürt.

Er hatte nicht die geringste Vorstellung, was zu tun war. Ralph Kettrick war dort im Schuppen, hatte Gewalt über Nina und Bob, er konnte sie umbringen, er konnte in Sekunden alles in Brand setzen.

Jerry Kettrick legte ihm die Hand auf den Arm und flüsterte: »Bleiben Sie still.«

Dann rief er: »Ralphie? He, Ralphie. Ich will dich nach Hause bringen.«

»Dad?« Das war die Stimme von Ralph Kettrick.

Eine andere Stimme schrie: »Hilfe! Er will uns umbringen!«

»Dad? Hörst du das?«

»Nein, Junge, ich kann nichts hören. Die Grillen zirpen so laut. Ist schon spät. Ich bring dich jetzt nach Hause!«

»Erst wenn mein Spiel zu Ende ist.«

»Komm schon, Junge. Sonst muß ich dich morgen wieder ins Krankenhaus bringen.«

»Das willst du ja sowieso, Dad. Hör auf, mich zu belügen.«

»Ralphie, du bist doch mein Junge. Ich will dir nur aus der Klemme helfen.«

»Dad? Ich kann nie berühmt werden. Ich habe Mädchen umgebracht. Hast du gehört, Dad?«

»Ich hab das nicht gehört, Ralphie. Der Wind rauscht so. Aber ich wette, du hast Hunger. Komm mit mir nach Hause.«

Stille.

In der pechschwarzen Finsternis der Hütte sagte Ralph: »Hier ist er ja.« Nina spürte, ohne etwas sehen zu können, daß er mit dem Colt hantierte. Plötzlich wurde die Dunkelheit durch eine kleine

Flamme erhellt. Ralph hatte sein Feuerzeug angezündet, um besser zielen zu können ...

In der Tasche! Nina wand sich auf dem Boden und schob die aneinandergefesselten Hände an die Hosentasche. Da war noch Bobbys Seehund, der quietschen konnte. Ralph klickte am Feuerzeug herum, das ständig ausging.

Irgendwas mit Ratten. Wie war das gleich? Die Ratten, sie greifen Hunde an, sie killen Katzen.

»*Quieeek!*«

Ralph zuckte zusammen. Das Feuerzeug fiel klappernd zu Boden. »O mein Gott, Ralph, eine Ratte!« schrie Nina. »Direkt hinter dir!«

»*Quieeek! Quieeek!*«

»O nein! Nein!«

»Ein ganzes Rudel! Hörst du nicht? Überall Ratten! Riesige!«

»*Quieeek!*«

Ralph jaulte auf, schoß in die Wand hinter sich.

»Die roten Augen! Oben an der Decke!« heulte Nina. »Überall da oben!«

Ralph schoß in die Decke und stolperte zur Tür, als hätte er Angst, daß eine tote Ratte auf ihn herabfiel.

»*Quieeek!*«

Brüllend rannte er hinaus.

Da wartete Paul, den Revolver im Anschlag. »Waffe weg!« schrie Paul.

»Bitte!« flehte Jerry Kettrick. »Bitte, Junge, wirf sie weg!«

Ralph drehte sich zur Hütte um und hob den Colt, um hineinzuschießen, Paul entsicherte, zielte ...

Aber es war Jerry Kettrick, der auf Ralph schoß, das Echo des scharfen Knalls hallte von den Bergen wider. Ralph blickte auf seine Brust, dann zu seinem Vater, er brach in die Knie und sagte: »Dad, du hast auf mich geschossen.« Eine erstaunte Kinderstimme.

Er fiel steif zu Boden und blieb liegen.

Jerry Kettrick warf das Gewehr hin. »War meine Schuld, Junge, daß ich sie nicht schon viel früher erledigt habe.«

Er beugte sich über seinen Sohn, und Paul stürzte in die Hütte.

Nina plapperte irgend etwas über Kaninchen, Ratten und Krafft-Ebing, sie war gefesselt wie ein Opfertier, lag mit Bobby in einer Ecke der stinkenden Hütte, aber sie waren beide am Leben.

43

Auf Colliers Bitte setzte Milne die Verhandlung für eine Woche aus. Bob erholte sich zu Hause. Der Arzt bestand darauf, daß er im Bett blieb. Er hatte ein blaues Auge, Blutergüsse an Hand- und Fußgelenken, aber sonst keine körperlichen Verletzungen.

Er sprach viel über Ralph. Der schlimmste und doch irgendwie stärkste Moment seines ganzen Lebens war, als er oben auf dem Berg mit dem Messer zugestoßen hatte, um seine Mutter gegen den Angreifer zu verteidigen. Er telefonierte mit Harlan in Monterey, und Nina hörte ihn stolzgeschwellt beschreiben, wie er sie gerettet hatte. Auch vor Troy prahlte er damit, der bei ihm am Bett saß und die Geschichte nicht oft genug hören konnte. Damit schien Bob sich die erlebten Schrecken von der Seele zu reden. Er hatte Mut bewiesen. Er hatte sich gewehrt.

Dennoch wußte Nina, wie erleichtert er war, daß er Ralph nicht getötet hatte. Der Arzt konnte ihr nicht sagen, ob Bob während der letzten Stunde in der Hütte eingeschlafen oder bewußtlos geworden war. »Manchmal schalten Kinder einfach ab, wenn die Angst zu groß wird. Heute morgen hatte ich einen kleinen Jungen im Krankenhaus, der einen Stein verschluckt hatte und keine Luft bekam. Die Mutter rief die 911. Als der Arzt kam, hatte sie ihm den Stein schon rausgeklopft. Aber im Krankenwagen wurde er bewußtlos, und wir glaubten, er hätte einen Hirnschaden abbekommen. Aber der Kleine hatte nur sein ganzes Adrenalin aufgebraucht und war eingeschlafen. Bob ist einfach weggetreten, denke ich.«

Andrea hatte ihr einen Kindertherapeuten empfohlen. Nina wollte erst einmal abwarten.

Am Sonntag, zwei Tage nach Ralphs Tod, rief Paul an. »Ich weiß, du hast jetzt ganz andere Sorgen. Aber am Freitag geht der Prozeß weiter, und mir will die Sache nicht aus dem Kopf. Ralph hatte keine Ahnung von dem Film, aber sein Vater wußte Bescheid. Als wir Jerry verhört haben, hat er das gesagt.«

»Hmmm«, sagte sie. In einer Hinsicht hatte Paul recht. Zwei Tage lang hatte sie mit vielen Leuten gesprochen und war bei Bob geblieben. Sie wollte nicht mehr reden.

»Wie findest du das: Jerry Kettrick hört den Schuß, sieht Kurt wegrennen. Er ruft nicht die Bullen. Er geht rüber und legt Terry um.«

»Was spricht alles dafür?«

»Ich kann nicht vergessen, was er sagte, nachdem er Ralph erschossen hatte. Er sagte: ›Es war meine Schuld. Ich hätte sie schon viel früher umbringen müssen.‹«

»Das ist kein Geständnis. Außerdem, wie …«

Dann überlegte sie. Jerry Kettrick liebte seinen Sohn. Er haßte Terry. Was, wenn …

Was, wenn Jerry hinübergegangen war, nachdem Matt auf Terry geschossen hatte und geflohen war? Was, wenn sie nicht tot war, sondern verwundet, und ihre Videoaufnahme machte, als Jerry hereinkam?

»He, Nina! Kannst du mir verraten, was du gerade denkst?« hörte sie Paul rufen. Sie dachte an Terry, an das Sterbe-Video, an die Worte, die Terry mit den Lippen formte – *Engel des Todes* – und an ihren Blick, als ob … als ob gerade jemand hereingekommen wäre! Und dann wurde das Video schwarz.

Aber …

Aber Terry hatte die Kamera nicht ausgeschaltet. Man hätte auf dem Video sehen müssen, wie sie die Hand ausstreckte.

Jemand anders hatte es getan.

Aber wie bringt man jemanden um, ohne Spuren zu hinterlassen? All das Blut, Terry auf dem Fußboden, das blutige Kissen unter dem Kopf …

»Oh, Paul.«

Man nimmt das Kissen und preßt es auf ihr Gesicht. So, wie Terry es mit ihrer eigenen Tochter gemacht hatte …

Gerechtigkeit – *Justice*, mit einem großen J. J wie Jerry. »Möglich ist es«, sagte Nina. »Jerry könnte sie tatsächlich umgebracht haben. Aber er hat mich und Bob gerettet. Er hat dir geholfen, uns zu finden, obwohl das für Ralph das Ende bedeutete. Und … er hat Ralph erschossen.«

»Beweisen kann man es aber nicht«, sagte Paul. »Für Kurt sieht die Sache gut aus. Kein Gericht wird ihn jetzt noch verurteilen – mit Ralph ohne Alibi im Nachbarhaus und seinem Vater als Zeugen.«

»Warum fragen wir ihn nicht, Paul?«

»Gute Idee. Schlicht und einfach. Ich wollte gerade los. Ich kann ja unterwegs bei ihm vorbeischauen.«

Als niemand auf das Klopfen antwortete, klinkte Paul an der Tür. Sie war nicht abgeschlossen, und er trat ein. Rings um den Wohnzimmersessel waren leere Flaschen verstreut, Tabletten lagen herum, ein Plastiktütchen mit ein paar übriggebliebenen Pillen. Kettrick war also auf dem Trip. Er hatte seinen Sohn geliebt, trotz allem, ungeachtet seines Wahnsinns, der Morde, dieses Zimmers … Paul rief nach Kettrick, aber im Haus war es still und kühl, die Decken vor den Fenstern hielten die Sommersonne fern.

Hinten im Flur sah er die Tür zu Ralphs Zimmer, sie war geschlossen. Er ging in die andere Richtung und fand ein Bett, ordentlich gemacht mit einer leichten Bettdecke, faltenlos, unberührt. Die Badezimmertür stand offen, der wellige Linoleumfußboden war leer. Paul kehrte um und ging auf Ralphs Zimmer zu, er rief nach Jerry, doch es blieb still. Vor der Tür blieb er stehen und überlegte. Es zog ein wenig durch die Tür, der Luftzug kühlte seine Stirn, auf der Schweiß stand, wie ihm jetzt auffiel. Ralph – oder Jerry – mußten da drinnen das Fenster offengelassen haben. Er legte die Hand auf den Türgriff. Etwas drängte ihn, die Tür zu öffnen, etwas anderes hielt ihn zurück. Hier stand er an der Schwelle zum Abgrund, am Eingang zur Hölle. *Durch mich geht man hinein zur Stadt der Trauer. Laßt alle Hoffnung fahren, wenn ihr eingetreten …*

Er öffnete die Tür und trat ein.

Spätnachts rief Paul wieder bei Nina an. Mit gedämpfter Stimme und spürbar erschüttert teilte er ihr mit, daß Jerry Kettrick sich in Ralphs Zimmer erhängt hatte. Mit einer kurzen Notiz hatte er den Mord an Terry London gestanden.

Paul gab keine ausführliche Beschreibung der Szene. Das war nicht nötig. Er hatte ihr schon vorher von Ralphs Zimmer erzählt.

»Aber warum?« fragte sie.

»Ralphie hatte ihm erzählt, daß sie einen Film über ihn drehen wollte. Jerry glaubte zu wissen, wovon der Film handeln sollte. Sie hatte ihn verdorben, und nun wollte sie davon profitieren, indem sie ihn bloßstellte und entlarvte. Ralph hatte ihm die Sache mit Tamara gebeichtet.«

Nina blieb still. Sie dachte daran, was Matt empfinden würde, wenn er das hörte. Paul und alle anderen mußten denken, daß Jerry den zweiten Schuß abgegeben hatte.

»Von Terry ging alles aus«, sagte Nina. »Sie hat den Tod um sich verbreitet. So viele, die mit ihr zu tun bekamen, haben das nicht überlebt.«

»Aber du hast überlebt. Du warst in der Hölle und bist zurückgekommen. Wie fühlst du dich?«

»Erleichtert.«

»Ich komme zur Verhandlung«, sagte Paul. »Paß auf dich auf.«

»Paul?«

»Ja?«

»Danke für alles.«

»Ich hab's für dich getan.«

Am Freitag morgen verkündete Milne den Freispruch und entließ die Geschworenen.

Ein Höllenlärm erhob sich. Inmitten des Tumults Kurt, der Nina umarmte und nicht mehr losließ, Paul stand genervt daneben. Als Kurt sich endlich von Nina gelöst hatte, schüttelte ihm Paul die Hand. Die Gratulanten drängten sich, klopften Nina auf die Schulter, machten ihr Komplimente und waren voll des Lobes. Collier schob sich durch die Menge an Nina heran. »Haben Sie es also wieder geschafft! Wenn ich meine Wunden geleckt habe, komme ich gratulieren«, sagte er, dann tauchte er ab.

Sie begleiteten Kurt zurück zur Haftabteilung – wegen der Entlassungsformalitäten. Darüber, was nun werden sollte, sprachen weder er noch sie.

Draußen im Korridor wurden sie von Blitzlichtern empfangen, Fragen stürmten auf sie ein, Leute drängten sich heran, um ihr die Hand zu schütteln. Sie behielt ihr Lächeln und erwiderte stets dasselbe – sie sei froh, daß die Gerechtigkeit gesiegt habe. Die Geschworenen warteten auf sie, sie ging hinüber, sprach mit ihnen und dankte ihnen. Mrs. Bourgogne lobte ihren Stil, empfahl ihr aber, das Haar aus dem Gesicht zu nehmen und die Röcke länger zu tragen. Dann bahnte Paul ihr einen Weg aus dem Gericht und hinüber zum Parkplatz.

44

Am folgenden Morgen, am Samstag, ging Bob unter die Dusche, ohne daß er eine Aufforderung brauchte. Er zog sein weites T-Shirt an, dazu Shorts und die neue schwarze Baseballkappe, die ihm Nina besorgt hatte. Sie sah genauso aus wie die alte, die in aller Anonymität in der Asservatenkammer lag. Über dem Schirm war die Aufschrift *No Fear* in Weiß eingestickt.

Punkt zwölf klingelte es. Matt bereitete eine Bowle in der Küche, Andrea war unterwegs, um Holzkohle für den Grill zu holen.

Durch den Spion sah Nina Kurt auf der Treppe stehen, mit einem großen Blumenstrauß in der einen Hand, mit Luftballons in der anderen.

»Bob!« rief sie leise. Er kam angerannt und stellte sich auf die Zehenspitzen, um durch das Guckloch zu schauen.

»Was sagst du jetzt?« Sie legte den Arm um ihn und flüsterte: »Kann ich?« Dann öffnete sie die Tür.

Zwölf Jahre, dachte Nina, als ob sie ihn nicht im Gefängnis besucht, als ob sie ihn nicht in der Verhandlung gesehen hätte. Zwölf Jahre, und er ist zurückgekommen.

Kurt überreichte ihr die Blumen und Bob die Ballons. Er räusperte sich und sagte »Hallo!« zu Bob. Bob sagte »Hallo!« zu ihm.

»Du mußt Bob sein.«

»Und du mußt ...«, fing Bob an, da versagte ihm die Stimme. Nina gab ihm einen kleinen Schubs.

»Ich bin dein Vater.«

Bob streckte die Hand aus, die Kurt feierlich ergriff. Sie schüttelten lange die Hände und schauten sich an. Dann lachten sie.

Sie flogen sich in die Arme, Bobs Kappe fiel zu Boden, mit einem Arm umklammerte er seinen Vater, im anderen hielt er die Luftballons.

Endlich drehten sich beide zu ihr um.

Zwei grüne Augenpaare, exakt im selben Farbton, lachten sie an.

Nach dem Essen gingen Kurt und Bob zusammen spazieren. Matts Grillwürste hatten sie verschmäht. Nina saß auf dem Rasen vor dem Haus, die Arme um die Knie gelegt, und schaute ihnen nach.

»Es ist unglaublich«, sagte Matt. »Sie sehen sich so ähnlich. Die erwachsene Version von Bob. Übrigens, Nina …«

»Was?«

»Ist es wahr, was die Leute über Jerry Kettrick sagen? Ich meine, du würdest doch so was nicht einfädeln, um mich zu schützen, oder?«

»Er hat sie umgebracht, Matt. Sie lag auf dem Boden und hat das Video aufgenommen. Sie hat nichts getan, um sich zu retten. Ich glaube, sie wollte sterben, Matt. Es war endgültig vorbei mit ihr und Kurt. Der Haß auf ihn hatte ihr ganzes Leben aufgezehrt, und sie benutzte ihre letzten Momente, um ihn zu verfluchen.«

»Ich wünschte wahrhaftig, das alles wäre nie passiert. Aber ich kann damit leben«, sagte Matt. »Wenn du es auch kannst.«

»Ich muß nur daran denken, was sie hätte anstellen können, wenn du nicht dagewesen wärst.«

»Wollen wir das Ganze nicht einfach vergessen? Das hab ich mir jedenfalls vorgenommen.«

Sie glaubte ihm zwar nicht, aber sie war froh über die entschlossenen Worte ihres Bruders. Sie sollte sich um ihn keine Sorgen machen, und sie würde seinen Wunsch respektieren. Er würde mit dem, was er getan hatte, auf seine Art fertig werden.

»Trink noch ein bißchen Wein«, sagte Matt. »Das ist gut für dein Herz. Ich hab das in einer Talk-Show gehört. – Und noch was: Ich hab ein Geschenk für dich.«

»Was könnte das sein?«

»Sie werden morgen abend fliegen wie ein Falke, meine Dame!

Der Wind legt sich gegen fünf, der See wird ruhig, und dann geht's los.«

Hoch in den Himmel, mit Blick auf die Berge und das blaue Wasser … »Das überlebe ich auch noch«, sagte Nina.

Andrea kam heraus, in weißen Shorts und mit Strohhut, in der Hand ein Glas Weißwein.

»Wer ist denn nun der Glückliche«, fragte sie, »Paul oder Kurt?«

Als Kurt und Bob zurückkamen, fragte Kurt: »Darf ich mir einen Moment deine Mutter ausborgen?«

»Okay. Aber vergiß nicht, ich muß dir noch den Computer zeigen.«

»Werde dran denken.«

Nina und Kurt gingen über die Straße zu dem kleinen Bach, setzten sich auf die Steinmauer und ließen die nackten Füße im Wasser baumeln. Kurt, der so entspannt neben ihr saß, ganz anders als der verzweifelte Häftling hinter Gittern, machte sie schüchtern. Er schien völlig erholt. Sein Leben hatte sich von Grund auf geändert. Er hatte einen Sohn, und er war frei wie noch nie, seit sie ihn kennengelernt hatte. Stockend, in immer neuen Anläufen, begannen sie miteinander zu reden, während sie in der Sonne saßen und die Füße ins Wasser hängten, um einfach nur zu plaudern, ohne ernste Themen. Das stille Einverständnis zwischen ihnen besagte, daß sie nun Zeit hatten, Zeit für alles.

»Liannas Tod werde ich nie verwinden«, sagte er, nachdem sie lange miteinander gesprochen hatten. »Aber daß ich Bob gefunden habe, macht das Leben wieder lebenswert.«

»Ich bin froh, daß du zurückgekommen bist.«

»Trotz allem? Trotz Terry? Dem Prozeß und Matt?«

»Trotz allem. Du warst immer Teil unseres Lebens, besser gesagt, deine Abwesenheit war es. Wirklich schwer zu erklären. Aber Bob braucht dich, und nun bist du hier. Ich weiß, was das für ihn bedeutet.«

»Und du? Brauchst du mich, Nina?«

Nina nahm sich Zeit für ihre Antwort. »Heute morgen hab ich mir das ausgemalt, wir drei zusammen, endlich eine Familie. Und das – oh, es ist so schwer zu sagen – ist meine schönste Vorstellung. Aber im Leben geht es nie so glatt auf. Verstehst du, was ich meine?« Ihre tiefe Freude mischte sich mit tiefer Traurigkeit, als wären sie Überlebende eines kleinen Krieges, als würden sie auf den Trümmern ihres Hauses sitzen, sich über einen wiedergefundenen alten Brief freuen und im nächsten Moment über einen zerbrochenen Krug weinen. »Ich weiß nicht, wie es mit uns weitergehen soll.«

Kurt nahm ihre Hand. »Ich weiß es. Ich habe mich in Deutschland eingelebt. Ich muß zurück, wenigstens für eine Weile, und alles in Einklang bringen. Die Musik, die Arbeit, Bob und dich. Und vorerst will ich einfach nur dein guter Freund sein.«

»Ich denke, daß du von jetzt an ganz fest zu unserem Leben gehörst. Ich denke, daß du uns jetzt, wo du Bobby kennengelernt hast, nicht mehr los wirst.« Sie lächelte und gab sich Mühe, locker zu bleiben. »Und das ist gut. So brauch ich es.«

»Wir haben eine Menge Zeit verloren. Ich möchte alles mit dir nachholen.«

»Na, das klingt schon ganz vielversprechend.«

Sie standen auf und schlenderten zurück zum Haus. »Früher, da wärst du mir überallhin gefolgt«, sagte er ein wenig bekümmert. »Meine leidenschaftliche Nina. Wir haben uns so sehr verändert.«

»Einspruch!« sagte sie.

»Du hast recht. Manche Dinge ändern sich nie.« Er lächelte.

Am Montag morgen im Büro fand sie den Zettel mit Pauls Anruf ganz obenauf.

»Wie ist das Wetter in Carmel?« fragte sie, als sie ihn an der Strippe hatte.

»Neblig. Es wird heiß, und die neblige Kaltluft fließt vom Ozean nach«, antwortete er, und seine Stimme klang sehr weit weg. »Gutes Wetter für ein Lagerfeuer am Strand.«

»Hier sind's zweiunddreißig Grad im Schatten. Im See schwimmt es sich herrlich. Ich gehe jeden Abend, wenn das Wasser am wärmsten ist.«

»So. Und wie geht's Bob? Wie war Kurts Besuch?«

»Gut.«

»So gut, daß du nun die Sachen packst und nach Wiesbaden ziehst?«

»So gut, daß Bob glücklich ist.«

»Ich nehme doch an, daß du mit Kurt reden konntest, oder? Was hat er vor?«

»Ich glaube, er fühlt sich jetzt in Deutschland heimisch.«

»Und wo fühlst du dich heimisch?«

»Bob spricht schon davon, daß er Weihnachten mit Kurt verbringen will. Das ist eine ganz neue Welt für ihn. Was mich betrifft, ich ziehe bei Matt aus.«

»Aha«, sagte er mit gepreßter Stimme.

»Ich hab ein paar Entscheidungen gefällt.«

»Welcher Art?«

»Willst du nicht fürs Wochenende hochkommen und mit mir auf Häusersuche gehen?« Sie konnte sich lebhaft vorstellen, wie Paul die Ohren spitzte, und grinste ins Telefon.

»Du suchst was Neues in Tahoe?«

»Ja. Für Bobby und mich. Und einen Hund schaffen wir uns auch an. Wenn du willst, kannst du uns besuchen. Oft.«

»So? Kann ich das?«

»Und was deinen Heiratsantrag betrifft ...«

»Der steht noch«, sagte Paul. »Ich sitze hier und warte.«

»Eigentlich willst du mich gar nicht heiraten. Du willst kein Stiefvater sein. Du willst keine Frau, die ständig auf Achse ist. Das weißt du selbst, aber du bist viel zu höflich, um mir das zu sagen.«

Diesmal fiel Paul keine kräftige Erwiderung ein. »Na gut, ich habe immer die Frauen geheiratet, die ich geliebt habe. Anders geht es bei mir gar nicht. Hast du einen Vorschlag?«

»Warum soll es zwischen uns nicht so bleiben, wie es ist?«

»Du meinst, wir bleiben Freunde und Kollegen? Und was wird aus der Liebe?«

»Auch dafür könnte noch ein bißchen Platz sein.«

»Da bin ich mir gar nicht sicher«, sagte Paul. »Aber ich bin bereit, das mit dir am Freitag abend im Bad vom Caesar zu diskutieren.«

»Ich kann es gar nicht erwarten, das Kribbeln der Wasserblasen zu spüren.«

»Irgendwie bist du verändert. Ich weiß noch nicht, was es ist. Du bist selbstbewußter, mehr von innen heraus, wenn du verstehst, was ich meine.«

»Wovor soll ich jetzt noch Angst haben?«

»Okay, machen wir einen Versuch unter Freunden. Was nicht heißt, daß ich dich nicht liebe«, sagte Paul.

»Sehen wir uns Freitag?«

»Ist gemacht, Boß!« Paul legte auf.

Sandy klinkte sich ein. »Saubere Beinarbeit.«

»Verdammt, Sandy! Du sollst nicht immer meine geschäftlichen Gespräche mithören«, sagte Nina.

»Ich kann nicht anders. Seit du wieder risikofrei lebst, passiert hier nichts Aufregendes mehr. Immer nur diese öden Testamente. Wish hat mich angerufen. Er ist schon scharf auf den nächsten spannenden Fall ...«

»Es wird keine spannenden Fälle mehr geben.« Nina machte sich daran, die Zettel mit den Anrufen zu sortieren. Sandy drückte schon wieder auf den Summer.

»Er ist da«, sagte Sandy. Er, das war Jeffrey Riesner, dessen Name Sandy so schwer von der Zunge ging. Der Anwalt lauerte schon in der Tür zu Ninas Arbeitszimmer. Wortlos trat er an ihren Schreibtisch und ließ einen Scheck hinuntersegeln. »Zweiundzwanzigtausend. Scotts Vorschuß abzüglich Spesen.« Hinter ihm klatschte Sandy geräuschlos in die Hände.

»Gut«, sagte Nina. »Wie haben Sie sich dazu durchgerungen?«

»Richter Milne hat mich gestern zu Hause angerufen und mir nahegelegt, bei Ihnen vorbeizukommen.« Sandy mimte eifrig einen Richter Milne, der Riesner in den Hintern trat.

»Verstehe«, sagte Nina.

»Es war nur ein Versehen.«

»Natürlich.«

»Sie hätten diesen Fall niemals in so schwacher Besetzung abwickeln dürfen. Wenn Sie mit mir kooperiert hätten, wäre es wesentlich besser gelaufen. – Was ist daran so komisch?« Sandy hatte mit entsetzten Glotzaugen ihre Nase gepackt und zog sie zum Schein in die Länge.

»Wieso komisch?« fragte Nina und hob die rechte Augenbraue.

»Wollen Sie mir denn gar nicht danken?«

»Danke, Mr. Riesner!« sagte Nina würdevoll. »Sandy, willst du Mr. Riesner bitte hinausgeleiten? Ach ja, Mr. Riesner ...«

»Was ist?«

»Mehr Glück nächstes Mal!« Die Tür schloß sich hinter ihnen, und Nina hielt den Scheck in die Höhe, um nachzusehen, ob Riesner wirklich unterschrieben hatte.

Die Eingangstür knallte zu. Aus dem Vorzimmer hörte Nina ein seltsames, trockenes Raspeln, als würde jemand Rinde von den Bäumen kratzen. Sandy lachte.

Nina schaute aus dem Fenster. Der Mount Tallac thronte hoch über dem See. »Verbinde mich doch mal mit Collier Hallowell«, sagte Nina, als das Geräusch endlich verstummt war.

Als sie ihn am Apparat hatte, sagte sie: »Wie wär's mit einem kleinen Abenteuer?«

»Jeder Mann, der zu einem Abenteuer mit Ihnen bereit ist, ohne zu wissen, was Sie im Sinn haben, müßte ja noch dümmer sein als der arme Ralph Kettrick!«

»Nur ein kleiner Ausflug«, sagte sie. »Ich dachte an dieses Wochenende.«

»Ein Ausflug?«

»Ein bißchen was erleben. Wie alle anderen. Ich war noch nie auf dem Mount Tallac. Ich dachte, wir steigen gegen Abend hoch und sehen uns die Sterne aus der Nähe an.«

Weil er nicht gleich antwortete, fügte sie hinzu: »Wir können auch ganz früh starten, wenn Sie was anderes vorhaben.«

»An diesem Wochenende sieht man wieder den Perseus-Meteoritenschwarm, Nina.«

»Wie bitte? Oh, Collier, das tut mir aber leid! ... Ihre Frau! Wie konnte ich vergessen, daß Sie mit ihr da oben ...! Ich habe nichts gesagt!«

»Es kann die ganze Nacht dauern«, erklärte er nachsichtig. »Schlafsack!«